丝路文库

第六病室

（俄）契诃夫 著
冯加 鲁民 译

华文出版社
SINO-CULTURE PRESS

Палата №6
АНТОН ПАВЛОВИЧ ЧЕХОВ

19世纪俄国社会生活的全景画卷

安东·巴甫洛维奇·契诃夫是俄国19世纪批判现实主义文学的杰出代表，与伟大的俄国作家屠格涅夫、托尔斯泰、高尔基齐名。他作为短篇小说家、戏剧革新家享誉世界文坛。苏联作家、著名新闻记者爱伦堡回忆道："谦逊的安东·巴甫洛维奇·契诃夫深信不疑，他虽致力于描写生活琐事，却已震惊了世界。我们所熟悉的对他的赞美，我从普通的法国人那里听到过，从英国的大学生那里听到过，从那些惧怕庸俗的美国人那里听到过，他们说：契诃夫帮助了人们……契诃夫使人睁开了双眼……契诃夫暖人心房。"

契诃夫是我国读者熟悉和喜爱的俄国作家之一。早在1925年8月，翻译家曹靖华就把契诃夫的名剧《三姊妹》译介到了我国。1934年12月到1935年4月，鲁迅又译介了契诃夫的多篇小说，发表在《译文月刊》上，题为《坏孩子和别的奇闻》。鲁迅曾说过："……与其看薄伽丘、雨果的书，宁可看契诃夫、高尔基的书，因为它更新，和我们的世界更接近。"巴金也说过："中国的读者热爱契诃夫，因为他们感觉到契诃夫的作品好像就是为他们写的，而且描写他们中间发生的事情。"

契诃夫是第一个以短篇小说为主要创作形式攀登到世界文学高峰的杰出作家。他一生写了470多篇小说，5部戏剧，塑造了数千个人物形象，可与巴尔扎克的《人间喜剧》相媲美。《人间喜剧》包括91部小说，2400多个人物形象，19世纪前半叶整个法国社会生活尽在其中、一览无余。恩格斯称赞他"汇集了法国社会的全部历史"。同样地，契诃夫的小说展示了19世纪后半叶一幅广阔的俄国社会生活的画卷。契诃夫的一位同时代人讲过一句十分风趣的话："一旦俄国从地球上被消灭，那么，凭借契诃夫的作品就可以把俄国重建起来，连细枝末节都不会被遗漏掉。"

契诃夫小说中的许多人物形象，已被列入世界文学宝库，成为脍炙人口的不朽的文学典型，有的甚至进入读者的日常生活中，成为家喻户晓的普通名词。如"万卡""套中人""姚内奇""胖子和瘦子""变色龙""普列希别耶夫中士""跳来跳去的女人""宝贝儿"等。

契诃夫能塑造出如此众多的人物形象，包括平民百姓、下层官吏、知识分子、商人、贵族、农民、马车夫等各个阶层的典型；能描绘出如此广阔的社会生活图景，包括斋期、命名日、宗教节日、家庭日常生活场景、职务上的往来关系等各种生活礼俗等，这是与他出生的家庭环境、饱经忧患的人生经历密切相关的。

契诃夫1860年1月17日生于亚速海岸塔干罗格一个小市民家庭，祖先是农奴，祖父被赎了身，父亲开杂货铺，小本经营。父亲十分严厉，要求契诃夫白天站柜台，晚上加入教堂唱诗班练唱。1868年，契诃夫进入塔干罗格中学。1876年中学毕业之前，他的父亲破产，举家迁往莫斯科。契诃夫只身留在家乡独立生活，一面求学一面教家馆，养活自己并帮助家庭。当时，经济十分拮据，他回忆说："贫穷像牙疼一样折磨人。"1879年，契诃夫中学毕业后，进入莫斯科大学医学院求学并开始写作。文学创作既是他的爱好，也是他的经济来源。1880年，他在滑稽刊物上发表了最早的两篇作品。1884年大学毕业后，他开始行医，并进行创作，先后出版了三个短篇小说集：《梅尔波美娜的故事》《杂色的故事》《在昏暗中》。1888年，他获得了科学院的"普希金奖"。

1890年，契诃夫不顾旅途艰辛，千里迢迢带病前往库页岛考察，在那里的三个月当中，访问了近一万名犯人和移民，获得了大量丰富的生活素材。库页岛之行加深了他对俄国黑暗现实的认识，大大丰富了他的生活阅历。考察归来后，他出版了旅行札记《库页岛》。

1892年，契诃夫举家迁往距莫斯科60公里处的梅里霍沃庄园，在那里为农民免费治病，主持霍乱病房，他还热心参加赈济灾民的活动，办学校，担任督学，做地方自治委员，参与修筑公路等公益事业。

梅里霍沃时期是他创作的丰收季节。在此期间，他写了小说《第六病室》《我的一生》《文学教师》《带阁楼的房子》《农民》《醋栗》《在峡谷里》，剧本《海鸥》和《万尼亚舅舅》等。

1899年，契诃夫离开梅里霍沃，迁居克里米亚雅尔达疗养。在这里，他与高尔基、托尔斯泰经常见面。托尔斯泰始终热心地关注着契诃夫文学活动的进展。他称赞契诃夫为"散文中的普希金"。1900年，契诃夫当选为科学院文学部名誉院士，1902年，高尔基被取消了名誉院士的资格，契诃夫为了表示抗议，和柯罗连科一同放弃了院士称号。

契诃夫长期患肺病，曾多次去法国、意大利等地疗养。1901年，契诃夫与莫斯科艺术剧院有才能的女演员克尼碧尔结婚。

1904年7月，契诃夫病逝，享年44岁。

契诃夫的小说在我国拥有广大的读者。各种译本，不计其数。目前这本由冯加、鲁民编译的小说集《第六病室》，应该是近年来最新出版的一个中译本，收入了契诃夫的49篇佳作。

中篇小说《第六病室》，堪称契诃夫代表作中的精品。

《第六病室》(1892年)的情节很简单。在外省一个偏僻的小城里，有一所医院，第六病室是精神病患者的病房。医院里的情况一团糟。看门人尼基塔像狱吏似的随意虐待、殴打病人。医院克扣病人口粮，贪污之风盛行。主管医生拉京已在这里工作了20多年，他对医院的状况十分不满，但因缺乏毅力和决心，只能袖手旁观，听之任之，维持现状；托尔斯泰的"不以暴力抗恶"的理论成了拉京的精神支柱。他变得温顺、脆弱、随遇而安、逆来顺受，与黑暗的现实彻底地妥协了。

有一天，拉京在值班巡视病房时，结识了病人格罗莫夫。拉京常与格罗莫夫谈话，并进行争论，从中得到很大乐趣。而格罗莫夫是作为疯子被关进第六病室的。但他不是一个平常的"疯子"。从格罗莫夫的谈话中可以看出，他是一个有思想、爱思考的人。他主张斗争和行动。他有力地驳斥了拉京信奉的"不以暴力抗恶"的观点。他说："这不是哲学，不是思考，也不是眼界开阔，而是惰性，是巫师显灵，是痴人说梦……"

由于拉京经常和第六病室的病人聊天，再加上平日性格孤僻，所以周围的人怀疑他疯了。拉京的助手霍博托夫早就觊觎拉京的职位，他巧妙地利用了人们对拉京的怀疑，把拉京当作疯子关进了第六病室。在坚固的铁窗里，拉京饱尝了尼基塔的一顿毒打，第二天就中风死去了。

契诃夫以极强的艺术概括力，把专制俄罗斯生活的图画，压缩在小小的第六病室当中反映出来。他塑造的拉京这一形象具有警示的作用。他着力塑造的格罗莫夫这一"疯子"斗士的形象更具有重要的意义。作者虽没有指出冲出第六病室的道路，但却通过格罗莫夫之口喊出了斗争的口号，使人们憧憬未来的光明前景："新生活的曙光将普照大地，真理必胜，到时候人们将涌上街头，欢呼庆祝！"

契诃夫创造了一种风格独特、言简意赅、艺术精湛的抒情心理小说。他叙述的笔法是客观而含蓄的。同时代的作家布宁说过:"我喜欢这个,我讨厌那个,这不是契诃夫的语言。"他的作品中既没有屠格涅夫那样对于人物的主观的激情,也没有托尔斯泰式对于人生的哲理性的议论。他的作品异常含蓄,他巧妙地把褒扬和贬抑、欢悦和痛苦融入作品的形象体系之中。作者完全隐藏在幕后,由人物本身出面叙述。契诃夫认为,越是客观给人的印象越深,他信任读者的想象和理解能力,主张让读者自己从形象体系中去琢磨作品的含义。他说:"我认为小说中不足的地方读者自会补充的。"契诃夫是一个医生兼作家,他常常以一种医生的客观冷静的科学态度来观察人和人生,在作品中也就印刻上了这样一种思维方式的特点,带有一种冷峻深刻的色调。

自然朴素是契诃夫小说的另一个重要特点。他的小说没有跌宕起伏、离奇曲折的情节,也没有激烈尖锐的矛盾冲突,更没有紧张复杂的心理活动。他描写的是平凡的日常生活和人物,在读者面前呈现的是生活本来的样子。他虽然写的是凡人小事,却又往往以小见大,从平凡琐碎的生活细节中发掘出具有社会意义的内涵。契诃夫小说的情节虽然平淡无奇,结尾却常常出人意料之外。

契诃夫小说的语言极为简洁,他认为"简洁是才能的姊妹"。他说过:"我善于长事短叙。"契诃夫时代的读者习惯于长篇巨著,契诃夫的风格起初并不符合他们的审美趣味。有人公然指责契诃夫"写得太短了","刚刚碰到一点生动的描写,还没来得及品尝就完了"。而托尔斯泰却为契诃夫的才能所倾倒。他称赞道:"我确认,契诃夫在技巧方面,比我高超得多。"在中篇小说《乏味的故事》中,契诃夫的简洁风格体现得尤为充分。62岁、有30年教龄的医学老教授尼古拉在自述中回顾了一生的经历,充满痛苦和悲伤的情绪。老教授"有才能""有教养",并且德高望重、功成名就,年轻时经历了热烈的爱情,结了婚,并养育了子女。那么痛苦和悲伤从何而来呢?原来到了暮年他才看到,在自己的生活中，缺乏一件最主要的东西，那就是明确的生活目的。"在我对一切事物所构成的全部思想感情和概念里，缺乏那种能够将这一切连成一个整体的总的东西。"寥寥数语，揭示了老教授深感痛苦的原因。契诃夫极力提倡简洁的描写手法。他曾给青年高尔基提意见，提醒他尽可能少地在名词前面加上形容词，因为这会分散读者的注意力，掩盖住主要的东西。

契诃夫的朴素自然、乐观幽默和简洁含蓄的创作风格，是留给我们的一份宝贵的文学遗产。契诃夫的现实主义作品已成为读者心中的一面镜子，它帮助人们去鉴别那些矫揉造作、无病呻吟、冗长空泛的作品，不断地摒弃、消除它们的有害影响，潜移默化地提高人们的审美趣味。

经典永流传。阅读契诃夫的作品将给我们带来乐趣、惊喜和教益。

魏　玲
2020 年 2 月 22 日

在催眠术表演会上 / 001

在钉子上 / 005

窝　囊 / 008

拔萝卜（仿童话）/ 011

柳　树 / 012

夜莺演唱会 / 017

代　表 / 020

小职员之死 / 025

坏孩子 / 029

胖子和瘦子 / 032

外科手术 / 035

变色龙 / 040

假　面 / 044

牡　蛎 / 050

小人物 / 055

我的"她" / 059

必要的前奏 / 061

预谋犯 / 063

未婚夫和爸爸（现代小品）/ 068

普里希别耶夫中士 / 074

名贵的狗 / 079

哀　伤 / 083

苦　恼 / 089

捉　弄 / 096

相识的男人 / 101

歌　女 / 105

演说家 / 112

万　卡 / 117

乞　丐 / 122

彩　票 / 128

出　事 / 134

美妙的结局 / 141

卡什坦卡的故事 / 146

美　人 / 167

犯　病 / 176

打　赌 / 201

公爵夫人 / 209

乏味的故事 / 222

窃　贼 / 282

跳来跳去的女人 / 299

在流放地 / 327

第六病室 / 337

脖子上的安娜 / 393

带阁楼的房子 / 407

农　民 / 427

套中人 / 461

醋　栗 / 476

姚内奇 / 487

新　娘 / 508

在催眠术表演会上

大厅里灯火辉煌，挤满了人。这里的中心人物是催眠师。别看他身材矮小、其貌不扬，然而却眉开眼笑，满脸红光，神采飞扬。人们不住地对他微笑，鼓掌，啧啧称奇……在他面前人们相形逊色。

他确实做出了奇迹。他让一个人昏昏睡去，把另一个人弄得全身僵直，让第三个人的后脑勺支在椅子边上，脚后跟却架在另一把椅子上……有个又高又瘦的新闻记者被他拧成了螺旋形。一句话，鬼知道他是怎么搞的。他对女士们造成的影响尤其强烈。

她们遇到他的目光都魂飞魄散，像挨打的苍蝇一样。啊，女人的神经！如若缺了她们，这世上的生活该多么枯燥乏味！

催眠师向一些人施展过他的法术之后，走到了我的跟前。

"我觉得您的气质极易受外来影响，"他对我说，"您那么神经质，那么富于表情……您愿意让我催您入睡吗？"

睡一觉有什么不好？"行啊，亲爱的，你试试吧。"我在大厅中央一把椅子上坐下，催眠师在我正对面①的椅子上坐下，握住我的两只手，用他那对吓人的蛇眼盯住我可怜的眼睛。

观众把我们团团围住。

---

① 原文为法文。

"嘘……先生们！嘘……别出声！"

大家安静下来……我们两人坐着，彼此瞧着对方的眼睛……过了一分钟，两分钟……我的背上起了鸡皮疙瘩，心怦怦地跳，但就是不想睡觉……

我们继续坐着……又过了五分钟……七分钟……

"他不受影响！"有人说，"好！这人了不起！"

我们坐着，四目相对……我毫无睡意，连打盹的意思也没有……要是让我看一份市议会或者地方自治局的会议记录，我恐怕早入梦乡了。观众开始交头接耳，嘿嘿冷笑……催眠师慌了神，开始眨巴眼睛……可怜的人！谁遭受惨败还能心情愉快呢？救救他吧，神灵们，快打发莫耳甫斯①来合上我的眼皮吧！

"他不受影响！"那个人又说，"够啦！别闹了！我早就说过，这都是骗人的把戏！"

我听从这位朋友的召唤，刚要做一个起立动作，这当儿，我的一只手突然感到掌心里有个异物……我开动触觉，知道这异物是一张钞票。我的亲爹是医师，凡是医师单凭触觉就能知道钞票的面值。根据达尔文的理论，我在继承亲爹的种种才干的同时，也继承了这种可爱的本领。我摸出这张钞票是五卢布。摸出之后，我立刻睡着了。

"真行啊，催眠师！"

在场的几名医师都朝我走过来，在我身边转来转去，闻了又闻，都说：

"嗯，没错……他睡着了……"

催眠师为他的成功而洋洋得意，又在我头顶上挥动双手，于是我这个熟睡的人便在大厅里走动起来。

"让他的手臂僵直起来！"有人建议道。

---

① 希腊神话中的睡梦之神。

"您行吗？让他的手臂变僵！……"

催眠师（他可不是胆小的人！）便拉直我的右臂，开始对它施展法术：又是搓揉，又是吹气，又是拍打。我那条胳膊却不听话。它摇来晃去，像一条破布，就是不想变僵。

"直不了的！您把他弄醒吧，要不然就害了他……瞧他那么瘦弱，又神经质……"

这时，我的左手又感到掌心里多了一张五卢布钞票……这一刺激通过条件反射由左臂传至右臂，于是那条胳膊迅即变僵了。

"真行啊！你们瞧，多直，还冰凉的！跟死人的一样！"

"完全失去痛觉，体温下降，脉搏减弱。"催眠师报告说。

医师们开始摸我的脉。

"没错，脉搏很细。"其中一人说。

"肢体完全麻痹。体温大大下降……"

"不过，这事该怎么解释呢？"一位太太问道。

有位医师意味深长地耸耸肩膀，叹口气说：

"我们只有事实！解释嘛，可惜现在还没有。"

你们有事实，我却有两张五卢布钞票。还是我的更实惠……为此我要谢谢那位催眠师。解释嘛，我可用不着。

可怜的催眠师！你何必缠住我这条眼镜蛇不放呢？

追记：哎，这不是岂有此理吗？这不是卑鄙龌龊吗？

我刚刚才弄清楚：那两张五卢布钞票原来不是催眠师塞进我手心里的，那是我的上司彼得·费奥多雷奇干的……

"我这么做，"他说，"是想考查一下你的人品……"

咳，真见鬼！

"可耻啊，老弟……这可不好……我没料到……"

"可是我家里有儿有女，大人，还有妻子……老母亲……再说目前物价这么昂贵……"

"这可不好……你居然还想办一份自己的报纸……你在午宴上慷慨陈词，总是热泪盈眶……可耻啊……我原以为你为人正直，想不到你……你爱财如命①！"

无奈我只好把那两张五卢布钞票退还给他。有什么办法呢？名声比金钱更贵重。

"我不生你的气！"上司说，"算了吧，你这是本性难改……可是她呢！她呢！真——奇——怪！她这人既温柔，又纯洁，像块杏仁奶酪！那又怎么样？连她也挡不住金钱的诱惑！怎么她也睡着了！"

我上司所说的"她"，指的是他妻子玛特廖娜·尼古拉耶夫娜……

一八八三年一月二十四日②

---

① 原文为德文。
② 为作品首次发表的时间。下同。

在钉子上

一群十二品文官和十四品文官①下了班,在涅瓦大街上慢步走着。他们由斯特鲁奇科夫领着,去他家参加他的命名日晚宴。

"我们马上就要大吃一顿了,诸位老兄!"过命名日的人大声想象着说,"咱们痛痛快快地吃一顿!我那小娘子烤了不少馅饼。面粉是我昨天傍晚亲自去买来的。有白兰地……是沃龙佐沃出产的……我老婆恐怕等得不耐烦啦!"

斯特鲁奇科夫住在很远的地方。他们走啊走啊,最后总算走到了。他们进了门厅,所有的鼻子都闻到了馅饼和烤鹅的香味。

"诸位都闻到了吧?"斯特鲁奇科夫问,高兴得嘻嘻地笑起来,"请宽衣,先生们!把皮大衣都放在箱子上!卡佳在哪儿?哎,卡佳!各科的同事都来了!阿库林娜,你来帮各位先生脱大衣!"

"这是怎么回事?"有人指着墙上问道。墙上有一根大钉子,钉子上挂着一顶新制帽,帽舌和帽徽闪闪发光。官员们面面相觑,顿时脸色发白。

"这是他的帽子!"他们小声说,"他……在这儿?!"

"是的,他在这儿,"斯特鲁奇科夫支支吾吾地说,"在卡佳那

---
① 旧俄官衔分十四品,十四品最低。

里……我们走吧，先生们！我们找一家饭馆先待一会儿，等他走了再回来。"

这伙人又扣上大衣纽扣，出了门，懒洋洋地朝饭馆走去。

"难怪你家里有一股子鹅的气味，原来有一只大公鹅待在那里。"档案助理员放肆地说，"一定是魔鬼支使他来的！他会很快走吗？"

"会很快的。从来不超过两个钟头。哎，我饿了！一上来咱们先喝伏特加，就鲱鱼下酒……然后再喝一杯，诸位老兄……两杯后立即上馅饼。否则就没胃口了……我那小娘子烤的馅饼可好哩，再上菜汤……"

"沙丁鱼你买了没有？"

"两罐呢。腊肠有四个品种……我老婆想必也饿了……偏偏他闯来了，真见鬼！"

他们在小饭馆里坐了一个半钟头，为了摆摆样子，每人喝了一杯清茶，之后又回到斯特鲁奇科夫家里。他们进了门厅。香味比刚才的更浓了。从半开的厨房门里文官们看到一只鹅和一盘黄瓜。女仆阿库林娜正从炉子里取出一样东西。

"又不凑巧，诸位老兄！"

"怎么回事？"

官员们的胃难受得抽紧了：饥饿可不是姑妈[①]，现在那可恶的钉子上挂着一顶貂皮帽。

"这是普罗卡季洛夫的帽子，"斯特鲁奇科夫说，"我们还是走吧，先生们！找个地方再等一等……这一位坐不长的……"

这时从客厅里传出一个沙哑的男低音："这么一个猥琐的人家里却有个漂亮老婆！"

"痴人有痴福嘛，大人！"有个女人随声附和道。

"我们还是走吧！"斯特鲁奇科夫呻吟着说。

---

① 俄罗斯俗语，意为：饥饿无情。

他们又回到那家小饭馆。这回他们要了啤酒。

"普罗卡季洛夫可是个有权势的人物！"大伙儿开始安慰斯特鲁奇科夫，"他在你家坐上一个钟头，保管你……十年官运亨通。福星高照呀，老兄！你干什么伤心？用不着伤心。"

"你们不说，我也知道用不着伤心。问题不在这儿！我难受的是，肚子饿得慌！"

又过了一个半钟头，他们又回到了斯特鲁奇科夫家里。貂皮帽仍旧挂在钉子上。无奈只得再一次撤退。

直到晚上七点多钟，钉子才解除负担，他们才吃上馅饼！可是馅饼干瘪，菜汤不热，鹅也烤焦了—— 一桌美味都让斯特鲁奇科夫的官运给糟蹋了！不过话又说回来，他们吃得可是有滋有味的。

一八八三年二月五日

窝　　囊

日前，我把孩子们的家庭女教师尤丽娅·瓦西里耶夫娜请到我的书房里。需要清一下账。

"请坐，尤丽娅·瓦西里耶夫娜！"我对她说，"我们来结算一下。您无疑需要钱用，可是您这么拘礼，自己是不会讨的……好吧，小姐，以前我跟您讲定月薪三十卢布……"

"四十……"

"不，三十……我这儿记着呢……我付给家庭女教师的薪水向来都是三十卢布……好吧，小姐，您来了两个月……"

"两个月零五天……"

"不，整整两个月……我这儿记着呢。这么说，我该付您六十卢布……得扣除九个礼拜天……要知道每逢礼拜天您不给科利亚上课，只休息不干活……再加上三个节假日……"

尤丽娅·瓦西里耶夫娜涨红了脸，开始拉扯衣服上的皱边，可是……她一言不发。

"再加三个节假日……因此要扣除十二卢布……科利亚病了四天，没有上课……您只给瓦莉娅一人上课……有三天您牙痛，我妻子允许您下午不上课……十二加七等于十九。扣除后还剩……嗯哼，四十一卢布。对吗?"

尤丽娅·瓦西里耶夫娜的左眼红了,含着泪水。她的下巴开始颤动。她神经质地干咳起来,呼哧着鼻子,可是——她一言不发。

"除夕晚上,您打碎了一只茶杯和一个茶碟。扣除两卢布……那茶杯很贵重,是祖传的,不过……算了吧,上帝保佑您!我们哪能一点不受损失呢?后来,小姐,由于您照看不周,科利亚爬到树上,把上衣撕破了……该扣除十卢布……有一个使女,也因为您照看不周,偷走了瓦莉娅的一双皮鞋。您样样事情都得照看好才是。您是拿薪水的。因此,这么说,还得扣除五卢布……一月十号,您在我这儿拿了十卢布……"

"我没拿!"尤丽娅·瓦西里耶夫娜小声说。

"可是我这儿记着呢!"

"哦,那就……好吧。"

"四十一减二十七——余十四……"

现在她的两只眼睛都泪汪汪的了……她那长长的好看的小鼻子上冒出了汗珠。可怜的姑娘!

"我只拿过一回……"她用颤抖的声音说,"我在您太太那儿拿过三卢布……此外我再没有拿过……"

"是吗?您瞧瞧,这笔钱我可没有记上!十四再减三,余十一……好吧,这是给您的钱,宝贝儿!喏,接着:三卢布,三卢布,三卢布,一卢布,一卢布。请收下,小姐!"

我把十一卢布递给她……她接过钱去,手指哆哆嗦嗦地把票子塞进衣袋里。

"麦西①。"她小声说。

我跳起来,开始在房间里快步走着。我气愤之极。

"您为什么要'麦西'?"我问。

---

① 法语"谢谢"的音译。

"您给了钱……"

"可是要知道,是我克扣了您,见鬼,是我抢了您的!要知道是我侵吞了您的钱财!您为什么还要'麦西'?"

"在别的地方,人家根本不付我钱……"

"不付钱?这毫不奇怪!好了,刚才我是跟您开玩笑,给您上了残酷的一课……您那八十卢布我如数付您!钱都放在信封里了!可是人难道能这样软弱?您干吗不提出抗议?为什么一言不发?在这个世界上,难道人不应该以牙还牙吗?做人难道能这么窝囊?"

她苦笑了,但我看到,她脸上的表情分明是:"能这样的。"

我请求她原谅这残酷的一课,把八十卢布全给了她,这使她大为惊喜。她胆怯地说了一声"麦西",走了出去……我望着她的背影,不禁想道:在这个世界上,做一个强者可真容易啊!

一八八三年二月十九日

拔萝卜（仿童话）

从前有个老爷爷和老奶奶。他们活得很久，生下个孩子叫谢尔日。谢尔日耳朵很长，该长脑袋的地方，却长着一个萝卜。后来谢尔日长得又高又大……老爷爷常揪他的耳朵，揪呀揪呀，就是不能把他揪到上流社会里去。老爷爷叫来了老奶奶。

老奶奶拽住老爷爷，老爷爷拽住萝卜头，拽呀拽呀，却拽不起来。老奶奶叫来了姑妈，她是公爵夫人。

姑妈拽住老奶奶，老奶奶拽住老爷爷，老爷爷拽住萝卜头，拽呀拽呀，就是不能把他拽进上流社会。公爵夫人叫来了孩子的教父，他是将军。

教父拽住姑妈，姑妈拽住老奶奶，老奶奶拽住老爷爷，老爷爷拽住萝卜头，拽呀拽呀，还是拽不起来。老爷爷忍不住了。他把女儿嫁给了一个家财万贯的富商。老爷爷把女婿也叫来了。

商人拽住教父，教父拽住姑妈，姑妈拽住老奶奶，老奶奶拽住老爷爷，他们一起拽呀拽呀，最后总算把萝卜头拽进了上流社会。

这下，谢尔日做了五品文官。

一八八三年二月十九日

柳　树

有谁走过"勃""特"两地之间的驿道？

凡是走过的人，当然会记得科兹亚夫卡河岸上那座孤零零的安德烈耶夫磨坊。磨坊很小，才两方磨盘……它年过百龄，早已废弃不用，难怪看上去像个弯腰驼背、破衣烂衫、随时都可能倒下的小老太婆。这老磨坊早该倒塌了，如果不是它倚靠着一棵粗大的老柳树的话。柳树很粗，两人合抱都围不拢。它那油亮亮的树叶落到屋顶上，落到堤坝上；下部的枝条垂进水里，耷拉在地面上。这树也老了，驼背了。它那佝偻的树干上有一个极难看的黑色大洞。你把手伸进树洞，你的手就会粘着黑乎乎的蜂蜜。一群野蜂会在你头上嗡嗡地叫，不住地蜇你。这树有多大年纪了？据它的朋友阿尔希普说，当初他在一位老爷家当"法国听差"，后来在一位太太家当"黑人听差"的时候，那棵柳树就已经很老了，而那已是很久很久以前的事了。

这柳树还支撑着另一个衰老不堪的人——老汉阿尔希普。他经常坐在柳树根上，从早到晚在钓鱼。他老了，驼背了，跟老柳树一样；他那没牙的嘴就像树洞。白天他钓鱼，夜里坐在树根上沉思。老柳树和老汉阿尔希普，日日夜夜都在喃喃自语……树和人这一生都饱经了沧桑。现在请听他们的故事……

大约三十年前，在复活节前的那个礼拜天，在柳树老婆婆过命名日的那一天，老汉又在老地方坐下，观看着春天的景色，钓着鱼。跟往常一样，周围很静……只听到人和树的低声絮语，偶尔响起一条游鱼的溅水声。老人钓着鱼，等待中午到来。中午他动手煮鱼汤。每当柳树的阴影离开对岸的时候，正好是中午。另外，阿尔希普根据邮车的铃铛声也能知道时间。中午十二点，一辆由"特"城来的邮车必定经过拦河坝。

在这个礼拜天，阿尔希普又听到了铃铛声，他放下鱼竿，开始朝堤坝张望。一辆三套马的大车翻过山包，下了坡，眼看就要来到堤坝上。邮差睡着了。马车上了堤坝，不知为什么停住了。很久以来阿尔希普对世事已不感惊奇，但这一次他却不由得大吃一惊。发生了一件不同寻常的事。赶车人东张西望，神色慌张地开始行动起来，他扯下邮差脸上的布巾，挥起一把短柄链锤。邮差立时不动了。在他的浅色头发里，露出一个鲜红的伤口。赶车人跳下车，挥起臂膀，又给他一锤。不一会儿，阿尔希普听到近处有脚步声：赶车人从岸上下来，径直朝他这边奔来……他那晒黑的脸膛十分苍白，眼睛呆呆地不知看着什么地方。他浑身颤抖，跑到柳树跟前，也没有发现阿尔希普，就把邮包塞进了树洞。之后他跑上堤坝跳上大车，而让阿尔希普更为吃惊的是，他朝自己的太阳穴猛地一击。他把血抹了一脸，这才抽打起马匹来。

"救命啊，出人命啦！"他大声叫喊。

他的呼喊引起了回声，很长时间里阿尔希普都听见这声"救命啊"。

大约过了六天，有人来磨坊调查。他们画了磨坊和堤坝的平面图，不知为什么还测量了河水的深度。一行人在柳树下吃了饭，又都坐车走了。在来人调查的时候，阿尔希普一直坐在水轮下，身子发抖，眼睛望着那个邮包。他看到里面有不少盖五个戳子的信封[①]。他日日夜夜望

---

① 指寄现金的挂号信件。

着这些戳子沉思，而柳树老婆婆白天不声不响，到了夜里就呜呜哭泣。"傻婆子！"阿尔希普倾听着柳树的哭泣暗想。一周后，阿尔希普已经带着邮包进了城。进城后他向人打听：

"这里的官府在哪儿？"

有人给他指点一幢黄房子，门口有一个条纹岗亭。他走进前厅，见到一位老爷，制服上的纽扣亮闪闪的。老爷吸着烟斗，正为什么事训斥看守人。阿尔希普走到老爷跟前，战战兢兢地讲了老柳树旁发生的事。那长官接过邮包，解开细皮带，脸上白一阵又红一阵。

"我一会儿回来！"他说完就跑进办公室。在那里他被许多人团团围住……人们跑来跑去，乱成一团，小声交谈……十分钟后，长官把邮包交给阿尔希普，对他说：

"你找错了地方，老伙计。你该到下街去，那里会告诉你怎么办，这里是地方金库，亲爱的朋友！你该去找警察局。"阿尔希普接过邮包，走了出来。

"怎么邮包变轻了！"他思忖，"比原来少了一半！"

在下街，有人指给他另一幢黄房子，门口有两个岗亭。阿尔希普走进去。那里没有前厅，登上台阶就是办公室。老人走到一张桌子跟前，向几名文书讲了邮包的来历。那几个人夺了他手中的邮包，对着他大声嚷嚷。他们派人去找长官，来了一个胖胖的大胡子。他简单地问了几句，拿了邮包，进了另一个房间，把门插上了。

"钱在哪儿呢？"不一会儿，房间里传来说话声，"邮包是空的！去告诉那个老头子：他可以走了。要不把他抓起来！带他去见伊凡·马尔科维奇！不，算了，还是让他走吧！"

阿尔希普鞠了一躬，走了出来。一天后，那些鲫鱼和河鲈又看到他那把灰白胡子了……当时已是深秋。阿尔希普依旧坐在河边钓鱼……

他的脸阴沉难看，就像那枯黄的柳树。他不喜欢秋天。当看到那个赶车人出现在身旁时,他的脸色越发阴沉了。赶车人没有发现他,径直来到柳树前,把手伸进树洞。一些湿漉漉、懒洋洋的蜜蜂爬了他一袖子。摸了一阵以后,他吓白了脸。过了一个钟头,他才到河边坐下,呆呆地望着水面。

"那东西在哪儿?"他问阿尔希普。

阿尔希普开头一声不吱,沉着脸躲开这个杀人凶手,但不久又可怜起他来了。

"我送交官府了!"他说,"不过,你这个蠢货别害怕……我告诉他们,那东西是我在柳树下拾到的……"

赶车人跳起来,一声吼叫,朝阿尔希普扑去。他把老汉打了一顿。打他的老脸,把他摔在地上,用脚踹他。打完之后,他却不离开老汉。他在磨坊里留下来,跟阿尔希普一起生活了。

白天他睡觉,不言不语,到了夜里就在堤坝上走来走去。邮差的幽灵也在堤坝上游荡,于是他就跟幽灵交谈。春天到了,赶车人依旧不言不语,继续游荡。一天夜里,老汉走去找他。

"够啦,你这蠢货,别再闲逛了!"他对他说,偷眼打量邮差的幽灵,"你走吧!"邮差的幽灵也这么说……老柳树也这么说……

"不行啊!"赶车人回答,"我倒是想走,可是腿痛,心也痛。"

阿尔希普扶起赶车人,把他带到城里。他把他领到下街,走进那间他上交邮包的办公室。赶车人跪倒在长官脚下,连连认罪。大胡子一脸惊讶。

"你把什么罪名往自己头上安,傻瓜!"他说,"你是喝醉了?还是要我把你关进拘留所?这些恶棍都疯了!只会把事情搞乱……凶手没有找到——好,这就完了!你还想干什么?滚出去!"

当阿尔希普提到那只邮包时,大胡子哈哈大笑,那几个文书都露出吃惊的样子。看来他们的记性不好……这样,赶车人在下街赎罪不成,只好又回到柳树旁……

为了躲避良心的折磨，赶车人只好投水自尽，搅动了水面，水面上正漂着阿尔希普的浮标。赶车人溺水身亡。现在，老汉和柳树老婆婆在堤坝上能看到两个幽灵……他们莫不是在跟幽灵交谈？

一八八三年四月九日

夜莺演唱会

我们在河岸上占了一席之地。前方是一道陡峭的褐色土岸，身后则是一大片黑魆魆的小树林。我们俯卧在绿油油的嫩草地上，用拳头支着下巴，任两条腿自由伸展：请吧，请随意吧。我们把春季大衣也脱了，而且不必付二十戈比的保管费，因为在我们附近，谢天谢地，并没有剧场招待员。树林、天空和一望无际的田野，全都沐浴在月色之中；而在远方，有一盏红色的灯火忽明忽暗，发出微弱的闪光。空气宁静、洁净、香甜……一切都有利于歌唱家的演出。只消它，夜莺，不滥用我们的耐性，赶快出场才好。但它久久没有动静……在期待中我们根据节目单只好先听别的演唱者的歌声。

晚会由布谷鸟的独唱开始。它在树林深处懒洋洋地"咕咕"叫起来，叫了十来声，便停住不响了。就在这时，两只红脚隼发出刺耳的尖叫从我们头顶上空掠过。随后，鼎鼎有名的低音歌手黄鹂，严肃认真地开始一展歌喉。我们听着它的歌唱，感到心旷神怡，我们真愿意一直听下去，若不是一群白嘴鸦飞回树林宿夜……远处出现一片乌云，乌云朝我们这边移动，随着一片"哇哇"叫声落到了树林上。这黑压压一群乌鸦很久都没有消停下来。

正当白嘴鸦喧闹不休的时候，住在芦苇丛中公房里的无数青蛙此起彼伏,"呱呱"地鼓噪起来。整整半个小时,这广阔的音乐会场充满了各种各样又汇成一片的声音。不知什么地方,一只昏睡的鸫鸟开始叫起来,为它伴唱的是林间山鸡和苇莺。随后便是幕间休息,四周一片寂静。偶尔有一只歌在观众席旁草丛里的蛐蛐"唧唧吱"地唱起来,打破了四周的沉寂。在幕间休息的时候,我们的耐性达到了极限:我们已经开始抱怨这位演唱家。直到夜幕降落大地,月亮爬到树林上空的天穹,这才轮到主角出场了。夜莺歇在一棵幼小的槭树上,"扑棱"一声飞进一丛黑刺李中,尾巴转动一阵,便站住不动了。它身着灰色羽衣……一般来说,它漠视听众,即使面对观众也总是一身灰麻雀的粗俗打扮。(可耻啊,年轻的歌手!不是观众为你存在,而是你为观众存在!)约莫有三分钟,夜莺一直默不作声,一动不动……可是你听,树梢开始簌簌作响,微风轻拂,蛐蛐叫得更欢,在这支乐队的伴奏下,我们的演唱家才初试歌喉,发出了第一声颤音。它开始歌唱。我不打算来描写它的歌声,我只想说,当这位演唱家轻启莺喙,婉转啼鸣,让整个树林响彻着它那清脆甜美的歌声时,连那支伴奏乐队也兴奋得忘了演奏,都屏息静听了。夜莺的歌声中透着力量和柔情。不过,我无意争夺诗人的面包,还是由他们去描绘吧。夜莺唱着,而周围笼罩着一片专注的静默。只有一次,树林生气地咆哮起来,风也发出嘘声,因为这时一只猫头鹰蓦地引吭枭叫,竟想压倒我们的演唱家……

　　当天空泛白、群星消隐、夜莺的歌声变得更为轻柔的时候,在这片树林的边缘出现了公爵地主家的厨子。他猫腰弓背,左手压着帽子,悄悄地潜行。他的右手拿着一只柳条筐。他的身影在树丛中时隐时现,不久就消失在密林里。夜莺又唱了一会儿,突然一声不响了。这时我们正打算离去。

　　"瞧这小坏蛋!"我们听见有人这样说,很快就看到了厨子。公爵家的厨子朝我们走来,快活得眉开眼笑,让我们看他的拳头。在他的拳头里露出他刚刚捉来的夜莺的小脑袋和尾巴……可怜的演唱家！上帝保佑，但愿谁都别遇上这样的厄运。

"您为什么要捉它？"我们问他。

"放进鸟笼里呀！"

长脚秧鸡一声哀怨的啼叫迎来了黎明，失去了歌手的树林开始喧哗起来。厨子把玫瑰的情人①塞进柳条筐里，高高兴兴地跑回村子。我们也各自回家了。

一八八三年五月二十一日

---

① 指夜莺。

代　表

杰兹杰莫诺夫如何
损失二十五卢布的故事

"嘘！……我们去门房谈，这里不方便……他会听见的……"

他们进了门房。为了不让看门人马卡尔偷听告密，他们赶紧打发他去地方金库。马卡尔拿起收发簿，戴上帽子，但他没有去地方金库，而是躲在楼梯底下：他知道他们要造反……头一个发言的是卡沙洛托夫，之后是杰兹杰莫诺夫，之后是兹拉奇科夫……危险的激情一发而不可收，一张张红脸膛开始抽搐，人们捶胸顿足……

"我们生活在十九世纪下半叶，而不是鬼知道什么年代，更不是洪荒时代！"卡沙洛托夫说，"这些大腹便便的家伙过去为所欲为，现在不许这么干了！我们已经受够了！现在已经不是那种时候，他们可以……"以及诸如此类的话。

杰兹杰莫诺夫接着慷慨陈词，内容大致相同。兹拉奇科夫甚至破口大骂……人人都在呐喊！不过话说回来，还是有人极度明智。这位有识之士做出一脸忧虑，用一块擤满鼻涕的手帕擦着脸说：

"哎，值得这样吗？唉……嗯，好吧，就算这些话都有道理，不过何苦呢？你们用什么尺度衡量人，别人也用同样的尺度衡量你们：一且你们当了上司,别人同样会造你们的反!请相信我的话!你们只会害了自己……"但是大家不听他的,不让他把话说完,就把他挤到房门口。看到理智不占上风,有识之士也失去了理智,自己也激动起来了。

"是时候了,现在该让他明白,我们也是人,跟他一样!"杰兹杰莫诺夫说,"我们,我要再说一遍,不是奴才,不是贱民!更不是古罗马的角斗士!我们不许有人嘲弄我们!他对我们总是'你呀、你的'[①];给他行礼,他不还礼;向他报告事情,他却扭过脸去;他还骂人……如今对听差也不兴'你你你'的了,何况对我们这些有身份的人!这些话都该对他说!"

"前几天他冲我而来,问我:'你那张嘴脸怎么啦?去找马卡尔,叫他拿墩布给你擦擦干净!'好个玩笑!还有一回……"

"有一回,我和妻子一道走,"兹拉奇科夫抢过来说,"碰巧遇到了他。'哎,你这厚嘴唇,'他说,'怎么老跟窑姐儿鬼混!而且在光天化日之下!'我告诉他,'这是我妻子,大人……'他没有道歉,只是吧嗒一下嘴唇!我妻子受到这种侮辱大哭大闹了三天。她不是窑姐儿,正相反……你们都知道……"

"总而言之,先生们,再不能这样生活下去了!要么我们,要么他,要我们和他共事是绝对不行的!要么他走,要么我们走!宁愿丢官赋闲,不可人格扫地!现在是十九世纪,谁都有自尊心!即便我是小人物,可我毕竟不是抽象的人,我有自己的性格。我不容许!就这么对他说!让我们当中去一个人告诉他:照这样下去是不行的!代表我们大家!去吧!谁去?就这么照直说!不用害怕,不会出事的!谁去?呸……见鬼……我嗓子都喊哑了……"

他们开始推选代表。经过长时间的争论争吵,他们一致公认,最聪

---

① 用"您"表示尊敬,用"你"表示随便、不客气。

明、最有口才、最有胆量的当推杰兹杰莫诺夫。他在图书馆里挂了名，他写得一手好字，他结识不少有教养的太太小姐——可见他头脑聪明：他知道该说什么，怎么说。至于胆量，更不必提。大家知道，有一次他竟敢要求警察分局长向他赔礼道歉，因为对方在俱乐部里把他当成"仆人"看待。对这一要求警察分局长还没来得及皱起眉头，有关杰兹杰莫诺夫胆量过人的消息便传遍四面八方，而且大快人心⋯⋯

"去吧，谢尼亚①！别怕！就这么对他说！你什么也得不着，就这么说！你看错人了，大人，就这么说！你胡作非为！你找别人当你的奴才去吧！我们不比别人笨，大人，我们会把那些自命不凡的家伙撵走！用不着含糊其词！就这么说⋯⋯走吧，谢尼亚⋯⋯朋友⋯⋯只是你要把头发梳一梳⋯⋯就这么说⋯⋯"

"我脾气急躁，先生们⋯⋯恐怕会说过了头。还是兹拉奇科夫去好！"

"不，谢尼亚，你去好⋯⋯兹拉奇科夫对付绵羊还行，而且还得喝醉了酒⋯⋯他是糊涂虫，你呢，毕竟⋯⋯去吧，亲爱的。"

杰兹杰莫诺夫梳好头发，拉平坎肩，冲着拳头咳一声，就走了⋯⋯大家屏住呼吸。进了办公室之后，杰兹杰莫诺夫站在门口，手哆嗦着摸摸嘴唇：哦，该怎么开头呢？当他看到上司秃顶上那颗熟悉的黑痣时，他感到心口一阵冰凉，心脏像被带子勒紧了⋯⋯背上掠过一股寒气⋯⋯其实，这不算糟糕，由于不习惯谁都会这样的，就是不该胆怯⋯⋯鼓起勇气来！

"哎⋯⋯你来干什么？"

杰兹杰莫诺夫向前迈出一步，动了动舌头，但没能吐出一个字：嘴里像塞着一团乱麻。与此同时，这位代表感到，不仅嘴里出了毛病，五脏六腑也一样⋯⋯那股勇气从胸部下到腹部，在那里"咕噜噜"响

---

① 杰兹杰莫诺夫的小名。

一阵，又顺大腿下到脚后跟，最后在靴子里卡住了……而靴子又是破的……糟糕！

"哎，你来干什么？没听见吗？"

"嗯……我，我没什么事……我只是顺便来看看。我，大人，听说……听说……"

杰兹杰莫诺夫想管住舌头，但舌头不听话，他接着往下说：

"我听说尊夫人中彩得了一辆四轮轿式马车……彩票，大人……嗯嗯嗯……大人……"

"彩票？好……我这里只剩五张了……五张你全要？"

"不……不……不要，大人……一张……足够了……"

"五张你全要了？我问你呢！"

"好极了，大人！"

"每张六卢布……不过你么，只收五卢布……签个字吧……衷心祝你好运……"

"嘻嘻嘻……谢谢①……大人……啊哈，非常愉快……"

"你走吧！"

一分钟后，杰兹杰莫诺夫已经站在门房中央，脸红得像大虾，含着眼泪向朋友们借二十五卢布。

"我给了他，诸位仁兄，二十五卢布，可那不是我的钱！这是我丈母娘要我付房租的……借给我钱吧，先生们！求求你们啦！"

"你哭什么呀？很快你就可以坐上马车出游了……"

"马车……马车……我要马车干什么？拿它吓唬人吗？我可不是神职人员！再说，要是当真中彩的话，我把马车放哪儿？我把它塞哪儿呀？"

他们谈了很久。他们谈的时候，马卡尔（他能读会写）一直在记呀

---

① 原文为法文。

记呀。记完之后,便……如此这般……这下话就长啦,先生们!不管怎么说,由此可以引出教训:别造反!

一八八三年五月二十八日

小职员之死

一个美好的晚上，一位心情极好的庶务官伊凡·德米特里·切尔维亚科夫，坐在剧院第二排座椅上，正拿着望远镜观看轻歌剧《科尔涅维利的钟声》①。他看着演出，感到无比幸福。但突然间……小说里经常出现这个"但突然间"。作家们是对的：生活中确实充满了种种意外事件。但突然间，他的脸皱起来，眼睛往上翻，呼吸停住了……他放下望远镜，低下头，便……"阿嚏"一声！！！他打了个喷嚏。你们瞧，无论何时何地，谁打喷嚏都是不能禁止的。庄稼汉打喷嚏，警长打喷嚏，有时连达官贵人也在所难免。人人都打喷嚏。切尔维亚科夫毫不慌张，掏出小手绢擦擦脸，而且像一位讲礼貌的人那样，举目看看四周：他的喷嚏是否溅着什么人了？但这时他不由得慌张起来。他看到，坐在他前面第一排座椅上的一个小老头，正用手套使劲擦他的秃头和脖子，嘴里还嘟哝着什么。切尔维亚科夫认出这人是三品文官布里扎洛夫将军，他在交通部门任职。

"我的喷嚏溅着他了！"切尔维亚科夫心想，"他虽说不是我的上司，是别的部门的，不过这总不妥当。应当向他赔个不是才对。"

切尔维亚科夫咳嗽一声，身子探向前去，凑着将军的耳朵小声说：

---

① 法国作曲家普朗盖特（1847—1903）作的轻歌剧。

"务请大人原谅,我的唾沫星子溅着您了……我出于无心……"

"没什么,没什么……"

"看在上帝分上,请您原谅。要知道我……我不是有意的……"

"哎,请坐下吧!让人听嘛!"

切尔维亚科夫心慌意乱了,他傻笑一下,开始望着舞台。他看着演出,但已不再感到幸福。他开始惶惶不安起来。幕间休息时,他走到布里扎洛夫跟前,在他身边走来走去,终于克制住胆怯心情,嗫嚅道:

"我溅着您了,大人……务请宽恕……要知道我……我不是有意的……"

"哎,够了!……我已经忘了,您怎么老提它呢!"将军说完,不耐烦地撇了撇下嘴唇。

"他说忘了,可是他那眼神多凶!"切尔维亚科夫暗想,不时怀疑地瞧他一眼。"连话都不想说了。应当向他解释清楚,我完全是无意的……这是自然规律……否则他会认为我故意啐他。他现在不这么想,过后肯定会这么想的!……"

回家后,切尔维亚科夫把自己的失态告诉了妻子。他觉得妻子对发生的事过于轻率。她先是吓着了,但后来听说布里扎洛夫是"别的部门的",也就放心了。

"不过,你还是去一趟赔礼道歉的好,"她说,"他会认为你在公共场合举止不当!"

"说得对呀!刚才我道歉过了,可是他有点古怪……一句中听的话也没说。再者也没有时间细谈。"

第二天,切尔维亚科夫穿上新制服,刮了脸,去找布里扎洛夫解释……走进将军的接待室,他看到里面有许多请求接见的人。将军也在其中,他已经开始接见了。询问过几个人后,将军抬眼望着切尔维亚科夫。

"昨天在'阿尔卡吉亚'①剧场，倘若大人还记得的话，"庶务官开始报告，"我打了一个喷嚏，无意中溅了……务请您原……"

"什么废话！……天知道怎么回事！"将军扭过脸，对下一名来访者说，"您有什么事？"

"他不想说！"切尔维亚科夫脸色煞白，心里想道，"看来他生气了……不行，这事不能这样放下……我要跟他解释清楚……"

当将军接见完最后一名来访者，正要返回内室时，切尔维亚科夫一步跟上去，又开始嗫嚅道：

"大人！倘若在下胆敢打搅大人的话，那么可以说，只是出于一种悔过的心情……我不是有意的，务请您谅解，大人！"

将军做出一副哭丧脸，挥一下手。

"您简直开玩笑，先生！"将军说完，进门不见了。

"这怎么是开玩笑？"切尔维亚科夫想，"根本不是开玩笑！身为将军，却不明事理！既然这样，我再也不向这个好摆架子的人赔不是了！去他的！我给他写封信，再也不来了！真的，再也不来了！"

切尔维亚科夫这么思量着回到家里。可是给将军的信却没有写成。想来想去，怎么也想不出这信该怎么写。只好次日又去向将军本人解释。

"我昨天来打搅了大人，"当将军向他抬起疑问的目光，他开始嗫嚅道，"我不是如您讲的来开玩笑的。我来是向您赔礼道歉，因为我打喷嚏时溅着您了，大人……说到开玩笑，我可从来没有想过。在下胆敢开玩笑吗？倘若我们真开玩笑，那样的话，就丝毫谈不上对大人的敬重了……谈不上……"

"滚出去！！"忽然间，脸色发青、浑身打颤的将军大喝一声。

"什么，大人？"切尔维亚科夫小声问道，他吓呆了。

---

① 古希腊一个洲，居民以牧羊为业。喻安乐之邦。

"滚出去!!"将军顿着脚,又喊了一声。

切尔维亚科夫感到肚子里什么东西碎了。什么也看不见,什么也听不着,他一步一步退到门口。他来到街上,步履艰难地走着……他懵懵懂懂地回到家里,没脱制服,就倒在长沙发上,后来就……死了。

一八八三年七月二日

坏孩子

伊凡·伊凡内奇·拉普金，一个讨人喜欢的年轻人和安娜·谢苗诺夫娜·扎姆布里茨卡娅，一个翘鼻子的年轻姑娘，双双走下陡峭的河岸，坐到一张长椅上。长椅临水而立，藏在密密的柳丛里。好一处绝妙的地方！您若往这儿一坐，您就与世隔绝了——能看见您的只有鱼儿，还有那水面上闪电般跑来跑去的水蜘蛛。这对年轻人随身带着鱼竿、抄网、装蚯蚓的小罐和其他渔具。坐下后，他们立即开始垂钓。

"我真高兴，咱俩总算能单独在一块儿了，"拉普金东张西望着开始说，"我有许多话要告诉您，安娜·谢苗诺夫娜……许多许多话……当我第一次见到您的时候……鱼咬您的钩了……我立即就明白：我为什么活着，我崇拜的偶像在哪儿，我应当为谁献出我清白而勤劳的一生……咬钩的可能是一条大鱼……见着您后，我才第一次爱上一个人，爱得发狂！……等一会儿您再拉竿……让它咬死了……请告诉我，我亲爱的，我向您发誓，我能否指望——啊，我不是指望相互爱慕，不是的！——这个我不配，我连想都不敢这样想——我能否指望……您快拉竿呀！"

安娜·谢苗诺夫娜提起握着的钓竿，用力一拉，尖叫一声，一条银绿色小鱼在空中闪亮。

"天哪,一条鲈鱼!嚆,嚆……快!要脱钩了!"

鲈鱼挣脱钓钩,在草地上蹦跳着,本能地朝它称心如意的老家逃去,随即……"扑通"一声,落到了水里!

拉普金急忙去抓鱼,没有抓着鱼,不知怎么无意中抓住了安娜·谢苗诺夫娜的手,无意中又把这手送到唇边……对方急忙抽手,但为时已晚:两人的嘴无意中贴在一起,接吻了。这事有点出乎意料。接吻之后接着还是接吻,之后山盟海誓,倾诉衷肠……好幸福的时刻!可是,话又说回来,这人世间的生活中没有绝对的幸福。幸福本身包含着毒素,或者说受到外来事物的毒害。这一次也是如此。当两个年轻人热烈拥吻的时候,突然响起了一阵笑声。他们朝河面上一看,两人都吓呆了:水里齐腰站着一个赤身裸体的男孩。他叫科利亚,一个中学生,安娜·谢苗诺夫娜的弟弟。他站在河里,瞧着两个年轻人,阴阳怪气地微笑着。

"哎呀呀!……你们亲嘴呢?"他说,"好啊!我告诉妈妈去。"

"我希望,您,作为正派人……"拉普金涨红着脸开始嘟哝,"偷看别人的行为是卑鄙的,告密更是下流、可憎、可恶……我以为,像您这样正派而高尚的人……"

"给一卢布,我就不说!"高尚的人回答,"要不然,我告诉妈妈去。"

拉普金从衣袋里掏出一卢布,把它递给科利亚。对方把卢布捏在湿淋淋的手心里,一声呼哨,游走了。接下去,一对恋人再也无心接吻了。

第二天,拉普金从城里给科利亚带来了各色颜料和一个皮球。姐姐呢,先是把她所有的丸药盒都送给了他,后来又不得不送他几颗刻着小狗脸的纽扣。这个坏孩子,显然很喜欢这一套,而且为了收到更多的礼物,他开始监视他们。拉普金和安娜走到哪儿,他就跟到哪儿,一分钟也不让他们单独待在一起。

"坏蛋！"拉普金咬牙切齿地说，"年纪这么小，就已经坏透了！他长大了会成什么样的人?!"

整个六月份，科利亚不让这对可怜的恋人过上一天好日子。他扬言要去告密，不断跟梢，讨各种各样的礼物。他总觉得礼送轻了，最后便时时提起怀表来。唉，有什么办法呢？只好答应送他一块。

有一回，大家吃午饭，当仆人送上维夫饼干时，科利亚突然哈哈大笑起来，挤着一只眼，问拉普金：

"说吗？啊？"

拉普金面红耳赤，把餐巾当成维夫饼干嚼起来。安娜从桌后一跃而起，跑到另一个房间里。

在这种处境下，这对年轻人一直挨到八月底，挨到拉普金终于向安娜求婚的那一天。啊，这是多么幸福的日子！拉普金同安娜的双亲谈过话，征得了同意后，要做的第一件事就是跑进花园去找科利亚。找到他后，拉普金快活得差点放声大哭。他一把揪住坏孩子的耳朵。安娜·谢苗诺夫娜也跑来了，也来找科利亚，揪住了他的另一只耳朵。现在轮到科利亚哭着央求他们：

"亲爱的，好人哪，亲人哪，我再也不干啦！哎哟，哎哟，饶了我吧！"

这时候，一对恋人脸上那洋洋得意的表情真值得一看哩。

后来这对年轻人承认，在他们整个相恋期间，他们从来没有体验到在他们揪住那坏孩子的耳朵时所感受到的那种幸福，那种令人心醉的极度快乐。

一八八三年七月二十三日

胖子和瘦子

在尼古拉铁路①的一个火车站上,两位朋友——一个胖子和一个瘦子,相遇了。胖子刚刚在火车站餐厅里用过午餐,他的嘴唇油亮亮的,像熟透了的樱桃。他身上有一股核烈斯酒②和橙花的气味。瘦子刚从车厢里下来,吃力地提着箱子、包裹和硬纸盒。他身上有一股火腿肠和咖啡渣的气味。在他背后,有个下巴很长的瘦女人不时探头张望——那是他的妻子,还有一个眯着一只眼的中学生,他的儿子。

"波尔菲里!"胖子看到瘦子大声喊道,"是你吗?我亲爱的!多少个冬天、多少个夏天没见面啦!"

"我的老天爷!"瘦子惊呼道,"这是米沙,小时候的朋友!你打从哪儿来?"

两位朋友互相拥抱,一连吻了三次,然后彼此看着对方泪汪汪的眼睛。两人都感到又惊又喜。

"我亲爱的!"接吻后瘦子开始道,"真没有料到!简直喜出望外!哎,你倒是仔细瞧瞧我!你呢,还是那么一个美男子,跟从前一样!还是那样气派,喜欢打扮!咳,你,天哪!噢,你怎么样?发财了吧?结

---

① 莫斯科至彼得堡的铁路,以沙皇尼古拉一世命名。
② 一种烈性白葡萄酒。

婚了吧？我已经成家了，你看……这是我的妻子路易莎，娘家姓万岑巴赫……她是新教徒……这是我的儿子，纳法奈尔，中学三年级学生。纳法尼亚①，这位是我小时候的朋友！中学同班同学！"

纳法奈尔犹豫一下，摘下帽子。

"中学同班同学！"瘦子接着说，"你可记得，同学们当时怎么拿你开心的？给你起了一个外号，叫赫洛斯特拉特②，因为你用香烟把公家的一本图书烧了一个洞。我的外号叫厄菲阿尔特③，因为我喜欢告密。哈哈……当时都是小孩子哩！你别害怕，纳法尼亚！你走过来呀……噢，这是我的妻子，娘家姓万岑巴赫……新教徒。"

纳法奈尔犹豫一下，躲到父亲背后去了。

"喂，朋友，你生活得怎么样？"胖子热情地望着朋友，问道，"在哪儿供职？做多大的官啦？"

"在供职，我亲爱的！升到八品文官，已经做了两年了，还得了一枚圣斯坦尼斯拉夫勋章。薪金不高……咳，去它的！我妻子给人上音乐课，我呢，工作之余用木料做烟盒。烟盒很精致！我卖一卢布一个。若是有人要十个或十个以上，你知道，我就给他便宜点。好歹能维持生活。你知道，原来我在一个厅里做科员，现在把我调到这里任科长，还是原来那个部门……往后我就在这里工作了。噢，你怎么样？恐怕已经做到五品文官了吧？啊？"

"不对，亲爱的，再往上提，"胖子说，"我已经是三品文官了……有两枚星章。"

刹那间，瘦子脸色发白，目瞪口呆，但很快，他的脸往四下里扭动，做出一副喜气洋洋的笑容。似乎是，他的脸上、他的眼睛里直冒金星。

---

① 纳法奈尔的爱称。
② 古代希腊人，他为了扬名于世，在公元前356年焚烧了世界七大奇观之一的阿泰密斯神庙。
③ 古代希腊人，曾引波兰军队入境。

他本人则蜷缩起来,弯腰曲背,矮了半截……他的那些箱子、包裹和硬纸盒也在缩小,皱眉蹙额……他妻子的长下巴拉得更长,纳法奈尔垂手直立,扣上了大衣上所有的纽扣……

"我,大人……非常高兴!您,可以说,原是我儿时的朋友,忽然间,青云直上,成了如此显赫的高官重臣!嘿嘿,大人!"

"哎,算了吧!"胖子皱起了眉头,"何必来这种腔调!你我是儿时朋友——何必来这一套官场里的奉承!"

"哪儿行呢……您怎么能这么说,大人……"瘦子缩得更小,"嘿嘿"笑着说,"大人体恤下情……使我如蒙再生的甘露……这是,大人,我的儿子纳法奈尔……这是我妻子路易莎,新教徒,某种意义上说……"

胖子本想反驳他几句,但看到瘦子那副诚惶诚恐、阿谀谄媚、低三下四的寒酸相,使得三品文官几乎要呕吐了。他扭过脸去,向瘦子伸出一只手告别。

瘦子握握他的三个指头,一躬到地,嘿嘿笑着。他妻子眉开眼笑。纳法奈尔"咔嚓"一声,收脚敬礼,把制帽掉到地上。一家三口都感到又惊又喜。

一八八三年十月一日

外科手术

地方自治局医院。由于医师回家结婚，病人暂由医士库里亚京接待。他是一个四十岁上下的胖子，穿一件很旧的柞丝绸单排扣短上衣，下穿一条破旧的花呢裤。脸上一副责任重大又心情愉悦的表情。左手的食指和中指之间，夹着一支冒臭气的雪茄烟。

诵经士奉米格拉索夫走进诊所，他是一个又高又结实的老头，穿着窄腰肥袖的棕色长袍，拦腰束一条宽皮带。他的右眼患白内障，半睁半闭着，鼻子上有一颗疣子，远看像一只很大的苍蝇。诵经士很快用眼睛搜寻圣像，没有找到，便对着一个盛着石碳酸溶液的长颈大玻璃瓶画了一个十字。随后从红布巾里取出一块圣饼，边鞠躬边把它放到医士面前。

"啊……谢谢啦！"医士打着哈欠说，"您有何贵干？"

"祝您礼拜天过得好，谢尔盖·库兹米奇……我有件事求您……对不起，还是圣诗里说得千真万确：'我所饮的，掺着眼泪。'几天前，我坐下跟老婆子一块儿喝茶——哎哟，我的上帝！我连一点一滴也喝不进去，就想躺下，真不如死掉的好……刚喝那么一小口——就痛得我没一点儿力气了！除了牙痛，整个这半边脸……好痛啊，好痛啊！这耳朵里也突然痛起来，不行啊，就像里面有颗钉子，或是别的什么东西：一阵阵刺痛,一阵阵刺痛!作孽呀!犯戒呀!……可耻的罪恶迷住心窍,终生在懒惰中……报应呀,谢尔盖·库兹米奇,报应呀!大司祭神父做完弥撒后责备我:'你呀,叶菲姆,口齿不清,鼻音很重。你唱诗时,叫人一点儿也听不清你唱什么。'请您来评评理:要是连嘴都张不开,还能唱什么诗呢!脸都肿了,不行啊,夜里也睡不着……"

"噢,是的……请坐下……张开嘴!"

奉米格拉索夫坐下,张开嘴。

库里亚京皱起眉头,往嘴巴里瞧,在一排由于年老和烟熏而变黄的牙里,看到一颗龋齿。

"助祭神父要我敷上辣子泡酒——不管用。格利克里娅·阿尼西莫夫娜——求上帝保佑她老人家身体健康——给我一根从阿索斯圣山带回的细线,让我扎在胳臂上,还要我用牛奶漱口。我呢,老实说吧,线倒是扎上了,至于牛奶,我没有照办:我敬畏上帝,正是斋戒期呀……"①

"迷信!……"医士稍作停顿后又说:"牙得拔掉,叶菲姆·米海伊奇!"

"您比我清楚,谢尔盖·库兹米奇。您上过学堂,所以对这种事很内行,知道该怎么办:是拔了呢,还是上点药水,或是用点别的什么……所以才把您摆在这里,恩人哪,求上帝保佑您身体健康,好让我们为您——亲爹啊,日日夜夜祷告……直到躺进坟墓……"

"不值一提……"医士谦虚起来,他走到立柜前,开始翻寻拔牙器具,"外科手术——不值一提……这里全靠熟练,手有劲……这不费吹灰之力……前不久,地主亚历山大·伊凡内奇·叶吉佩茨基来到医院,就像您现在这样……也是牙痛……这人很有学问,什么事都要问长问短,弄个明白:怎么回事,为什么……他跟我握手,称我的名字和

---

① 俄俗,牛奶属荤食。

父名①……他在彼得堡住了七年，跟所有的教授都混熟了……我跟他待了很久……他以耶稣上帝的名义央求我：'您给我拔了它，谢尔盖·库兹米奇！'那有什么不行的？可以拔。不过，这里需要懂行，不懂就不行……牙齿有各种各样的。有的用夹钳拔，有的用专用牙钳，有的用螺旋钳②……这要因人而异。"

医士拿起专用牙钳，疑惑地看了它一分钟，之后把它放下，拿起一把夹钳。

"好吧，先生，把嘴张大些……"他拿着夹钳走到诵经士跟前说，"我这就来把它……那个……这不费吹灰之力……只要扎破牙床……顺着垂直轴心往外拽……这就成了……"他扎破牙床，"这就成了……"

"您是我们的救命恩人……我们这些蠢人啥也不懂，是天主让你们的脑子开了窍……"

"既然你的嘴张着，就别发什么议论啦……这牙容易拔，可是弄不好牙根常常拔不出来……这一颗——不费吹灰之力……"他把夹钳放上去，"等一等，别拉扯……坐好，别动……一眨眼的工夫……（用力拽）……关键是，要往深里拔（使劲拽）……别把牙根弄断了……"

"我们的天父呀……圣母娘娘呀……哎哟哟……"

"不对头……不对头……怎么拔？你别用手乱抓！把手放下！"他使劲拔，"马上就好……快了，快了……事情么，要知道并不简单……"

"天父呀……爹娘呀……"他一声尖叫，"天使呀！哎哟哟……你倒是拔呀，拔呀，你怎么拖拖拉拉拔五年呢？"

"这事嘛，要知道……属外科手术……一下子完不了……快了，快了……"

奉米格拉索夫痛得把双膝抬到胳膊肘，十个指头乱抓乱动，瞪大眼

---

① 表示尊敬。
② 一种旧时拔牙器具。

睛，上气不接下气……那张紫红的脸上冒出了汗，眼睛里涌出泪水。库里亚京站在诵经士面前累得直喘，跺着脚，用力拔……最折磨人的半分钟过去了——夹住牙齿的钳子脱落了。诵经士跳起来，用手指伸进嘴里。他摸到嘴里那颗龋齿还在老地方。

"瞧你拽的！"他用哭笑不得的腔调说，"把你拽到阴间才好！太感谢啦！既然没有本事，就别来拔牙！痛得我眼前发黑……"

"那你为什么用手抓我？"医士也生气了，"我在拔牙，你呢，老来碰我的手，还说了无数蠢话……混账！"

"你才混账！"

"你以为，乡巴佬，牙齿是好拔的吗？你来试试！这可比不得爬到钟楼上撞撞钟！（戏弄他）'没有本事，没有本事！'你说，你怎么教训起人来了！真有你的……我给叶吉佩茨基老爷，也就是亚历山大·伊凡内奇拔过牙，那一位什么事也没有，一句话也没说……人家比你高贵，也不用手乱抓……坐下！我跟你说：坐下！"

"我痛得晕头转向了……你让我喘口气……哎哟！"他坐下，又说，"就是别太久了，用力拔吧。你别拽，用力拔……一下子就拔出来！"

"居然开导起行家来了！天哪，这么一个无知无识的粗人！跟这种人生活在一起……你都要发疯！张开嘴！"他放进夹钳，"外科手术，老兄，可不是闹着玩的……这比不得在唱诗班里唱唱诗……"他用力拽，"别发抖……看来，这牙老了，牙根很深……"他使劲拽，"别动……这就对了，这就对了……别动……好，好……"响起断裂声，"我早知会这样！"

奉米格拉索夫呆呆地坐了片刻，似乎失去了知觉。他昏迷了……他的眼睛茫然望着空间，惨白的脸上满是汗水。

"我要是用专用牙钳就好了……"医士嘟哝着，"真没有料到！"

诵经士清醒过来，立即把手指塞进嘴里，在病牙的地方有两个冒尖的碎茬。

"恶……恶鬼！……"他破口大骂，"让你们这些希律①待在这里，是要我们的命呀！"

"你再骂人……"医士嘟哝着，把夹钳放回立柜，"无知无识的粗人……你在神学校里鞭子挨少了……叶吉佩茨基老爷，也就是亚历山大·伊凡内奇，他在彼得堡住了七年……多有学问……他的一件外衣就值一百卢布……可是人家不骂人……你有什么了不起？不要紧，你死不了！"

诵经士拿起桌上的圣饼，一手捂着脸颊，只好回家去了……

一八八四年八月十一日

---

① 希律（赫罗德）一世，公元前40年起为犹太国王，多疑、贪权，凡被他认为敌手的人均被杀害。基督教神话中说他获悉耶稣降世，便"大杀婴儿"。

变色龙

警官奥楚蔑洛夫身穿新大衣,手里拿一个小包,正穿过集市广场。他身后跟着一个红头发的警察,提着一筐没收来的醋栗。周围很静……广场上空无一人……那些小铺和酒馆敞开的大门,无精打采地望着这上帝创造的世界,像一张张饥饿的大嘴;店门前连个乞丐都没有。

"你怎么咬人,该死的畜生?"奥楚蔑洛夫突然听到有人喊叫,"小伙子们,别让它跑了!现在不兴咬人!抓住它!哎——呀!"

又听到小狗一声尖叫。奥楚蔑洛夫朝那边一望,他看到从商人皮丘金的劈柴场里窜出一只三条腿的小狗,它一边蹦跳着奔跑,一边往四下里张望。在它后面,有个身穿浆硬的花布衬衫和敞开的坎肩的人在拼命追赶。那人跑着,身子往前探去,扑倒在地上,一手抓住了狗的后腿。又听见狗的尖叫声和人的吆喝声:"别让它跑了!"一些睡眼惺忪的人从小铺里探头张望;很快,像从地里冒出来似的,劈柴场附近就聚起了一堆人。

"看样子要出乱子,长官!"警察说。

奥楚蔑洛夫左转九十度,大步奔向人群。在劈柴场门前,他看到,上面讲到的那个敞开了坎肩的人站着,高高地举起右手,向人们展示一根鲜血淋淋的手指。在他半醉半醒的脸上仿佛写着:"看我宰了你,畜生!"再说他的手指本身就是一面胜利的旗帜。奥楚蔑洛夫认出此人是金银首饰匠赫留金。在围观群众的中央,那挑起事端的罪魁祸首——一只尖嘴、细腿、背上有块黄斑的白毛小狗劈开前爪,趴在地上。它浑身发抖,那双泪汪汪的眼睛里充满了愁苦和恐惧。

"这里出什么事了?"奥楚蔑洛夫挤进人群,问道,"为什么事?你干吗竖起手指头?谁大喊大叫的?"

"我走我的路,长官,也没有招惹谁……"赫留金冲着拳头咳几声,开始说,"我来跟米特里·米特里奇谈劈柴的事。忽然这该死的狗无缘无故就咬我的手指头……请您原谅我,我是一个工匠……我的活儿很精细,得让他们赔偿我的损失——我这只手指头可能一个礼拜都不能动……长官,这种事律书上可没有写着:让狗咬了你还得忍着……要是每个人都乱咬一气,真不如死了算了……"

"啊哈!……好……"奥楚蔑洛夫清清嗓子,皱起眉头,厉声说,"好……这是谁家的狗?这事我不能不管。我要叫你们瞧瞧厉害,乱放狗有什么好处!也该管管这些不想遵守法令的先生了!等他挨了罚,这坏蛋就会从我这里知道,乱放狗和其他家禽会怎么样!我要让他吃点苦头!……叶尔特林,"警官吩咐警察,"调查清楚,这是谁家的狗,再做一份违警记录!这狗该除掉——立刻去办!——多半是只疯狗……哎,我问你们:这是谁家的狗?"

"像是日加洛夫将军家的狗!"人群中有人回答。

"日加洛夫将军家的?啊哈!……叶尔特林,你过来帮我把大衣脱了……不得了,天气真热!想必快要下雨了……只是有一点我不明白:它怎么能咬你呢?"奥楚蔑洛夫对赫留金说,"难道它能够着你的手指头?它很小!你呢,却身高马大!你可能叫钉子扎了指头,后来才想出这个主意来骗人。你可是……那种出了名的人!我知道你们这些鬼东西！"

"长官，他用烟头烧它的嘴脸取乐，那狗一点也不傻，就咬了他一口……长官，他这人爱胡说八道！"

"你瞎说，独眼龙！你也不想想，这个……那个……我干吗要撒谎？警官先生是聪明人，他老人家明白，谁说瞎话，谁像在上帝面前一样问心无愧……我要是说了假话，那就让民事法官来审问我好了……他那本律书上写着……现在人人都平等了……我本人就有一个兄弟在宪兵队里……你们想知道的话，他……"

"少说废话！"

"不对，这狗不像是将军家的，"警察深思熟虑地指出，"将军家没有这种狗，他养的多半是猎犬……"

"这你能肯定吗？"

"肯定，长官……"

"我早就知道。将军家的狗都很名贵，都是纯种狗，而这只——鬼知道算什么！皮毛，相貌，一无可取……一看就知道是贱种……这种狗谁养？你们的脑袋都长哪儿啦？这种狗在彼得堡、在莫斯科会怎么处置，你们知道吗？那里不管法令不法令，立即就——叫它出不来气！赫留金，你遭了难，这件事要一追到底……应当惩一儆百！现在该……"

"也可能是将军家的……"警察自言自语地说，"它的脸上又没有记号……前几天我在他家院子里见过这样一只狗。"

"没错，是将军家的！"人群中有人说道。

"啊哈！……叶尔特林老弟，你过来给我穿上大衣……怎么有股风？……浑身发冷……这样吧，你把狗抱到将军家，问一声就行了。你就说，狗是我找到的，派你给送来了……告诉他老人家往后别再放到街上……这狗恐怕很名贵，要是每一个蠢猪都用烟头戳它的鼻子，那损失就大了。狗这种动物可娇气哩……而你，蠢货，把手放下！用不着展览你那根愚蠢的手指头！你自讨苦吃……"

"将军家的厨子来了，问问他……喂，普罗霍尔！亲爱的，你上这儿来！瞧瞧那狗……是你们家的吗？"

"瞎说！我们家从来没有这种狗！"

"这事用不着多问，"奥楚蔑洛夫说，"这是野狗！这事也用不着多说……既然我说是野狗，那就肯定是野狗……把它除掉，就完事了。"

"这狗不是我们家的，"普罗霍尔接着往下说，"这是将军兄弟的狗，他才来不久。我们家主子不喜欢这种细长腿的狗，可他老人家的兄弟喜欢……"

"这么说，莫非他老人家的兄弟来了？是弗拉基米尔·伊凡内奇？"奥楚蔑洛夫问道，这时他的脸漾出深受感动的笑容，"咦，天哪！我怎么还不知道呢？他老人家是来做客的吧？"

"是的……"

"咦，天哪……想念亲兄弟了……我居然不知道！这么说，这是他老人家的狗了？非常高兴……把它领回去吧……这小狗模样怪不错……很机灵……一口咬了这个人的手指头！哈哈哈！……哎，你发抖干什么？汪汪……汪汪……它生气了，小坏包……好一条小狗崽子……"

普罗霍尔唤过小狗，领着它离开了劈柴场……人们哈哈笑着拿赫留金开心。

"等着我来收拾你！"奥楚蔑洛夫对他威胁说，他裹紧大衣，继续在集市广场上巡视。

一八八四年九月八日

假　面

某地社交俱乐部，出于为慈善事业募捐的目的，举办了一次假面舞会，或者用当地女士们的说法，就是化装舞会①。

已是午夜十二点。几个没有跳舞、不戴假面的知识分子（他们一共五人），围坐在阅览室里一张大桌旁，把鼻子和胡子藏到报纸里，在看报、打盹，而且，据京都报纸驻本地记者，一位颇有自由派倾向的先生的表述，在"思考"。

从大厅里传来卡德里尔舞曲"纺车"的乐声。在门外，不时有仆役跑过，响起咚咚的脚步声和杯盘的叮当声。阅览室里却十分安静。

"看来这里更舒服！"突然响起一个低沉而喑哑的声音，这声音更像是从炉子里发出来的，"都上这儿来！快点，朋友们！"

门敞开了，一个虎背熊腰的男人闯进阅览室，他穿着马车夫的号衣，一顶宽边帽上插着几根孔雀毛，脸上蒙着假面。在他身后跟进来两个戴假面的女人和一名端托盘的仆役。托盘上摆着一个盛满烈性甜酒的大肚玻璃瓶，三瓶红葡萄酒和几只杯子。

"都上这儿来！这里更凉快，"男人说，"把托盘放桌上……你们坐

---

① 原文为法文。

下吧，小姐们！热——武——阿——拉——特里蒙特朗①，你们呢，先生们，都挪开……别待在这里！"

男人的身子摇晃一下，一挥手，把桌上的几本杂志抹到了地上。

"把托盘摆到这儿来！你们呢，看报的先生们，给让开地方。现在不是看报和研究政治的时候……把报纸都扔了！"

"我请你安静点，"有个知识分子透过眼镜，瞧了瞧那人的假面说，"这里是阅览室，不是小吃部……这里不是喝酒的地方。"

"为什么不是？莫非桌子摇晃，还是天花板会塌下来？怪事！不过……现在没工夫跟你们闲扯！你们把报纸扔了……你们看了不少时间，也就够了。不看报你们已经够聪明的了，再说看报伤眼睛。最主要的是，我不要你们看报，就这么回事！"

仆役把托盘摆到桌上，把手巾搭在胳膊肘上，在门旁站定。两个女人立即抓起了红葡萄酒。

"天下怎么会有这样的聪明人，居然认为报纸比美酒还好，"插孔雀毛的男人给自己倒了一杯烈性甜酒，开口说，"照我看来，你们这些可敬的先生之所以喜欢看报，是因为你们没钱买酒喝。我说对了吧？哈哈！他们老看报！喂，那上面写什么啦，眼镜先生？您读到哪些事件？哈哈！得了吧，别看了！你别再装模作样！不如来喝一杯！"插孔雀毛的男人稍稍挺起身子，从眼镜先生手里一把夺过报纸。对方先白了脸，后来又红了脸，吃惊地看看其余的知识分子，那些人也吃惊地看看他。

"您忘乎所以了，先生！"眼镜先生发怒了，"您把阅览室当成了小酒馆，您竟敢放肆，夺了我手里的报纸！我不允许！您不知道您在跟谁打交道，先生！我是银行经理热斯佳科夫！……"

"我啐你这个热斯佳科夫！至于你的报纸，只配享受这种荣幸……"

---

① 读音不准的法语，意义不明。

男人拾起报纸,把它撕成碎片。

"诸位先生,这是怎么回事?"热斯佳科夫喃喃地说,他惊呆了,"真是莫名其妙,这……这简直岂有此理!"

"他老人家动怒了,"男人笑起来,"哎呀呀,吓死我了!连两条腿都直打哆嗦。是这么回事,可敬的先生们!说正经的,我都懒得跟你们说废话……因为我想同这两位姐儿单独待在这里,想在这儿找点乐子,所以请不要妨碍我们,都给我出去……有请啦!先生们!别列布欣先生,滚出去!你皱什么眉头?我叫你出去,你就乖乖地出去!给我快点!要不然小心我揍你一顿。"

"这算什么话?"孤儿院会计别列布欣红着脸、耸着肩膀说,"我简直不明白……有个无赖闯到这里……突然说出这种混账话来!"

"什么叫无赖?"插孔雀毛的男人大喝一声,他怒不可遏,一拳头捶在桌子上,震得托盘上的杯子都跳起来。"你是跟谁说话?你以为我戴上假面,你就可以胡说八道骂我吗?好一个尖嘴辣子!我叫你出去,你就出去,哪个混蛋也不准留在这里!快点,给我统统滚蛋!"

"我们马上会看到结果!"热斯佳科夫说,他激动得连镜片都冒汗了。"我要给你点厉害瞧瞧!喂,快去把值班主任叫来!"

不一会儿,一个身材矮小、头发棕红的主任走了进来,他的上衣翻领上别着蓝色小布条,跳舞跳得气喘吁吁的。

"请您出去!"他开口说,"这儿不是喝酒的地方!请到小吃部去!"

"你这是从哪儿跳出来的?"戴假面的男人说,"莫非是我叫你的?"

"请别你——你——你的,请出去!"

"你听我说,可爱的人:我给你一分钟时间……因为你是主任和头面人物,所以请你拉着这些演员的胳膊,把他们弄出去。我的姐儿们不喜欢这里有外人……她们害臊,而我既然花了钱,就希望她们露尽自然本色。"

"显然,这个蛮子不明白,他不是在猪圈里!"热斯佳科夫大声叫道,"把叶夫斯特拉特·斯皮里多内奇叫来!"

"叶夫斯特拉特·斯皮里多内奇!"俱乐部里响起呼喊声,"叶夫斯特拉特·斯皮里多内奇在哪儿?"

叶夫斯特拉特·斯皮里多内奇,一个身着警察制服的老头,立刻来了。

"请您离开这里!"他瞪大可怕的眼睛,耸动着染过的八字胡,声音嘶哑地说。

"哎呀,吓死人了!"男人快活得哈哈大笑,"真的,吓死人了!居然有这么可怕的人,你那小胡子活像猫的触须,眼睛都瞪出来了……嘿嘿嘿……"

"你少说废话!"叶夫斯特拉特·斯皮里多内奇气得浑身发抖,声嘶力竭地喊道,"滚出去!不然我叫人来把你拉走!"

阅览室里一片难以想象的嘈杂。叶夫斯特拉特·斯皮里多内奇,脸红得像煮熟的虾,不住地喊叫、跺脚。热斯佳科夫也在喊叫。别列布欣也在喊叫。所有的知识分子都在喊叫。不过,他们的声音却把假面人那低沉喑哑的声音压下去了。舞会因一片混乱而告中断,人群从大厅里拥向阅览室。

叶夫斯特拉特·斯皮里内奇为了显示自己的威风,把俱乐部里所有的警察都叫了来。他坐下开始写违警记录。

"写啊,写啊,"假面人用手指戳着笔尖说,"哎呀,现在叫我这个可怜的人怎么得了?我这个可怜虫呀!你们为什么要毁了我这个无依无靠的人呀!哈哈!好吧,现在我让你们瞧瞧!一……二……三!"

男人站起来,挺胸凸肚,猛地摘下自己的假面。他露出自己的醉脸,瞧着大家,欣赏着造成的效果,之后倒在圈椅里,快活得纵声大笑。他引起的反响的确非同小可。所有的知识分子都神色慌张,面面相觑,吓白了脸，有的直挠后脑勺。叶夫斯特拉特·斯皮里内奇不安地清着嗓子，像个无意中做了蠢事的人。

大家认出这个捣乱分子原来是当地的百万富翁、工厂主、世袭的"荣誉公民"皮亚季戈洛夫，这人向来以喜欢胡闹、热心公益事业而扬名乡里，另外，正如当地通报里不止一次所载的那样，他还"满怀对教育事业的爱"。

"怎么样，你们走还是不走？"皮亚季戈洛夫沉默片刻后问道。

知识分子们都哑口无言，踮起脚尖不声不响地走出阅览室。等他们走后，皮亚季戈洛夫立即反锁上门。

"你一定早知道他是皮亚季戈洛夫！"过了一会儿，叶夫斯特拉特·斯皮里多内奇摇着那个端着酒进阅览室的仆役的肩膀，声音嘶哑地小声说，"为什么你一声不吭？"

"他老人家不许说，长官！"

"不许说……等我把你这个该死的畜生关起来，蹲上一个月班房，到时候你就知道'不许说'的厉害了！滚开！而你们倒好，诸位先生，"他转身又对那些知识分子说，"居然造反了！你们就不能离开阅览室十分钟！好了，现在你们去收拾这烂摊子吧。唉，先生们，先生们……我可不喜欢这样，真的！"

知识分子们在俱乐部里走来走去，一个个都垂头丧气，心神不定，满脸愧色，喃喃自语，似乎预感到大难即将临头……他们的妻子和女儿听说皮亚季戈洛夫"受了委屈"而大发脾气，吓得都不敢出声，早早就各自回家了。舞会中止了。

夜里两点钟，皮亚季戈洛夫才从阅览室里出来。他喝醉了，走路东歪西倒。他来到大厅，在乐队旁坐下，在乐曲中打起瞌睡，后来愁苦地垂下头，立即鼾声大作。

"别奏乐！"主任们对乐师们直摇手，"嘘！……叶戈尔·尼雷奇睡着了……"

"请问，要不要把您送回府上，叶戈尔·尼雷奇？"别列布欣俯身凑着百万富翁的耳朵问。

皮亚季戈洛夫努努嘴唇，那样子好像要吹掉脸上的苍蝇似的。

"请问，要不要把您送回府上？"别列布欣又问一遍，"或是吩咐备好马车？"

"啊？谁？你……你有什么事？"

"该把您送回府上，先生……现在是睡觉的时候了……"

"我要回……回家……你送我……回去！"

别列布欣高兴得眉飞色舞，赶紧扶起皮亚季戈洛夫。其余的知识分子立即跑过来帮忙，他们愉快地微笑着，七手八脚把这位世袭"荣誉公民"抬起来，小心翼翼地把他送到马车上。

"只有演员，只有天才，才能愚弄这么一大群人，"热斯佳科夫扶他坐下时快活地说，"我确实感到震惊，叶戈尔·尼雷奇！直到现在我还想笑……哈哈……可是我们呢，还大动肝火，瞎折腾！哈哈！你们信吗？哪回看戏我都没有这样开怀大笑过……滑稽透了！这辈子我都会记住这个难忘之夜！"送走皮亚季戈洛夫后，那几个知识分子便面露喜色，开始安下心来。

"临走时他还向我伸出手来哩，"十分得意的热斯佳科夫说，"这么看来，万事大吉了，他不生气了……"

"愿上帝保佑！"叶夫斯特拉特·斯皮里多内奇松了口气说，"恶棍，无赖，可是要知道，又是慈善家！……真没法说！……"

一八八四年十月十三日

牡　蛎

我不必费力追忆，就能记起一件往事的全部细节。那是一个阴雨绵绵的秋天的傍晚，我和父亲站在莫斯科的一条熙熙攘攘的大街上，我感到一种奇怪的病渐渐控制了我。没有一点疼痛，但两条腿不由得弯下去，要说的话哽在喉咙，头无力地歪到一边……显然，我很快会倒下去，失去知觉。

这时如果把我送进医院，医生们一定会在我的病历卡上写上"饥饿"①字样——这种病在任何医学教科书里是找不到记载的。

我的父亲挨着我站在人行道上。他穿着很旧的夏季大衣，一顶花条呢帽里露出一团棉花。他的脚上穿一双又大又重的胶皮雨鞋。这个世俗的人生怕别人看出他光脚穿着雨鞋，便在小腿上又套了一副旧皮靴筒。

这个可怜而又有点糊涂的怪人，随着他那件做工考究的夏季大衣变得越来越破旧和肮脏，我对他的爱却越来越深厚。他在五个月前来到京城，想谋求一个文书职位。这五个月来，他一直在城里东奔西跑，到处找事做，直到今天才下决心跑到大街上来乞讨……

在我们对面是一幢高大的三层楼房，挂着蓝色招牌——"旅店"。

---

① 原文为拉丁文。

我的头软弱无力地往后仰或朝两边歪，我不由自主地朝上方看，望着旅店那灯火通明的窗子。窗内闪动着人影，可以看到一架轻便管风琴的右半边、两幅粗劣的彩画和挂着的电灯……我盯住一扇窗子，看到一块发白的东西。那东西一动不动，轮廓方正，在四周深褐色的背景上十分醒目。我瞪着眼睛细看，认出那是挂在墙上的一块白色牌子。那上面有字，但究竟是什么字，我就看不清了……

足足有半个钟头，我不让眼睛离开这块牌子。那片白色吸引住我的视线，似乎对我的脑子在施催眠术。我竭力想读出牌子上的字，但我的努力却是白费。

最后，那奇怪的病开始显示威力。

马车的辘辘声在我听来像是隆隆地响雷，在大街上的臭气中我能分辨出上千种气味，在我的眼里，那旅店的灯光和街灯成了令人目眩的闪电。

我的五种感官都高度紧张，极度灵敏。我开始看到从未看到的东西。

"牡蛎[①]……"我终于看清了牌子上的字。

好古怪的字！我在这世上活了整整八年零三个月，怎么一次也没听到过这个词呢？这是什么意思？不会是旅店老板的姓吧？可是姓氏招牌通常挂在大门口，而不是挂在墙上！

"爸爸，牡蛎是什么？"我费力地把脸转向父亲，哑着嗓子问道。

父亲没有听见。他正专心地注视着人群的流动，目送着每一个经过他身边的人……凭他的眼神我看出，他想对行人说点什么，但那句重如秤砣的要命的话，却始终挂在他颤抖的嘴唇上，怎么也吐不出来。他甚至朝一个行人迈出一大步，碰碰他的衣袖，但等那人回过头来时，他

[①] 牡蛎，也称蚝、海蛎子，海洋软体动物，肉供食用，是餐馆中一道价钱很贵的海鲜。

连忙说声"对不起",一脸尴尬地倒退回来。

"爸爸,牡蛎是什么?"我又问一遍。

"一种动物……生活在海洋里……"

我立即想象出这种从未见过的海洋动物是什么模样。它应当是介于鱼虾之间的一种东西。既然它生活在海洋里,那么用它再加上胡椒和月桂叶肯定能做出一盆十分鲜美的热汤,或是做一盆带脆骨的酸辣汤,或是做成虾酱似的浇汁,或是加上洋姜做成冷冻……我生动地想象着,人们怎样从市场上带回这种动物,赶快把它收拾干净,赶快下锅……快,快,因为大家都饿了……饿极了!从厨房里飘出煎鱼和虾汤的香味。

我感到这股香味惹得我的上颚和鼻孔发痒,而且这种感觉渐渐地遍及全身……旅店、父亲、白牌子、我的袖子,全都冒出这种香味。香味浓极了,惹得我开始咀嚼起来。我又嚼又咽,好像我的嘴里当真含着一块牡蛎肉似的。

我感到极大的满足,腿却不由得弯下去,我怕摔倒,便抓住父亲的袖子,身子紧紧贴着他那湿漉漉的夏季大衣。父亲紧缩着身子,直打哆嗦。他发冷……

"爸爸,牡蛎是素烧,还是荤烧?"我问道。

"这东西要生吃……"父亲说,"它有壳,像乌龟一样,不过……它有两片壳。"

刹那间,鲜美的香味不再惹得我浑身发痒,幻想破灭了……现在我全明白了!

"真恶心,"我小声说,"真恶心!"

牡蛎原来是这样!我一直把它想象成青蛙那样的动物,现在这只青蛙藏在壳里,睁着亮闪闪的眼睛朝外看,不断摆动它那极难看的下颌。我想象着,人们怎样从市场上带回这种有壳、有螯、眼睛闪亮、皮肤黏糊糊的动物……所有的孩子见了都躲起来，只有厨娘厌恶地皱起眉头，抓住它的一只大鳌，把它放在盘子里，再送到饭桌上。大人们拿起来就吃……吃生的，连同它的眼睛、牙齿、爪子都吃进去！可它"吱吱"直叫，极力咬人的嘴唇……

我皱起眉头，可是……可是为什么我的牙齿却开始咀嚼起来？这牡蛎样子可怕，令人讨厌，令人作呕，可我还是吃它，吃得狼吞虎咽，生怕尝出它的味道，闻出它的气味。吃完一只，我已经看到第二只、第三只的亮闪闪的眼睛……我把它们都吃了……最后我吃餐巾，吃盘子，吃父亲的胶皮雨鞋，吃那块白牌子……凡是我的眼睛看到的东西，我统统吃下去，因为我感到，只有吃下东西，我的病才会好起来。那些牡蛎可怕的睁着眼睛，奇丑无比，我一想到它们就浑身打颤，但我还是要吃！吃！

"给我牡蛎！给我牡蛎！"这呼喊从我的胸中迸发，我朝前伸出双手。

"行行好，先生们！"这时，我听到父亲那低沉而压抑的声音，"真不好意思求人，可是，我的上帝，这孩子顶不住了！"

"给我牡蛎！"我呼喊着，揪住父亲的大衣后襟。

"小小年纪，难道你会吃牡蛎？"我听见身边有人发笑。

在我们面前站着两个戴圆筒礼帽的先生，他们哈哈笑着瞧着我的脸。

"你这个小家伙想吃牡蛎？当真？有意思！你知道怎么吃吗？"

我记得，这时，一只有力的手把我拖进了灯火通明的旅店。很快，我的身边就围上了一堆人，他们哄笑着好奇地瞅着我。我在一张桌旁坐下，开始吃一样滑溜溜的东西，那东西很咸，有一股潮气和霉味。我狼吞虎咽地吃起来，不嚼，不看，也不想弄清我吃的是什么。我觉得，如果我睁开眼睛，那我一定会看到一对亮闪闪的眼睛、鳌和尖利的牙齿。

我忽然嚼到一样硬东西。"嘎巴"一声咬碎了。

"哈哈哈！他连壳也吃了！"人们大笑，"小傻瓜，难道这也能吃吗？"我记得后来我渴得厉害。我躺在自己的床上，却睡不着，因为我全身灼痛，发烫的嘴有一股怪味。我的父亲从一个屋角走到另一个屋角，不停地挥着手比画着。

"我好像着凉了，"他嘟哝道，"我感到脑袋里……好像里面有个人……恐怕是因为我今天没有……那个……没有吃过东西……我这人，真的，是有点古怪，糊涂……我明明看到那些先生为牡蛎付了十卢布，我怎么不走过去，向他们讨几个……借几个钱呢？他们多半会给的。"

到第二天清晨我才睡着，我梦见了一只有螯、有壳、眼珠子老转动的青蛙。中午我渴得醒过来，睁开眼睛找父亲：他依旧走来走去，不停地挥着手比画着……

一八八四年十二月一日

小人物

"尊敬的阁下，父亲，恩人！"文官涅维拉济莫夫在起草一封贺信，"祝您在这个复活节①及未来的岁月中身体健康、吉祥如意，并祝阖府安康……"

灯里的煤油快要烧干，冒着黑烟，发出焦臭味。桌子上，在涅维拉济莫夫写字的那只手旁边，一只迷途的蟑螂在慌张地跑来跑去。同值班室相隔两个房间，看门人巴拉蒙已经第三遍擦他那双节日才穿的皮靴。他擦得很起劲，所有的房间里都能听到他的啐唾沫声和上过鞋油的刷子的沙沙声。

"还得给他，那个混蛋，再写点什么呢？"涅维拉济莫夫这样思忖着，抬眼望着熏黑的天花板。

在天花板上他看到一个发黑的圆圈，那是灯罩的阴影。下面是落满灰尘的墙檐，再下面便是墙壁——早先刷成深褐色。这值班室让他感到像沙漠般荒凉，他不仅可怜起自己来，也可怜起那只蟑螂了……

"我值完班还能离开这里，可它却要一辈子在这里值班，"他伸着懒腰想道，"苦闷啊！要不我也去刷刷皮靴？"

---

① 犹太教和基督教春天的节日，此节同基督复活的神话有关。东正教的复活节一般在俄历3月22日至4月25日之间。

涅维拉济莫夫又伸了个懒腰，这才懒洋洋地朝传达室踱去。巴拉蒙已经不擦皮靴了……他一手拿着刷子，一手画着十字，站在通风小窗前听着……

"打钟了，先生！"他对涅维拉济莫夫小声说，睁大一双呆滞的眼睛望着他，"已经打钟了，您听。"

涅维拉济莫夫把耳朵凑到小窗口，也倾听起来。复活节的钟声随同春天的清新空气，一齐从窗口涌进室内。各处的教堂钟声齐鸣，大街上来来往往的马车辘辘作响，在这片乱哄哄的声音中，只有最近的教堂那活跃而高昂的钟声清晰可辨，不知谁发出一阵刺耳的大笑。

"人真多啊！"涅维拉齐莫夫看了看下面的街道，叹口气说。在那些亮着的街灯下面不时闪过一个个人影。"大家都跑去做晨祷了……我们的人现在恐怕喝足了酒，在城里闲逛哩。有多少笑声和谈话声！只有我倒霉透了，在这种日子还得在这里坐着。而且每年都是如此！"

"谁叫您拿人家的钱呢？要知道今天不该您值班，是扎斯杜波夫雇您当替身。别人都去玩乐了，您却在这里替人值班……这是贪财啊！"

"见鬼，这怎么叫贪财呢？没有什么财可贪的：统共才两个卢布，外加一条领带……是贫穷，而不是贪财！可是眼下，你知道，要是能跟大伙儿一道去做晨祷，然后开斋，那该多好啊……喝上那么几杯，吃点冷荤菜，然后躺下睡他一觉……或者你往桌旁一坐，桌上摆着受过圣礼的库利契①，茶炊在咝咝地响，身边还有那么一个迷人的小妖精②……你喝上一小杯，摸摸她的小下巴，那东西还真撩人心魄……这时你会感到自己是个人……唉……我这一辈子算完了！你瞧，有个骗子坐着四轮马车招摇过市了，可你却不得不待在这里，再就是想想心事……"

"各人有各人的造化，伊凡·达尼雷奇。上帝保佑，您也会升官晋

---

① 一种专为复活节烤制的圆柱形大甜面包。

② 原文为法文。

级，日后坐上四轮马车的。"

"我？嘿，不行，伙计，你开玩笑。即使拼了命，我这九品文官也上不去了……我没有受过教育。"

"我们的将军也没有受过教育，可是……"

"嘿，我们的将军，他在做将军之前，早偷盗了十万公款。他那副派头，伙计，我可比不上……凭我这副模样也不会有什么出息！连姓也糟透了：涅维拉济莫夫①！总而言之，伙计，这种处境是没有出路的。你愿意，就活下去；你不愿意——那就去上吊……"

涅维拉济莫夫离开通风小窗，苦恼地在各个房间里转来转去。钟声变得越来越响……已经不必站在窗口就能听到它了。可是，钟声越是清晰，马车的辘辘声越是响亮，这深褐色的四壁和烟熏的墙檐就显得越发阴暗，煤油灯的黑烟就冒得越浓。

"莫非从值班室溜走？"涅维拉济莫夫想道。

不过，这种逃跑不会有什么好结果……即便离开了公署，在城里闲逛一阵，涅维拉济莫夫还得回到自己的住所，而他的住所比值班室更阴暗、更糟糕……就算复活节这一天他过得很好，很舒服，可是往后又怎样呢？依旧是阴暗的四壁，依旧要受雇于人、代人值班，依旧要写这种贺信……

涅维拉济莫夫在值班室中央站定，开始沉思。

他渴望过上一种新的美好的生活，这种渴望弄得他满心痛苦，难以忍受。他热切地想突然出现在大街上，汇入热闹的人群中，参加节日的庆典——为此才钟声齐鸣，马车轰响。他想望重温儿时的感受：合家团聚，亲人们喜气洋洋的脸，白桌布，室内亮堂而温暖……他想起了刚才一位太太乘坐的四轮马车，想起了庶务官穿了就神气活现的那件大衣，想起了秘书佩在胸前的金表链……他想起了暖和的床铺，斯坦尼斯拉夫勋章，新皮靴，袖子没有磨破的文官制服……他之所以想起这些，是

---

① 在俄语中，这个姓与"衬裤"的发音相近。

因为所有这些东西他都没有……

"莫非去偷？"他又想道，"就算偷东西不难，可是要藏好却不容易……据说，一些人带着赃物都逃往美洲，不过鬼知道这个美洲在什么地方！看来要能偷会盗，还得受过教育哩。"

钟声停了。此刻只能听到远处的马车声和巴拉蒙的咳嗽声，可是涅维拉齐莫夫的满腔愁苦和愤恨，却变得越来越强烈，越来越难以忍受。公署里的挂钟打过十二点半。

"写告密信呢？普罗什金一次告密，日后就步步高升……"

涅维拉济莫夫坐在自己桌前，陷入沉思。灯里的煤油已经烧干，冒着浓烟，眼看就要熄灭。迷途的蟑螂还在桌上爬来爬去，找不到安身之处……

"告密倒可以，可是这告密信该怎么写？要写得模棱两可，还得耍点花招，像普罗什金那样……我怎么行！这种东西一写，日后我定会受到申斥，我这个笨蛋只能见鬼去！"

于是涅维拉济莫夫开始绞尽脑汁，琢磨着摆脱困境的种种办法，目光始终落在他起草的那封贺信上。这信是写给一个他十分憎恨又惧怕的人的，十年来，他一直向这个人请求把他从十六卢布的职位提升到十八卢布的职位上……

"啊……你还在这里跑，鬼东西！"他愤恨地一巴掌拍在那只不幸让他看到的蟑螂身上，"真讨厌！"

蟑螂仰面躺在那里，拼命蹬着细腿……涅维拉济莫夫捏住它的一条腿，把它扔进玻璃灯罩里。灯罩里突然起火，发出"噼噼啪啪"的响声……

涅维拉济莫夫这才感到略为轻松些。

一八八五年三月二十三日

我的"她"

她,按照我的双亲和上司的权威说法,比我出生得早。且不管他们说得对不对,但我只知道,在我的有生之年中,没有一天不从属于她,不感到她对我的控制。她日日夜夜不离开我,我也从未表示过要离她而去的意思,因此这种结合是坚实而牢固的……然而请不要嫉妒,年轻的女性读者!这种令人感动的结合没有给我带来任何好处,只有种种不幸。首先,我的"她"日日夜夜厮守着我,不让我干点正经事情。她妨碍我阅读、写作、游玩、欣赏大自然风光……我才写了几行字,她就老来碰我的胳膊肘,分分秒秒都在引诱我到床榻上去,不亚于古代的克莉奥佩特拉引诱古代的安东尼①。其次,她像法国妓女,害得我倾家荡产。由于她的恋恋不舍,我为她牺牲了一切:前程、荣誉、舒适……多蒙她的关照,我住便宜的租屋,穿得破烂,吃得糟糕,用淡墨水写作。她吞噬一切,一切……这个贪得无厌的东西!我憎恨她,蔑视她……早该跟她分手了,但我却至今没有跟她分手,倒不是因为莫斯科的律师们办离婚案要收费四千……我们目前没有孩子……您想知道她的名字吗?好吧……名字富于诗意,它使人联想起莉丽

---

① 克莉奥佩特拉,埃及末代女皇,先为恺撒情妇,后与罗马统帅马可·安东尼相好并结婚。莎士比亚著有剧本《安东尼和克莉奥佩特拉》。

娅、列丽娅、涅丽……

她叫"琳"——懒惰①。

一八八五年六月六日

---

① 俄语"懒惰"读作 JleHb。——编者

必要的前奏

一对刚举行过婚礼的年轻夫妇从教堂乘马车回到家里。

"喂,瓦莉娅,"丈夫说,"抓住我的胡子,使劲揪。"

"天知道你想出什么主意!"

"不,不,有请啦!我求你呢!抓住,使劲揪,别客气……"

"得了,你这是何苦呢?"

"瓦莉娅,我要求你……简直是命令你!要是你爱我,就抓住我的胡子揪……这是我的胡子,揪吧!"

"说什么也不行!叫人痛苦,而这个人我又爱他胜过爱自己的生命……不,我永远也不干!"

"可是我求你!"新婚的丈夫生气了,"你听明白了吗?我要求你,而且……命令你!"

最后,经过长时间的争执,大惑不解的妻子才把小手伸向丈夫的胡子,使出全身的劲揪了一下……丈夫连眉头都没有皱一下……

"你看,我可是一点也不痛!"他说,"真的,不痛!好了,你等一等,现在该我来揪你的了……"

丈夫抓住妻子鬓角上的几根头发,使劲揪起来。妻子大声尖叫。

"现在,我的亲爱的,"丈夫总结说,"你要知道,我比你强壮许多倍,比你有耐力。今后,一旦你挥起拳头想打我,或者扬言要挖出我的眼珠的时候,你必须记住这一点……总而言之一句话:妻子要惧怕丈夫!"

一八八五年七月二十日

预谋犯

法院审讯官面前,站着一个身材矮小、消瘦异常的庄稼汉。他穿着花粗布衬衫和打补丁的裤子,那张鬓须浓重、布满麻点的脸,以及藏在耷拉的浓眉里、让人不易看清的眼睛,露出阴沉而冷漠的表情。一头蓬乱的浓发已很久没有梳理,看上去像一顶帽子,使得他的面容越发显得似蜘蛛般阴沉。他光着脚。

"丹尼斯·格里戈里耶夫!"审讯官开始说,"你走近一点,回答我的问题。本月七日,也就是七月七日,铁路看守人伊凡·谢苗诺夫·阿金福夫沿线巡查时,在一百四十一公里处,撞见你正在拧铁轨上固定枕木的螺丝帽。瞧,这就是螺丝帽……他把你同这颗螺丝帽一齐扣下了。是这样吗?"

"啥?"

"事情是像阿金福夫说的那样吗?"

"没错,是这样。"

"好。那你为什么要拧螺丝帽?"

"啥?"

"你别'啥啥啥'的,回答我的问题:你为什么要拧螺丝帽?"

"要是用不着,俺才不去拧它哩。"丹尼斯斜眼望着天花板,声音嘶哑地说。

"那你要这螺丝帽做什么用？"

"螺丝帽吗？俺们拿它做坠子……"

"'俺们'是谁？"

"'俺们'，老百姓呗……也就是克利莫夫斯克的庄稼人。"

"听着，老乡，你别跟我装糊涂，说正经的！用不着撒谎，扯什么'坠子'不'坠子'的！"

"俺一辈子没有撒过谎，这会儿说俺瞎扯……"丹尼斯眨巴着眼睛，嘟哝着，"再说，老爷，没有坠子能行吗？你若把鱼饵或是蚯蚓装到钓钩上，不加上个坠子，难道它能沉到水底？还说俺瞎扯哩……"他冷笑道，"鱼饵这东西，若是浮在水面上，能顶个屁用！鲈鱼、梭鱼、江鳕，向来往深水里钻。鱼饵若漂在水上，那只有赤梢鱼才来咬钩，再说那种事也少见……俺们那条河就没有赤梢鱼……这种鱼喜欢大河大水。"

"你跟我大讲赤梢鱼干什么？"

"啥？这可是您自己问的呀！俺们那儿，连地主老爷们也都这么钓鱼的。最不懂事的娃娃没有坠子也不去钓鱼。当然啦，也有一种人啥也不懂，嘿，没有坠子也去钓鱼。傻瓜蛋可不管章法不章法……"

"那么你是说，你拧下这颗螺丝帽是为了拿它做坠子的？"

"不为这个又为啥？总不能拿它当羊拐子①玩！"

"可是，你要做坠子尽可以拿铅块、子弹壳……或者钉子什么的……"

"铅块在大路上可找不着，得花钱去买。说到钉子，那不管用。螺丝帽这东西最好不过了……又重，还有个小洞。"

"你装什么糊涂！倒像是昨天才出生的，或者从天上掉下来的。难道你不明白，笨脑瓜，拧掉螺丝帽会造成什么后果？要不是看守人及时

---

① 一种儿童游戏，用羊蹄腕骨向远处的另一块骨头扔去，中者为胜。

发现，火车就要出轨，许多人就会丧命！你就成了杀人凶手！"

"上帝保佑，可千万别出这种事，老爷！干啥要去害人？难道俺们不信教，或是什么坏人？谢天谢地，好老爷，别说俺一辈子没害死过一个人，就连这种念头也没有转过……求圣母娘娘保佑，饶恕……瞧您说的，老爷！"

"那么依你看，火车是怎么出事的？告诉你：你拧下两三颗螺丝帽，火车就要翻身！"

丹尼斯嘿嘿冷笑，眯起眼睛怀疑地瞧着审讯官。

"得了吧！这些年来，俺们村的人拧下的螺丝帽不少，上帝保佑，可从来也没见翻车。这会儿说什么出事，害人……我若把铁轨搬了去，或是，比方说吧，扛一根大木头横在铁路上，噢，那样的话，火车倒兴许要出轨，可是……呸！不就是少一颗螺丝帽吗？"

"你要明白：那些螺丝帽是用来固定铁轨和枕木的。"

"这个俺们也懂……俺们又不是把所有的螺丝帽都拧下……还留着许多呢……俺们办事也不是不动脑筋……俺们也懂……"

丹尼斯打了个哈欠，在嘴巴上画个十字①。

"去年这地方有一列火车出轨了，"审讯官说，"现在知道是什么原因了……"

"您说啥？"

"我是说，现在知道了，为什么去年有一列火车出轨……我弄明白了！"

"您念过书，所以才明白事理，俺们的恩人……上帝知道，该让谁明白事理……您刚才评判了一大通，是怎么回事？为什么，可那个看守人也是庄稼汉，啥也不懂，就知道一把揪住俺的后脖领，拖着俺就走……你先说出个理来，再拖人也不迟呀！俗话说得好，庄稼人有庄稼人的道

---

① 一种迷信说法，打哈欠后画十字可以不让魔鬼进入口中。

理……您再记上一笔,老爷,他还扇俺两个嘴巴子,一拳打在俺胸口上。"

"搜你家的时候,又搜出另外一颗螺丝帽……那颗螺丝帽你是在什么地方什么时候拧下的?"

"您是说小红箱子底下的那一颗吧?"

"我可不知道它放在哪儿,只知道又搜出一颗。你什么时候拧下的?"

"俺可没拧,那是伊格纳什卡给我的,他嘛,就是独眼龙伊凡的儿子。俺说的是压在小箱子底下的那一颗,至于院子里雪橇上的那一颗是俺同米特罗凡一块儿拧的。"

"哪个米特罗凡?"

"就是米特罗凡·彼得罗夫呗……难道没听说过?他在俺们村编大鱼网,卖给老爷们。他需要很多这种螺丝帽。编一张网,估摸着也得十来颗……"

"你听着……刑法第一千零八十一条规定:凡蓄意破坏铁路,致使该路上行驶中的运输工具发生危险,且肇事者明知该行为的后果将造成不幸——听明白了吗?明知!而你不可能不知道,拧掉螺丝帽是什么后果——该肇事者当判处流放并服苦役。"

"当然,您知道的东西多……俺们是无知无识的人,这个俺们哪能弄懂?"

"你什么都懂!你就会瞎扯,装糊涂!"

"干啥要瞎扯?您若不信,去问问村里人好了……不加坠子只能钓钓欧鲌。赤梢鱼是最次不过的鱼了,不加坠子,就连它也不上钩的。"

"你再讲讲赤梢鱼呀!"审讯官微笑着说。

"俺那儿可没有赤梢鱼……俺有时用蛾子当饵,不加坠子,让钓丝在水面上漂,只有雅罗鱼来咬钩,再说那也少见。"

"行了,你住嘴吧……"

随后是沉默。丹尼斯不知所措地倒换着脚站定，瞅着蒙上绿绒布的桌子，使劲眨巴眼睛，仿佛他看到的不是身前的绿绒布，而是红太阳。审讯官很快写着什么。

"俺可以走了吧？"沉默半晌后丹尼斯问道。

"不行。我得把你押起来，再送进班房。"

丹尼斯不再眨眼，抬起浓眉，怀疑地望着审讯官。

"怎么要去班房？老爷！俺可没有这个闲工夫，俺得去赶集。伊戈尔欠俺三卢布的腌猪油钱，俺得去讨回来……"

"住嘴，别碍事。"

"坐班房……要是真做了坏事，去也行啊，可是……活得好好的……犯什么罪啦？俺又没有偷东西，好像也没跟人打过架……您若怀疑俺拖欠税款，老爷，那您千万别信村长的话……您一定得问问常任委员先生……他，那个村长，没有良心……"

"住嘴！"

"俺也没说啥……"丹尼斯嘟哝着，"村长尽造假账，这个俺敢对天起誓……俺家三兄弟：老大库兹马·格里戈里耶夫，老二伊戈尔·格里戈里耶夫，再就是俺，丹尼斯·格里戈里耶夫……"

"你碍我的事……喂，谢苗！"审讯官叫道，"把他押下去！"

"俺家三兄弟，"丹尼斯继续嘟哝，这时两名壮实的士兵押着他走出审讯室，"亲兄弟也不替亲兄弟担当责任……库兹马没有完税，那么你，丹尼斯，就得来承担……什么法官！俺东家是将军——可惜死了，但愿他升天——要不然他会给你们这些法官厉害瞧瞧……审案子也得有本事，不能胡来……你哪怕用树条抽我一顿，可是得有凭有据，凭良心……"

一八八五年七月二十四日

未婚夫和爸爸（现代小品）

"我听说您快要结婚啦！"在别墅舞会上有个熟人问彼得·彼得罗维奇·米尔金，"什么时候举行少年告别晚会①呢？"

"您怎么知道我快要结婚了？"米尔金一听就火了，"这是哪个混蛋告诉您的？"

"大家都这么说，何况凭种种迹象也看得出来……别保密啦，老兄……您以为我们一无所知，其实我们把您看透了，我们全知道！……嘻嘻嘻……凭种种迹象看得出来……您成天待在康德拉什金家，在那里吃午饭，吃晚饭，唱抒情歌曲……您只跟娜斯坚卡·康德拉什金娜一个人散步，只给她一个人送花，把她拖进……我们全都看在眼里，先生！前几天我遇见康德拉什金本人，他亲口说的，你们的事全妥啦，只等从别墅搬回城里，立即就举行婚礼……怎么样？愿上帝保佑！我为您高兴，更为康德拉什金高兴……要知道那个可怜的人有七个女儿！七个哪！这是闹着玩的吗？有机会弄出去一个也好啊……"

"活见鬼……"米尔金想道，"他是第十个对我提起这件婚事的人了。他们根据什么得出这种结论，叫他们统统见鬼去！就因为我天天在康德拉什金家吃饭，同娜斯坚卡散步……不——行，该制止这种流言

---

① 俄俗，新郎在结婚前夕邀伙伴举行娱乐晚会。新娘则举行少女告别晚会。

了,是时候了,弄不好这帮该死的真能包办婚姻……明天我就去跟这个蠢货康德拉什金说清楚,叫他别痴心妄想,我呢,趁早——溜之大吉!"

在上述谈话的第二天,米尔金来到七品文官康德拉什金别墅里的书房,他感到很尴尬,还有几分恐惧。

"欢迎,彼得·彼得罗维奇!"主人迎接他说,"日子过得怎么样,可以吧?闷得慌了吧,亲爱的?嘿嘿嘿……娜斯坚卡马上就来……她去了古谢夫家,一会儿就回来……"

"我,说实在的,不是来找娜斯塔西娅①·基里洛夫娜的,"米尔金吞吞吐吐地说,窘得直揉眼睛,"而是来找您的……我须要跟您谈一件事……哎呀,什么东西掉进眼睛里了……"

"那么您这是打算谈什么事呢?"康德拉什金挤了挤眼睛,"嘿嘿嘿……您干吗这么忸忸怩怩,亲爱的?咳,男子汉呀,男子汉!真拿你们这些年轻人没有办法!我知道您想说什么!嘿嘿嘿……早该……"

"说实在的,由于某种原因……事情嘛,您瞧,是这样的,我……是来向您告别的……明天我就要走了……"

"您要走,这是什么意思?"康德拉什金瞪着眼睛问。

"很简单……我要离开这里,就这么回事……请允许我感谢您全家的热情接待……您的女儿一个个都很可爱……我终生不忘这段时光……"

"对不起,先生……"康德拉什金的脸涨得通红,"我不太明白您的意思……当然,每个人都有权利离开这里……您也可以干您想干的事,可是,先生,您……想溜……您不老实,先生!"

"我……我……我不明白,我怎么想溜?"

"整个夏季,你天天来这里,又吃又喝,让人对你抱着希望,你从早到晚跟丫头们胡扯八道,可是突然间来一句:'我就要走了!'"

---

① 娜斯坚卡的正名。

"我……我从来没让人抱什么希望……"

"当然,您没有求婚,可是您的言行举止意图何在,难道不一清二楚吗?每天来吃饭,每天夜里跟娜斯佳①手挽着手……难道这一切都是没有用心的?只有未婚夫才天天在别人家吃饭,如果您不是未婚夫,难道我能供您吃喝吗?是的,您不老实!我都不想听您的话!您得求婚,否则我就……那个了……"

"娜斯塔西娅·基里洛夫娜很可爱……是个好姑娘……我尊敬她,而且……我不认为能找到比她更好的妻子,可是……我们的信念和观点不合。"

"就这么个原因?"康德拉什金眉开眼笑了,"是吗?哎呀,我的宝贝,哪能找一个跟丈夫观点完全一致的妻子呢?咳,年轻人啊,年轻人!幼稚,幼稚!只要一谈起什么观点,真是的,嘿嘿嘿……就激动得不得了……现在你们意见不合,没关系,只要小两口过上一段日子,所有这些疙里疙瘩都会磨平的……新的马路还不好走哩,等来来往往的车辆压一阵子,那就别提多平坦了!"

"您这话也在理,可是……我配不上娜斯塔西娅·基里洛夫娜……"

"般配,般配!不值一提!你是个好青年!"

"您还不了解我的种种欠缺……我穷……"

"无关紧要!您月月领薪水呢,谢天谢地……"

"我……是个酒鬼……"

"不不不!我一次也没见您喝醉过!"康德拉什金直摆双手,"年轻人不能不贪杯……我也年轻过,酒喝过了头,在所难免呀……"

"可是我酗酒成性。我这毛病是遗传的。"

"我不信!这么一个貌若鲜花的小伙子,突然间——酗酒成性!我

---

① 娜斯坚卡、娜斯佳,皆是娜斯塔西娅的小名。

不信!"

"这老鬼,你骗不了他!"米尔金心想,"不过,他可真是一心想把女儿推出去呀!"他便大声说:"除了酗酒成性之外,我还有另外一些毛病。我受贿……"

"好孩子,有谁不收受贿赂呢?嘿嘿嘿。瞧他大惊小怪的!"

"再说,在我没有得知对我的判决之前,我没有权利结婚……有一件事我一直瞒着您,现在您应当了解全部真相……我……我因为盗用公款在吃官司……"

"吃官——司?"康德拉什金惊呆了,"是吗!这可是新闻……我不知道有这宗事。的确,在判决之前你不能结婚……那么您盗用的款项很大吗?"

"十四万四千。"

"是吗,这可是一笔大数目!没错,这事确实有点西伯利亚的味道①……这么一来,我那丫头只能白白断送前程了。既然是这样,那就没话可说了,上帝保佑您吧……"

米尔金松了一口气,伸手去拿帽子。

"不过嘛,"康德拉什金考虑片刻,继续道,"如果娜斯坚卡真心爱您,那她可以跟您一道去那里。要是她害怕牺牲,那还叫什么爱情?再说托木斯克省很富饶。西伯利亚的生活,老弟,可比这里好。要不是拖家带口的,我早去了。您可以求婚!"

"这老鬼顽固不化!"米尔金心想,"只要能脱手,把女儿嫁给魔鬼他也干。"他又大声说:"可是我还没有说完……我吃官司不只因为我盗用公款,我还伪造证据。"

"反正一个样!只判一次罪!"

"呸!"

---

① 指流放西伯利亚。

"您干吗这么大声啐唾沫?"

"没什么……您听我说,我还没有向您全部坦白……别逼我说出我生活中的隐私……可怕的隐私!"

"我才不想知道您的那些隐私!琐琐碎碎,不值一提!"

"不是琐琐碎碎,基里尔·特罗菲梅奇!您要是听说了……了解到我是什么人,您肯定会跟我绝交……我……我是在逃的苦役犯!!"

康德拉什金像被黄蜂蜇了一下,猛地从米尔金跟前跳开,简直吓呆了。足足有一分钟,他张口结舌、一动不动地站着,两眼布满恐怖望着米尔金,随后他倒进圈椅里,不住地呻吟。

"真没料到……"他嘟哝道,"我用胸口捂暖了谁呀!① 走!看在上帝分上,您走吧!别让我再见着您!哎呀!"

米尔金拿起帽子,得意扬扬地朝门口走去……

"慢着!"康德拉什金叫住他,"怎么直到现在还没有逮住你呢?"

"如今我改名换姓了……逮住我可不容易……"

"您可能一辈子就这么生活,到死也没人发觉您是谁……等一等!要知道您现在是老实人了,您早已悔过了……上帝保佑您,就这样,您结婚吧!"

米尔金直冒冷汗……他实在编不出比在逃的苦役犯更吓人的故事,眼前只有一个办法:什么理由也不说,可耻地逃跑……他正准备夺门而去,这时脑子里又闪过一个念头……

"请听我说,您还不了解全部情况,"他说,"我……我是疯子,而丧失理智的人和疯子是禁止结婚的……"

"我可不信!疯子说话不可能这么有条理……"

"您说这话可见您不懂!难道您不知道,许多疯子只在犯病的时候发疯,其余的时间跟正常人没什么两样?"

---

① 出自《伊索寓言》:农夫用胸口捂暖救活了冻僵的蛇,结果被蛇咬死。

"我不信！您别说了！"

"既然这样，我给您弄一份医生证明！"

"证明我信，可是您没有……好一个疯子！"

"过半小时我就把证明给您拿来……回头见！"

米尔金抓起帽子，赶紧跑出去。五分钟后，他已经走进他的朋友菲秋耶夫医生家，可是倒霉的是，他正赶上医生在整理自己的发型，因为他刚跟妻子干了一架。

"我的朋友，我有件事求你！"他对医生说，"事情是这样的……有人非要我结婚不可，为了摆脱这场灾难，我想出了装疯的主意……从某种意义上讲，这是哈姆雷特方式①……你知道，疯子是禁止结婚的……看在朋友面子上，给我开一张疯子证明！"

"你不想结婚？"医生问。

"绝对不！"

"既然这样，那我不能给你开证明，"医生一面抚平自己的头发，一面说，"不想结婚的人绝不是疯子，恰恰相反，倒是最聪明的人……什么时候你想结婚了，你来，我一定给你开证明……只有到那时才说明你确实发疯了……"

一八八五年七月三十一日

---

① 为英国莎士比亚同名悲剧中的主人公，为了替被害的父王报仇，他扮成疯子。

普里希别耶夫中士

"普里希别耶夫中士！你被指控于今年九月三日出言冒犯并动手殴打了本县警察日金、村长阿利亚波夫、乡村警察叶菲莫夫、见证人伊凡·诺夫和加夫里洛夫，以及另外六个农民，并且前三人是在执行公务时受到侮辱的。你承认自己有罪吗？"

普里希别耶夫，一个满脸皱纹和肉刺的退伍中士，手贴裤缝立正，操起沙哑而低沉的嗓子，回答时咬清每一个字，像发布命令似的：

"长官，调解法官先生！当然，根据法律条款，法院有理由要求双方陈述当时的各种情况。有罪的不是我，而是另外那些人。整个事件是由一具死尸引起的——愿他的灵魂升天！三号那一天，我同老婆安菲莎安安静静、规规矩矩地走着，一看——河岸上聚了一大堆各式各样的人。我请问：老百姓有什么权利在这地方集会？什么目的？难道律书上写着，老百姓可以成群结伙走动的？我喊了一声：散开！开始推开众人，要他们回家去，还下令乡村警察揪住他们的脖领，把他们轰走……"

"对不起，要知道你既不是本县警察，也不是村长，难道你管得着赶散人群这种事吗？"

"他管不着，管不着！"审讯室里各个角落里的人齐声喊道，"他搅得人不得安生,大人!我们忍了他十五年了!自从他退伍回乡,从那时起,弄得人简直想从村里逃走。他把大家害苦了!"

"正是这样,大人!"村长做证说,"全村人都在抱怨。真没法跟他在一起生活!捧着圣像去教堂啦,举行婚礼啦,要不,比如说吧,出了什么事故啦,处处都有他,还大喊大叫,吵吵闹闹,总得由他来维持秩序。他揪小伙子的耳朵,跟踪监视婆娘们,生怕她们出事,倒像是她们的老公公……前几天,他挨家挨户下令不许唱歌、不许点灯。他说,没见法律规定可以唱歌的。"

"请等一下,待会儿您再提供证词,"调解法官打断他的话,"现在,让普里希别耶夫继续陈述。说吧,普里希别耶夫!"

"遵命,先生。"中士操着哑嗓子说,"您,长官,刚才说到,赶散人群不关我的事……好,先生……可要是民众闹事呢?难道能允许乡民胡作非为吗?哪一部法典里写着,可以放纵百姓,听其胡来的?我绝不许可,先生。要不是我赶散人群,给他们点厉害瞧瞧,谁又能挺身站出来?谁也不懂现行的规章秩序,可以这么说,长官,全村只有我一人知道怎样对付普通老百姓,而且,长官,我什么都能弄懂。我不是庄稼汉,我是中士军官,退役的军输给养员,在华沙当过差,还在司令部呢,先生。以后呢,请注意,我堂堂正正退了伍,当了消防队员,先生。再后来,由于病后体弱离开了消防队,在古典男子初级中学①当了两年的门卫……所有的规章秩序我都知道,先生。可是庄稼汉都是粗人,啥也不懂,就应该听我的,因为——那也是为他们好。就拿眼前这件事来说吧……我是驱赶了人群,可是岸边沙地上躺着一具捞起来的死尸。我请问:根据什么理由,尸体可以停在这个地方?难道这正常吗?县警察管什么的?我说了:为什么你这个县里的警察不把此事报告上级?兴许这个淹死的人是投水自尽,但兴许这案子带点西伯利亚的气味:说

---

① 旧俄四年或六年制学校。

不定是一桩刑事凶杀案……可是本县警察日金满不在乎,只顾抽他的烟。他还说:'这人是谁,怎么跑来指手画脚的?他是你们这儿的什么人?好像我们离了他就不知道该怎么办了。'我就说:'既然你只知道站着不管不问,可见你这个傻瓜就不知道该怎么办。'他说:'我昨天就把这事报告了县警察局局长。'我请问:为什么报告县警察局局长?根据哪部法典的哪一条?碰到这类案子,比如有人淹死,有人上吊,或者诸如此类的事,难道归县警察局局长管吗?我说,这是刑事案件,民事诉讼……我说,眼下得派专人呈报侦查员先生和法官们。我还说,第一步你得写份报告,送交调解法官先生。可是他,这个本县警察,光是听着笑。那些庄稼汉也一样。大家都笑,长官。我可以对天起誓,我说的没错。喏,这人笑了,那人笑了,日金也笑了。我说,你们都龇牙咧嘴做什么?可是县警察开口了:'这类案子调解法官管不着。'我一听这话就冒火了。县警察,你是这么说的吧?"中士转身问县警察。

"说过。"

"大家都听见了,你当着众人的面就是这么说的:'这类案子调解法官管不着。'大家都听见了,你就是这么说的……我火冒三丈,长官,我甚至吓着了。我说:'你再说一遍,坏蛋,把你刚才的话再说一遍!'他又重复了一遍……我跑到他跟前。我责问:'你怎么能这样说调解法官先生?你是本县警察,怎么反对官府?啊?'我还说:'你知道吗?调解法官先生只要他愿意,凭你这句话就可以把你这个不可靠分子送交省宪兵队!你知道吗,凭你这些政治性言论,调解法官先生可以把你发配到什么地方去?'可是村长说话了:'调解法官超出权限的事一样也做不来。他只能管管小事。'他就是这么说的,大家都听见了……我就说:'你怎么敢蔑视官府?嘿,你可别跟我开玩笑,否则,老弟,事情就不妙!'想当初我在华沙当过差,在男子中学当过门卫。那个时候,只要我一听到这类不成体统的话,我就朝大街上张望,看有没有宪兵。

'老总,'我喊,'你上这儿来!'于是把事情原原本本都报告他。现如今在乡下你跟谁说去?我气愤极了。一想到如今的老百姓放肆得很、想怎么干就怎么干、不服从命令,我心里就有气,我抡起拳头……当然我没有使劲,真的,就这么轻轻地打了一下,好叫他下次不敢再说长官您的坏话……本县警察这时出来为村长保驾。我因此连县警察也……就这样一个接一个……我一时性起,长官,嘿,要知道不这样也不行。你要是见着蠢人不打他,那就昧了良心了,何况遇到人命案子……民众闹事……"

"不行!即使民众闹事也有人会管。这方面有本县警察、村长、本村警察……"

"县警察不能样样事情都管到,再说县警察许多事不如我明白……"

"可是你要知道,这不关你的事!"

"什么,先生?这怎么不关我的事?奇怪,先生……有人胡作非为,还不关我的事!莫不是还要我去夸奖他们?刚才他们向您诉苦,说我禁止唱歌……这唱歌又有什么好处?他们放着正经事不干,就知道唱歌……如今还时兴晚上点着灯闲坐着。该睡觉了,他们却闲聊,还嘻嘻哈哈。这事我都记下来了,先生!"

"你记下什么了?"

"哪些人点灯闲坐着。"

说罢,普里希别耶夫从衣袋里摸出一张油污的小纸片,戴上眼镜,念道:

　　点灯闲坐的农民计有:伊凡·普罗霍罗夫、萨瓦·米基福罗夫、彼得罗夫。大兵的寡妇舒斯特罗娃同谢苗诺夫·基斯洛夫私姘。伊格纳特·斯韦尔乔克大搞妖术,他的老婆玛芙拉是巫婆,每天夜里跑出去挤人家的牛奶。

"够了!"法官说完开始询问证人。

普里希别耶夫把眼镜推到额头上,不胜惊讶地望着调解法官,显然这位法官并不站在他一边。他那双瞪大的眼睛发亮,鼻子变得通红。他望着调解法官,望着证人,怎么也弄不明白,为什么审讯室里各个角落传来一片埋怨声和压抑着的笑声。他更是弄不明白最后竟遭这样的判决:拘禁一个月。

"什么罪?"他大惑不解地摊开双手问,"我犯了哪条王法?"

但有一点他是清楚的,那就是这世界变了,变得简直没法活下去了。种种阴暗、沮丧的念头困扰着他。但是,当他走出审讯室,看到一群乡民聚在一起谈论什么的时候,他积习难改,不由得手贴裤缝立正,操起沙哑的嗓子,生气地喊道:

"平民百姓,散开!不准聚会!都给我回家去!"

一八八五年十月五日

名贵的狗

杜博夫,一个老兵出身、年纪不轻的中尉和志愿入伍的克纳普斯正坐在一起喝酒。

"好一条公狗!"杜博夫指着他的狗米尔卡对克纳普斯说,"名——贵——的狗哪!您注意它的嘴脸!光凭这嘴脸就值大钱了!遇上喜欢狗的人,冲这张脸就肯甩出二百卢布!您不信?这么说您是外行……"

"我懂,不过……"

"这可是长毛猎狗,英国纯种长毛猎狗!发现野物时那副姿势别提多漂亮了,还有那鼻子……真灵!天哪,多灵的鼻子!当初米尔卡还是一条小狗崽子,您知道我花了多少钱买下的?一百卢布!好狗啊!米尔卡,你这机灵鬼!米尔卡,你这小坏包!过来,过来,上这儿来……哎呀呀,我的小宝贝,我的小乖乖……"

杜博夫把米尔卡招引过来,还在它的头上亲了一下。他的眼睛里涌出了泪水。

"我谁也不给……我的小美人……小淘气。你是爱我的,米尔卡,是不是?……行了,滚一边去,"中尉突然喝道,"脏爪子尽往军服上蹭!说真的,克纳普斯,买这小狗我花了一百五十卢布!可见它很值钱!只可惜我没有时间打猎!这狗简直闲死了,也荒废了它的才能……所以我想把它卖了。您买吧，克纳普斯！您一辈子会感谢我的！哦，要是您手头紧，我可以半价让给您……出五十就带走！您这是明抢呀！"

"不，亲爱的……"克纳普斯叹了口气，"您那米尔卡要是一条公狗，也许我会买下它，可是……"

"米尔卡不是公狗？"中尉不胜惊讶，"克纳普斯，您怎么啦？米尔卡不是公——狗？！哈哈！那么照您看它是什么？母狗吗？哈哈哈！这孩子，可真行！连个公狗母狗都分不清！"

"您这样对我说话，就好像我是个瞎子或者是不懂事的娃娃……"克纳普斯生气了，"当然是母狗！"

"说不定您还会说我是一位太太吧！唉，克纳普斯，克纳普斯！亏您还专科学校毕业哩！错啦，我亲爱的，这是一条地地道道的纯种公狗！而且它比任何一条公狗要强十倍，您却说……不是公狗！哈哈……"

"对不起，米哈伊尔·伊凡诺维奇，您……您简直把我当成了傻瓜……真叫人生气……"

"得了，别生气，去您的……不买算了……您这个人死不开窍！待会儿您还会说'这狗的尾巴不是尾巴，是腿'呢……别生气。我对您本来是一番好意。瓦赫拉梅耶夫，拿白兰地来！"

勤务兵又送来一瓶白兰地。两位朋友各斟一杯，沉思起来。半个小时在相对无言中过去了。

"就算是母狗……"中尉打破沉默，沉着脸瞧着酒瓶，"真是怪事！不过这对您更好啊。它能给您下崽，一只小狗崽子就是二十五卢布……谁都愿意买您的。我真不明白您为什么这么喜欢公狗！母狗比公狗强一千倍。母狗更识好歹，更恋主人……这样吧，既然您这么怕母狗，您给个二十五卢布就带走。"

"不行,亲爱的……我一个戈比也不出。一来我不需要狗,二来我也没有钱。"

"这话您早说不就好了?米尔卡,从这儿滚出去!"

勤务兵端上煎鸡蛋。两位朋友吃起来,默默地把一平锅鸡蛋吃个精光。

"您是个好小伙子,克纳普斯,诚实……"中尉擦着嘴说,"就这么放您回去我也过意不去。见鬼去……您猜怎么着?把狗带走吧,我白送您了!"

"叫我把它弄哪儿去呀,亲爱的?"克纳普斯说完叹一口气,"再说我那里有谁能照看它呢?"

"行了,不要就不要……见您的鬼去!既不想买,也不想要……哎,您去哪儿?再坐一会儿嘛!"

克纳普斯伸个懒腰,站起来,拿起帽子。

"该走了,再见吧……"他打着哈欠说。

"那您等一下,我来送送您。"

杜博夫和克纳普斯穿上大衣,来到街上,默默地走了一百来步。

"您看我把这狗送谁好呢?"中尉开口说,"您有没有什么熟人?那条狗您已经看到了,是条好狗,纯种狗,可是……对我真是一点用处也没有!"

"我不知道,亲爱的……再说我在这地方哪儿有什么熟人?"

一直走到克纳普斯的住处,两位朋友再没有说一句话。克纳普斯握过中尉的手,打开自家的便门,这时候杜博夫咳了一声,有点迟疑地说:

"您可知道本地的那些屠夫收不收狗呢?"

"想必会收的……我也说不准。"

"明天我就让瓦赫拉梅耶夫送了去……去它的!叫人剥了它的

皮……这该死的狗！可恶极了！不但弄脏了所有的房间，昨天还把厨房里的肉全偷吃光了，下——下——贱胚子……是纯种狗倒好了，鬼知道它是什么东西，没准是看家狗和猪的杂种。晚安！"

"再见！"克纳普斯说。

便门关上了，中尉一人留在外面。

一八八五年十一月十九日

哀 伤

旋匠格里戈里·彼得罗夫,这个当年在加尔钦乡里无人不知的出色手艺人,同时又是最没出息的农民,此刻正赶着一辆雪橇把他生病的老伴送到地方自治局医院去。这段路有三十来俄里,道路糟透了,连官府的邮差都很难对付,而旋匠格里戈里又是个大懒汉。迎面刮着刺骨的寒风。空中,不管你朝哪方看,到处都是密密层层飞旋着的大雪。雪大得叫你分不清是从天上掉下来的,还是从地上刮起来的。除了茫茫大雪,看不到田野、电线杆和树林。每当强劲的寒风袭来,格里戈里都看不见眼前的车轭。那匹瘦弱的老马一步一步吃劲地拖拉着雪橇。它的精力全耗在从深雪里拔出腿来,并扯动着头部。旋匠急着赶路。他常常不安地从赶车人的座位上跳起,不时挥鞭抽打马背。

"你呀,玛特廖娜,别哭了……"他小声嘟哝,"你忍着点儿。上帝保佑,我们会赶到医院的。然后,只消一转眼工夫,你的那个病……巴维尔·伊凡内奇会给你药水喝,或者吩咐人给你放血,或者他老人家高兴,用酒精给你擦身,你那个腰痛病说好就好了。巴维尔·伊凡内奇会尽力的……他会嚷一阵,使劲跺脚,可是会尽力的……多好的老爷,待人又和气,求上帝保佑他身体健康……等我们一到,他会立即从他的诊室里跑出来,接着就数落个没完:'怎么回事?'他会嚷嚷,'为什么现在才到？为什么不按时来？难道我是一条狗，得成天围着你们这些鬼东西转来转去？为什么不在上午来？回去，给我滚回去！明天再来！'那我就求他：'医生老爷！巴维尔·伊凡内奇！好老爷！'哎，你倒是迈腿呀，我叫你发呆，恶鬼！驾！"

旋匠抽他的瘦马，也没有看他老伴一眼，继续小声地自言自语：

"'老爷！我说的是实话，就像对着上帝的面……我凭十字架起誓：天还没亮，我们就上路了。可哪能按时赶到呀？既然老天爷……圣母娘娘……发怒了，送来了这么一场暴风雪。您老人家也知道，再好的马也赶不来的，何况我那匹老马，您老人家也看到了——那不是马，那是丢人现眼！'可是巴维尔·伊凡内奇会皱起眉头，大声嚷嚷：'我知道你们这些人，总能找出理由来！特别是你，格里什卡①！我早知道你的为人！一路上恐怕又进了五六家小酒馆吧！'我就这么回答他：'难道我是恶棍，或是异教徒？老太婆快要归天了，要死了，我哪有心思一趟趟跑小酒馆！您说什么呀，您饶恕我吧！叫那些小酒馆见鬼去！'于是巴维尔·伊凡内奇就吩咐人把你抬进医院去。我就给他跪下……对他说：'巴维尔·伊凡内奇！老爷！我们对您千恩万谢啦！您要原谅我们这些傻瓜、混蛋，不要生我们庄稼人的气！您真该把我们轰出去，可您老人家还是为我们操心，瞧您的脚都沾上雪了！'巴维尔·伊凡内奇会瞪我一眼，像要打我似的，说：'你与其扑通一声下跪，傻瓜，不如平时少灌几杯白酒，可怜可怜你的老太婆。真该揍你一顿才是！''说得对，真该揍，巴维尔·伊凡内奇，您就揍我一顿吧！既然您是我们的恩人、亲爹，我们怎能不下跪呢？老爷，我说的是老实话……就像当着上帝的面……要是我撒谎，您就啐我的眼睛：只要我的玛特廖娜，也就是这个老太婆，病治好了，又能操持家务了，那么不论您老人家吩咐我做

---

① 格里戈里的昵称。

什么,我都给您做好!小烟盒,您想要的话,我可以用卡累利阿桦木①做……还有槌球,还有九柱戏的木柱,我都能旋得同外国货一样……这些东西我都替你做!一分钱也不收您的!若在莫斯科,这种小烟盒能卖四个卢布,可我不要您一分钱。'医生会笑着说:'好,行啊,行啊……我心领了!只可惜你是个酒鬼……'老伴儿,我可知道怎么跟那些老爷打交道,没有哪个老爷我不能跟他攀谈一阵,只求上帝保佑,别迷路才好。瞧这暴风雪!把我的眼睛都迷住了。"

旋匠就这样没完没了地嘟哝着。他信口唠唠叨叨,只求能稍稍减轻一下他那沉重的心情。舌头上的话很多,但脑子里的想法和问题却更多。哀伤向旋匠突然袭来,完全出乎他的意料,弄得他现在怎么也不能清醒过来、平静下来、认真想一想。在此之前,他一直过着无忧无虑的生活,就像处在醉后那种昏昏沉沉的状态,既不知道哀伤,也不知道欢乐,可是现在却突然感到心情沉重、十分痛苦。这个无忧无虑的懒汉和酒鬼不知不觉中变成了另一个人,居然忙碌起来,心事重重,急着赶路,甚至跟暴风雪对着干了。

旋匠记得,不幸是从昨天傍晚开始的。昨晚他回到家里,像往常一样喝得醉醺醺的,像往常一样,又开始骂人,挥舞老拳。老太婆瞧了一眼她的冤家,那眼神却是他从来没有见过的。往日,她那双老眼里充满了痛苦和温情,就像那些经常挨打、吃不饱肚子的狗,可现在她的眼神严厉而呆板,倒像是圣像上的圣徒或者快要死的人。哀伤就是从这双奇怪的、不祥的眼睛开始的。吓呆了的旋匠赶紧向邻居借了一匹老马,立即把老太婆往医院里送,一心指望巴维尔·伊凡内奇能用些药粉或者油膏让老太婆的眼神变回去。

"你呀,玛特廖娜,那个……"他又小声嘟哝,"要是巴维尔·伊凡内奇问起我打不打你,你就说:'从来没打过!'往后我再也不打你了。

---

① 一种花纹极美的名贵桦木。

我凭十字架向上帝起誓！再说，难道我是生性狠毒才打你的？随手就打了，没有道理。我心疼你哩。换了别人就不会这么伤心，可我现在急着送你去看病……我尽力了。瞧这风雪，好大呀！上帝啊，你发怒吧！只求你保佑我们别迷路……什么，腰痛？玛特廖娜，你怎么老不答应？我问你呢：腰还痛吗？"

他感到奇怪，老太婆脸上的雪怎么老也不化。奇怪，那张脸不知怎么显得特别瘦削，灰白里透着蜡黄，面容严厉而刻板。

"唉，蠢婆娘！"旋匠嘟哝道，"我是凭良心对你，上帝做证……可是你，那个……咳，真是蠢婆娘！再这样，我索性不把你送医院了！"

旋匠放下缰绳，犹豫起来。他不敢回头看一眼老太婆：他害怕！问她什么，她不答应，同样叫人害怕。最后，为了探个明白，他没有回头，只是去摸她的手。手冰冷，拉起后像鞭子一样落下去。

"这么说她死了。麻烦事！"

这下旋匠哭了。他不只可怜老太婆，更感到懊丧。他想：这世上的事变得真快！他的哀伤刚开了个头，怎么立即有了结尾。他还没来得及跟老太婆好好过日子，对她表表心意，疼爱她，怎么她已经死了。他跟她共同生活了四十年，但这四十年像在雾里一般过去了。酗酒，打架，受穷，没过上一天好日子。而且，像故意气他似的，正当他感悟到要疼爱老太婆、离了她就没法生活、他实在对不起她的时候，老太婆却死了。

"是啊，她还常常去讨饭！"他回想往事，"是我打发她去向人家讨面包的，麻烦事！她，蠢婆娘，再活上十年就好了，要不然，恐怕她以为我当真是那种人。圣母娘娘，我这是往什么鬼地方赶呀？现在不用去看病了，现在该下葬了。往回走！"

旋匠掉转马头，使劲抽他的马。道路变得越来越难走了。现在，连车辕都看不见了。雪橇有时撞到小枞树上，黑乎乎的东西擦伤他的手，在眼前闪过。视野之内又变得白茫茫一片，风雪飞旋。

"再从头活一次就好了……"旋匠想道。

他回想起四十年前，玛特廖娜是个年轻、漂亮、快活的姑娘，富裕人家出身。父母把女儿嫁给他，贪图他有好手艺。本来完全可以过上好日子，但不幸的是，婚礼后他烂醉如泥，一头倒在暖炕上，从此就迷迷糊糊，好像直到这一刻都还没有清醒过来。婚礼他倒记得，可是婚礼之后出了什么事——哪怕你把他打死，除了喝酒、倒头躺下、打老婆，此外他就什么也记不起来了。四十年就这样过去了。

密密层层的大雪渐渐变得灰暗了。黄昏已经来临。

"我这是往哪儿赶呀？"旋匠突然惊醒过来，"该把她埋了，我却去医院……像变傻了！"

旋匠掉转雪橇，又抽起马来。老马鼓足全身的劲，喷着鼻子，开始小跑起来。旋匠接二连三地抽它的背……身后响起撞击声，他虽然没有回头，也知道那是死去的老太婆的头在撞着雪橇。天色变得越来越黑，风变得越来越冷，越来越刺骨……

"再从头活一次就好了……"旋匠想道，"我要添置一套新工具，接受订货……把钱都交给老太婆……是的！"

后来，他无意中把缰绳弄丢了。他寻找起来，想把缰绳捡起来，却怎么也不行。他的手活动不了了……

"算了……"他心想，"反正马认路，它会拉回家的。这会儿真想睡一觉……趁下葬以前，安魂祭以前，我最好歇一歇。"

旋匠闭上眼睛，开始打盹。不久，他听到马站住不走了。他睁眼一看，自己面前有一堆黑乎乎的东西，像是小木屋，又像大草垛……

他真想从雪橇上爬下来，弄清楚是这么回事，可是全身懒得宁愿冻死，也不想动弹了……于是他安静地睡着了。

他醒过来时，发现已经躺在一间四壁油漆过的大房间里。窗外射进明亮的阳光。旋匠看到床前有许多人，第一件事他就想表明自己是个稳重而懂事的人。

"请来参加老太婆的安魂祭，乡亲们！"他说，"还要告诉东家一声……"

"唉，算了，算了！你躺着吧！"有人打断他。

"天哪，是巴维尔·伊凡内奇！"旋匠看到身边的医生，吃惊地说，"老爷哪！恩人哪！"他想跳下床，扑通一声给医生跪下，但感到手脚都不听他的使唤。

"老爷！我的腿在哪儿？胳膊呢？"

"你跟胳膊和腿告别吧……都冻坏了！唉，唉，你哭什么呀？你已经活了一辈子，谢天谢地吧！恐怕活了六十年了吧——你也活够了！"

"伤心呀，老爷，我伤心呀！请您宽宏大量原谅我！要再活上那么五六年就好了……"

"为什么？"

"马是借来的，得还人家……要给老太婆下葬……这世上的事怎么变得那么快！老爷！巴维尔·伊凡内奇！卡累利阿桦木烟盒还没有做得，槌球还没有做得……"

医生一挥手，从病房里走了出去。这个旋匠——算是完了。

一八八五年十一月二十五日

苦　恼

我把我的哀伤

向谁去诉说……①

暮色浓重。大片的湿雪在刚刚点亮的路灯周围懒洋洋地飘飞,屋顶、马背、肩膀和帽子上,已经落上一层轻柔的薄雪。车夫姚纳·波塔波夫一身雪白,像个幽灵。他弯腰弓背,缩到了一个活人身子不能再缩的地步,坐在车座上,一动也不动。哪怕有整堆雪掉到他身上,恐怕他也不认为要去抖落它……他那匹老马也是一身雪白,一动不动。它那呆呆不动的姿势,瘦骨伶仃的身架,四条直如棍子的细腿,使它像那种花一分钱就可买到的马形蜜糖饼——即使在近处看,也是这样。它多半在想心事。不管哪条牲口,一旦它被强行脱下犁头,离开了原先熟悉的灰暗景色,被扔到这里,扔进这个充满了古怪的灯火、无休止的吵闹和来去匆匆的行人的旋涡里,它是不能不想心事的……

姚纳和他的老马已经很久没有挪动地方了。他还在午饭前就赶着雪橇离开了大车店,可是一直没有生意。眼看着黄昏来临,暮色笼罩了全城。路灯暗淡的灯光让位于万家灯火,大街上也变得更热闹了。

---

① 引自《圣经·旧约》中的《诗篇》。

"车夫,去维堡区!"姚纳听到有人叫车,"喂,车夫!"

姚纳猛地哆嗦一下,透过粘着雪的睫毛看到一名身穿大氅、头戴风帽的军人。

"去维堡区!"军人又说一遍,"你是睡着了吧,啊?去维堡区!"

姚纳拉拉缰绳表示同意,这一来,马背上和他肩头的雪就成片落下来……军人坐上雪橇,车夫咂咂嘴巴,像天鹅那样伸长脖子,稍稍抬起身子,与其说出于需要,不如说出于习惯,甩了一下鞭子。老马也伸长脖子,弯起棍子样的细腿,迟迟疑疑地起步了……

"你这该死的,往哪儿闯?"起初姚纳不断听到黑暗中过往的行人在大声呵斥,"见你的鬼,你到底往哪儿走?靠右边呀!"

"你不会赶车,靠右边走!"军人生气了。

一辆四轮马车上的车夫破口大骂。一个横穿马路的行人,肩头差点撞到马脸上,恶狠狠地瞪他一眼,抖落袖上的雪。车座上的姚纳东歪西倒,如坐针毡,像中了邪似的,两个胳膊肘直往外戳,眼珠子乱转,似乎弄不明白他在什么地方、为什么落到这里。

"全是些坏蛋!"军人讥诮地说,"他们故意撞你,故意撞马。他们是商量好的。"

姚纳回头瞧瞧乘客,嚅动着嘴唇……他显然想说点什么,可是喉咙里没吐出一个字来,除了一声干咳。

"什么?"军人问道。

姚纳歪嘴苦笑一下,使足劲,这才声音嘶哑地说:

"老爷,我的那个……儿子在这礼拜死了。"

"嗯哼!……他怎么死的?"

姚纳侧过身子,对乘客说道:

"谁知道他呢!多半是得了热病……在医院里躺了三天,后来死了……上帝的旨意。"

"拐弯呀,魔鬼!"黑暗中又有人呵斥,"你瞎了吗,老狗?睁着眼瞧着点儿道!"

"快点,快点,"乘客说,"照这样子走下去,明天也到不了。快赶车!"

车夫又伸长脖子,稍稍抬起身子,费劲地但优雅地挥起鞭子。后来他几次回头看看乘客,但那人闭上眼睛,显然不想再听他的。把乘客送到维堡区之后,他把雪橇停在一家旅店前,在车座上缩成一团,又一动不动了……纷纷扬扬的湿雪又把他和他的马染成白色。一小时过去了,两小时过去了……

人行道上,走过来三个年轻人,他们大声跺着雨鞋,互相对骂。其中两人又高又瘦,另一个矮小、驼背。

"车夫,去警察局!"驼子用破锣样的声音喊道,"三个人……二十戈比!"

姚纳拉起缰绳,咂咂嘴巴。二十戈比,这价不合算,但他顾不得讲价钱……一卢布也罢,五卢布也罢——此刻对他来说都一样,只要有乘客就行……年轻人推推搡搡,骂骂咧咧,一齐拥上雪橇,而且同时抢占座位。于是他们开始解决问题:该哪两人坐下,该谁站着?经过长时间的吵骂、胡闹和指责,最后得出结论:该驼子站着,因为他个子最小。

"喂,赶车吧!"驼子站稳,发出破锣样的声音,呼吸时把气都哈到姚纳的后脑勺上,"使劲抽马!哎呀,瞧你这顶帽子,老家伙!全彼得堡找不出更糟的了……"

"嘿嘿……嘿嘿……"姚纳笑着,"有什么戴什么……"

"行,你就有什么戴什么吧。你倒是赶车呀!这一路上,你就这么赶车的?是吗?要不要给你一个脖儿拐?……"

"我的头都要裂开了……"一个高个子说,"昨天在杜克马索夫家,我和瓦西卡两人喝了四瓶白兰地。"

"我不懂你为什么要撒谎!"另一个高个子生气了,"尽胡说八道,像畜生一样。"

"我要是撒谎,让上帝惩罚我,那是真的……"

"这话要是当真,那么虱子咳嗽也是真的了。"

"嘿嘿!"姚纳又笑了,"好风趣的先生!"

"呸,见你的鬼去!"驼子气愤地骂道,"老干巴猴,你倒是会不会赶车?这样哪行呀?你得用鞭子啪啪啪抽它!哎,该死的!哎,使劲抽它呀!"

姚纳感觉到背后那驼子扭动的身躯和发颤的声音。他听着骂他的话,看着行人,于是心中的孤独感开始渐渐消散。驼子骂声不绝,直到那些独出心裁的、一长串如六层楼高的骂人话卡住他的喉咙,憋得他咳嗽起来。两个高个子开始谈起一个叫娜杰日达·彼得罗夫娜的女人来。姚纳不时回头看看他们。趁他们闲谈中片刻的间隙,他又一次回过头去,喃喃诉说:

"这礼拜……我的那个……儿子死了!"

"大家都要死的!……"驼子叹口气,咳嗽完擦擦嘴唇说,"喂,快赶车,赶车!先生们,再这么慢腾腾的,我简直受不了啦!他什么时候才能把我们送到?"

"那你给他稍稍加点油……揍他!"

"老干巴猴,你听见没有?给你一个脖儿拐!跟你们这伙人讲客气,还不如自己走路算了!……你听见了没有,蛇妖①?还是你根本不想睬我们的话?"

姚纳与其说感觉到,不如说听到了后脑勺上"啪!"的一声挨了打。

"嘿嘿……"他笑着,"好风趣的先生……上帝保佑你们身体健康!"

---

① 民谣和童话里双翅蛇身的妖怪。

"车夫，你结婚了吧？"有个高个子问。

"我吗？嘿嘿……好风趣的先生！现在我那老婆入土了……嘿嘿嘿……也就是成了坟堆了！儿子刚死，我却活着……真是怪事，死神认错了门……它没来找我，却把我儿子找去了……"

姚纳侧过身子，刚想对他们说说儿子怎么死的，这当儿驼子轻松地舒了一口气，大声说谢天谢地他们总算到了。姚纳接过二十戈比，一直望着那几个浪荡客的背影，直到他们消失在黑暗的门洞里。他又孤单了，四周又是一片寂静。平息不久的苦恼重又袭来，更加有力地撕扯着他的胸膛。姚纳的眼睛急切而痛苦地来回打量着街道两旁过往的人们。在这成千上万的行人中，难道就找不出一个人能听听他的诉说？但人们步履匆匆，没人理会他和他的苦恼……这苦恼浩如烟海，无边无际。一旦姚纳的胸膛裂开，让这苦恼源源不断地流出来，恐怕它会淹没整个世界，可是话虽如此，却没人看见它。它能容纳进这么一个小小的躯壳里，哪怕大白天打着火把你也看不见它……

姚纳看到一个提着小袋子的看门人，想跟他聊一聊。

"老哥，这会儿几点啦？"他问。

"九点多了……你怎么把车停在这儿？快赶开！"

姚纳把雪橇拉出几步，弯腰拱背，又陷入苦恼中……他觉得找人诉说也没有用。可是不到五分钟，他又直起腰，晃着头，似乎感受着一阵剧痛，他又拉起缰绳……他难以忍受了。

"回大车店，"他想，"对，回大车店！"

老马好像懂得他的心思，开始小跑起来。一个半小时后，姚纳已经坐在又大又脏的火炉旁了。炉台上，地板上，长凳上，都睡着人，他们打着呼噜。空气又臭又闷……姚纳望着熟睡的人，搔着头皮，后悔这么早就回来了……

"连点燕麦钱都没有挣到，"他想，"所以才这么苦恼呢。人要是有本事，不单自己吃饱，把马也喂得饱饱的，那他就永远心平气和了……"

屋角里有个年轻车夫忽地坐起来，睡昏昏地清着嗓子，伸手去够水桶。

"想喝水啦？"姚纳问。

"是啊，渴了！"

"那就……喝吧……可是，小兄弟，我的儿子死了……"

姚纳瞧着，他这话会引起什么反应，但他什么也没有看到。小伙子钻进被子，蒙头睡去了。老头儿不断叹气、搔头……像小伙子想喝水一样，他想找人说说话。儿子死了快一礼拜了，他还没有找着人好好说一说……该郑重其事地、详详细细地说一说。说说儿子怎么病的，怎么受病痛的折磨，临死前留了什么话，怎么死的……该好好说说下葬的事，他去医院取儿子衣服的事。乡下还有一个女儿阿尼西娅……她的事也该说一说……这阵子他想说的话难道还少吗？听的人应当唉声叹气，边听边落泪……找婆娘们会更好。她们虽则愚蠢，不过听上两句就会放声大哭的。

"我瞧瞧马去，"姚纳心想，"睡觉的时间有的是……总归睡得够的……"

他穿上衣服，来到马棚里，那里拴着他的马。他想到燕麦、干草和天气……孤单一人的时候，他不敢想儿子……找人说说儿子的事倒还可以，可是独自想他，描出他的模样来，那是绝对受不了的……

"在嚼草呢？"姚纳问他的马，看到它亮闪闪的眼睛，"噢，嚼吧，嚼吧……既然咱没挣到买燕麦的钱，那就嚼干草吧……不错，我赶车嫌老了……儿子赶车才对，不该我来赶……他是个地道的马车夫……要活着就好了……"

姚纳沉默一会儿，接着说：

"是这样,老伙计,马儿呀……库兹玛·姚内奇不在了……他没有了……谁知他无缘无故一下子死了……这会儿,打个比方,你有一头小马驹子,你就是这头小马驹子的亲娘……突然间,比方说吧,这头小马驹子突然死了,你不是也伤心吗?"

老马嚼着草,听着,把鼻息喷到主人手上……

姚纳讲得起了劲,便把心里的话统统讲给它听了……

一八八六年一月二十七日

捉 弄

一个晴朗的冬日的中午……天气严寒,冻得树木喀喀作响。娜坚卡①挽着我的胳膊,两鬓的鬈发上,嘴上的茸毛上,已经蒙着薄薄的银霜。我们站在一座高山上。从我们脚下到平地伸展着一溜斜坡,在阳光的照耀下,它像镜子一样闪闪发光。在我们身边的地上,放着一副小小的轻便雪橇,蒙着猩红色的绒布。

"让我们一块儿滑下去,娜杰日达·彼得罗夫娜!"我央求道,"只滑一次!我向您保证:我们将完整无缺,不伤一根毫毛。"

可是娜坚卡害怕。从她那双小小的胶皮套鞋到冰山脚下的这段距离,在她看来就像一个深不可测的可怕的地穴。当我刚邀她坐上雪橇时,她往下一看,不禁倒抽一口冷气,连呼吸都停止了。要是她当真冒险飞向深渊,那又会怎么样?她会吓死的,吓疯的。

"求求您!"我又说,"用不着害怕!您要明白,您这是缺少毅力,胆怯!"

娜坚卡最后让步了,不过看她的脸色我知道,她是冒着生命危险作出让步的。我扶她坐到小雪橇上,一手搂着这个脸色苍白、浑身打颤的姑娘,跟她一道跌进深渊。

---

① 娜坚卡、娜佳,均为娜杰日达的小名。

雪橇飞去，像出膛的子弹。劈开的空气迎面袭来，在耳畔怒吼、呼啸，凶狠地撕扯着我们的衣帽，刀割般刺痛我们的脸颊，简直想揪下你肩膀上的脑袋。在风的压力下，我们几乎难以呼吸。像有个魔鬼用铁爪把我们紧紧抓住，咆哮着要把我们拖进地狱里去。周围的景物汇成一条长长的忽闪而过的带子……眼看再过一秒钟，我们就要粉身碎骨了！

"我爱你，娜佳！"我小声说。

雪橇滑得越来越平缓，风的吼声和滑木的沙沙声已经不那么可怕，呼吸也不再困难，我们终于滑到了山脚下。娜坚卡已经半死不活。她脸色煞白，奄奄一息……我帮她站起身来。

"下一回说什么也不滑了，"她睁大一双布满恐惧的眼睛望着我说，"一辈子也不滑了！差点没把我吓死！"

过了一会儿，她回过神来，已经怀疑地探察我的眼神：那句话是我说的，或者仅仅是在旋风的呼啸声中她的幻听？我呢，站在她身旁，抽着烟，专心致志地检查我的手套。

她挽起我的胳膊，我们在山下又玩了好久。那个谜显然搅得她心绪不宁。那句话是说了吗？说了还是没说？说了还是没说？这可是一个有关她的自尊心、名誉、生命和幸福的问题，非常重要的问题，世界上头等重要的问题。娜坚卡不耐烦地、忧郁地、用那种有穿透力的目光打量我的脸，胡乱地回答我的问话，等着我会不会再说出那句话。啊，在这张可爱的脸上，表情是多么丰富呀，多么丰富！我看得出来，她在竭力控制自己，她想说点什么，或提个什么问题，但她找不到词句，她可能感到别扭、可怕，或者欢乐妨碍她……

"您知道吗？"她说，眼睛没有看我。

"什么？"我问。

"让我们再……再滑一次雪橇。"

于是我们沿着阶梯拾级而上。我再一次扶着脸色苍白、浑身打颤的娜坚卡坐上雪橇，我们再一次飞向恐怖的深渊，再一次听到风的呼啸、滑木的沙沙声，而且在雪橇飞得最快、风声最大的当儿，我再一次小声说：

"我爱你，娜佳！"

雪橇终于停住，娜坚卡立即回头观看我们刚刚滑下来的山坡，随后久久地审视着我的脸，倾听着我那无动于衷、毫无热情的声音，于是她整个人——浑身上下，连她的皮手笼和围巾、帽子在内，无不流露出极度的困惑。她的脸上分明写着：

"怎么回事？那句话到底是谁说的？是他——还是我听错了？"

这个疑团弄得她心神不定，失去了耐心。可怜的姑娘不回答我的问话，愁眉苦脸，眼看着就要哭出来了。

"我们是不是该回家了？"我问她。

"可是我……我喜欢这样滑雪，"她涨红着脸说，"我们再滑一次好吗？"

虽说她"喜欢"这样滑雪，可是，当她坐上雪橇时，跟前两次一样，她依旧脸色苍白，吓得透不过气来，浑身直打哆嗦。

我们第三次飞身滑下，我看到，她一直盯着我的脸，注视着我的嘴唇。可我用围巾挡住嘴，咳嗽一声，正当滑到半山腰时，我又小声说了一句：

"我爱你，娜佳！"

结果谜依旧是谜！娜坚卡默默不语，想着心事……我从冰场把她送回家，她尽量不出声地走着，放慢脚步，一直期待着我会或不会对她再说那句话。我看得出来，她的内心怎样受着煎熬，又怎样竭力克制自己，免得说出：

"这句话不可能是风说的！我也不希望是风说的！"

第二天上午,我收到一张便条:"如果您今天还去冰场,请顺便来叫我一声。娜。"从此以后,我和娜坚卡几乎天天都去滑雪。当我们坐着雪橇滑下坡时,每一次我总是小声说出那句话:

"我爱你,娜佳!"

很快娜坚卡对这句话就听上瘾了,就像人对喝酒、服吗啡能上瘾一样。现在缺了这句话她就没法生活了。当然,从山顶上飞身滑下依旧令人胆战心惊,可是此刻的恐惧和危险,反给那句表白爱情的话平添一种特殊的魅力,尽管这句话依旧是个谜,依旧折磨着她的心。受到怀疑的依旧是我和风……这二者中究竟谁向她诉说爱情,她不知道,但后来她显然已经不在乎了——只要喝醉了就成,管它用什么样的杯子喝的呢!

一天中午,我独自一人去了冰场。我混在拥挤的人群中,突然发现娜坚卡正朝山脚下走去,东张西望地在寻找我……后来,她畏畏缩缩地顺着阶梯往上走……一个人滑下来是很可怕的,哎呀,可怕极了!她脸色白得像雪,战战兢兢地走着,倒像赴刑场一般,但还是走着,头也不回,坚决地走着。她显然打定主意,最后要试一试,身边没有我的时候,还能不能听到那句美妙而甜蜜的话?我看到她脸色苍白,吓得张着嘴,坐上雪橇,闭上眼睛,像向人世告别似的滑下去……"沙沙沙"……滑木发出响声。我不知道娜坚卡是否听到了那句话,我只看到,她从雪橇上站起来时已经摇摇晃晃、有气无力了。看她的脸色可知,连她自己也不知道究竟听到什么没有,她一人滑下时的恐惧夺走了她的听觉,她已经丧失了辨别声音和理解的能力……

眼看着早春三月已经来临……阳光变得暖和起来。我们那座冰山渐渐发黑,失去了原有的光彩,最后冰雪都化了。我们也不再去滑雪。可怜的娜坚卡再也听不到那句话,何况也没人对她说了,因为这时已听不到风声,而我正要动身去彼得堡——要去很久,也许一去不复返了。

有一回，大约在我动身的前两天，薄暮中我坐在小花园里，这花园同娜坚卡居住的那个院子只隔着一道带钉子的高板墙……天气还相当冷，畜粪下面还有积雪，树木萧条，但已经透出春天的气息，一群白嘴鸦大声聒噪，忙着找旧枝宿夜。我走到板墙跟前，从板缝里一直往里张望。我看到娜坚卡走出门来，站在台阶上，抬起悲凉伤感的双目望着天空……春风吹拂着她那苍白忧郁的脸……这风勾起她的回忆：昔日，在半山腰，正是在呼啸的风声中她听到了那句话。于是她的脸色变得越来越忧郁，两行眼泪夺眶而出……可怜的姑娘张开臂膀，似乎在央求春风再一次给她送来那句话。我等着一阵风刮过去，小声说：

"我爱你，娜佳！"

我的天哪，娜坚卡起了什么样的变化！她一声欢呼，笑开了脸，迎着风张开臂膀，那么高兴、幸福，真是美丽极了。

我走开了，回去收拾行装……

这已是很久以前的事了。如今娜坚卡已经出嫁。究竟是出于父母之命，还是她本人的意愿——这无关紧要，她嫁给了贵族监护会的一名秘书，现在已经有了三个孩子。想当年，我们一块儿滑雪，那风送到她耳畔一句话："我爱你，娜佳！"——这段回忆是永生难忘的。对她来说，这是一生中最幸福、最动人、最美好的回忆……

如今我也上了年纪，已经不明白，为什么当初我说了那句话，为什么要捉弄她……

一八八六年三月十二日

相识的男人

漂亮迷人的万达——或者照身份证上的记载——荣誉公民娜斯塔西娅·卡纳夫金娜，刚出医院就落入前所未遇的困境：既无安身之处，又身无分文。怎么办？

她头一件事就是跑到信贷所，把她唯一的宝物——一枚绿松石戒指典当了。他们付给她一个卢布，可是……一个卢布能买什么呀？这点钱买不了时髦的外套，买不了漂亮的高帽，买不了古铜色的鞋子，而没有这些东西她总觉得就像光着身子一样。她感到不只是行人，就连那些马和狗也盯着她看，嘲笑她这身不像样的衣服。她一心只想着穿戴，至于吃饭住宿问题倒一点也不让她着急。

"只要遇到一个相识的男人……"她心想，"我就有钱了……谁也不会拒绝我，因为……"

可是相识的男人一个也没有遇到。晚上在"文艺复兴"俱乐部倒不难碰见他们，不过，现在她穿着这身难看的衣服，也不戴帽子，人家是不放她进门的。怎么办？经过长时间的折腾，她也走累了、坐腻了、想烦了。万达决定使出最后一招：干脆找上门去，跟某个相识的男人讨点钱。

"找谁好呢？"她寻思，"米沙不行，他是有家室的人……红毛老头子正在上班……"

万达想起了牙科医生芬克尔,一个改信东正教的犹太人。这人三个月前曾送她一只手镯,有一次在德国俱乐部晚餐席上她往他头上倒过一杯啤酒。想起这个芬克尔,她高兴得手舞足蹈了。

"他只要在家,肯定会给钱的。"她一路上想道,"他若不给,我就把他家的灯全给砸了。"

她走到牙医家门口时,已经想好了主意:她咯咯笑着跑上楼梯,飞也似的奔进他的诊室,向他讨二十五卢布……可是,她正要拉门铃,这主意不知怎么从脑子里跑掉了。万达顿时胆怯心慌起来,这在从前是不曾有过的。其实她只在一群醉汉中才大胆而放肆,现在穿一身便服,充当一个平平常常的乞讨者的角色,这种人是完全可能被拒之门外的。想到这里,她便感到自己心虚,低三下四。她又羞又怕。

"也许他已经忘了我……"她又想,还是不敢去拉门铃,"穿这身衣服叫我怎么能去见他呢?简直像个叫花子或是小市民……"

她犹豫不决地拉了一下门铃。

门后传来脚步声,这是看门人。

"医生在家吗?"她问。

此刻,如果看门人说声"不在",她会更高兴些,可是对方没有回答就让她进了门厅,帮她脱去大衣。这里的楼梯她觉得富丽而气派,不过在全部富丽堂皇的陈设中,她首先注意到一面大镜子,看到一个破衣烂衫的镜中人,没有漂亮的帽子,没有时髦的外套和古铜色的鞋子。万达甚至感到奇怪,怎么她现在穿得这么寒碜,倒像是女裁缝或洗衣妇,她心里只有羞耻,早没有那份放肆大胆的劲头,思想上她也不认为那人是万达,而是从前那个娜斯佳·卡纳夫金娜……①

"请进!"女仆说着把她领进诊室,"医生马上就来……您坐呀。"

---

① 娜斯佳为娜斯塔西娅的小名。

万达坐进软椅里。

"我这么对他说：请借我几个钱！"她心想，"这样体面些，毕竟我们是熟人。只是这个女仆最好出去。当着女仆的面多么难为情……她老站在这儿干什么？"

过了四五分钟，房门开了，芬克尔走了进来。这是个肤色发黑、身材高大的犹太人，腮帮子肥嘟嘟的，眼睛鼓出。那脸蛋、眼睛、肚子、粗壮的大腿——他身上的一切都显得那么臃肿、讨厌、冷漠。在"文艺复兴"俱乐部和德国俱乐部，他通常喝得醉醺醺的，肯在女人身上大把花钱，心甘情愿受她们的嘲弄（比如，那次万达往他头上倒了一杯啤酒，他只是微微一笑，伸出一个手指吓唬她一下）。眼前的他却是脸色阴沉，睡眼惺忪，看上去一本正经，神情冷淡，像个官僚。他嘴里还嚼着什么东西。

"您有何吩咐？"他问，正眼不看万达。

万达看看女仆那严肃的面孔，再看看芬克尔大腹便便的身子，显然他认不出她来了，她不禁脸红了……

"您有何吩咐？"牙医再问时已经生气了。

"牙……牙疼……"万达嗫嚅着说。

"啊哈……哪颗牙？在哪儿？"

万达想起她有一颗蛀牙。

"右边，下面……"她说。

"嗯哼，张嘴！"

芬克尔皱起眉头，屏住呼吸，开始检查病牙。

"疼吗？"他问，拿个铁家伙在牙齿里抠。

"疼……"万达瞎说了一句。她想："提醒他一下，他一定认得出……可是……女仆在！她老站在这儿干什么？"

芬克尔忽然对着她的嘴呼哧呼哧地直喘气，像火车头似的。他说：

"这牙我劝您别补了……您这牙没用了,有没有都一样。"

他又在牙齿里倒腾一阵,烟熏的手指弄脏了万达的嘴唇和牙床。他又屏住呼吸,把一个冰冷的东西往她嘴里一塞……万达猛地感到一阵剧痛,她尖叫一声,抓住了芬克尔的手。

"不要紧,不要紧……"他嘟哝说,"您别害怕……您这牙反正没有用处。勇敢一点。"

烟熏的手指沾着血捏着一颗拔出来的牙齿送到她的眼前。女仆走过来,把杯子放到她嘴边。

"回家用冷水漱漱口……"芬克尔说,"血就止住了……"

他站在她面前,一副盼着来人快点走开、不再来打搅他的模样。

"再见……"她说,转身朝门口走去。

"哎!那谁给我付诊费呀?"芬克尔用戏谑的语气问。

"噢,对了……"万达想起来,一下子面红耳赤,忙把用绿松石戒指当来的一卢布给了芬克尔。

来到街上,她感到比原先更加羞辱。不过现在她已经不觉得贫穷可耻。她已经不在乎她没戴漂亮的帽子,没穿时髦的外套。她走在街上,吐着鲜血,每一口鲜血都告诉她:她的生活很糟糕、很艰难,而且蒙受着种种屈辱,不但今天,而且明天、一周后、一年后—— 一辈子都这样,直到死……

"啊,这太可怕了!"她喃喃自语,"天哪,太可怕了!"

不过,第二天她已经回到了"文艺复兴"俱乐部,又在那里跳舞了。她头上戴着新的大红帽,身上穿着新的时髦外套,脚上的鞋子是古铜色的。一位从喀山来的年轻商人正请她吃晚饭呢。

一八八六年五月三日

歌　女

当年，她比现在更为年轻漂亮，歌声也更为动听。有一天，在她别墅的楼座里，坐着尼古拉·彼得罗维奇·科尔巴科夫，她的崇拜者。天气闷热难耐。科尔巴科夫刚吃完午饭，喝了一大瓶劣质葡萄酒，感到心绪不佳，浑身不舒服。两人都觉得无聊，只等暑气消退，好出外散步。

前厅里突然意外地响起了门铃声。没穿外衣、趿着拖鞋的科尔巴科夫一跃而起，疑问地望着帕莎。

"大概是邮差，也可能是女友。"帕莎说道。

科尔巴科夫从来不回避帕莎的女友和邮差，但这一次为了防备万一，他还是抱起一堆自己的衣服，走到隔壁房间里去了。帕莎跑去开门。让她大吃一惊的是，门口站着的既不是邮差，也不是女友，而是一个素不相识的女士。那人年轻漂亮，衣着考究，从各方面看来，是一位高贵的太太。

陌生女人脸色苍白，气喘吁吁，像刚刚爬完一道高高的楼梯。

"请问您有什么事？"帕莎问道。

太太没有立即回答。她朝前迈了一步，慢慢地打量着房间，然后坐下来，一副累得站不住、又像有病的样子。她一直嚅动着苍白的嘴唇，想说点什么。

"我的丈夫在你这儿吗?"她终于问道,抬起一双哭红了的大眼睛瞧着帕莎。

"什么丈夫?"帕莎小声说,立即吓得手脚冰凉了,"什么丈夫?"她又说一遍,开始发抖。

"我的丈夫,尼古拉·彼得罗维奇·科尔巴科夫。"

"不……没有……太太……我……我不认识您的丈夫。"

一分钟默默地过去了。陌生女人几次用手绢擦她苍白的嘴唇,不时屏住呼吸以克制内心的战栗,帕莎则呆若木鸡地站在她面前,困惑地、恐惧地望着她。

"那么你是说,他不在这儿?"太太已经用平静的声音问,不知怎么还古怪地微微一笑。

"我……我不知道您问的是谁。"

"你卑鄙,下流,可恶……"陌生女人一口气说下来,带着仇恨和厌恶的神气打量着帕莎。"是的,是的……你卑鄙。我非常非常高兴,我总算当面把这句话说出来了!"

帕莎感到,她一定给这位一身黑衣、眼神愤怒、手指又白又细的太太留下某种下流而丑陋的印象,她不由得为自己胖胖的红脸蛋、鼻上的雀斑和额上一绺怎么也梳不上去的刘海而感到害臊。她觉得,如果她长得瘦一些,不涂脂抹粉,不留刘海,那么她还可以隐瞒她那并不高贵的身份,她站在这个陌生而神秘的女人面前也就不至于那么恐慌和羞愧了。

"我丈夫在哪儿?"太太接着说,"不过,他在不在这里我也无所谓,可是我必须告诉你,他盗用公款的事已经败露,到处都在寻找尼古拉·彼得罗维奇……他们要逮捕他。瞧你干了什么好事!"

太太站起来,激动万分地在房间里走来走去。帕莎望着她,吓得懵懵懂懂的。

"今天就要来抓他,逮捕他。"太太说到这里抽泣起来,在这声抽泣中可以听出她的屈辱和懊丧。"我知道,是谁把他弄到了这般可怕的境地!卑鄙、下贱的东西!可憎的出卖皮肉的荡妇(太太厌恶得皱起鼻子,撇着嘴唇)。我软弱无能……你听着,下贱的女人!……我软弱无能,你比我强,但是有人会出来保护我和我的孩子们!上帝什么都看得见!他是公道的!上帝会为我的每一滴眼泪,为我所有的不眠之夜惩罚你!总有一天你会记起我这番话的。"

又是一阵沉默。太太继续在房间里走来走去,绞着手,而帕莎依旧呆呆地困惑地望着她,不明她的来意,等着她做出可怕的举动来。

"我,太太,什么也不知道!"她说完突然哭起来。

"你撒谎!"太太高声训斥,恶狠狠地瞪她一眼,"我什么都清楚!我早知道你了!我还知道,这个月他天天在你这里鬼混!"

"是的。那又怎么样?那也没有办法。我这里经常有许多客人,不过我从来不强迫任何人。来不来随各人的便。"

"我告诉你:他盗用公款的事已经败露!他利用职务之便侵吞了公款!为了你这种……为了你,他不惜去犯罪。听着,"太太在帕莎面前站住,用坚决的语气说,"你们这种人不可能有什么原则,你们活着就是为了作恶,这就是你们的目的。但也不能认为,你已经堕落得很深,你身上就没有留下一丝一毫人的感情!他有妻子、儿女……一旦他判了罪,被送去流放,那我和我的孩子们就要活活饿死……你要明白这一点!不过,眼前还有办法救他,救我和孩子们免得受穷和丢脸。如果我今天能送去九百卢布,他就平安无事了。只要九百卢布!"

"什么九百卢布?"帕莎小声问道,"我,我不明白……我可没拿过……"

"我不是跟你讨九百卢布……你没有钱,再说我也不会要你的钱。我要的是东西……像你这种人,男人通常会送你们各种贵重物品的。

你把我丈夫送的东西还我就是了!"

"太太,老爷他什么东西也没有送过我!"帕莎突然叫起来,开始明白她的来意了。

"那么钱哪儿去了?他挥霍了自己的钱,我的钱,公家的钱……所有这些钱都上哪儿去了?听着,我求你了。刚才我很气愤,对你说了许多不中听的话,我可以向你道歉。你一定恨我,这我知道,可是如果你还有一点点同情心,那就请你设身处地为我想一想!我恳求你把东西还我!"

"哼……"帕莎说着,耸耸肩膀,"我倒乐意这样做,可是,我若说谎让上帝惩罚我,老爷他真的什么东西也没有给过我。请相信我的良心。不过,您是对的,"歌女慌张起来,"有一次,老爷他是给我带来两样小玩意儿。好吧,您想要的话,我拿出来……"

帕莎拉开梳妆台的一个小抽屉,从里面取出一个空心的金镯子和一只成色不足的宝石小戒指。

"给您!"她说着,把这两样东西递给客人。

太太霍地涨红了脸,面部肌肉抽搐起来。她受到了侮辱。

"你给我的算什么东西?"她说,"我不是来乞求施舍的,我是来讨回原本不属于你的东西……你利用你的地位,榨干了我的丈夫,榨干了这个软弱而不幸的人。星期四,我看到你和我丈夫在码头上,那天你戴着贵重的胸针和镯子。所以,你用不着在我面前装扮成无辜的羔羊!我最后一次问你:你给不给我东西?"

"您这人,说真的,多奇怪……"帕莎说着,开始生气了,"我向您保证,除了这镯子和戒指,我从您的尼古拉·彼得罗维奇那里没有见到任何东西。老爷他通常只给我带点甜馅饼。"

"甜馅饼……"陌生女人冷笑说,"家里的几个孩子饿肚子,你这里倒有甜馅饼!你是肯定不想退回东西了?"

不等回答,太太坐了下来,眼睛盯着一处地方,在想什么心事。

"现在该怎么办?"她说道,"要是我弄不到这九百卢布,那他就完了,我和孩子们也完了。我该杀了这个坏女人,还是给她下跪呢?"

太太用手绢捂着脸,痛哭起来。

"我求你了!"她边哭边说,"是你害得我丈夫倾家荡产,是你毁了他的前程,你救救他吧……你对他尽可以没有一点同情心,可是孩子们、孩子们……孩子们有什么过错呀?"

帕莎一想到几个小孩子站在大街上,饿得哇哇哭,她自己也大声痛哭起来。

"太太,我能做些什么呢?"她说,"您刚才说我是坏女人,害得尼古拉·彼得罗维奇倾家荡产,可是我对您,就像面对真正的上帝一样问心无愧……我向您保证,我没有得到老爷他的一点好处……在我们这班歌女中,只有莫蒂一人有财主供养她,其余的人都靠面包加格瓦斯①勉勉强强过日子。尼古拉·彼得罗维奇是一位有教养、有礼貌的先生,所以我才接待他。我们不能不接待呀。"

"我要东西!把东西还给我!我在哭……低三下四……好吧,我给你下跪!这样行了吧?"

帕莎吓得尖叫一声,挥舞着双手。她感到,这个苍白而美丽的太太,像在舞台上演戏似的表演得十分出色,她出于骄傲,出于高贵的气度,当真会下跪,以便抬高自己而贬低歌女。

"好,我给你东西就是!"帕莎擦着眼睛,忙乱起来,"好吧。不过东西不是尼古拉·彼得罗维奇的……东西是别的客人送我的。就按你的意思办,太太……"

帕莎拉出五斗柜上面的抽屉,从里面取出一枚钻石胸针、一串珊瑚、几只金戒指、一个金镯子,把这些东西都交给了那位太太。

---

① 用麦芽和面包屑做成的清凉饮料。

"您要的话，都拿去吧，只是我没有得着你丈夫的任何好处。拿走吧，您发财去吧！"帕莎继续说道，陌生女人威胁要给她下跪，这使她感到莫大的侮辱。"既然您出身高贵……又是他的合法妻子，那就该让他时时刻刻守着您。是这样：我可没有招引他来，是他自己来的……"

太太泪眼模糊地瞧着给她的东西，说道：

"这不是全部……这些东西值不了五百卢布！"

帕莎冲动地又从五斗柜里扔出一块金表、一个烟盒、几颗金纽扣，摊开双手说：

"这下我什么也不剩了……您来搜吧！"

来客叹了一口气，用颤抖的手把东西包在手绢里，一句话没说，甚至没点一下头，走了出去。

隔壁的房门打开了，科尔巴科夫走了进来。他脸色苍白，神经质地晃着脑袋，像是刚刚喝了一杯苦药。他的眼睛里闪着泪光。

"您到底给过我什么东西？"帕莎冲着他责问，"我请问，什么时候给的？"

"东西……东西不东西不足挂齿，"科尔巴科夫说着又晃一下脑袋，"我的上帝！她在你面前痛哭流涕，低三下四……"

"我要问您：您到底给过我什么东西啦？"帕莎大声嚷道。

"我的上帝，她高贵，骄傲，纯洁……她竟想下跪求……求你这种娼妇！唉，是我把她逼到了这一步，都是我的罪过！"

他抱住头，呻吟着说：

"不！我永远不能原谅自己的行为！永远不能原谅！你离我远点……贱货！"他厌恶地大声喝道，急忙从帕莎身旁往后退，用颤抖的手摊开她。"她竟想下跪……求谁？求你！啊，我的上帝！"

他很快穿好衣服，厌恶地躲着帕莎，向大门跑走，走了。

帕莎躺下后开始放声大哭。这时，她已经心疼自己一时冲动交出去的东西,感到一肚子的委屈。她回忆起三年前有个商人无缘无故就把自己打了一顿,想到这里,她哭得更伤心了。

一八八六年七月五日

三 歌女

演说家

一天早上,八等文官基里尔·伊凡诺维奇·瓦维洛诺夫下葬。他死于俄国广为流行的两种疾病:老婆太凶和酒精中毒。在送殡行列离开教堂前往墓地的时候,死者的同事,一位姓波普拉夫斯基的人,坐上出租马车,去找他的朋友格里戈里·彼得罗维奇·扎波伊金——此人虽说年轻,但已相当有名气了。这个扎波伊金,诚如许多读者知道的那样,具有一种罕见的才能,他擅长在婚礼上、葬礼上、各种各样的周年纪念会上发表即席演说。他任何时候都能开讲:半睡不醒也行,饿着肚子也行,烂醉如泥也行,发着高烧也行。他的演说,好似排水管里的水,流畅、平稳、源源不断。在他演说家的字典里,那些热情似火的词汇,远比随便哪家小饭馆里的蟑螂要多。他总是讲得娓娓动听,滔滔不绝,所以有的时候,特别是在商人家的喜庆上,为了让他闭嘴,不得不求助于警察的干预。

"我呀,朋友,找你来了!"波普拉夫斯基正碰到他在家,于是说,"你快穿上衣服,跟我走。我们有个同事死了,这会儿正打发他去另一个世界,所以,朋友,在告别之际总得扯些废话……全部希望寄托在你身上了。要是死个把小人物,我们也不会来麻烦你,可要知道这人是秘书……某种意义上说,是办公厅的台柱子。给这么一个大人物举行葬礼,没人致辞是不行的。"

"啊,秘书!"扎波伊金打了个哈欠,"是那个酒鬼吧?"

"没错,就是那个酒鬼。这回有煎饼招待,还有各色冷盘……你还会领到一笔车马费。走吧,亲爱的!到了那边的墓地上,你就天花乱坠地吹他一通,讲得比西塞罗①还西塞罗,到时我们就千恩万谢啦。"

扎波伊金欣然同意。他把头发弄乱,装出一脸的悲伤,跟波普拉夫斯基一起走到了街上。

"我知道你们那个秘书,"他说着坐上出租马车,"诡计多端,老奸巨猾,但愿他升天,这种人可少见。"

"得了,格利沙②,骂死人可不妥啊。"

"那当然。对死者要么三缄(缄)其口,要么大唱赞歌。③不过他毕竟是个骗子。"

两位朋友赶上了送殡的行列,就跟在后面。灵柩抬得很慢,所以在到达墓地之前,他们居然来得及三次拐进小酒馆,为超度亡灵喝上一小杯。

在墓地上做了安魂祈祷。死者的丈母娘、妻子和小姨子遵照古老的习俗痛哭一阵。当棺木放进墓穴时,他的妻子甚至叫道:"把我也放在他身边吧!"不过她没有随丈夫跳下去,多半是想起了抚恤金。等大家安静下来,扎波伊金朝前跨出一步,向众人扫了一眼,开口了:

"能相信我们的眼睛和听觉吗?这棺木,这些热泪涟涟的脸,这些呻吟和哭号,岂不是一场噩梦?唉,这不是梦,视觉也没有欺骗我们!眼前躺着的这个人,不久前,我们还看到他是如此精力充沛,像个年轻人似的如此活泼而纯洁,这个人不久前还在我们眼前辛勤工作,像一

---

① 西塞罗(前106—前43),古罗马演说家、政治家。
② 格里戈里的小名。
③ 原文为拉丁文,但他说错了。

只不知疲倦的蜜蜂,把自己酿的蜜送进国家福利这一总的蜂房里,这个人,他……就是这样一个人,如今已变成一堆骸骨,化作物质的幻影。冷酷无情的死神把它那僵硬的手按到他身上的时候,尽管他已到了驼背的年龄,却依然充满青春活力和光辉灿烂的希望。不可弥补的损失啊!现在有谁能为我们取代他呢?好的文官我们这里有很多,然而普罗科菲·奥西佩奇却是绝无仅有的!他直到灵魂深处都忠于他神圣的职责,他不吝惜自己的精力,通宵达旦地工作,他无私,不收受贿赂……他疾恶如仇,那些想方设法损害公共利益妄图收买他的人,那些利用种种诱人的生活福利来拉拢他、让他背弃自己职责的人,统统遭到他的鄙视!是的,我们还看到,普罗科菲·奥西佩奇把他为数不多的薪水散发给他穷困的同事们,现在你们也亲耳听到了靠他接济的那些孤儿寡母的哭丧。他忠于职守,一心行善,他不知道生活的种种乐趣,甚至拒绝享受家庭生活的幸福。你们都知道,他至死都是一个单身汉!现在有谁能为我们取代他这样的同事呢?就在此刻我也能看到他那张刮得干干净净的、深受感动的脸,它对我们总是挂着善意的微笑;就在此刻我也能听到他那柔和的、亲切友好的声音。愿你的骸骨安宁,普罗科菲·奥西佩奇!安息吧,诚实而高尚的劳动者!"

　　扎波伊金继续说下去,可是听众却开始交头接耳。他的演说也还让人满意,也博得了几滴眼泪,但是其中许多话令人生疑。首先,大家弄不明白,为什么演说家称死者为普罗科菲·奥西波维奇①,死者明明叫基里尔·伊凡诺维奇呀。其次,大家都知道,死者生前一辈子都同他的合法妻子吵架,因此他算不得单身汉。最后,他留着红褐色的大胡子,打生下来就没有刮过脸,因而不明白,为什么演说家说他的脸向来刮得干干净净的。听众都莫名其妙,面面相觑,耸着肩膀。

　　"普罗科菲·奥西佩奇!"演说家眼睛望着墓穴,热情洋溢地继续

---

① 上文的奥西佩奇为奥西波维奇的简称形式。

道,"你的脸不算漂亮,甚至可以说相当难看,你总是愁眉苦脸,神色严厉,可是我们大家都知道,正是在这样一个有目共睹的躯壳里,跳动着一颗正直而善良的心!"

不久,听众开始发现,就连演说家本人也发生了某种奇怪的变化,他定睛瞧着一个地方,不安地扭动身子,自己也耸起肩膀来了。突然他打住了,吃惊得张大了嘴巴,转身对着波普拉夫斯基。

"你听我说,他活着呢!"他惊恐万状地瞧着那边说。

"谁活着?"

"普罗科菲·奥西佩奇呀!瞧他站在墓碑旁边呢!"

"他本来就没有死!死的叫基里尔·伊凡内奇[①]!"

"可是你刚才亲口说的,你们的秘书死了!"

"基里尔·伊凡内奇是秘书呀。你这怪人,都搞乱了!普罗科菲·奥西佩奇,这没错,是我们的前任秘书,但他两年前就调到第二科当科长了。"

"咳,鬼才搞得清你们的事!"

"你怎么停住了?接着讲,不讲可不妙!"

扎波伊金又转身对着墓穴,凭他三寸不烂之舌继续致中断了的悼词。墓碑旁果真站着普罗科菲·奥西佩奇,一个脸面刮得干干净净的年老文官。

他瞪着演说家,气呼呼地皱着眉头。

"你这是何苦呢!"行完葬礼后,一些文官跟扎波伊金一道返回时说,"把个活人给埋葬了。"

"不好呀,年轻人!"普罗科菲·奥西佩奇埋怨道,"您的那些话说死人也许合适,可是用来说活人,这简直是讽刺挖苦,先生!天哪,您都说了些什么话?什么'无私'呀,'不被收买'呀,'不收受贿赂'呀!

---

① 伊凡内奇为伊凡诺维奇的简称形式。

这些话用来说活人只能是侮辱人格,先生!再说谁也没有请您,阁下,来宣扬我的脸面。什么'不漂亮'呀,什么'难看'呀,就算是这样,又有什么必要拿它来当众展览呢?气死人了,先生!"

一八八六年十一月二十九日

万　卡

　　万卡·茹科夫，一个九岁的男孩，三个月前被送到鞋匠阿利亚欣家当学徒，在圣诞节前夜迟迟没有躺下睡觉。等着老板夫妇和帮工们出门去做彻夜祷告了，他从主人的柜子里取出一小瓶墨水，一支笔头生锈的蘸水笔，把一张皱巴巴的纸铺在自己面前，开始写信。在用心画出第一个字母前，他好几次战战兢兢地回头看看门窗，斜眼瞧瞧阴暗的圣像和圣像两侧摆满鞋楦的搁板，断断续续地叹着气。纸摆在一张长凳上，他自己则跪在长凳前。

　　"亲爱的爷爷康斯坦丁·马卡雷奇！"他写道，"我在给你写信。祝你老人家圣诞节快乐，求上帝保佑你万事如意！我没爹没娘，只有你才是我的亲人啦。"

　　万卡抬眼望着黑乎乎的窗子，窗子上跳动着他的蜡烛的光，于是他生动地想象出他的爷爷康斯坦丁·马卡雷奇来。爷爷在日瓦列夫老爷家当守夜人，他身材瘦小，但异常灵巧、好动，已有六十五岁了，总是笑容满面，眼睛却带着醉意。白天，他在仆人的厨房里睡觉，或者跟厨娘们聊天说笑；到了夜里就裹上一件肥大的羊皮袄，绕着庄园打更巡夜。在他身后，总是跟着两条耷拉着脑袋的狗——老母狗卡什坦卡和小公狗"泥鳅"。这小狗因为长一身黑毛、身子细长得像银鼠才得了这个外号。"泥鳅"一副恭恭敬敬、温顺亲热的模样，不论见着自家人还是外人，总是讨好地望着你，可是名声却不好。在它的恭敬和温顺后面，隐藏着最狡猾最险恶的用心。哪条狗都不如它机灵，它善于看准时机，悄悄溜过去，冷不防在人家腿肚子上咬一口，或者钻进冷藏室，或者偷农家的鸡吃。它已经好几次被人打断后腿，两次叫人吊在树上，每星期都被打得半死，可是每一次它都能养好伤，又活下来。

这会儿，想必爷爷正站在大门口，眯细着眼睛望着乡村教堂那些通红的窗子，跺着毡鞋，跟看门人快活地唠叨着。他把梆子挂在腰间。他冻得直搓手，缩着脖子，老声老气地嘿嘿笑着，一会儿在女仆身上拧一下，一会儿在厨娘身上捏一把。

"咱们来闻闻鼻烟怎么样？"他说着把自己的小烟盒送到婆娘的鼻子底下。

婆娘们一闻，一个个直打喷嚏。爷爷说不出的开心，快活得哈哈大笑，嚷道：

"快抹掉，冻上啦！"

他们也让狗闻鼻烟。卡什坦卡打着喷嚏，龇牙咧嘴的，气恼地跑开了。"泥鳅"呢，为了表示恭敬，它不打喷嚏，只是摇着尾巴。天气真是好极了。没有风，空气洁净而清新。天色黑下来，但整个村子里那些白屋顶和烟囱里冒出的炊烟，披着冰雪的银树，以及一处处雪堆，都还能看得清楚。满天的星星快活地眨着眼睛，银河显得特别清晰，就像过节前有人用雪给它擦洗过似的……

万卡叹了一口气，蘸了蘸笔，接着写道：

"昨天我挨了打。老板揪着我的头发把我拖到院子里，用做活用的皮条狠狠地抽我，只因为我摇着摇篮里他家的娃娃时，摇着摇着自己就睡着了。这个礼拜，老板娘叫我收拾一条鲱鱼，我刚提起鱼尾巴，她一把夺过鱼，用鱼头一个劲儿戳我的嘴和脸。那些帮工老是耍笑我，叫我去小酒馆打酒，或者要我偷老板家的黄瓜，老板顺手操起家伙就打我。吃的东西几乎没有。早晨给点面包，中午给粥喝，晚上还是面包，至于茶和菜汤，那只有老板和老板娘才能喝。他们让我睡在过道里，他们的娃娃一哭，我就没法睡了，得摇摇篮。亲爱的爷爷，你发发上帝那样的慈悲，来把我带回家，带回乡下吧，我再也熬不下去了……我给你跪下，我要一辈子求上帝保佑你，来把我带走吧，要不然我就没命了……"

万卡撇了撇嘴，用黑拳头揉了揉眼睛，抽抽搭搭哭了。

"我会给你搓烟叶，"他接着写道，"我会替你祷告，求上帝保佑你，要是我有什么过错，你尽可以抽我一顿。要是你认为我什么事也不干，那么我求你看在基督面上让我去给管家擦皮鞋，或者顶替费季科去做牧童。亲爱的爷爷，我熬不下去了，眼前只有死路一条。我本想逃回乡下去，可是没有靴子，我怕冷。等我长大了，我要为这件事养活你，不让别人欺负你，你要是死了，我一定为你作安魂祷告，就像以前为妈妈佩拉格娅作的那样。

"莫斯科城可大哩，房子很多，全是老爷们的，马也很多，羊却没有，狗都不凶。这里的孩子们不举着星星走来走去，[①]也不让他们去圣诗班唱诗。有一回，我在一家铺子的橱窗里

---

① 东正教习俗，圣诞节前夜，孩子们常常举着用箔纸糊的星星走街串巷。

看到有大大小小的鱼钩卖，都带着钓线，能钓各种各样的鱼，鱼钩能吃重，有一种鱼钩甚至能挂住一普特①重的鲇鱼。我还看到有些铺子卖各式各样的像老爷家那样的枪，恐怕每支要卖一百多卢布……肉铺里有松鸡，有沙鸡，有兔子，可是这些东西是从什么地方打来的，掌柜们都不肯说。

"亲爱的爷爷，什么时候老爷家里摆出挂糖果的圣诞树时，你给我要一个金纸包的核桃，收进小绿箱子里。你跟奥莉加·伊格纳季耶夫娜小姐要吧，就说是万卡讨的。"

万卡抽抽搭搭地叹了一口气，又抬眼望着窗子。他回想起，老爷家的圣诞树每年都是爷爷去树林里砍的，而且每回都带他一道去。多么开心的时光！爷爷高兴得嘎嘎叫着，树林子冻得嘎嘎地响，瞅瞅爷爷，看看周围的树林，万卡也嘎嘎地叫起来。在砍树之前，爷爷总要先抽一袋烟，再闻一阵子鼻烟，同冻僵了的万纽什卡②开开玩笑……那些披着冰雪的小枞树一动不动地站着，等着瞧它们中谁先遭殃——不知打哪儿窜出一只野兔，在雪堆旁箭一般飞奔……这当儿，爷爷会忍不住地喊道：

"捉住它，捉住它，捉住它！哎呀，这秃尾巴的魔鬼！"

爷爷把砍下的枞树拖回老爷家，大家就动手装饰它……忙得最起劲的要算奥莉加·伊格纳季耶夫娜小姐，她是万卡最喜欢的人。当初，万卡的母亲佩拉格娅还活着，她在老爷家当女仆，奥莉加·伊格纳季耶夫娜常拿糖果给万卡吃，闲来无事时还教他念书、写字、从一数到一百，甚至还教他跳卡德里尔舞。后来，佩拉格娅死了，孤儿万卡被送到仆人的厨房里跟爷爷一起住，再后来又从厨房给送到了莫斯科的鞋匠阿利亚欣家……

---

① 1普特约16千克。
② 伊凡的小名。

"你快来吧,亲爱的爷爷,"万卡接着写道,"看在上帝基督的面上你行行好吧,来把我带走吧。求你可怜可怜我这个不幸的孤儿,要不然我在这里天天挨打,还挨饿,气闷得没法说,老是哭。前几天,老板用鞋楦砸我的头,打得我昏死过去,好不容易才清醒过来。我的生活太苦了,比狗都不如……最后,替我问候阿林娜、独眼叶戈尔卡和马车夫,我的手风琴求你别送外人。你的孙子伊凡·茹科夫。亲爱的爷爷,快来吧。"

万卡把写满字的纸叠成四折,把它放进信封里,信封是昨晚花一个戈比买来的……想了一会儿,他又蘸了蘸笔,写上地址:乡下爷爷收。

随后,他搔了搔头皮,又想了想,最后添上爷爷的名字:康斯坦丁·马卡雷奇。他很高兴,他写信的时候没人来打搅他。他戴上帽子,也没有披上短皮袄,只穿一件衬衫就跑到街上……

他昨晚向肉铺的伙计们打听过,他们告诉他,信要丢进邮箱里,然后,那些醉醺醺的马车夫赶着铃声叮当的三套马的邮车,会把信箱里的信送到全国各地。万卡跑到最近的邮箱,把宝贵的信塞进缝里……

怀抱着美好的希望,一小时后万卡就睡熟了……他梦见一个炉灶。炉台上坐着爷爷,垂着光脚,正给厨娘们念信……炉灶旁,"泥鳅"转来转去,摇着尾巴……

一八八六年十二月二十五日

乞 丐

"仁慈的老爷！行行好，请顾念一下我这个不幸的挨饿的人。我三天没吃东西了……身无分文，没有住处……向上帝起誓！我当了八年的乡村教师，后来由于地方自治局搞鬼丢了职位。我成了诬告的牺牲品。这一年来，我没有工作，失业了。"

律师斯克沃尔佐夫打量着这个求告的人，瞧瞧他那件灰蓝色的破大衣、混浊的醉眼和脸上的红斑，他觉得以前好像在什么地方见过这个人。

"现在卡卢加省有人为我谋到一份差事，"那人继续道，"可是我连去那里的盘缠都没有。请帮帮忙，行行好！真不好意思求人，不过，出于环境的逼迫……"

斯克沃尔佐夫又瞧瞧他的雨鞋：雨鞋一只高帮，一只浅帮。这下他突然记起来了。

"听着，在前天，我好像在花园街遇见过您，"他说，"不过那时您对我说您是被开除的大学生，没有说是乡村教师，还记得吗？"

"不……不，不可能！"求告者慌乱地小声嘟哝，"我是乡村教师，如果您愿意的话，我可以拿证件给您看。"

"别瞎扯了！那天您自称是大学生，甚至告诉我校方为什么开除您,还记得吗?"

斯克沃尔佐夫涨红了脸,带着一脸不屑的神情从这个破衣烂鞋、形同乞丐的人身边走开。

"这很下流,先生!"他生气地喊道,"这是诈骗!我可以把您送警察局去,真见鬼!您贫穷,您挨饿,但是这不能成为您可以这么卑鄙无耻地撒谎的理由!"

破衣人抓住门把手,像被捉住的贼,神色慌张地打量着门厅。

"我……我没有说谎,先生……"他小声嘟哝,"我可以拿证件给您看。"

"谁能相信您?"斯克沃尔佐夫继续气愤地说,"骗取社会对乡村教师和大学生的好感——要知道这样做是多么下流、卑鄙、无耻!真是可恶至极!"

斯克沃尔佐夫大发脾气,毫不留情地痛斥这个求告的人。对方的无耻谎言唤起他嫌弃和厌恶的心情,侮辱了他十分喜爱和看重自身就有的品德:善良,敏感的心,对不幸的人们的同情。这家伙一味说谎,利用别人的仁慈,恰恰亵渎了他出于纯洁的心灵喜欢周济穷人的一片好意。破衣人起先一再辩解,对天发誓,但后来不作声了,羞愧地低下了头。

"先生!"他说,一手按到胸口,"确实,我……说了谎!我不是大学生,也不是乡村教师。这些都是胡编的!我原来在俄罗斯合唱团里任职,由于酗酒,我被赶了出来。可是叫我有什么办法?苍天在上,请您相信:不说谎是不行的!我若说真话,谁也不会施舍我什么。说真话就得饿死,没有住处就得冻死!您说的那些都对,我明白,可是……叫我有什么办法呢?"

"什么办法?您问您有什么办法?"斯克沃尔佐夫大喝一声,逼近他,"工作呀,这就是办法!您应该工作!"

"工作……这个我自己也明白,可是上哪儿去找工作呀?"

"胡说!您年轻,健康,有力气,任何时候都能找到工作,只要您愿意。可是您懒惰,娇生惯养,还酗酒!您身上就像小酒馆那样,冒出一股子白酒气味。您谎话连篇,放荡成性,你的本事就是像叫花子那样到处乞讨、胡说八道!如果您屈尊什么时候想去工作,那也得给您找一个可以不做事白领薪水的部门,比如说坐机关,去合唱团,或者当个台球记分员,等等。您是否乐意从事体力劳动?恐怕您不会去当看门人或者工人吧!您这种人可是自命不凡的!"

"您怎么能这样说,真是的……"求告者说完苦笑了,"叫我上哪儿去找体力活儿呢?去当店伙计我已经迟了,因为学生意一般都从学徒干起;去当看门人吧,谁也不会要我,因为我不喜欢别人对我指手画脚……工厂也不会要我,工人要有手艺,我却什么也不会。"

"胡说!您总能找到借口!那么,您愿意去劈柴吗?"

"我倒不反对,可是如今连地道的劈柴工都闲着没饭吃了。"

"哼,所有的寄生虫都这么说。真要建议您干什么,您都会拒绝。那么就在我家里劈柴,您愿意吗?"

"好吧,我可以劈……"

"好,咱们走着瞧……很好……日后会见分晓的!"

斯克沃尔佐夫张罗起来,他不无幸灾乐祸地搓着手,把厨房里的厨娘叫了出来。

"是这样,奥莉加,"他对她说,"把这位先生领到板棚里去,让他劈木柴。"

破衣人耸耸肩膀,似乎有点摸不着头脑,犹豫不决地跟着厨娘去了。从他的步态上可以看出,他之所以同意去劈柴倒不是因为他饿着肚子想挣钱口,只是碍于面子,不好意思,因为他说出的话被人抓住,不得不去兑现。同样可以看出,他平时酒喝多了,身体十分虚弱,恐怕有病,另外对干活丝毫没有兴致。

斯克沃尔佐夫赶紧走进餐室。那里的窗子正对着院子,可以看到堆放木柴的板棚里和院里发生的一切。斯克沃尔佐夫站在窗前,看到厨娘和那人从侧门进了院子,踩着肮脏的雪朝板棚走去。奥莉加气呼呼地打量她的同伴,把胳膊肘向两旁甩着,打开锁着的板棚,"砰"一声恶狠狠地推开了门。

"大概我们妨碍这女人喝咖啡了,"斯克沃尔佐夫想道,"这么个凶婆娘!"

接下去他看到,那个冒牌教师或者冒牌大学生坐到木墩子上,用拳头支着红腮帮,想起心事来。厨娘把一把斧子扔到他脚旁,恶狠狠地啐了一口,而且,看她嘴的动作可知,她开始骂人了。破衣人迟迟疑疑地拉过一块木柴,把它放在两腿中间,胆怯地用斧子砍下去。木柴摇晃起来,倒了。那人又把它拉过来,朝冻僵的手上哈一口气,又用斧子很小心地砍下去,生怕砍着自己的雨鞋或者砍掉手指。木柴又倒下了。

斯克沃尔佐夫的气愤已经消散,这时他感到有点不安,有点惭愧,也许他不该逼着这个娇生惯养、可能还有病的酒鬼在寒冷的板棚里干这种粗活。

"唉,也没什么,让他干去吧……"他又想,离开餐室回到书房里,"我这样做是为了他好。"

一小时后,奥莉加来了,报告说:木柴已经劈好了。

"拿着,把这半卢布交给他,"斯克沃尔佐夫说,"要是他愿意,让他每月的头一天都来劈柴……活儿总是有的。"

到了下月一号,那个破衣烂鞋、形同乞丐的人又来了,又挣了半卢布,虽说他的腿勉强才站得稳。从此以后,他开始经常出现在院子里,每一回主人都为他找些活儿干:有时把雪扫成堆,有时收拾板棚里的杂物,有时打掉地毯和床垫上的尘土。每一回他都能拿到自己的劳动报酬二十到四十戈比，有一次主人甚至送给他一条旧裤子。

斯克沃尔佐夫搬家的时候，雇他来帮忙收拾东西，搬运家具。这一回，破衣人没有喝酒，神色阴沉，很少说话。他几乎没有碰过家具，低着头跟在货车后面，甚至也不想装出一副肯干的样子，光是冷得缩着脖子。当那几个赶车人取笑他的懒散、没力气和那件贵重的破大衣时，他常常窘得手足无措。搬运完之后，斯克沃尔佐夫吩咐人把他找来。

"噢，我看得出来，我的话对您起了作用，"他说着，递给他一个卢布，"这是给您的工钱。我看得出来，您没有喝酒，也不反对工作。您叫什么？"

"卢什科夫。"

"那么，卢什科夫，我现在介绍您去做另一份工作——干净一些的工作。"

"您会抄写吗？"

"会，先生。"

"好的，您拿上这封信，明天去找我的一个同行——他会给您一份抄写的工作。好好工作，把酒戒了，别忘了我对您说过的话。再见吧！"

斯克沃尔佐夫很是得意：自己总算把这个人拉到正道上。他亲切地拍了一下卢什科夫的肩膀，分别时甚至朝他伸出手去。卢什科夫拿了信就走了，此后再也没有到这家人家里来干活。

两年过去了。有一天，斯克沃尔佐夫站在剧院的售票处付钱买票的时候，看到身旁站着一个身材矮小的人，翻着羊羔皮领子，戴一顶旧的海狗皮帽子。这个矮小的人怯生生地向售票员要一张顶层楼座的票，付了几枚五戈比铜币。

"卢什科夫，是您呀？"斯克沃尔佐夫问，认出这个人就是他家以前的劈柴工，"喂，怎么样？现在做什么事？日子过得好吧？"

"还可以，现在我在一位公证人那里工作，每月拿三十五个卢布，先生。"

"哦，谢天谢地。太好了！我为您感到高兴。非常非常高兴，卢什科夫！要知道您在某种程度上可以说是我的教子。要知道是我把您推上了正道。您还记得我当时如何痛斥您吗？您那时在我面前窘得恨不得找个地缝钻进去。好了，谢谢，亲爱的朋友，谢谢您没忘了我的话。"

"我是要谢谢您，"卢什科夫说，"如果当初我不去找您，也许至今我还在冒充教师或者大学生。是的，我在您那里得救了，跳出了陷阱。"

"我非常非常高兴。"

"谢谢您那些好心的话和好心的行动。您那时讲得很出色。我既感激您，也感激您家的厨娘，求上帝保佑这个善良而高尚的女人身体健康！您那时讲得很正确，这一点，我当然至死都感激不尽。不过，说实在的，真正救我的是您家的厨娘奥莉加。"

"这是怎么回事？"

"是这样。当初我去您家劈柴，我一到，她总是这样开始：'唉！你这个酒鬼！你这个天地不容的人！你怎么不死呀！'然后坐在我对面，发起愁来，瞧着我的脸，哭着说：'你是个不幸的人！你活在世上没有一点快活，就是到了另一个世界，你这酒鬼，也要下地狱，也要遭火烧！你这苦命人啊！'您知道，尽是这类的话。她为我耗了多少心血，为我流了多少眼泪，这些我没法对您说。但重要的是，她替我劈柴！要知道，先生，我在您家里连一根柴也没有劈过，全是她劈的！为什么她要挽救我，为什么我瞧着她就决心痛改前非，不再酗酒，这些我对您也解释不清。我只知道，她的那些话和高尚的行为使我的心灵起了变化，是她挽救了我，这件事我永世不忘。不过现在该入场了，里面正在打铃。"

卢什科夫鞠躬告辞，找他的楼座去了。

一八八七年一月十九日

彩　票

伊凡·德米特里奇是个家道小康的人，每年全家要花销一千二百卢布，他向来对自己的命运十分满意。一天晚饭后，他往沙发上一坐，开始读起报来。

"今天我忘了看报，"他的妻子收拾着饭桌说，"你看看，那上面有没有开彩的号码？"

"啊，有，"伊凡·德米特里奇回答，"难道你的彩票没有抵押出去？"

"没有，星期二我还取过利息的。"

"多少号？"

"9499组，26号。"

"好的，太太……让我来查一查……9499—26。"

伊凡·德米特里奇向来不相信彩票能带来好运，换了别的时间说什么也不会去查看开彩的单子，但此刻他闲来无事，再说报纸就在眼前，于是他伸出食指，从上而下逐一查对彩票的组号。像是嘲笑他的没有信心，就在上面数起的第二行，9499号赫然跳入眼帘！他不急着看票号，也没有再核对一遍，立即把报纸往膝头上一放，而且，像有人往他肚子上泼了一瓢冷水，他感到心窝里有一股令人愉悦的凉意：痒酥酥,颤悠悠,甜滋滋!

"玛莎,有9499号!"他闷声闷气地说。

妻子瞧着他那张惊愕的脸,明白他不是开玩笑。

"是9499号吗?"她脸色发白,忙问,把叠好的桌布又放到桌上。

"没错,没错……当真有的!"

"那么票号呢?"

"啊,对了!还有票号。不过,先别忙……等一等。先不看,怎么样?反正我们的组号对上了!反正,你明白……"

伊凡·德米特里奇望着妻子,咧开嘴傻笑着,倒像一个小孩子在看一样闪光的东西。妻子也是笑容满面:看到他只读出组号,却不急于弄清这张带来好运的票号,她跟他一样心里喜滋滋的。抱着能交上好运的希望,借此折磨并刺激一下自己,那是多么甜美而又惊心动魄!

"有我们的组号,"伊凡·德米特里奇沉默很久后才说,"这么看来,我们有可能中彩。尽管只是可能,但毕竟大有希望!"

"行了,你快看看票号吧!"

"忙什么,待会儿来得及大失所望的!这号从上而下是第二行,这么说彩金有七万五呢。这不是钱,这是实力,是资本!等我一对号,看到上面有——26!啊?你听着,要是我们真的中了彩,那会怎么样?"

夫妇二人开始笑逐颜开,默默地对视了很长时间。可能交上好运的想法弄得他们晕晕乎乎,他们甚至不能想象,不能说出,他们二人要这七万五卢布干什么用,他们要买什么东西,上哪儿去旅游。他们一心只想着两个数字:9499和75000,在各自的想象中描画它们,至于可能实现的幸福本身,不知怎么他们倒没有想到。

伊凡·德米特里奇手里拿着那份报纸,在两个屋角之间来回走了几趟,直到从最初的感受中平静下来,才开始有点想入非非。

"要是我们真的中了彩,那会怎么样?"他说,"这可是崭新的生活,这可是时来运转！彩票是你的，如果是我的，那么我首先，当然啦，花上二万五买下一份类似庄园的不动产；花一万用于一次性开销：添置新家具，再外出旅游，还债等等。余下的四万五全存进银行吃利息……"

"对，买座庄园，这是好主意。"妻子说着，索性坐下来，把双手放在膝上。

"在图拉省或者奥尔洛夫省选一处好地方……首先，就不必再置消夏别墅；其次，庄园总归会有收益。"

于是他开始浮想联翩，那画面一幅比一幅更诱人，更富于诗意。在所有这些画面中，他发现自己都大腹便便，心平气和，身强力壮，他感到温暖，甚至嫌热了。瞧他，刚喝完一盘冰冷的杂拌浓汤，便挺着肚子躺在小河旁热乎乎的沙地上，或者花园里的椴树下……好热……一双小儿女在他身旁爬来爬去，挖着沙坑，或者在草地里捉小甲虫。他舒舒服服地打着盹，万事不想，整个身心都感觉到，不管今天、明天，还是后天，他都不必去上班。等躺得厌烦了，他就去割割草，或者去林子里采蘑菇，或者去看看农夫们怎样用大鱼网捞鱼。等到太阳西下，他就拿着浴巾和肥皂，慢悠悠地走进岸边的更衣房，在那里不慌不忙地脱掉衣服，用手掌长时间地摩擦着赤裸的胸脯，然后跳进水里。而在水里，在那些暗银色的肥皂波纹附近，有小鱼游来游去，有绿色的水草摇摇摆摆。洗完澡就喝奶茶，吃点奶油鸡蛋甜面包……晚上便去散步，或者跟邻居们玩玩文特①。

"对，买上一座庄园就好。"妻子说，她也在幻想着，看她的脸色可知，她想得都痴迷了。

伊凡·德米特里奇又暗自描画出多雨的秋天，那些寒冷的晚上，以及晴和的初秋景色。在这种时候，他要有意识地到花园里、菜园里、河岸边多多散步，以便好好经一经冻，之后喝上一大杯伏特加，吃点腌

---

① 一种牌戏。

松乳菇或者茴香油拌的小黄瓜，之后——再来一杯。孩子们从菜园子里跑回家，拖来了不少胡萝卜和青萝卜，这些东西新鲜得都带着泥土味……这之后，往长沙发上一躺，从容不迫地翻阅一本画报，之后把画报往脸上一合，解开坎肩上的扣子，舒舒服服地打个盹……

过了晴和的初秋，便是阴雨连绵的时令。白天夜里都下着雨，光秃秃的树木在呜呜哭泣，秋风潮湿而寒冷。那些狗、马、母鸡，全都湿漉漉的，没精打采，畏畏缩缩。没地方可以散步了，这种天气出不了门，只得成天在房间里踱来踱去，不时愁苦地瞧瞧阴暗的窗子。好烦闷呀！

伊凡·德米特里奇收住脚，望着妻子。

"我，你知道，玛莎，想出国旅行去。"他说。

于是他开始构想：深秋出国，去法国南部、意大利，或者印度，那该多好啊！

"那我也得出国，"妻子说，"行了，你快看看票号吧！"

"别忙！再等一等……"

他又在房间里踱来踱去，继续暗自思量。脑子里突然冒出一个念头：如果妻子当真也要出国，那可怎么办？一个人出国旅游那才惬意；或者跟一伙容易相处、无忧无虑、及时行乐的女人结伴同行也还愉快；就是不能跟那种一路上只惦记儿女、三句话不离孩子、成天唉声叹气、花一个小钱也要心惊肉跳的女人一道出门。伊凡·德米特里奇想象着：妻子带着无数包裹和提篮进了车厢；她为什么事老是长吁短叹，抱怨一路上累得她头疼，抱怨出门一趟花去了许多钱；每到一个停车站就得跑下去弄开水，买夹肉面包和矿泉水——她舍不得去餐厅用餐，嫌那里东西太贵……

"瞧着吧，我花一分钱她都要管！"想到这里，他看一眼妻子，"因为彩票是她的，不是我的！再说她何必出国？她在那边能见什么世面？准会在旅馆里歇着，也不放我离开她一步……我知道！"

于是他平生第一次注意到，他的妻子老了，丑了，浑身上下有一股子厨房里的油烟味。而他却还年轻、健康、精神勃勃，哪怕再结一次婚也不成问题。

"当然，这些都是小事——废话，"他又想道，"不过……她出国去干什么？她在那边能长什么见识？她要真的去了……我能想象……其实对她来说，那不勒斯①和克林②没什么两样。她只会妨碍我。我只能处处依从她。我能想象，她一拿到钱，就会像老娘们那样加上六道锁……把钱藏得不让我知道。她会周济娘家的亲戚，对我则计较着每一个小钱。"

伊凡·德米特里奇立即想起她的那些亲戚。所有这些兄弟姐妹和叔伯姨婶，一听说她中了彩，准会上门，像叫花子那样死乞白赖地缠着要钱，堆出一脸媚笑，虚情假意一番。可憎又可怜的人们！给他们钱吧，他们要了还要；不给吧——他们就会咒骂，无事生非，盼着你倒运。

伊凡·德米特里奇又想起了自己的亲戚。以前，他见到他们也还心平气和，此刻却觉得他们面目可憎、令人讨厌。

"都是些小人！"他想道。

此刻，他连妻子也感到面目可憎，令人讨厌。他对她窝了一肚子火，于是他幸灾乐祸地想道：

"钱的事她一窍不通，所以才那么吝啬。她要是真中了彩，顶多给我一百卢布，其余的——全都锁起来。"

这时，他已经没了笑容，而是怀着憎恨望着妻子。她也抬眼看他，同样怀着憎恨和气愤。她有着自己的七彩梦幻，自己的计划和自己的主意；她十分清楚，她的丈夫梦想着什么。她知道，谁会第一个伸出爪

---

① 意大利旅游胜地。
② 俄国中部普通城市。

子来夺她的彩金。

"拿人家的钱做什么好梦！"她的眼神分明这样说，"不，你休想！"

丈夫明白她的眼神，憎恨在他胸中翻滚。他要气一气他的妻子，故意跟她作对，飞快瞧一眼第四版报纸，得意扬扬地大声宣告：

"9499组，46号！不是26号！"

希望与憎恨二者顿时消失，伊凡·德米特里奇和他的妻子立刻感到：他们的住房那么阴暗、窄小、低矮，他们刚吃过的晚饭没有填饱肚子，腹部很不舒服；而秋夜漫长，令人烦闷……

"鬼知道怎么回事，"伊凡·德米特里奇说，开始耍起性子，"不管你踩哪儿，脚底下尽是纸片、面包渣、瓜果壳。屋子里从来不打扫！弄得人只想离家逃走，真见鬼！我这就走，碰到第一棵杨树就上吊。"

一八八七年三月九日

出　事

车夫讲的故事

瞧，老爷，就在山沟后面的那片小树林里，出过不幸的事哩。我死去的爹，愿他老人家升天。有一天，赶着大车给东家送一笔五百卢布款子。那时候，我们村和舍佩列沃村的农民都租那位老爷的地种，我爹送的钱就是大伙儿半年的田租。我爹是个敬畏上帝的人，常读圣书，说到克扣别人，或者欺负人家，或者比如说，诈骗人家钱财——这些事上帝不许可，他是从来不干的，所以农民都很爱戴他。遇到村里须要派人进城去见长官或者给地主送钱的时候，大伙儿总是推举他去。他老人家人品出众，不同于一般人，可是我说这话请别见怪，他这人缺少点毅力，有个毛病。老人家贪杯。通常路过小酒馆不进去就办不到：总要拐进去，喝上几杯——简直没办法，糟透了！他老人家也知道这个毛病，所以遇到要他送公款的时候，总要把我或者我的小妹妹安纽特卡①带上，生怕自己睡着了，或者出点事把钱弄丢了。

老实说吧，我们一家都喜欢喝酒。我上过学，有点文化，在城里的烟草店里站过六年柜台，碰到形形色色有教养的老爷我都能应付一阵，各种各样的体面话也能说。可是我在一本小书里读到，说伏特加是恶

---
① 安娜的昵称。

魔的血，这话可是千真万确，老爷。因为老喝酒，我的脸色发青，脑子里晕晕乎乎，什么事都搞不清楚。后来，这会儿您也看到了，只好当了马车夫，倒像一个目不识丁的庄稼汉，一个无知无识的粗人。

刚才我跟您讲到，我爹给东家送钱，那回他把安纽特卡也带了去。那阵子安纽特卡不是七岁，就是八岁——一个傻妞儿，矮小得很。到卡朗契克以前，他们一路上平安无事，我爹没喝酒，脑子清醒得很。可是快到卡朗契克时，路过莫谢卡，他老人家就进了一家小酒馆，他那老毛病又发作了。三杯酒下肚，他在众人面前信口胡吹起来：

"别看我是个普普通通的小百姓，口袋里可揣着五百卢布哩。只要我愿意，这酒馆，这些坛坛罐罐，这莫谢卡，连同镇上的所有犹太娘儿们和犹太崽子，我都能买下来。我全买了，包干了。"

不用说，老人家这是开玩笑。随即他又抱怨起来：

"教友们，当个财主或者商人，可糟糕透了。没有钱，也就没有牵挂；有了钱，你就得成天捂着口袋，提防坏人偷了去。那些阔佬活在世上总是提心吊胆的。"

那些喝酒的人当然听明白他的话，记在心上了。那阵子，卡朗契克一带正在修铁路，各种各样的刁民和光脚汉像一群蝗虫，多得不得了。我爹后来醒悟过来，但已经晚了。话不是麻雀——飞出去就捉不回来。老爷，他们当时就走这片小树林，正走着，忽然听到后面有人骑着马追上来。我爹可不是胆小的人，不能这么说他，但他还是起疑心了。小树林里的路，车马无法通行，平时也就是有人拖点干草或木柴什么的，谁也没有必要骑马来这里，特别是农忙的季节。骑马飞奔不会是去做好事。

"好像有人在追，"我爹对安纽特卡说，"他们跑得好快。刚才在酒馆里我本该闭上嘴巴，宁可叫舌头上长疮。哎哟，闺女啊，我心里觉着马上要出事了！"

老人家对这危险的处境考虑了一会儿,对我妹妹安纽特卡说:

"事情不妙,恐怕真有人在追我们。不管怎么样,亲爱的安努什卡①,好孩子,你拿着这钱,把它藏在衣服里面,钻进树丛里躲起来。万一那些该死的来抢劫,你跑回去找你娘,把钱交给她,再让她送到村长家。只是你要留神,千万别让人看见你,专拣树林子、小山沟跑,免得人家发现。拼命跑吧,再求告仁慈的上帝保佑你。愿基督与你同在!"

我爹把钱包塞给安纽特卡。她找了一处密密的灌木丛钻了进去。不多一会儿,三名骑者赶到我爹跟前。其中一人身强力壮,肥头大耳,穿一件红布衬衫和一双大靴子。另外两人衣衫破烂,邋里邋遢,看来是修铁路的。我爹疑心的事,老爷,当真发生了。那个穿红布衬衫的人,是个身强力壮、不同寻常的庄稼汉,他勒住马,随后三人一起动手收拾我爹。

"站住,混蛋!钱在哪儿?"

"什么钱?见你们的鬼去!"

"你给东家送的田租呀!拿出来,你这脓包,秃子!要不然我们干掉你,叫你来不及忏悔就去见上帝!"

他们开始对我爹耍无赖,我爹没有向他们求饶,也没有哭哭啼啼,相反,他老人家勃然大怒,开始疾言厉色地痛骂他们。

"你们这些魔鬼缠着我干什么?你们是一帮恶棍,你们心中没有上帝,巴不得你们得上霍乱才好!你们不该拿到钱,你们该挨鞭子抽,叫你们的肩背痛上三年也好不了!都走开,你们这些蠢货,不然我要自卫了!我怀里揣着一把手枪,有六发子弹!"

这些强盗一听这话变得更凶了,他们随手操起家伙就来打我爹。

他们翻遍了板车上的东西,又把我爹浑身上下里里外外搜了一遍,

---

① 安娜的小名。

甚至把他的靴子都拽了下来。他们看到我爹挨了打反倒骂得更厉害，就想尽办法折磨他。这时候，安纽特卡躲在树丛里，可怜的人儿什么都看见了。后来，她看到爹爹躺在地上，喘着粗气，就赶紧跳起来，穿过小树林，沿着小山沟，拼命往家里跑。她年纪小，什么也不懂，又不识路，只能跑到哪儿算哪儿。那地方离我家也就是八九里路。换了别人一个钟头就能跑到，可她是一个小孩子，不用说，常常是进一步，绕两步，再说也不是人人都能光着脚板在荆棘丛生的树林里跑的。那得习惯才成，而我们那里的小姑娘都在炕头上蹲着，要不在院子里忙活，连进树林子都害怕。

傍晚时分，安纽特卡好歹跑到一户人家，一看——有一幢木屋。那是苏霍卢科沃村外守林人的住家，他守着一片官家的林子，当时有商人租了这片林子在烧炭。她敲了敲门。有个女人出来给她开门，那是守林人的老婆。安纽特卡当即哭了起来。头一件事就是把事情经过对她讲了一遍，毫不隐瞒，连钱的事也讲到了。守林人的老婆挺同情她。

"我可怜的孩子，宝贝儿！你才这么小，这可是上帝保佑你的！我的好闺女！快进屋吧，至少让我给你吃点东西！"

就是说，那女人竭力讨好安纽特卡，又给吃的，又给喝的，甚至陪她一块儿伤心落泪。她待安纽特卡那么好，您猜怎么着？这小妞把钱包都交给了她。

"我呀，小乖乖，先把它藏起来，到明天早上还给你，再把你送回家，小宝贝！"

那女人拿了钱，安顿安纽特卡睡在炉台上，当时炉台上正烘着许多笤帚。守林人的女儿——她跟我家安纽特卡一般大小——已经躺在炉台①上的笤帚上。事后，安纽特卡跟我们讲，那些笤帚香得很，有一股蜂蜜味！安纽特卡躺在那里却睡不着，一个人偷偷地哭：她可怜爹爹，

---

① 俄式火炉很大，可以烧饭，炉台上可以躺人，类似火炕。

为他担心害怕。可是，老爷，才过了一两个钟头，有人进屋来了。她一看，哎哟，正是那三个折磨爹爹的强盗。他们的头领，那个穿红布衬衫的人，走到女人跟前说：

"唉，老婆，今天我们是白白弄死人了。刚才，晌午的时候，我们打死了一个人。打死倒打死了，可是连一个小钱也没有搜着。"

不用说，那个穿红布衬衫的人就是守林人，是那女人的丈夫。

"那家伙白白送了命，"他的两个破衣烂衫的同伙说，"我们也是白白让灵魂背上了罪孽！"

守林人的老婆望着他们三人，嘿嘿笑起来。

"傻婆娘，你笑什么？"

"我好笑哩，瞧我既没有打死人，灵魂也没有背上罪孽，可那钱却到手了。"

"什么钱？你瞎扯什么？"

"那就叫你们看看，我是不是瞎扯。"

那女人解开钱包，这该死的婆娘把钱拿出来给他们看，接着就原原本本地说起来：安纽特卡怎么来找她，说了什么，等等，等等。那些杀人凶手高兴极了，立即开始分赃，还差一点打起来，后来，没说的，就坐下来大吃大喝。可怜的安纽特卡躺着，他们说的话她全听到了，她吓得浑身发抖，像犹太人掉进热锅里。这下该怎么办？从他们的话里她知道爹爹死了，尸体横在路上，她这个傻妞儿恍恍惚惚，好像看到一群狼和狗在撕食可怜的爹爹，好像我们家的马跑进林子深处，也叫狼吃了，又好像她自己被扔进了大牢，有人要打她，怪罪她不该把钱弄丢了。

那些强盗海吃海喝，打发女人去打酒：先给了她五卢布，叫她买伏特加和甜葡萄酒。他们花别人的钱作乐，又喝又唱。这些狗东西喝个没完，又叫女人去打酒，不用说，他们要没完没了地喝下去。

"索性喝个通宵！"他们嚷嚷，"现在我们有的是钱，用不着那么小气！喝吧，就是别喝昏了头！"

就这样到了半夜，三个人都喝得酩酊大醉，那婆娘第三次去打酒，守林人在屋里来回走了两趟，身子已经东歪西倒。

"哎，弟兄们，"他说，"那个小丫头得收拾掉！我们要是放过她，她一定头一个跑去告发我们。"

他们商量来商量去，最后决定：不能让安纽特卡活着——该除了她。谁都知道，要对一个无辜的娃娃下毒手，那是十分可怕的，这种事只有醉鬼或疯子才下得了手。他们争论了快一个钟头，该谁去杀死她。三人互相推来推去，差点要打了起来，结果谁也不同意。最后只得抓阄，守林人抓着了。他又灌了一大杯，清清嗓子，到外屋去取斧子。

可是安纽特卡这小妞还挺有心计。别看她平时傻呵呵的，这一回她想出的主意，这么说吧，绝不是随便哪个有学问的人能想出来的。多半是上帝怜恤她，让她的脑子开了窍，也可能她被一吓，反而变聪明了。总之，临到紧要关头，她比谁都机灵。她悄悄地爬起来，向上帝求告一阵，拿起守林人老婆盖在她身上的羊皮袄。您知道，守林人的女儿跟她并排躺在炕上，她们两个年龄相仿。安纽特卡把羊皮袄盖在她身上，把盖在小姑娘身上的那婆娘的棉袄披在自己身上。就是说，她们调换了一下。她用棉袄蒙住头，穿过房间，打从那些醉鬼身边走过，那些人以为她是守林人的女儿，连看都没看她一眼。算她运气好，那婆娘不在屋里，又去打酒了。要不然，安纽特卡或许躲不过那把斧子，因为女人眼尖，像隼一样——那婆娘的眼睛就尖得很。

安纽特卡出了屋子，撒腿就跑。她迷了路，在林子里转悠了一夜，直到早晨才好不容易到了林边空地，后来上了大路。上帝保佑，她碰到了文书叶戈尔·丹尼雷奇——如今他已去世，愿他升天堂！——他拿着鱼竿正要去钓鱼。安纽特卡把事情从头到尾对他说了一遍。他赶紧往回走——这时刻哪儿还顾得上去钓鱼?回到村里,他召集了一帮农民,赶到守林人家里。

他们到了那里,看到那几个杀人犯全醉倒了,横七竖八地躺在地板上。那婆娘也醉倒了。首先,搜他们的身,把钱弄了回来。他们朝炕上一看,哎哟——求上帝宽恕我们吧!守林人的女儿还睡在笞帚上,盖着羊皮袄,可是满头鲜血淋淋,是让斧子给砍的。把三男一女都弄醒,反绑了他们的手,押到乡里去了。那婆娘便哭天喊地起来,守林人只顾晃脑袋,央求说:

"再给点酒喝,乡亲们,让我醒醒酒!我头痛死了!"

后来,按程序在城里开庭审判,根据法律他们受到了严厉的惩罚。

这件不幸的事,老爷,就发生在小山沟后面那片树林里。这会儿林子已经看不大清楚,红太阳落到树林后头去了。我只顾跟您讲话,连这些马都站住了,好像它们也在听哩。嗨,宝贝,我的好马!跑得再欢一点,坐车的是位好老爷,会赏给茶钱的!嗨,宝贝,我的好马!

一八八七年五月四日

美妙的结局

列车长斯特奇金有一天不当班,在他家里坐着柳博芙·格里戈里耶夫娜,一个四十岁上下、相貌端庄、身体壮实的女人。她专事说媒,另外还干许多通常只能背地里悄悄说的事情。斯特奇金不免有点尴尬,不过像平时一样严肃、认真、稳重。他在房间里踱来踱去,抽着雪茄,说:

"认识您非常愉快。谢苗·伊凡诺维奇向我推荐您,他认为,在一件非常微妙的事情上您将对我有所帮助。这件事至关重要,关系到我一生的幸福。我吧,柳博芙·格里戈里耶夫娜,已经五十二岁了,也就是说,在我这样的年龄,本该子女成群了。我的职业是稳定的。财产虽说不多,但要养活心爱的女人和孩子们完全不成问题。我私下里告诉您,除了薪水,我在银行里还有存款,这些钱是按我的生活方式节省下来的。我为人正派,滴酒不沾,过着严谨而合理的生活,可以这么说,在这方面我能做许多人的表率。可是话又说回来,我还是有所欠缺——没有家庭的温暖,没有生活的伴侣,我像个到处漂泊的匈牙利人,居无定所,没有任何娱乐,没有人可以商量,一旦生病,连个端水的人都没有……除此之外,柳博芙·格里戈里耶夫娜,在社会上成家的人往往比单身汉更有威信……我这人受过教育,又有钱,可是如果从某种观点来看我,我又算个什么人?一个孤苦伶仃的人,跟某个出家人没什么两样。因此,我十分希望徐门①能来牵线——也就是说,跟一位般配的女士缔结合法婚姻。"

"这是好事!"媒婆嘘了一口气。

"我孤身一人,在这个城市里谁也不认识。既然我不认识任何人,叫我上哪儿,找谁去呀?正因为这样,谢苗·伊凡诺维奇才劝我找一个这方面的行家,她的职业就是促成人们的幸福。所以我才万分恳切地请求您,柳博芙·格里戈里耶夫娜,请您大力帮助,安排好我的命运。城里的未婚小姐您都认识,您要促成我的好事是不难的。"

"这不成问题……"

"请喝呀,别客气……"

媒婆老练地把酒杯送到嘴边,一饮而尽,连眉头都不皱一下。

"这不成问题,"她又说,"那么您,尼古拉·尼古拉伊奇,想找个什么样的新娘呢?"

"我吗?那就随缘吧。"

"讲到缘分,当然也对。不过,各人有各人的口味。有人喜欢黑头发的,有人却喜欢金发女郎。"

"您知道吗?柳博芙·格里戈里耶夫娜,"斯特奇金庄重地叹息道,"我为人正派,性格刚强。美貌以及一般的外表在我看来是次要的,因为,您也知道,脸蛋不能当水喝,娶个漂亮老婆要操心的事太多。我这么认为:一个女人重要的不在于外表,而在于内里,也就是说,她要心地善良,各方面的品性都好。请喝呀,别客气……不用说,如果老婆长得富态,看着当然舒服,不过,这对双方的幸福并不重要,重要的是智慧。可是老实说吧,其实女人也用不着智慧,因为有了智慧她就会自命不凡,就会想入非非。如今这年头不受教育是不行的,这不用说,可是

---

① 许门,希腊神话中的婚姻之神。他读错了。

教育也是各种各样的。如果老婆能说一口流利的法语或德语，甚至精通各国语言，那当然好，甚至好极了；可是如果她给你，比如说吧，连个扣子都不会钉，那么能说外语管什么用？我这人受过教育，即使跟卡尼杰林公爵我照样能说得头头是道，就像现在跟您说话一样。我需要朴实一点的女人。最主要的是，她得敬重我，她得明白，是我给了她幸福。"

"那当然。"

"好吧，现在来谈谈名词①问题……富贵人家的千金我不要。我不能作践自己，居然为了金钱去结婚。我希望我不至于吃女人的面包，而是要她吃我的面包，还要让她心里明白这一点。可是穷苦人家的姑娘我也不能要。我这人虽说有点钱财，虽说我结婚不是出于贪财，而是出于爱情，但是，我也不能娶个穷女人，因为，您也知道，现在物价昂贵，再说日后还要生儿育女。"

"可以找个有陪嫁的。"媒婆说。

"请喝呀，别客气……"两人沉默了五分钟。媒婆叹一口气，瞟了列车长一眼，问道：

"那么，老爷，那种……单身女人您不能要吧？有好货哩。有个法国女人，还有个希腊女人，都挺抢手的。"

列车长考虑一下，说：

"不，谢谢您。承您好心关照，我心领了。现在容我问一下：您给人张罗一个新娘要收多少钱？"

"要的不多。您按老规矩给个二十五卢布外加一件衣料，我就多谢了……至于找有陪嫁的女人，那就是另一个价码了。"

斯特奇金在胸前交叉抱着胳膊，开始沉思起来。他想了一会儿，叹口气说：

"这价太贵了……"

---

① 俄语中"名词"与"实际"谐音，他读错了。

"一点儿也不算贵,尼古拉·尼古拉伊奇!从前吧,做成的婚事多,收费也就便宜些,如今这年头,我们能挣几个钱呀?要是在不持斋的月份①,能挣上两张二十五卢布,那就得谢天谢地了。老实告诉您,老爷,光靠说媒我们是发不了财的。"

斯特奇金疑惑不解地望着媒婆,耸耸肩膀。

"哼!难道五十卢布还少吗?"他问。

"自然少啦!以前我经常拿一百多呢。"

"哼!真没想到,干那种事居然能挣大钱。五十卢布!那可不是每个男人都能挣到这个数目的!请喝呀,别客气……"

媒婆又干一杯,眉头不皱一下。斯特奇金默默地把她从头到脚打量一番,说:

"五十卢布……这么说,一年就是六百哪……请喝呀,别客气……有这么多红梨②,您可知道,柳博芙·格里戈里耶夫娜,您给自己找个新郎,也不难呀……"

"我吗?"媒婆笑了,"我老啦……"

"一点儿也不……您的身段那么好,脸蛋又白又胖,其余的,也不错。"

媒婆不好意思了。斯特奇金也不好意思了,他挨着她坐下。

"您还挺讨人喜欢的,"他说,"要是您再找一个作风正派,又能省吃俭用的当家人,那么有他的薪水,再加上您的收入,您就更讨人喜欢了,两口子会相亲相爱过日子……"

"天知道您在说什么,尼古拉·尼古拉伊奇……"

"说说又何妨?我没有恶意……"

一阵沉默。斯特奇金开始大声擤鼻涕,媒婆则满脸通红,羞答答地

---

① 按东正教习俗,在持斋的月份不举行婚礼。
② 应为"红利",他读错了。

望着他，问：

"那么您，尼古拉·尼古拉伊奇，一月有多少收入呢？"

"我吗？七十五卢布，不算奖金……另外，我们在硬脂蜡烛①和兔子②上也有些进账。"

"您打猎吗？"

"不，我们管逃票乘客叫兔子。"

在沉默中又过了一分钟。斯特奇金站了起来，开始激动地在房间里走来走去。

"我不找年轻姑娘，"他说，"我是上了年纪的人，我需要那种……像您那样……中年以上、做事稳重、有您那种身段的女人……"

"天知道您在说什么……"媒婆吃吃笑起来，用手绢遮着涨红的脸。

"这有什么好考虑的？我觉得您的那些品性正合我的心意。我这人作风正派，滴酒不沾，如果您也中意，那……那就最好不过了！请允许我向您求婚！"

媒婆激动得掉下了眼泪，随即又吃吃笑起来。为了表示同意，她立即跟斯特奇金碰杯。

"好了，"喜气洋洋的列车长说，"现在容我来向您说明，我希望您怎样待人接物、怎样持家过日子……我这人向来严肃、认真、稳重，对人对事光明磊落，我希望我的妻子也跟我一样要求严格，她要明白，我是她的恩人，是她一生中最重要的人。"

他坐下，深深地叹了一口气，开始向未来的新娘阐述他对家庭生活、对妻子责任等的观点。

一八八七年七月二十五日

---

① 指查抄点在火车上的蜡烛。
② 指向逃票乘客索要钱物。

卡什坦卡的故事

第一章 表现不好

一条栗色小狗,达克斯狗①和看家狗杂交的后代,嘴脸极像狐狸,在人行道上前前后后地跑着,不安地朝四下里张望。间或它停下来,呜呜哀号着,时而抬起这只冻僵的爪子,时而抬起另一只,竭力想弄明白,这是怎么回事,它怎么迷路了。

它清楚地记得这一天是怎么度过的,最后怎么来到这条不熟悉的人行道上。

这一天是这样开始的:它的主人、细木匠卢卡·亚历山德雷奇,戴上帽子,把一件红头巾包着的细木活儿夹在胳肢窝里,叫道:

"卡什坦卡②,咱们走!"

听到自己的名字,这条达克斯狗和看家狗的杂种狗就从工作台底下钻出来(它躺在那里的刨花上),舒舒服服地伸个懒腰,跟着主人跑了。卢卡·亚历山德雷奇的主顾们住得都很远,因此每到一户主顾家之前,细木匠总得几次光顾小酒馆,提提精神。卡什坦卡记得一路上它的举止极不体面。因为主人带它出来溜达,它高兴得蹦蹦跳跳,见着公

---

① 一种身长、毛光滑、腿短而弯曲的小狗。
② 意为栗色小狗。

共马车就汪汪叫着扑过去,几次跑进人家院子里,还追逐别的狗。细木匠经常看不见它,站住了,生气地唤它。有一回,他甚至面带解恨的神情,一把抓住它那狐狸样的耳朵,拧了一阵,一字一顿地说:

"叫——你——死——了——才——好!讨厌鬼!"

跑完了主顾家,卢卡·亚历山德雷奇顺便去看他的姐姐,在她家里喝了酒,吃了点东西。从姐姐家出来,他又去看望他的朋友装钉匠,从装钉匠家出来又去小酒馆,出了小酒馆又去找他的干亲家……总之,当卡什坦卡来到这条不熟悉的人行道时,天擦黑了,细木匠已经烂醉如泥。他挥舞着胳膊,呼呼地出气,嘴里嘟嘟哝哝:

"我娘生下我这孽障!唉,造孽呀造孽!这会儿我们走在街上,看得见路灯,等我们一死——我们就要去地狱里遭火烧。"

或者他恢复和善的语气,把小狗唤到跟前,对它说:

"你啊,卡什坦卡,不过是一条毛毛虫。拿你跟人比,就像拿粗木匠跟细木匠比一样。"

正当他对狗这么说着话,忽然响起了音乐声。卡什坦卡回头一看,街上有一队士兵正朝它这边走来。音乐刺激它的神经,它受不了,急得来回乱窜,"呜呜"哀号起来。让它吃惊的是,细木匠不害怕,不呼喊,不吠叫,反而咧着嘴笑,挺胸凸肚,把五个指头举到帽檐旁。看到主人并不反抗,卡什坦卡叫得更凶,一时昏了头,竟穿过大街,跑到了对面的人行道上。

等它清醒过来,已经没有音乐声,那队兵也不见了。它赶紧穿过大街,跑到刚才离开主人的地方,可是,糟糕!细木匠已经不在了。它先往前跑,又掉头往后跑,又穿过大街,可是细木匠像是钻进地缝里去了……卡什坦卡开始细细地闻人行道的路面,希望发现主人脚印的气味,可是刚才有个坏蛋穿一双新的胶皮套鞋经过这里,现在所有细微气味都跟刺鼻的橡胶臭气混在一起,什么也分辨不清了。

卡什坦卡前前后后来回奔跑，没有找到主人，这时天色已经完全黑了。大街两侧的路灯亮起来，家家户户的窗子里透出灯光。天空飘着鹅毛大雪，把马路、马背、车夫的帽子都染成白色。天越黑，所有的东西就显得越白。一些不相识的主顾不住脚地来来往往，打从卡什坦卡面前走过，挡住它的视线，有时还用脚踢它。（卡什坦卡把全人类分成极不平等的两部分：主人和主顾。它觉得这两种人大有区别：第一种人有权利打它；第二种人呢，它有权利咬他们的腿肚子。）那些主顾急匆匆地赶路，根本不理睬它。

天色漆黑，卡什坦卡不由得绝望、恐慌起来。它缩在一户人家的门洞里，呜呜地抽泣。因为它跟卢卡·亚历山德雷奇奔跑了一整天，此刻它累了，它的耳朵和爪子已经冻僵，再说也饿极了。这一天它才吃过两次东西：一次在装订匠家吃了点糨糊，一次在小酒馆柜台边找到一小块腊肠皮——就这么一点东西。如果它是人，他一定会这样想：

"不，照这样可活不下去！我要开枪自杀！"

第二章　神秘的陌生人

但小狗却什么都不想，只知呜呜抽泣。当它的背上和头上落满了柔软蓬松的雪花、筋疲力尽得正要昏昏入睡时，突然街门吱吱嘎嘎响起来，"砰"一下撞在它的身上。它跳起来。从打开的街门里走进一个主顾之类的人。卡什坦卡一声尖叫，朝他的脚扑去，因此这人不能不注意到它。他弯腰凑近它，问道：

"小狗，你打从哪儿来？我碰痛你了吧？好可怜，可怜……算了吧，别生气，别生气……都怪我不好。"

卡什坦卡透过挂在眉毛上的雪花打量这个陌生人。它看到眼前这人又矮又胖，圆圆的脸上刮得干干净净，戴一顶高礼帽，穿件没有扣纽扣的皮大衣。

"你干吗呜呜地叫?"他接着说,伸出一个指头掸掉它背上的雪,"你的主人在哪儿?你大概迷路了吧?唉,可怜的小东西!现在我们该怎么办呢?"

从陌生人的声音里卡什坦卡听出一种温和好心的语气,便舔舔他的手,呜咽得更加伤心了。

"你是一条好狗,真可笑!"陌生人说,"简直像只狐狸!嗯,也没有别的办法,跟我走吧!说不定你将来能派上用场……行,走吧!"

他吧嗒一下嘴,对卡什坦卡做了一个手势,那手势只能有一种意思:"跟我来!"卡什坦卡就跟他去了。

过了大约半个钟头,它已经蹲在一个明亮的大房间里。它歪着头,感动地、好奇地望着陌生人。他坐在桌旁正在吃饭。他一边吃,一边给它扔点吃食……他先给它一点面包,一块发绿的干酪皮,后来给一小块肉,半个馅饼,几根鸡骨头。它饿极了,把所有这些东西很快吞下去,来不及辨别滋味,而且它吃得越多,反而越觉得饿。

"可见你的主人没有好好喂你!"陌生人说,看着它嚼都不嚼,狼吞虎咽地吞下这些东西,"你真瘦!只剩下皮包骨头了……"

卡什坦卡吃了很多,但没有吃饱,不过已经吃得心满意足。吃了东西,它伸展四肢舒舒服服地躺在房间中央,感到全身一股愉快的倦意,便摇起尾巴来。当新主人伸开手脚懒洋洋地躺在圈椅里时,它摇着尾巴在思考一个问题:是陌生人这里好呢,还是细木匠家里好?陌生人房里的摆设又少又难看,除了几把圈椅、一张沙发、一盏灯和一块地毯外,就什么也没有了,所以房间像是空的。细木匠的几个房间里都堆满了东西。他有桌子、工作台、刨花堆、刨子、凿子、锯子、装在鸟笼里的黄雀,还有很大的洗衣盆……陌生人这里没有气味,可是细木匠家里总是烟雾腾腾,有胶水味、油漆味、刨花味,好闻极了。不过,陌生人这里有个很大的好处——他给很多吃食，而且，对他应该说句公道话——这阵子卡什坦卡躺在桌旁，讨好地望着他——他一次也没有打过它，没有用脚踢它，一次也没有叫骂："滚开，该死的！"

抽完一支雪茄烟，新主人走出去，过了一会又回来了，手里拿着一块小垫子。

"喂，小狗，上这儿来！"他说着，把小垫子放在沙发旁的墙角里，"你躺在这儿，睡吧！"

随后他熄了灯，走了出去。卡什坦卡舒舒服服躺在垫子上，闭上了眼。街上传来狗叫声，它本想回应几声，可是忽然间，它出乎意外地伤心起来。它想起了卢卡·亚历山德雷奇，想起他的儿子费久什卡，想起了工作台底下那舒适的小窝……它想起漫长的冬夜，细木匠刨木头，有时大声读报，费久什卡常常跟它一块儿玩……他抓住它的后腿把它从工作台下拖出来，变着法子捉弄它，常常把它搞得眼前发黑，浑身骨头酸痛。他逼它用后腿走路，拿它当铃铛玩，也就是使劲拽它的尾巴，痛得它大声尖叫，咆哮起来。有时，他还老拿鼻烟让它闻……特别难受的是这种把戏：费久什卡在绳子上吊一块肉，让卡什坦卡吃，等它吞进肚里，他却哈哈大笑，把那块肉从它胃里拖出来。这些回想越是鲜明，卡什坦卡就越是伤心，呜咽声也变得越响。

但不久疲劳和温暖战胜了忧伤……它渐渐睡着了。在它的想象中有许多狗在跑来跑去，其中有一条卷毛老狗从它身边跑过去。这条狗是它今天在街上看到的，眼睛上有一块白斑，鼻子两边生着一绺绺毛。费久什卡手里拿着凿子，跑着追那条卷毛狗，后来，忽然间，它自己也全身长出卷毛来，快活地"汪汪"吠叫，在卡什坦卡身边站住了。卡什坦卡和它友好地闻了一阵对方的鼻子，顺着大街一块儿奔跑……

第三章　投缘的新朋友

卡什坦卡一觉醒来，天色已经大亮，从街上传来只有白天才有的喧闹声。房间里没有人。卡什坦卡伸个懒腰，打个哈欠，沉着脸，气呼呼地在房间里走来走去。它闻遍了所有的角落和家具，朝外间看了一眼，没有发现任何有趣的东西。除了通向外间的门，这房间还有另一道门。卡什坦卡伸出前爪，在门上抓挠一阵，门打开了，它就进了另一个房间。这儿的床上躺着一个主顾，身上盖着毛毯。它认出这就是昨天那个陌生人。

"呜呜……"它开始发怒，可是想起昨天那顿晚饭，它就摇起尾巴，到处闻起来。

它闻了一阵陌生人的衣服和靴子，发现那上面有一股马的气味。睡房里还有一扇门不知通往哪儿，也关着。卡什坦卡又用爪子去抓挠这扇门，还用胸抵住它，门又开了，它立即感到一股奇怪得很可疑的气味。卡什坦卡预料要遇到不愉快的事，便呜呜地发怒，小心察看，进了这个糊着肮脏壁纸的小房间，立即又吓得直往后退。它看到一个意料不到的可怕情景。一只灰鹅把脖子和头贴向地面，张开翅膀，嘎嘎叫着，直奔它而来。在它旁边不远的地方，一只白猫躺在小垫子上。猫看到小狗，立即跳起来，拱起背，竖起尾巴，蓬起毛，也凶狠地叫起来。狗着实吓坏了，但不想露出胆怯的样子，便大声吠叫，朝猫扑过去……猫把背拱得更高，"喵喵"叫着，伸出爪子打了一下狗头。卡什坦卡忙跳开了，四条腿趴在地上，用嘴脸去够猫，发出响亮的尖叫声。这当儿鹅从它后面走过来，用嘴使劲啄它的背。卡什坦卡又跳起来，转身朝鹅扑去……

"这是怎么回事?"传来生气的洪亮的声音,陌生人穿着睡袍、嘴里叼着雪茄走了进来,"这是什么意思?都回原位!"

他走到猫那儿,用手指弹一下它拱起的背,说:

"费奥多尔·季莫费伊奇,这是什么意思?打架了吧?哼,你这个老滑头!给我躺下!"

他又转身对鹅喝道:

"伊凡·伊凡内奇,回你的地方!"

老猫乖乖地躺到它的小垫子上,闭上了眼睛。从它的嘴脸和触须的神态看来,它自己也不满意刚才大发脾气,干起架来。卡什坦卡委屈地呜咽起来,鹅则伸长脖子,嘎嘎地很快说些什么,说得热烈而明确,但小狗绝对听不懂。

"行了,行了!"主人打着哈欠说,"你们要和睦友好地相处。"他抚摩着卡什坦卡接着说,"你呢,小红狗,别害怕……它们是好伙伴,不会欺负你的。等一下,我们该怎么叫你呢?没有名字可不行,朋友。"

陌生人想了一会儿,说:

"这样吧……你就叫——姑姑……你懂不懂?姑姑!"

他重复了几遍"姑姑",走了出去。卡什坦卡蹲着,开始观察。老猫一动不动地躺在垫子上,装出睡着的样子。鹅伸长脖子,在原地踏步,继续急速地热烈地说道着什么。显然,这是一只绝顶聪明的鹅。每一次激昂的长篇大论之后,它总要吃惊地后退一步,做出一副对自己的演说十分欣赏的模样……卡什坦卡听完它的演说,"汪汪"地应和几声,之后开始闻遍各个墙角。有个角落里放着一个小木盆,它看到里面有泡过的豌豆和泡软的面包皮。它尝尝豌豆,不好吃;又尝尝面包皮,就吃起来。鹅看到一条不相识的狗在吃它的口粮,一点也不生气,相反,它说得更加热烈,而且为了表明自己的信任,还亲自走到小盆旁,吃下几颗豌豆。

第四章　稀奇古怪的把戏

过了一会儿，陌生人又走进来，带来一件古怪的东西，像一扇门，又像字母 Π。在这个做工粗糙的木架的横梁上挂着一个铃铛，系着一把手枪。铃铛的摆锤和手枪的扳机上垂下两根细绳。陌生人把木架放在房间中央，把一样东西系好又解开，费了很长时间，后来看着鹅说：

"伊凡·伊凡内奇，请！"

鹅走到他跟前，做出等候的姿势。

"好，"陌生人说，"咱们从头开始。你先鞠躬，行屈膝礼！快！"

伊凡·伊凡内奇伸长脖子，向四方连连点头，两个脚掌碰了一声。

"行，好样的……现在你死去吧！"

鹅仰面躺下，翘起两条腿。他们又做了几个这类小把戏，陌生人忽然抱住头，做出一副惊吓的样子，喊叫道：

"救命啊！着火啦！我们要烧死了！"伊凡·伊凡内奇跑到横梁下，用嘴叼住绳子，铃铛就当当当响起来。

陌生人十分满意。他抚摩着鹅脖子说：

"好样的，伊凡·伊凡内奇！现在假定你是珠宝商人，卖金银首饰和钻石。现在再假定你回到你的店铺，发现里面有贼。遇到这种情况，你该怎么办？"

鹅用嘴叼住另一根绳子，拽一下，立即响起一声震得耳聋的枪声。卡什坦卡很喜欢铃声，听到枪声更加兴奋，它就绕着木架奔跑，一边"汪汪"地叫。

"姑姑，回原位！"陌生人对它喝道，"不准出声！"

伊凡·伊凡内奇的把戏，并没有因枪声而结束。随后，陌生人用调马索套住鹅脖子，整整一个钟头，赶着它兜圈子，把马鞭抽得"啪啪"响。这时候鹅就得跳过横栏，钻过圆环，像马那样直立起来，也就是一屁股坐在地上，挥动两个鹅掌。卡什坦卡目不转睛地看着伊凡·伊凡内奇，高兴得"汪汪"叫起来，有几次索性一边大声吠叫一边跟着它跑。陌生人把鹅和自己都弄累了，他擦着头上的汗，叫道：

"玛丽亚，去把哈夫罗尼娅·伊凡诺夫娜叫来！"

不一会儿，就传来咕噜咕噜的声音……卡什坦卡发出怒叫，做出一副很勇敢的样子，不过为了保险起见，它还是走到陌生人近旁。门开了，有个老太婆探进头来，说了一句什么，放进一头极难看的黑猪。它毫不理睬卡什坦卡的"呜呜"吠叫，昂起猪嘴，快活地"咕噜咕噜"叫唤。显然它很高兴看到自己的主人、猫和伊凡·伊凡内奇。它走过猫的身旁时，用猪嘴轻轻拱拱它的肚子，然后又跟鹅攀谈几句。它的动作、声调和抖动的小尾巴，都流露出它心地的和善。卡什坦卡立即明白，对这样的东西发凶和吠叫是没有必要的。

主人收走木架，叫道：

"费奥多尔·季莫费伊奇，请！"

猫站起来，慢吞吞地伸了个懒腰，不乐意地走到猪跟前，像是给主人赏脸似的。

"好，现在我们从埃及金字塔做起。"主人说。

他做了很长时间的说明，然后下命令：一……二……三！一听到"三"，伊凡·伊凡内奇就扇动翅膀，跳到猪背上……等它扭动脖子、拍打翅膀保持了平衡，在生着硬毛的猪背上站稳了，费奥多尔·季莫费伊奇便露出一脸瞧不起的神情，就好像觉得自己的本领一钱不值似的，无精打采地、懒洋洋地先爬到猪背上，再不乐意地爬到鹅身上，举起前爪直立起来。这就是陌生人所说的"埃及金字塔"。卡什坦卡兴奋得尖叫一声，可是这时候老猫打了个哈欠，身子失去平衡，从鹅身上摔了下来。伊凡·伊凡内奇身子一晃，也掉了下来。陌生人大声喊叫，挥舞胳膊，又做了一番说明。为这金字塔忙乎了整整一个钟头，之后，不知疲倦的主人又教鹅骑到猫背上，教猫抽烟……

训练总算结束了，陌生人擦去额上的汗，走了出去。老猫费奥多尔·季莫费伊奇表示厌恶地嚏一下鼻子，躺到小垫子上，闭上了眼睛。伊凡·伊凡内奇走到盆子跟前，猪由老太婆牵走了。有了这种种新鲜印象，卡什坦卡的头一天不知不觉就过去了。傍晚，它同它的小垫子已经给安顿在糊壁纸的小房间里，它跟老猫和鹅一块儿过夜了。

第五章　天才！天才！

一个月过去了。

卡什坦卡已经习惯于每天晚上吃一顿可口的饭食，任凭主人叫它"姑姑"。它跟陌生人和新伙伴也相处熟了。生活过得很自在。

每天都是这样开始的。通常总是伊凡·伊凡内奇醒得最早，它立即走到姑姑或者猫跟前，弯下脖子，热烈而恳切地说道"起来"，但小狗照样听不明白。有时，鹅高高地昂起头，发表长篇独白。在它们相识的头几天，卡什坦卡以为它话说得多是因为它很聪明，可是过了不久，就对它失去了一切尊敬。当它唠唠叨叨走到身边的时候，小狗不再摇尾巴，把它看成一个讨厌的、不让大家睡觉的饶舌鬼，所以毫不客气地用"呜呜呜"来回敬它……

费奥多尔·季莫费伊奇是另一类老爷。它醒过来后一声不出，一动不动，连眼睛都不睁开。它巴不得不醒来才好，因为看得出来，它不热爱生活。什么事也引不起它的兴趣，它对一切都无精打采、马马虎虎。它蔑视一切，连吃可口的饭食时也厌恶地直喷鼻子。

醒来后，卡什坦卡就在各个房间里跑来跑去，闻遍所有的屋角。只有它和猫获准在整套住宅里走动；鹅却没有权利跨出那个糊着肮脏壁纸的房间的门槛，至于哈夫罗尼娅·伊凡诺夫娜，它住在后院的小板棚里，只有上课时才带进来。主人向来醒得很晚，喝过茶后立即动手玩那些把戏。每天都把木架、鞭子和圆环搬进小房间，每天所要做的差不多是老一套。一堂课总要拖上三四个钟头，因此有的时候费奥多尔·季莫费伊奇累得摇摇晃晃，像喝醉了酒，伊凡·伊凡内奇张大嘴巴，不住地倒气，主人则满脸通红，额头上的汗怎么也擦不干。

白天因为上课、吃饭，过得很有趣味，晚上却有点无聊。一到晚上，主人通常外出，而且把鹅和猫也带走了。剩下姑姑孤单单躺在垫子上，开始发愁……愁闷不知不觉中袭来，渐渐占满它的心头，就像黑暗占满这房间一样。这一来，小狗先是没有心思吠叫、吃东西、在屋里跑来跑去，甚至不想张眼看东西。后来在它的想象中出现两个模糊不清的又像狗又像人的身影，那模样亲切可爱，却有点古怪。他们一出现，姑姑就摇尾巴，它好像觉得它在什么地方见过他们，爱过他们……等它昏昏欲睡的时候，每一回都感到这些东西身上有胶水、刨花和油漆的气味。

卡什坦卡完全过惯了新的生活，从一条瘦骨嶙峋的看家狗变成了一条肥壮的、皮毛保养得很好的狗。有一次训练前，主人抚摩着它说：

"现在，姑姑，我们该干点正事了。你也闲荡得够了。我想让你当演员……你愿意做演员吗？"

于是他开始教它各种技能。第一课它学会了用后腿站立和行走，这件事它做得十分开心。第二课，它得用后腿跳跃，叼住教练放在它头顶上空的糖块。随后的几堂课它学会了跳舞，套着绳子跑圆圈，随着音乐汪汪叫，拉铃和放枪。一个月以后，它完全可以顶替老猫费奥多尔·季莫费伊奇搭"金字塔"了。它很乐意学习，对自己的成绩很是满意。脖子上套着绳子、伸出舌头跑圆圈，钻圆环，骑在老猫背上都使它感到极大的快乐。每一种把戏玩成功后，它总要响亮地快活地"汪汪"叫几声，教练也表示惊奇，高兴得搓起手来。

"天才！天才！"他说，"无疑是天才！你肯定会成功的！"

姑姑已经听惯了"天才"，所以每当主人说起这两个字时，它总要跳起来，左顾右盼，仿佛这就是它的外号。

第六章　不安的夜

姑姑做了一个狗梦，梦见看门人举起扫帚追它。它惊醒了。

房间里很静，很黑，十分闷气。还有跳蚤在叮它。姑姑以前从来不怕黑暗，可是现在不知为什么感到可怕，真想"汪汪"叫几声。隔壁房里主人在大声叹气，又过了一会儿，小板棚里的猪开始"咕啰咕啰"叫，之后一切归于寂静。想到吃食，心里就会轻松些，于是姑姑开始回想，今天它偷了老猫费奥多尔·季莫费伊奇的一个鸡爪子，把它藏进客厅里立柜后面的墙缝里，那里有许多蜘蛛网和灰尘。不妨现在去瞧瞧：那东西还在不在？很可能主人找到鸡爪子，把它吃了。可是天不亮是不准离开房间的——这是规矩。姑姑闭上眼，想快点入睡，因为它凭经验知道，只要睡得快，早晨醒得也快。突然，离它不远的地方发出一声古怪的叫声，它不由得一阵哆嗦，用四条腿跳了起来。这是伊凡·伊凡内奇在叫唤，而且叫声不像平常那样热烈而恳切，却有点怪异、刺耳、不自然，很像开门时的吱嘎声。在黑屋子里什么也看不清，什么也弄不明白，姑姑越发感到可怕，便发怒地小声咆哮起来：

"呜呜呜……"

过了一段时间，也就是平常吃完一根好骨头的工夫，叫声停止了。姑姑渐渐安下心来，开始打盹。它梦见两条大黑狗，在它们的大腿上和腰旁还留着一绺绺去年的毛。它们围着一个大木盆狼吞虎咽地吃着泔水,泔水还冒着热腾腾的蒸气,气味很香。有时,它们回过头来看看姑姑,龇出牙齿,"呜呜"咆哮:"我们不给你吃!"可是从屋里跑去一个穿皮袄的男人,拿鞭子把它们赶走了。这时,姑姑就走近木盆吃起泔水来,可是那人刚进大门,两条黑狗就吼叫着朝它扑来,突然又响起一声刺耳的尖叫。

"嘎!嘎嘎!"伊凡·伊凡内奇叫道。

姑姑醒来了,跳起来,不离开垫子,发出声声哀号。它已经觉得,尖叫的不是伊凡·伊凡内奇,而是另一个不相干的东西。不知怎么小板棚里的猪又"咕哕咕哕"叫起来。

这当儿传来便鞋的"沙沙"声,主人穿着睡袍走了进来,手里拿着蜡烛。一闪一闪的烛光在肮脏的壁纸和天花板上跳动,赶走了黑暗。姑姑看到屋里并没有不相干的东西。伊凡·伊凡内奇卧在地板上,没有睡觉。它的翅膀难看地支棱开,嘴大张着,总之它那副模样像是累极了,困极了。老猫费奥多尔·季莫费伊奇也没有睡着。大概它也被尖叫声弄醒了。

"伊凡·伊凡内奇,你怎么啦?"主人问鹅,"你叫什么?你是不是生病了?"

鹅一声不响。主人碰碰它的脖子,抚摩它的背,说:

"你是个古怪的家伙!自己不睡也不让人家睡。"

主人走出去,带走了亮光,屋子里又漆黑一团。姑姑胆战心惊。鹅倒不叫了,但小狗还是觉得黑暗里站着一个不相干的东西。最可怕的是它无法去咬那个东西一口,因为谁也看不见它,它是无形的。不知怎么它预感到这一夜定要出凶险的事。老猫费奥多尔·季莫费伊奇也很不安。姑姑听到,它在垫子上不住地挪动身子,打哈欠,晃动脑袋。

大街上不知哪儿有人敲门,小板棚里的猪又在叫唤。姑姑"呜呜"地吠叫起来,伸出前爪,把头架在上面。那敲门声,那不知为什么睡不着的猪的咕噜声,那黑暗,那寂静,都让它感到如同伊凡·伊凡内奇的叫声一样,含着凄凉和可怕的意味。周围的气氛惊慌而不安,那是为什么?这看不见的无形物到底是什么东西?这时,在姑姑身边忽地闪出两个暗淡的绿点。这是相识以来老猫费奥多尔·季莫费伊奇第一次走到它的身边。它需要什么呢?姑姑舔一下猫的爪子,不问它来做什么,用几种声调轻轻吠叫起来。

"嘎!"伊凡·伊凡内奇又叫道,"嘎嘎嘎!"

门又开了,主人拿着蜡烛走进来。鹅还是原先的姿势,劈叉开翅膀,张着大嘴。它的眼睛闭上了。

"伊凡·伊凡内奇!这是怎么回事?你要死了,是吗?哎呀,我现在记起来了,记起来了!"他喊着抱住了头,"我知道什么原因了!这是因为今天你让马踩着了。天哪,我的天哪!"

姑姑听不懂主人的话,但看他的脸色可以知道,他也料到要出可怕的事了。它把嘴脸伸向黑暗的窗子,它好像觉得有个东西正贴着窗子往里张望,便哀声吠叫起来。

"它要死了,姑姑!"主人说着,伤心得轻轻合手,"是啊,是啊,它要死了!死神已经来到你们的房间。我们该怎么办呢?"

脸色苍白、焦急不安的主人叹着气,摇着头,走回自己的睡房。姑姑害怕留在黑屋子里,就跟着他去了。主人在床上坐下,几次重复说:

"我的天,这可怎么办呀?"

姑姑在他的脚边走来走去,不明白自己为什么这般愁闷,不明白大家为什么这般不安,它竭力想探个明白,就注意主人的每个动作。平时很少离开垫子的老猫费奥多尔·季莫费伊奇,这回也跟着主人进了睡房,在主人的腿旁蹭来蹭去。猫不住地晃着脑袋,就好像想把里面的沉重思想摔出去似的,一边还怀疑地看看床底下。

主人拿着一个小碟子,往里面倒了一点脸盆里的水,又走到鹅身边。

"喝吧,伊凡·伊凡内奇!"他温柔地说,把碟子放到它面前,"喝点水,亲爱的。"可是伊凡·伊凡内奇一动不动,也不睁开眼睛。主人把它的头按到碟子上,把它的嘴泡在水里,但鹅不喝水,翅膀却劈叉得更大,它的头就这样一直留在碟子上了。

"不行了,已经没法可救了!"主人叹了一口气,"全完了。伊凡·伊凡内奇死了!"

他的脸上掉下两行闪亮的水珠,就像下雨时窗子上常有的雨滴一样。不明白出了什么事,姑姑和老猫费奥多尔·季莫费伊奇直往主人脚边靠,胆战心惊地望着鹅。

"可怜的伊凡·伊凡内奇!"主人伤心地叹着气说,"我一直盼望着春天把你带到别墅去,跟你一块儿在绿草地上散步。可爱的动物,我的好伙伴,你却不在了!没有你,我现在该怎么办呢?"

姑姑似乎觉得,有一天它也会发生这种事,也就是,它也会像鹅那样,无缘无故就闭上眼睛,叉开四腿,龇出牙齿,叫人看着它也心里害怕。显然,这样的念头也在老猫费奥多尔·季莫费伊奇的脑子里转过。此刻老猫脸色阴沉愁闷,这在从前是没有过的。

天色渐渐亮了,屋里已经没有那个把姑姑吓坏了的看不见的东西了。等到天完全亮了,看门人走进来,提着鹅腿,不知把它送哪儿去了。随后老太婆来了,拿走了食盆。

姑姑跑到客厅,瞧瞧柜子后面:主人没有吃掉鸡爪子,它还放在满是尘土和蜘蛛网的老地方。可是姑姑只感到烦闷、悲伤,恨不得哭一场才好。它甚至没有闻一下鸡爪子,就钻到沙发底下,蹲在那里,哀怨地小声吠叫起来:

"呜……呜……呜……"

第七章　不顺利的初次演出

有一天晚上，主人走进糊着肮脏壁纸的房间，搓着手说：

"好吧……"

他还想说点什么，但没有出声又走了出去。姑姑在上课的时候很好地研究过主人的面容和声调，这时猜出他很激动，担忧，好像还有点生气。不一会儿他又回来了，说：

"今天我要带姑姑和费奥多尔·季莫费伊奇出去。搭金字塔的时候，你呢，姑姑，要代替去世的伊凡·伊凡内奇。鬼知道会怎么样！一点都没有准备，没有练熟，也很少排演！我们要出丑了，我们要倒霉了！"

说完他又走出去，过了一会儿穿着皮大衣，戴着高礼帽回来了。他走到猫那里，抓住它的前腿，提起来，把它藏在胸前的皮大衣里。这时，费奥多尔·季莫费伊奇显得十分冷淡，连眼睛都懒得睁开。看来对它来说，躺着也好，叫人提起腿来也好，卧在小垫子上也好，被塞进主人的皮大衣也好，绝对是无所谓的……

"姑姑，我们走。"主人说。

姑姑什么也不明白，摇着尾巴跟他去了。不一会儿，它已经上了雪橇，蹲在主人脚旁，看他冷得瑟缩一阵，听他激动地唠叨着：

"我们要出丑了！我们要倒霉了！"

雪橇在一座古怪的大房子前停下，它像只倒扣的汤盆。宽大的入口处有三扇玻璃门被十几盏明晃晃的灯照得雪亮。玻璃门发出撞击声，不断地打开，像三张大嘴，把挤在入口处的人们吞进去。人很多，不时有马车停到大门外，不过却不见有狗。

主人抓起姑姑的前爪，把它也塞进怀里，跟老猫待在一起。皮大衣里又黑又闷，但很暖和。这时，忽地闪出两个暗淡的绿点——那是老猫因为小狗冰冷的硬爪碰着它而睁开了眼睛。原先姑姑舔舔它的耳朵，它想待得舒服一点，便不安地扭动身子，收腿时冰冷的爪子踩着了老猫。无意中它还把头探出大衣外面，随即生气地吠叫起来，赶紧又缩回来。它好像看到了一个灯光不亮的大房间，里面尽是稀奇古怪的东西。房间两侧的隔板和栅栏后面，探出许多可怕的嘴脸：有的是马脸，有的长一对犄角，有的耳朵很长，有个肥头大脸上该长鼻子的地方却长着一条尾巴，嘴里伸出两根长长的、被啃光了肉的骨头。①

老猫在姑姑的爪子下声音嘶哑地"喵呜"一声，好在大衣这时敞开了，主人说一声"下去！"，费奥多尔·季莫费伊奇和姑姑都跳到地上。现在他们待在一间灰木板小屋里。这里除了一张不大的带镜子的桌子、一张凳子和挂在墙角的几件旧衣服外，什么家具也没有。屋里没有灯和蜡烛，只有固定在墙上的小管子里发出扇面形的亮光。费奥多尔·季莫费伊奇舔着被姑姑弄乱的皮毛，走到凳子底下，躺下了。主人依旧激动不安，不断搓手，开始脱衣服……他像平常在家里准备躺进毛毯时那样，脱得只剩下贴身的衣裤；随后坐到凳子上，照着镜子，在自己身上变出了许多古怪的戏法。他先往头上套个假发，这假发中间有发缝，两边的头发竖起来，像两个犄角。然后他往脸上涂一层厚厚的白东西，在白脸上再画眉毛、胡子和红脸蛋。到这儿他的花样还没有完。他把脸和脖子弄脏了以后，又穿上一件古怪的极不像样的衣服——这种衣服不论在别人家里或者大街上姑姑从来都没有见过。您不妨设想一下：这是一条十分肥大、用大花布缝成的裤子（这种大花布在小市民家里通常只用来做窗帘和沙发套子），而且裤腰一直束到胳肢窝下面，一条裤腿是褐色的，另一条裤腿是鲜黄色的。主人套进这条裤子之后，

———
① 指大象。

又穿上一件花布短上衣，这上衣开着锯齿形的大领口，后背有一颗金星。最后他穿上五颜六色的袜子和一双绿皮鞋……

姑姑眼花缭乱，心里也乱糟糟的。在这个肥大笨拙的白脸人身上虽说有主人的气味，他的声音虽说也是熟悉的主人的声音，但有的时候，姑姑还是满腹狐疑，这时它真想从这个花花绿绿的人身边逃跑，或者"汪汪"叫几声。新的地方，扇面形的灯光，气味，主人的变样——所有这些都使它生出一种莫名的恐慌，而且预感一定会遇到可怕的事，就像遇到肥头大脸上不长鼻子却长尾巴的怪物一样。还有，墙外很远的地方正在演奏可恨的音乐，有时还能听到古怪的吼叫。只有一件事让它安下心来，那就是费奥多尔·季莫费伊奇满不在乎。它一直静静地在凳子底下打盹，连凳子让人搬走时它都没有睁开眼睛。

有个身穿黑礼服、白坎肩的人探进头来说：

"现在阿拉贝雷小姐上场了。她之后该您出场。"

主人什么话也没说。他从桌子底下拖出一只不大的箱子，又坐下，等着。从他的嘴唇和手看得出来，他很激动，姑姑能听出连他的呼吸都在颤抖。

"乔治先生，请吧！"有人在门外喊道。

主人站起来，在胸前一连画了三次十字，然后从凳子下抓出猫，把它塞进箱子里。

"过来，姑姑！"他小声说。

姑姑什么也不明白，走到主人手边，他亲一下它的头，把它也放到猫那里。随后便是黑暗……姑姑踩着了猫，用爪子抓搔箱子四壁，害怕得出不了声。箱子摇摇晃晃，像在波浪上颠簸，不住地抖动……

"瞧，我来了！"主人大声喊道，"瞧，我来了！"

姑姑感觉到，主人喊完之后，箱子撞在硬东西上，不再晃动。听得见打雷般沉闷的吼叫声：好像有许多人在拍打一样东西，而那东西大概就是肥头大脸上不长鼻子却长尾巴的怪物,于是那怪物就大声吼叫,哈哈大笑,震得箱子上的锁都晃动起来。主人发出一阵尖利刺耳的笑声来回答这片吼叫,他在家里可从来没有这样笑过。

"哈哈!"他喊道,竭力想压住这片吼叫,"最可敬的观众们!我刚从火车站来!我的祖母死了,给我留下一笔遗产!箱子里的东西真重——一定是金子喽……哈哈!我马上要成百万富翁啦!现在让我们打开箱子,瞧一瞧……"

箱子上的锁咔嚓一响。明亮的灯光直刺姑姑的眼睛,它立即从箱子里跳出来,又被吼叫声震聋了耳朵,便飞快地绕着主人拼命奔跑起来,发出一连串清脆的吠叫声。

"哈哈!"主人喊道,"亲爱的费奥多尔·季莫费伊奇!亲爱的姑姑!我可爱的亲戚们,你们怎么来了,真见鬼!"

他趴到地上,抓住猫和姑姑,要拥抱它们。姑姑趁主人紧紧搂抱它的时候,顺便扫了一眼命运把它送来的这个天地,它没有料到这地方那么宏大漂亮,一时间惊喜得愣住了。后来它挣脱主人的怀抱,由于反应强烈,它像个陀螺似的团团转起来。新的天地太大了,充满了亮晃晃的光,不论往哪儿瞧,从地面到天花板,到处都是人的脸、脸、脸,再没有别的什么。

"姑姑,请您坐下!"主人喊道。

姑姑明白这是什么意思,就跳到椅子上蹲下。它望着主人。主人的眼睛像平时一样,看上去严肃而温和,但他的脸,特别是嘴和牙齿,因为要做出呆板的大笑而变得十分难看。他还哈哈大笑,蹦蹦跳跳,扭动肩膀,做出一副面对成千上万的观众十分快活的样子。姑姑相信他真的很快活,突然间,它全身都感觉到,成千上万的脸都在看它,它便昂起自己狐狸样的脸,高兴得汪汪叫起来。

"您呢,姑姑,请坐一会儿,"主人对它说,"我先跟大叔跳一曲喀马林舞①。"

费奥多尔·季莫费伊奇等着主人逼它做蠢事,蹲在那里,冷淡地东张西望。它跳舞的时候无精打采,马马虎虎,阴沉着脸,看它的动作、尾巴和触须就可以知道,它深深地瞧不起这些观众,瞧不起明亮的灯光,瞧不起主人和它自己……它跳完了舞,打个哈欠,卧下了。

"好,姑姑,"主人说,"我先跟您唱支歌,然后再跳舞,好吗?"

他从衣袋里掏出一根小木笛,吹奏起来。姑姑因为受不了音乐,开始不安地在椅子上扭动起来,汪汪地叫。四面八方响起一阵欢呼声和鼓掌声。主人一鞠躬,等大家静下来,又继续吹奏……在他吹到一个高音时,楼座上的观众中有人大声惊叫:

"什么'姑姑'!"有个孩子的声音喊道,"这不是卡什坦卡吗!"

"是卡什坦卡!"有个带着醉意、声音发颤的男高音证实说,"真是卡什坦卡!费久什卡,没错,我说假话叫上帝惩罚我!喂,卡什坦卡!快过来!"

最高楼座上有人打一声呼哨,一个童音和一个男高音同时大声呼喊:

"卡什坦卡!卡什坦卡!"

姑姑猛地一惊,朝发出喊声的地方望去。那里有两张脸:一张毛发浓重,醉醺醺,得意地笑着;另一张胖乎乎,红彤彤,一副吃惊的样子。两张脸直扑它的眼帘,就像刚才明晃晃的灯光直刺它的眼睛一样……它想起了原先的主人,从椅子上掉下来,摔在地上,随后跳起来,发出快活的尖叫声冲向这两张脸。这时,又响起了震耳的吼声,夹杂着一声声呼哨和一个孩子的尖细的呼叫声:

"卡什坦卡!卡什坦卡!"

姑姑跳过横栏,然后跳过一个人的肩膀,落进一个包厢里。为了跑

---

① 一种俄罗斯民间舞蹈。

到另一层楼座，需要越过一堵高墙。姑姑纵身一跳，但没有跳过去，从墙上跌落下来。后来，它被人传来传去，舔着一些人的手和脸，升得越来越高，终于到了最高楼座……

半小时后，卡什坦卡已经来到大街上，跟着两个有胶水和油漆味的人奔跑。卢卡·亚历山德雷奇身子摇摇晃晃，凭经验本能地尽量离水沟远一些。

"我娘生下我这个孽障……"他嘟哝道，"你呢，卡什坦卡，缺个心眼。拿你跟人比，就像拿粗木匠跟细木匠比一样。"

在他身旁，费久什卡戴着父亲的便帽大步跟着。卡什坦卡瞧着两人的后背，它觉得它随着他们已经跑了很久很久，暗自高兴它的生活一刻也没有中断过。

它又想起了那个糊着肮脏壁纸的房间，想起了鹅和费奥多尔·季莫费伊奇、可口的饭食、上课、马戏院……可是现在，这一切对它来说，就像一场漫长而杂乱的噩梦……

一八八七年十二月二十五日

美　人

一

　　记得，还是五年级或六年级学生的时候，我跟爷爷从顿河州的大克列普卡亚村到顿河畔的罗斯托夫城去。那是八月的一天，闷热难耐，枯燥无聊。天热，再加上那迫使我们面对尘雾的又干又燥的风。两眼睁不开，嘴里发干，不想看东西，也不想说话，更不想动脑筋。打盹的车夫霍霍尔[①]卡尔波朝马匹挥动手臂，鞭子抽到了我的帽子上，我也没有表示抗议，也不吱声，只是从朦胧睡意中醒来，无精打采，温和地眺望远方：透过尘雾是否能看见村庄？我们在阿尔明尼亚大村子巴赫奇—萨拉赫一个爷爷认识的富有的阿尔明尼亚人家里停车喂马。我有生以来从未见过比这个阿尔明尼亚人更滑稽可笑的了。您想想看，一个剃短发的小脑袋，长着浓密下垂的眉毛，鸟鼻子，长长的灰白上髭，一张大嘴叼着樱桃木的长烟袋。这个小脑袋笨拙地安放在那瘦弱、拱背的躯体上。他身穿稀奇古怪的衣服：很短的红上衣，鲜蓝的肥腿裤。他走起路来双腿叉开，趿着拖鞋，说话时也不取下叼着的烟袋，那举止带着纯阿尔明尼亚人的自尊。他不露笑容，瞪着眼睛，对自己的客人尽量不予关注。

[①] 霍霍尔，对旧时乌克兰人的蔑称。

在阿尔明尼亚人的房间里,既没有风,也没有尘土,但不舒服,闷热、无聊,像在草原和路上一样。记得,我满身泥土,燠热难耐,浑身无力,坐在屋角的一只绿色箱子上。未经涂饰的原木墙壁、家具和涂过赭石的地板,散发出一股被太阳晒过的干木材气味。不管往哪里看,到处都是苍蝇、苍蝇、苍蝇……爷爷和阿尔明尼亚人低声谈到放牧、牧场、绵羊……我知道,茶炊要过隐隐一个小时才能送上来,爷爷喝茶也少不了花一个小时,然后躺下来睡两三个小时,我得出去等上大半天,这之后又是炎热、尘土、颠簸的大路。我听到两个人的喃喃低语,开始觉得,这阿尔明尼亚人、装器皿的柜子、苍蝇、被炎热的太阳烤晒的窗子,我老早老早就看见了,要在十分遥远的将来才能看不见它们,于是我对草原、对太阳、对苍蝇满怀憎恨……

一个扎头巾的乌克兰女人送来了放着茶具的托盘,随后端上自动茶炊。阿尔明尼亚人不慌不忙地走到前厅,喊道:

"玛夏!来倒茶!你在哪里呀?玛夏!"

传来一阵匆匆的脚步声,一个身穿朴素印花连衣裙、扎白头巾的十六岁左右的姑娘走进屋里。她给我的茶杯斟茶时,背对着我站在那里,我只看见她身材苗条,打赤脚,一对裸露的脚后跟被低垂的裤管盖住了。

主人请我喝茶。我在桌旁坐下来,看了一眼给我端来茶杯的那个姑娘的面孔,突然觉得,似乎有一阵清风吹进我的心里,把白天那种枯燥无聊和尘土飞扬的印象一扫而光。我看见一张迷人的面庞,那是我曾在现实生活里遇到过的、在梦里见过的一种最美的面孔。我面前站着一个美人,我一眼就看出来了,如同看见一道闪电。

我可以发誓,玛莎,或者像她父亲那样叫她玛夏,是一个真正的美人,可是我不善于说明这一点。有时候是这样:云彩散乱地堆积在地平线上,太阳躲在云的后面,把云彩和天空染上了数不清的色彩——火红的、橙红的、金黄的、淡紫的、暗红的。一块云好像僧侣，另一块酷似一条鱼，第三块就像缠头的土耳其人。晚霞映红了三分之一的天空，在教堂的十字架上和老爷家的玻璃窗上闪烁发光，映照在河里、水沟里，在树林中颤动；很远很远的地方，在晚霞的映入下，一群野鸭飞到什么地方去栖息……赶牛的牧童，闲散的老爷们——大家都在观看晚霞，都发现它非常美丽，但是谁也不知道，也说不出它美在何处。

不只是我一个人发现这阿尔明尼亚姑娘是美丽的。我爷爷，这个八十多岁的老头，对女人和大自然之美无动于衷的固执的人，也用爱怜的目光整整看了玛莎一分钟，他问：

"这是您的女儿吧，阿莱特·纳扎霍奇？"

"我女儿，这是我女儿……"主人答道。

"一个漂亮的小姐。"爷爷称赞道。

这阿尔明尼亚姑娘的美，画家也许称之为古典的和严谨的美。这正是那样一种美，上帝知道为什么，一看就让您相信，您看到了端庄的相貌，那头发、鼻子、嘴、颈子、胸部以及年轻躯体的动作融汇成了一部完整的、协调的和弦，大自然在其中一点儿都没有做错；不知为什么，您总觉得，理想的美女要有玛莎那样的鼻子，直直的，鼻尖处略微弯一点；要有她那样又大又黑的眼睛，那样长长的睫毛，以及那样娇慵的眼神；她的卷曲的黑发和眉毛也跟额头和面颊的娇嫩的白色相般配，犹如绿色芦苇配上静静的小溪；玛莎的白白的颈子和那年轻的胸部尚未发育成熟，但是要把她雕塑好，您似乎觉得应当有巨大的创作天赋。您看着，渐渐会产生一种愿望，想对玛莎说点非常愉快的真诚的漂亮的话，像她本人一样的漂亮。

起初，玛莎对我一点也不留意，总是目光低垂，这使我觉得委屈和羞愧。有一层的空气，把她和我隔开了，而且怀着妒意挡住了她的视线，我觉得那是幸福而高傲的。

"这是因为，"她说，"我满身尘土，晒黑了，也因为我还是个孩子。"

可是，后来我渐渐忘记自己，整个投入对美的感受了。我不再回忆草原的枯寂、尘土，也听不见苍蝇的嗡嗡声，品不出茶的味道，只觉得和我隔一张桌子的地方站着一个漂亮的姑娘。

不知何故，我感受这美是奇特的。玛莎在我心中激起的不是愿望，不是喜悦，也不是欣赏，而是一种虽然愉快然而沉重的忧郁。这忧郁像梦似的，是不定型的模糊的。不知为什么，我可怜自己，也可怜爷爷，可怜阿尔明尼亚人，尤其这个阿尔明尼亚姑娘本人，我有这样一种感觉，好像这四个人失去了生活里必需而重要的东西，并且再也找不回来了。爷爷也是心情抑郁，他不再谈牧场和绵羊了，而是默不作声，若有所思地瞧着玛莎。

喝过茶，爷爷睡觉了，我从屋里出来，坐在台阶上。这所房子像巴赫奇—萨拉赫所有的房子一样，坐落在太阳晒到的地方，没有树木，没有遮棚，也没有荫蔽。阿尔明尼亚人的大院子长满滨藜和锦葵。虽然天气奇热，但院子里热热闹闹充满欢乐。一些不高的篱笆墙把这个大院子交叉切割开来，在一排篱笆墙后面正在脱谷粒。十二匹马排成一行，以埋在打谷场中央的柱子为中心形成一条很长的半径，奔跑着。附近有一个霍霍尔，身穿长背心、肥腿裤，抽着鞭子，大声喊叫，那声音仿佛想挑逗马匹的性子，对它们大发威风似的：

"呵——呵——呵，该死的家伙！呵——呵——呵，你们得了霍乱才好哩！害怕了吧！"

那些枣红的、白色的、花斑的马不明白为什么强迫它们在原地打转踩踏麦秸，不情愿地奔跑着，好像很吃力，生气地甩动尾巴。在它们的蹄下，风吹起一团团金黄色的麦壳的云雾，越过篱笆，把它们送到很远的地方。在新割下麦子的高高麦垛附近，一些手持耙子的农妇在干活，大车在走动，麦垛后面，在另一个院子里，另外十二匹这样的马也绕着柱子奔跑，也是那样一个霍霍尔抽着鞭子，戏弄马匹。

我坐的台阶烫人，稀疏的栏杆和窗框晒得冒出了树脂，一些红色瓢虫彼此挤成一团躲在台阶下、百叶窗下，或在一条条阴影里。太阳晒着我的头、胸部和背，但我并没察觉这些，只是觉得在我身后的前厅和房间里有一双赤脚在木地板上踏步。玛莎收拾好茶具之后，又像小鸟似的飞到一间不大的被烟熏黑的厢房里，这大概是厨房，从那里飘来一股烤羊肉的香味，听见一个阿尔明尼亚人的气愤的谈话声。她在一个昏暗的门道里消失了，代替她的是门槛上出现一个年老驼背的阿尔明尼亚女人，红脸盘，穿绿色灯笼裤。老太婆气咻咻的，在骂人。不久，玛莎又出现在门口，她在厨房里热得满脸发红，肩上扛了一个很大的黑面包，那面包压得她弯下身来，更显美丽动人。她穿过院子向打谷场跑去，又跳过篱笆墙，钻进金黄色的麦壳的云雾，在大车后面消逝了。一个赶车的霍霍尔放下鞭子，不吭声了，默默地朝大车那边看了一分钟，后来，当那个阿尔明尼亚姑娘又在马匹附近出现并跳过篱笆时，他一直用眼睛跟着她，朝马匹大声喊叫，那声音仿佛非常气愤：

"让你们不得好死，魔鬼！"

后来，我一刻不停地总是听到她那赤脚的脚步声，看见她带着严肃而关切的神色在院子里跑来跑去。她时而跑过台阶，给我带来一阵风，时而跑到厨房里，时而跑到打谷场，时而又到大门外，我跟着她看，几乎来不及转动脑袋。

她越是带着自己那种美频繁地在我眼前闪现，我的忧郁就越发变得强烈。当她穿过麦壳的云雾向大车跑去的时候，我可怜自己，可怜她，也可怜那个总是忧郁地用自己目光跟踪她的霍霍尔。我是否忌妒她的美，或者我为之惋惜不是因为这个姑娘不属于我，而是永远不会属于我，因为我对于她是个陌生人，或者，我似乎感觉到，她这罕见的美是转瞬即逝的无用的，好似大地上的万物，不能长久存在，或者，也许我的忧郁是一个静观真正美的人心中激起的特殊的情感吧，上帝知道！

三个小时的等候不知不觉地过去了。我觉得，我还没来得及仔细看看玛莎，卡尔波却骑马到河边，给马洗了澡，开始套车了。湿淋淋的马高兴地喷着响鼻，用蹄子踢踏车辕，卡尔波冲它吆喝"向后退！"的时候，爷爷醒了。玛莎吱扭一声给我们打开大门，我们坐上大板车，离开了院子。我们默不作声坐车走了，好像彼此怄气似的。

走了两三个小时，当远方出现罗斯托夫和纳希切万的时候，一直不吭声的卡尔波很快扭过头来，说道：

"那个阿尔明尼亚小姑娘真招人喜欢！"

他扬起鞭子朝马身上抽了一下。

二

另一次，我已是大学生了，坐火车到南方去。那是五月里，在一个车站上，大约在别尔哥罗德和哈尔科夫之间，我走出车厢在月台散步。

黄昏的阴影已经投射在车站花园、月台和田野上了，车站挡住了落日，可是机车冒出的烟柱染了一层柔和的浅红色，从那最高的烟柱可以看出，太阳还没有完全落下去。

我在月台来回踱步，发现多数散步的旅客只在一个二等座车厢附近走动和伫立，从他们的神色看来，似乎在这个车厢里有一位有名的人物。顺便说一句，我在这个车厢附近所遇到的好奇的人中间，有一位是与我同行的旅客，他是炮兵军官，小个子，聪明，热情，讨人喜欢，像所有我们在路上偶尔相识、短时结交的人一样。

"您在看什么？"我问。

他没有回答，只是用眼睛对我指指一个女人的身影。这是一个年轻的姑娘，十七八岁的样子，身穿俄罗斯衣服，头上没戴什么，一块大披肩随便搭在肩上，她不是旅客，大概是站长的女儿或者妹妹。她在车厢窗口近旁跟一位中年女旅客谈话，在我还没有弄明白我看到了什么之前，却忽然产生一种我曾在阿尔明尼亚村庄里体验过的感觉。

这姑娘是个绝代美人，无论是我，还是同我一起瞧她的人，对此都深信不疑。

如果像通常一样，将她的外貌从所有的细部描绘一下，那么，她真正美的地方只有那披散开来用一条黑带扎在头上的波浪般的浓密褐发，所有其他的都不端正，或者说非常一般。不知是出于特别卖弄风情还是由于近视，她的眼睛总是眯着，鼻子迟疑地向上翘起，嘴很小，侧影显得单薄，一副有气无力的样子，肩膀很窄，与她的年龄不相称，然而这个姑娘仍给人一种真正美人的印象，瞧见她，我可以相信，俄罗斯人的脸要显出美来，没有必要那么轮廓端正，此外，如果这个姑娘没有她那翘起的鼻子，而是换上另一种端正的塑造得完美的鼻子，像阿尔明尼亚人那样，那么可以说，她的脸会因此而失去自己全部的美。

姑娘站在窗口谈话，傍晚的潮湿使她耸耸肩膀，她时而回头瞧瞧我们，时而双手叉腰，时而又举起手来拢拢头发，谈着，笑着，她的脸上时而露出惊讶，时而现出恐惧，我不记得她的脸有片刻的安静。她之所以美，全部隐秘和魅力恰恰在于这些细小的、无限优美的动作，在于微笑，在于表情的变幻，在于向我们投来的匆匆一瞥，在于这些动作之娇柔优美是与青春活力，与欢笑和声音中透出的那种纯洁的心灵，与她们在所喜欢的孩子、小鸟、小鹿和小树那里体现出来的纤弱结合在一起的。

这是一种蝴蝶般的美，与华尔兹舞，与花园里蹦蹦跳跳、嬉笑、欢乐非常相称，却跟严肃思想、哀伤和安静不沾边，仿佛只要一阵大风吹过月台或者下场雨，使那脆弱的身子突然失去光彩，这奇异般的美便会花粉似的凋落了。

"是这样……"当第二遍铃声响过,我们朝自己车厢走去的时候,那位军官叹口气,喃喃地说。

这"是这样"意味着什么,无须我来判断。

也许,他感到忧伤,不想离开这个美人和春天的暮色走进窒闷的车厢,或者,也许他像我一样无端地怜惜这个美人,怜惜自己,怜惜我以及所有无精打采、不愿回到自己车厢的旅客。军官走过车站的窗口,看见一个面色苍白、棕色头发的电报员,梳着高高的卷发,有一张黯然无神、高颧骨的脸,正坐在电报机旁,他叹了口气,说道:

"我敢打赌,这个电报员爱上了那个小美人,在荒郊野外,与这个轻盈飘逸的美人住在一起而不爱上她——这是凡人做不到的。一个驼背弯腰、蓬头垢面、平淡无奇、规矩正派又不愚笨的人,爱上了这个俊美而有点傻气的小姑娘,而她却丝毫不理睬您,我的朋友,这是多么不幸、多么可笑啊!或者更糟糕的是:想想看,这个电报员陷入了爱河,而自己却是结了婚的,他的妻子像他一样,平淡无奇、蓬头垢面、规矩正派……苦死了!"

在我们车厢近旁,有个乘务员站在那里,臂肘支在平台的隔板上,向美人那边张望。他那张憔悴的、虚胖难看的、被不眠之夜和车厢颠簸搅得疲惫不堪的脸,露出一种深受感动和极为忧郁的神情,仿佛,他从姑娘身上看到了自己的青春、幸福、自己的清醒状态、纯洁、妻子、孩子,仿佛他在懊悔,亲身感受到这姑娘不是属于他的,他过早地衰老了,粗笨难看,有一张虚胖的脸。对他来说,求得普通人和旅客所能得到的幸福是像天空那么遥远。

响过第三遍铃,吹了哨子,列车懒洋洋地移动了。在我们的车窗外,先是闪过乘务员、站长,随后是花园以及带着迷人的孩童般调皮微笑的美人……

我探出身去向后眺,看见她目送列车,沿月台走过那个电报员坐在里面的窗口,梳理一下自己的头发,跑进花园去了。车站已不再挡住西边,田野露出来了,但是太阳已经落山,一团团黑烟沿着绿油油的绒毯般的秋播地铺展开来。在这春天的空气里,在变得暗淡的天空中,在车厢里,都令人感到忧伤。

熟识的乘务员走进车厢,开始点蜡烛。

一八八八年九月

犯 病

一

医学系大学生迈尔和莫斯科绘画、雕塑及建筑学校学生雷布尼科夫,一天晚上去找他们的朋友、法律系大学生瓦西里耶夫,约他跟他们走一趟 C 胡同。起初,瓦西里耶夫很久没有同意,后来,穿好衣服,跟随他们去了。

关于堕落女人他只是听说,或者从书本里知道,他平生从来没有去过她们居住的地方。他知道,有那么一些不知廉耻的女人,她们在不幸遭遇,诸如恶劣环境、不良教育、贫困等的压力下,往往为了金钱迫不得已出卖自己的贞操。她们不懂得纯洁的爱,她们没有孩子,没有自己的权利;母亲和姐妹为她们哭泣,仿佛是哭泣死去的人。文化界视她们为丑恶,男人对她们以"你"相称。尽管如此,她们却没有失去上帝的形象或近似形象[①]。她们全部承认自己有罪并希望得到拯救。她们能够最大限度地利用一切拯救自己的方式。诚然,社会不会原谅人们的过去,但在上帝看来,埃及的马利亚[②]并不比其他圣徒低下。当瓦西里耶

[①] 据《旧约·创世纪》第一章所载:上帝照着自己的形象造人。这句话的意思是:她们仍未丧失做人的品格。
[②] 即抹大拉的马利亚,是经过忏悔的违犯教规者,是见到耶稣复活的第一人,被基督教列为圣者。见《新约·路加福音》第七章。

夫在街上从服饰和做派上认出一个堕落女人或者在幽默杂志上看到她的形象时，他每次都回忆起曾经读到过的一个故事：某个年轻人，纯洁而富有牺牲精神，爱上了一个堕落女人，求她做他的妻子，而她认为自己不配得到这样的幸福，于是服毒自杀了。

　　瓦西里耶夫住在一个胡同里，对面是特维尔林荫大道。当他和朋友们从家里出来时，是十一点左右。不久前下了第一场雪，大自然的一切都受到这场初雪的影响。空气中散发着雪的气息，脚下雪地发出轻轻的嚓嚓声。大地、屋顶、树木、林荫大道的长凳——一切都显得柔和、白净、新鲜，因而房屋看上去也与昨天不同，路灯照得更亮，空气更清澈，马车的滚动声更加沉闷，和这些清新、轻盈而冷冽的空气一起，心理上油然产生一种感觉，好似这白净、新鲜、松软的雪。

　　"一股莫名的力量，"医学系学生用悦耳的男高音唱起来，"诱惑我不由自主走向忧伤的河岸。"

　　"那间磨坊……"艺术家拖长了音调与他应和。"它已破败不堪……"医学系学生竖起眉毛，悲伤地摇着头重复唱道。

　　他停了一会，擦擦额头，想一想歌词，又高声唱起来，这歌声是那么动听，连过路人都回头瞧他。

　　"从前在这里，自由的爱情迎接我这自由的人……"

　　他们三个人走进一家饭店，没脱大衣，在小吃部每人叫了两杯伏特加。喝第二杯之前，瓦西里耶夫发现自己的酒里有一块软木塞，他举杯到眼前，久久盯着它，眯起那近视的眼睛。医学系学生不理解他的表情，于是说：

　　"喂，你瞧什么呀？可别光说不练！伏特加是让人喝的，鲟鱼是让人吃的，女人是让人玩的，雪是让人踏的。要过得像个人样，哪怕是一个晚上呢！"

　　"我没有什么……"瓦西里耶夫笑着说，"难道我拒绝了吗？"

喝了伏特加，他胸中暖烘烘的。他怀着激情瞧自己的朋友，欣赏他们，羡慕他们。这些健康、强壮、快活的人总是稳健平静的，他们的头脑和心灵一切都是完美而顺遂的！他们唱歌，酷爱戏剧、绘画、健谈，海量酒后第二天他们也不头痛。他们富有诗意而放荡不羁，又温柔又大胆。他们会工作也能吃苦，无缘无故地哈哈大笑，又常常粗话不离嘴。他们热情、诚实、富有自我牺牲精神，这样的人在各方面都不比他瓦西里耶夫差，他每迈一步都小心谨慎，每说一句话都疑神疑鬼、提心吊胆，总是把琐碎小事当成问题。于是他想，像朋友们那样过上一个夜晚，也好舒展舒展，让自己摆脱一下自己的管束。有人要喝伏特加吗？他要喝，哪怕明天头痛得炸裂！带他找女人玩儿呢？他也去。他要哈哈大笑，吵吵闹闹，快活地回应那些路人的注目……

他嘻嘻哈哈从饭店出来。他喜欢他的朋友——一个头戴皱巴巴的宽檐帽，刻意追求艺术家范儿，不修边幅；另一个戴猪皮帽子，人倒不穷，却追求有学问的名士派风度。他喜欢雪、幽暗的路灯、初雪过后行人留下的明显的黑脚印；他喜欢空气，特别是这清冽的柔和的纯净的空气，仿佛少女的风度，这在自然界里一年只能遇到两次：大雪覆盖万物的时候，春天里河上解冻时明媚的白天或者月夜。

"一股莫名的力量诱惑他，"他低声唱起来，"不由自主走向忧伤的河岸。"

不知何故，他和他的朋友一路上这些歌词不离口，三个人都是下意识地哼唱，彼此并不合拍。

瓦西里耶夫在想象，再过十来分钟他和他的朋友们就要去敲门，他们会从昏暗的走廊和黑黢黢的房间溜到那些女人的身边，他摸黑划着火柴，突然照亮了，看见一张受苦受难的面庞和歉疚的微笑。一位不相识的金发女郎或者黑发女子，大概是头发蓬乱的，穿一件白色睡衣，她害怕光亮，十分尴尬，说道："看在上帝的面上，你这是干什么！吹灭它吧!"这一切挺可怕,但是有趣而且新鲜。

二

朋友们从特鲁布广场拐弯到格拉契夫卡,很快便走进一条瓦西里耶夫只是听说过的胡同。瓦西里耶夫看见两排窗户通明的房子,门都是向外打开的,又听见用钢琴和提琴演奏的欢快乐曲——这乐曲声从所有的门口出来,融进一片奇特的嘈杂声中,好像黑暗中有一只看不见的乐队在房顶调定琴弦似的,他大为惊讶,说道:

"这么多家呀!"

"这算什么!"医学系学生说,"在伦敦还要多个十倍呢。这样的女人在那里大约有十万人。"

马车夫那么平静而冷漠地坐在驾车凳上,在所有胡同里都是这样。人行道上行人来来往往,跟其他街道上一样。谁也不着急赶路,谁也不把自己的面孔藏在衣领里,谁也不摇头责怪人……在这种冷漠中,在这钢琴和提琴的吵闹嘈杂声中,在这明亮的窗户里,在那些向外敞开的门里,令人感到一种非常公开的、厚颜无耻的、大胆而放荡不羁的气氛。大概古代奴隶主的集市上也表露出这样的冷漠吧。

"咱们从头开始吧。"艺术学校学生说。

朋友们走进一条由反光灯照明的狭窄走廊。当他们打开门时,一个身穿黑礼服、满脸胡子、睡眼惺忪、样子像仆役的人,从一张黄沙发上懒洋洋地站起来。这里有一股洗衣坊的气味,此外还有醋味。医学系学生和艺术学校学生站在这个门口,伸长脖子,两个人一块向屋里瞧了一眼。

"晚安,先生们,里戈列托—古列诺托—特拉维阿塔!"①艺术学校

---

① 意大利语的俄语译音,模仿歌剧台词的玩笑话。

学生像演戏似的鞠着躬,开口说。

"格瓦纳—塔拉坎诺—皮斯托列托!"医学系学生把帽子紧贴胸前,深深鞠躬,说道。

瓦西里耶夫站在他们背后。他也想像演戏似的鞠躬行礼,说几句粗话,但他只是微笑,觉得别扭,好像是害羞,焦急地等待以后会发生什么事。门口出现一位大约十七八岁的娇小的金发女子,头发是剪短的,身穿天蓝色的短连衣裙,胸部点缀着饰带。

"你们为什么站在门口呀?"她说,"脱了你们的大衣,进客厅来吧。"

医学系学生和艺校学生,一边连续用意大利语说活,一边走进大厅。瓦西里耶夫犹豫不决地跟在他们后面。

"先生们,请脱下你们的大衣!"一个仆役严肃地说,"这样不行。"

除了金发女子之外,大厅里还有一个女人,很胖很高,面孔不像俄罗斯人,胳臂裸露着。她坐在钢琴旁,在自己膝头上摆纸牌卜卦。她根本没有注意这些客人。

"其他的小姐在哪里?"医学系学生问。

"她们喝茶呢,"金发女子说,"斯捷潘,"她喊道,"告诉小姐们,大学生来了。"

过不久,第三位小姐来到客厅。她的脸浓妆艳抹,显然不会化妆,头发披散到额头,眼睛直瞪瞪地瞧人,挺可怕的。她走进来,立即用粗嘎有力的女低音唱起一支歌。在她后面出现了第四位小姐,之后是第五位……

这一切,瓦西里耶夫看不出这中间有什么新鲜、引人注目之处。他觉得,这客厅、钢琴、镶有便宜镀金框的镜子、胸饰、蓝条连衣裙以及那些呆滞的冷漠的面孔,他在什么地方见过不止一次了。那昏暗、寂静、隐秘、歉疚的微笑,他在这里等待着要遇见的以及会让他感到吃惊的一切东西,他却连一点踪影也看不到。

一切都普普通通,平淡无奇,索然无味,只有一点能稍稍引起他的好奇心——这便是窗帘架上、怪诞的绘画上、连衣裙上以及胸饰里所看出来的那种可怕的、好像故意构思的俗气。在这种俗气里有某种带自身特色的,不同一般的东西。

"一切都是那么贫乏、粗俗!"瓦西里耶夫心想,"在我今天看到的这些乱七八糟的事当中,有什么能够诱惑一个正常人,引诱他去犯大罪——用一卢布去买一个活人呢?我理解,任何犯罪都是为了奢华、美色、娇媚、情欲、嗜好,而这里是怎么回事?这里犯罪是为了什么?不过……不用去想了!"

"大胡子,请我喝黑啤酒吧!"金发女子对他说。

瓦西里耶夫突然不好意思了。

"遵命……"他说,彬彬有礼地鞠了一躬,"不过,请原谅,小姐……我……不能陪您喝。我不喝酒。"

大约过了五分钟,朋友们到另外一家去了。

"唉,你为什么要黑啤酒?"医学系学生生气了,"好一个大款!你无缘无故扔掉了六个卢布!"

"如果她愿意,为什么不让她满意呢?"瓦西里耶夫辩白说。

"你不是让她满意,而是让老鸨满意。老鸨吩咐他们让嫖客请客,这样对老鸨们有好处。"

"瞧这间磨坊……"艺校学生唱起来,"它已破败不堪……"

来到另一家,朋友们只在前厅站了一会儿,没有进客厅。跟第一家一样,前厅里有一个身穿常礼服的人,一脸睡意蒙眬的仆役长相,他从沙发上站起来。瓦西里耶夫瞧着这个仆役,瞧着他的脸和破旧的常礼服,心想:"一个平凡的普通俄国人,在命运把他送到这里当仆役之前,要经过多少磨难?他们以前在哪里,又做什么呢?等待他的是什么?

他结婚了吗？他的母亲在何处，她知道他在这里当仆役吗？"于是，瓦西里耶夫不由得在每一家妓院首先关注起仆役来。在一家妓院，似乎是数到第四家，有一个仆役，小个子，瘦弱而干瘪，背心上带一个小链子。他在读《小报》，一点也不理会来客。瓦西里耶夫瞧瞧他的脸，不知何故却想到，有这种脸相的人可能会偷盗、杀人、做伪证。这张脸实际上很有意思：大额头、灰眼睛、扁平的小鼻子，紧闭的薄嘴唇，表情呆滞同时又傲慢无礼，像一只小猎狗追逐野兔时的表情。瓦西里耶夫心想，最好能摸一摸这个仆役的头发：这头发是硬的还是软的？大概是硬的，像狗毛一样。

三

由于喝了两杯黑啤酒，艺校学生忽然醉了，变得不自然地活跃起来。

"咱们到另一家去吧！"他挥动手臂命令道，"我领你们到最好的一家。"

他带朋友们来到他认为最好的一家妓院，并且固执地坚持他的愿望：一定要跳卡德里尔舞。医学系学生嘟嘟囔囔地说，这要付给乐师一个卢布，不过他终于同意 vis-á-vis（伴舞），于是他们开始跳舞。

最好的妓院和最差的同样糟糕。这里也是那些镜子和绘画，那样的发型和衣服。瓦西里耶夫看了一遍室内布置、人们的穿着，心里便明白了，这不是俗气，而是一种可以称之为 C 胡同的趣味，甚至风格，这在别的地方是找不到的，是丑陋中的完美，这不是偶然的，是时间磨炼出来的。他到过八家之后，无论服装的颜色，还是长长的拖地后襟，无论鲜艳的饰带，还是水兵式的服装，甚至颊上涂抹很浓的淡紫色胭脂，都不再让他感到惊奇了。他明白，这一切在这里是非常需要的，如果有一个女人衣着像普通人一样，或者墙壁上挂着正经的雕版画，反而会破坏整个胡同的总的"情调"。

"她们多么不善于推销自己！"他想，"难道她们不明白，罪孽只有表面美丽，把真相隐蔽起来，并且只有慈善的外表时，才具有诱惑力？朴素的黑色衣服、苍白的面庞、凄惨的微笑和昏暗的环境比这种粗俗的浓妆艳抹更加富有吸引力。笨家伙！如果她们自己不明白这些，嫖客们不是也能教她们吗？……"

一个身穿镶着白色毛边的波兰式服装的小姐朝他走来，坐在他身边。

"亲爱的黑发小伙，您怎么不跳舞？"她问道，"您怎么这样烦闷？"

"就是因为烦闷。"

"那就请我喝杯拉斐特酒吧。这样就不会闷得慌了。"

瓦西里耶夫没有回答什么。他沉默一会儿，问道：

"你们几点钟睡觉？"

"三点多钟。"

"什么时候起床？"

"有时两点，有时三点。"

"起床之后做什么？"

"喝咖啡，六点多钟吃午饭。"

"你们午饭吃什么？"

"通常是……肉汤或者菜汤、煎牛排、甜点心。我们的妈妈对姑娘们挺好。您为什么问这些呢？"

"随便聊聊……"

瓦西里耶夫想跟这位小姐多谈谈。他有一个强烈的愿望，想知道她是哪里的人，她的父母是否健在，他们是否知道她在这里，沦落到这家妓院，她是否快活、满意，或者有些阴暗的想法让她感到悲伤和压

抑,有朝一日她是否愿意摆脱目前的境况,用什么方式提问才不致显得没有礼貌。他想了很久才问:

"您多大了?"

"八十啦。"小姐一面嘻嘻哈哈瞧着那个跳舞的艺校学生用手和脚摆弄出的怪样子,一面说俏皮话。

不知为什么她突然哈哈大笑起来,说话声音很高,所有的人都听见一句长长的不知羞耻的狂言。瓦西里耶夫慌张起来,不知道应当让自己的面容显出什么样的表情,勉强笑了笑。只有他一人笑了,别的所有人——乐师和女人们甚至连瞧都不瞧他身边的这个女人,仿佛没有听见她说话。

"请我喝拉斐特酒呀!"身边的女人又说。

瓦西里耶夫觉得她那白色毛皮和嗓音让人讨厌,便离开了她。他觉得又闷又热,心脏开始跳得慢了,但很有劲,像槌头似的:一下、两下、三下……

"咱们走吧!"他扯扯艺校学生的袖口,说道。

"等一等,让我跳完了。"

艺校学生和医学系学生跳卡德里尔舞的时候,瓦西里耶夫为避开这些女人,便仔细端详起来了。一个戴眼镜的斯文端庄的老头在弹钢琴,他的长相酷似巴森元帅①。拉提琴的是个穿着非常时髦的年轻人,蓄着淡褐色大胡子,这年轻人的面庞既不愚蠢,也不瘦削干瘪,相反,倒是聪明、年轻、富有朝气的。他的穿着雅致不俗,演奏充满情感。瓦西里耶夫于是产生一个问题:他和这个体面端庄的老头怎么来到这里?他们待在这里怎么不害羞?他们瞧这些女人时心里在想什么呢?

如果弹钢琴和拉提琴的是些破衣烂衫、食不果腹、神情阴郁、酒气熏人、面色憔悴、精神萎靡的人,他们到这里来也许可以理解。现在瓦

---

① 巴森(1811—1888),法国元帅。

西里耶夫倒是一点也不明白了。他想起曾经读过的关于一个堕落女人的故事,他现在发现,那个带着歉疚微笑的形象与他现在看到的没有一点共同之处。他觉得,他现在看见的不是堕落的女人,而是另外一个非常特别的世界,对这个世界他感到陌生,也不理解。尽管她以前在剧院的舞台上看到过,或者在书本里读到过这个世界,他还是不会相信……

那个穿着镶白色皮毛衣服的女人又哈哈大笑起来,并大声说了一句令人恶心的话。他心头涌上一种憎恶感,他红了脸,走了出去。

"等一等,咱们一块儿走!"艺校学生对他喊道。

四

"刚才我们跳舞时,我和我的舞伴有一次谈话,"他们三个人走到街上时,医学系学生说,"谈到她的第一次风流韵事。那个心上人是斯摩棱斯克的会计师,有妻子和五个孩子。她那时十七岁,住在做肥皂和蜡烛生意的爸爸妈妈的家里。"

"他用什么征服了她的心呢?"瓦西里耶夫问道。

"用什么?给她买了一套价值五十卢布的内衣。鬼知道为什么!"

"他倒是能打听出舞伴的风流韵事,"瓦西里耶夫对医学系学生这样想,"我却不能……"

"先生们,我要回家了!"他说。

"为什么?"

"因为在这里我无法适从。况且我觉得无聊而且反感。这里有什么快活的?要是一般的人倒也罢了,都是些野人、畜生……我要走了,你们随便吧。"

"噢,格里沙,格里戈里,亲爱的……"艺校学生搂住瓦西里耶夫,用哭泣的声调哀求,"咱们走!咱们再去一家,他们可真该死……请吧,格里戈里!"

他们说服了瓦西里耶夫,领着他上楼去了。那地毯,那镀金的栏杆,那开门的看门人,以及装饰前厅的护墙板都让人感受到与C胡同同样的风格,不过更为完善,给人印象更深而已。

"真的,我要回家!"瓦西里耶夫一面脱大衣,一面说。

"好,好,亲爱的……"艺校学生吻了一下他的脖子,说道,"别耍性子……格里——戈里,做个好朋友!既然一块儿来,就要一块儿走。你多么不懂事,真的。"

"我可以在街上等你们。真的,我讨厌这里!"

"好,好,格里沙……讨厌,那你就观察吧!明白吗?观察!"

"应当客观看待事物。"医学系学生郑重其事地说。

瓦西里耶夫走进客厅,坐下来。除了他和两个朋友之外,客厅里还有很多客人:两个步兵军官,一位灰头发、秃顶、戴金丝眼镜的先生,两个嘴上无毛的土地测量学院的大学生,还有一个喝醉的人,长相像个演员。所有的小姐都围着这些嫖客忙活,丝毫没有注意瓦西里耶夫。只有一个小姐衣着像阿伊达①,斜了他一眼,笑了笑,打着哈欠说:

"来了一位黑发男子……"

瓦西里耶夫心里"怦怦"直跳,面孔发烧。他为自己来到这里,在众嫖客面前感到羞耻、腻味、难堪。他认为,他这个正派的有爱心的人(他至今为此认为),憎恶这些女人,除了厌恶之外,对她们不抱任何同情,这个想法一直折磨着他。这些女人也好,乐师也好,仆役也好,他对他们没有怜悯心。

"这是因为我不愿意去了解她们,"他想,"他们所有的人更像动物,而不像人,然而他们毕竟是人,他们有灵魂。应当去了解他们,之后再下判断……"

---

① 阿伊达是歌剧《阿依达》的女主人公。

"格里沙，你可别走，等着我们！"艺校学生朝他喊了一声，便消失不见了。

不久，医学系学生也不见了。

"对，应当努力去了解，这样不行……"瓦西里耶夫不停地想。

他开始紧张地仔细观察每个女人的脸，寻找歉疚的微笑，然而，是他不善于观察那些面孔呢，还是这些女人中没有一个觉得自己有错呢？——他在每张脸上所看见的只有平日那种庸俗无聊和感到满足的呆滞神情。傻呵呵的眼睛，傻呵呵的微笑，刺耳的傻里傻气的声音，令人讨厌的动作——仅此而已。看来，这里每个女人过去都有一段与会计师、五十卢布内衣有关的风流韵事，现在除了咖啡、三道菜的午餐、葡萄酒、卡德里尔舞和睡到两点钟之外，生活里就没有别的迷人之处了。

瓦西里耶夫没有发现一个歉疚的微笑，又开始寻找有没有聪明的面庞。他的注意力落到一个面色苍白、有点睡意蒙眬的疲惫面孔上……这是一个并不年轻的黑发女子，穿一身闪闪发光的衣服，她坐在一把围椅里，目光低垂，在想什么事。瓦西里耶夫在屋里来回踱步，仿佛无意中坐在了她身边。

"应当从无聊的闲话谈起，"他想，"然后逐渐转到正题……"

"您这身衣服真好看！"他说，用手指摸了摸三角披巾上的金线穗子。

"是吗？……"黑发女人无精打采地说。

"您是哪个省的人？"

"我吗？很远的省份……契尔尼戈夫省。"

"挺好的省份，那里挺好。"

"我们不在的地方，都是好的。"

"可惜，我不善于描写大自然，"瓦西里耶夫心想，"不然，倒可以描绘一番契尔尼戈夫省的自然美景来打动她的心。只要她是在那里出生的,大概都喜欢。"

"您在这里觉得无聊吧?"他问。

"当然,无聊。"

"要是您觉得无聊,为什么不离开这里?"

"我能到哪里去?去乞讨吗?"

"乞讨也比在这里过得轻松。"

"您怎么知道?您乞讨过吗?"

"没有钱付学费的时候,我乞讨过。即使没有乞讨过,这也是显而易见。无论如何乞讨是自由的人,您却是奴隶。"

黑发女子伸伸懒腰,那睡意蒙眬的眼睛紧盯着一个仆役,他正端着一张托盘,上面放了几个杯子和矿泉水。

"请我喝黑啤酒吧!"她说着,又打了一个哈欠。

"喝黑啤酒……"瓦西里耶夫心里想,"如果现在您的兄弟或母亲来到这里又该如何?你能说什么呢?他们能说什么呢?我想,那时候才该要黑啤酒……"

忽然传来一阵哭泣声。从仆役端矿泉水进去的房间里匆匆出来一个脸色发红、怒目圆睁的金发男子。又高又胖的鸨母跟着他走出来,用尖细的嗓子吼叫:

"谁也不允许你打姑娘的脸!我们接待过比您高贵的客人,他们从来不打人!骗子!"掀起一场喧闹。瓦西里耶夫心里恐慌,面色苍白。隔壁房间里有人伤心痛苦,像是受了欺侮在哀哭。于是他明白了,这里居住的人实际上是真正的人,他们像各地的人一样,遭受欺辱、痛苦,他们哀哭,恳求帮助……沉痛的憎恨和厌恶情绪让位给强烈的怜悯心和对欺人者的仇恨。他奔向有人哭泣的房间里;透过摆放在大理石桌上的一排排瓶子,他看清楚了,那是一张痛苦地流泪的脸,他向这张脸伸过手去，向桌子走进一步，立刻又惊骇地退回来，那哭泣的女人是喝醉了的。

他从围在那金发男子身边的吵吵闹闹的人群中走出来，有点灰心丧气，像孩子们似的胆怯，在这个陌生的、他不能理解的世界里，人们都想追逐他，打他，辱骂他……他从衣架上扯下自己的大衣，急匆匆跑下楼去了……

五

他站在妓院附近，紧靠一面栅栏等候他的朋友出来。钢琴和提琴的声音是欢快的，豪放的，粗野而忧伤的，在空中交织成一片嘈杂，这片混乱像以往一样，仿佛黑暗中在房顶上有个看不见的乐队在调试琴弦。如果抬头仰望黑暗的天空，那么整个黑色天幕上全是流动的白点：这是下雪了。雪片在灯光里飘落，如羽毛一般懒洋洋地在空中飞旋，更加懒散地落在了地上。雪花一簇簇在瓦西里耶夫身边飞舞，落在他的脖颈上、睫毛上、眉毛上……车夫、马匹和行人都变成了白色的。

"雪花怎么能落在这个胡同里！"瓦西里耶夫想，"这些让人讨厌的妓院！"

因为他从楼梯跑下来，双腿累得发软，他喘着粗气，像是爬山，心脏怦怦地跳，跳得都能听见声音。他想快点从胡同里跑出来，回家去，这个愿望早已折磨着他了，可是他更加强烈地想等朋友们出来，把自己沉痛的心情宣泄一下。

妓院里很多事他不了解，这些堕落女人的心灵对于他像从前一样，仍然是个谜，他知道，事情比他想到的更糟。如果这自身受毒害而又负疚的女人称为堕落女人，那么，对眼下这些在嘈杂声中跳舞，嘴里啰唆着长串脏话的人选择一个适当的称呼就困难了。这些人不是正在垮掉的人，而是已经垮掉了。

"罪过是有的，"他想，"但是丝毫意识不到错误，更不希望获得拯救。有人出卖他们，有人花钱买，把她们湮没在红灯绿酒和卑劣行径之中，而她们像绵羊似的迷迷糊糊，无动于衷，并不明白究竟。我的上帝，我的上帝！"

他也明白，一切称之为人的尊严、人格、上帝的形象及类似形象等，在这里从根本上受到了玷污，像醉汉们所说，是"透底"玷污了，这其中有罪的不仅仅是这一条胡同和这些迷迷糊糊的女人。

周身落了白雪的一群大学生快活地谈笑着，从他身边走过。其中一个又高又瘦的学生停下来，瞧了瓦西里耶夫一眼，用醉醺醺的腔调说：

"咱们的人！喝醉了吧，老弟！哈——哈，老弟！没关系，来玩玩吧！来吧！别不高兴，好汉子！"

他抓住瓦西里耶夫的肩膀，把又湿又凉的髭须贴在他面颊上，随后滑下来，晃了几下身子，挥挥手，喊道：

"挺住了，别倒下！"

于是他笑起来，跑去追赶自己的同伴。

透过喧闹声，可以听见艺校学生的声音：

"你们不能打女人！我不容许你们这样，见你们的鬼吧！你们这些坏蛋！"

医学系学生在妓院门口出现了。他左右瞧了瞧，看见瓦西里耶夫之后，慌慌张张地说：

"你在这里？告诉你，真的，确实不能跟叶戈尔出来！他是什么人，我不明白！惹出麻烦了！听说了吗？叶戈尔！"他朝门口嚷道，"叶戈尔！"

"我不允许你们打女人！"楼上传来艺校学生刺耳的声音。

一个沉重、粗笨的东西从楼梯上滚下来。这是艺校学生从楼上栽下来，显然有人推了他。

他从地上爬起，抖抖帽子，一副凶狠愤怒的样子，举起拳头威吓着嚷道：

"流氓！屠夫！吸血鬼！我不允许你们殴打——殴打弱小的喝醉的女人！哼，你们……"

"叶戈尔……哼，叶戈尔……"医学系学生开始哀求，"我向你保证，我再也不跟你出来了。我保证！"

艺校学生渐渐平静下来，朋友们回家了。

"一股莫名的力量诱惑我……"医学系学生唱起来，"不由自主走向忧伤的河岸……"

"瞧那间磨坊……"过不久，艺校学生跟着唱，"它已破败不堪……这大雪纷飞，圣母啊！格里沙，你为什么走了？你这胆小鬼，不过是个老娘儿们。"

瓦西里耶夫跟在朋友们后面走，他瞧着他们的肩膀，心里想：

"二者各居其一，或者我们只是觉得娼妓是一种罪恶，我们夸大了事实，或者是如果娼妓确实是我们认定的那种罪恶，那么，我的这些可爱的朋友们便是奴隶主、强暴者、杀人犯，像《涅瓦》杂志上画的叙利亚和开罗的居民一样。他们现在歌唱、欢笑、侃侃而谈，难道不是他们现在利用了饥饿、无知和愚蠢吗？是他们——我愿做证。他们的人道、医术、绘画有什么用呢？这些凶手的科学、艺术和高尚情感让我想起一个笑话里的一块猪油脂。两个强盗在森林里杀了一个乞丐，他们开始瓜分他的衣物，却发现袋子里有一块猪油。'正好，'其中一个强盗说，'咱们吃了吧。''你怎么啦，怎么可能呢？'另一个强盗害怕了，'难道你们忘记了，今天是星期五？'于是他们没有吃成。他们杀了人，走出森林时却坚信他们是严守斋戒的信徒。这些人也是这样，他们花钱玩过女人之后，现在走在路上，却想，他们是艺术家、学生……"

"你们听我说！"他气愤地厉声说道，"你们为什么要到这里来？难道……难道你们不明白这是可怕的吗？你们的医学说明，每一个这类女子会由于黑肺痨或别的病而过早地死去，艺术也说明，她在精神上的死亡还要更早一些。他们之中每个女人由于她一生中平均估计要接待五百人而死亡。每一个女人被五百个人杀死。这五百个人当中就有你们！现在，如果你们两人一生中来这里或其他类似的地方二百五十次，这就是说，一个死去的女人应当是你们两个人杀死的！难道这不是明摆着的事吗？难道这不可怕吗？两个人、三个人或五个人就害死一个无知的饥饿的女人！啊，难道这不可怕吗？我的上帝！"

"我早知道会是这种结局！"艺校学生皱着眉头说，"本来不应该和这个傻瓜和笨蛋牵扯在一起的！你以为，现在你头脑里净是些伟大的想法、思想吧？不，鬼知道是什么，但不是思想！你现在带着憎恨和厌恶看着我，可是在我看来，你就是再开设二十家这样的妓院也比这样看着我好。在你这种目光里，罪孽要比这整条胡同的都多！咱们走，沃洛佳，让他见鬼去吧！傻瓜，笨蛋，不过如此……"

"我们人类相互扼杀，"医学系学生说，"当然，这是不道德的，但是空谈无济于事。再见！"

朋友们在特鲁勃广场告别，各自走了。剩下瓦西里耶夫一个人时，他沿着林荫路迈开大步急忙行走。他害怕黑暗，害怕落在地上的鹅毛大雪，仿佛那雪要覆盖整个世界似的。透过雪花，昏黄闪光的路灯也是可怕的。他心里充满下意识的怯懦和恐惧。时而有行人迎面走来，他便胆怯地躲开他们。他似乎觉得，女人，只有女人从四面八方走来，瞧着他……

"我开始……"他想，"开始犯病了……"

六

在家里，他躺在床上，浑身哆嗦着说：

"活着的人！活着的人！我的上帝，她们都是活着的人！"

他千方百计调动自己的幻想，时而把自己想象成那个堕落女人的兄弟，时而是她的父亲，时而又是那个浓妆艳抹的堕落女人本人……这一切又让他感到可怕。

不知为什么，他觉得他应当快点解决问题，无论如何这个问题不是别人的，而是自己的问题。他鼓起勇气，克制住自己的悲观失望，坐在床上，双手抱头，开始"解决"问题：怎么拯救他今天看见的所有女人呢？作为一个有学问的人，他非常了解解决所有问题的方法。不管他怎么激动，也要严格遵守这个方法。他想起这个问题的沿革及有关文献，三点多钟的时候他从屋里一个角落走到另一个角落，极力回想当今为拯救女人所取得的一切实际经验。他曾经有许多善良的熟人和朋友，他们住在法尔茨法因、加利亚什金、涅洽耶夫、叶奇金公寓里。其中不乏诚实的富有自我牺牲精神的人。他们当中有些人曾试图拯救这些女人……

"所有这些为数不多的尝试，"瓦西里耶夫想，"可以分为三组。一组是把女人从淫窝里赎出来，为她租下公寓，给她买一架缝纫机，于是她就成了裁缝。赎她出来的人，自觉或不自觉地把她当成自己的情妇，后来，毕业之后，人走了，把她像一件东西似的转交到另一个正派人手里。于是堕落女人仍旧堕落。另外一些女人，把她赎出之后，也为她租下单独的房间，买一台必不可少的缝纫机，教她识字、受教育、读书。当这些做法让一个女人感到有趣而且新鲜的时候，她能生活下去，会做裁缝，后来，当她感到厌倦的时候，便开始背着说教再偷偷'接待'男人，或跑回那个可以睡到三点钟、喝咖啡、吃丰盛午餐的地方。第三种人也是最热心、最富自我牺牲精神的人，迈出了勇敢的决定性的一步。他们结了婚。一旦这些厚颜无耻的、娇宠惯了的、笨拙而愚昧的动物变成妻子、女主人，随后成为母亲，她的生活和世界观就会翻个底朝天，后来，从这妻子和母亲的身上就难以辨认出过去那个堕落女人了。对，结婚是比较好的，也许是唯一的方法。"

"然而这是不可能做到的！"瓦西里耶夫大声说，又躺到床上，"我首先是不能结婚的！做到这一点的应当是圣徒，他不会憎恨也不知道厌恶。假如我、医学系学生和艺校学生克制住自己，结了婚，假如她们所有的人全都嫁了人。那又会是怎样的结果呢？结果会是，在这里，在莫斯科，当她们要嫁人的时候，斯摩棱斯克的会计师又会糟蹋另一伙姑娘，这伙姑娘会和萨拉托夫的、下诺夫哥罗德的、华沙的姑娘一块涌到这里来顶替空缺……成千上万的伦敦女人怎么办？汉堡的女人怎么办呢？"

长明灯里煤油已经燃尽，冒起黑烟。瓦西里耶夫没有察觉。他又走起步来，继续思考问题。现在他用另一种方式提出问题：要让堕落的女人变得没有用处，应该怎么办呢？为此必须使那些花钱买笑或害死她们的男人们感到自己的奴隶主的作用压根儿是不道德的，并且感到可怕才行。应当拯救男人们。

"很明显，用科学和艺术的手段根本不行，"瓦西里耶夫想，"这里唯一的办法是宣讲教义。"

于是他开始幻想，明天晚上他将站在那条胡同的一个角落里，对每一个过路人说：

"您到哪里去？干什么去？快别作孽了！"

他转过身对那些神情冷漠的车夫说：

"你们为什么站在这里？你们为什么不生气，不愤怒？要知道你们是信仰上帝的，你们知道这是有罪的，人们为此要下地狱，你们为什么不吱声？诚然，对你们来说，她们是陌生的，可是她们也有父亲、兄弟，是像你们一样的人……"

一位朋友有次说到瓦西里耶夫，说他是有才能的人。才能有写作方面的、演戏方面的和艺术方面的，他具有特殊的才能——关心人。一般说来，他对于痛苦具有极为敏锐的感觉。犹如一个优秀演员能够表演他人的动作和声音，瓦西里耶夫也善于用自己的心灵反映别人的痛苦。看见眼泪他会哭泣，他在病人身边，自己也会变成病人呻吟。如果遇到暴力，他便觉得，那暴行是施行于他的，他像孩子似的胆小、害怕，跑去求援。别人的痛苦刺激他，使他激动，进入神魂颠倒的状态以及诸如此类。

朋友说的对不对——我不知道，当瓦西里耶夫觉得问题已经解决的时候，他感到一种很像亢奋的感觉。他哭泣、微笑，大声说着明天他要说的话，对那些听他劝说的人表现出热烈的爱，并且他们还要和他一起站在胡同的一个角落里进行宣讲；他坐下来写着，对自己发誓……

这一切好像是精神亢奋，因为它没有持续多久。瓦西里耶夫很快就累了。伦敦的、汉堡的和华沙的女人，一群群让他感觉到压抑，如同高山压住大地似的。他在这群女人面前胆怯了，茫然不知所措；他想起，他没有语言的天赋，他胆小、懦弱，那些冷漠无情的人未必想听他说话，未必想理解他这个三年级的法律系大学生，一个怯懦而渺小的人物，真正的传布教义不在于仅仅做宣教，而在于行动……

当天色已明，街上传来马车滚动声时，瓦西里耶夫却一动不动躺在沙发上，眼睛直盯着一个地方。他已经不再想那些女人、男人或者传布教义了。他的全部注意力集中在一种折磨着他的精神痛苦上，这痛苦是隐隐的、空泛的、模糊的，像是哀伤，像最强烈的恐怖，又像绝望。

要说这痛苦在哪里,他可以指出:在胸中,在心脏下边;可是无法拿它与别的什么做比较。从前,他患过很厉害的牙痛,得过胸膜炎和神经痛,但是这些病痛和精神上的痛苦比较起来就不算什么了。有了这种痛苦,生活变得令人厌烦。学位论文、他已写就的优秀文章、所喜欢的人以及对堕落女人的拯救——这些他昨天还喜欢的或者淡漠处之的事物,今天回忆起来,对他的刺激无异于马车的喧闹、旅店服务员的奔忙和白天的光亮……如果今天有人当着他的面行善事或者施可恶的暴行,那么,无论前者或后者同样让他产生厌恶情绪。在他头脑里懒散徜徉着的种种想法里,只有两种想法对他没有刺激:一个是他每时每刻都有权自杀,另一个是这痛苦的连续不会超过三天。后一个想法是凭经验知道的。

躺了一会儿之后,他站起来,抱着手在屋里来回走动,但不是像平时那样从一个角落走到另一个角落,而是顺着墙壁走一个方形。他匆匆照一下镜子。他的脸是苍白的,也消瘦了,面颊塌陷,眼睛显得更大、更暗,纹丝不动,像是别人的眼睛,表露出难以忍受的精神的痛苦。

中午,艺校学生来敲门。

"格里戈里,你在家吗?"他问。

没有应声,他站了一会儿,想了想,用霍霍尔的话回答自己:

"不在,这该死的家伙到学校去了。"

他走了。瓦西里耶夫躺在床上,把头埋在枕头下边,痛苦地哭起来。他越是流泪,精神上的痛苦越发变得可怕。薄暮降临时,他想起那个等待他的苦不堪言的夜晚,非常悲观失望。他匆匆穿好衣服,从房间里跑出来,敞着房门不管,毫无必要又无目的地跑到街上。他不问自己到哪里去,便顺着花园街匆匆走去。

雪花纷飞,像昨天一样,正是解冻季节。瓦西里耶夫抄着手,浑身哆嗦,害怕有轨马车的碰撞声、车铃声和行人的脚步声,他沿花园街道到苏哈列夫塔，随后来到红门，从那里拐到巴斯曼大街。他顺路走进一家小酒馆，喝了一大杯伏特加，可是酒后也没有变得轻松些。他走到拉兹古里街向右拐弯，走进几条从前未到过的胡同。他又来到那座有雅乌札河在下面奔流喧闹的古桥，从这里可以看见红色兵营里一排排窗户的灯光。瓦西里耶夫想用一种新的感受或者另一种痛苦来排解这精神上的痛苦，不知怎么办才好，便哭泣着、哆嗦着把大衣和上衣解开，迎着湿雪和风袒露出赤裸的胸。然而这样也不能减轻痛苦。于是他俯身在桥的栏杆上向下探视，瞧那黑色的滚滚奔流的雅乌札河，他想一头栽下去，却不是因为对生活厌倦了，也不是想自杀，只是想碰疼自己，用一种痛苦排解另一种痛苦。可是那黑色的河水，昏暗、覆盖白雪的荒凉河岸是可怕的。他打了个冷颤，又往前走去。他沿着红色营房走了一段路，后来又返回，顺着下坡走到一个树林里，又从树林回到桥上……

"不，回家，回家！"他想，"回到家，似乎会舒服点……"

于是他往回走。回到家里，他脱下湿大衣，摘掉帽子，沿着墙壁迈步，不知疲倦地一直走到清晨。

七

第二天早晨，当艺校学生和医学系学生来找他的时候，他身穿撕破的衬衣，双手满身伤痕，正在房间里走来走去，痛苦地呻吟不止。

"看在上帝的面上！"他看见朋友们，呼喊起来，"随便带我去哪里吧，你们觉得应该怎么办就怎么办。看在上帝的面上，快快救我吧！我要害死自己了！"

艺校学生面色苍白，茫然不知所措。医学系学生也差点哭出来，可是想到，医学系的学生在生活中任何场合，一定得保持冷静、严肃，便冷冷地说：

"你这是犯病了。这没有关系。咱们马上去看医生！"

"随便到哪里都行，只是看在上帝的面上，快一点！"

"你不要着急。要克制一下自己。"

艺校学生和医学系学生双手颤颤抖抖地给瓦西里耶夫穿好衣服，带他上街去了。

"米哈伊尔·谢尔盖伊奇早就想跟你认识。"医学系学生在路上说，"他是个挺好的人，对自己的本行非常精通，他一八八二年毕业，开业行医的规模已经搞得很大。他和大学生相处就像同学们在一起似的。"

"快点……快点……"瓦西里耶夫说。

米哈伊尔·谢尔盖伊奇，一个胖胖的淡色头发的医生，带着几分敬意，庄重地冷冷地迎接这几位朋友，他只用半边脸笑了笑。

"艺术家和迈尔已经把您的病情告诉我了，"他说，"非常乐意效劳。怎么样？请坐吧，请……"

他把瓦西里耶夫安排在桌旁一张大圆椅里坐下，把一只香烟盒向他推了推。

"怎么样？"他抚摸着膝盖开口说，"言归正传……你多大年纪？"

他提问，医学系学生回答。他问，瓦西里耶夫的父亲是否患过某种特别的病，是否常常醉酒，是否行为特别残忍或者有某些怪癖。关于他的祖父、姐妹和兄弟也问了同样的问题。得知他的母亲有一副好嗓子，并且有时登台演出，他忽然变得活跃起来，问道：

"对不起，您是否记得，您的母亲对戏剧是否有浓厚的兴趣？"

大约二十分钟过去了。医生一直抚摸膝盖，总是说同一件事，让瓦西里耶夫感到心烦。

"我非常明白你的问题，医生，"他说，"您想知道，我的病是不是遗传。这病不是遗传的。"

随后医生又问，瓦西里耶夫小时候是否有过某件隐秘的恶习，脑袋受过伤没有，有没有嗜好、怪脾气或者特殊的偏爱。通常细心地医生提出的问题，有一半可以不回答，也不会对健康有什么伤害。可是米哈伊尔·谢尔盖伊奇、医学系学生和艺校学生的面部表情似乎说明，哪怕有一个问题瓦西里耶夫不予回答，就会前功尽弃。医生得到回答后，不知为什么总把它记在一张纸上。当得知瓦西里耶夫已经在自然科学系毕业、眼下上法律系时，医生陷入了沉思……

"去年他写过一篇优秀论文……"医学系学生说。

"对不起，请不要打扰我，您妨碍我集中精力，"医生说，用半边脸笑了笑，"对，当然这在病历中是起作用的。紧张的脑力劳动，过度疲劳……对……对……你喝伏特加吗？"他转身对瓦西里耶夫说。

"很少喝。"

又过了二十分钟。医学系学生开始小声诉说自己对犯病近因的看法，并且说，他、艺校学生和瓦西里耶夫前天曾经到 C 胡同去过。

他的朋友和医生谈及女人、那不幸的胡同时所用的平静、矜持而冷淡的语调，在他看来是极为奇怪的……

"医生，请告诉我一件事，"他极力克制使自己不变得粗暴，说道，"卖淫是不是罪恶？"

"亲爱的，这用得着争论吗？"医生说道，他的表情似乎在说，这些问题对他是早已解决了的，"这用得着争论吗？"

"您是精神病医生吗？"瓦西里耶夫粗鲁地问。

"是啊，精神病医生。"

"也许，你们都是对的！"瓦西里耶夫说道，他站起来，开始从一个角落到另一个角落来回走动，"也许。可是我对这一切觉得奇怪！我上过两个科系——人们认为这是了不起的成绩。为了我写的一篇三年过后将被扔掉、被遗忘的论文，你们把我捧到天上，为了我谈论那些堕落的女人不能像谈到这些椅子那么平心静气,你们便给我治病,叫我疯子、可怜我!"

不知何故,瓦西里耶夫突然对自己、对朋友们,对前天见到的那些人以及这位医生产生一种难以忍受的怜悯心,他开始哭泣,倒坐在围椅里了。

朋友们带着疑问瞧医生。医生的表情仿佛表示自己非常理解这眼泪和悲观失望,仿佛觉得自己是这方面的专家,于是走到瓦西里耶夫面前,默不作声地让他喝了一点药,后来,当他平静下来的时候,又解开他的衣服,开始检查他皮肤的敏感度、膝部的反射力以及其他。

瓦西里耶夫觉得轻松一些了。当他从医生那里出来时,他已经感到于心有愧,对马车的喧闹声不再觉得刺激,心脏下边那块重物也变得越来越轻,好像融化了。他手里拿着两张处方:一张上面写的是溴化钾,另一张上是吗啡……这些他以前都服用过!

他在街上站了一会儿,想了想,和朋友们告辞后,懒洋洋地向大学慢慢走去。

一八八年十二月

打　赌

一

　　一个黑沉沉的秋夜。老银行家在他的书房里踱来踱去，回想起十五年前也是在秋天他举行过的一次晚会。在这次晚会上，来了许多有识之士，谈了不少有趣的话题。他们顺便谈起了死刑。客人们中间有不少学者和新闻记者，大多数人对死刑持否定态度。他们认为这种刑罚已经过时，不适用于信奉基督教的国家，而且不合乎道德。照这些人的看法，死刑应当一律改为无期徒刑。

　　"我不同意你们的观点，"主人银行家说，"我既没有品尝过死刑的滋味，也没有体验过无期徒刑的磨难，不过如果可以主观[①]评定的话，那么我以为死刑比无期徒刑更合乎道德，更人道。死刑把人一下子处死，而无期徒刑却慢慢地把人处死。究竟哪一个刽子手更人道？是那个几分钟内处死您的人，还是在许多年间把您慢慢折磨死的人？"

　　"两种刑罚同样不道德，"有个客人说，"因为它们的目的是一致的——夺去人的生命。国家不是上帝。它没有权利夺去它即使日后有心归还却无法归还的生命。"

　　客人中间有一个二十五岁的年轻律师。别人问他的看法时，他说：

---

① 原文为拉丁文。

"不论死刑还是无期徒刑都是不道德的，不过如果要我在死刑和无期徒刑中作一选择，那么我当然选择后者。活着总比死了好。"

这下热烈的争论开始了。银行家当时年轻气盛，一时性起，一拳捶到桌上，对着年轻的律师嚷道：

"这话不对！我用两百万打赌，您在囚室里坐不了五年！"

"如果这话当真，"律师回答说，"那我也打赌，我不是坐五年，而是十五年。"

"十五年？行！"银行家喊道，"诸位先生，我下两百万赌注。"

"我同意！您下两百万赌注，我用我的自由作赌注！"律师说。

就这样，这个野蛮而荒唐的打赌算成立了！银行家当时到底有几百万家财，连他自己也说不清，他娇生惯养，轻浮鲁莽，打完赌兴高采烈。吃晚饭的时候，他取笑律师说：

"年轻人，清醒清醒吧，现在为时不晚。对我来说两百万是小事一桩，而您却在冒险，会丧失您一生中最美好的三四年时光。我说三四年，因为您不可能坐得比这更久。不幸的人，您也不要忘了，自愿受监禁比强迫坐牢要难熬得多。您有权利随时出去享受自由——这种想法会使您在囚室中的生活痛苦不堪。我可怜您！"

此刻银行家在书房里踱来踱去，想起这件往事，不禁问自己：

"何苦打这种赌呢？律师白白浪费了十五年大好光阴，我损失了两百万，这有什么好处呢？这能否向人们证明，死刑比无期徒刑坏些或者好些？不能，不能。荒唐，毫无意义！在我这方面，完全是因为饱食终日，一时心血来潮；在律师方面，则纯粹是贪图钱财……"

随后银行家回想起上述晚会后的事。当时决定，律师必须搬到银行家后花园里的一间小屋里住，在最严格的监视下过完他的监禁生活。规定在十五年间他无权跨出门槛、看见活人、听见人声、收到信件和报纸。允许他有一样乐器，可以读书、写信、喝酒和抽烟。至于跟外界的联系，根据契约，他只能通过一个为此特设的小窗口进行，而且不许说话。他需要的东西，如书、乐谱、酒等，他可以写在纸条上，要多少给多少，但只能通过窗口。契约规定了种种条款和细节，保证监禁做到严格的隔离，规定律师必须坐满十五年，即从一八七〇年十一月十四日十二时起至一八八五年十一月十四日十二时止。律师一方任何违反契约的企图，哪怕在规定期限之前早走两分钟，即可解除银行家支付他两百万的义务。

在监禁的第一年，根据律师的简短便条来看，他又孤独又烦闷，痛苦不堪。不论白天，还是夜晚，从他的小屋里经常传出钢琴的声音！他拒绝喝酒抽烟。他写道：酒激起欲望，而欲望是囚徒的头号敌人；再说，没有比喝着美酒却见不着人更烦闷的了，烟则熏坏房间里的空气。第一年，律师索要的都是内容轻松的读物：情节复杂的爱情小说、侦探小说、神话故事、喜剧，等等。

第二年，小屋里不再有乐曲声，律师的纸条上只要求古典作品。第五年又传出乐曲声，囚徒要求送酒去。那些从小窗口监视他的人说，整整这一年他只顾吃饭、喝酒，躺在床上，哈欠连连，愤愤不平地自言自语。他不读书，有时夜里爬起来写东西，写得很久，一到清晨又把写好的东西统统撕碎。他们不止一次听到他在哭泣。

第六年的下半年，囚徒热衷于研究语言、哲学和历史。他如饥似渴地研究这些学问，弄得银行家都来不及订购他所要的书。在后来的四年间，经他的要求，总计买了六百册书。在律师陶醉于阅读期间，银行家还收到他的这样一封信：

亲爱的典狱长：

我用六种文字给您写信。请将信交有关专家审阅。如果他们找不出一个错误，那么我请求您让人在花园里放一枪。

枪声将告诉我，我的努力没有付诸东流。各国历代的天才尽管所操的语言不同，然而他们的心中都燃烧着同样热烈的激情。啊，但愿您能知道，由于我能了解他们，现在我的内心体验到多么巨大的非人间所有的幸福！

囚徒的愿望实现了。银行家吩咐人在花园里放了两枪。

十年之后，律师一动不动地坐在桌旁，只读一本《福音书》。银行家觉得奇怪：既然他在四年里能读完六百本深奥的著作，这么一本好懂的、不厚的书怎么要读上一年工夫呢？读完《福音书》，他接着读宗教史和神学著作。

在监禁的最后两年，囚徒不加选择，读了很多的书。有时他研究自然科学，有时要求拜伦①和莎士比亚②的作品。他的一些纸条上往往要求同时给他送化学书、医学书、长篇小说、某篇哲学论文，或者神学著作。他看书就好像他落水后在海中漂浮，为了救自己的命，急不可待地时而抓住沉船的这块碎片，时而抓住另一块浮木！

二

老银行家回忆这些事后想道：

"明天十二点他就要获得自由。按契约我应当付他两百万。如果我付清款子，我就彻底破产，一切都完了……"

十五年前，他不知道自己到底有多少个一百万，如今却害怕问自己：我的财产多还是债务多？交易所里全凭侥幸的赌博、冒险的投机买卖、直到老年都改不了的急躁脾气，渐渐地使他的事业一落千丈。这个

---

① 拜伦（1788—1824），英国诗人。
② 莎士比亚（1564—1616），英国诗人、剧作家。

无所畏惧、过分自信的、傲慢的富翁现在变成一个中产的银行家，证券的一起一落总让他胆战心惊。

"该诅咒的打赌！"老人嘟哝着，绝望地抱住头，"这个人怎么不死呢？他还只有四十岁。不久他会拿走我最后的钱，然后结婚，享受生活的乐趣，搞证券投机。我呢，变成了乞丐，只能嫉妒地看着他，每天听他那句表白：'多亏您，我才得到幸福，让我来帮助您。'不，这太过分了！摆脱破产和耻辱的唯一办法就是这个人的死！"

时钟敲了三下。银行家侧耳细听：房子里的人都睡了，只听见窗外的树木冻得呜呜作响。他竭力不弄出响声，从保险柜里取出十五年来从未用过的房门钥匙，穿上大衣，走出房去。

花园里又黑又冷。下着雨。潮湿而刺骨的寒风呼啸着刮过花园，不容树木安静。银行家集中注意力，仍然看不见土地，看不见白色雕像，看不见那座小屋，看不见树木。他摸到小屋附近，叫了两次看守人。没人回答。显然，看守人躲风雨去了，此刻正睡在厨房里或者花房里。

"如果我有足够的勇气实现我的意图，"老人想，"那么嫌疑首先会落在看门人身上。"

他在黑暗中摸索着台阶和门，进了小屋的前室，随后摸黑进了不大的过道，划了一根火柴。这里一个人也没有。有一张床，但床上没有被子，角落里有个黑乎乎的铁炉。囚徒房门上的封条完整无缺。

火柴熄灭了，老人心慌得浑身发抖，摸到小窗口往里张望。

囚徒室内点着一支昏黄的蜡烛。他本人坐在桌前。从这里只能看到他的背、头发和两条胳膊。在桌子上，在两个圈椅里，在桌子旁的地毯上，到处放着摊开的书。

五分钟过去了，囚徒始终没有动一下。十五年的监禁教会了他静坐不动。银行家弯起一个手指敲敲小窗，囚徒对此毫无反应。这时银行家才小心翼翼地撕去封条,把钥匙插进锁孔里。生锈的锁一声闷响,房门"吱嘎"一声开了。银行家预料会立即发出惊叫声和脚步声,可是过去了两三分钟,门里却像原先一样寂静。他决定走进房间里。

桌子后面一动不动坐着一个没有人样的人。这简直是一具皮包骨头的骷髅,一头长长的女人那样的鬈发,胡子乱蓬蓬的。他的脸呈土黄色,脸颊凹陷,背部狭长,胳膊又细又瘦,一只手托着长发蓬乱的头,那模样看上去真叫吓人。他的头发早已灰白,瞧他那张像老人般枯瘦的脸,谁也不会相信他只有四十岁。他入睡了……桌子上,在他垂下的头前有一张纸,上面写着密密麻麻的字。

"可怜的人!"银行家想道,"他睡着了,大概正梦见那两百万呢!只要我抱起这个半死不活的人,把他扔到床上,用枕头闷住他的头,稍稍压一下,那么事后连最仔细的医检也找不出横死的迹象。不过,让我先来看看他写了什么……"

银行家拿起桌上的纸,读到下面的文字:

明天十二点我将获得自由,获得跟人交往的权利。不过,在我离开这个房间、见到太阳之前,我认为有必要对您说几句话。凭着清白的良心,面对注视我的上帝,我向您声明:我蔑视自由、生命、健康,蔑视你们的书里称之为人间幸福的一切。

十五年来,我潜心研究人间的生活。的确,我看不见天地和人们,但在你们的书里我喝着香醇的美酒,我唱歌,在树林里追逐鹿群和野猪,和女人谈情说爱……由你们天才的诗人凭借神来之笔创造出的无数美女,轻盈得犹如白云,夜里常常来探访我,对我小声讲述着神奇的故事,听得我神迷心醉。在你们的书里，我攀登上艾尔布鲁士①和勃朗峰②的顶巅，从那里观看早晨的日出，观看如血的晚霞如何染红了天空、海洋和林立的山峰。我站在那里，看到在我的上空雷电如何劈开乌云，像火蛇般游弋；我看到绿色的森林、原野、河流、湖泊、城市，听到塞壬③的歌唱和牧笛的吹奏；我甚至触摸过美丽的魔鬼的翅膀，它们飞来居然跟我谈论上帝……在你们的书里我也坠入过无底的深渊，我创造奇迹，行凶杀人，烧毁城市，宣扬新的宗教，征服了无数王国……

你们的书给了我智慧。不倦的人类思想千百年来所创造的一切，如今浓缩成一团，藏在我的头颅里。我知道我比你们所有的人都聪明。

我也蔑视你们的书，蔑视人间的各种幸福和智慧。一切都微不足道，转瞬即逝，虚幻莫测，不足为信，有如海市蜃楼。虽然你们骄傲、聪明而美丽，然而死亡会把你们彻底消灭，就像消灭地窖里的耗子一样，而你们的子孙后代，你们的历史，你们的不朽天才，将随着地球一起或者冻结成冰，或者烧毁。

你们丧失理智，走上邪道。你们把谎言当成真理，把丑看作美。如果由于某种环境，苹果树和橙树上不结果实，却忽然长出蛤蟆和蜥蜴，或者玫瑰花发出马的汗味，你们会感到奇怪；同样，我对你们这些宁愿舍弃天国来换取人世的人也感到奇怪。我不想了解你们。

为了用行动向你们表明我蔑视你们赖以生活的一切，我放弃那两百万，虽说我曾经对它像对天堂一样梦寐以求，可是

---

① 在高加索。
② 在欧洲中部。
③ 希腊神话中半人半鸟的海妖，以歌声诱惑水手，使之灭亡。

现在我蔑视它。为了放弃这一权利，我决定在规定期限之前五小时离开这里，从而违反契约……"

银行家读到这里，把纸放回桌上，在这个怪人头上亲了一下，含泪走出小屋。他一生中任何时候，哪怕在交易所输光之后，也不曾像现在这样深深地蔑视自己。回到家里，他倒在床上，然而激动和眼泪使他久久不能入睡……

第二天早晨，吓白了脸的看守人跑来告诉他，说他们看到住在小屋里的人爬出窗子，进了花园，往大门走去，后来就不知去向了。银行家带领仆人立即赶到小屋，证实囚徒确实跑掉了。为了杜绝无谓的流言，他取走桌上那份放弃权利的声明，回到房间，把它锁进保险柜里。

一八八九年一月一日

公爵夫人

　　一辆由四匹肥壮、漂亮的大马驾辕的四轮马车开进了某城男修道院的所谓"红色"大门，聚集在迎宾馆贵族下榻处附近的修士司祭和见习修士们，老远就从车夫和马车认出，那位坐在马车里的夫人是他们很熟悉的善良的公爵夫人薇拉·加夫里洛夫娜。

　　一个穿仆役服装的老头从马车里跳下来，搀扶公爵夫人下车。她撩开黑色面纱，不慌不忙地来到所有修士司祭面前接受祝福，然后对见习修士们亲切地点点头，向室内走去。

　　"你们的公爵夫人不在时，你们都会想着吧？"她对为她搬东西的修士们说，"我整整一个月没到你们这里了。现在来啦，你们就瞧瞧自己的公爵夫人吧。大司祭神父在哪里呀？我的天，我真等得着急了！顶好的顶好的老头！你们有这么一位大司祭应当感到骄傲。"

　　大司祭进来时，公爵夫人高兴得喊了一声，双手交叉放在胸前，向他走过去接受祝福。

　　"不，不！请让我亲一亲吧！"她抓住他的手，贪婪地亲了三次，说道，"我真高兴，神父，终于看见您了，您也许忘记自己的公爵夫人了，而我时时刻刻心里都想着您这可爱的修道院。你们这里可真好！在这种信奉上帝的生活里，远离繁忙的尘世，有一种特殊的美。神父，这种美是我用整个心灵感受到的,但用语言难以表达!"

公爵夫人面颊绯红,眼泪涌出来,她热情地说个没完。而大司祭,这个七十多岁的老头,神色严肃,面貌丑陋而且腼腆,却默不作声,只是偶尔像军人那样断断续续地说:

"是的,公爵夫人……我听见了……我明白………"

"您在我们这里逗留很久吗?"他问道。

"今天我在你们这里过夜,明天去科拉夫金·尼古拉耶夫娜家,我们很久没有见面了,后天再回到你们这里住三四天。我现在你们这里让灵魂休息一下,神父……"

公爵夫人喜欢到某城修道院来。最近两年她看中了这个地方,几乎夏季每个月份她都到这里来住上两三天,有时住一个星期。胆怯的见习修士,清静、低矮的天花板,柏木的气味,朴素的小吃,窗户上廉价的窗帘——这一切都让她感动,引起恻隐之心,导致静思。产生善良的想法。在内室待上半个小时便足以令她感受到,她也是羞怯而谦逊的,身上散发出柏木气味;往日已经远去,她超脱了自己,公爵夫人开始想到,虽然自己只有二十九岁,她倒是很像这个大司祭老人,像他一样,生来不是为了富有,也不是为了人世间的尊贵和爱情,而是为了过上隐遁尘世的、如内室一般幽暗的清静生活……

有时候,突然一线光亮射进有斋戒者祈祷的昏暗居室里,或者一只小鸟停立在居室的窗旁唱起歌来;神色严肃的斋戒者便不由得笑一笑,在他的胸中,忽然从那沉重的负罪的悲痛里涌出一阵静静的无罪的欢乐,像一股溪水从石头缝里流出来似的。公爵夫人觉得,她从外面带来的正是这种像光亮和小鸟一般的慰藉。她那些彬彬有礼的愉快的笑容、亲切的目光、说话声、玩笑,总的说来,她这个体态匀称、穿了普通黑色连衣裙的娇小女人,想要以自己的出现,在这纯朴、严肃的人们心中激起温存和欢愉的感觉。每个人看着她大概都在想:"上帝给我们派来一个天使……"她觉得每个人都会不由地想到这些，便更加有礼貌地微笑，极力显得像只小鸟。

喝过茶，休息之后，她出去散步。太阳已经落山，从修道院的那边朝公爵夫人飘来一阵刚浇过水的木樨草散发的湿润的香味，教堂里传出来阵阵男音的轻唱，这歌唱从远处听起来非常悦耳，然而令人愁肠。他们还在做彻夜祈祷，在那些长明灯之光闪烁不定的昏暗的窗户里，阴影里，在那个携带慈善箱靠近圣像坐在门旁的老修士的身影里，都显出那种安逸、宁静，不知何故，这使得公爵夫人想哭了……

大门外，在院墙和白桦树之间的林荫道上，那里显然是一片黄昏的景象了，天空很快暗淡下来……公爵夫人来到林荫道，坐在长凳上，陷入了沉思。

她想，这个修道院的生活像夏日的傍晚，宁静而安逸，如能一辈子住在这里，那该多好啊！要是能彻底忘掉那个忘恩负义的荒淫无耻的公爵，忘记自己巨额的财产、那些每天都来打扰的债主、自己的不幸，以及今天早晨摆出一副傲慢无礼神色的使女达莎，又该多好啊！穿过白桦树干可以眺望一片片黄昏的薄雾在山下飘浮，在树林上空很远的地方，黑压压的一群白嘴鸭像一面黑纱似的正飞回巢去；还有两个见习修士，一个骑花马，一个步行，正赶着马回去过夜，他们像两个小孩子，为自己能够自由自在而兴高采烈，打打闹闹；他们那年轻人的嗓音在静止的空气里传开来，非常响亮，可以听清每一句话，要是能一辈子坐在这条长凳上，眺望远景，又该多好啊！坐下来谛听这静寂，也挺好：时而清风吹来，拂动白桦的树梢；时而青蛙把经年的枯叶弄得沙沙作响；时而墙外钟楼的大钟敲响四下……最好是坐着不动，听呀，想呀，想呀，想呀……

一个老太婆背着背囊从身边走过去。公爵夫人心想，拦住这个老太婆，对她说几句亲切、温馨的话，帮帮她才好……可是那老太婆一次也没回头，拐进一个街角去了。

过不多久，一个留着灰白大胡子，头戴草帽的高个子男人出现在林荫道上。他走过公爵夫人身边时，脱下帽子，鞠了一躬，从他那大秃顶和又尖又弯的鼻子上，公爵夫人认出这是米哈伊尔·伊万诺维奇医生，大约五年前，他曾经在她的杜布夫基供职。她想起来，有人曾对她说过，去年这个医生死了妻子，她想对他表示同情，安慰一下。

"医生，您也许认不出我了吧？"她彬彬有礼地笑一笑，问道。

"不，公爵夫人，我认得出来。"医生又一次脱帽，说道。

"谢谢，不然我以为您忘记了自己的公爵夫人。人们只记得自己的敌人，而忘记朋友。您是来做祷告的吧？"

"我每星期六在这里宿夜，尽义务。我在这里看病。"

"那么，日子过得怎么样？"公爵夫人叹口气，问道，"我听说，您的夫人过世了！多么不幸啊！"

"是，公爵夫人，这对我是很大的不幸。"

"有什么办法！对这种不幸我们只得逆来顺受，如若不是天意，一根头发也不会掉下来。"

"是的，公爵夫人。"

对于公爵夫人彬彬有礼的亲切的微笑和她的慷慨，医生却报之以冷漠的干巴巴的回答："是的，公爵夫人。"

"还能对他说什么呢？"公爵夫人琢磨着。

"咱们可是多长时间不见了！"他说，"五年了！这段时间里该有多少河水流入大海，发生了多少变化，连想一想都觉得可怕！您知道，我出嫁了……从一个伯爵小姐变成了公爵夫人，不过，我又跟丈夫分手了。"

"是的，我听说了！"

"上帝给了我多少考验啊！您大概也听说了。我几乎要破产了。为了给我那不幸的丈夫还债卖掉了我的杜布夫基、基里雅科沃和索菲诺。我只剩下了巴拉诺沃和米哈里采沃。回头瞧瞧真是可怕：有多少变化、多少形形色色的不幸、多少错误啊！"

"是的，公爵夫人，错误很多。"

公爵夫人有点心慌意乱。她了解自己的错误。所有这些错误都是那么隐秘，只有她一个人能够想得到，说得出。她按捺不住自己，问道：

"您想到的是什么错误呢？"

"您提到这些，您当然知道……"医生答道，冷冷一笑，"何必提这些呢！"

"不，您说吧，医生。我将非常感激您！请不要跟我客气。我喜欢听真话。"

"我不是您的审判官，公爵夫人。"

"不是审判官？您既然用这种语气说话，就是说，您知道什么，请说吧！"

"如果您愿意，那就不客气了。不过很遗憾，我不善于言谈，有时候，我可能不被理解。"

医生沉吟一阵，又开口说：

"错误很多，其中特别重要的，在我看来是笼罩你们所有庄园的那种共同的精神——您瞧，我不善于表达。主要的就是——缺乏爱心，厌恶人，这是在一切事情上都能让人感觉到的。你们全部的生活方式都是建立在这种厌恶上的：厌恶人的声音、面孔、后脑勺、脚步……总之，构成人的一切东西都厌恶。所有的门旁和扶梯上都站立着肥肥胖胖、粗鲁无礼和傲慢的跟班，不让衣着不体面的人进去。前厅摆放着一些背椅，为的是举行舞会和接待宾客时，仆役们不致用后脑勺弄脏了墙上的壁纸。各个房间里铺着粗毛地毯，为的是不致听见人的脚步声，每个进来的人定要受到提醒：说话要轻一点，声音要小一些，不要说那些对想象和神经产生不良影响的话。在您的书房里，不和人握手，不请人入座，就像现在，您就没有想和我握手，也不请入座一样……"

"如果您愿意，就请吧！"公爵夫人伸出手来，笑着说，"可真好，为这点小事生气……"

"难道我生气吗？"医生笑了，又立刻变得面红耳赤，他摘下帽子挥舞着，激动地说起来："坦率地说，我老早就等待时机要对您说个痛快……我是想说，您用拿破仑的眼光看待所有的人，把人看成炮灰。可是拿破仑还是有某种思想的，而您，除了厌恶，什么也没有！"

"我厌恶人！"公爵夫人冷冷一笑，惊讶地耸耸肩膀，"我！"

"是的，是您！您需要摆出事实吗？那好！在米哈尔采沃，您那里有三个您过去的厨子靠乞讨为生，他们是在您的厨房里被炉火熏坏了眼睛的。在您那成千上万俄亩土地上，所有健康、有力、漂亮的人通通被您和您的食客们收罗来当跟班、仆役和车夫。所有这些两脚动物接受仆役的训练，吃得脑满肠肥，变得粗鲁野蛮，总之失去了原来的样子……让一些年轻的医生、农学家、教师、一般有知识的工作者，我的天，脱离开事业，离开诚实的劳动，为了糊口被迫参与每个正派人都羞于干的各种傀儡戏！有的年轻人供职不到三年便成了伪君子、谄媚拍马者、告密者……这好吗？您的波兰籍管家们，那些无耻的密探，所有的卡济米尔们和卡埃坦纳们从早到晚，在这千万亩土地上忙活，为了讨好您，恨不得从一头犍牛身上扒下三张皮来。对不起，我说话词不达意、杂乱无章，但是这没关系！在你们那里，普通人不算人。那些到您家造访的公爵、伯爵和高级僧侣，您不过把他们当成装饰品，而并不视为活人。然而主要点……最令我气愤的主要点是，您拥有上百万家产，却一点儿也不为人们做事，一点儿也不！"

公爵夫人坐在那里颇为惊讶，又害怕，又感到屈辱，不知道该说什么、如何办好。以前从来没有人跟她用这种语气说话。医生不愉快的气愤的声音和他那笨拙的结结巴巴的话语，在她耳朵里、头脑里引起一阵阵刺耳的震颤的喧闹，后来她似乎觉得，打手势的医生是用自己的帽子敲打她的头。

"不对！"她用恳求的声调悄悄地说，"我为人们做了很多好事，这您自己明白！"

"算了吧！"医生嚷了一声，"难道您仍然认为您那慈善活动是什么严肃、有益的事业，而不是一场傀儡闹剧吗？要知道，那是彻头彻尾的闹剧，那是对亲近人表示爱心的一种表演——最直言不讳的表演，连孩子和愚笨的村妇都懂得！就拿您这个为例，它叫什么来着？——孤老收容院，您非叫我在那里当什么主治医生不可，而您本人却是荣誉监护人。哦，我的天，那是一个多么好的机构哟！盖了房子，镶木地板，屋顶装着风信标；从农村找来十几个老太婆，叫她们盖绒毯睡觉，铺荷兰麻布的床单，吃冰糖。"

医生用帽子挡住脸恶意地扑哧一笑，又结结巴巴急忙讲下去：

"那是演戏！生活安逸的低职衔的人把被褥和床单锁起来，生怕老太婆弄脏了——让那些老泼妇去睡地板吧！老太婆不敢坐床，不敢穿长衫，也不敢走平整的镶木地板。这一切保留下来是为了讲排场，却又像防备小偷似的避开老太婆把它们收藏起来，而老太婆们靠施舍偷偷弄点吃的和穿的，她们白天晚上都祈祷上帝，巴望快点躲开您派来监管她们的那些肥肥胖胖恶棍的拘捕和教化。而高职衔的人干什么呢？简直好极了！这就是一星期两次，在晚上，有三万五千个信差赶来，报告说，公爵夫人，也就是您，明天将光临孤老院。这意味着明天要丢下病人，穿戴好去接受检阅。老太婆全都穿上干净的新衣，排成一队，恭候驾临。那位退伍的卫戍队的大兵——一个总是带着甜腻奸笑的看守也在她们身旁来回走动，老太婆们打哈欠，面面相觑，可是不敢抱怨。我们等着,一个小管事骑马到来。他之后过了半小时,大管家来了,随后是账房主管,后来还有这位或那位先生……没完没了地骑马到来!所有的人都带了一副隐秘而庄严的神色。我们等啊,等啊,两腿倒换着,看着表——这一切是在死一般的寂静中度过的,因为我们彼此憎恨,有仇。一个小时、两个小时过去了,终于远处出现了一辆带篷马车,还有……还有……"

医生发出尖细的笑声,用细嗓音说道:

"您下了马车,那些老婆子在卫戍大兵的指挥下开始唱:'锡安山我主荣耀,语言难以形容……'不坏吧?"

医生用低音哈哈大笑起来,挥挥手,仿佛想表示他笑得说不出话来。他笑得沉重、尖刻,紧咬着牙关——心怀恶意的人都是这样笑的,从他的嗓音、面容以及那对闪亮的有点儿放肆的眼睛里,可以看出他们非常瞧不起公爵夫人、孤老院和老太婆们。在他这些如此不得体面而又粗鲁的讲述中,没有一点可笑和令人愉快的内容,可是他却满意地,甚至带着愉快的心情哈哈大笑。

"学校怎么样?"他笑得连喘气都困难,接着说,"记得吗,您希望亲自教农民的孩子?想必是,您教得非常好,因为所有的孩子不久全都跑了,后来不得不打他们,用钱雇他们到您这里来。您还记得吧,您希望亲自用奶嘴给那些妈妈在地里干活的吃奶的孩子喂奶?您到多个村子里诉苦,说这个年龄的孩子不接受您的照顾——所有母亲全把他们带到田里去了。后来村长命令母亲们轮流把自己的孩子留下来让您开心。真是怪事!所有的母亲都受不了您的仁慈,跑开了,像耗子见了猫似的!这是为什么?很简单!这不是因为这里的人愚昧无知、忘恩负义,像您常说的那样;而是因为——恕我直言——在您的所有古怪想法里没有一点爱心和仁慈!只有一种戏耍活玩偶的自娱愿望,没有别的……谁不能把人和巴儿狗区分开,他就不配干慈善事业。我告诉您,人和巴儿狗有很大的区别！"

公爵夫人的心脏跳得厉害，耳朵里砰砰地响，她越发觉得，医生用自己的帽子不停地敲打她的脑袋。医生说话很快，激动，但不流畅，结结巴巴，还夹杂着多余的手势。她只明白一点，跟他对话的是一个粗鲁的、没教养的凶狠而又忘恩负义的人，至于他想从她这里得到什么，他在说什么——他并不明白。

"您走吧！"她举起手来，想挡住自己的脑袋不挨医生帽子的敲打，用哭泣的腔调说，"您走吧！"

"可是，您怎么对待自己的下属呢？"医生连续气愤地说，"您不把他们当人，像对待下贱的骗子似的鄙视他们，例如——请容我想一想——您为什么解雇我？我为您父亲服务十年，后来为您真诚地工作，没有节假日，在方圆百余俄里受到人们的爱戴，突然，在一个晴朗的日子里对我宣布，我不能任职了！为什么？我至今都不明白！我是医学博士，贵族，莫斯科大学的学生，一家之长，却又是这么个渺小的无足轻重的小人物，不用讲明原因就可以把我赶走！何必对我客气呢？我后来听说，我的妻子背着我偷偷去找您三次为我求情，您却一次也不见她。据说，她在前厅哭了。为这件事我永远不会原谅她这个亡人！永远不会的！"

医生不说了，咬紧牙关，集中精力思索着，还想说点更难听的报复的话。他想起了什么，那紧锁眉头的冷漠的面孔突然露出笑容。

"就拿您和这所修道院的关系来说吧！"他急切地开口说，"您从来没有放过什么人，越是神圣的地方，您那慈善和天使般的温顺越发让它有更多机会遭罪。您为什么到这里来？请问，您在这里对修士们有何要求？赫卡柏与您有什么关系？您对赫卡柏又有什么？说来说去是寻开心、戏耍，对人格的侮辱，不过如此。修士们要知道，您不相信的上帝，您心里有自己的上帝，这个上帝是您用自己的头脑在招魂术士降神会上领悟的。您对待教堂的仪式故作宽容,您不去做午祷和彻夜祈祷,一直睡到中午……您为什么到这里来?您带了自己的上帝到别人的修道院来,以为修道院将此举视为自己最大的荣耀!怎么能不是这样呢!不过,您去问问,修士们对您的造访是什么想法。您今天晚上来到这里,而前天就从庄园派来一位骑马人报告,您打算到这里来。昨天整整一天都为您准备内室并恭候光临。今天来了一位先遣人员——一个讨厌的侍女,时不时地在院里跑来跑去,弄得衣襟窸窣作响,提出各种问题,发号施令……我真受不了!今天一整天修士们严阵以待,要不是举行仪式欢迎您——就倒霉了!您会告到主教那里!'主教大人,修士们不喜欢我。我不知道怎么得罪了他们。诚然,我是大罪人,可是我又这么不幸!'已经有一处修道院由于您而受到申斥。修士大司祭很忙,是位有学问的人,他没有空闲时间,您却时常要求他到您的内室——对老年人,对有地位的教职丝毫也不敬重。您多捐助些也好啊,也许不会那么让人感到委屈,而教士们在这些日子里从您这里收到的不足一百卢布!"

每逢公爵夫人感到不安,不被理解,受了委屈的时候,每逢她不知道她该说什么,做什么的时候,通常她便开始哭泣。现在她终于捂着脸,用孩子般的细嗓音哭了起来。医生突然不吭声了,只是看着她。他的脸沉下来,变得严肃了。

"请原谅,公爵夫人,"他闷声闷气地说,"我的情绪太坏,忘乎所以了。这样不好。"

他不好意思地咳了一声,忘记戴上帽子,就匆匆离开了公爵夫人。

天空已经星空闪烁。大概修道院那边月亮升起来了,因为天空是明亮的、透明的、柔和的。沿着修道院的墙,蝙蝠无声地飞来飞去。

时钟缓缓敲了三刻钟的响声,大约是八点三刻了。公爵夫人站起来,悄悄向大门走去。她感到自己受了委屈,哭了,她觉得,那些树木，那些星星，那些蝙蝠都可怜她，时钟悠扬地敲响，也是为了对她表示同情。她哭泣，心想，如果她一辈子都在修道院里度过就好了，在这宁静的夏日的傍晚，她这个受欺凌受屈辱而不被理解的人沿着林荫道散步，只有上帝和这星空才会看见她这个受难者在落泪。教堂里仍在进行彻夜祈祷。公爵夫人止住脚步，倾听歌唱。在静止不动的幽暗的空中，这歌声是多么美妙！伴随着歌声来哭泣和感受痛苦又是多么惬意啊！

她回到自己的房间，对镜子照了照那张哭过的脸，敷过香粉，随后坐下来吃晚饭。教士们知道，她喜欢吃醋渍鲟鱼、小蘑菇，喝马拉加葡萄酒，还有在嘴里留下柏木味道的普通的蜜糖饼。她每次来他们都给她做这些吃食。公爵夫人一面吃蘑菇，啜饮他们的马拉加葡萄酒，一面想着，她的这些管事、伙计、账房和使女，尽管她为他们做过许多事，一旦她彻底破了产，被抛弃了，他们也会背叛她，像世上所有的人一样开始讲粗话，会攻击她，诽谤、嘲笑她；她会放弃自己的公爵封号，放弃富豪生活和社交，会进修道院，对任何人不说一句责备的话，她还要为自己的仇敌祈祷，到那时候，所有的人才会突然理解她，前来请求她的宽恕，然而为时已晚……

晚饭后，她下楼来到屋里一个角落，跪在圣像前，读了两章福音书。后来使女为她铺好床，她躺下睡觉了。她在白被子下面伸开四肢，甜蜜地、深深地喘了口气，像哭泣过后叹气似的，闭上眼睛，渐渐睡着了……

她早晨醒来，看看自己的小表：八点半了。在床铺附近的地毯上有一条又宽又亮光带，这是从窗户射进来的，刚能把房间照亮。在窗户的黑幔后面，苍蝇嗡嗡地叫着。

"天还早！"公爵夫人想，又闭上了眼睛。

她在床上伸展开四肢，浑身舒舒服服，想起了昨天与医生的邂逅以及她临睡时的那些想法；又想起，她是不幸的。随后她想到了住在彼得堡的丈夫、管家、医生、邻居、熟悉的官员……常常一串熟识的男人面孔从她的脑海掠过。她笑了笑，又想，如果这些人能够深入到她的心灵并且理解她，那么，他们都会拜倒在她的脚下……

十一点一刻时，她唤来了侍女。

"达莎，帮我穿衣服，"她懒洋洋地说，"不过，先去告诉他们把马套好，要到科拉夫金·尼古拉耶夫娜家里去。"

她从房间出来上马车，白天明亮的阳光使他眯起眼睛，她满意地笑起来。天气特别好！她眯着眼睛环顾集合在台阶上为她送行的教士们，彬彬有礼地点着头，说道：

"再见，朋友们！后天见！"

令她感动和惊喜的是，与站在台阶旁的教士们在一起的还有医生。他的面孔苍白而严肃。

"公爵夫人，"他摘下帽子，略带歉意地微笑着，说道，"我在这里恭候好久了，看在上帝的面上，请原谅……昨天，一种不良的报复情绪支配着我，我对您讲了……蠢话，总之，我请求您原谅。"

公爵夫人和蔼地笑笑，把手伸到他的唇边。他吻了吻，面孔涨得通红。

公爵夫人极力走着鸟步，轻盈地进了带篷马车，向四面八方点着头。她心里觉得快活，豁朗而温暖，她自己觉得，她的笑容非常可爱温柔。当马车驶向大门口，然后沿着尘土飞扬的大路驶过茅屋和花园，经过长长的盐粮贩子的货车队和一连串来修道院进香的香客的时候，她仍然眯着眼睛，温和地微笑。她想，一个人最高的享受莫过于给四处带来温暖、光明和欢乐，对侮辱给以宽恕，向仇人和蔼地微笑。相遇的农民对她鞠躬行礼，马车轻轻地辘辘滚动，车轮下卷起尘烟，被风吹向金黄的燕麦上，于是公爵夫人觉得，她的身子不是在马车垫子上颠簸，而是身处云端,她自己好像一片轻飘飘的透明的云彩……

"我是多么幸福啊!"她闭上眼睛喃喃地说,"我是多么幸福啊!"

一八八九年三月

乏味的故事

一位老人的札记摘抄

一

俄罗斯有一位功勋卓著的教授尼古拉·斯捷潘诺维奇，是三等文官勋章获得者。他拥有许多被俄罗斯本国和外国授予的勋章，每逢他佩戴这些勋章，大学生们就称他是圣像壁。他的交游最富贵族气派，起码在近二十五至三十年内俄罗斯没有，也未曾有过哪位知名学者不是他的亲密的熟人。现在他已没有新的朋友可交往了，如果说到过去，他那些著名朋友的长长的名单是以皮罗戈夫①、卡维林②和诗人涅克拉索夫的名字结尾的，他们曾经把最真诚的热切的友情奉献给他。他是俄罗斯所有的大学和三个外国大学的校委成员。如此等等，不胜枚举。所有这一切以及许多还可以提及的事，构成了所谓我的名声。

我这个名字人尽皆知。在俄罗斯每个有文化人的人都知道它，在国外，讲台上提到它都冠以"著名的和尊敬的"字眼。它属于为数不多

---

① 皮罗戈夫（1810—1881），俄国著名的外科学家、解剖学家、教育家。
② 卡维林（1818—1885），俄国自由派政论家、社会活动家。

的幸运的名字之列,但凡有人谩骂或者滥用这些名字,公众和报刊则认为是品格恶劣的标志。应该是这样,要知道,我的名字是和一个名声显赫、才华横溢、确实有用的人这样一个概念紧密相连的。我勤奋、坚毅,像头骆驼,这是重要的,我也有才气,这更加重要。何况,顺便提及,我是有教养的、谦虚而正直的人:从来没有涉足文学和政治,也没有为贪图名声而跟不学无术的人进行辩论,既没有在午餐会上,也没有在自己的同事的坟墓上发表过演说……总的来说,我的学者名声没有任何污点,它没有可抱怨的,它是幸运的。

叫这个名字的人,也就是我,自己是个六十二岁的人,秃顶,镶假牙,患一种治不好的 tie 病①。我的名字有多么光辉灿烂,我本人便有多么枯燥乏味和丑陋。我虚弱的头和手哆哆嗦嗦,我的脖颈像屠格涅夫笔下的一个女主人公那样,酷似大提琴的把手,胸部陷下,背很窄。说话或者讲课时,我的嘴角朝一边歪斜;微笑时——满脸都是老年人的死板的皱褶,在我可怜的形体上没有什么动人之处,也许只有在我患 tie 病时,我才会露出特别的表情,任何人看见我的样子大概都会产生一种严峻而令人信服的想法:"看来,这个人快死了。"

我讲课仍然不差,跟以前一样,我能够让听讲者连续保持两个小时的注意力。我的热情,讲述文学时的趣味以及幽默,使我声音上的缺陷几乎让人察觉不出来了,我的声音干巴巴的,刺耳,但是抑扬顿挫,像个伪君子。我写父亲很差劲,我那一块支配写作能力的头脑拒绝工作。我的记忆力衰退,思想缺乏连贯性。当我把这些思想写在纸上的时候,每次我都觉得我对它们的有机联系丧失了敏感,写出来的东西结构单调,语句枯燥、拘谨。常常是,写出来的东西并非我想写的,写到结尾时记不住开头。我常常忘记普通的词语,写信时经常要花费许多精力来避免多余的句子和不必要的插入句——这些情况明显说明智力活动

---

① 英语:面部痉挛。

的衰退。值得注意的是，书信越简单，我越费劲，我自己觉得，写科学论文比写贺信或呈文要顺当得多，精彩得多。还有一点，对我来说，用德文或英文写作比用俄文要容易一些。

至于我现在的生活方式，首先我应当指出最近让我恼火的失眠症。如果有人问我：现在你生活中的主要的和基本的特点是什么？我会回答：失眠。像从前一样，照习惯我午夜脱衣就寝。我很快便能入睡，可是一点多钟就醒，那感觉仿佛是根本没有睡过，不得不起床，点上灯。我要在屋里从一个角落到另一个角落来回走动一两个小时，细心端详那些早已熟悉的绘画和照片。走腻了便在桌子后面坐下来。我一动不动地端坐，什么也不思考，没有任何愿望，如果面前摆着一本书，我会下意识地把它拉过来，索然无味地阅读。不久前，我无意中一夜读完了一整本小说，它有一个奇怪的书名：《小燕子歌唱什么》。或者是，我为了控制自己的注意力，便迫使自己数数到一千，或者想象某一位同学的面孔，开始回忆：他是哪一年，在什么情况下供职的？我喜欢听各种声音！时而是离我两个房间的我的女儿的丽莎很快说了一阵梦话，时而是妻子拿着蜡烛走过厅堂，一定是把火柴盒弄掉了，时而是发干的橱柜噼啪一响，或者灯的喷嘴偶然发出鸣叫——所有这些响声都让我慌乱不安。

夜里不能睡觉——这说明每时每刻都意识到自己是不正常的，因而我焦急地等待清晨和白昼的到来，那时我就有权不睡了。要挨过许多折磨人的时间，院里的公鸡才会啼鸣。它是第一个为我敲响祈祷钟声的。公鸡刚一啼叫，我便知道过一小时后，楼下的看门人便会醒来，气咻咻地咳嗽着，为什么事从楼梯走上来。随后，窗外的天空渐渐发白，街上传来人声……

我的一天开始于妻子的到来。她穿着裙子来到这里，不梳头，但是已经洗过脸了，散发着香水气味，她那样子仿佛是偶尔走进来的，总是说同样的话：

"对不起，我只是待一会儿……你又是没睡吧？"

随后，她把灯熄灭，在桌旁坐下来，开始谈话。我不是预言家，但我事先知道她会谈些什么。每天早晨都是这一套。通常是，对我的健康经过一番烦人的询问之后，她会忽然提及在华沙当军官的我们的儿子。每月二十日之后，我们总是给他寄五十卢布——这基本上是我们谈论的题目。

"当然，这对咱们来说是个负担，"妻子叹道，"但是在他尚未完全站稳脚跟之前，咱们一定得帮助他。孩子身在异乡，收入微薄……再说，如果你愿意，我们下个月不寄给他五十卢布，寄四十卢布好了。你觉得怎么样？"

每天的经验本来会让妻子懂得，开支不会因为我们经常提及而有所减少，可是我的妻子不承认这个经验，每天早晨准时来谈论我们的军官，说面包便宜了，谢天谢地，而糖却贵了两戈比——谈起这些的语调就像向我报告新闻似的。

我听着，下意识地随声附和，大概是由于我一夜不眠，我头脑里充斥着奇怪而又无用的想法。我瞧着自己的妻子，像孩子似的感到惊讶。我疑惑不解地问自己：这个非常肥胖的笨拙的老女人，由于为琐事操劳，为一块面包而担惊受怕，神情愚钝，经常想到欠债和贫困而目光呆滞，只会谈开支，只有降价才使她露出笑容——难道这个女人就是那当年身材苗条的瓦里娅？我曾为了她聪颖伶俐、心灵纯洁、容貌姣好，并且像奥富罗·德丝特蒙娜那样，为了"同情"我的科学而热恋过她。难道这就是为我生过儿子的妻子，我的瓦里娅？

我全神贯注地凝视这个虚胖、笨拙的老太婆，从中寻找我的瓦里娅，可是往事在她身上保留下来的只有为我的健康担惊受怕，还有把我的薪水叫作"咱们的薪水"，把我的帽子叫作"咱们的帽子"的这种说法而已。我瞧着她觉得痛心，为了哪怕稍微宽慰她一下，我容忍地随意讲话，甚至当她不能公正评论别人，或者责怪我不行医、不出版教科书的时候，我一概保持沉默。

我们的谈话往往是以同样一种方式结束。妻子忽然想起我还没有喝茶，慌神了。

"我坐在这里干什么呢？"她站起身，说道，"茶炊早就摆上桌了，我却在这里闲扯。天啊，我真是个没有记性的人！"

她很快走了，到门口又停下来，说：

"我们欠了叶戈尔五个月的工钱。你知道吗？不应拖欠仆人的工钱，我说过多少遍了！每月付十卢布比五个月给五十卢布要容易得多呢！"

走出房门，她又停下来说：

"谁都没有像咱们苦命的丽莎那么让我可怜。这姑娘在音乐学院学习，经常出入上流社会，天知道她穿戴怎么样。那样的皮大衣，穿着上街都寒碜。要是别人家的姑娘倒也罢了，可是大家都知道，她的父亲是著名的教授、三等文官！"

她用我的名声和官衔责怪我之后，终于走了。我的一天就这样开始，随后也好不了多少。

我喝茶的时候，我的丽莎到我这里来了，她身穿皮大衣，头戴帽子，带着乐谱，已经准备去音乐学院了。她二十二岁，长得更显年轻些，容貌俊秀，有点像我妻子年轻时的样子。她温柔地吻我的面颊和手，说道：

"您好，爸爸，身体怎么样？"

她小时候很爱吃冰激凌，我也就常常带她去点心店。冰激凌对她来说是衡量一切美好事物的尺度。如果她想夸奖我，她就说："爸，你是李子冰激凌……"她的一个小手指头叫阿月浑子冰激凌，另一个叫李子冰激凌，第三个叫柠檬冰激凌，等等。通常，当她每天早晨到我这里道早安的时候，我便把她抱在自己的膝头，吻她的小手指，喃喃地说：

"李子的……阿月浑子的……柠檬的……"

如今我按老习惯吻丽莎的手指，嘟哝着："阿月浑子的……李子的……柠檬的……"但是，我的感觉完全不同了。我像冰激凌似的冷冰冰的，觉得害羞。当女儿来到我这里，用双唇触及我的鬓角时，我却浑身哆嗦，好像鬓角被蜜蜂蜇了似的，强作笑容把脸转过去。自从我得了失眠症之后，总惦记着一个问题：我的女儿常常看到，我这个老头——一个名人，为了欠仆人的钱而脸涨得通红，她看到，为一点点债务而操心费力，常常使得我丢开工作，几个小时在屋里来回踱步、想问题，可是为什么一次也没有背着妈妈到我这里，低声说："父亲，这是我的表、镯子、耳环、衣服……把这些都典当了吧，你不是需要钱吗？……"她看到我和她母亲碍于虚伪的面子，极力在别人面前掩饰自己的贫困，为什么她不放弃学音乐这种花费昂贵的乐趣呢？我绝不会接受手表、镯子，要她做出牺牲，上帝保佑我——我需要的不是这些。

恰好我想起了我的儿子、华沙的军官。他是个聪明、诚实、头脑清醒的人。可是对我来说还不够。我想，如果我有一个老父亲，如果我知道他常常为自己的贫困而感到羞愧，那么，我就会把军官职位让给别人，自己受雇于人，当一个工作人员。这些有关孩子们的想法深受其害。这些想法有什么用呢？只有心胸狭隘的或者凶狠的人才会因为普通的人不是名人就对他们心生反感。还是不谈这些吧。

九点三刻得去给我的可爱的孩子们讲课了。穿好衣服，走在我三十年来已经熟悉的路上，对我来说，这条路有着它自己的历史。瞧着一幢开药方的灰色大房子，这里曾经是一个小房子，开的是啤酒馆，我曾经在这家啤酒馆里构思我的学位论文；给瓦里娅写第一封情书，是用铅笔写的，用的纸上面有 historia monbi 标记①。这里还有一家食品店，是一个犹太人开的，他赊给我纸烟；后来由一个胖老太婆经营，她喜欢大学生，因为"他们每个人都有母亲"；现在坐在那里的是个棕色头发的商人，一个非常冷漠的人，用铜茶壶喝茶。再就是阴沉沉的、很久没有修葺过的大学校门了。身穿短皮袄的寂寞的看门人、扫帚和雪堆……一个从外省新来的孩子，以为科学的殿堂真的就是殿堂，这样的大门对他不会产生好的印象。一般说来，大学建筑物的破旧，走廊的阴森，墙壁上的烟尘，光线不足，台阶、衣架和长凳那种令人沮丧的样子，在俄罗斯悲观主义的历史上，在形成这一倾向的诸多因素中占着一个主要的地位。瞧，这是我们的花园，自打我当学生的时候起，它似乎没有变得更好，也没有变得更差，我不喜欢它，如果这里换掉像生结核病似的椴树、黄色的金合欢和剪过枝的稀疏的丁香，而生长着高耸的松树和好看的橡树，那就高明多了。一个大学生的心情主要是由周围环境形成的，在他学习的地方，每走一步都应当看到高大的、有力的和优雅的东西……但愿别看见这些枯萎细瘦的树木、打碎的窗户、灰色的墙壁和包着破漆布的房门。

每逢我走到自己的那座门廊，门便打开，我的老同事，同庚同名人、看门人尼古拉便迎接我。他把我让进来，嘎嘎嚷着说：

"天气冷，大人！"

如果我的皮衣淋湿了，便说：

"下雨了，大人！"

然后他跑在我面前，把我经过的所有门都打开。在办公室，他小心翼翼地为我脱下皮大衣，这时他便把大学的新闻通报给我。鉴于所有的大学看门人和警卫之间关系密切，他了解四个系、办公处、校长办公室和图书馆发生的一切事情。他什么不知道呢！如果我们当前关注的事

---

① 拉丁文：病历。

是校长或系主任退休,我会听到,他同一些年轻警卫谈话时提到某人是放缺的人,同时又解释说,某个人大臣是不会批准的,某个人本人不会干,然后又聊起办公处收到的某些密件,以及似乎大臣长跟督学进行过密谈等等离奇古怪的细节。若是排除这些细节不谈,一般地说,他说的都对。他对每位补缺人所做的评定都有其特点,也是正确的。如果您要知道,某人在哪一年完成了论文答辩,得到职位,退休或者死亡,那就求助于这个老兵的博闻强记吧,他不仅能说出年月日,而且甚至能说出与这个或那个情况相关的详情。只有乐于此道的人才具有这样的记性。

他保存着大学里各种传说。作为遗产,他从自己看门人先辈那里得到许多大学生活动的传闻,并且对这笔财富增添自己工作期间所得知的珍贵史实,如你乐意,他还会给你讲许多长短故事。他可以讲述无所不知的非凡的智者,几个星期不睡觉的优秀的钻研者,许许多多科学的殉教者和牺牲者。他认为善会战胜恶,弱者往往战胜强者,聪明人胜过粗鲁汉,谦逊的人胜过骄傲的人,年轻人胜过老年人……不必把这些传说和勇士歌信以为真,可是您把这些加以过滤,滤纸上就会留下您需要的东西:我们的优良传统以及尽人皆知的真正主人公的名字。

在我们社交圈里,有关学者之间的全部消息只限于几个老教授非常悠闲生活中的奇闻轶事,以及针对我和戈鲁贝尔①、巴布欣②的几则笑话而已。对于有文化的社交圈来说,这还嫌太少。如果这个圈子的人像尼古拉那样热爱科学的学者和大学生,那么这方面的书籍早就应该有完整的史诗、故事和列传之类著述问世了,很遗憾,眼下还没有。

向我通报过新闻之后,尼古拉摆出一副神色严肃的面孔,我们便开始事务性的谈话。这时如果有某个外来人听见尼古拉那么自如地使用名词术语,也许以为这是一位打扮成大兵的学者呢。顺便提一句,关于

---

① 戈鲁贝尔(1814—1890),俄国解剖学家。
② 巴布欣(1835—1891),俄国组织学家和生理学家。

大学门卫有学问的传说是夸大其词的。诚然，尼古拉知道上百个拉丁名字，会组合骨架，有时还制作标本，引用某一段很长的学术方面的文字，逗得大学生发笑，可是，例如血液循环这种极普通的原理，他现在像二十年前一样，仍旧一窍不通。

在办公室里，桌子后面坐着我的病理解剖员彼得·伊格纳季耶维奇，他在低头看一本书或者标本，他是个勤奋、谦虚但缺乏才能的人，三十五岁左右，已经谢顶，凸起大肚子了。他从早到晚工作，阅读大量书刊，对所有读过的东西都记得很牢——在这方面他不仅是人，简直是块金子，在其他方面——他只能是一匹拉货的马，或者换句话说，是书呆子。拉货的马区别于天才的特征是：眼界狭隘，颇受专业知识的局限，除自己的专业知识之外，幼稚得像个孩子。记得有一天早晨我来到办公室，说：

"您看，多么不幸啊！据说，斯科布列夫[①]死了！"

尼古拉在胸前画着十字，可是彼得·伊格纳季耶夫转身对我，问道：

"斯科布列夫是什么人？"

还有一次，这事更早一点，我宣布说，佩罗夫[②]教授死了。这位顶可爱的彼得·伊格纳季耶维奇却问：

"他教什么课？"

看来，即使帕蒂姐妹[③]对着他的耳朵唱歌，中国人的大军攻入俄罗斯，或者发生地震，他也不会动一动身子，仍旧会眯起眼睛，平心静气地看他的显微镜。总而言之，海枯巴[④]和他毫不相干。我倒很想看看，

[①] 斯科布列夫（1843—1882），1871-1878年俄土战争中著名的俄国将军。
[②] 佩罗夫（1833—1882），俄国著名画家。
[③] 帕蒂姐妹，意大利花腔女高音歌唱家。妹阿代利尼·帕蒂，姐卡洛塔·帕蒂。
[④] 海枯巴，荷马史诗《伊利亚特》中特洛伊普里安的妻子，在但丁、莎士比亚的作品中，她是悲痛与绝望的象征。

这块面包干是怎样和自己的妻子睡觉的。

他的另一个特点：狂热相信科学绝对正确，主要是德国人写的东西。他相信自己，相信自己的标本；了解生活的目的，却根本不了解那些让天才们头发变白的怀疑和失望。奴隶般的崇拜权威，缺乏对独立思考的需求，很难让他改变自己的某种信念，不可能同他争论。一个人既然相信最好的科学是医学，最好的人是医生，最优良的传统是医学传统，你就和他争论去吧。在医学界不良的历史上只留下一个传统——就是现在医生系的白领带；对于学者或者一般有教养的人来说，可能只存在共同的大学传统，并不分什么医学的、法学的等等，然而彼得·伊格纳季耶夫很难同意这个观点，他准备和您争论到世界末日。

他的前程我看得清楚。他一生能做出几百种非常精细的标本，写出许多枯燥乏味但很体面的专题报告，翻译几十篇严谨的论文，但他干不成什么大事。干大事要能想象，有创造性，善于揣测，然而彼得·伊格纳季耶夫没有任何类似的品格。简言之，他不是科学的主人，只是个帮工。

我、彼得·伊格纳季耶维奇和尼古拉在低声谈话。我们有点神色不对。门外教室里像海涛似的嗡嗡作响，让你觉得有点特别。三十年来，我都不习惯这种感觉，而且每天早晨我都感觉到它。我神经质地扣好礼服的扣子，向尼古拉提出一些无用的问题，生气了……好像我们似乎有点害怕，但这不是胆小，而是一种别的感觉，我无法说明也无法描述它。

我毫无必要地看看表，说道：

"怎么样？应该走啦。"

我们按这样的顺序走出去：尼古拉带着标本或地图走在前面，他后面是我，那个拉货车的马谦逊地低着头走在我后面，或者是，如果必要的话，最前面是用担架抬的尸体，尸体后面是尼古拉，等等。我到来时，大学生们起立，然后坐下，海洋似的喧嚣声骤然停下来，风平浪静。

我知道将要讲什么课，但不知怎么讲，从哪里开始，又在何处结束。头脑里没有一句现成的话。只要我向教室扫视一周（在我看来，教室盖得像圆形露天剧场），说出那句老套子："上堂课我们讲到……"那么长串的句子便从我的灵魂里飞出来——大家也忙得团团转！我说得很快，难以遏制，满怀热情，仿佛没有什么力量能阻止我的语流。要想课堂上讲得好，就是说，让听课的人不觉得枯燥乏味而且觉得有益，除了才能之外，还应该有技巧和经验，对于自己的本事，对于听课的人，对于你讲课的内容应当具有最清晰的概念。除此之外，还应当是个心中有数的人，眼睛要敏锐，一刻也不能放松观察。

一个优秀的乐队指挥，在表达作曲家思想的同时，要立即做二十件事：读乐谱、挥舞指挥棒、留意歌手，时而对鼓手方面，时而对圆号手方面做动作，等等。我讲课时也是这个样子。我面前有一百五十张彼此不同的面孔，三百只眼睛注视着我。我的目光是战胜这个多头巨蛇。如果我讲课时对这头巨蛇的注意程度和理解力有清楚的概念，那么它便在我掌握之中。我的另一个对手就在我自己身上。这是没完没了的各种公式、现象和法则，以及许许多多由他们声称的自己的和别人的思想。我每时每刻却应当只有足够的灵活性，从这众多的材料里捕捉最重要最需要的东西，像我的语流那样迅速把自己的思想装进能够让那巨蛇理解的形式里，引起它的注意，同时还应当留心，不要随着这些思想的积累直接表达出来，而要按照我想绘出的画面之正确布局法必需的明确顺序表达出来。其次，我要极力使我的语言具有文学趣味，定义要简短、准确，句子尽可能简洁优美。我应时刻控制住自己，并且记住，我所支配的时间只有一小时四十分钟。总之，要做的工作不少。在同一个时间段内，必须把自己塑造为一个学者、教师、演说家，如果在您身上演说家胜过了教师和学生，或者相反，事情就糟糕了。

讲了一刻钟，半小时，便发现学生们开始瞧天花板，瞧彼得·伊格纳季耶维奇，一个人在掏手绢，另一个坐着不自在了，第三个想着自己的心事，微微发笑……这说明注意力分散了，应当采取措施。我抓住一个机会说了句俏皮话。于是所有一百五十张脸咧嘴大笑，眼睛里愉快地闪光，一时间听到了海涛般的呼啸声……我也笑了。注意力恢复了，我可以继续讲下去。

任何争论，任何消遣和牌戏从来没有赋予我像讲课那样的乐趣。只有讲课时我才全部投入激情，并且懂得，灵感不是诗人的杜撰，而是实际存在的。我以为，赫拉克勒斯①完成自己惹人注目的功勋之后，也没有体验到像我每次讲课之后所感受到的那样劳累的甜美。

这是以前的事，现在我讲课觉得是受罪。讲不到半小时，便开始感到两腿发软，肩头无力，我坐在圈椅里，可是我不习惯坐着讲课，过一会我站起来，继续站着讲，然后再坐下。嘴里发干，喉咙嘶哑，头晕……为了对听讲人掩饰自己这种状况，我有时喝水、咳嗽、常常擤鼻涕，好像患了伤风才有所妨碍似的，我不恰当地说一些俏皮话，最后只好宣布提前休息。然而，主要是我觉得害臊。

我的良心和头脑告诉我，现在我能够做的最好的事，就是给孩子们上一堂告别课，对他们说最后几句话，祝福他们，并把位置让给比我更年轻更能干的人。可是让上帝惩罚我吧，我没有勇气凭良心办事。

不幸的是，我不是哲学家，也不是神学家。我清楚地知道，我最多还有半年的活头；似乎我现在应该更多地关心坟墓里的黑暗问题以及我在坟墓里要梦见的那些幻影。然而不知何故，我的灵魂不想了解这些问题，虽然头脑也意识到它们的全部重要性。现在面临死亡，却像二三十年前一样，让我感兴趣的只有科学。咽最后一口气时，我仍然相

---

① 赫拉克勒斯，希腊神话中的英雄，力大无穷，建树十二件功勋，包括解救普罗米修斯、战胜安泰俄斯等。

信科学是人一生最重要的、最美好和最有用的，它过去是，将来也是爱的最高表现，只有通过它，人才能战胜自然和自身。也许这种信念从根本上是幼稚的，不正确的，但是我坚信这一点而不是其他，我没有错。我不能在自己心里克制这一信念。

但是问题不在这里。我只请求体谅我的弱点，并请理解，要让一个对骨髓命运的兴趣胜过关心世界终极目的的人脱离讲台和学生们，无异于不等咽气就把他塞进棺材里。

由于失眠以及与日渐虚弱进行的紧张抗争，时常有一种奇怪的现象困扰我。上课时会突然有眼泪流进我的喉咙，眼睛开始发痒，我便产生一种奇特的、歇斯底里的愿望，想伸出手臂大声发牢骚。我想高声喊叫，说命运宣判了我这个名人的死刑，再过半年左右，将有另外一个人在这个教室里授课。我想呼喊，说我受了毒害；以前我从不知晓的新思想毒害了我一生中最后的日子，并且像白铃子似的继续螫我的头脑。在此期间我的境况是非常可怕的，我想让所有听讲的人感到恐怖，让他们从座位上跳起来，在一片混乱的恐怖气氛中，绝望地呼喊着向门口奔去。

经受这样的时刻并非一件容易事。

二

讲课之后我坐在自己家里并工作，我读刊物、学位论文，或者为下一次讲课做准备，有时也写点东西。我的工作常常被打断，因为要接待来访者。

门铃响了。这是一位同事来谈业务。他拿着帽子、手杖走进我屋里，把这两样东西递给我，说道：

"我只待一会儿，一会儿！只说两句话！"

"请坐 collegab①！"

我们彼此极力表现的第一件事，就是我们两人都彬彬有礼，非常高兴彼此见面。我让他坐在围椅里，他也让我坐。此时我们相互小心地抚摸对方的腰部，触动一下衣服上的纽扣，好像我们彼此在试探，生怕被烫伤似的。两个人笑着，尽管没有说什么好笑的话。我们尽管彼此真诚友好，还是要用中国式的客套来粉饰我们的谈话，诸如"容我如实禀报"，或者"非常荣幸地奉告"。如果我们之中有谁说了句俏皮话，虽不可笑，也不能不哈哈大笑。谈完业务之后，这位同事霍地站起来，朝我工作的那边挥挥帽子，开始告辞，又是彼此抚摸着、笑着。我送到前厅，帮同事穿好皮大衣，而他每次都要婉辞这种崇高的礼遇。然后，当叶戈尔开门的时候，同事劝告我说，我会感冒的，而我要做出样子，表示准备送他到街上去。当我最终回到自己书房的时候，我的脸仍然在笑，这大概是惯性的缘故吧。

过了不久，又响起一阵铃声。有人走近前厅，长时间脱衣服，咳嗽。叶戈尔报告说，来了一位大学生。我说：请进。过了一分钟，一位相貌清秀的年轻人进来找我。我和他关系紧张已经有一年了：考试时他回答我的提问让人讨厌，我给他判了1分②。这样的年轻人我这里每年都有六七个，用大学生的话说是我"逼迫"或者"葬送"了他们。由于能力或生病未能通过考试的学生通常都能忍受自己的苦难，不跟我讨价还价。讨价还价，找到我家里来的只有那些血气方刚、心胸开阔的学生，考场上的跌跤毁了他们的胃口，也妨碍他们按时去看戏。对前一类学生我比较宽容，对后一类学生我得逼迫整整一个年头。

"请坐，"我对客人说，"您有什么话要说？"

"对不起，教授，打扰了……"他瞧也不瞧我的脸，结结巴巴地说，

---

① 拉丁语：同事。
② 意指不及格。

"我原本不敢来打扰您的,如果不是……您的课我考过五次……都考砸了。劳驾您,我求求您让我及格吧,因为……"

所有懒惰的学生为自己辩护的理由往往只有一个:他们其他各科考试都挺不错,只有我代的课考砸了,更令人奇怪的是,他们平时学习我的课程却非常勤奋,并且学得很好,他们考砸了是由于某种无法理解的误会。

"对不起,我的朋友,"我对客人说,"我不能给您判及格。您还要再温习温习功课,然后来找我。到那时候咱们再说吧。"

停了一会儿。既然这个学生喜欢饮酒和歌剧胜过科学,我倒乐于稍微让他吃点苦,我感慨地说:

"依我看,您现在可以做的最好的事,是彻底离开医学系。如果按您的能力不能通过考试,那么显然是您没有成为医生的愿望和天赋了。"

这个血气方刚的年轻人沉下脸来。

"对不起,教授,"他冷冷一笑,"从我这方面来说,这起码是奇怪的。学习了五年,突然……要离开!"

"是啊!宁可白白损失五年,也比以后一辈子干您不喜欢的事业要好。"

我立刻又变得可怜他了,于是匆忙说:

"不过您要知道,这样吧,再稍微温习一下,再来一次。"

"什么时候?"这懒汉闷声闷气地问。

"随您。明天也可以。"

我在他那对友善的眼睛里看出:"再来是可以的。不过您这个畜生,还要逼迫我!"

"当然,"我说,"因为要在我这里考十五次,所以您不会变得更有学问。不过,这会培养您的性格。即是如此也应当谢谢。"

一阵沉默。我站起来,等待客人告辞,可是他站在那里,向窗外张望,捋着自己的大胡子在想心事。这气氛令人讨厌。

这位血气方刚的年轻人嗓音悦耳、圆润,眼睛聪慧,挺好看;脸庞是和善的,由于经常喝啤酒,长时间躺沙发而有点出现皱纹了,显然,可以对我讲许多有关歌剧的和自己恋爱经历的以及他所喜欢的同学方面的趣闻,然而遗憾的是,现在谈这些不是时候,不然我倒是愿意听听。

"教授!我向您保证,如果您让我及格,我就……"

刚一说到"保证",我便摆摆手,坐到桌子后面。这位大学生又考虑一会儿,沮丧地说:

"既然这样那就再见吧……请原谅。"

"再见,我的朋友,祝您健康。"

他迟疑不决地走到前厅,在那里慢慢穿上外衣,上街去了,也许他又在长时间想心事,除了对我讲一句"老鬼"之外,他想不出什么名堂,随后他到一家很差的饭馆喝啤酒,吃午饭,然后回自己家里睡觉。你就安息吧,诚实的劳动者!

第三次门铃响了。进来一位年轻的医生,他身穿一套黑西服,戴金丝眼镜,当然是系白色领带。自我介绍。我请他坐下,问有何贵干。这位献身于科学的年轻学者不无激动地开口对我说,他今年通过了博士研究生考试,现在只剩下写博士论文了,他想在我指导下写论文,如果我为他出一个论文题目,他将万分感激。

"非常乐意效劳,同事,"我说,"不过,关于什么是论文的问题咱们要事先求得一致看法。这个词通常理解为形成独立创作成果的著作。不是这样吗?根据他人的题目,在别人指导下写成的著作,则另有教法……"

博士研究生沉默不语。我大为恼火,猛地站起来。

"我不明白，你们为什么全部来找我？"我生气地嚷道，"我是开铺子的吗？我不卖题目。我一千零一次请求你们所有的人让我心静一点！请原谅我说话唐突。可是这毕竟让我讨厌！"

博士研究生默不作声，只是在他的颧骨附近露出淡淡的红晕。他的脸上表露出对我的名气和学识的敬重，但从他的眼色我看出，他蔑视我的嗓音、我的可怜的身材和神经质的手势。我的气愤让他觉得我是一个怪人。

"我这里不是铺子！"我很生气，"怪事！为什么您不想做一个独立自主的人呢？为什么您对自由这么反感？"

我说了很多，他总是一声不响。最后我渐渐平静下来，当然也就是投降了。这位博士研究生将从我这里得到一个毫无价值的题目，在我监督下写一篇无用的博士论文，将会体面地通过枯燥乏味的答辩，并获得对他无用的学位。

门铃没完没了地一个接一个响起来，不过我这里只说说第四次。第四次门铃响了，我听到熟悉的脚步声、衣服的窸窣声、亲切的嗓音……

十八年前我的一位同事、眼科医生去世了，身后留下一个七岁的女儿卡佳和大约六万块钱。他在遗嘱里指定我作为监护人。卡佳在我家里住到十岁，后来送进了寄宿学校，只是夏天放暑假时来我家住，我没有时间关心她的教育，只有抽空管一管她，因此关于她的童年我能说的不是很多。

我记得并喜欢回忆的第一件事就是，她来到我家求医治病时经常在她的小脸上流露出来的那种非同寻常的信任表情。常常是，她坐在一旁，面颊缠着绷带，神情专注地定睛望着什么。这时，无论她是在看我写文章和翻阅图书，或者看妻子在忙活、厨娘在厨房里削土豆，或者看狗在戏耍，她那双眼睛总是一成不变地闪露出同样的一种神情，好像说:"这个世界上所做的一切都是美好的有道理的。"她好奇,爱和我说话,常常坐在我对面的桌子后面,观察我的动作,并提出问题。她很感兴趣,想了解我在读什么,在大学里干什么事,我是不是害怕尸体,怎么花掉我的薪水。

"在大学里,大学生打架吗?"她问。

"打架,亲爱的。"

"您让他们罚跪吗?"

"让的。"

对于大学生打架,我让他们罚跪,她觉得好笑,便笑起来。她是个温和的能忍耐的善良的孩子。我时常看到有人从她那里拿走什么东西,平白无故训斥她,或者不去满足她的好奇心,这时候在她脸上那种常有的信任表情里就会混杂一种犹豫神情——仅此而已。我不善于维护她,只是看到她伤心时,我才产生一种把她拉到身边的愿望,用老保姆的腔调怜惜她:"我亲爱的,孤苦的孩子。"

我还记得,她喜欢穿戴和洒香水。在这方面她倒是像我,我也喜欢漂亮的衣服和精良的香水。

很可惜,我没有时间也不希望关注卡佳十四五岁时激情初放和进一步发展的情况——我是说她酷爱戏剧。每逢她从寄宿学校来到我家里度假,住在我家的时候,她对什么也没有像议论戏剧和演员那样高兴和热烈。她经常不断地议论戏剧让我们生厌。妻子和孩子们不听她讲。只有我没有勇气拒绝对她的注意。当她有意谈谈自己高兴事的时候,她总是到书房来找我,用恳求的声调说:

"尼古拉·斯捷潘内奇,请允许我跟您谈谈戏剧!"

我对她指指表,说道:

"给你半个小时,开始吧。"

稍后,她开始带回来几十张她所崇拜的男女演员的照片,后来又几次试着参加票友演出，终于在毕业时她向我宣布她天生是个演员。

我从来不对卡佳的戏剧爱好表示同情。在我看来，如果剧本好，要使它产生应有的影响，就没有必要烦劳演员们，只是阅读剧本就行了；如果剧本不好，无论什么样的表演也不会使它变成一部好戏。

年轻时我常去看戏，现在一年有一两次家里人订包厢，他们带我去"散散心"。当然，这不足以使我有权评论剧院，但我还是要谈一谈。在我看来，剧院并不比它在三十年前好多少。像从前一样，无论在剧院走廊里或者在休息室，我都找不到一杯纯净的水。像从前一样，为一件皮大衣，服务员要罚我二十个戈比，虽然冬天穿暖和衣服是无可指责的。像从前一样，幕间休息时没有任何必要放音乐，给戏剧效果增添某种不受欢迎的新东西。像从前一样，幕间休息时男人们去小卖部喝酒精饮料——如果在细小的地方看不到进步，那么在大处寻找也是徒劳的。如果一个从头到脚被戏剧传统和偏见包装起来的演员，极力把一句简单的普通的独白"是或者不是"并非简单地说出来，而是莫名其妙地不停地发出咝咝嘘嘘的声音，而且伴以全身哆嗦，或者如果他极力让我相信，与一些傻瓜长时间倾心畅谈，而且爱上一个傻女人的恰茨基是个聪明人，《聪明误》是一出好看的戏，那么这种演出则让我嗅出四十年前就感觉到的无聊的陈腐气味，那个时候我看到的尽是古典式的号叫呼喊和捶胸顿足。我每次从剧场出来都要比进剧场时更加保守。

可以让多愁善感、轻信他人的观众相信，当今这种形式的戏剧是一所学校。然而凡是真正了解学校的人是不会上当的。我不知道再过五十到一百年会怎么样，但是在目前条件下戏剧只可以作为一种消遣。要是继续利用它，为这种消遣付出的代价将是非常昂贵的。它从国家夺取数千名年轻、健康、有才干的男人和女人，假如他们不献身于戏剧，便可能成为优秀的医生、庄稼人、教师、军官；它也夺去了观众夜晚的时间——这是进行脑力劳动以及与同事们交谈的好时光。我就不谈金钱上的耗费以及观众看到舞台上表现不当的凶杀、私通或诽谤时所遭受的精神损失了。

卡佳的见解完全不同。她告诉我：戏剧即使是现在的形式，也比讲课、书本乃至世上其他的一切都要高明，戏剧是集各种艺术于一身的力量；演员则是传教士，任何一种艺术、任何一种科学都不能像演员那么强烈、那么准确地影响人的灵魂，因此，无怪乎一个二等演员在国内享有的声誉远远高于一位最优秀的学者或者画家；没有一种公众活动能比得上舞台演出所提供的那种享受和满足。

在一个阳光明媚的日子里，卡佳参加一个剧团外出了，好像是去乌法，随身带去很多钱，还带着种种彩虹般的希望以及对事业的高尚的见解。

她在旅途中寄来的最初的几封信是令人吃惊的。我读过这些信简直惊讶了，那不多几页信纸竟包容那么多青春活力、纯净心灵、圣洁的天真，同时还有那细腻、精明的议论，即使说这是出自优秀男子的头脑也颇能得到赞誉。对于伏尔加河、大自然、她访问过的城市、伙伴们、自己的成功和失败，她不是在描写，而是在歌唱；每一行字都浸透着我从她的脸上经常见到的那种信赖——尽管如此，还是有大量的语法错误，几乎根本没有标点符号。

没过半年，我收到一封最富诗意、充满激情的来信，开头一句话就是，"我恋爱了"。这封信附有一张照片，那是一个青年男子，胡子剃光了，戴一顶宽檐帽，肩上披一条厚毛巾。随后几封信和以前的一样出色，不过加上了标点符号，也没有语法错误了，文字有强烈的男人味。卡佳在信上开始对我说，要是能在伏尔加河沿岸按照合股办法盖一座大剧院，吸收富商和船主参股就好了；这样钱会有很多，会有大量的社团聚会，演员们根据合伙经营的条件演出……也许这一切真的挺好，可是我觉得，类似的想法只可能出自男人的头脑。

不管怎么样，看来一年半到两年间一切情况是顺利的：卡佳在谈恋爱，对自己的事业深信不疑，很幸福。后来，我在来信中开始发现明显的颓丧特征。开始是卡佳向我抱怨自己的同事——这是第一次最不吉利的征兆。如果一个年轻学者或者文学家刚开始自己的活动便痛心地抱怨学者们或文学家们，这就表示他已经厌倦了，不适合做这种工作了。卡佳写信告诉我，她的同事不参加排练，一向不了解角色；从荒诞剧的表演中以及在舞台动作上看得出，他们每个人都根本不尊重观众。为了大家挂在嘴上的票房利益，正剧女演员降格演唱小调，悲剧演员唱讽刺小曲，嘲弄戴绿帽子的丈夫和不贞洁的妻子怀了孕，等等。这种情况至今还没有让外省戏院倒闭，它却能依靠这样细小而腐烂的血管维持下来，一般说来，这是令人奇怪的。

我寄给卡佳一封很长的回信，应当承认，这是一封非常乏味的信。顺便说一句，我在信里对她说："我时常和一些老演员交谈，这是些情操非常高尚的人，对我十分友善。从他们的谈话里我懂得了，指导他们活动的与其说是他们本人的智慧和自由意志，不如说是社会的时尚和风气；他们中间一些优秀演员在自己那个时代不得不既演悲剧，又演歌剧、巴黎轻喜剧以及神话剧，他们往往同样感到他们在沿着一条直路走，并且得到了好处。这就是说，像你所看到的，不应在演员身上寻找恶的根源，而应更深入些，在艺术本身、在整个社会对待艺术的态度中寻找。"我这封信只能惹卡佳生气。她回答我说，"我和您说的不是一回事。我给您的信中不是谈论非常高尚的、对您十分友善的人，而说的是那些与高尚毫无共同之点的一伙滑头。这是一群野人，他们在舞台落脚仅仅是因为别处没有地方接纳他们，他们仗着厚颜无耻才自称演员。其中没有一个天才，平庸之辈、醉鬼、阴谋家、搬弄是非的人倒是不少。我无法告诉您，我所钟爱的艺术落到了我所憎恶的这帮人手里，我该是多么痛苦啊。令人痛苦的还有，一些优秀人物只是从远处旁观这种恶势力，不想走近一点，不是出面干预，而是用拙劣的文体写一些一般的东西和对谁都无用的道德训条……"如此等等，都是这个调子。

又过了不久，我收到这样一封信："我被残酷无情地欺骗了。我不能再活下去。只要您认为需要，请尽量支配我的钱财。我爱过您，您像父亲，和我唯一的朋友一样。永别了。"

原来，她的他也属于"那伙野人"。后来，我从一些迹象推测，她自杀未遂。卡佳似乎曾试图服毒自杀。想必她后来得过一场大病，因为我收到后来的一封信是从雅尔塔寄来的，很可能是医生把她送到那里的。这后一封寄给我的信里写到要我尽快给她往雅尔塔寄一千卢布，信的结尾这样写："对不起，这封信写得这么阴沉可怕。昨天我埋葬了自己的孩子。"她在克里米亚住了将近一年之后，便回家来了。

她在外面漂泊将近四年。应当承认，在这四年当中，我对她扮演了一个相当令人羡慕的奇怪角色。早先她向我宣布她当了演员，后来写信给我谈到自己的爱情，她周期性地处于挥霍无度的状态，我不得不时常按她的要求寄上一两千卢布，当时她寄信给我谈到自己想死，后来谈到孩子的夭折，每一次我都感到茫然，我参与她的命运仅仅表现为，我想了许多，写过乏味的长信，这些信本来我可以不写的。不过，我毕竟是代替了她的父亲的，我爱她像爱自己的女儿！

现在卡佳住在离我住处半俄里的地方。她租下一套五个房间的住房，家具陈设相当舒适，符合她的趣味。如果有人描写她的布置，场景的突出情调就是"懒散"。为懒散的身体准备了柔软的沙发床、软凳子，为懒散的脚准备了地毯，为懒散的视力准备了褪色昏暗的或无光的色彩，为懒散的心——在墙上挂满了许多廉价的扇面、小幅画，那画风之新奇惹人注目，胜过画的内容，那里还有太多的小桌子和小隔板，上面放着完全没用、也毫无价值的东西，不挂窗帘而吊着一些奇形怪状的碎布片……连同害怕鲜明色彩、对称和宽敞空间，所有这一切，除了说明心灵懒散之外，还说明这是对自然审美的歪曲。卡佳整天躺在沙发卧榻上读书，绝大多数是读长篇和中篇小说。她一天只在午后出门一次，跟我见见面。

我在工作，卡佳坐在离我不远的沙发上默不作声，身上裹着大披肩，好像她觉得冷。不知是因为她对我有好感呢，还是由于我已习惯了她还是小姑娘时候的那种私人来访，她的在场并不妨碍我精神专注地工作。有时，我无意中向她提出某个问题，她便做简短的回答，或者，我想休息一会儿，便向她转过身来，看她凝目沉思，在浏览某医学杂志或报纸。这时我发现，她的脸上已经不见以前那种信赖的表情了。现在的表情是冷冰冰的、淡漠和茫然的，像长时间等候火车的旅客那样。像以往一样，她衣着漂亮然而朴素，但粗心大意，看得出，由于她整天躺在沙发卧榻和摇椅里，衣服和头发都受到不小的惩罚。她已经不像以前那么好奇了。她不再向我提问题，仿佛已经体验过生活的酸甜苦辣，不期望听到什么新东西了。

三点钟过后，大厅和客厅里开始有动静。丽莎从音乐学院回来并带来了几个女友。可以听到她们在弹钢琴，练嗓子，嘻嘻哈哈地笑着，叶戈尔在餐厅里摆饭桌，餐具哗啦啦响。

"再见，"卡佳说，"今天我不去见您家里人了。请她原谅吧。没有时间。请您过来吧。"

我送她到前厅，她从头到脚严肃地打量着我，不无遗憾地说：

"您越来越瘦了！为什么不去看医生呢？我去找谢尔盖·费多罗维奇，请他来，让他给您看看病。"

"用不着，卡佳。"

"我不明白，您家里人为什么不管！不用说，她们都挺好。"

她匆匆穿上皮大衣，这时候因为她的头发做得粗心大意，往往有两三个发卡掉在地板上。她懒得梳理头发，也没有时间。她难为情地把一卷披散的头发塞在帽子里就走了。

我走进餐厅时，妻子问我：

"刚才卡佳在你那里吗？她为什么不到我们这边来？真是奇怪……"

"妈妈！"丽莎用责怪的口吻对她说，"如果她不想来，那就随她的便吧。反正咱们不会下跪乞求。"

"随你怎么说，这是瞧不起人。在书房里一坐三个小时，也不提起咱们。不过，由她去吧。"

瓦里娅和丽莎两人憎恶卡佳。我不理解这种憎恶，大概，要想理解非得是个女人不可。我用脑袋担保，在一百五十名几乎每天听我讲课的青年男子当中，在我每星期必定遇到的上百名中年人中间，几乎找不到一个人能够理解这种对卡佳的过去，也就是未婚怀孕还生下孩子的憎恶和反感。与此同时，我却记不得有哪个我相识的女子或姑娘，无论有意或无意而不具有这种恶感的。这倒不是由于女人比男人更高尚和纯洁：要知道，高尚和纯洁如果不摆脱恶感，它们与罪恶是很少有区别的。我把这一点简单地解释为女人的落后。一个现代男子目睹不幸时所体验到的怜悯的哀伤和良心的痛苦，较之憎恶和反感在我看来更多地说明了文化和道德的成长。当代的女子像中世纪的女人一样好哭而且粗鲁，依我看来，那些劝说女人像男人一样受教育的人，他们的行为是完全明智的。妻子不喜欢卡佳还因为她是女演员，品德不高尚、骄傲、怪癖，因为一个女人往往能在另一个女人身上找到许许多多的恶习。

在我们家吃午饭的除我和家里人之外，还有女儿的两三个女友和亚历山大·阿道福维奇·格涅克尔——丽莎的追求者，一个向她求婚的青年人。他是个年轻的金发男子，不到三十岁，中等身材，很胖、宽肩膀，耳边留着棕色的络腮胡子，唇髭是染了色的，这赋予他那张圆胖、光滑的脸以玩偶似的表情。他身穿很短的上衣，花坎肩，大花格裤子，上部很肥，下边很窄，还穿了一双平底的长筒黄靴子。他的眼睛暴突，像虾的眼睛，领带像虾的脖子，我甚至觉得，这个年轻人全身散发出一股虾汤的气味。他每天都到我们家里来，然而我们家里谁也不知道他的身份，在哪里上过学，靠什么生活。他既不弹琴也不唱歌，可是对音乐和歌唱有某种关系，他是在什么地方为别人卖钢琴，经常出入音乐学院，跟所有的名流认识，并组织音乐会；他对音乐的评论很有权威，我发现，大家都乐于附和他的意见。

富人往往在自己身边养活一些食客，科学和艺术也是如此。看来，世上还没有一种艺术和科学能摆脱像这位格涅克尔先生之类的"异物"。我不是音乐家，也许我对于格涅克尔的看法是错误的，何况我对他所知甚少。但是，当他站在钢琴旁，倾听某人唱歌或演奏时那副权威气势和优越感却非常令我怀疑。

即使您是地道的绅士和三等文官，如果您有个女儿，那您无论如何不能保证不受小市民习气的影响，常常把那些献殷勤、说媒提亲、结婚之类的事带到您的家里，搅乱您的心境。比如，我怎么也受不了每逢格涅克尔待在我家，妻子表现出的那种得意扬扬的神情，我也受不了那一瓶瓶拉斐特酒、颇尔图葡萄酒和核列斯酒，这些是专门为他摆出来的，为的是让他亲眼看到我们的日子过得阔绰而奢华。我受不了丽莎在音乐学院学习会的那种时断时续的笑声以及有男人在我们家时她那种眯起眼睛的神态。而主要的是，我怎么也不能理解，为什么这个每天都到我们家里、每天同我共餐的人却完全与我的习惯、我的科学、我的全部生活方式格格不入，全然不像我喜欢的那些人。妻子和仆人神秘地窃窃私语，说他是"未婚夫"，然而我还是不明白他为什么来。这件事在我心中引起的困惑，无异于吃饭时把一个祖鲁人①安排在我身旁。我觉

---

① 祖鲁人，南非一黑人民族，居住在今南非共和国的纳塔尔省。

得奇怪的还有,我习惯于认为是个孩子的我的女儿,竟然喜欢这条领带,这双眼睛,这软绵绵的面颊……

以前我喜欢吃午饭,或者对它无所谓。如今它在我心里除了引起烦恼之外没有别的。自从我被尊为"大人"——当了系主任之后,不知何故我家里觉得必须彻底改变我的食谱和午餐习惯。我做学生和当医生时已习惯的那些普通菜肴没有了,现在给我吃的是上面浮着一层白色悬渣的浆汤和马德拉葡萄酒烧腰花。系主任的官衔和名气永远剥夺了我的菜汤、可口的馅饼、苹果烧鸡、鳊鱼粥。它们也夺去了我的女仆阿加沙——一个爱说笑的老太婆,现在是叶戈尔代替她伺候我吃饭,他是一个木呆而高傲的小伙子,右手戴着白色手套。等候吃饭的时间很短,但是觉得特别长,因为没有什么事可以打发时间。过去那种欢快、无拘无束地交谈、开玩笑、嘻嘻哈哈等没有了,相互之间的爱抚以及每逢我们相聚餐厅里,孩子们、妻子和我兴奋不已的那份快乐也没有了。对我这个忙人来说,吃饭是休息和见面的时间,对妻子和孩子们说则像过节,诚然这是短暂的,但是欢畅、开心,这时他们知道,我有半个小时不属于科学,不属于大学生,只属于他们,而不会属于别人。再也不会一杯酒就醉了,没有了阿加莎,没有了鳊鱼粥,没有了那种经常在午饭时遇到的吵吵闹闹的小事,诸如饭桌下面狗和猫打架,或者头巾从卡佳的面颊掉进汤盘的一类事。

描写现在的午餐则像它本身一样没有意思。妻子脸上显得高兴,故作庄重,总带着关心的神情。她不安地审视着我们的碟子说:"我发现,您不喜欢烤菜……请告诉我,真的不喜欢吗?"于是我得回答:"你不必担心,亲爱的,烤菜挺好吃。"她说:"你总是护着我,尼古拉·斯捷潘内奇,从来不说实话。为什么亚历山大·阿道福维奇吃得那么少?"整个午饭时间总是说这一类的话。丽莎不时哈哈大笑,眯细着眼睛。我瞧着她们两人,只有现在吃午饭的时候我才完全明白,她们两人的内心生活早已从我眼皮下面溜走了。我有一种感觉，仿佛以前有个时期我和真正的一家人住在一起，而现在是作客，和一个并非真正的妻子一起吃饭，而看见的也不是真正的丽莎。她们两个人发生了急剧的变化，而我却忽略了发生这一巨变的漫长过程，难怪我什么也不明白。为什么发生变化呢？我不知道。也许，问题就在于，上帝没有把赋予我这样的力量同样赋予妻子和女儿。自童年起我就习惯于抗衡外来的影响，自己经受过足够的锻炼，诸如名望、官位、从富足向困窘生活过渡、结交名流等生活中的巨变对我未必有什么触动，我是完整无损的，没有受到毒害。这一切却像一堆堆大雪块压到了软弱的、没有受过锻炼的妻子和丽莎身上，把她们压垮了。

小姐们和格涅克尔谈到赋格、对位法，谈到一些歌唱家和钢琴家，谈到巴赫和勃姆斯，妻子担心他们怀疑她在音乐方面的才能，便对他们露出抱有同感的微笑，低声说："这好极了……难道不是吗？您说呢……"格涅克尔体面地吃，体面地说笑话，宽容地倾听小姐们的见解。有时他表现出很想用蹩脚的法语说上两句，这时不知何故，他觉得应该称呼我 Votretxcellenc①。

然而我闷闷不乐。看得出，我使他们感到拘束，他们也让我感到不方便，以前我从来不熟悉什么"社会阶层的对抗"，现在正是这一类事情折磨着我。我极力在格涅克尔身上去寻找不良品格，很快就找到了，并且感到痛苦，因为处在他那未婚夫位置上的不是我圈子的人。他的在场从另一方面对我也有恶劣影响。通常，当我一人独处或者待在我喜欢的人们中间的时候，我从来不考虑自己的成就，如果我想到，那么在我看来这成就也是非常渺小的，仿佛我昨天才成为学者；当格涅克尔这样的人在场时，我便觉得我的成就犹如巍峨的高山，山峰直插云霄，而在山脚下微微动弹的则是眼睛能勉强看见的格涅克尔一类的人。

---

① 法语，"大人"。

午饭后，我回到自己的书房，抽自己的烟斗，这是一天之中唯一的一次，也是从很久以前自早到晚吞云吐雾的坏习惯中保留下来的。我抽烟的时候，妻子进来找我，坐下来要跟我谈话。和早晨一样，我事先知道我们会读些什么。

"我想和你认真地谈一谈，尼古拉·斯捷潘内奇，"她开口说，"我是说丽莎……你为什么漫不经心呢？"

"什么？"

"你装出什么也没看见的样子，这样不好。不管不问是不行的……你说怎么样呢？"

"我不能说他是个坏人，因为我不了解他，但是我不喜欢他，关于这一点我对你说过一千次了。"

"可是这样不行……不行……"

她站起来，激动地走来走去。

"不能这样对待严肃的大事……"她说，"问题涉及女儿的幸福，就应该抛开一切个人的因素。我知道你不喜欢他……那如……如果我们现在拒绝他，把事情闹翻了，你怎么能担保丽莎不抱怨我们一辈子？现在求婚的人不多，上帝知道，也许不会另外有人上门求婚……他很爱丽莎，那有什么办法呢？上帝保佑，以后总会有固定位置的。他出身于良好的家庭，而且有钱。"

"你是从哪里知道这些的？"

"他说过，他的父亲在哈尔科夫有很大一幢房子，在哈尔科夫近郊有田产。总之，尼古拉·斯捷潘内奇，你一定得到哈尔科夫去一趟。"

"为什么？"

"你到那里打听打听……你在那里有一些熟识的教授，他们会帮你的忙。我原来想自己去的，因为我是个女人，不能……"

"我不去哈尔科夫。"我阴沉地说。

妻子害怕了，她脸上露出伤心的神情。

"看在上帝面上，尼古拉·斯捷潘内奇！"她抽抽泣泣地哀求我，"看在上帝面上，别让我这么痛苦吧！我是在受罪啊！"

我开始悲伤地瞧着她。

"好吧，瓦里娅，"我温柔地说，"如果你想这样，我就照办，去哈尔科夫，去做你安排的一切。"

她用手帕捂住眼睛，回到自己的房间去哭了。我一个人留下来。

没过多久，端进灯来了。墙壁和地板上映出围椅和灯罩的熟悉的早已令人腻味的影子，我看见这些影子便觉得已是夜晚，我那该死的失眠又要开始了。我躺在床上，然后站起来，在房间里来回走动，然后再躺下……通常，午饭后黄昏之前，我的神经兴奋到最高点。我毫无理由地开始哭泣，把脑袋藏在枕头下面。这时我担心有人会闯进来，担心猝然死亡，为自己落泪而感到羞耻，总之，心里总是有急不可待的事。我觉得，以后我就看不见自己的灯、图书、地板上的影子了，就听不见那些从客厅里传来的声音了。一种看不见的莫名的力量粗鲁地推动我从自己的住宅走出去。我急忙站起来，匆匆穿好衣服，小心翼翼，不让别人看见，上了街。到哪里去呢？

对这个问题的答案早已存在我头脑里了：去找卡佳。

三

通常，她躺在土耳其沙发或者卧榻上阅读什么。看见我之后，她懒散地抬起头，坐起来，向我伸出手。

"你总是躺着，"我沉吟片刻，叹了口气，说道，"这样对健康不利。你最好干点什么事！"

"什么？"

"我说,你最好干点什么事。"

"干什么事?女人只能当个普通劳动者或者演员。"

"那有什么关系?如果不能当普通劳动者,那就当演员。"

沉默无言。

"结婚也好。"我半开玩笑地说。

"没有人可嫁。而且也无此必要。"

"这样生活可不行。"

"没有丈夫吗?没什么了不起!如果想要,多少男人都能找到。"

"卡佳,这话可不好听。"

"什么话不好听?"

"就是你刚才说的。"

卡佳看出我生气了,想冲淡下不好的印象,说道:

"咱们走吧。您到这里来,来。"

她领我来到一间布置得非常舒适的小房间,指着写字台说:

"瞧,我为您准备好了。您将来在这里干活儿。每天都来,把工作带过来。在家里他们只能打扰您。将来在这里工作行吗?愿意吗?"

为了不让她因婉拒而伤心,我告诉她,我会在她这里干活儿的,我非常喜欢这个房间。随后我们俩坐在这个舒适的小房间里,开始聊天。

温暖,安适的环境,以及一个同情者在场,现在在我身上唤起的不是以前那种满足感,而是要求怨诉和唠叨的强烈欲望。不知为什么,我觉得,如果发发牢骚,抱怨一通,我会感到轻松一些。

"事情不妙,亲爱的!"我唉声叹气地开口说,"非常不妙……"

"什么事?"

"你看,事情是这样,我的朋友。国王的最好最神圣的权力是宽恕权,我过去经常觉得自己是个国王,因为我曾无限制地使用这种权力。我从来不批评人,对人宽容,乐于一视同仁地原谅所有的人。遇到有人气不平、表示愤怒，我总是规劝、说服。我一辈子都努力不让我的家庭、学生、同事以及仆人讨厌与我交往的人。我明白，这种待人处世的态度教育了所有在我身边的人，然而如今我不是国王了。我自身产生一种只有奴隶才有的心境：我的头脑里昼夜萦绕着一些坏想法，我以前不了解的感情在我心里做了窝。我憎恨、藐视、生气、愤怒、害怕，我变得过分严厉、苛求、易怒、粗暴、多疑。有些事，要在过去我只是借题发挥，说句无用的笑话和善意地笑笑而已，现在却会让我感到心情沉重。我的思维方式发生了变化：过去我只是瞧不起金钱，现在则不是对钱反感，而是对富人反感，仿佛他们是有罪的；过去我仇恨暴力和专制，现在我仇恨使用暴力的人，好像只有这些人才有罪，而不是我们这些不善于相互教育的人有错。这意味着什么呢？如果新思想和新情感的产生是由于信念的转变，那么这种转变可能从何而来呢？难道说世界变坏了，唯独我变得好了？或者，我过去是盲目无知，冷漠无情？如果这种转变是由于体力和智力的普遍衰退（我本来有病，每天都在减少体重），那么我的境况是可怜的。就是说，我的新思想是不正常的，不健康的，我应当为它感到羞愧，并视其为不值一提的小事……"

"这和生病无关，"卡佳打断我的话，"您不过是睁开了眼睛，就是这样。您看见了以前不知何故不想看到的事。在我看来，首先您应当与家庭彻底断绝联系，一走了事。"

"你这是胡说。"

"您已经不爱他们了，何必扭曲自己的心灵呢？这难道是家庭吗？微不足道的人！要是她们今天死了，明天谁也察觉不到她们的消失。"

卡佳是那么瞧不起我的妻子和女儿，就像她们恨她一样。当今时代未必能谈论人们具有彼此瞧不起的权利。如果支持卡佳的观点，承认这种权利存在，你就能看出，她具有瞧不起妻子和女儿的权利，就像她们有权恨她一样。

"微不足道的人!"她重复说,"您今天吃饭了吗?她们怎么没忘记招呼您去饭厅呢?她们怎么至今还记得您的存在呢?"

"卡佳,"我严厉地说,"求你别说了。"

"您以为我乐意说她们吗?要是根本不认识她们,我才高兴呢。亲爱的,您听我说,把一切都抛弃,出走吧。到国外去,越快越好!"

"胡说什么呀!大学怎么办呢?"

"大学也抛弃。它对您有什么用?反正没有任何用处。您讲了三十年的课,您的学生在哪里呢?您拥有很多著名学生吗?数数吧!要想多培养一些无知的剥削者、赚得数十万卢布财富的医生,为此并不需要有才能的好人。您是多余的。"

"我的上帝,你是多么尖刻!"我有点害怕了,"你是多么尖刻!别说了,不然我就走!我不会回答你这些刻薄的话!"

女仆走进来,招呼我们去喝茶。在自动茶炊旁,谢天谢地,我们的谈话改变了话题。我抱怨了一通之后,倒想让我的另一种老年人的弱点——回忆发挥一下作用。我对卡佳谈我的过去,令人惊异的是,我向她说起那些细节,我甚至毫不怀疑它们是完整地保留在我记忆中的,她屏住呼吸,极为感动,不无骄傲地听我讲述。我特别喜欢向她谈到我在教会学校学习的情况,以及我怎样渴望进入大学。

"我常常在我们教会学校花园里散步……"我说,"一阵风从远处酒馆里吹来吱吱哇哇的手风琴和歌唱声,或者是,三套车伴随着铃的叮当声从教会学校围墙旁疾驶而过,这足以使那幸福的感觉不仅突然充满我的胸部,甚至还有肚子和手脚……倾听着手风琴的演奏,或者渐渐减弱的车铃声,想象着自己是个医生,描绘出各种场景—— 一个比一个更美。你瞧,我的幻想实现了,我得到的比想象的还要多。我当过三十年受人爱戴的教授,有一些优秀的同事,享有荣耀的声望。我恋爱过,凭着热烈的爱情结了婚,有子女。总而言之,如果回顾我的一生,向我展示的是一篇由天才创作的美好的乐章,现在我只剩下不要把结局弄坏了——为此应当按正常人的方式死去。如果死亡真的是一种危险,那么就应该像基督教国家的教师、学者和公民应当做的那样,精神抖擞、坦然地去迎接死亡,然而我在破坏结尾。我正在沉浸其中,跑来找你,请求帮助,而你却对我说:沉下去吧,应该这样。"

这时,前厅传来了铃声。我和卡佳都听出这铃声来,同声说:

"这大概是米哈伊尔·费多罗维奇。"

过不一会儿,真的走进来我的同事、语言学家米哈伊尔·费多罗维奇,他是高个子,身材匀称,五十岁左右,一头浓密的灰发,黑眉毛,胡子是剃光的。他是个和善的人,很好的同事。他出身于古老的贵族家庭,那是一个相当幸福而富有才气的家族,在俄国文学和文化历史上起过显著的作用。他本人聪明,有才干,受过很好的教育,但也有些怪脾气。在一定程度上我们都有怪癖,我们都是怪人,可是他的怪脾气对他的熟人来说有点特别,也并非没有危险。在他的熟人中有不少是我认识的,他们只注意他的怪脾气,却完全看不见他的许许多多优点。

他走进我们屋里,慢慢摘下手套,用柔和的低音说:

"你们好,在喝茶吗?正好,冷极了。"

随后他在桌旁坐下,自己取了一杯,立即聊起来。他的谈话方式最突出的特点是一贯用开玩笑的腔调说话,这是一种哲理和噱头的混杂,像莎士比亚的掘墓人说话一样。他往往谈些严肃的话题,却从来不是严肃地说出来,他的议论往往是尖酸刻薄的,吵吵嚷嚷的,但是由于是用柔和的平淡的谈话的腔调说出来,结果那尖酸刻薄的吵吵嚷嚷并不刺耳,很快会让人习惯。每天傍晚他都会带来五六个大学生活中的趣闻,通常一坐下来就从这些趣闻开讲。

"哦,先生们!"他滑稽地牵动着自己的黑眉毛,颇有感慨地说,"世界上竟然有这样的小丑!"

"怎么啦？"卡佳问道。

"今天我下课出来，在楼梯遇到那个老傻子，我们的某人……他走过来，像平常那样，把自己那马脸的下巴向前伸着，寻找对谁能发泄自己的牢骚，抱怨自己的偏头痛、妻子和不愿听他讲课的学生。我想，他是看见了我吧——现在完蛋了，彻底完了……"

总是诸如此类的事。或者他这样说起来：

"昨天我去听我们某位的公共讲座。让我吃惊的是，我们的 alma mater① 竟然决定让他这样的糊涂虫和货真价实的笨蛋出头露面——其实晚上不该提到这些。要知道，他是欧罗巴的大傻瓜！老天啊，全欧洲打着灯笼都找不到第二个！您想想看，他讲起来像吸冰糖块：嘖、嘖、嘖的……他心里发怵，连自己的讲稿都翻不准，勉勉强强开动起头脑，速度就像大主教骑自行车，主要是怎么也弄不清他想讲什么。枯燥无味，真是要命，连苍蝇都快烦死了。这种枯燥乏味只能跟我们在大礼堂做年度总结时的例行讲演相比……去见它的鬼吧。"

于是，又立即改变了话题。

"大约三年前，尼古拉·斯捷潘诺维奇是记得的，我也做过这种讲演。天气又热又闷，腋下制服勒得紧紧的——简直要死了！讲了半个小时，一小时，一小时半，两小时……'啊！谢天谢地，只剩下十页了！'我想，最后有四页讲稿根本可以不讲，我打算把这几页删掉，那么，我想只剩下六页了。可是，您猜猜看，我向前面一瞧，就看见：前排坐着一位佩戴绶带的将军，还有主教。两个可怜虫闷得发呆，为了不致睡着，瞪大眼睛，脸上极力露出注意听讲的神情，装出一副模样，仿佛我所讲的他们都明白，也喜欢。好吧，我想，要是喜欢，都讲给你们听！受一受罪吧！索性把所有的四张讲稿都念完。"

他讲话时，像通常好嘲笑人的人那样，只有他的眼睛和眉毛在微

---

① 拉丁文：母校。

笑。这时，他眼睛里既没有憎恨，也没有恶意，但多了几分尖酸刻薄以及在善于观察的人们身上常见的那种特殊的狐狸般的狡猾。如果继续谈他的眼睛，我还要指出一个特点。当他接过卡佳的杯子，倾听她的意见时，或者当她有事暂时从屋里出去，他用目光伴随她出去的时候，我在他的眼睛里发现一种温柔乞求的纯洁神情……

女仆收拾了茶炊，在桌上摆了一大块奶酪、水果和一瓶克里米亚香槟酒，这是一种相当差的葡萄酒，卡佳住在克里米亚时就喜欢这种酒。米哈伊尔·费多罗维奇从隔板上取了两副纸牌，摆纸牌猜卦，他断言，有些纸牌卦玩起来需要机敏灵活、专心致志，可是他玩起牌来仍然不停地谈天、消遣。卡佳注意看他的牌，更多的是用表情，而不是语言来帮助他。整个晚上她喝了不到两杯酒，我喝了四分之一杯，那瓶酒剩下的都让米哈伊尔·费多罗维奇喝了，他可以喝很多，但从来不会喝醉。

"谢天谢地，科学已经过时了，"他抑扬顿挫地说，"他的歌已经唱完了。是的，人类已经开始觉得必须用另一种学科来代替它。它是在偏见的土壤里成长的，用偏见来喂养，并且现在形成了像它过世的老奶奶——炼金术、形成上学、哲学——这样的偏见的精华，实际上，它给了人们什么呢？要知道，在欧洲学者和不存在任何科学的中国人之间，差别是微乎其微的，纯粹是外在的差别。那些中国人不懂科学，可是他们因此失去了什么呢？"

"苍蝇也不懂科学，"我说，"这又能说明什么呢？"

"您生气也没有，尼古拉·斯捷潘诺维奇。我不过在这里，在咱们中间说说……我比您想的还要谨慎小心，不会公开说这些话，上帝保佑！在大众中间存在一种偏见，以为科学和艺术比农业和商业高尚，比手工业高尚。咱们这伙人靠这种偏见吃饭，破坏它的不是我和您。上帝保佑！"

玩纸牌卦的时候，青年人也挨了骂。

"现在听我们讲课的人也变得平庸了，"米哈伊尔·费多罗维奇感叹道，"姑且不谈理想什么的，只要会工作，好好思考也行啊！这就是那句话：'我悲哀地瞧着我们这一代人。'①"

"不错，变得很平庸，"卡佳表示赞同，"您说说看，在最近五至十年内，您那里出现过一位杰出人物吗？"

"我不知道别的教授那里怎么样，我自己这里倒是不记得有什么。"

"在我一生中，我见过许多大学生和你们的年轻学者，许多演员……那又怎么样呢？不仅一次也没有机会碰见英雄人物或者天才，就连有趣的人也没有遇到过。所有的人都是平平淡淡，缺乏才气，自命不凡……"

所有这些关于"平庸"的谈话总是让我产生一种印象，仿佛偶尔听到有人说我女儿的坏话。我感到气恼，因为这些指责是笼统的，是从早已陈旧的一般理由为依据的，诸如"平庸"啦，"缺乏理想"啦，或者以"美好的过去"为托词借以吓人。所有的指责，哪怕是妇人圈子里传出来的，也应当是尽可能确切的，否则不能称其为责，而是正派人不屑一顾的空泛的恶意中伤。

我是个老人，教书已经三十年了，但是我没发现"平庸"，"缺乏理想"，也没有看出现在比过去差，在这种场合，我的仆人尼古拉的经验是有价值的，据他讲，当今的大学生既不比过去好，也不比过去的差。

如果有人问我，我不喜欢当今我的学生中的什么，对这个问题我不会立即回答，也回答不多，但决不含混。我了解他们的缺点，因此我没有必要用一些老生常谈把问题搅得模糊不清。我不喜欢他们抽烟、饮用酒精饮料，也不喜欢他们无忧无虑、心地冷漠，竟能容忍在他们圈子里有挨饿的人，也不对救援大学生协会承担义务。他们不了解新的语言，不能规范地用俄语表达思想。不久前，昨天吧，我的一位同事，卫

---

① 引自莱蒙托夫的诗《沉思》。

生学家向我抱怨说,他讲课不得不多说一倍的话,因为他们的物理知识很差,根本不了解气象学。他们宁愿接受最新的当代作家的影响,甚至是并非优秀作家的影响,却对诸如莎士比亚、马可·奥勒留①、埃皮克梯托斯②或者帕斯卡③等古典作家根本不屑一顾,这种不善于区分伟大与渺小最能说明他们在生活上是不切合实际的。对于一切多多少少具有社会性质的令人为难的问题(例如移民问题),他们通过捐款签名来解决,而不是通过科学研究和实验加以解决,虽然后一种办法他们完全有能力做到,并且符合他们的使命。他们乐意成为住院医生、医生助理、化验员、实习医生,并且准备在这些岗位上干到四十岁,尽管科学并不比例如艺术和商业需要更少的独立性、自由感受和个人独创精神。学生和听课的人我有的是,但没有助手和接班人,因为我虽然喜欢他们,并深受感动,但并不为他们感到骄傲,等等。

　　类似的缺点尽管很多,但只能在心胸狭隘的人和怯懦者身上产生消极情绪或者让他们发脾气。所有这些缺点都具有偶然的过渡性质,完全取决于生活条件。用不了十年它们都会消失或者为另一些新的缺点所取代,没有新的缺点是不可能的,它们也同样会吓唬一些心胸狭隘的人。大学生的过错常常让我感到遗憾,但这种遗憾与我三十年来感受到的快乐相比就不算什么了,那个时候我跟学生谈话,给他们讲课,观察他们的关系,把他们和他们的生活圈子以外的人加以比较,其乐无穷。

　　米哈伊尔·费多罗维奇说刻薄话,卡佳在听,两个人都没有察觉,他们这种议论友人的看来无意的消遣,却渐渐把他们带进一种很深的深渊。他们并不觉得,这场普通的谈话渐渐变成了挖苦和嘲弄,他们两

---

① 马可·奥勒留(121—180),罗马安东尼王朝的皇帝、哲学家,晚期斯多葛派的代表,著有《自省录》。
② 埃皮克梯托斯(60?—120?),罗马哲学家。
③ 帕斯卡(1623—1662),法国宗教哲学家、作家、数学家、物理学家。

人甚至开始采取诽谤的方法了。

"常常会碰到一些可笑的家伙，"米哈伊尔·费多罗维奇说，"昨天我到我们的叶戈尔·彼得罗维奇家里去，在那里遇到一位你们医学系的大学生，大概是三年级的……脸是那样的……杜勃罗留波夫的风度，额头上留着思想深刻的印记。我们攀谈起来。我说，'年轻人，有这样的事'。我说，'我读到过，有一个德国人——我忘记了他的姓名——他从人的脑子里提取一种新的生物碱，痴呆素'。您猜怎么着？他竟然相信了，脸上甚至露出敬重的神情，好像说，'瞧咱们这些人！'不久前我去剧院看戏。我坐下来，刚好在我前面第二排坐着这么两个人：一位是'咱们的人，'看样子是法律系的学生；另一位头发蓬乱，是医学系学生。医学系学生已烂醉如泥，对舞台演出一点也不上心，一个劲地打瞌睡，向前冲头。只要某个演员大声读台词或者提高一点嗓音，这位医学系学生便为之一震，捅捅领座的腰部，问：'他说什么？高——雅吗？''高雅，'一位'咱们的人'答道。'好啊！'医学系学生嚷道，'高——雅，好啊！'您看到了吗？他这个喝醉酒的笨蛋到剧院来不是为了艺术，而是为了'高雅'。他需要'高雅'。"

卡佳听着，笑着。她的笑声有点奇特：吸气快速而有节奏地与呼气交替进行，好像她在拉手风琴，这时脸上只有鼻孔在笑。我情绪不好，不知道说什么。我忍不住发火了，从座位上站起来，嚷道：

"别说了吧！你们干吗像两只癞蛤蟆坐在这里用自己的呼吸毒化空气？够了！"

没等到他们停止恶语伤人，我便准备回家了。也到时候啦，十一点了。

"我还要坐一会儿，"米哈伊尔·费多罗维奇说，"可以吗，叶卡捷琳娜·弗拉季米罗夫娜？"

"可以。"卡佳答道。

"Bene[①]！那么，请吩咐再来一瓶酒。"

两个人手持蜡烛送我到前厅，我穿皮外衣时，米哈伊尔·费多罗维奇说：

"最近您瘦得厉害，显老了，尼古拉·斯捷潘诺维奇。您怎么啦？有病吗？"

"是，有点病。"

"却不去治病……"卡佳郁郁不乐地插进来说。

"为什么您不去治病呢？怎么能这样？亲爱的人，上帝爱护小心谨慎的人。向您的家人致意，对不起，我不去了。最近，出国之前，我是要来告别的，一定！下个礼拜我就走。"

我从卡佳那里出来时非常生气，关于我有病的谈话让我感到可怕，对自己也不满意。我问自己，是否真的要请某位同事治治病呢？我立刻想到，那个同事听我陈述病情之后，会默默走到窗口，考虑一会儿，然后向我转过身来，极力不想让我在他的脸上看出真相，用平静的口气说："现在看不出什么特别的情况，总之，我的同事，我劝您不要再工作了……"这样便会夺取我最后的希望。

谁能没有希望呢？现在当我为自己诊断、为自己治病的时候，我往往希望我的无知欺骗我，希望我在自己身上发现的蛋白质和血糖、心脏的毛病，以及每天早晨有两次浮肿都是我诊断错误。当我带着忧郁病人那份热心翻阅治疗学教科书，并且每天改换药物的时候，我总觉得，我会碰倒一种有效的药。这一切都是微不足道的。

不管天空乌云密布或者皓月当空、繁星闪烁，我每次回来总仰望天空，并且想到死亡会很快把我夺去。仿佛，此刻我的思想应当像天空一样深邃、明亮、惊人……然而不！我想到的是自己、妻子、丽莎、格涅克尔，想到大学生和一般的人，我的思考卑劣、渺小，对自己耍小聪明，

---

① 拉丁文：好。

这时我的世界观可以用著名的阿拉克切耶夫①在一封私信里说的话加以表述："世上一切好东西不可能没有坏的一面，往往坏的比好的还要多。"就是说，一切都是卑劣的，没有什么值得为之生活下去的东西，而已经活过来的六十二个年头应当认为是白白浪费了。我发觉自己有这些想法就极力说服自己，这些想法是偶然的、暂时的，在我身上扎根不深，然而又立即想道：

"如果是这样，为什么每天晚上总想去找那两个癞蛤蟆呢？"

我发誓永远不再去卡佳那里，虽然我知道，明天我又要去找她。

我在自己门口拉了铃，然后走上楼去，我觉得，我已经没有家了，也不想把它再找回来。显然，这些新的阿拉克切耶夫的思想在我身上的存在并不是偶然的、暂时的，而是它们控制着我的整个身心。我怀着内心的痛苦，无精打采、懒洋洋地勉强挪动着肢体，仿佛身上增加了千斤重量，我倒在床上，很快睡着了。

后来——又是失眠……

四

夏天来到了，生活发生了改变。

一个晴朗的早晨，丽莎来找我，她用开玩笑的口吻说：

"咱们走吧，大人，准备好啦。"

我这个"大人"被带到街上，安排在一辆马车里，运走了。我坐在车里，无事可做，便从右到左读招牌。"特拉克齐尔"一词倒过来念便成了"里特卡尔特"②。这正好做男爵的姓：男爵夫人里特卡尔特。往后，

---

① A. A. 阿拉克切耶夫（1769—1834），沙皇保罗一世和亚历山大一世时代权势极大的宠臣。
② "特拉克齐尔"为俄语"小酒馆"的读音，从右向左念，读音为"里特卡尔特"。

经过一片田野，从一处墓地旁走过，虽然我很快会躺在里面，但它对我全然没有留下什么印象；随后走过一片树林，又是田野。没有一点意思。经过两小时的行程，我这位"大人"被带到一所别墅的低层，被安置在一个非常令人快活的糊着天蓝色壁纸的不大的房间里。

夜里照常失眠，早晨我已经没有精神，也不听妻子讲话，便躺在床上不起。我没有睡，可是处在一种嗜睡的状态，半睡半醒，知道没有睡意，但又在做梦。中午我才起床，按老习惯我坐在自己的桌子后面，但已经不是工作，而是捡起卡佳寄给我的几本有黄色包封的法文书，借以消遣。当然，读俄国作者的书会显得更加爱国，可是我得承认，对他们我没有特别的好感。除了两三位老作家之外，所有当今的文学我以为并不是文学，而是某种家庭手工业，它的存在只是为了获得鼓励，但人们却不愿使用它的制品。最好的手工业制品也不能称为出色的，而真正称赞它不紧接着说"但是"是办不到的。至于最近十年到十五年我读过的全部文学新作也应当说这些话：没有一部是出色的，不说"但是"是办不到的。机智、高雅，但是缺乏才气；有才气、高雅，但是缺乏机智，或者最后一种，有才气、机智，但是缺乏高雅。

我不是说，法国的书都是天才之作，又机智又高雅。这些书也不令我满意。但是它们并不像俄国的书那么枯燥乏味，在法国的书里常常能找到创作的主要因素——个性自由的感觉，这是俄国作者所没有的。我不记得有哪一本新作，作者不是从第一次就力图用种种程式和自己的良心冲突把自己包裹起来。一位作家害怕谈及裸体，另一位则用心理分析把自己的手脚捆绑起来，第三位需要对人说"温和的态度"，第四位则故意整页整页地用来描绘大自然，免得被怀疑具有倾向性……

一位作家一定要在自己作品里装成小市民，另一位则定要成为贵族，如此等等。忧心忡忡、谨慎小心、四平八稳，但是缺乏自由，缺乏想怎么写就怎么写的勇气，因此也就没有创作了。

所有这些都属于所谓美文学。

至于俄国的严肃父亲，例如社会学、艺术方面的文章，等等，只是由于胆怯我才不敢读它们。童年和少年时代，不知何故我害怕门卫和剧场的检票员，这种惧怕一直保留到今天。我现在也害怕他们。据说，不了解的东西才显得可怕。实际上很难理解，为什么门卫和检票员那么神气十足、盛气凌人、傲慢无礼。阅读严肃文章时，我感觉到的正是这样一种模模糊糊的恐惧。那种非同寻常的傲慢，将军式的戏谑口吻，对外国作者的狎昵态度，善于一本正经地说些无聊的空话——这一切我都不能理解，并且感到可怕，这一切不像阅读我们医学作者和自然科学家的文章时已经习惯的那种虚怀若谷和绅士气派的平静口吻。不仅文章，由俄国的重要人物翻译或者编写的译文，我读起来也感到吃力。序言的妄自尊大和好为人师的口气，译者所做的妨碍我集中精力的过多的注解以及慷慨的译者在所有论文和全书中附加的问号和带括号的sie①，我以为都是对作者本人以及我的阅读自主性的侵害。

有一次，我应邀去巡回法院做鉴定人。休庭时，我的一位做鉴定人的同事提醒我注意检察官对被告的粗暴态度，被告当中有两位是知识妇女。我回答这位同事说，这种态度较之一些严肃文章的作者彼此所抱的态度并不见得更粗暴，我觉得，我丝毫没有夸大其词。实际上那种态度是非常粗暴的，说起来只能令人感到沉痛。他们彼此之间的态度，以及他们对于他们所评论的作家的态度，或者不顾自己的尊严，过分吹捧，或是相反，比我在这些札记里和思想中对我未来的女婿格涅克尔的蔑视更加肆无忌惮。责备他们不负责任、动机不纯，甚至有种种犯罪行为，这便是那些严肃文学的通常的装饰。这也是像一些年轻医生在自己论文里喜欢用的那种ultima natio②。这种态度不可避免地反映在

---

① 拉丁文：原来如此。
② 拉丁文：最后的结论。

年轻一代写作者的性格上,因此,在近十年至十五年我们的美文学所拥有的新作中,男主人公往往大量喝伏特加,女主人公不够贞节,对此我一点也不感到惊奇。

我读法国书,向打开的窗户外面眺望,我可以看见我那高低起伏的庭前花园,两三棵细长的树,花园后面是大路、田野,再往后是很宽的针叶树林带。我常常欣赏两个浅色头发的衣衫褴褛的孩子—— 一个男孩和一个女孩,他们爬上我的庭前花园的栅栏,笑我的秃顶。他们那明亮的眼睛好像在说:"瞧,这个秃头!"他们差不多是唯一不涉及我的名气和官衔的人。

现在不是每天都有来访者到我这里,我只提一提尼古拉和彼得·伊格纳季耶维奇。尼古拉通常是每逢节假日到我这里来,好像是有事,但多半是来看看我。他来时总是醉醺醺的,这是他冬天里从来没有过的。

"你要说什么?"我迎着他来到前厅,问道。

"大人!"他手贴胸前,怀着恋人般的兴奋心情瞧着我,说道,"大人!上帝该惩罚我!让雷电当场击死我吧!趁着年轻,及时行乐!"①

他贪婪地亲吻我的肩膀、袖口、纽扣。

"我们那里一切都好吗?"

"大人!向上帝保证……"

他毫无必要地一直乞求上帝保佑,我很快就烦了,把他打发到厨房去吃饭。彼得·伊格纳季耶维奇也是节假日到我这里来,专为看望我,跟我交流思想。他通常坐在我的桌子旁边,他谦逊、干净、谨慎,不敢跷二郎腿或者把臂肘支在桌子上,总是用平缓的语调小声讲话,流畅地文绉绉地对我讲他从书刊上读到的自以为非常有趣的耸人听闻的消息。所有这些消息彼此相似,可归纳为这样一类:一个法国人做出一件

---

① 原文为拉丁语的俄语读音,这是一首被歪曲的旧时大学生歌曲的开头。

发明，另一位（德国人）揭穿了他，证明他的发明在一八七〇年就被某个美国人发明了，第三位（也是德国人）比这两位更狡猾，向他们证明他们两个人都弄错了，在显微镜下把气泡当成了黑色素。彼得·伊格纳季耶维奇甚至想逗我发笑时说起话来也拖得很长，而且审慎，好像宣读论文似的，还详细列出他所采用的文献资料，力图在日期、刊号、名字上都丝毫不差，这时他不是简单地说"贝蒂"，而是说"让·雅克·贝蒂"。有一次，他留在我家里吃午饭，整个午饭时间他都在说那些耸人听闻的故事，弄得所有吃饭的人都不高兴。如果格涅克尔和丽莎当着他的面读到赋格和对位法，谈到勃拉姆斯和巴赫，他便谦逊地把目光低垂下来，变得不好意思：当着我和他这样严肃的人的面，他们竟谈起这些平庸的事，他觉得害羞。

照我现在的心情，有五分钟他足以让我感到厌烦，仿佛我看见他，听他讲话已经很久很久了。我憎恨这个可怜虫，他那种小心的、平缓的声音和文绉绉的语言让我感到疲累，那些故事让我听得发木……他对我抱有极大的好感，他和我谈话纯粹为了取悦于我，而我回报他的是，眼睛直直盯着他，好像对他施行催眠术，心里想着："去，去，去！"可是他没有接受这心想的暗示，一味地坐着，坐着，坐着……

他坐在我这里时，我怎么也丢不开一种想法："很可能，我一死他会被指派接替我的位置。"我觉得，我可怜的课堂是一块溪水干涸的绿洲，我对彼得·伊格纳季耶维奇不礼貌，我沉默寡言，郁闷阴沉，仿佛有这类似的想法是他的错，而不是我本人。当他照例赞扬几位德国学者的时候，我已不是像从前那样善意地开开玩笑，而是阴沉地嘟囔着：

"你的德国人是驴子……"

这情况有点像已故的尼基塔·克雷洛夫[①]教授，有一次，他同皮罗果夫在雷维尔洗澡，因为水太凉而发脾气，他写道："混蛋德国佬！"我

[①] 克雷洛夫（1807—1879），俄国法学家。

对彼得·伊格纳季耶夫态度很不好,他走了出去,我看见他那顶灰帽子在窗外花园墙后一闪一闪的,这时我想叫住他,说:"请原谅我,亲爱的!"

现在我们家里吃午饭比冬天更加无聊,我现在既憎恨又瞧不起的那个格涅克尔,每天都在我家吃饭。以前他在座,我默默忍受着,现在我对他大肆挖苦讽刺,惹得妻子和丽莎满脸通红。我满腹牢骚,常常说些粗话,也不知道为什么要说。有一次发生了这样的事,我轻蔑地久久瞧着格涅克尔,不知何故却脱口而出:

> 有时候老鹰比母鸡飞得低,
> 可是母鸡从来飞不上天……①

最糟糕的是,老母鸡格涅克尔原来比当教授的老鹰聪明得多。他知道我妻子和女儿站在他一边,便来取这样的策略:用宽容的沉默来回敬我的挖苦讽刺(好像这老头发疯了——跟他有什么好说的呢?)或者是,善意地拿我开个玩笑。真是奇怪,一个人居然这么庸俗!在整个吃午饭的时候,我只能幻想格涅克尔会暴露自己是个冒险家,丽莎和妻子会承认自己的错误,我还要讥讽他们——当我一只脚踏进坟墓的时候,却有这样一些荒唐的幻想!

现在常常发生一些误会,关于这些误会我过去只是听说。不管我感到多么惭愧,还得把最近午饭后发生的一件事写出来。

我坐在自己的书房里,抽烟斗。妻子照例走进屋来,坐下,开始说起眼下天气暖和了,也有空闲时间,最好能去哈尔科夫一趟,打听一下我们那位格涅克尔的人缘如何。

"好吧,我去……"我表示同意。

---

① 引自俄国作家克雷洛夫的寓言《鹰和母鸡》。

妻子对我挺满意,站起身向门口走去,然后又立即转回头,说道:

"顺便说一下,还有一个请求。我知道你会生气,但是我有责任对你提个醒……对不起,尼古拉·斯捷潘诺维奇,咱们所有的熟人和邻居都在议论,说你经常到卡佳那里去。她聪明,受过良好的教育,这无可非议,跟她待在一起,是令人愉快的,可是要知道,凭你的年龄和社会地位,从与她交往中寻找乐趣是让人奇怪的……再说,她那名声……"

忽然,似乎全部血液从我头脑里涌出来了,眼睛里冒火星,我跳起来,抱住自己的脑袋,跺脚,用异样的声调喊道:

"离开我!离开我!离开!"

大概我的面孔可怕,声音奇怪,因为妻子的脸色突然变得苍白,也用一种异样的绝望和声音大声喊叫。听到我们的喊叫声,丽莎、格涅克尔,最后是叶戈尔都跑了进来。

"离开我!"我喊道,"出去,离开!"

我双腿麻木,好像根本没有腿似的,我觉得,我倒在了谁的手臂上,后来,有一阵子听到哭泣,随之昏厥过去,延续两三个小时。

现在说说卡佳。她每天黄昏前到我这里来,当然,无论邻居或者熟人对此不可能不有所察觉。她乘车来坐一会儿,便把我带走兜兜风。她有自己的马和今年夏天买的一辆敞篷马车。一般说来,她生活得阔绰:租了一处昂贵的别墅,附带一个大花园,把自己城里的摆设都搬来了,雇佣两个女仆、一个车夫……我常常问她:

"卡佳,你挥霍完父亲留下的钱,靠什么生活呢?"

"到时候再说。"她答道。

"我的朋友,应当更慎重地对待这些钱。它是一个好人靠诚实的劳动挣来的。"

"关于这些您已经对我说过了。我知道。"

起初,我们乘车经过田野,后来又路过那片从我的窗口看得见的针叶树林。在我看来，大自然像从前一样美好，虽然魔鬼低声告诉我，再过三四个月，我死后，这些松树、椴树、天上的鸟儿和白云并不会察觉我的消失。卡佳喜欢驾车，天气晴好，我又坐在她身边，她觉得快活。她心情舒畅时不说尖酸刻薄的话。

"您是好人，尼古拉·斯捷潘内奇，"她说，"您是位罕见的人物，没有哪个演员能演得了您。我，或者米哈伊尔·费多罗维奇，一个蹩脚的演员都可以扮演，扮演您可谁也不行。我羡慕您，非常羡慕您！我能装成什么呢？什么呢？"

她思索一会儿，问我：

"尼古拉·斯捷潘内奇，莫非我是个消极的现象，对吗？"

"对。"我回答。

"哼……我该怎么办呢？"

回答她什么呢？说"从事劳动吧"或者"把自己的财产分给穷苦人"或者"去认识自己"倒是容易，因为这些话容易说出口，我反而不知道回答什么好了。

我的一些教授治疗学的同事在教治疗学时，劝告"对每一个个别的病历要进行专门的分析研究"。必须听从这一忠告才会相信，教科书中按常规推荐的最好、最适当的治疗方法在一些个别的病历中也会是完全行不通的。在道德病症方面也是如此。

然而我总得回答点什么，于是说：

"我的朋友，你有太多的空闲时间。你必须干点事情。说实在的……既然你有天赋，为什么你不再去当演员？"

"不行。"

"从你的口气和举止看，仿佛你是个受害者。我不喜欢这点，我的朋友。你自己有错误。想想看，你是从对人、对风气不满开始的，但是你没有做什么让别人变得好一些。你没有和恶势力斗争过，你厌倦了，你不是斗争的受害者，而是自己软弱的受害者。当然，那时你还年轻，没有经验，现在你倒是可以走另一条路。真的，干吧！你要去工作，为神圣的艺术服务……"

"不必说假话，尼古拉·斯捷潘内奇，"卡佳打断了我的话，"让我们一言为定：我们可以谈女演员、男演员、作家，但是免谈艺术。您是位少有的好人，但是还不那么了解艺术，还不能从内心认为它是神圣的。您缺乏对艺术的嗅觉和听觉。您一辈子忙忙碌碌，没有工夫去获得这种感觉。总之……我不喜欢这些关于艺术的谈话！"她冲动地说下去，"我不喜欢！这样会把它变得低级庸俗。非常感谢！"

"谁把它变得低级庸俗？"

"一些人用醉酒，报纸用过分亲热的态度，聪明人借高谈阔论把它变得庸俗不堪。"

"高谈阔论与这些没有关系。"

"大有关系。如果有人高谈阔论，那就说明，他不懂得。"

为了避免说出尖酸刻薄的话来，我急忙转换话题，随后长久沉默不语。待到我们乘车走出树林，向卡佳的别墅驶去时，我才回到先前的话题，问道：

"你还没有回答我，你为什么不想当演员？"

"尼古拉·斯捷潘内奇，这简直是残酷！"她嚷叫起来，突然变得满脸通红，"您想要我大声说出真相吗？好吧，如果……您喜欢这样——我没有才气！没有才气……自尊心却不少！就是这样！"

她这样承认之后，便转过脸去，背对着我。为了掩饰手臂的颤抖，她使劲拉住缰绳。

车子驶进她的别墅时，我们从远处看见了米哈伊尔·费多罗维奇，他正在大门附近溜达，焦急地等待我们。

"又是这个米哈伊尔·费多雷奇！"卡佳懊恼地说，"请把他从我这里带走吧！讨厌，腻味人……带走他吧！"

米哈伊尔·费多罗维奇早就该出国了，可是他每周都推迟行期。最近他发生了某些变化，他有点消瘦了，开始常常醉酒，这种事他以前从未发生过，他那两道黑眉毛也开始变白了。我们的敞篷马车在大门口停下的时候，他并不掩饰自己的高兴和急切心情。他忙忙碌碌地把卡佳和我扶下车来，急忙提问，微笑，搓手，那种温存、乞求、纯洁的神情，我以前只是在他的目光里看见过，现在却在他整个脸上流露出来了。他感到高兴，同时又为自己高兴而害羞，为成了习惯每天傍晚都到卡佳这里而觉得不好意思，他认为应该用某种显然荒唐的借口来说明自己为何来访，比如，"有事乘车经过这里，我想好吧，进来坐一会儿"。

我们三个人走进房间，起初是喝茶，然后桌上摆出我早已熟悉的两副牌、一大块奶酪、水果和一瓶克里米亚香槟酒。我们谈话的题目并不新鲜，还是冬天的那些，大骂学校、大学生、文学、戏剧，空气被这些恶言秽语搅得更浓、更空洞。已不是像冬天那样，只有两个癞蛤蟆用自己的呼吸毒化空气，而是一共三个人。除了那悦耳的男中音笑声以及酷似手风琴声的嘻嘻哈哈之外，服侍我们的女仆还听到一种令人不快的刺耳的笑声，跟通俗喜剧里将军们的笑声一样：嘻——嘻——嘻……

五

常常有风雨交加、雷鸣电闪的夜晚，民间称之为雷电黑夜。在我的个人生活里，恰好有一次这样的雷电黑夜。

我半夜过后醒来，突然起床。不知为什么我觉得我会马上猝然死亡。为什么有这样的感觉呢？身上没有一点感觉预示死期将至，然而这样的恐惧压抑着我的灵魂，仿佛我突然看见一大片凶险的火光。

我很快点上灯，直接对着玻璃瓶瓶口喝水，随后匆匆向打开的窗户走去。外面天气好极啦，散发着干草的气息，还有一种挺好的气味。我能够看见庭前花园那错落有致的篱笆墙；窗户附近梦幻一般的细长的树、道路、黑暗的树林带；天空挂着静静的非常明亮的月亮，没有一丝云彩。万籁俱寂，树叶纹丝不动。我觉得，万物都在瞧我，倾听，看我怎样死去……

真是可怕。我关上窗户，跪到床前。我摸自己的脉搏，在手腕上摸不到，在鬓角摸，然后摸下巴，又摸手腕，我这些部位都是冰凉的，由于出汗而粘手的。呼吸变得越来越短促，身体发抖，五脏六腑翻动不止，脸上和秃顶有一种仿佛长了蜘蛛网的感觉。

怎么办呢？叫家里人吗？不，不用。我不明白，如果妻子和丽莎来到我这里，她们会做什么。

我把脑袋埋在枕头下面，闭上眼睛，等着，等着……我感到肩膀发凉，好像它在向里面收紧，我有一种感觉，好像死神一定是从后面悄悄向我走来……

"几维——几维！"在夜的寂静中忽然传来一阵吱吱声，我不知道这声音是在哪里：在我的胸口，还是在街上呢？

"几维——几维！"

我的上帝，真是可怕！还想喝点水，但是睁开眼是可怕的，我也害怕抬起头。我的恐惧是模模糊糊的动物一般的，我无论如何不明白，我为什么惧怕：因为我想活下去吗？还是因为一种新的尚不知晓的痛苦在等着我呢？

楼上，隔着天花板有人在呻吟，又好像在笑……我静心谛听。过了不久，楼梯传来脚步声。有人匆匆走下楼来，随后又上楼了。过了一会儿，楼下又传来脚步声，有人停在我的门旁，在仔细听。

"谁呀？"我嚷道。

房门打开了，我大胆地睁开眼睛，看见了妻子。她脸色苍白，眼睛是哭过的。

"你没有睡吗,尼古拉·斯捷潘内奇?"她问。

"你有什么事?"

"看在上帝的面上,下楼到丽莎那里,看看她吧。她出了点事……"

"好吧,我去……"我低声说,很高兴,由于我不是一个人了,"好吧……马上去。"

我跟随妻子出去,听着她对我说话,但是激动得什么也没有弄明白。她的蜡烛的火光沿楼梯的阶梯跳动着,我们长长的影子也在抖动,睡衣的衣襟绊住了我的双腿,我气喘吁吁,觉得有人在追赶我,想从背后抓住我。"我马上就会在这里,在这个楼梯上死去,"我想,"马上……"很快走过楼梯,装有意大利式窗户的黑乎乎的长廊。我们走进丽莎的房间。他身穿一件衬衫,坐在床上,一对赤脚耷拉下来,呻吟着:

"啊,我的上帝……啊,我的上帝!"她嘟囔着说,我们的烛光照得她眯起眼睛,"我不能,不能……"

"丽莎,我的孩子,"我说,"你怎么啦?"

她看见我便大声嚷叫,向我扑过来,搂住我的脖子。

"好爸爸……"她号啕大哭,"我的好爸爸,亲爱的,好爸爸……我不知道我是怎么啦……难受啊!"

她拥抱我,亲吻我,咿咿呀呀说一些她还是小孩时对我说的悄悄话。

"安静点,孩子,上帝和你同在,"我说,"不要哭。我自己也难过。"

我想给他盖上被子,妻子让她喝水,我们两人在床边慌张地推推搡搡。我的肩膀撞到她的肩膀,这时,我想起,我们曾一起给我们的孩子洗澡。

"救救她吧,救救她!"妻子哀求说,"快动手吧!"

我能做什么呢？什么也不能做。姑娘心里有苦楚，但我什么也不了解、不知道，只能喃喃地说：

"没关系，没关系……会好的……睡吧，睡吧……"

好像故意似的，从我们院里忽然传来狗的吠叫，起先是轻轻地犹豫不决的叫，后来是大声叫，两种声音。我从来不在意像狗吠或者猫头鹰叫这类兆头，现在我的心却揪得紧紧的，我急忙给自己解释这种吠叫声。

"不要紧……"我想，"这是一个机体对另一个机体的影响。我的强烈的精神紧张传递给了妻子、丽莎、狗，不过如此……预感和预见就是这种传递的结果……"

过不久，我返回到自己的房间给丽莎开药方，这时我不想自己很快死去，不过心里难过、苦闷，甚而惋惜我没有猝然死去。我久久待在房间里，纹丝不动，心想给丽莎开什么药方才好，可是天花板上的呻吟静息下来了，我决定什么药方也不开，仍旧站在那里……

死一般的寂静，像一位作家所描写的，静得"耳朵里嗞嗞作响"。时间慢慢地过去。窗台上一条条月光没有改变位置，仿佛僵呆了……暂时还不会天亮。

这时，庭前花园的栅门吱扭一响，有人走了进来，又折下那些细长树上的一个枝条，小心地用它敲窗户。

"尼古拉·斯捷潘内奇！"我听见有人低声叫，"尼古拉·斯捷潘内奇！"

我打开窗户，觉得我在做梦：窗下，紧靠墙壁，站着一个穿黑衣服的女人，被月光照得明亮亮的，她瞪着一对大眼睛看我。她的面孔苍白、严肃，经月光一照变得怪异了，像大理石雕成的，下巴哆嗦着。

"是我……"她说道，"我……卡佳！"

在月光下，所有女人的眼睛都显得又黑又大，人也更高大，更苍白,因此我大概一时认不出她了。

"你有什么事?"

"请原谅,"她说,"不知为什么,我忽然感觉难受得不得了……我受不了了,就到这儿来了……您窗户上有灯光,于是……于是我决定敲一敲……对不起……唉,您不知道我多么难受!您现在做什么呢?"

"没做什么……失眠。"

"我有一种预感。不过,不值得一提。"

她的眉毛竖起来,眼睛里泪水闪闪发亮,那熟悉的久违的信赖表情像一抹光线,照得整个脸庞发亮。

"尼古拉·斯捷潘内奇!"他把双手伸给我,哀求着说:"亲爱的,请您……恳求您……如果您不是瞧不起我对您的友谊和尊敬,那就答应我的请求吧!"

"什么事?"

"请拿去我的钱吧!"

"瞧,你乱想些什么!我为什么要你的钱!"

"您到什么地方去治治病……您需要治病。拿去好吗?行吗?亲爱的,行吗?"

她贪婪地注视我的脸,不断地说:

"行吗?拿去好吗?"

"不,我的朋友,我不拿……"我说,"谢谢。"

她转过身去背对着我,低下头。大概,我拒绝她的口气,使得她没法再谈钱的事了。

"回家去睡觉吧,"我说,"咱们明天见。"

"这就是说,您不认为我是你的朋友了?"

她沮丧地问道。

"我没有说这话。可是你的钱现在对我是没有用的。"

"对不起……"她说,声音降低整整一个八度,"我理解您……向我这样一个人、一个退职的女演员借钱……不过,再见……"

于是她很快走了,甚至我来不及向她说再见。

六

我在哈尔科夫。

要改变我现在的心境是徒劳无益的,我也无能为力,因此我决定在我生命的最后日子里,哪怕在形式上也要做到无可指责。如果说我对自己家里有错误,这一点我完全承认,那就尽量按她们的意图行事,去哈尔科夫就去哈尔科夫。再说,在这最后的日子里,对什么事我都看得很淡。的确,我什么都无所谓,去什么地方都行,去哈尔科夫,去巴黎或者去贝尔季切夫。

我中午十二点来到这里,在一家离大教堂不远的旅馆里住下来。在车厢里我被颠得厉害,又受了风寒,如今我坐在床上,抱着等待 tie 病发作。今天本来应该去几位相识的教授家里,但我没有心情,也没有精力。

一个在长廊值班的老仆役进来问,我带来内衣没有。我留住他五分钟,向他提出几个有关格涅克尔的问题,我是为了他才到这里来的。这个仆役原来是哈尔科夫本地人,对这个城市了如指掌,但不记得有姓格涅克尔的人家。详细询问着有关庄园——也是一样。

长廊里时钟敲了一下,随后两下,三下……我在等待死亡中度过的我一生的这最后几个月,我觉得比我整个一生都要漫长。从前,我向来不会像现在这样跟拖延时间妥协。过去,每逢在车站等车或者参加考试,一刻钟都好像无限长久,现在我可以在床上一动不动静坐一个整夜,完全无动于衷地思考着,明天还是这么漫长的平淡的夜,后天仍然……

长廊里时钟敲了五下、六下、七下……天黑了。

面颊出现麻木隐痛——tie 病开始了。为着让自己思索问题，我便用过去的、并非漠视一切的观点问自己：我这样一个名人、三等文官，为什么要待在这个房间里，坐在这张铺着别人的灰色被子的床上？为什么我要瞧着这个廉价的铁皮洗脸盆，听走廊里破钟发出刺耳的哗啦响声？难道这一切和我的荣誉、我在人们中间的崇高地位相称吗？对这些问题，我只能对自己报以冷笑。我年轻时过分夸大了名气的意义以及名人所享用的特殊地位，我觉得，我这种天真是可笑的。我有名气，我的名字受人尊重，我的相片曾刊登在《涅瓦》和《世界画报》上，我甚至在一家德国刊物上读到过我的小传——这又有什么呢？我独自一人待在这陌生的城市里，坐在陌生的床上，用手掌揉搓自己疼痛的面颊……家里无谓的争吵，债主的冷酷无情，铁路服务员的粗鲁，办理身份证件方面的诸多不便，小卖部里既昂贵又不卫生的饮食，在一般待人接物方面的粗暴无礼——所有这些以及许多不胜枚举的事实，带给我的麻烦并不少于任何一个只有在自己胡同里才为人所知的小市民遇到的麻烦。我的地位的特殊性表现在哪里呢？姑且认为我名扬四海，我是值得祖国为之骄傲的英雄，所有报纸都刊载我的病情公告，邮局送来同事、学生和公众给我的慰问信，然而这一切都不能阻止我坐在陌生的床上，在烦恼中，在极为孤寂中死去……当然，在这方面谁也没有错，可是抱歉得很，我不喜欢自己的名声。我觉得，好像它欺骗了我。

十点钟的时候我睡着了，尽管有 tie 病，但是睡得很香，如果不被吵醒，我会睡很久。一点钟过后，突然传来敲门的声音。

"谁啊？"

"电报！"

"不会明天再送吗？"我有点生气，从走廊仆役手里接过电报，"现在我再也睡不着了。"

"对不起，您屋里点着灯，我以为您没有睡呢。"

"昨天格涅克尔和丽莎秘密结婚。速归。"

我读着这份电报，一时间感到可怕。让我害怕的倒不是丽莎和格涅克尔的行为，而是得知他们结婚时我表现出的冷漠。据说，哲学家和真正的智者都是冷漠的。不对，冷漠——是心灵的麻痹，过早的死亡。

我又躺在床上，开始考虑要让自己思索什么事。考虑什么呢？仿佛一切已经反复考虑过，再也没有什么能够激活我的思想了。

天亮时，我坐在床上，双手抱膝，由于无事可做，便极力来认识自我。"认识自我"这是最好最有益的忠告，可惜的是，古人没有想到向人们指出来采纳这一忠告的方法。

过去，每逢我想了解某人或者了解自己，我所关注的不是一切受到制约的行为，而是愿望。只要告诉我你想做什么，我就能说出你是什么人。

现在我要考考自己：我想做什么呢？

我想让我的妻子、女儿、朋友、学生爱我，不是爱名声、招牌和标签，而是作为普普通通的人爱我。还想干什么呢？我想有助手和接班人。还想什么？想一百年之后一觉醒来，哪怕用一只眼睛瞧一瞧科学是个什么样子也好。还想再活十几年……还有什么呢？

再就没有什么了。我想啊，想了很久，再也想不出什么了。无论我怎么想，不等我的思想触及什么地方，对我来说很明显，在我的愿望里没有主要之点，没有非常重要之点。在我对科学的酷爱里，在我求生的愿望中，在这种坐在陌生的床上力求了解自我的状况下，在我对一切事物所构成的全部思想、感情和概念里，缺乏那种能够将这一切连成一个整体的总的东西。每一种感情、每一种思想在我身上都是孤立存在的。在我关于科学、戏剧、文学、学生的见解里，以及我的想象力所描绘的各种情景里面,甚至最细心的分析家也找不出称之为总的思想或者活人的上帝的东西。

如果缺乏这个,那就意味着什么也没有。

在这种贫乏的状况下,只要患了重病,对死亡产生恐惧,受到环境和人们的影响,就足以将所有我过去曾以为是自己的世界观,并在其中看到自己生活的意义和欢乐的东西,彻底翻个个儿,并撕得粉碎了。因此,一点都不奇怪,我竟用只有奴隶和野蛮人才有的一些想法和感情使自己生命的最后几个月变得黯然失色,我现在心灰意懒,连天亮都察觉不出。当一个人丧失了比一切外部影响更高尚更强大的东西时,确实,一次重伤风就足以使他失去常态,把每一种鸟都当成猫头鹰,在每一种声音里都能听到狗的吠叫。这时候,所有他的悲观主义或乐观主义,连同他那伟大和渺小的思想,只能具有症状意义,再也没有什么了。

我垮了。如果是这样,便没有什么再要考虑了,没有什么要说了。我将坐在这里,默默等待将要发生的事。

早晨,走廊的仆役给我送茶来,还有一份当地的报纸。我无意中翻阅第一版的广告、社论、报刊摘要、新闻栏目……顺便说说,我在新闻栏目里找到这样一则消息:"我们的著名学者、功勋卓著的尼古拉·斯捷潘诺维奇教授昨天乘特别快车抵达哈尔科夫,下榻在某旅馆。"

显然,显赫的名字被制造出来是为了摆脱具有这些名字的人而独立存在。现在我的名字在哈尔科夫悠闲地散步,再过三个月,我这个在坟地墓碑上用金子镌刻的名字,将像太阳一样闪耀放光——那时候我也被青苔覆盖了……

传来轻轻敲门声,有人找我。

"谁呀?请进!"

门打开了,我大为吃惊,退了一步,匆匆拉一拉睡衣的大襟。站在我面前的是卡佳。

"您好，"她由于爬楼梯而喘粗气，说道，"没想到吧，我也……我也到这里来了。"

她坐下来，结结巴巴地继续说，也不看我：

"您为什么不打招呼？我也来了……今天……我打听到您在这家旅馆里，就来找您了。"

"见到你很高兴，"我耸耸肩膀说，"可是我感到吃惊……你好像从天而降。你到这里干什么？"

"我吗？是这样……不过是想来就来了……"

沉默。她蓦地站起来，走到我跟前。

"尼古拉·斯捷潘内奇！"她脸色苍白，双手紧紧抱住胸部，说道，"尼古拉·斯捷潘内奇！我不能这样生活下去！不能！看在真正上帝的面上，快点告诉我，马上告诉：我该怎么办？告诉我，我该怎么办？"

"我能说什么呢？"我有点困惑不解，"我什么也说不出。"

"请告诉我，恳求您！"她气喘吁吁，全身哆哆嗦嗦，接着说，"向您发誓，我不能再这样生活下去！我没有力量！"

她倒在椅子里，开始大声哭泣。她往后仰头，抱手，顿足。她的帽子从头上滑下来，吊在皮筋带上，头发散乱不堪。

"帮帮我吧！帮帮我吧！"她哀求说，"我活不下去了！"

她从自己的旅行包里取出一块手帕，和手帕一起带出几封信来，那些信从她膝头掉在地板上。我从地板上把信捡起来，其中一封信，我认出来是米哈伊尔·费多罗维奇的笔迹，无意中读到这样的字，"热情迷恋……"

"我不能对你说什么，卡佳。"我说。

"帮帮我吧！"她抓住我的手，亲吻着哀号，"要知道您就是我的父亲，我唯一的朋友啊！要知道，您富有智慧，受过良好的教育，活了这么大岁数！您是我的师长！告诉我，我应该怎么办？"

"凭良心说，卡佳，我不知道……"

我茫然若失，不知所措，这哭号打动了我，我几乎站立不住了。

"卡佳，咱们去吃早饭吧，"我勉强微笑着说，"不要哭了！"

随之我又有气无力地加了一句：

"我快不行了，卡佳……"

"只说一句，只说一句！"她把手伸向我，哭泣着，"我怎么办呢？"

"真是个奇怪的姑娘，"我喃喃地说，"我不明白！这么一个聪明女孩子，哎呀，突然哇哇哭起来……"

又是一阵沉默。卡佳理一理头发，戴上帽子，随后把信纸揉成一团，塞进包里——她做这些时一声不响，不慌不忙。她的脸庞、胸部和手套却被泪水沾湿了，然而面部表情却是冷淡而严肃的……我看着她，觉得惭愧，因为我比起她来还算幸福。只是到了死前不久，在我垂暮之年，我才发现自己缺少教哲学的同事们称之为"总的思想"的东西。可是这个可怜女孩的灵魂不曾知道何处安身，而且今后一辈子也不会知道，一辈子！

"卡佳，咱们去吃早饭吧，"我说。

"不，谢谢。"她冷冷地回答。

又在沉默无言中过了一分钟。

"我不喜欢哈尔科夫，"我说，"非常灰暗，一个多么灰暗的城市。"

"对，也许是……不漂亮……我在这儿待不久……是路过。今天我就走。"

"到哪儿去？"

"克里米亚……就是说去高加索。"

"是这样，很久吗？"

"不知道。"

卡佳站起来，冷冷一笑，也不看我，把手伸给我。

我想问:"这就是说,你不参加我的葬礼了?"可是她没有看我,她的手是冰凉的,好像陌生人的手。我默默地送她到门口……于是她离开我,沿长长的走廊走了,头也不回。她知道,我目送着她,大概,在转弯的地方她会回头看一看。

不,她没有回头看。那身黑色连衣裙最后闪了一下,脚步声静息了……再见,我心爱的!

一八八九年十一月

窃　贼

　　助医叶尔古诺夫，一个头脑简单的人，全县闻名的吹牛大王和酒徒，在复活节期间的一个傍晚从列宾诺镇回来，他是为医院买东西去的。为着不让他迟到并能早点回家，医生把自己最好的一匹马借给了他。

　　起初，天气还算不错，挺平静的，可是快八点钟时，突然起了强烈的暴风雪，离家只剩下大约七俄里的时候，助医完全迷了路……

　　他不善骑马，又不认路，只凭运气，走到哪里算哪里，希望这匹马自己能走上路。这样走了两个小时左右，马累了，他本人发冷，已经感觉到，他不是往回家的方向走，而是返回列宾诺去。这时，透过暴风雪的呼啸声可以听到低沉的狗吠声，前面出现一个模模糊糊的红斑点，渐渐呈现出一座高大的门洞和长长的围墙，墙上安了一些尖顶朝上的钉子，随后，从围墙里露出一台歪斜的井架。风吹散了眼前的雪雾，在那个红斑点的地方，出现一座不大的低矮的房子，带有芦苇房顶。三个窗户中有一个窗口点亮了灯，里面挂着什么红色的东西。

　　这是什么院子呢？助医想起，大路右边，离医院七俄里或者六俄里的地方应当是安德烈·契里科夫的客店。他还想起，这位不久前被车夫打死的契里科夫身后留下一个老太婆和小女儿柳布卡，小女儿两年前曾来医院看过病。这客店名声不好，深更半夜来到这里，还骑着别人的马，那是不无危险的。但是没有办法。助医摸一摸自己口袋的手枪，谨慎地咳嗽一声，用马鞭子敲敲窗框。

"喂，这里有人吗？"他嚷道，"行好的老奶奶，让我进去暖和暖和吧！"

一条黑狗声音沙哑地叫着，在马的腿边转着圈儿跑来跑去，随后是另一条，白色的，再后又来一条黑色的——有那么十来条狗！助医盯着最壮的一条，挥动鞭子，竭尽全力朝它抽了一鞭。一条长腿的小狗抬起尖尖的嘴脸，用尖细刺耳的声音吠叫起来。

助医在窗前站了很久，敲打着窗户。这时，在围墙后面，房屋附近的几棵树上，白雪映出红色，大门嘎吱一响，出来一位身子裹得紧紧的女人身影，手里提着一只灯笼。

"让我进去吧，老奶奶，暖和暖和，"助医说道，"我本是到医院去的，迷了路。天气又不作美。你不用害怕，老婆婆，咱们都是自家人。"

"自家人全都在家，我们可没有请外人来，"那身影正正经经地说，"怎么瞎敲窗户？大门没有上锁。"

助医走进院子里，在台阶前停了下来。

"老奶奶，吩咐打工的去把我的马带走。"他说。

"我不是老奶奶。"

真的，这人不是老奶奶。当她吹灭灯笼时，她的脸被照亮了，助医看见一对黑眼睛，认出这是柳布卡。

"现在有什么打工的？"她向屋里走去，说道，"有几个喝醉了，正在睡觉，另外有几个一大早就到列宾诺去了，为过节办事……"

叶尔古诺夫把自己的马拴在马棚里，听见有马嘶声，在黑暗处还看出有一匹别人的马，于是摸了摸马身上的哥萨克鞍套。这说明，屋里除房东之外还有一个人。以防万一，助医把自己的马卸下鞍套，抱着购买的东西和马鞍子来到屋里。

他进来的第一间屋子是宽敞的,炉子烧得很热,有一股不久前漆过的地板的气味。圣像下面的桌旁坐着一个四十来岁的个子不高的消瘦的农民,蓄着一把不大的褐色胡子,穿着蓝色衬衫。这是臭名远扬的骗子和偷马贼卡拉施尼科夫,他的父亲和叔父在鲍格廖夫卡开了一家小饭店,并有机会贩卖偷来的马匹,他不止一次到过医院,但不是来治病,而是跟医生商谈有关马的事:有没有要卖的马,"尊贵的医生老爷"是否愿意把枣红马换成黄色骟马。现在他头上擦了油,一只银耳环在耳朵上闪闪发亮,一般来说全是过节的打扮,他皱着眉头,耷拉着嘴唇,在聚精会神地看一本有插图的破旧的大本书。在靠近炉子的地板上,伸开四肢躺着另一个农民——肯定是睡着了。在他那双鞋掌闪光的新靴子周边有两摊融化的雪水,显得乌黑。

卡拉施尼科夫看见助医,打了个招呼。

"是呀,这天气……"叶尔古诺夫用手掌揉着冻僵的膝盖,说道,"雪塞满了脖子,我浑身湿透了,都能拧出水来。看来,我的手枪也……"

他掏出手枪,前后左右仔细看了一遍,又放进口袋里。但是手枪没有引起任何注意,那农民一直在看书。

"是啊,这天气……我迷了路,要不是这里的狗,也许就完了,那才真是出事了呢,女主人在哪里?"

"老太婆到列宾诺去了,姑娘在准备晚饭……"卡拉施尼科夫答道。

接着是一阵沉寂。助医哆哆嗦嗦,喘着粗气,在往手掌里吹气,全身瑟缩着,做出一副又冷又累的样子。听得见怒气未消的狗仍在院子里嗥叫。寂寞无聊。

"你是从鲍格廖夫卡来的吗?"助医严肃地问那农民。

"是,从鲍格廖夫卡来的。"

闲来无事，助医开始考虑这个鲍格廖夫卡。这个村子很大，坐落在一片深山峪里，若是在一个月光之夜沿大路走进去，向下看是幽暗的峡谷，随后仰望天空，仿佛月亮悬挂在无底深渊之上，这里便是世界的尽头。道路向下延伸开去，那路是陡峭的，曲曲弯弯，非常狭窄，如果到鲍格廖夫卡去医治流行病或接种牛痘，总得竭尽嗓子吆喝或者吹口哨，不然遇上板车，就别想走了。鲍格廖夫卡的农民以种植果园和盗马闻名。他们的果园很丰盛：春天里整个村子淹没在樱桃树的白色花丛中，而夏天里，一桶樱桃三个戈比就卖——给三个戈比就可以随便摘。农民的老婆长得漂亮，白白胖胖，喜欢打扮，平日什么事也不干，总是坐在土台子上相互捉头上的虱子。

这时，响起一阵脚步声。柳布卡走进房间。姑娘二十岁左右，穿红色连衣裙，赤脚。她斜着眼睛看了一下助医，在屋里来回走了两趟。她不是一般的走法，而是向前挺胸，碎步挪动；显然，她喜欢在不久前擦过的地板上赤脚走步，并为此故意脱了靴子。

卡拉施尼科夫微微一笑，用手指招呼她到自己身边来。她走到桌前，他把书里的先知伊利亚的画像指给她看，这位先知驾着三套车向天空飞驰。柳布卡双肘支在桌上，她的辫子垂在肩头——长长的辫子，棕色的，辫梢扎着一个红色的发带——几乎要拖到地板上。她也笑了笑。

"挺好的，多美的画呀！"卡拉施尼科夫说。"多美呀！"他又重复一句，并且做了一个手势，仿佛想取代伊利亚把缰绳握在手里。

炉子里风呼呼地叫，有个什么东西发出吱吱响声，好像一只大狗咬死一只大老鼠似的。

"瞧，魔鬼来了！"柳布卡说道。

"这是刮风，"卡拉施尼科夫说。他沉吟一会儿，抬眼望望医生，又问："奥西普·瓦西里耶维奇，您这位有学问的人怎么看，世上有没有鬼？"

"老兄，怎么对你说呢？"助医答道，耸了耸一只肩膀，"如果照科学来说，当然没有鬼，因为这是偏见。如果像现在你和我这样随便说说，简而言之，那就有鬼……我一辈子经历多了……毕业之后我被分派到龙骑兵团当军医助手，当然上过战场，获得过勋章和红十字奖章，缔结圣斯忒法诺和约①之后我回到俄罗斯，进入地方自治局。由于我一生中有这么多的经历，可以说，我见到的可多了，别人做梦都没有见过。有时也见过鬼，就是说，不是那种长着犄角和尾巴的鬼——那是胡扯，老实说，仿佛是类似的东西罢了。"

"在哪里？"卡拉施尼科夫问道。

"到处都有。不用走多远，去年——本来不该晚上提道它——我在这里碰见过它，大概就在这个院子附近。记得我乘车去格雷施诺，正好在接种牛痘。大家知道，像往常一样，坐跑车，套一匹马，带上必备的用具，此外，我还带了一只表和其他的东西，我走着，提防着，万一会出什么事呢……各种各样的流浪汉多啦。我坐车走到蛇谷，可真该死，我开始走下坡路，突然，正好有一个人走来。黑头发，黑眼睛，整个脸像被煤烟熏了似的……他走到马前，伸手抓住左缰绳：站住！他看了看那匹马，随后又看了看我，然后扔下缰绳，一句话没有说，只问：'你到哪里去？'那人龇着牙，眼睛凶狠……我想：啊，你是这么一个玩意儿！我说：'去接种牛痘，这关你什么事？'他又说：'要是这样，那就给我种牛痘吧。'他把胳臂露出来，伸到我鼻子下面。当然，我不会跟他多说，为了摆脱纠缠，我便拿出牛痘，给他种了。事后我看看自己的剃血针，它全都生锈了。"

躺在炉边睡觉的农民突然翻个身，把自己身上的短皮袄脱了下来；助医大吃一惊，认出此人就是那个在蛇谷遇见的陌生人。这个农民的头发、胡子、眼睛和煤烟一样黑——面孔黧黑，再加上右边面颊挂着一

---

① 指的1878年在圣斯忒法诺签订的俄土合约。

个豆粒大的黑斑。他嘲弄地看了一眼助医，说道：

"抓住左边的缰绳——这有过，可是种牛痘的事是瞎说，阁下。甚至种牛痘那番话也没有跟你说过。"

助医有些窘迫不安。

"我不是说你，"他说，"你躺着就躺着吧。"

面孔黝黑的农民一次也没有到过医院，助医不知道他是什么人、从哪里来的，现在看着他，断定这人准是茨冈。农民站起来，伸伸懒腰，大声打着哈欠，走到柳布卡和卡拉施尼科夫面前，在他们身边坐下，也看起书来。在他那睡意蒙眬的脸上露出感动和羡慕的神色。

"瞧，梅里克，"柳布卡对他说，"给我牵来这样的马，我要到天上去。"

"有罪的人不能上天……"卡拉施尼科夫说，"这是圣徒的事。"

然后，柳布卡收拾桌子，送来一大块猪肉沙拉，腌黄瓜，一木盘切成碎块的烧肉，之后又送来一砂锅热得咝咝发响的香肠煎白菜。桌上又摆了一个带棱的长颈瓶子，里面盛的是伏特加，斟酒时全房间里散发一股橙子皮的味道。

助医感到懊丧，卡拉施尼科夫和脸色黝黑的梅里克相互交谈，却丝毫不留意他，好像屋里根本就没有他这个人。可是他很想跟他们聊聊天，吹吹牛，大吃大喝一顿，如果可能，也和柳布卡调调情。吃饭时，她大约有五次坐在他身边，好像不经意似的，用自己那漂亮的肩膀碰碰他，双手抚摸着自己的大屁股。她是个健康、快乐、活泼、闲不住的姑娘：时而坐下，时而站起来，坐下时像个淘气的孩子，有时用胸脯、有时用肩膀转向邻座的人，还不停地用肘臂或膝头碰撞人家。

助医也不喜欢农民们每人只喝一杯酒、多了不喝，而他一个人独酌又觉得别扭。可是他忍耐不住，喝了一杯又一杯，吃了一整根香肠。为了不让农民躲开他，让他入伙共饮，他决定讨好他们。

"你们鲍格廖夫卡的人都是好汉!"他摇着头说。

"哪方面的好汉?"卡拉施尼科夫问道。

"就是,比如,有关马的,盗马的好汉!"

"噢,可找到了好汉!不过是些醉汉和小偷罢了!"

"那是以前的事,过去了,"一阵沉默之后,梅里克说,"现在他们只剩下了一个菲里亚老头,还是个瞎子。"

"对,只剩下一个菲里亚了,"卡拉施尼科夫叹道,"算起来他现在该是七十岁了,一只眼睛让德国移民打瞎了,另一只又视力不好,白内障。从前警察一看见他,就喊'喂,沙米尔①',所有农民都叫他'沙米尔,沙米尔',现在他也没有别的称呼,只有一个名字——独眼龙菲里亚。人是好样的!有一天晚上和故去的安德烈·格里高里伊奇,和柳布卡的爸爸来到罗日诺沃——当时那里住驻着骑兵团——偷走了十四匹最好的士兵骑的马,连岗哨都没有惊动,一大早把所有马匹以二十卢布卖给了茨冈人阿方卡。是啊!可是现在的人只想乘人喝醉或睡着的时候把马偷走,胆子不小,还把醉汉的靴子拖走,然后迟迟疑疑,牵着马走出二百俄里开外,在集市上讲起价钱来,像犹太人讲价钱,直到警察把他这个傻瓜抓走了事。不是什么乐子,简直就是不要脸、没用的家伙,有什么好说呢?"

"梅里克怎么样呢?"柳布卡问道。

"梅里克不是我们这里的人,"卡拉施尼科夫说,"他是哈尔科夫人,从米日里奇来的。他是条好汉,这没错,不该抱怨,是个好人。"

柳布卡狡黠而愉快地看了一眼梅里克,说道:"怪不得一些好心人把他丢进冰窟窿洗澡了。"

"怎么回事?"助医问道。

---

① 沙米尔(1799—1871),高加索山区宗教民族主义运动的组织者,反对沙皇殖民者和当地封建主的解放斗争的领导人。

"是这样……"梅里克说，嘿嘿一笑，"菲利亚从萨莫伊洛夫斯克佃户那里牵走三匹马，他们以为是我干的。在萨摩莫伊洛夫斯克所有佃农一共有十个人，还有大约三十个长工，全是莫洛落勘派①……在集市上有一个人对我说：'梅里克，你来看看，我们从集市上赶回几匹新马。'当然，我很好奇，便来到他们那里，而他们，有那么多人，三十多人，把我倒背手捆起来，带到河边。他们说，'我要给你看看这些马'。那里本来已经凿了一个冰窟窿，他们附近，有一俄丈的地方又凿了一个冰窟窿。然后，自然是拿来一条绳子，在我腋上打了个结，另一头拴了一根弯棍子，就是说，这根棍子要能穿过两个窟窿，于是，把棍子捅进去又拉出来，我就这样，穿着皮袄和皮靴，扑通一声掉进冰窟窿里！而他们站在那里，有人用脚踢我，有人用木棒推，然后又从冰下面拖拉，拉到另一个冰窟窿里。"

柳布卡打了个冷颤，浑身卷缩起来。

"起初我冻得着急，"梅里克继续说，"等到把我拖到外面，没有任何办法，我只得躺在雪上。莫洛勘派站在旁边，用棍子打我的膝部和臂肘。好痛啊，真是厉害！他们把我打完就走了……我全身结了冰，衣服上一层白冰，我站起来，但没有劲儿。谢天谢地，有位农夫开车来了，用车把我拉走。"

这时，助医已经喝了五杯或者六杯，他心里豁亮了，也想侃侃不很寻常的、神奇的故事，并想显示一下他也是条好汉、什么也不怕。

"在我们奔撒省有这样一件事……"他开口说。

因为他喝了很多酒，露出一副无精打采的样子，也可能还因为他两次说谎被戳穿，农民们根本不留意他，甚至不再回答他的问题。不仅如此，当着他的面，他们表现得很坦然，让他感到很痛心和心寒，这表示，他们并不把他放在心里。

---

① 莫洛勘派，18世纪俄国产生的精神基督教派的一个派别，否认一切宗教仪式。

卡拉施尼科夫举止端庄，像个老成持重、深明事理的人，他讲话谨慎小心，每次打哈欠都要在嘴上画十字，谁也想不到他竟是个盗贼，偷穷人家的狠心的贼，并且已经进过两次监狱，村社曾判他流放西伯利亚，可是他的父亲和叔叔，也是像他本人那样的盗贼和坏蛋，却拿钱把他赎了出来。梅里克摆出一副精明能干的样子。他见柳布卡和卡拉施尼科夫在欣赏他，也自以为是条好汉，便时而双手叉腰，时而挺起胸脯，时而又伸伸懒腰，弄得凳子吱吱作响……

晚饭之后，卡拉施尼科夫没有起立便对圣像祈祷，还握了握梅里克的手，梅里克也祈祷并握了卡拉施尼科夫的手。柳布卡收拾好饭桌，并在桌上放了一些薄荷饼、炒坚果、南瓜子，摆了两瓶甜葡萄酒。

"愿安德烈·格里戈里伊奇升到天国，永享安宁，"卡拉施尼科跟梅里克碰碰杯，说道，"他在世的时候，我们常在这里聚会，或者在马丁兄弟家，——我的天！我的天！——那是什么样的人啊，什么样的谈话啊！很好的谈话！那里有马丁，有菲里亚，还有斯图科泰，费奥多尔……一切都有气派，像个样子……玩得那么痛快！玩得痛快，玩得痛快！"

柳布卡出去了，过不久又回来了，戴着一块绿色头巾和一串珠子。

"梅里克，看呀，今天卡拉施尼科夫给我带来了什么！"她说。

她照照镜子，摇了几次头，好让珠子发出响声；后来，她打开一只小箱子，从那里面先取出一件带有红色和天蓝色小花的粗布连衣裙，接着又取出另一件，是红色带镶边的，沙沙发响，像纸一样簌簌出声，然后取出一块新头巾，蓝色的，泛着七色光彩——她展示这些东西，嬉笑着拍着巴掌，好像惊奇她会拥有这么一些宝贝。

卡拉施尼科夫调好巴拉莱卡琴弦，弹了起来，助医无论如何弄不明白他弹的是什么歌曲，是欢乐的还是忧伤的，因为时而非常悲哀，甚至催人泪下，时而又变得欢快。梅里克突然站起身来，用鞋后跟在原地踏步,随后伸开双臂,只用脚后跟从桌子边向炉子走过去,又从炉子走到箱子前面,然后像被螫了似的身子猛然向上一跳,两只鞋子后跟在空中磕得咔嚓一响,接着又蹲着打转儿。柳布卡张开双臂,使劲尖叫一声,跟在他后面走;起先她侧着身子走,样子阴险狠毒,像要偷偷靠近某人从背后袭击;她用脚后跟踏着碎步,像梅里克用靴后跟一样,然后陀螺似的打转,蹲下来,她那红色连衣裙吹得鼓胀起来,像一口钟。梅里克凶狠地望着她,龇着牙,蹲下身子向她靠近,想用自己那双大脚把她踩死,而她跳了起来,向后仰起头,张开臂膀好似一只大鸟,翅膀几乎触到地面,沿着房间漂浮而去……

"啊!好一个火辣辣的姑娘!"助医心想,坐到箱子上,从那里看跳舞,"好一团火!即便自己付出一切,也还不够……"

于是他感到懊悔:为什么他是个助医,而不是普通的农民?为什么他身上穿的是厚上衣,戴还有镀金扣的小链子,而不是穿蓝色衬衣,系腰带绳呢?这样他就可以大胆地唱歌、跳舞、喝酒,像梅里克那样张开双臂去搂住柳布卡……

猛然的碰撞和大喊大叫的声音弄得柜子里的器皿叮咚发响,蜡烛的火苗闪烁不定。

线断了,珠子撒了一地,绿色头巾从头上掉落下来,柳布卡不见了,代替她的只是闪现一团红色的云,还有两只黑眼睛熠熠发光,而梅里克,眼看手、脚马上要被扯下来似的。

于是梅里克最后一次用脚一蹬,站了起来,一动不动……柳布卡累得几乎喘不上气,靠在他的胸前,好像倚着一根柱子,而他拥抱她,盯着她的眼睛,像是开玩笑似的,温柔、亲切地说:

"我要弄清你那个老太婆把钱藏在什么地方,我要杀了她,再用小刀割断你的喉咙,然后烧掉这个客店……人们会以为,你们给火烧死了,我拿着你们的钱到库班去,在那里放马群、养羊……"

柳布卡什么也不回答，只是带着歉意看他一眼，问道：

"梅里克，库班好吗？"

他没说什么，走到箱子旁边，坐下来，思索——大概是在幻想库班的事儿。

"不过，我该走啦，"卡拉施尼科夫站起来说道，"菲里亚肯定在等了。再见吧，柳芭！"

助医走到院里，怕卡拉施尼科夫骑了他的马去。暴风雪越发肆虐。白色的云，用那长长的尾巴缠住野蒿和树丛，在院子里漂浮，而在篱笆墙那边，在田野里，一些巨人穿了宽袖的白色尸衣到处乱跑，时而倒下，又站起来，想挥动手臂，打架。风啊，好大的风！光秃秃的白桦树和樱桃树，经不起它的粗暴的抚爱，弯身贴地，哭泣了："天啊，为了什么罪孽你把我们钉在地上，而不给自由？"

"驾！"卡拉施尼科夫厉声吆喝着，骑到自己的马上。大门的一半是打开的，旁边堆了一个高高的雪堆。"呐！快走呀！"卡拉施尼科夫嚷道。他的小个子短腿马跑起来，陷进深到肚子里的雪堆里。卡拉施尼科夫沾了一身白雪，不久连同自己的马在大门外消失了。

当助医回到屋里时，柳布卡趴在地板上，在收拾珠子。梅里克不见了。

"漂亮的姑娘！"助医躺在长凳上，把短皮袄压在头下，想，"唉！要是梅里克不在这里该多好！"

柳布卡在长凳附近的地板上爬着，撩动了他的心，他想，要是梅里克不在这里该多好，那他一定会站起来去拥抱她，再往后，自然会明白的。诚然，她还是个姑娘，但未必是处女；即便是个处女，在这个强盗窝里还用得着客气吗？柳布卡收拾起珠子，走出去了。蜡烛烧完了，烛光已经烧到烛台上的纸片了。助医把手枪和火柴放在自己身边，熄灭了蜡烛。长明灯光闪烁不定，刺得人的眼睛发痛。光影在天花板上、在地板上、在柜子上跳动，在这光影中间仿佛现出了柳布卡的身影，健壮的、胸部丰满的身影：时而像陀螺似的打转，时而跳得精疲力竭、气喘吁吁……

"唉，如果魔鬼把梅里克带走，该多好啊？"他想。

长明灯最后一次眨眨眼，发出咝咝声响便灭了。有人，肯定是梅里克！他走进屋里，坐在长凳上，抽了口烟斗，那张带黑斑的黝黑的面颊，瞬时间被照亮了。难闻的烟草味呛得助医的喉咙发痒。

"你这可恶的烟草，真该死！"助医说道，"甚至让人恶心。"

"我在烟草里掺了燕麦花，"梅里克沉吟一阵，说道，"这样，胸膛里舒服点。"

他吸过烟，啐了几口唾沫，又走出去。过了大约半小时，过厅里突然闪出灯光。梅里克穿着短皮袄，头戴帽子出现了，随后是柳布卡，手里拿着蜡烛。

"别走啦，梅里克！"柳布卡哀求道。

"不，柳芭，不要挽留。"

"听我说呀，梅里克。"柳布卡说道，她的声音变得温柔而轻微。

"我知道，你会找到妈妈的钱，会把她和我杀死，到库班去爱别的姑娘，愿上帝保佑你。我只求你一件事，心肝，别走啦！"

"不，我想去散散心……"梅里克一面系腰带，一面说道。

"你没有办法去散心……你是步行来的，你坐什么东西去呢？"

梅里克朝柳布卡躬下身去，凑到她耳边低声说了一句话。她看看房门，噙着泪笑了。

"他在睡觉，爱吹牛的魔鬼……"她说。

梅里克拥抱她，使劲亲吻一阵，便出去了。助医把手枪放进口袋里，很快站起来，跟踪他跑去了。

"让我过去!"他对柳布卡说,她在过厅里很快锁上了门,站在门槛上。"让开,你站着干什么?"

"你为什么到那边去?"

"去看看马。"

柳布卡狡黠而亲热地从头到脚看了看他。

"看它干什么?你要看我呀……"她说,然后躬身,用手指触摸一下那个挂在他链子上的镀金的钥匙。

"让开,不然,他会骑着我的马走了!"助医说,"让开,见鬼了!"他嚷道,狠狠在她肩头打了一下,又竭尽全力用胸脯推挤,想把她从门口挤开,可是她紧紧抓住门闩,好像一个铁人似的。"让开!"他喊一声,觉得有些累了。"他会骑走的,我是说!"

"他在哪里?他不会骑走的。"

她喘着粗气,抚摸着疼痛的肩膀,又从上到下看他一眼,面色变得通红,笑了起来。

"不要走,心肝……"她说,"我一个人无聊。"

助医盯着她看了一眼,想了想,便去拥抱她,她并不反抗。

"喂,别开玩笑,让开!"他请求道。

她不吱声。

"我听见了,"他说,"刚才你对梅里克说,你爱他。"

"不行吗……我爱谁,我心里有数。"

他又用手指动动钥匙,轻轻地说。

"把这个给我……"

助医解下小钥匙,交给他。她蓦地伸长脖子,倾听,做出一副严肃的面孔,助医觉得她的眼神是冷漠而狡黠的。他想起马来,便轻轻把她推开,跑到院子里去。棚子下面一头睡着的猪均匀地、懒洋洋的地哼哼着,一头牛用角撞击着……助医擦亮一根火柴,他看见了猪、牛,还有狗,它们见到火光从四面八方朝他奔来,可是马却不见了踪影。他朝那些狗喊叫,挥手,在雪堆上绊倒了,踏进雪里,跑到大门外面,在黑暗中仔细察看。他睁大眼睛,只能看见大雪飞舞,雪花明显组成各式各样的形状:时而从黑暗中露出一个死人的嬉笑的白脸;时而跳出一匹白马,上面坐着一位身穿细纱连衣裙的女骑手;时而一队白天鹅从头上掠过……助医又气又冷,浑身哆嗦,不知道如何是好,他用手枪朝那些狗开了枪,但连一只狗都没击中,之后就跑回屋里去了。

当走进前厅时,他分明听到,有人匆匆从屋里出来,把门撞了一下。屋里漆黑一片,助医撞到门上,但门锁了,于是他一根接一根擦火柴,跑回过厅,从那里又到厨房,从厨房再到一个小房间里,这里四面墙上挂着裙子和外衣,散发着矢车菊和土茴香的气味,屋的一角靠近炉子摆了一张床,上面一大堆枕头,这里住的一定是那个老太婆,柳布卡的母亲。他从这里来到另一个房间,在这里看见了柳布卡。她躺在箱子上,上面盖一床用印花碎布做的花花绿绿的被子,装作睡觉的样子。在她的枕头上方点了一盏长明灯。

"我的马在哪里?"助医神色严肃地问。

柳布卡一动不动。

"我在问你,我的马在哪里?"助医更加严厉地重说一遍,同时掀开了她身上的被子。"我在问你!母妖精!"他嚷道。

她猛地起身,跪下来,一只手扯着衬衫,另一只手极力抓住被子,自己紧靠墙上……她厌恶地,怀着恐惧望着助医。她的眼睛就像被捕的野兽的眼睛,狡黠地注视着他的一举一动。

"说呀,马在哪里,不然我打死你!"助医嚷道。

"滚开,讨厌的家伙!"她用嘶哑的声音说。

助医抓住她脖子旁边的衬衫,扯破了,同时又控制不住自己,竭尽全力去拥抱那姑娘。而她愤恨得低声嘟哝着,从他的搂抱里挣脱开,抽出一只手来——另一只手插进扯破的衬衫里——朝他的头顶揍了一拳。

他的脑袋痛得发昏,耳朵里嗡鸣、震响,跟跟跄跄向后退去。这时,他又挨了另一拳,打在太阳穴上。他晃晃悠悠,抓住门框,免得跌倒,摸索着走进他放东西的房间,他躺在长凳上,后来,躺了一阵之后,从口袋里掏出一盒火柴,毫无目的地开始一根接一根点燃:他擦着了,又吹灭,扔在桌子下面,就这样,一直到所有火柴擦完为止。

这时,窗外的天空开始发蓝,公鸡打鸣了,可是脑袋仍旧发痛,耳朵里乱哄哄的,仿佛叶尔古诺夫坐在铁路桥下,倾听火车在头上走过似的,他好歹穿上短皮袄,戴上帽子。马鞍和一捆购买的东西他却找不到了,那只袋子是空的,怪不得他刚才从院子里进屋时,有人从屋里溜了出去。

为了防备狗咬,他在厨房里操起一根火钩子,走到院子里,仍然让屋门开着。暴风雪已经停息了,院子里静悄悄的……他走到大门外时,白皑皑的田野看上去死气沉沉,早晨的天空中没有一只飞鸟。道路两旁,很远的地方,有一片小树林泛出淡蓝色。

助医开始想,医院会怎么对待他呢?医生又会对他说什么呢?一定得好好考虑这个问题,事先准备好对付提问的回答,可是这些想法渐渐变得模模糊糊,而且消失了。他走着,心里只是在想柳布卡,在想和他一起度过夜晚的农民们。他回想起,柳布卡第二次打了他之后,弯身到地上捡被子,她那散乱的辫子掉在地上,他的头脑乱了套……他想:世上为什么分医生、助医、商人、文书、农民,而不简简单单都是自由人呢?要知道,有的是自由的飞鸟,自由的走兽,自由的梅里克,他们什么人也不怕,也不要求于什么人!这是谁想出来的,谁说应当黎明即起、中午吃午饭、晚上睡觉?谁说医生比助医大,应当住在屋里,只能爱自己的妻子呢?为什么不相信:夜里吃午饭,白天睡觉呢?啊,要是不问是谁的马,骑上就跑,要是像魔鬼似的跟风儿比赛,奔跑在田野、森林和峡谷里，要是能爱一切姑娘，嘲笑所有的人，该多好啊……

助医把火钩子扔在雪里，用额头抵住白桦树雪白冰冷的树干，心里又在思索，他这平淡、单调的生活；他的薪水、卑下的地位、药房、没完没了地跟拔火罐和斑蝥忙活，在他看来是卑鄙的让人恶心的。

"谁说玩玩是罪过？"他不无懊丧地问，"凡说这种话的人，从来没有像梅里克和卡拉施尼科夫那样自由自在生活过的人，他们也不会爱柳布卡，他们一生奔波，没有任何乐趣地生活着，只知道爱自己像癞蛤蟆似的妻子。"

关于自己，他现在是这样想的，如果说他至今没有成为窃贼、骗子甚至强盗，那仅仅是因为他不会或者没有遇到合适的机会。

一年半过去了，春天里，过了复活节一周之后，早已被医院解雇的到处漂泊的助医，迟暮时分从列宾诺一家小酒店出来，毫无目的地在街上漫步。

他来到田野上。这里散发出春天的气息，吹起温暖、柔和的微风。寂静的布满繁星的夜从天空观照大地。我的上帝，天空是那么深邃，那么宽广莫测地环抱着世界！世界真是美好的造物，助医想，只是为什么，人们要彼此分成清醒的和喝醉的，在职的和解雇的，如此等等呢？为什么清醒的人和饱食的人是自己在家里安心睡觉，而喝醉的人和挨饿的人却要在田野上徘徊，不知何处安身？为什么没有工作、得不到薪水的人一定要忍饥挨饿、无依无着、没有鞋子呢？这是谁想出来的！为什么飞鸟和林中的野兽无须工作，没有薪水，却生活得称心如意呢？

遥远的天边，一片美丽、火红的彩霞铺展开来，在地平线上抖索。助医站在那里，久久眺望着，一心在想：如果我昨天拿了别人的茶炊，在酒馆里换酒喝了，这是罪过吗？为什么？

大路上有两辆板车从旁边驶过，一辆里面有一个婆娘在睡觉，另一辆上坐着一个没有戴帽子的老头……

"老爷子,这是哪里着火了?"助医问道。

"安德烈·契里科夫客店……"老头答道。

助医回想起来,大约一年半之前的冬天,在这个客店里所发生的事,想起梅里克怎样吹牛。他想象着被砍杀的老太婆和柳布卡怎样被焚烧,他嫉妒梅里克。可是当他又走进小酒馆的时候,一面看着富有的酒馆老板、牲口贩子和铁匠的住房,一面在想:要是夜里钻进稍许有钱人的家里去倒也不错!

一八九〇年四月

跳来跳去的女人

一

奥莉加·伊凡诺夫娜所有的朋友和熟人都出席了她的婚礼。

"你们瞧瞧：他是不是有点意思？"她对朋友们说，朝丈夫那边点一下头，似乎想解释一下，她为什么嫁给了这么一个普普通通、极为寻常、毫无出众之处的人。

她的丈夫奥西普·斯捷潘内奇·戴莫夫是一名医生，九品文官。他在两家医院里做事：在一家医院里任编外主治医师，在另一家医院当解剖师。每天早上从九点到中午，他给门诊病人看病，查病房；午后乘公共马车赶到另一家医院，解剖病人尸体。他也私人行医，不过收入很少，一年五百来卢布。仅此而已。此外，关于他还有什么好说的呢？然而，奥莉加·伊凡诺夫娜和她的朋友熟人却个个不同凡响。他们每一位都各有所长，小有名气。有的已经成名，是公认的专家名流，有的虽说还没出名，却有着光辉灿烂的前程。有一位剧院演员，早已是公认的伟大天才，他优雅、聪明、为人谦虚，还是一位出色的朗诵家，他教奥莉加·伊凡诺夫娜朗诵。有一位歌剧院的歌唱家，一个好心肠的胖子，经常叹着气说服奥莉加·伊凡诺夫娜：她是在毁掉自己，如果她不懒散，能管束自己，那她肯定能成为一名出色的歌唱家。另外，有好几名画家。为首的是擅长风俗画、动物画和风景画的里亚博夫斯基,一个相貌英俊的浅发青年,二十四五岁,几次画展都获得了成功,最近画的一幅画就卖了五百卢布。他为奥莉加·伊凡诺夫娜修改画稿,并说她有朝一日很可能有所成就。另外还有一位大提琴手,他的乐器呜咽有声,像人在哭。他老实承认,在他认识的所有女人中间,能为他伴奏的只有奥莉加·伊凡诺夫娜一人。另外还有一位作家,年纪很轻,但已经名声在外,他写过不少中篇小说、剧本和短篇小说。此外还有谁呢?哦,还有瓦西里·瓦西里伊奇,贵族,地主,业余的插图画家,刊头卷尾的小花饰设计者,酷爱古老的俄罗斯文体、壮士歌和民谣,在纸上、瓷器上和熏黑的盘子上,他能创造出真正的奇迹。这伙自由自在的演艺人员,命运的宠儿,虽说一个个彬彬有礼、态度谦和,但也只有在生病的时候才会想起医生的存在。戴莫夫这个姓氏在他们听来跟西多罗夫和塔拉索夫毫无区别。在这伙人中间,戴莫夫显得陌生、多余、矮小,尽管他身材高大,肩膀很宽,但看上去他好像穿着别人的礼服,留着店伙计的胡子。不过,话说回来,如果他真是作家或艺术家,那么别人就会说,他那部胡子使人联想到左拉[①]。

那位演员对奥莉加·伊凡诺夫娜说,她穿上这身漂亮的婚纱,再配上亚麻色的头发,真像一棵春天里开满娇嫩的白花、婀娜多姿的樱桃树。

"不,您听我说,"奥莉加·伊凡诺夫娜对他说,挽住他的胳膊,"这件事是怎么发生的?您听着,听着……我得告诉您:我爸爸同戴莫夫在一家医院里做事。有一回,可怜的爸爸病了,戴莫夫日日夜夜守在他的病床前。多么了不起的自我牺牲啊!你们都听我说,里亚博夫斯基……还有您,作家,你们都听着,这很有意思哩。你们都靠近一点。多么了不起的自我牺牲,多么真诚的关心!我也一连几夜没有睡觉,守

[①] 左拉(1840—1902),法国著名作家。

着爸爸，突然间，了不得，姑娘征服了小伙子的心！我的戴莫夫神魂颠倒地堕入情网。真的，命运往往是这么离奇！爸爸死后，他常来看我，有时两人在街上相遇，有那么一天晚上，突然间冷不防他向我求婚了……简直像雪山压顶……我哭了一个通宵，我自己也昏头昏脑地堕入情网。现在，你们瞧，我成了他的妻子。是不是他有点意思；强壮，有力，像熊一样？此刻，他的脸有四分之三对着我们，光线不好。等他转过身来，你们瞧他的脑门。里亚博夫斯基，您得说说这脑门怎么样？戴莫夫，我们正说你呢！"她叫丈夫，"你过来。把你诚实的手伸给里亚博夫斯基……这就对了。你们做个朋友吧。"

戴莫夫温和地、憨厚地微笑着，向里亚博夫斯基伸出手去，说：

"幸会幸会。当年我有个同班毕业的同学也姓里亚博夫斯基。他不会是您的亲戚吧？"

二

当年，奥莉加·伊凡诺夫娜二十二岁，戴莫夫三十一岁。婚后，他们的日子过得很不错。奥莉加·伊凡诺夫娜在客厅的四面墙上挂满了自己的和别人的画稿，有的镶进画框，有的没有画框。她在钢琴和家具之间布置了一个漂亮而热闹的墙角，用的无非是中国小花伞、画架、五颜六色的小布条、匕首、半身雕像和照片……在餐室，她用粗拙的民间木版画裱糊墙壁，挂上树皮鞋和镰刀，屋角放一把长柄大镰刀和搂草的耙子，这么一来，餐室里就充满了俄罗斯的乡趣。在卧室，她把天花板和四面墙上钉上黑绒布，好让它更像山间岩穴，在两张床的上方挂一盏威尼斯灯笼，在门旁还立着一个手执斧钺①的泥塑。大家认为，这对年轻夫妇有一个十分可爱的小巢。

---

① 一种古代兵器。

每天早上，奥莉加·伊凡诺夫娜要到十一点才起床，之后她弹钢琴，要是有太阳，就画油画。随后，到十二点多钟，她就坐车去找她的女裁缝。因为她和戴莫夫的钱不很多，只够日常开销，所以为了经常有新衣服可穿，并以此引人注目，她和她的女裁缝不得不挖空心思。她们经常把旧衣服染过，加上一些不值钱的零头透花纱、花边、长毛绒和丝绸，就能创造出奇迹来。做出来的东西着实迷人，简直不能叫衣服，而是梦幻。从女裁缝家里出来，奥莉加·伊凡诺夫娜就乘车去拜访某位熟悉的女演员，一来好打听一些剧院新闻，二来顺便弄几张新剧首场演出或纪念性义演的戏票。从女演员家出来，她还得坐车去某位画家的画室，或者参观某个画展，然后再去拜访某位名流——邀请他来家做客，或者回拜，或者只是同他聊聊天。她到处受到愉快而友好的欢迎，大家都夸她漂亮，可爱，是个少有的女人……那些她称之为名流和伟人的人也都把她当作自家人看待，当作他们的同行。这些人众口一词地向她预言：凭她多方面的天赋、情趣和聪明，只要她不分散精力，将来一定大有成就。她唱歌，弹钢琴，画油画，雕塑，参加业余演出，所有这些她都不是马虎从事，而是干得十分有才气。不论扎个彩灯，还是梳妆打扮，哪怕只给人系条领带，她都做得特别艺术、雅致、招人喜欢。不过，有一方面她的才能表现得最为突出，那就是，她善于很快结识名流，很快跟他们搞熟。只要有人稍稍出了点名气，引起人们的议论，她就立即去拜访他，当天跟他交上朋友，并请他到家里来做客。每结交一个新的名人对她来说都是真正的喜庆。她崇拜名人，为他们骄傲，每天夜里都梦见他们。她如饥似渴地寻找名人，而且她的这种渴望永远得不到满足。旧的名人消失了，被人遗忘，又有新的名人取代他们。不过，就是对这些新的名人她也很快看惯了，或者失望了，于是又开始急切地寻找新的名人、新的伟人，找到了又找。这是为什么呢？

下午四点多钟她和丈夫一块儿在家吃午饭。他的朴实、理智和善良让她感动得忘乎所以。她时不时跳起来，冲动地抱住他的头，连连吻他。

"你呀，戴莫夫，是个聪明而又高尚的人，"她说，"只是你有一个很大的缺点：你对艺术根本不感兴趣，你否认音乐和绘画。"

"我不了解它们，"他温和地说，"我一辈子搞的是自然科学和医学，所以我没有时间再去关心各门艺术。"

"这是很可怕的，戴莫夫！"

"那为什么？你的那些熟人不懂自然科学和医学，可是你并没有因此而责备他们。每个人都有自己的专长嘛。我不懂风景画和歌剧，但我这样想：既然有一批聪明人为它们献出了毕生的精力，而另一些聪明人愿意为它们花费大笔的钱，那么可见它们是有用的。"

"来，让我握握你那诚实的手！"

午饭后，奥莉加·伊凡诺夫娜又出门访友，然后上剧院看戏，或者去听音乐会，过了午夜才回到家。天天如此。

每逢星期三，她家总有晚会。在这些晚会上，女主人和客人们不玩牌，不跳舞，他们的娱乐是各种艺术活动。话剧演员朗诵，歌剧演员唱歌，画家们在纪念册上绘画（这种纪念册奥莉加·伊凡诺夫娜多的是），大提琴手演奏，女主人本人也绘画，也雕塑，也唱歌，也伴奏。在朗诵、演奏和唱歌间隙，他们谈论文学、戏剧和绘画，而且常常争论起来。晚会上没有女宾，因为奥莉加·伊凡诺夫娜认为，除了女演员和她的女裁缝，其余的女人都无聊而庸俗。每次晚会都免不了这种场面：门铃声一响，女主人便猛地一惊，随即脸上露出得意的神色，说："这是他！"这个"他"指的是一位应邀来访的新的名人。戴莫夫是不在客厅里的，而且谁也想不起他的存在。但是一到十一点半，通往餐室的门打开了，戴莫夫带着他善良温和的微笑出现在门口。他搓着手说：

"请吧，诸位先生，请吃点东西。"

大家进了餐室，每一回看见餐桌上摆的老是那几样东西：一盘牡蛎，一块火腿或者小牛肉，沙丁鱼罐头，奶酪，鱼子酱，蘑菇，一瓶伏特加和两瓶葡萄酒。

"我亲爱的管家①，"奥莉加·伊凡诺夫娜说，高兴得轻轻击起掌来，"你真是迷人！先生们，注意看他的脑门！戴莫夫，你侧过脸来。先生们，瞧他的脸相多像孟加拉老虎，可表情却善良可爱，像鹿一样。哇，我的亲爱的！"

客人们吃着，望着戴莫夫，心想："确实，挺不错的一个人。"但很快他们就把他忘了，继续谈他们的戏剧、音乐和绘画。

这对年轻的夫妇十分幸福，他们的生活无牵无挂。不过，在他们蜜月的第三个星期却过得不很美满，甚至有点凄凉。原来戴莫夫在医院里感染上了丹毒，在床上一连躺了六天，而且不得不把他一头漂亮的黑发全剃光。奥莉加·伊凡诺夫娜坐在他身旁，伤心得直落泪。不过，等他的病情刚有好转，她就用一块白头巾把他的光头缠起来，把他当成贝陀因人②画下来。两人又快活了。病好后他便去医院上班，可是三天后他又出了麻烦。

"我真倒霉，亲爱的！"他吃午饭时说，"今天我做了四次解剖，一下子划破了两个手指头。直到回家后我才发现。"

奥莉加·伊凡诺夫娜一听吓坏了。他却笑着说，这是小事一桩，他做解剖的时候经常划破手。

"我一专心，亲爱的，就变得大意了。"

奥莉加·伊凡诺夫娜焦急不安地预料他会得败血症，天天夜里为他做祷告，还好，结果平安无事。于是他们重又过起安定幸福的生活，无忧无虑。眼前的生活是美好的，而且紧跟着春天即将来临，它已经在

---

① 原文为法文。
② 以游牧为生的阿拉伯人。

远处微笑,许诺无数欢乐。幸福是没有穷尽的!四月、五月、六月,可以住到远离尘嚣的别墅去,散步,写生,钓鱼,听夜莺唱歌。然后从七月到深秋,画家们将去伏尔加河旅游,她作为团体[①]的一名必不可少的成员,肯定是要参加这项活动的。她已经用细麻布缝了两套旅行装,买了路上用的颜料、画笔、画布和新的调色板。里亚博夫斯基几乎每天都来她家,看看她的绘画有什么长进。每当她把画拿给他看,他总是把手深深地往衣袋里一插,咬着嘴唇,喷喷鼻子,说:"噢,是这样……您的这片云在叫喊:它的光线不对头,不像晚霞。前景像被嚼碎了,有些地方,您明白吗,不大对劲……您的那座小木屋被什么东西压住了,在吱吱哇哇叫苦……这个墙角应当再暗一些。不过总的来说还不坏……我赞赏。"

他说得越是难懂,奥莉加·伊凡诺夫娜倒越是听得明白。

三

在圣灵降临节[②]的第二天,午饭后戴莫夫买了一些酒菜和糖果,动身去别墅看望妻子。他已有两周没有看见她,十分想念她。他先是坐了一段火车,后来在一大片树林里寻找自家的别墅,弄得他又饿又累,一心盼望着待会儿能歇下来跟妻子共进晚餐,再美美地睡上一觉。他看着那包东西心里很高兴,那里面有鱼子酱、奶酪和鲑鱼。

当他终于找到自家的别墅,认出它来,这时太阳快要下山了。一个年老的女仆告诉他:太太不在家,不过他们很快就会回来的。这别墅样子极难看,天花板很低,糊着写过字的纸,地板不平,有许多裂缝。一共有三个房间。一间房里摆着一张床,另一个房间里,椅子上和窗台上

---

① 原文为法文。
② 东正教节日,在复活节(俄历3月22日)后第五十天。

乱扔着画布、画笔、脏纸、男人的大衣和帽子，在第三个房间里戴莫夫看到三个不认识的男人。其中两人是留着大胡子的黑发男子，第三人很胖，脸面刮得干干净净，看样子是个演员。桌上的茶炊吱吱地响。

"您有什么事？"演员用男低音问，冷眼打量着戴莫夫，"您找奥莉加·伊凡诺夫娜吗？请等一下，她一会儿就回来。"

戴莫夫坐下来等着。一个黑发男子睡眼惺忪、无精打采地瞧了他几眼，给自己倒了一杯茶，问道：

"您要不要来一杯？"

戴莫夫又渴又饿，但他不想败坏自己的胃口，所以没有要茶。不久就听到脚步声和熟悉的笑声。门砰的一声响，奥莉加·伊凡诺夫娜跑进屋来，她戴一顶宽边草帽，手里提着画箱。紧随其后，兴高采烈、满脸红光的里亚博夫斯基走了进来，他拿着一把大伞和一张折叠椅。

"戴莫夫！"奥莉加·伊凡诺夫娜扬声叫道，高兴得涨红了脸，"戴莫夫！"她又叫一声，把头和双手贴在他的胸脯上，"这是你呀！你为什么这么久都不来？为什么？为什么？"

"我哪儿有时间啊，亲爱的？我总是很忙，等我有空了，可是火车的班次又常常不合适。"

"不过，看到你我还是很高兴！我每天每天夜里都梦见你！我真担心你生病了。哎呀，你不会知道你是多么可爱，你来得正是时候！你是我的救星！只有你才能救我！明天这儿要举行一个顶顶别致的婚礼，"她继续说，笑嘻嘻地为丈夫系好领带，"车站上的电报员奇克里杰耶夫明天结婚。很英俊的一个小伙子，人也不蠢，你知道吗，他的脸上有一股刚强的、像熊一样的神气……可以拿他当模特画一幅年轻的瓦兰人①。我们全体住在别墅里的人对他很感兴趣，已经答应他一定参加他的婚礼……他这人没有钱，孤单单的，还胆小怕事，所以呢，不用说，

---

① 古俄罗斯对北欧诺尔曼人的称呼。

不同情他那就是罪过。你想想，做完弥撒就举行结婚仪式，然后从教堂里出来，大伙儿走到新娘家……你可知道，葱翠的小树林，小鸟叽叽喳喳，阳光斑斑驳驳落在草地上，在这片鲜绿色的背景上，我们都成了五颜六色的斑点——这幅画多么别致，有着法国印象派的韵味哩。可是，戴莫夫，叫我穿什么衣服进教堂呀？"奥莉加·伊凡诺夫娜说着，做出一副哭相，"我这儿什么也没有，真正是什么也没有！没有衣服，没有花，没有手套……你一定要救救我。既然你来了，那么，这就是说，是命运托付你来救我的。我亲爱的，你拿着这串钥匙，回家去，把衣柜里我那件粉红色连衣裙取来。你知道它，它挂在最前面……然后在储藏室的右边地板上，你会看到两个硬纸盒。你打开上面的盒子，里面尽是花边，花边，花边，还有各种各样的零头碎料，这些东西底下就是花。你拿花的时候，千万要小心，可别把它弄皱了，亲爱的。把花都取来，容我在这里挑一挑……另外，再买一副手套。"

"好的，"戴莫夫说，"我明天回去，叫人送来。"

"明天怎么行？"奥莉加·伊凡诺夫娜问，吃惊地望着他，"明天你怎么来得及？明天头班火车早上九点开，婚礼在十一点举行。不，亲爱的，要今天回去，一定得今天回去！如果你明天来不了，那就找个人送来。好了，走吧……待会儿有趟客车要经过这里。别误了火车，亲爱的。"

"好吧。"

"唉，我真舍不得把你放走，"奥莉加·伊凡诺夫娜说，泪水涌上她的眼眶，"唉，我这个傻瓜，何苦答应那个电报员呢？"

戴莫夫赶紧喝了一杯茶，拿了一个面包圈，温和地微笑着，上车站去了。那些鱼子酱、奶酪和鲑鱼，都让那两个黑发男子和胖演员吃了。

四

　　七月里一个宁静的月夜，奥莉加·伊凡诺夫娜站在伏尔加河上一条游轮的甲板上，时而望着水面，时而望着美丽的河岸。在她身旁站着里亚博夫斯基，他对她说，水上黑魆魆的阴影不是阴影，而是梦，又说，这神秘的水域和它奇异的闪光，这无边无际的天空，以及伤感沉思的河岸，都在诉说着我们生活的空虚，昭示着人世间有一种崇高而永恒的幸福；在这样迷人的月夜，人若能忘掉自己，死去，变成回忆，那该多好啊！过去的岁月庸俗而无聊，未来也毫无意义，这美妙的夜一生中只有一次，它也很快就要消逝，化作永恒——人活着又为了什么呢？

　　奥莉加·伊凡诺夫娜时而听着里亚博夫斯基的呓语，时而听着夜的宁静，心里却想着：她是永生的，永远不会死去。这绿宝石般的水——她还从未见过这种颜色——这天空、河岸、黑影和充溢她心田的不由自主的欢乐，都在告诉她：有朝一日她会成为伟大的艺术家；在那遥远的地方，在月光照不着的那一边，在无边无际的天地里，等待她的将是成功、荣誉和人们的爱戴……她久久地注目凝视着远方，似乎看到了蜂拥的人群、辉煌的灯火，似乎听到了庆典上昂扬的乐曲和人们的欢呼声，她自己则穿一袭白色长裙，鲜花从四面八方撒到她身上。她还想到，跟她并排站着、伏在船侧栏杆上的这个男人，是真正伟大的人、天才、上帝的宠儿……迄今为止，他所创作的全部作品都是那么出色、新颖、不同凡响，一旦他的稀世才华完全成熟，他的创作将无限高超，令世人倾倒。这一点，从他的脸，从他的表达方式，从他对大自然的态度就看得出来。关于阴影和黄昏的情调，关于月光，他都说得与众不同，用的是自己的语言，这一切使人不由得感受到他那种驾驭大自然的魅力。他本人十分英俊，有独特的才能。他的生活无牵无挂，自由自在，超凡脱俗。他过着小鸟一样的生活。

"天凉了。"奥莉加·伊凡诺夫娜说着，不由得打了个冷颤。

里亚博夫斯基把自己的雨衣披在她身上，悲伤地说：

"我觉得我的命运掌握在你的手里。我是奴隶。为什么你今天这样迷人呢？"

他一直目不转睛地瞧着她。他的眼神很可怕，她都不敢抬眼看他了。

"我疯狂地爱你……"他悄悄地说，呼出的气哈到她的脸颊上，"只要你对我说一个'不'字，我就不想活了，我要抛弃艺术……"他激动万分地喃喃说，"你爱我吧，爱我吧……"

"别这么说，"奥莉加·伊凡诺夫娜说时闭上了眼睛，"这真可怕。再说戴莫夫呢？"

"什么戴莫夫？为什么提戴莫夫？我跟戴莫夫有什么相干？这儿有伏尔加、月亮、美景、我的爱情、我的痴迷，这儿根本就没有什么戴莫夫！……唉，我什么也不知道……我不需要过去，只求你给我片刻的……一瞬间的欢乐！"

奥莉加·伊凡诺夫娜的心剧烈地跳动起来。她有心想一想丈夫，可是她又觉得过去的一切，包括婚姻、戴莫夫和家庭晚会，都微不足道，毫无意义，毫无必要，平淡乏味，而且离她已经很远很远了……真的，戴莫夫算什么？为什么提戴莫夫，她跟戴莫夫有什么相干？再说，他是确有其人呢，或者他仅仅是一个梦？

"其实，对他这样一个普通而又平凡的人来说，他已经得到的那份幸福就够多的了。"她双手掩面想道，"让别人谴责去吧，诅咒去吧，我却偏要这样，宁愿毁灭。偏要这样，宁愿毁灭……生活中的一切都应当有所体验。天哪，这是多么可怕又多么美妙啊！"

"噢，怎么样？怎么样？"画家喃喃地说，他拥抱着她，贪婪地吻着她的手，她则有气无力地想推开他，"你爱我吗？是吗？是吗？啊，多静的夜！美妙的夜！"

"是的，多静的夜！"她悄悄地说，瞧着他那双含着泪水的发亮的眼睛。然后她很快地回头张望一下，搂住他，热烈地吻他。

"船快到基涅什玛了！"有人在甲板的另一侧喊道。

可以听到沉重的脚步声。那是饮食部的堂倌从旁经过。

"听着，"奥莉加·伊凡诺夫娜说，她幸福得又笑又哭，"给我们拿葡萄酒来。"

画家激动得脸色发白，坐到长椅上，一双热恋的、感激的眼睛定定地望着奥莉加·伊凡诺夫娜。后来他闭上眼，懒洋洋地微笑着，说：

"我累了。"

他把头靠在栏杆上。

五

九月二日，天气温暖无风，但是天色阴沉。一清早，伏尔加河上升起薄雾，九点钟以后又稀稀拉拉地下起雨来。看上去完全没有转晴的希望。喝茶的时候，里亚博夫斯基对奥莉加·伊凡诺夫娜说，绘画是一门最难见成效又最枯燥无味的艺术，说他算不得画家，说只有傻瓜才认为他有才华。突然间，无缘无故，他抓起一把刀子，把他的一幅最好的画稿划破了。早茶后，他脸色阴沉地坐在窗前，默默地望着伏尔加河。可是伏尔加河已失去了粼粼波光，变得浑浊灰暗，看上去冷冰冰的。所有的一切都使人想到，阴雨绵绵、令人烦闷的秋天即将来临。似乎是，伏尔加河两岸一块块美丽的绿毯，河上一串串宝石般的反光，透明的蓝色远方，以及大自然所有别致而华丽的服饰，此刻都已让造物主收了起来，藏进箱笼里，以备明春再用。群鸦在伏尔加上空盘旋，讥笑它："光啦！光啦！"里亚博夫斯基听着它们的聒噪，默默想道：我的才华已经枯竭；这世上的一切都是有条件的、相对的、愚蠢的；我不该让这个女人束缚自己……总之，他心绪不佳，苦闷得很。

奥莉加·伊凡诺夫娜坐在隔板后面的床上，用手指梳理着自己美丽的亚麻色头发，想象自己时而在客厅里，时而在卧室里，时而又在丈夫的书房里。想象又把她带到剧院里，带到女裁缝那里，带到那些名流朋友家里。这阵子他们都在干什么呢？他们还想起她吗？演出季节已经开始，应该考虑一下晚会的事了。戴莫夫呢？啊，可爱的戴莫夫！他在每封信里都那么温存地、像孩子般苦苦央求她早点回家！每月他都给她寄来七十五卢布。有一次她写信告诉他，她欠了画家们一百卢布，不久，他真的把这笔钱寄来了。多么善良、慷慨的人啊！旅行生活搞得奥莉加·伊凡诺夫娜筋疲力尽，她厌烦了，恨不得马上离开这些乡民、这河上的潮气，甩掉那种浑身不干净的感觉，这种不干不净是她从一个村子搬到另一个村子，住在农家小屋里时时刻刻都感觉到的。要不是里亚博夫斯基已经保证，他要跟那些画家在此地一直住到九月二十日，她本可以今天就离开这里。要真能这样，那该多好啊！

"天哪！"里亚博夫斯基埋怨道，"到底什么时候才能出太阳呢？没有太阳，我那幅阳光明媚的风景画就无法接着画下去！"

"可是你还有一幅画稿画的是多云的天空，"奥莉加·伊凡诺夫娜从隔间走出来，说，"记得吗，在前景的右侧是树林，左侧是一群母牛和鹅。趁现在你可以把它画完。"

"哼！"画家皱起眉头，"把它画完！难道您以为我这人就那么笨，都不知道自己该做什么？"

"你对我的态度变得多么厉害！"奥莉加·伊凡诺夫娜叹了一口气。

"嘿，那才好。"

奥莉加·伊凡诺夫娜的脸上一阵抽搐，她走到炉子旁边，哭了起来。

"对，现在只差眼泪了。算了吧！我有成千上万种理由哭，但就是不哭。"

"成千上万的理由！"奥莉加·伊凡诺夫娜呜咽着说，"最根本的理由就是你已经把我当成了累赘。是的！"她说完，放声大哭起来，"说实话，你现在已经为我们的爱情感到羞耻。你想方设法提防着那几个画家，其实这是瞒不过去的，他们早就知道了。"

"奥莉加，我只求你一件事，"画家央求道，一手按着胸口，"只求一件事：别再折磨我！除此之外，我对你没有任何要求！"

"但您得起誓，说您现在仍然爱我！"

"这是折磨人！"画家咬着牙一字一顿地说，他跳了起来，"到头来我只好去跳伏尔加河，要不然去发疯！你饶了我吧！"

"好啊，您打死我吧，打死我吧！"奥莉加·伊凡诺夫娜嚷起来，"打呀！"

她又放声大哭，跑回隔间去了。在农舍的干草顶上，响起唰唰的雨声。里亚博夫斯基抱着头，在小屋里踱来踱去。后来，他一脸果断的神色，似乎想对谁证明什么，戴上帽子，把猎枪往背上一搭，走出了农舍。

他走后，奥莉加·伊凡诺夫娜躺在床上哭了很久。她首先想到，最好服毒自尽，让回来的里亚博夫斯基发现她已经死了。后来，她想象又把她带回自家的客厅，带回丈夫的书房。她想象着自己一动不动地坐在戴莫夫身旁，享受着身心的安宁和洁净，到了晚间坐在剧院里，听马西尼①演唱。她想念文明，想念城市的繁华，想念那些名人，想得她满心愁闷。有个农妇走进屋来，开始不慌不忙地生炉子做饭。烟熏火燎，满屋子都是焦煳味。画家们回来了，高筒靴上沾满了烂泥，脸上挂着雨

---

① 马西尼（1844—1926），意大利男高音歌唱家。

水。他们分析画稿,聊以自慰地说:伏尔加河即使遇上恶劣天气,也自有它的魅力。那只便宜的挂钟在墙上滴答作响……冻僵的苍蝇聚在放圣像的屋角里嗡嗡地叫,可以听到长凳底下那些厚纸板中间有蟑螂爬来爬去……

里亚博夫斯基直到太阳西下才回到农舍。他把帽子往桌上一扔,也没有脱下脏靴,脸色苍白、疲惫不堪地落座在长凳上,立即闭上眼睛。

"我累了……"他说,他动动眉头,竭力想抬起眼皮。

奥莉加·伊凡诺夫娜为了对他表示亲热,表明她没有生气,就坐到他的身边,默默地吻了他一下,把小木梳插进他的浅色头发里。她想给他梳头。

"这是干什么?"他问,猛地一哆嗦,好像有个冰凉的东西碰到他的身体,他睁开眼睛,"这是干什么?你让我安静一会儿,求你了!"

他把她推开,自己走掉了。她觉得他的脸上显出憎恶和恼火的神情。这时候,农妇小心翼翼地捧着一盆菜汤给他送来,奥莉加·伊凡诺夫娜看到,她的两个大拇指都泡在汤里了。勒紧肚子的农妇,里亚博夫斯基吃得津津有味的菜汤,小屋以及这整个生活,此刻都让她感到十分可怕,虽说刚来的时候她很喜欢这种生活的简朴和颇有艺术趣味的杂乱。她突然感到自己受了侮辱,便冷冷地说:

"我们需要分开一段时间,要不然由于无聊,我们当真会吵翻的。我讨厌这样。今天我就走。"

"怎么走?骑棍子吗?"

"今天星期四,所以九点半钟有一班轮船经过这里。"

"是吗?对,对……那有什么,你走吧……"里亚博夫斯基温和地说,他用毛巾代替餐巾擦了擦嘴,"你在这里很烦闷,没事可做,想把你留下的人,必定是个十足的利己主义者。你走吧,二十号以后我们又会见面的。"

奥莉加·伊凡诺夫娜高高兴兴地收拾东西，快活得脸都红了。"难道这是真的？"她暗自问自己，"难道很快就能在客厅里画画，在卧室里睡觉，在铺着桌布的餐桌上吃饭？"她心情轻松愉快，已经不生画家的气了。

"我把颜料和画笔全给你留下，里亚布沙[①]，"她说，"我留下的东西，将来你都给我带回去……注意了，我走以后你别偷懒，别闷闷不乐，你要工作。你是我的好样的，里亚布沙。"

九点钟，里亚博夫斯基跟她吻别，她立即想到，他这样做是免得当着画家们的面在轮船上吻她。他把她送到码头。轮船不久就来了，把她带走了。

过了两天半她才回到家里。来不及脱掉帽子和雨衣，她激动得喘着粗气跑进了客厅，又从那儿来到了餐室。戴莫夫没穿上衣，只穿着敞开的坎肩，坐在餐桌后面，在叉子上磨刀子。他面前的盘子上摆着一只松鸡。当奥莉加·伊凡诺夫娜走进住宅的一刹那，她确信，这一切必须瞒过丈夫，对此她有足够的能力和本事。可是现在，当她看到他那开朗、温和、幸福的微笑和那双发亮的、快活的眼睛时，她立即感到，要瞒过这个人是卑鄙丑恶的，同时也不可能，她做不到，诚如要她去诽谤、偷窃、杀人一样。刹那间，她决定把发生的事和盘托出。她让他吻她，拥抱她，随后她跪在他脚前，双手蒙住了脸。

"怎么啦，怎么啦，亲爱的？"他柔声问道，"是想家了吧？"

她抬起羞得通红的脸，用负罪的恳求的目光望着他，但是恐惧和羞愧阻止她说出真情。

"没什么，"她说，"我这是太……"

"我们坐下吧，"他说着把她搀起来，扶她坐到餐桌后，"这就好

---

① 里亚博夫斯基的昵称。

了……吃松鸡吧。小可怜,你一定饿坏了。"

她贪婪地吸进家里温馨的空气,吃着松鸡;他呢,温存地瞧着她,快活地笑了。

六

大约直到冬季过了一半的时候,戴莫夫开始怀疑他受骗了。他好像自己做了亏心事似的,遇见她时已经不能正视她的眼睛,脸上再也没有愉快的笑容了。为了减少跟她相处的时间,他常常把他的同事科罗斯捷列夫带回家吃午饭。这个身材矮小的人留着短发,面容憔悴,为人腼腆,每当他跟奥莉加·伊凡诺夫娜谈话的时候,总是尴尬地把自己坎肩上的全部纽扣先解开再扣上,然后用右手去捻左侧的唇髭。吃饭的时候,两位医生谈的都是医学问题,如横膈膜一旦升高有可能导致心律不齐,如最近一个时期经常遇到许多神经炎患者。有一次戴莫夫谈到,他昨天解剖了一具尸体,诊断书上写着"恶性贫血",他却在胰腺上发现了癌变。两人所以这样做,似乎只是为了让奥莉加·伊凡诺夫娜可以沉默,也就是可以不必撒谎。饭后,科罗斯捷列夫坐到钢琴旁,戴莫夫叹口气,对他说:

"唉,老兄!算了吧,这有什么!你给弹个忧伤的曲子吧。"

耸起肩膀,伸开十指,科罗斯捷列夫在钢琴上奏出几个和音,然后用男高音唱起来:"请你告诉我,在什么地方俄罗斯的农民不呻吟?"①戴莫夫又长叹一声,一手支着下颏,沉思起来。

近来,奥莉加·伊凡诺夫娜的行为举止并不检点。每天早晨她醒来后心绪总是很坏。她想到,她已经不爱里亚博夫斯基,谢天谢地,这事已经结束了。可是喝完咖啡,她又想到,里亚博夫斯基夺走了她的丈

---

① 歌词引自涅克拉索夫的诗《大门前的沉思》。

夫,现在她既失去了丈夫,又失去了里亚博夫斯基。后来,她回想起一些熟人的谈话,说里亚博夫斯基正准备在画展上展出一幅惊人之作,是风景画和风俗画的混合体,带有波列诺夫①的风格。据说,凡是去过他的画室的人,都为此感到欣喜若狂。不过,她又想,他是在她的影响下才创作出这幅画的,总之,多亏她的影响他才发生很大变化,达到艺术的高峰。她的影响十分有益,十分重要,一旦她丢下他不管,那么看来他就要毁了前程。她又回想起,上次他来看她的时候,穿一件带小花点的灰上衣,系着新领带,懒洋洋地问她:"我漂亮吗?"是的,凭他那翩翩的风度、长长的鬈发和蓝蓝的眼睛,他的确很漂亮(也许,这是最初的印象),而且他对她很温柔。

就这样胡思乱想着,奥莉加·伊凡诺夫娜迟迟才穿上衣服,随后万分激动地去画室找里亚博夫斯基。她来到那儿时,他心情很好,正自我陶醉于那幅真正出色的画。他跳跳蹦蹦,嘻嘻哈哈,对严肃的问题总是开个玩笑了事。奥莉加·伊凡诺夫娜嫉妒里亚博夫斯基,痛恨他的那幅画,不过出于礼貌,还是在画前默默站了五分钟,最后,她像人们在圣物前叹息那样,叹了一口气,小声说:

"是的,你还从来没有画过这样的画。你知道,简直太惊人了!"

后来,她开始苦苦哀求,要他爱她,不要抛弃她,要他怜悯她这个可怜而不幸的人。她哭泣,吻他的手,要求他对她起誓,说他爱她,而且一再向他表明,离开她良好的影响,他将走上歧途,毁了前程。她败坏了画家的好兴致,心里感到深深的屈辱,最后只好去找女裁缝,或者找熟悉的女演员弄几张戏票。

如果她在画室里找不到他,她就给他留下一封信,信上赌咒说:要是今天不来看她,她一定服毒自尽。他害怕了,就来找她,还留下来吃饭。他并不顾忌她的丈夫在场,对她说话粗鲁无礼,她也照样回敬他。

---

① 波列诺夫(1844—1927),俄国风景画家。

两人都感到对方束缚了自己，都觉得对方是暴君，是仇敌。他们大发脾气，在气愤中全然没有注意到，他们的举动不成体统，连科罗斯捷列夫也全看明白了。饭后，里亚博夫斯基匆匆告辞，走了。

"你去哪儿？"奥莉加·伊凡诺夫娜在前室问他，那目光是仇恨的。

他皱起眉头，眯着眼，随口说出一个女人的名字——这人她也认识。显然他这是嘲笑她的嫉妒，故意惹她生气。她回到自己的卧室，倒在床上。由于嫉妒、懊丧、屈辱和羞耻，她咬着枕头，放声大哭起来。戴莫夫撇下客厅里的科罗斯捷列夫，来到卧室，局促不安、心慌意乱地小声说：

"别哭得这么响，亲爱的……何苦呢？这种事不可外扬……要不露声色……你知道，已经发生的事就无法挽回了。"

她不知道怎样才能平息心中的妒火，猜忌折磨着她，她甚至感到太阳穴疼痛起来。她转而又想，事情还可以挽回，于是她洗过脸，朝哭肿的脸上扑点粉，飞一般去找那个熟悉的女人。她在那个女人家没有找到里亚博夫斯基，就坐上车找第二家，然后找第三家……起先她还觉得这样乱找一气有点难为情，可是后来她也习惯了，常常是，一个晚上她跑遍了她认得的所有女人的家，为的是找到里亚博夫斯基。大家也都明白是怎么回事了。

有一天，她对里亚博夫斯基说到她的丈夫：

"这个人拿他的宽宏大量来压我。"

她很喜欢这句话，所以遇到别的画家时，只要对方知道她和里亚博夫斯基的风流韵事，每一回她总是把手用力一挥，这样说她的丈夫：

"这个人拿他的宽宏大量来压我。"

他们的生活方式倒还跟去年一样。每逢星期三总要举行晚会。演员朗诵，画家作画，大提琴手演奏，歌唱家唱歌，而且一到十一点半，通往餐室的门打开了，戴莫夫面带微笑说：

"请吧,先生们,请吃点东西。"

奥莉加·伊凡诺夫娜照旧寻找伟人,找到了不满意,又重找。跟从前一样,她每天深夜才回家,这时候戴莫夫却不像去年那样已经睡觉,而是坐在他的书房里,在写什么东西。他要到三点才躺下,八点钟就起床了。

一天傍晚,她正准备去剧院,站在卧室的穿衣镜前,这时,戴莫夫穿着礼服、系着白领带走了进来。他温和地微笑着,而且像过去一样,高高兴兴地瞧着妻子的眼睛。他的脸上喜气洋洋。

"我刚才通过了学位论文答辩。"他说着,坐下来揉他的膝盖。

"通过了?"奥莉加·伊凡诺夫娜问。

"啊哈!"他笑起来,伸长脖子想看看镜子里妻子的脸,她却始终背对着他,站在那里梳理头发,"啊哈!"他又说了一遍,"你知道,他们很可能给我一个病理学概论方面的编外副教授职称。有这方面的迹象。"

从他那张容光焕发、无比幸福的脸上可以看出,此刻只要奥莉加·伊凡诺夫娜能分享他的喜悦和成功,那他会原谅她的一切,包括现在的和将来的,他会把一切都忘掉,可是她不懂什么叫编外副教授,什么叫病理学概论,再说她担心看戏迟到了,所以什么话也没有说。

他坐了两分钟,抱歉地微微一笑,走了出去。

七

这是最不安宁的一天。

戴莫夫头痛得厉害。早上,他没有喝茶,也没去医院,一直躺在书房里的一张土耳其式长沙发上。奥莉加·伊凡诺夫娜像平时一样十二点多钟又去找里亚博夫斯基,想让他看看自己的静物写生①,再问问他

---

① 原文为法文。下同。

昨天为什么不来找她。她觉得这幅画毫无意思，她之所以画它只是为了找个无谓的借口可以去找画家。

她没拉门铃就走了进去。当她在前室脱套鞋时，听到好像画室里有人轻轻地跑过去，还有女人衣裙的窸窣声。她赶紧往画室里张望，只看到棕色的裙角一闪而过，消失在一幅大画后面。这幅画连同画架，从顶端一直到地板，都蒙着黑布。毫无疑问，有个女人躲起来了。想当初，奥莉加·伊凡诺夫娜也常常在这幅画后面避难呢！里亚博夫斯基显然很窘，他对她的到来似乎感到吃惊，向她伸出两只手，不自然地笑着说：

"哎呀哎呀！见到你真高兴。有什么好消息吗？"

奥莉加·伊凡诺夫娜的眼睛里满是泪水。她感到羞辱，感到伤心。哪怕给她一百万，她也不愿在这个不相干的女人、情敌、虚伪的人在场的情况下说上一句话。那女人现在站在画布后面，大概正在幸灾乐祸地窃笑呢。

"我给你带来一幅画稿……"她用极细的声音怯生生地说，她的嘴唇颤抖起来，"一幅静物写生。"

"啊？……画稿？"

画家接过画稿，边走边看，似乎是不经意地进了另一个房间。

奥莉加·伊凡诺夫娜顺从地跟着他。

"静物写生……一流的，"他嘟哝着，随后信口押起韵来，"库罗尔特，乔尔特，波尔特①……"

从画室里传来匆忙的脚步声和衣裙的窸窣声。这就是说，她走了。奥莉加·伊凡诺夫娜真想大喝一声，抓起什么重东西朝画家头上砸去，然后转身跑掉。但是她泪眼模糊，什么也看不清楚，沉重的羞辱感压在

---

① 分别为"疗养院""鬼""港口"的音译，与"一流的"尾音"索尔特"同韵。此处为无聊的戏言。

心头，她觉得自己已经不是奥莉加·伊凡诺夫娜，不是女画家，而是一条小爬虫了。

"我累了……"画家懒洋洋地说，望着画稿，不住地甩着头驱赶瞌睡，"当然啦，画得不错，不过今天一幅画稿，去年一幅画稿，下个月还是一幅画稿……你怎么不厌烦呢？我要是你的话，早就把画笔扔了，不如认真搞点音乐什么的。要知道，你算不得画家，你是音乐家。不过，你可知道，我多累啊！我这就去叫他们送茶来……好吗？"

他走出房间，奥莉加·伊凡诺夫娜听到，他在吩咐听差什么。为了避免告辞，避免解释，最主要是为了免得放声痛哭，她没等他回来，赶紧跑到前室，穿上套鞋，走了出来。她这才轻快地嘘了一口气，感到自己跟里亚博夫斯基、跟绘画、跟刚才在画室里压在她心头的那种沉重的羞辱感，从此一刀两断了。一切都结束了。

她先去找了一趟女裁缝，随后去拜访昨天刚到的巴尔奈①，从巴尔奈那儿出来又去了一家乐谱店。一路上，她都在琢磨着，她怎样给里亚博夫斯基写一封冷酷无情的充满个人尊严的信，怎样在春天或夏天和戴莫夫一道去克里米亚度假，从此跟过去的生活彻底决裂，开始新的生活。

这天夜里，她很晚才回家。她没有换衣服就在客厅里坐下写信。里亚博夫斯基说她算不得画家，她为了报复，现在写信告诉他：他每年画的都是老一套，他每天说的也是老一套，他停滞不前了，除了已有成绩外，他将来不会有任何进展。她还想告诉他：他在许多方面得益于她的良好影响，如果说他现在行为恶劣，那只是因为形形色色的轻薄女子取代了她的影响，今天躲在画布后面的那个女人就是其中之一。

"亲爱的，"戴莫夫在书房里叫她，并没有开门，"亲爱的！"

"你有什么事？"

---

① 巴尔奈（1842—1924），德国名演员，戏剧活动家。

"亲爱的，你别进我的房间，站在门口就行了。是这么回事……前天我在医院里传染了白喉，现在……我不舒服。你快去请科罗斯捷列夫。"

奥莉加·伊凡诺夫娜对丈夫，就像对她所有熟悉的男人一样，只叫姓，不叫名字。她不喜欢他的名字奥西普，因为它让人联想到果戈理的奥西普①和一句俏皮话："奥西普，哑嗓子；阿尔希普，爱媳妇。"现在她却喊道：

"奥西普，这不可能！"

"去吧！我不舒服……"戴莫夫在门后说。可以听到他走回沙发那里，又躺下了。"去吧！"传来他低沉的声音。

"这是怎么回事？"奥莉加·伊凡诺夫娜想道，她吓得手脚发凉，"这病可危险呢！"

她毫无必要地举着蜡烛走进卧室，在那里考虑着她该怎么办，无意间看了一下穿衣镜：一张吓白的脸，短上衣的两个袖子高高耸起，胸前一大堆黄色的绉边，裙子上乱七八糟的条纹，她觉得自己这副模样既可怕又丑陋。她突然痛心地感到她对不起戴莫夫，对不起他对她的那份深情的爱，对不起他年轻的生命，甚至对不起他的这张好久没睡过的空床。她不时想起他平日那张温和、柔顺的笑脸。她伤心得放声大哭起来，立即给科罗斯捷列夫写了一封求助的信。这时已是午夜两点了。

八

早晨七点多钟，奥莉加·伊凡诺夫娜因夜间失眠而脑袋发沉，没有梳洗，模样难看，一脸悔愧的神色，从卧室里出来。这时，一位黑胡子先生打从她身旁走过，进了前室，看来这是医生。屋里有一股药水味。

---

① 果戈理的剧本《钦差大臣》中的仆人。

科罗斯捷列夫站在书房门口,右手捻着左侧的唇髭。

"对不起,我不能放你进去看他,"他阴沉地对奥莉加·伊凡诺夫娜说,"这病会传染的。说实在的,您也没有必要进去。他已经昏迷,在说胡话。"

"他真是得了白喉吗?"奥莉加·伊凡诺夫娜问,声音几乎听不清。

"那些明知危险却偏要去冒险的人,真应该送交法庭审判。"科罗斯捷列夫喃喃自语,没有回答奥莉加·伊凡诺夫娜的问题,"您知道他是怎么感染的吗?星期二,他用吸管吸一个病儿的白喉黏液。这是干什么?愚蠢……是的,胡闹……"

"危险吗?很危险吗?"奥莉加·伊凡诺夫娜问。

"是的,都说这病很难治。说实在的,应当请施列克来才对。"

先来了一个身材矮小的人,他头发棕红,鼻子很长,说话带犹太人口音;继而来了一个高个子,他背有点驼,须眉浓重,看上去像个大辅祭;最后来了一个年轻人,他很胖,脸色红润,戴一副眼镜。这是医生们来为自己的同事轮流值班。科罗斯捷列夫值完班后没有回家,他留下来,像个幽灵似的在各个房间里踱来踱去。女仆给值班的医生们送茶,不断跑药房,根本没人收拾房间。家里冷清而凄凉。

奥莉加·伊凡诺夫娜独自坐在卧室里,想到这是上帝来惩罚她了,因为她欺骗了丈夫。这个沉默寡言、从不抱怨、不可理解的人,这个温顺得失去个性、由于过分的善良显得没有主见、显得软弱的人,此刻正躺在他书房的长沙发上,默默地忍受着痛苦,连一句抱怨的话也没有。如果他吐出一句怨言,哪怕是高烧中的呓语,那么值班的医生就会了解到,毛病不单单出在白喉上。他们就会去问科罗斯捷列夫:他什么都知道。难怪他看着朋友的妻子时,那眼神仿佛在说:她才是真正的元凶,白喉不过是她的同谋犯。她已经不记得伏尔加河上那个月夜,不记得那番爱情的表白和农舍里的那段富有诗意的生活。她只记得,她由于无聊的苛求，由于娇生惯养，她整个人从头到脚都沾上了一层黏糊糊的污秽，从此休想洗干净了……

"哎呀，我把他骗得太厉害了，"她想道，记起了她跟里亚博夫斯基的那段烦心的浪漫史，"这种事真该诅咒！……"

下午四点钟，她跟科罗斯捷列夫一起吃午饭。他什么也没吃，只喝了一点葡萄酒，皱起了眉头。她也没吃东西。有时她暗自祷告，向上帝起誓，一旦戴莫夫病好了，她一定再爱他，永远做他忠实的妻子。有时，她精神恍惚，望着科罗斯捷列夫，想道："做一个默默无闻的普通人，没有一点出众的地方，再加上面容憔悴，举止粗野，难道不枯燥吗？"有时，她又觉得上帝会立即来处死她，因为她害怕传染，竟一次也没去过丈夫的书房。总之，她的情绪低沉而沮丧，相信她的生活已经毁掉，再也无法挽救了……

午饭后，天色暗下来。当奥莉加·伊凡诺夫娜走进客厅时，科罗斯捷列夫已躺在沙发床上，枕着一个金线绣的绸垫子，在呼噜呼噜地打鼾。

值班的医生进进出出，谁也不曾留意这种混乱状态。外人在客厅里呼呼大睡，墙上的那些画稿，独出心裁的陈设，头发蓬乱、衣衫不整的女主人——所有这一切现在已引不起丝毫兴趣。有位医生无意中不知为什么笑了一声，这笑声显得那么古怪、胆怯，叫人听了不寒而栗。

当奥莉加·伊凡诺夫娜再次走进客厅时，科罗斯捷列夫已经不睡了。他坐在那里抽烟。

"他的白喉已经转移到了鼻腔，"他小声说，"心脏功能也不好。说实在的，情况很糟糕。"

"那您去请施列克吧。"奥莉加·伊凡诺夫娜说。

"已经来过了。正是他发现的：白喉杆菌已经扩散到鼻腔。唉，施列克管什么用！说实在的，施列克也帮不了忙。他是施列克，我是科罗斯捷列夫——如此而已。"

时间过得很慢。奥莉加·伊凡诺夫娜和衣躺在从早晨起就没有收拾的床上,迷迷糊糊地打着瞌睡。她似乎觉得,整个宅子,从地板到天花板,让庞大的铁块填满了,只要把这铁块弄出去,大家就会感到轻松愉快。等她清醒过来,她才想起,那不是铁块,而是戴莫夫的病。

"静物写生,港口……"她想着想着,又陷入昏睡状态,"港口……疗养院……施列克怎么回事?施列克,格列克,弗列克……克列克。现在我的朋友们在哪儿?他们是否知道我们家的不幸?主啊,救救我……饶恕我。施列克,施列克……"

又是铁块……时间过得很慢,楼下的挂钟不时敲响。有时听到门铃声,是医生们来了……一名女仆端着托盘上的空杯子走了进来,问道:

"太太,床铺要我收拾一下吗?"

女仆不见回答,又走了出去。楼下的钟敲响了。她梦见伏尔加河上的细雨,又有人走进卧室来,好像是个外人。奥莉加·伊凡诺夫娜猛地坐起来,认出他是科罗斯捷列夫。

"几点了?"她问。

"快三点了。"

"哦,怎么样?"

"还能怎么样!我是来告诉一声:他快要断气了……"

他呜呜地哭了,挨着她坐在床边,用袖子擦着眼泪。她一时明白不过来,但浑身冰冷,开始慢慢地画着十字。

"快断气了……"他用尖细的嗓子又重复了一遍,又一声抽泣,"他快死了,因为他牺牲了自己……对科学来说,这是多么重大的损失啊!"他沉痛地说,"要是拿我们同他相比的话,那么可以说,他是一个伟大的、不平凡的人!才华出众!他给了我们大家多大的希望!"科科罗斯捷列夫绞着手,继续道,"我的上帝啊,像他这样的学者现在打着灯笼也找不到了。奥西卡①·戴莫夫,奥西卡·戴莫夫,你是怎么搞的呀!哎呀呀,我的上帝啊!"

科罗斯捷列夫双手掩面,绝望地摇着头。

"他有着多大的道德力量!"他继续道,变得越来越怨恨什么人,"一颗善良、纯洁、仁爱的心灵——不是人,是水晶!他为科学服务,他为科学献身。他日日夜夜像牛一样干活,谁也不怜惜他。这位年轻的学者、未来的教授还不得不私下行医,晚上搞翻译工作,好挣钱来买这堆……乌七八糟的破烂!"

科罗斯捷列夫用仇恨的目光看着奥莉加·伊凡诺夫娜,双手抓过床单,生气地撕扯着,仿佛床单有罪似的。

"他不怜惜自己,别人也不怜惜他。唉,真是的,说这些有什么用!"

"是啊,一个世上少有的人!"在客厅里有个男人低声说。

奥莉加·伊凡诺夫娜回想她和他的全部生活,从头到尾,包括所有的细节,这才突然间明白过来,他确实是世上少有的不平凡的人,跟她所认识的那些人相比,可以说是伟大的人。她又回想起她去世的父亲和所有跟他共事的医生们对他的态度,她这才明白,他们都认定他是未来的名人。那墙、天花板、电灯和地毯,好像都在挤眉弄眼地嘲笑她,仿佛在说:"你瞎了眼,瞎了眼!"她哭着冲出卧室,在客厅里同一个不相识的男人擦肩而过,跑进了丈夫的书房。他一动不动地躺在那张土耳其式长沙发上,齐腰盖着被子。他的脸瘦削得可怕,脸色灰黄,这样的颜色活人脸上是绝不会有的。只有那脑门,那黑眉毛,还有那熟悉的微笑,让她认出这是戴莫夫。奥莉加·伊凡诺夫娜赶紧摸他的胸、额头和手。胸口还有余温,但额头和手已经凉得叫人发毛。那双半睁半闭

---

① 奥西普的昵称。

的眼睛不是望着奥莉加·伊凡诺夫娜,而是望着被子。

"戴莫夫!"她大声喊道,"戴莫夫!"

她想对他说明:那是一个错误,事情还可以挽救,生活依旧可以美满幸福。她还想告诉他:他是世上少有的不平凡的、伟大的人,她将终生景仰他,崇拜他,对他怀着神圣的敬畏……

"戴莫夫!"她叫他,拍他的肩膀,不相信他已经永远不能醒来,"戴莫夫,戴莫夫呀!"

在客厅里,科罗斯捷列夫正对女仆说:

"这有什么好问的?您去找教堂的看门人,跟他打听一下,那些靠养老院救济的老婆婆住在哪儿。她们会给死者洁身、装殓,该做的事她们都会做好的。"

一八九二年一月五日

在流放地

外号叫"明白人"的老谢苗,同一个谁也不知名字的年轻鞑靼人①坐在岸边的篝火旁;另外三名摆渡工人待在小木屋里。谢苗是个六十岁上下的老头子,瘦骨嶙峋,掉了牙,但肩膀宽,看上去还挺硬朗,这时已醉醺醺的了。他早该进屋去睡觉,但他口袋里还有半瓶伏特加,他怕屋里的伙计们跟他讨酒喝。鞑靼人生着病,难受得很,他裹紧破衣衫,正在讲到他的家乡辛比尔斯克②如何如何好,他家里的妻子多么漂亮多么聪明。他也就二十四五岁,不会更大。此刻,在篝火的映照下,他脸色苍白,一副愁苦的病容,看上去像个孩子。

"那当然,这儿不是天堂,"明白人说,"你自己也看到了,这地方只有水,光秃秃的河岸,到处是黏土,此外再没有别的东西……复活节早已过去了,可眼下河面上还有流冰,今天早上还下了一场雪。"

"不好,不好!"鞑靼人说着,担惊受怕地朝四下里张望。

十步开外有一条灰暗的寒气袭人的河流。河水汩汩有声,拍打着布满洞穴的黏土河岸,急匆匆地奔向不知何方的遥远的海洋。靠这边河岸,有一条黑乎乎的大驳船,这里的船工管它叫"浮船"。河对岸远

---

① 俄国境内少数民族。
② 在俄国中部,伏尔加河畔。

远的地方，有几处火光忽儿蹿起，忽儿熄灭，像几条火蛇在游动：那是有人在烧隔年的荒草。火光之后又是一片黑暗。可以听到不大的冰块撞击驳船的声音。四周潮湿而寒冷……

驮靶人抬头看一下天。满天星星，跟他家乡一样多，周围也是一片黑暗，可总觉得缺少点什么。在家乡，在辛比尔斯克，完全不是这样的星星、这样的天空。

"不好，不好。"他连连说道。

"你会习惯的！"明白人说，笑了起来，"现在你还年轻，傻，嘴上的奶味还没干，凭那股傻劲你会觉得，这世上没有比你更不幸的人，可是总有一天你会说：'上帝保佑，但愿人人都能过上这种生活！'你瞧瞧我。再过一个星期，等水退下去，我们要在这里安置渡船，你们就要离开这里，在西伯利亚到处闯荡，我却留下来，继续在这两岸间摆过去渡过来。就这样，我一干就是二十年。谢天谢地！我什么也不要。上帝保佑，但愿人人都能过上这种生活。"

驮靶人往篝火上添些枯枝，挨近火堆躺下，说：

"我爹是个多病的人。等他死了，我娘和妻子要上这儿来。她们答应了。"

"你干吗要你娘和老婆来，"明白人问，"简直糊涂，伙计。你这是让魔鬼迷了心窍，见它的鬼去！你千万别听它的话，这该死的魔鬼。别让它得意。它用婆娘来勾引你，你就跟它作对，说：'我不稀罕！'它用自由来诱惑你，你要咬牙顶住，说：'我不在乎！'什么也不要！没有爹娘，没有老婆，没有自由，没有房屋，没有一根木橛子！什么也不要，见它的鬼去！"

谢苗拿起酒瓶，猛喝了一大口，接着说：

"我呀，伙计，可不是普通的庄稼汉，也不是出身卑贱的人[①]，我是

[①] 指农奴或其他下等人。

教堂执事的儿子。想当年,我自由自在,住在库尔斯克,进进出出穿着礼服。可现在,我把自己磨炼到了这种地步:我能赤条条躺在地上睡觉,靠吃草过日子。上帝保佑,但愿人人都能过上这种生活。我什么也不要,谁也不怕,依我看,这世上没有比我更富有更自由的人。当年,我从俄罗斯发配到这里,从头一天起我就咬牙顶住:'我什么也不要!'魔鬼拿妻子、拿亲人、拿自由来诱惑我,我却对他说:'我什么都不要!'我拿定主意,坚持下来,所以你瞧,我生活得很好,我没有怨言。谁要是放纵魔鬼,哪怕只听它一回,他就要完蛋,他就没救了:他会陷进泥潭,灭了顶,再也爬不出来。别说你们这些糊涂的庄稼人,就连那些出身高贵、受过教育的老爷也照样完蛋。大约十五年前,有位老爷从俄罗斯发配到这里。据说,他伪造了一份遗嘱,不跟自家兄弟平分财产。他还是公爵或男爵哩,也许只是一名文官——谁知道呢!好,他来到这里,头一件事就是在穆霍金斯克买下一幢房子和一块地。他说:'今后我要靠我的劳动和汗水养活自己,因为我现在已经不是老爷,而是一名移民①了。'我对他说:'没什么,上帝会保佑你的,这是一件好事。'当年他还年轻,爱张罗,整天忙忙碌碌:亲自割草,有时去捕鱼,还能骑着马跑他个六十来俄里。只有一件事糟糕:从头一年起,他就三天两头跑格林诺,去邮政局。他站在我的渡船上,老是叹气:'唉,谢苗,不知为什么家里很久没有给我寄钱了!'我说:'不要钱,瓦西里·谢尔盖伊奇,要钱干什么?您把往事都抛开,忘了它,就当它从来没有发生过,就当它是一场梦,您从头开始生活吧!'我又说:'您可别听魔鬼的,它做不成好事,只会设下圈套!您现在想钱,再过一阵子,瞧着吧,您又会想别的东西,之后想更多更多的东西。您若想让自己幸福,那么最重要的是您什么也不要。对了……'我对他说,'命运要是狠狠地欺负了您和我,那么绝不要向它求饶,不向它屈膝下跪,而是要

---

① 俄国的流刑分苦役流刑和移民流刑两种。这里指移民流刑犯。

蔑视它，嘲笑它。要不然它就会嘲笑我们。'我就是这么对他说的……大约两年之后，我又把他渡到这边岸上，他搓着手，笑嘻嘻的。他说：'我这是去格林诺接我的妻子。她可怜我，总算来了。她待我好，心地善良。'他高兴得快喘不过气来了。过了一天，他和妻子一道坐车来了。太太年轻漂亮，戴着帽子，怀里还抱着个奶娃娃。各式各样的行李一大堆。我那瓦西里·谢尔盖伊奇乐得在她身边团团转，怎么看也看不够，怎么夸也夸不够。他说：'没错，谢苗老兄，即使在西伯利亚，人们也照样能生活！在西伯利亚照样有幸福！'我心想：得了吧，别高兴得太早了。从那时起，差不多每个星期他都要去一趟格林诺：看看俄罗斯寄钱来了没有。花销大得很呀。他说：'她是为我才留在西伯利亚，为我断送了自己的青春和美貌，她愿意跟我共患难，所以我应当想方设法让她快活……'为了让太太高兴，他结交许多长官和形形色色的坏蛋。不用说，他就得供那帮人吃喝，家里还得有钢琴，沙发上还得有一条毛茸茸的巴儿狗——见它的鬼去！……总之，他摆阔气，娇宠她。可是太太也没跟他过长久。她哪行呀？这地方只有黏土、水、寒冷，没有蔬菜，没有水果，没有任何交际，而她是京城里一位娇生惯养的太太……她当然厌烦了，再说丈夫吧，不管怎么说，已经不是老爷，而是个移民流刑犯——谈不上体面了。也就是过了三年吧，我记得在圣母升天节①前夜，河对岸有人大声喊叫。我把渡船划到那里，一看——是太太，她蒙头盖脸遮得严严实实，身边站着一位年轻的老爷，是一名文官。旁边还有一辆三套马车……我把他们渡到这边岸上，他们坐上马车——一转眼就无影无踪了！不过他们还是让人看到了。一清早，瓦西里·谢尔盖伊奇赶着双套马车飞奔而来。他问：'谢苗，我妻子跟一个戴眼镜的老爷是不是过河了？'我说：'过河了，你去野地里追风去吧！'他策马去追，追了五天五夜。后来，我又把他送到河对岸，他倒在渡船上，拿

---

① 东正教节日，在俄旧历8月15日。

头使劲撞船板，还号啕大哭。'事情是明摆着的，'我说，还笑他，点拨他，'即使在西伯利亚，人们也照样能生活！'他撞得更厉害了……后来他就盼望自由。妻子跑回俄罗斯去了，所以他一心想回去找她，把她从情人手里夺回来。从此他就开始——我的小老弟——差不多天天骑着马跑邮政局，要不进城找长官。他把呈文不断寄出去，递上去，请求赦免放他回家。他常提到，光是电报费他就花去了二百多卢布。他把地卖了，把房子抵押给犹太人。他本人头发白了，背也驼了，脸色发黄，像个痨病鬼。他跟人说话的时候，嘴里结结巴巴，老是'嗯嗯嗯'……还眼泪汪汪的。就这样为呈文的事他就折腾了七八年。可是后来他又活过来了，又快活起来：他迷上了新的东西。你猜怎么着：女儿长大了。他瞧着她，心疼她。她呢，说实在的，长得真不错：很漂亮，黑眉毛，性情活泼。每个礼拜天父女俩总要一道去格林诺的教堂。

"两人并排站在渡船上，她笑容满面，他呢，不眨眼地瞧着她。他说：'是啊，谢苗，即使在西伯利亚，人们也照样能生活。在西伯利亚也有幸福。你瞧瞧，我的女儿有多好！你跑出一千俄里恐怕也找不出另一个这样的好姑娘。'我嘴上说：'你女儿是好，这没错，真的……'心里却想：'等着瞧吧……这妞儿正年轻，血流得正欢，她想过好日子，可是这地方过的是什么样的生活？'后来，伙计，她果然开始烦闷了……她蔫下去，蔫下去，整个人憔悴了，病了，现在都没一丝力气了。害了痨病。这就叫'西伯利亚的幸福'！见他的鬼去！这就叫西伯利亚人过的日子……他开始到处找医生，把他们接回家来。只要听说三百俄里外有医生，有巫师，他就赶车去接他们。花在医生身上的钱呀，这就多了！依了我，不如把这些钱换酒喝……她反正要死的。等她一死，他也要完蛋：要么伤心得去上吊，要么逃回俄罗斯——事情是明摆着的。他真要逃跑，人家就会抓他，审他，判他服苦役，到那时候就要尝尝鞭子的滋味了……"

"好,好。"鞑靼人嘟哝着,冻得瑟瑟发抖。

"好什么?"明白人问。

"妻子呀,女儿呀……苦役没什么,苦恼没什么,他总算见到了妻子,见到了女儿……你说'什么也不要'。可是什么也没有——不好!妻子跟他一块儿过了三年,这是老天爷开恩。什么也没有——不好;三年——好。你怎么就不懂呢?"

鞑靼人浑身发抖,费劲地搜罗着他所知道的有限的俄语词汇,结结巴巴地说:上帝保佑,千万别在外乡得病,死掉,埋进这片寒冷的铁锈般的土地里。又说,只要妻子能来到他身边,哪怕只待一天,只待一小时,那么为了这种幸福,任什么样的苦难他都愿意承受。他会感谢上帝。过上一天幸福生活,总比什么也没有强。

随后他又讲到,他留在家里的妻子多么漂亮,多么聪明。说着说着,他双手抱住头,痛哭起来。他一再要谢苗相信:他丝毫没有罪,他受了冤屈。他的两个兄弟和叔叔赶走了农民家的几匹马,把那个老头打得半死,可是村社不凭良心办事,下了判决,把兄弟三个统统流放到西伯利亚,叔叔是有钱人,倒留在家里了。

"你会习惯的!"谢苗说。

鞑靼人不作声了,一双哭红的眼睛定定地望着篝火。他一脸的迷茫和惊恐,仿佛他至今还没有弄明白,为什么他流落到这里,处在黑暗和潮湿中,处在陌生人中间,而不是辛比尔斯克。谢苗挨着火躺下,不知为什么冷笑一声,又轻轻哼起一支曲子来。

"她跟父亲在一起有什么快乐?"过了一会儿,谢苗又说起来,"他爱她,他得到了安慰,这话没错;可是,伙计,你跟她得小心行事:老头严厉、固执;年轻的妞儿却不需要严厉……她们需要温柔,需要哈哈哈、嘀嘀嘀,需要香水和化妆品。是这样……唉,事情啊事情!"谢苗叹口气,费劲地站起身来,"酒喝光了,这下该去睡了。怎么样?我走啦,伙计……"

鞑靼人独自留下,他又添些枯枝,侧身躺下,望着篝火,开始思念起家乡和妻子来。她若能来住上一个月,哪怕只住一天,那该多好啊!之后,她若想回去,那就让她走好了!来住上一个月,哪怕一天,也总比不来好。不过,要是妻子说到做到,真的来了,那他拿什么养活她呢?在这种地方,让她住哪儿呢?

"要是没吃没喝的,叫她怎么活?"鞑靼人大声问。

他现在白天夜里都划船,一昼夜才拿十戈比。不错,过路人会给点茶钱和酒钱。可是那几个伙计把进款都私分了,一个小钱也不给鞑靼人,只是取笑他。他穷得挨饿,挨冻,成天担惊受怕……眼下他浑身酸痛,发抖,本该进屋去躺下睡觉,可是那边没有被子盖,比这岸边还冷。这里虽说也没有东西可盖,好歹还可以生堆火……

一周后,等这里的水退下去,他们安置好平底渡船,所有的船工,除了谢苗之外,也都无事可干了。那时,鞑靼人只好走村串户去乞讨,去找活儿干。他妻子才十七岁,长得漂亮,娇滴滴,羞答答——难道能要她不戴面纱也去各村讨饭吗?不,这事想起来都可怕……

天亮了。驳船、水中的柳丛和水上的波纹已经清晰地显露出来。可是回头一看——那边是一片黏土高坡。坡底下有一间农舍,屋顶苫着褐色的干草;往上一些,不少乡村木屋挤作一团。村子里的公鸡已在喔喔啼叫。

红土高坡,驳船,河流,不怀好意的异乡人,饥饿,寒冷、疾病——所有这一切或许实际上并不存在;或许这一切仅仅是梦中所见——鞑靼人这样寻思。他觉得他睡着了,甚至能听到自己的鼾声……当然,他这是在家里,在辛比尔斯克,只要他叫一声妻子的名字,她准会答应;隔壁房间里有母亲……可是,天下竟有这么可怕的梦!干吗要做这种梦呢?鞑靼人微笑着睁开了眼睛。这是什么河?伏尔加吗?

正下着雪。

"喂！"对岸有人在喊叫，"放渡船过来！"

鞑靼人醒了，连忙跑去叫起同伴们好把船划到对岸。几个船工一边走，一边穿上破皮袄，睡意未消地操着哑嗓子骂街，一个个冻得缩着脖子来到了岸边。他们刚从睡梦中醒来，河上飘来的那股刺骨的寒气，显然让他们感到既可恶又可怕。他们不慌不忙地跳上驳船……鞑靼人和三名船工拿起宽叶长桨，这些桨在黑暗中看上去像虾螯。谢苗用肚子压着长长的船舵。对岸还在喊叫，甚至放了两枪，以为船工多半睡着了，或者去村里下酒馆了。

"行了，急什么！"明白人说，那种口气仿佛他深信不疑：这世上的事都用不着去着急，因为照他看来，急也不管用。

笨重的驳船离开了岸，在柳丛中间漂浮。柳树慢慢往后退去，仅仅凭这一点才知道驳船在移动，没有停在老地方。几名船工协调一致地划着桨。谢苗用肚子压着船舵，身子不时在空中划出一道弧线，从船帮的这一侧飞到了另一侧。在黑暗中，这些人好像坐在某个洪荒年代、长着好些长爪的怪兽身上，它要把他们送到一个寒冷而荒凉的国度，这样的国度即使在噩梦中也难得见到。

穿过了柳树丛，驳船进入宽阔的水面。对岸已经可以听到木桨的吱嘎声和有节奏的溅水声。有人在喊："快点！快点！"又过了十来分钟，驳船沉重地撞到码头上。

"老下个没完，老下个没完！"谢苗嘟哝着，抹去了脸上的雪，"哪儿来的这么多雪，真是天知道！"

等船的是个瘦高个子的老头，他穿着狐皮短袄，戴一顶白羔皮帽子，站在离马不远的地方，一动也不动。他的神色忧郁而专注，仿佛正在极力回忆某件事情，对自己不中用的记性很是生气。当谢苗走到他跟前，笑嘻嘻地摘下帽子时，那人说：

"我急着去阿纳斯塔西耶夫卡。女儿又不好了,听说那里新派来了一位医生。"

他们把马车拖上驳船,又往回划去。谢苗叫他瓦西里·谢尔盖伊奇的那个人,在大家划船的时候,一直站着不动,咬紧厚嘴唇,眼睛望着一处地方发愣。马车夫请求他允许在他面前抽烟,他什么也没有回答,好像没听见似的。谢苗用肚子压着船舵,瞧着他挖苦说:

"即使在西伯利亚,人们也照样能生活。活得下去的!"

明白人脸上一副洋洋得意的神色,仿佛他的说法得到了证实,仿佛令他正高兴的事情的结果当真不出他所料。身穿狐皮短袄的人那副不幸而又无可奈何的样子,分明让他十分快活。

"现在出门,瓦西里·谢尔盖伊奇,路上尽是烂泥。"他看到车夫在岸上套马便说,"您最好再等上两个礼拜,到那时路就会干些。要不然索性别出门……要是出门办事能管用,倒也罢了,可是您自己也知道,人们一辈子东奔西跑,日日夜夜地跑,到头来什么好处也没有。这可是实话!"

瓦西里·谢尔盖伊奇默默地赏了酒钱,坐上远程马车,赶路去了。

"瞧他,又找医生去了!"谢苗说,冷得缩起脖子,"好,去找真正的医生吧,去野地里追风、抓住魔鬼的尾巴吧,见你的鬼去!这些个怪人,主啊,你饶恕我这个罪人吧!"

鞑靼人走到谢苗跟前,痛恨地、厌恶地瞧着他,浑身发抖,用夹着鞑靼话的、蹩脚的俄语说:

"他好……好,你——坏!你坏!老爷是好人,他好;你是畜生,你坏!老爷是活人,你是活尸……上帝造人是让他活着,让他高兴,让他发愁,让他痛苦,可是你什么也不要,所以你不是活人,你是石头,是泥土!石头什么也不要,你什么也不要……你是石头——所以上帝不喜欢你,喜欢老爷。"

大家都笑起来。鞑靼人厌恶地皱起了眉头,一挥手,裹紧破衣衫,朝篝火走去。几个船工和谢苗拖着沉重的脚步走进了小木屋。

"好冷啊!"一个船工声音嘶哑地说。他在潮湿的泥地上躺下去,伸直身子。

"是啊!不暖和!"另一个附和道,"苦役犯的生活!……"

大家都躺下了。门叫风吹开了,雪飘进屋里。谁也不想爬起来去关门:他们怕冷,懒得去关门。

"我挺好!"快要入睡的谢苗迷迷糊糊地说,"上帝保佑,但愿人人都能过上这种生活。"

"你呀,当然,服了一辈子苦役,连鬼都抓不住你。"

外面传来狗嗥似的呜呜声。

"这是什么声音?谁在那儿?"

"是鞑靼人在哭。"

"瞧他这……怪人!"

"他会习——习惯的!"谢苗说完,立即睡着了。

其余的人也很快进入梦乡。那门就这样一直没关。

一八九二年五月八日

第六病室

一

在医院的后院里,有一座不大的偏屋,四周长着密密麻麻的牛蒡、荨麻和野生的大麻。这房子的铁皮屋顶已经生锈,烟囱塌了半截,门前的台阶早已腐朽,长出草来,墙上的灰浆只留下斑驳的残迹。偏屋的正面对着医院,后面朝向田野;一道带钉子的灰色围墙把偏屋和田野隔开。这些尖端朝上的钉子、围墙和偏屋本身,无不显得阴森可怕,只有我们的医院和监狱才会有这种特殊的外观。

如果您不怕被荨麻螫痛,那您就沿着一条通向偏屋的羊肠小道走去,让我们看一看里面的情景。打开第一道门,我们来到了外室。这里的墙下和炉子旁边扔着一堆堆医院里的破烂。床垫啦,破旧的病人服啦,长裤啦,蓝白条纹的衬衫啦,毫无用处的破鞋啦——所有这些皱皱巴巴的破烂混杂在一起,胡乱堆放着,正在霉烂,发出一股令人窒息的臭味。

看守人尼基塔,嘴里咬着烟斗,老是躺在这堆乌七八糟的废物上。他是个退伍的老兵,那身旧军服上的红领章早已褪成棕黄色。他的脸严厉、憔悴,两道下垂的眉毛给他的脸增添一副草原牧羊犬的神气,鼻子通红。他身材不高,看上去瘦骨伶仃,青筋暴突,可是神态威严,拳头粗大。他属于那种头脑简单、唯命是从、忠于职守、愚钝固执的人,这种人最喜欢秩序,把它看得高于一切,因而深信:他们就得挨打。他打他们的脸、胸、背,打到哪儿算哪儿,相信不这样就不能维持这里的秩序。

再往里走,您便进入一间宽敞的大房间,如果不算外室,整座房子就由它占去了。这里的墙壁涂成暗蓝色,天花板熏黑了,跟没有烟囱的农舍一样——显然,到了冬天,这里的炉子日夜冒烟,煤气味很重。窗子的里边装着铁栅栏,样子难看。地板灰暗,粗劣。满屋子的酸白菜味、灯芯的焦煳味、臭虫味和氨水味,这股浑浊的气味让您产生的最初印象是,仿佛您进入了一个圈养动物的畜栏。

房间里摆着几张床,床脚钉死在地板上。在床上坐着、躺着的人都穿着蓝色病人服,戴着旧式尖顶帽。这些人是疯子。

这里一共五个人。只有一人贵族出身,其余的全是小市民。靠近房门睡的是个又高又瘦的小市民,褐色的小胡子亮闪闪的,泪眼模糊,托着头坐在床上,定定地望着一处地方发呆。他日日夜夜发愁,摇头,叹气,苦笑。他很少参与别人的谈话,即使问他什么,他也照例不答。给他端来食物,他就机械地吃下去,喝下去。从他那剧烈而痛苦的咳嗽、骨瘦如柴的模样和脸颊上的潮红可以推断,他正害着痨病。

在他之后是个矮小、活泼、十分好动的老头子,留一把尖尖的小胡子,一头乌黑的鬈发,像黑人似的。白天他在病室的两扇窗子间不停地踱来踱去,或者像土耳其人那样盘腿坐在自己床上,同时无休止地吹着口哨,学灰雀啼叫,还小声唱歌,嘿嘿窃笑。他的这种孩子气的乐趣和活泼的性格,即使在夜里也有所表现:他常常爬起来向上帝祷告,也就是用双拳捶胸,用手指头抠抠门缝。他就是犹太人莫谢伊卡,大约二十年前他因为帽子作坊起火烧毁而神经错乱,成了疯子。

第六病室的全体病人中,只有莫谢伊卡一人被允许外出,甚至可以离开医院上街去。他很久以来就享受着这一特权,大概因为他是医院的老住户，又是个不伤人的文疯子，再者他成了城里供人逗乐的丑角。只要他一出现，立即被一群孩子和狗围住，对此人们也早已看惯了。他穿着难看的病人服，戴着滑稽的尖顶帽，穿着拖鞋，有时光着脚，甚至不穿长裤，在街上走来走去，在民宅和商店的门口站住，讨个小钱。有的给他格瓦斯，有的给点面包，还有人给个小钱，所以他回来时通常已吃饱喝足，还发了点小财。他带回来的东西统统让尼基塔没收了去归自己享用。这个老兵做这种事很不客气，他粗鲁地、气急败坏地把他的每一个口袋都翻过来，还呼唤上帝来做证，说他今后绝不再放犹太人上街，说他在这个世界上最恨的是不守秩序。

莫谢伊卡喜欢帮助人。他给同伴端水，在他们睡着的时候给他们盖好被子，答应下次从街上回来送每人一个小钱，并且给每人缝一顶新帽子。他还给左边的邻居，一个瘫痪病人，用勺子喂饭吃。他这样做既不是出于怜悯，也不是出于什么人道方面的考虑，他只是无形中受了右边的邻居格罗莫夫的影响，模仿他这么干的。

伊凡·德米特里·格罗莫夫是个三十三岁的男子，贵族出身，担任过法院民事执行员，属十二品文官，患有被害妄想症①。他要么缩成一团躺在床上，要么在室内不停地走来走去，像在活动筋骨，很少有坐着的时候。一种令人惊慌不安的、说不清道不明的等待，弄得他总是十分兴奋、急躁、紧张。外屋里只要有一丝动静，或者院子里有人叫一声，他便立即抬起头，侧耳细听：莫非是有人来找他？要把他抓走？这时他的脸上就露出极其惊慌和厌恶的神色。

我喜欢他那张颧骨突出的方脸盘，它总是苍白，悲伤，像一面镜子反映出他那颗饱受惊吓又苦苦挣扎的心灵。他的脸相是奇特的、病态的，然而那清秀的面容虽则刻下深沉而真诚的痛苦，却显出理智和知识分子所特有的文化素养，他的眼睛闪出温暖的健康的光芒。我也喜

---

① 一种精神疾患，自以为受人迫害。

欢他本人，彬彬有礼，乐于助人，对所有的人都异常客气，除了尼基塔。谁要是掉了扣子或者茶匙，他总是赶紧从床上跳下来，拾起那件东西。每天早晨他都要跟同伴们道早安，躺下睡觉时祝他们晚安。

除了一贯紧张的心情和病态的脸相外，他的疯病还有如下表现：有时在傍晚，他裹紧那件破旧的病人服，浑身发抖，牙齿打颤，开始在墙角之间、病床之间急速地走来走去。好像是，他正害着厉害的寒热病。有时他突然站住，看看他的同伴们，想必他有十分重要的话要说，可是他又显然考虑到他们不会听他讲话，或者即使听也听不懂，于是他便不耐烦地摇着头，继续走来走去。可是不久，想说话的欲望压倒一切顾虑，占了上风，他就放任自己，热烈地、激昂地讲起来。他的话没有条理，时快时慢，像是梦呓，有时急促得让人听不明白，然而在他的言谈中，在他的声调中，有一种异常美好的东西。听他说话，您会觉得他既是疯子又是正常人。他的疯话是难以写到纸上的。他谈到人的卑鄙，谈到践踏真理的暴力，谈到人间未来的美好生活，谈到这些铁窗总是使他想到强权者的愚蠢和残酷。结果他的话就成了一支杂乱无章的集成曲，尽管是老调重弹，然而却远没有唱完。

二

大约十二年或十五年前，文官格罗莫夫住在城里一条最主要的大街上。他拥有私宅，颇有名望，家道殷实。他有两个儿子：谢尔盖和伊凡。谢尔盖在大学四年级的时候得了急性肺结核，死了。他的死像是开了个头，此后一连串的不幸突然落到这家人头上。刚埋葬了谢尔盖，一周后，年老的父亲因为伪造单据盗用公款受到起诉，不久因伤寒病死在监狱的医院里。房子和全部动产均被拍卖，弄得伊凡·德米特里和他的母亲一贫如洗无以为生了。

从前，在父亲活着的时候，伊凡·德米特里住在莫斯科，在那里上大学，每月收到六七十个卢布，不知道什么叫穷，后来他不得不急剧地改变自己的生活。他只好从早到晚去教报酬很低的家馆，做抄写工作，却仍旧挨饿，因为他把全部收入都寄给母亲维持生计了。伊凡·德米特里忍受不了这种生活。他垂头丧气，变得虚弱不堪，不久就放弃学业，回到家乡。在这里，在这座小城里，他多方托人，谋到了县立学校的一份教职。但他跟同事相处不好，学生也不喜欢他，不久他就辞职不干了。母亲又去世了。他有半年之久失业在家，只靠面包和水生活，后来就当上了法院的民事执行员。他一直担任这个职务，直到因病被解职为止。

他向来没有给人留下健康的印象，即使在青春年少的大学期间也是这样。他总是脸色苍白，身体消瘦，经常感冒，吃得少，睡不好。只要一杯红葡萄酒就能弄得他头昏脑涨，使他歇斯底里。他总想跟人们交往，但由于他生性急躁、多疑，他没有朋友，没有一个至交。他对城里人的评论向来带着轻蔑，老说，他们的粗鲁无知和浑浑噩噩的禽兽般的生活是他深恶痛绝的。他用男高音说话，响亮而热烈。说话时要么怒气冲冲、愤愤不平，要么兴高采烈，露出惊奇的神色，不过任何时候他的表情都是真诚的。不论跟他谈什么，他总是归结到一点：这个城市的生活沉闷、无聊，这个社会没有高尚的需求，过着毫无生气、毫无意义的生活，充斥着形形色色的暴力、愚昧、腐化和伪善；卑鄙的人锦衣玉食，正直的人忍饥挨饿；社会需要学校、主持正义的报纸、剧院、大众读物、知识界的团结；必须让这个社会认清自己的面目，感到震惊才好。他对人的议论总加上浓重的色调，而且只有黑白二色，不承认有其他的色彩。他把人类分成卑鄙小人和正直人两种，中间的人是没有的。关于女人和爱情他总是津津乐道，充满热情，但他一次也没有恋爱过。

尽管他言论尖刻、神经过敏，城里人却喜欢他，背地里都亲切地叫他万尼亚①。他那种待人和蔼、乐于助人的天性，为人的正派，道德的纯洁，就连他那件破旧的常礼服、病态的外貌、家庭的不幸，也总能唤起他们心中美好的、温暖的、忧伤的感情。此外他受过良好的教育，博览群书，用城里人的话说，他无所不知，在这个城市里是个类似活字典的人物。

他读过很多书。他常常坐在俱乐部里，神经质地捻着小胡子，翻阅杂志和书籍。看他的脸色可以知道，他不是在阅读，而是在吞咽，根本来不及咀嚼。应当认为，阅读是他的一种病态的习惯，因为不管抓到什么，哪怕是去年的报纸和日历，他都急不可耐地读下去。他在家里总是躺着看书。

三

一个秋天的早晨，伊凡·德米特里翻起大衣领子，在泥泞中啪嗒啪嗒地走着，穿过小巷和一些偏僻的地方，费力地去找一个小市民的家，凭执行票向他收款。他心情忧郁，每到早晨他总是这样的。在一条巷子里他遇到四个荷枪实弹的士兵押送着两名戴着手铐的犯人。以前，伊凡·德米特里经常遇见犯人，每一次他们都引起他怜悯和不安的感觉，可是这一次相遇却给他留下一个异样的、奇怪的印象。不知为什么他突然觉得，他也可能戴上手铐，就这样由人押着，走在泥地里，送进监狱去。他在小市民家待了一会儿，然后回家。在邮局附近他遇见一个认识的警官，对方跟他打了招呼，还和他一道走了几步，不知为什么他又觉得这很可疑。回到家里，他一整天都想着两个犯人和荷枪的兵，一种莫名其妙的惶恐不安的心情妨碍他阅读和集中精力思索什么事。晚上，他在屋里没有点灯，夜里也不睡觉，老想着他可能被捕，戴上手

---

① 伊凡的昵称。

铐，关进监狱。他不知道自己有什么过失，而且可以担保他今后也绝不会去杀人、放火、偷盗。可是，无意中偶然犯下罪行难道不容易吗？难道不会有人诬陷吗？最后，难道法院不可能出错吗？难怪千百年来人们的经验告诫我们：谁也不能发誓不讨饭，不坐牢。①而在现行的诉讼程序下，法院的错判是完全可能的，不足为怪的。那些对别人的痛苦有着职务或事务关系的人，如法官、警察和医生，久而久之，出于习惯势力，有可能变得麻木不仁，以至对他们的当事人即使不愿意也不能不采取敷衍了事的态度。从这方面讲，他们同在后院里杀羊宰牛而看不见血的农民没有丝毫区别。在对人采取这种敷衍塞责、冷酷无情的态度的情况下，为了剥夺一个无辜的人的一切公民权利并判他服苦役，法官只需一件东西：时间。只要有时间去完成某些法定程序，然后就万事大吉——法官就是凭这个领取薪水的。事后你在这个离铁道二百俄里的肮脏的小城去寻找公正和保护吧！再说，既然社会把任何暴力视作明智、合理之必需，而一切仁慈的举动，如宣告无罪的判决，却引起不满和报复情绪的大爆炸，在这种情况下，侈谈公正，岂不可笑吗？

早晨，伊凡·德米特里起床后心存恐惧，额头上冒出冷汗，已经完全相信，他每时每刻都可能被捕。"既然昨天那些沉重的思想久久地没有离开我，"他想道，"可见这些想法不无道理。这些想法的确不可能无缘无故地钻进脑子里的。"

有个警察不慌不忙地从窗下经过。"这是不无用意的。瞧，有两个人站在房子附近，也不说话。为什么他们不说话呢？"

从此，伊凡·德米特里日日夜夜受尽折磨。所有路过窗下的人和走进院子的人都像是奸细和暗探。中午，县警察局长通常坐着双套马车从街上经过，他这是从城郊的庄园去警察局上班。可是伊凡·德米特里每一次都觉得：马车跑得太快，他的神色异样，显然他急着跑去

---

① 俄国谚语。

报告——城里有一个十分重要的犯人。每逢有人拉铃或者敲门,伊凡·德米特里就浑身打颤,如果在女房东家里遇到生人,他就惶惶不安。可是遇见警察和宪兵时他却露出笑脸,还吹着口哨,装出若无其事的样子。他一连几夜睡不着觉,等着被捕,可是又故意大声打鼾,像睡着的人那样连连吁气,好让女房东觉得他睡着了。要知道如果夜里他睡不着觉,那就意味着他受到良心的谴责,痛苦不堪——这可是一大罪证!事实和常理使他相信,所有这些恐惧都荒诞不经,无非是变态心理。另外,如果把事情看得开一些,即使被捕坐牢其实也没有什么可怕的——只要问心无愧就行了。但他的思考越是理智,越是合乎常理,他内心的惶恐不安却越是强烈,越是折磨人。这就像一个隐士本想在处女林里开出一小块安生之地,他用斧子砍得越是起劲,林子却长得越来越茂盛一样。伊凡·德米特里最后意识到,这也无济于事,于是索性不再思考,完全沉溺于绝望与恐惧之中。

他开始离群索居,避开人们。他原先就讨厌自己的职务,现在更是忍受不了这种工作。他生怕有人使坏整他,偷偷往他的口袋里塞进贿赂,然后去告发他。或者他自己无意中在公文上出错——这无异于伪造文书,或者他丢失了别人的钱。奇怪的是他以前的思想从来没有像现在这样活跃机敏,现在他每天都能想出成千上万条各种各样的理由,说明应当认真为自己的自由和名誉担忧。正因为如此,他对外界,特别是对书籍的兴趣便明显地减弱,他的记忆力也大为衰退了。

到了春天,雪化了,在公墓附近的一条冲沟里发现两具部分腐烂的尸体。这是一个老妇人和小男孩,带有强暴致死的迹象。于是城里人议论纷纷,只谈这两具尸体和尚未查明的凶手。伊凡·德米特里害怕别人以为这是他杀死的,便在大街小巷走来走去,还面带微笑。可是遇见熟人时,他的脸色红一阵,白一阵,一再声明,没有比杀害弱小的、无力自卫的人更卑鄙的罪行了。可是这种作假很快就使他厌倦,他略加思索后认定，处在他的地位，最好的办法就是躲进女房东的地窖里去。他在地窖里坐了一整天，之后又坐了一夜一天。他冻得厉害，等到天黑，便偷偷地像贼一样溜进自己的房间里。天亮之前，他一直站在房间中央，身子一动不动，留心听着外面的动静。清晨，太阳还没有升起，就有几个修炉匠来找女房东。伊凡·德米特里清楚地知道，他们是来翻修厨房里的炉灶的，然而恐惧偷偷地告诉他，这些人是打扮成修炉匠的警察。于是他悄悄地溜出住宅，没戴帽子，没穿上衣，惊骇万分地顺着大街跑去。几条狗汪汪叫着追他，有个男人在后面不住地喊叫，风在他耳边呼啸，伊凡·德米特里便觉得全世界的暴力都聚集在他的背后，现在要来抓住他。

有人把他拦住，送回住处，打发女房东去请医生。医生安德烈·叶菲梅奇（这人以后还要提起）开了在头上冷敷的药液和桂樱叶滴剂[①]的药方，愁眉苦脸地直摇头。临走前他对女房东说，以后他不会再来了，因为他不该妨碍人们发疯。由于伊凡·德米特里在家里无法生活和治疗，只好把他送进医院，被安置在性病病室里。他每天夜里不睡觉，发脾气，搅得病人不得安宁，不久安德烈·叶菲梅奇便下令把他转到第六病室。

一年后，城里人已经完全忘了伊凡·德米特里，他的书让女房东胡乱堆在屋檐下的雪橇里，被顽皮的孩子们一本一本拿光了。

四

伊凡·德米特里左边的邻居，我已经说过，是犹太人莫谢伊卡。右边的邻居是个一身肥肉、长得滚圆的农民，一张痴呆呆的脸上毫无表情。这是一个不爱动的、贪吃的、不干不净的畜生，早已丧失了思想和感觉的能力。从他身上不断冒出一股令人窒息的恶臭。

---

① 一种镇静剂。

尼基塔给他收拾床铺的时候，总是狠狠打他，使劲揪起胳膊，一点也不顾惜拳头。这时候，可怕的不是他挨了打——这种事是可以习惯的——可怕的是这个迟钝的畜生挨了打却毫无反应：不出声音，没有动作，连眼睛都毫无表情，只是身子稍稍晃一晃，像个沉重的大木桶。

第六病室的第五个，也就是最后一个病人是个小市民，原先是邮局的拣信员。他是个瘦小的金发男子，一张和善的面孔上带点狡猾的神色。看他那双聪明、安详的眼睛以及明亮而快活的目光可以推断，他城府很深，心里藏着极重要、极愉快的秘密。他在枕头底下、床垫底下藏着什么东西，总不肯拿出来给别人看，倒不是怕人抢了去、偷了去，而是有点不好意思。有时他走到窗前，背对着病友，在胸前佩戴什么东西，还低下头看了又看。如果这时有人走到他跟前，他就满脸窘色，立即把胸前的东西扯下来。不过他那点秘密是不难猜出的。

"您得向我祝贺，"他常常对伊凡·德米特里说，"上司为我呈请授予二级斯丹尼斯拉夫星章。二级星章向来只颁发给外国人，可是不知什么缘故他们愿意为我破例哩，"他笑嘻嘻地说，还大惑不解地耸耸肩膀，"嘿，老实说，简直没有料到。"

"你这话我一点也不懂。"伊凡·德米特里阴沉地声明。

"不过您可知道我迟早会弄到什么吗？"以前的邮局分拣员狡黠地眯细眼睛接着说，"我一定能得到一枚瑞典的'北极星'。这种勋章是值得费心张罗的。白十字架和黑带子，漂亮极了。"

大概任何别的地方的生活都不会像这座偏屋里那样单调。每天早晨，除了瘫痪病人和胖农民以外，所有的人都在外室里的一只双耳木桶里洗脸，用病号服的下摆擦干。这之后，他们用锡杯子喝茶，茶是由尼基塔从主楼里取来的。每人只能喝一杯。中午他们喝酸白菜汤和粥，晚上吃中午剩下的粥。三餐之间，他们躺下，睡觉，望着窗子，在房间里走来走去。天天如此。连以前的邮局拣信员说的也还是那几种勋章。

第六病室很少见到新人。医生早就不接收新的疯癫病人，而想访问疯人院的人在这个世界上是不多的。理发师谢苗·拉扎里奇隔两个月来这里一次。他怎么给疯子们理发，尼基塔怎么帮他的忙，每当这个醉醺醺、笑呵呵的理发师出现时，病人们怎样乱作一团——这些我们就不谈了。

除了理发师，谁也不到这里来看一看。病人们注定一天到晚只能见到尼基塔一个人。

可是不久前在医院的主楼里流传着一个相当奇怪的消息。

传说好像医生经常去第六病室了。

五

奇怪的流言！

医生安德烈·叶菲梅奇·拉金，从某一点上说是个与众不同的人。据说，他年轻时笃信上帝，准备日后担任神职。一八六三年，他中学毕业，本想进神学院学习，可是他的父亲、一名医学博士和外科医师，刻薄地挖苦了他一顿，断然宣布，如果他真去当神父，他就不认他这个儿子。这话可信到什么程度，我不知道，不过安德烈·叶菲梅奇本人不止一次地承认，他对医学以及一般的专门学科向来是不感兴趣的。

不管怎么样，他读完了医学系的课程，并没有去当教士。看不出他如何笃信上帝，开始从医时跟现在一样，他都不像是虔诚信教的人。

他的外貌笨重、粗俗，像个庄稼汉。他的脸、胡子、平顺的头发和结实笨拙的体态，使人想起大道旁小饭铺里那种酒足饭饱、随随便便、态度粗鲁的店老板。他的脸粗糙，布满细小的青筋，眼睛小，鼻子发红。由于身材高，肩膀宽，所以手脚很大，似乎一拳打出去，就能叫人断了气。不过，他的步态徐缓，走起路来小心翼翼，蹑手蹑脚。在狭窄的过道里遇见人时，他总是先停下来让路，说一声："对不起！"——他的声音完全不是预料中的男低音，而是嗓子尖细、音色柔和的男中音。他的脖子上有个不大的瘤子，妨碍他穿浆过的硬领衣服，所以他总是穿柔软的亚麻布或棉布衬衫。一般说来，他的穿着不像一名医生。一身衣服他一穿就是十年，新衣服他照例到犹太人的铺子里去买，那皱皱巴巴的新衣穿在他身上跟旧衣服一样。同一件常礼服，他看病时穿它，吃饭时穿它，出门做客也穿它。不过他这样做不是出于吝啬，而是他完全不修边幅。

当安德烈·叶菲梅奇来到这个城市就职的时候，这个"慈善机关"的情况简直糟透了。病室里、过道里、医院的院子里，到处臭烘烘的，叫人透不过气来。医院的勤杂工、助理护士和他们的孩子们都跟病人一起住在病室里。人们抱怨，蟑螂、臭虫和老鼠搅得大家不得安生。在外科，丹毒从来没有绝迹过。整个医院只有两把手术刀，体温计一个也没有，浴室里存放着土豆。总务长、女管理员和医士勒索病人的钱财。据说安德烈·叶菲梅奇的前任老医生把医院里的酒精偷偷拿出去卖，他还网罗护士和女病人组成他的后宫。所有这些乌七八糟的事城里人全都清楚，甚至夸大其词，然而对此却漠不关心。有些人强词夺理，说什么住医院的都是小市民和农民，这种人不可能不满意，因为他们家里的生活比医院里还要糟得多，总不能供他们吃松鸡吧！另一些人则辩解说，没有地方自治局的帮助，光靠本城的财力是办不成一所像样的医院的；谢天谢地，医院虽糟，总算有一个。而成立不久的地方自治局不论在城里还是城郊都不开设诊疗所，借口是城里已经有医院了。

到医院里视察一番，安德烈·叶菲梅奇得出结论，这个机构不成体统，对病人的健康极为有害。照他看来，最明智的可行办法就是把所有的病人放回家，关闭这所医院。但他考虑到，光凭他个人的权限很难做到这一点，况且这也无济于事。如果把肉体上的和精神上的污秽从一个地方赶出去，那它就会转移到另一个地方；应当等待它自行消失。再说，人们既然开办医院，而且容忍它的存在，可见它是人们需要的。种种偏见和所有这些日常生活中的卑鄙龌龊的丑事也是需要的，因为久而久之它们会转化为有用之物，正如畜粪变成黑土一样。这个世界上没有一种好东西在它开始的时候不带有丑恶的成分。

上任之后，安德烈·叶菲梅奇对待医院里的混乱看来是相当冷漠的。他只要求医院的勤杂工和护士不再在病室里过夜，添置了两柜子的医疗器械，至于总务长、女管理员、医士和外科的丹毒，一切都维持原状。

安德烈·叶菲梅奇极其喜爱智慧和正直，然而要在自己身边建立明智和正直的生活对他来说却缺乏坚强的性格，缺乏这方面的信心。下命令，禁止，坚持己见，这些他是完全做不到的。看来他似乎发过誓，永远不提高嗓门，永远不用命令式。"给我这个"或者"把那东西拿来"这样一些话他很难说出口。每当他饿了，他总是犹豫不决地咳几声，对厨娘说"最好给我一杯茶"或者"最好给我弄点吃的"。至于对总务长说不准他偷盗，或者把他赶走，或者干脆废除这个多余的寄生职位——这些他完全是无能为力的。每当有人欺骗安德烈·叶菲梅奇，或者奉迎他，或者拿来一份明明是造假的账单要他签字，他总是窘得满脸通红，尽管他感到心中有愧，但还是在账单上签了字。遇到病人向他诉苦说吃不饱，或者抱怨护士态度粗暴，他就发窘，抱歉地嘟哝说：

"好，好，我以后调查一下……多半这是误会……"

起先安德烈·叶菲梅奇十分勤奋。每天从早晨起他就给病人看病，做手术，有时甚至接生，一直干到吃午饭。女病人都说他细心、诊断准确，特别是儿科疾病和妇女病。可是时间一长，他因为工作的单调、徒劳无益，显然感到厌烦了。今天接诊三十个病人，到明天一看，加到三十五人，后天就是四十，就这样天天看病，年年看病，可是城市的死亡率并没有因此下降，病人照样不断地来。一个上午，要对四十名就诊病人真正有所帮助，这在体力上是办不到的，所以尽管不愿意，结果只能是骗局。一个会计年度接诊一万两千名病人，不客气地说，那就是欺骗了一万两千名病人。至于让重病人住进病房，按科学的规章给以治疗，这同样做不到，因为规章是有的，科学却没有。如果抛开空洞的议论，像别的医生一样死板地照章办事，那么为此首先需要洁净和通风，而不是垃圾和污浊的空气；需要有益健康的食品，而不是酸臭的白菜汤；需要助手，而不是窃贼。

再说，既然死亡是每个人正常合理的结局，那又何必阻止人们去死呢？如果某个商人或文官多活了五年或十年，那又怎么样呢？如果认为医学的任务在于用药物减轻痛苦，那么这里不能不引出一个问题：为什么要减轻痛苦呢？据说，首先，痛苦使人完美；其次，如果人类当真学会了用药丸和药水减轻自己的痛苦，那么人类就会完全抛弃宗教和哲学，可是到目前为止人类在宗教和哲学中不仅找到了避免一切不幸的护符，而且甚至找到了幸福。普希金临死前经受了可怕的折磨，可怜的海涅因瘫痪而卧床好几年。那么为什么某个安德烈·叶菲梅奇或者玛特廖娜就不该生病呢？要知道这些人的生活毫无内容，如果没有痛苦，那他们的生活就完全空虚，变得跟变形虫①的生活一样了。

这些思索弄得安德烈·叶菲梅奇心灰意懒，从此他不再每天去医院上班了。

六

他的生活是这样度过的。通常他早晨八点左右起床，穿衣，喝茶。然后他在自己的书房里坐下看书，或者去医院上班。在医院里，门诊病人坐在狭窄昏暗的过道里等着看病；勤杂工和护士们在他们身边跑来跑去，靴子在砖地上踩得咚咚响；瘦弱的住院病人来回穿梭；死尸和装

---

① 一种单细胞动物。

满污物的器具也从这里抬出去；病儿哭哭啼啼，穿堂风不断灌进来。安德烈·叶菲梅奇知道，这样的环境对发烧的、害肺痨的和本来就敏感的病人来说简直是遭罪，可是有什么办法呢？在诊室里，医士谢尔盖·谢尔盖伊奇正在迎候他。这人矮小，肥胖，圆鼓鼓的脸刮得很光，洗得干干净净。他态度温和，举止从容，穿一身肥大的新西装，看上去与其说像医士，不如说像参政员。他在城里还私人行医，求诊者很多。他系着白领结，自认为比医生高明，因为医生不私下行医。诊室的墙角有一个神龛，里面放一尊很大的圣像，点一盏笨重的长明灯，旁边有个高烛台，蒙着白布罩。四壁墙上挂着好几幅大主教的肖像，一张圣山修道院的风景照片和一些枯萎的矢车菊花环。谢尔盖·谢尔盖伊奇信仰上帝，喜欢神圣的仪式。圣像就是用他私人的钱设置的。每逢礼拜天，由他下命令，要某个病人在诊室里大声吟唱赞美诗，唱完之后，谢尔盖·谢尔盖伊奇便手提香炉，走遍各个病室，摇炉散香。

病人很多，而时间很少，所以他的工作只限于简短地问一下病情，然后发点氨搽剂或蓖麻油之类的药。安德烈·叶菲梅奇坐在桌旁，用拳头托着脸颊，沉思着，木然地提几个问题。谢尔盖·谢尔盖伊奇也坐着，搓着手，偶尔插上一两句话。

"我们生病，受穷，"他常说，"那是因为我们没有好好祈祷仁慈的上帝。是的！"

在门诊看病的时候，安德烈·叶菲梅奇不做任何手术。他早就不习惯做手术了，一见到血他就感到难受。有时他不得不扳开婴孩的嘴，察看喉咙，小孩子便哇哇地叫，挥舞小手招架，这时候他的耳朵里便嗡嗡地响，头发晕，眼睛里涌出泪水。他赶紧开个药方，挥挥手，让女人把小孩子快点带走。

在门诊看病的时候，病人畏畏缩缩、说话没有条理，再加上正襟危坐的谢尔盖·谢尔盖伊奇、墙上的那些画、他自己二十年来一成不变的提问——这一切很快就让他感到厌倦。他看了五六个病人就走了。剩下的病人由医士独自诊治。

安德烈·叶菲梅奇愉快地想到，谢天谢地，他早已不私人行医，现在谁也不会来打搅他。回到家后，他立即坐到书房里开始看书。他读很多书，总是读得兴致勃勃。他的一半薪水都用来买书，六间一套的寓所有三间堆放着书和旧杂志。他最喜欢读历史和哲学方面的著作。医学方面他只订了一份《医师》杂志，而且通常是从后面读起。每一次他能不间歇地读上几个小时而不感到疲倦。他不像伊凡·德米特里那样读得很快、容易冲动，他读得缓慢、深入，读到凡是他喜欢的或者读不懂的地方他常常停下来。在书的旁边总要放上一小瓶伏特加，一根腌黄瓜或者一个渍苹果，而且直接放在呢子桌布上，不用盘子装。每隔半小时，他眼睛不离开书，为自己斟上一杯伏特加，喝下去，然后不用眼睛看，用手摸到黄瓜，咬下一截。

三点钟，他小心翼翼地走到厨房门口，咳几声，说：

"达留什卡，最好给我弄点吃的……"

吃了一顿相当差还不干净的午饭后，安德烈·叶菲梅奇就在各个房间里走来走去，双手交叉抱在胸前，一边想着什么事情。时钟敲了四点，过后五点，他还在踱步、沉思。有时厨房的门吱嘎响起来，从门里探出达留什卡那张带着睡意的红脸。

"安德烈·叶菲梅奇，您该喝啤酒了吧？"她关心地问。

"不，还不到时候……"他回答，"再等一会儿……再等一会儿……"

邮政局长米哈伊尔·阿韦良内奇通常在傍晚来访。在全城居民中只有跟他的交往还没有让安德烈·叶菲梅奇感到厌烦。米哈伊尔·阿韦良内奇原先是个广有资财的地主，在骑兵团服役，但后来破产了，迫于生计只好在年老时进了邮政局。他精力充沛，身体健壮，蓄着灰白的美髯，举止彬彬有礼，嗓门洪亮，声音悦耳。他善良，重感情，但脾气暴躁。在邮局，只要有顾客提出抗议，不同意某些做法，或者只是议论几句，米哈伊尔·阿韦良内奇立即涨红了脸，浑身哆嗦，雷鸣般地吼道："你闭嘴！"因此这个邮政局早已出了名，是个谁都怕进的衙门。米哈伊尔·阿韦良内奇认为安德烈·叶菲梅奇有教养，志向高尚，因而尊敬他，喜爱他。他对其余的居民则态度傲慢，像对他的下属一样。

"我来了！"他说着走进安德烈·叶菲梅奇的书房，"您好，我亲爱的朋友！恐怕我已经惹您讨厌了吧？"

"正好相反，我非常高兴，"医生回答他，"见到您我总是很高兴。"两位朋友坐在书房的长沙发上，他们先默默地抽一阵烟。

"达留什卡，最好给我们弄点啤酒来！"安德烈·叶菲梅奇说。

两人一言不发喝完第一瓶啤酒：医生在沉思默想，米哈伊尔一副快活而兴奋的神色，好像有一件十分有趣的事要讲出来。谈话总是由医生开头。

"真遗憾，"他说得徐缓而平和，一边摇着头，眼睛不看对方（他向来不直视别人的脸），"真是太遗憾了，尊敬的米哈伊尔·阿韦良内奇，在我们这个城市里，根本没有人会谈些高深的或者有趣的话题，他们没有这个能力，也不喜欢这样做。这对我们来说是巨大的损失。连知识分子也不免流于庸俗，他们的发展水平，我敢断言，一点也不比下等人高。"

"完全正确。我同意。"

"您自己也知道，"医生平静地慢条斯理地接着说，"在这个世界上，除了人类智慧最崇高的精神表现之外，一切都无足轻重、没有意思。智慧在人兽之间划出鲜明的界线，暗示着人类的神圣，而且在某种程度上甚至能取代人类的不朽——尽管不朽是不存在的。由此可见，智慧是快乐的唯一可能的源泉。可是我们在周围看不到有智慧的人，听不到智慧的谈吐——可见我们没有快乐。不错，我们有书，但是这跟活跃的交谈和积极的交往是完全不同的。如果您容我做个不完全恰当的比喻，那么我要说：书是乐谱，交谈才是歌。"

"完全正确。"

接着是沉默。达留什卡从厨房里出来，呆板的脸上带几分愁苦，一手托着脸，在房门外站住，想听听他们讲什么。"唉！"米哈伊尔·阿韦良内奇叹了口气，"真希望现在的人能聪明起来！"

于是他讲起过去的生活多么健康、快活、有趣，那时俄国的知识分子多么聪明，他们多么看重名誉和友谊。他们借钱给人家不要借据，认为朋友有困难不伸手帮助是可耻的。再说那些旅行、冒险、争论多么有意思啊！还有什么样的朋友，什么样的女人啊！说到高加索，那是多么迷人的地方！有个营长的妻子，是个怪女人，一到晚上就穿上军官制服，独自骑马进山，也不带向导。据说她在山村里跟一个小公爵出了点风流韵事。

"我的圣母娘娘……"达留什卡叹道。

"再说那时候喝得多痛快！吃得多丰盛！那些有着自由思想的人真是天不怕地不怕呀！"

安德烈·叶菲梅奇听着，却充耳不闻：他在思考着什么，不时喝一口啤酒。

"我常常梦见聪明的人，并且跟他们交谈，"他忽然打断米哈伊尔·阿韦良内奇的话说，"我的父亲让我受到良好的教育，但是在六十年代的思想影响下，他非要我当医生不可。我这样想，假如当年我不听他的话，那么我现在一定处在思想运动的中心了。恐怕我已成了某个系的教授。当然，智慧也不是永恒的，而是短暂易逝的，可是您已经知道，为什么我对它如此喜爱。生活是个令人苦恼的陷阱。当一个有思想的人进入成年，他的意识成熟起来的时候，他不由得感到仿佛自己掉进了没有出路的陷阱。实际上，他从虚无到有生命不是出于他的意志，而是由某些偶然的情况促成的……这是为什么？他想弄清自己生活的意义和目的，可是别人不告诉他，或者说些荒诞无稽的话。他敲门——没人给他开门。最后死神来找他——这同样不是出于他的意愿。打个比方，正如监狱里的人被共同的不幸联系在一起，当他们聚到一处时心情就轻松些，同样的道理，当热衷分析和概括的人们聚到一处，在交流彼此的引以为自豪的自由思想中消磨时光时，你就不会觉得生活在陷阱中。从这个意义上讲，智慧是不可替代的快乐。"

"完全正确。"

安德烈·叶菲梅奇不看对方，讲讲停停，一直平静地谈论着有智慧的人和同他们的交谈。米哈伊尔·阿韦良内奇留心听着，连连赞同："完全正确。"

"那么您不相信灵魂不死吗？"邮政局长突然问道。

"不，尊敬的米哈伊尔·阿韦良内奇，我不相信，也没有理由相信。"

"老实说，我也表示怀疑。可是，话说回来，我有一种感觉，仿佛我永远不会死去。哎，我心里想，老家伙，你该死了！可是内心有个声音悄悄地说：别相信，你死不了！……"

九点一过，米哈伊尔·阿韦良内奇便告辞回家。他在前室穿上皮大衣，叹口气说：

"可真是，上帝把我们抛到这么荒凉偏僻的地方！最糟糕的是我们还得死在这里。唉！……"

七

送走了朋友，安德烈·叶菲梅奇坐到桌后，又开始看书。没有一点声音打破这夜晚的寂静。仿佛时间也停住了，跟埋头读书的医生一起屏住了气息。似乎一切已不复存在,除了这书和带绿罩子的灯。医生那张粗俗的脸上渐渐地容光焕发,在人类智慧的进展面前露出了感动和欣喜的微笑。啊,为什么人不能永生呢?他想,为什么要有脑中枢和脑回,为什么要有视力、语言、自我感觉和天才,既然所有这一切注定要埋进土壤,最后跟地壳一起冷却,随后千百万年没有意义、没有目的地随着地球绕着太阳旋转呢?既然要冷却,既然要随着地球旋转,那就完全没有必要从虚无中孕育出人和他高度的近乎神的智慧,尔后仿佛开玩笑似的又把人化作尘土。

这就是新陈代谢!然而用类似这种永生来安慰自己是何等懦弱!自然界中所发生的一切无意识的变换过程,甚至比人的愚蠢更为低下,因为愚蠢中毕竟还有知觉和意志,而那些过程中却是一无所有的。只有那种在死亡面前感到恐惧而不是感到尊严的懦夫,才能安慰自己说,他的躯体渐渐地将化作青草、石头、蛤蟆……认为新陈代谢就是永生。这是一种奇谈怪论,正如一把珍贵的提琴被砸碎变得毫无用处后,有人却预言提琴盒子前途灿烂一样荒唐。

每当时钟敲响,安德烈·叶菲梅奇就背靠圈椅,闭上眼睛,思考一阵。处在从书中读到的那些美好思想的影响之下,他无意中把目光转向自己的过去和现在。过去令人憎恶,最好不去想它。而现在也跟过去一样。他知道,当他的思想随着冷却的地球绕着太阳旋转的时候,在他寓所旁边的医院主楼里,人们正遭受着疾病和浑身脓疮的折磨。大概有人睡不着觉,在跟臭虫作战;有人染上丹毒,或者因为绷带缠得太紧而呻吟;有的病人可能正跟护士们玩牌喝酒。一个会计年度里有一万二千人受骗;医院的全部工作,跟二十年前一样,建立在偷盗、争吵、诽谤、徇私的基础上,建立在拙劣的招摇撞骗上;医院依旧是不道德的机构,对病人的健康极其有害。他知道在第六病室的铁窗里尼基塔经常殴打病人,还知道莫谢伊卡每天都在城里乞讨。

另一方面他又清楚地知道，近二十五年来医学发生了神奇的变化。他在大学里学习的时候就觉得，医学不久即可达到炼金术和玄学的水平，可是现在，每当他夜里看书时，医学常常触动他，唤起他心中的惊喜之情。的确，它的辉煌成就简直出人意料，发生了多么深刻的革命啊！多亏抗菌剂，伟大的皮罗戈夫①认为甚至将来②都做不了的许多手术，现在都能做了。连普通的地方自治局医生都敢做膝关节切除术。至于剖腹术，做一百例只有一例死亡。结石病只是小事一桩，甚至没有人再写这方面的文章。梅毒已经可以根治。还有遗传学说，催眠疗法，巴斯德③和科赫④的发现，以统计学为基础的卫生学，还有我们俄国的地方自治局医疗系统。精神病学以及它现代的精神病分类法、诊断法、医疗法，同过去相比，简直像一座雄伟的厄尔布鲁士⑤。现在对待疯子不再往他们头上浇冷水，不再要他们穿紧身病服，对他们比较人道，据报上说，甚至为他们举办演出和舞会。安德烈·叶菲梅奇知道，从当前的观点和时尚来看，像第六病室这样的丑恶现象大概只能在离铁道二百俄里的小城里出现，因为这里的市长和全体议员都是半文盲的小市民，他们把医生看作祭司，哪怕他把烧熔的锡水灌进病人的嘴里也只能相信而不能做任何批评。换了别的地方，公众和报刊早把这个小小的巴士底⑥砸烂了。

"不过这又怎么样呢？"安德烈·叶菲梅奇睁开眼睛问自己，"由此得出什么结论呢？抗菌剂也罢，科赫也罢，巴斯德也罢，丝毫改变不了事情的实质。患病率和死亡率一如往常。人们为疯子举办舞会，演戏，

---

① 尼·伊·皮罗戈夫（1810—1881），俄国解剖学家，外科学家。
② 原文为拉丁文。
③ 巴斯德（1822—1895），法国近代微生物学和免疫学奠基人。
④ 科赫（1843—1910），德国微生物学家，现代细菌学、流行病学奠基人之一。
⑤ 俄国高加索山脉之高峰。
⑥ 巴黎监狱，1789年法国大革命期间被群众捣毁。

但依旧不能让他们自由行动。可见一切都是虚妄和徒劳,其实,最好的维也纳医院和我的医院之间也没有什么差别。"

可是一种悲哀和近似嫉妒的情绪使他再也不能心平气和。这恐怕是太困的缘故,沉重的头垂向书本,他只好双手托住脸,心里想道:

"我做着有害的事情,我拿人家的钱却欺骗他们。我不诚实。可是我本身微不足道,我只是必不可少的社会罪恶的一小部分:所有的县官都是有害的,却白领着薪水……可见不诚实并不是我的过错,而是时代的过错……我若晚生二百年,我就是另一个人了。"

时钟敲了三下,他熄灯后进了卧室。可是他毫无睡意。

八

两年前,地方自治局慷慨起来,决议在开办地方自治局医院之前,每年拨款三百卢布,作为市立医院增加医务人员的补助金。因此,为了协助安德烈·叶菲梅奇的工作,县医生叶夫根尼·费多雷奇·霍博托夫便受聘来到这个城市。这人还很年轻,不到三十岁,高颧骨,小眼睛,是个高身量的黑发男子,看来他的祖先是异族人。他来到这个城市时身无分文,提一只小箱子,带一个难看的年轻女人,他说是他的厨娘。这个女人还有一个吃奶的娃娃。叶夫根尼·费多雷奇经常戴一顶鸭舌制帽,脚穿高筒靴子,冬天穿着短皮袄。他跟医士谢尔盖·谢尔盖伊奇和会计交上了朋友,可是不知为什么把其余的官员叫作贵族,老躲着他们。他的住所里只有一本书:《一八八一年维也纳医院最新处方》。他到医院来时总是随身带着这本书。每天晚上他在俱乐部玩台球,他不喜欢打牌。在谈话中他极爱使用这类言辞:"拖拖沓沓""废话连篇""你别把水搅浑",等等。

他每周来医院两次,查病房,看门诊。医院里没有抗菌剂,沿用拔血罐放血，这些都使他愤怒，但他也不采用新办法，唯恐这样一来冒犯了安德烈·叶菲梅奇。他把自己的同事安德烈·叶菲梅奇看作老滑头，怀疑他很有钱财，内心里嫉妒他。要能占据他的职位他才高兴呢。

九

三月末，一个春天的傍晚，那时地上已经没有积雪，医院的花园里椋鸟开始歌唱，安德烈·叶菲梅奇把他的朋友、邮政局局长送到大门口。正在这个时候，犹太人莫谢伊卡带着他的战利品回来，刚走进院子。他没戴帽子，光脚穿一双浅帮套鞋，手里拿着一小包讨来的东西。

"给个小钱吧！"他冻得浑身哆嗦，笑着对医生说。

向来不拒绝人的安德烈·叶菲梅奇给了他一个十戈比硬币。

"这多么不好，"他瞧着莫谢伊卡的光脚和又瘦又红的踝骨想道，"全湿透了。"

他的内心激起一种既像同情又像厌恶的感情，便跟在犹太人身后朝偏屋走去，时而看看他的秃顶，时而看看他的踝骨。医生刚走进屋子，尼基塔立即从一堆破烂上跳起来，站得笔直。

"你好，尼基塔，"安德烈·叶菲梅奇温和地说，"最好能发给这个犹太人一双靴子，要不然他会感冒的。"

"是，老爷。我一定报告总务长。"

"劳驾了。你可以用我的名义请求他，就说是我要你这么干的。"

从外屋通向第六病室的门正开着。伊凡·德米特里躺在床上，撑着胳膊肘抬起身子，惶恐不安地听着陌生人的声音，突然认出了医生。他气得浑身打颤，跳下床，涨红了脸，圆瞪着眼，一脸凶相跑到病室中央。

"医生来了！"他大声叫道，哈哈大笑起来，"总算来了！先生们，我向你们道喜，医生大驾光临来探望我们啦！该死的浑蛋！"他突然尖叫一声，发狂似的跺一下脚，那副模样是病室里的人从来没有见过的，"打死这个浑蛋！不，打死还不解气！该把他扔进粪坑里淹死！"

安德烈·叶菲梅奇听到这话，便从外屋朝病室里张望，温和地问："这是为什么？"

"为什么？"伊凡·德米特里叫道，一脸威吓的神色向他逼近，一面战战兢兢地裹紧身上的病号服，"为什么？你是贼！"他憎恶地说，还鼓起嘴巴，似乎想啐他一口，"骗子！刽子手！"

"请安静，"安德烈·叶菲梅奇抱歉地微笑着说，"我向您保证，我从来没有偷过任何东西，至于其余的，您恐怕过甚其词了。我看得出来，您生我的气。请安静，我请您，如果可以的话，冷静地告诉我：您为什么生气？"

"您为什么把我关在这里？"

"因为您有病。"

"是的，我有病。可是要知道，成百上千的疯子行动自由，因为你这蠢才分不清谁是疯子，谁是健康人。为什么该我和这几个不幸的人，像替罪羊似的代人受过，被关在这里？您、医士、总务长，以及你们医院里所有的坏蛋，在道德方面，比我们这里的任何人都要卑鄙得多，为什么我们被关起来，而不是你们呢？什么逻辑？"

"这跟道德和逻辑全不相干。一切取决于偶然。谁被关起来，他就得待在这里；谁没有被关起来，他就可以自由行动。就这么回事。至于我是医生，您是精神病患者，这其中既与道德无关，也无逻辑可言，这纯粹是一种毫无道理的偶然性。"

"这种胡扯我不懂……"伊凡·德米特里闷声说着，坐到自己床上。

莫谢伊卡因为尼基塔当着医生的面不好意思搜查他，便把不少面包、纸币和果核摊在床上。他还是冻得发抖，用悦耳的声音很快地说着犹太话。大概他以为他又在开铺子了。

"放我出去。"伊凡·德米特里说,他的声音发颤。

"我不能。"

"为什么不能?为什么?"

"因为这不取决于我。您想一想,即使我放了您,您会有什么好处?您出去吧,可是城里人或者警察还会抓住您,再送回来的。"

"对,对,这倒是真的……"伊凡·德米特里说着,擦一下额头,"这真可怕!那么我该怎么办?怎么办?"

伊凡·德米特里的声音,他那张年轻聪明的脸和愁苦的面容,都让安德烈·叶菲梅奇喜欢。他想对这个年轻人亲热些,安慰他一下。他挨着他坐到床上,想了想说:

"您刚才问怎么办。像您的这种处境,最好是从这里逃出去。可是,很遗憾,这徒劳无益。您会叫人抓住的。一旦社会对罪犯、精神病人和一般的不合时宜的人严加防范,把他们隔离起来,这个社会是不可战胜的。您只有一种办法:安下心来,并且认定您待在这里是必要的。"

"这对谁都没有必要。"

"既然存在监狱和疯人院,那就总得有人住进去。不是您就是我,不是我就是别的什么人。您等着吧,在遥远的未来,监狱和疯人院不再存在,到那时也就不会再有这些铁窗和疯人衣。毫无疑问,这样的时代迟早要来到的。"

伊凡·德米特里冷冷一笑。

"您开玩笑,"他眯起眼睛说,"像您和您的助手尼基塔这样的老爷们跟未来没有任何关系,但是您可以相信,体谅下情的先生,美好的时代一定会到来的!纵使我说得平淡无奇,您取笑吧,但是,新生活的曙光将普照大地,真理必胜,到那时,人们将涌上街头,欢呼庆祝!我等不到那一天,早死了,然而我们的后代会等到的。我衷心地祝贺他们,我高兴，为他们高兴！前进！愿上帝保佑你们，朋友们！"

伊凡·德米特里眼睛发亮，站了起来，朝窗子方向伸出双手，用激动的声音继续道：

"为了这些铁窗我祝福你们！真理万岁！我高兴！"

"我不认为有特别的理由值得高兴，"安德烈·叶菲梅奇说，他觉得伊凡·德米特里的动作像在演戏，这同样让他喜欢，"监狱和疯人院即使没有了，真理如您刚才讲的胜利了，然而事情的本质不会改变，自然规律依然如故。人们还会生病，衰老，死亡，跟现在一样。不管将来有多么灿烂的曙光照耀你们的生活，到头来人还得被钉进棺材，扔进墓穴。"

"那么永生呢？"

"哎，哪儿的话！"

"您不相信，嘿，可是我相信。不知是陀思妥耶夫斯基还是伏尔泰的书里说的，如果没有上帝，那么人们也会把他造出来的。①我深信，如果没有永生，那么伟大的人类智慧迟早也会把它造出来的。"

"说得好，"安德烈·叶菲梅奇愉快地微笑着说，"您有信念，这很好。有信念的人哪怕被砌在墙里面也会生活得快乐的。请问您在什么地方受过教育？"

"是的，我上过大学，不过没有读完。"

"您是个有思想、爱思考的人。在任何环境中您都能找到内心的平静。旨在探明生活意义的那种自由而深刻的思考，对尘世浮华的全然蔑视——这是人类迄今为止最高的两种幸福。哪怕您生活在三道铁栏里面，您也能拥有这种幸福。第欧根尼②住在木桶里，然而他比人间所有的帝王更幸福。"

---

① 法国作家、哲学家伏尔泰（1694—1778）曾提出"如果上帝不存在，就应当把它造出来"。俄国作家陀思妥耶夫斯基在他的长篇小说《卡拉马佐夫兄弟》中引用了这句话，并补充道："而且确实，人类造出上帝来了。"

② 第欧根尼，古希腊哲学家，奉行极端的禁欲主义，传说他住在一个大木桶里。

"您的第欧根尼是呆子，"伊凡·德米特里阴沉地说，"您为什么要对我谈起第欧根尼，谈起什么探明生活的意义？"他突然大为生气，跳了起来，"我爱生活，我热爱生活！我得了被害妄想症，经常恐惧万分，然而有的时候我心里充满了对生活的渴望，这时我就害怕发疯。我渴望生活，渴望生活！"

他激动地在病室里走来走去，压低声音又说：

"当我幻想的时候，我便生出种种幻觉。有人向我走来，我听到说话声和音乐，我似乎觉得，我是在树林里散步，在海边徘徊，我是多么渴望奔忙、操劳的生活……请告诉我外面有什么新闻？"伊凡·德米特里问，"外面怎么样了？"

"您是想知道城里的新闻呢，还是一般的新闻？"

"那就先跟我讲讲城里的新闻，再讲讲一般的新闻。"

"好吧。城里沉闷得令人厌倦……没有人可以交谈，听不到一句有意思的话。没有新来的人。不过，前不久倒是来了一个年轻的医生霍博托夫。"

"他总算在我活着的时候来了。怎么样，是个卑鄙小人吧？"

"是的，一个没有教养的人。您知道吗，这很奇怪……从各方面看，我们的许多省城挺活跃，思想并不停滞——这就是说，省城应当有真正的人。可是不知什么缘故，每一次那边给我们派来的人都叫人看不上眼。真是个不幸的城市！"

"是的，真是个不幸的城市！"伊凡·德米特里叹了一口气，又笑起来，"那么一般的新闻呢？报纸和杂志上有什么文章？"

病室里已经很暗。医生站起来，开始讲起国内外的一些重要文章，讲起当前出现的思想潮流。伊凡·德米特里仔细听着，不时提个问题，可是突然间，他似乎想起了什么可怕的事情，赶紧抱住头，在床上躺下，背对着医生。

"您怎么啦?"安德烈·叶菲梅奇问道。

"您别想听见我再说一句话,"伊凡·德米特里粗鲁地说,"别管我!"

"那是为什么?"

"我对您说:别管我!真见鬼了!"

安德烈·叶菲梅奇耸了耸肩膀,叹口气,走了出去。经过外屋时他说:

"这里最好收拾一下,尼基塔……气味真难闻!"

"是,老爷。"

"多么可爱的年轻人!"安德烈·叶菲梅奇走回寓所时想道,"我在此地住了那么久,他恐怕是头一个可以交谈的人。他善于思考,关心着应该关心的事。"

他又坐下看书,后来上床睡觉,一直想着伊凡·德米特里。第二天早晨醒来,他记起昨天结识了一个聪明有趣的人,决定有空时再去看他一次。

十

伊凡·德米特里还像昨天那样抱着头、缩着腿躺在床上。

"您好,我的朋友,"安德烈·叶菲梅奇说,"您没有睡着吧?"

"首先,我不是您的朋友,"伊凡·德米特里对着枕头说,"其次,您这是白费心思:您休想从我嘴里掏出一句话来。"

"奇怪……"安德烈·叶菲梅奇发窘地嘟哝说,"昨天我们本来谈得很融洽,可是不知为什么您突然生气了,立即住口不谈了……恐怕我说得不太恰当,或者是有的想法不符合您的信念……"

"哼,要我这么相信您的话!"伊凡·德米特里抬起身子,嘲讽地又恐惧地望着医生说，他的眼睛是红的，"您可以到别的地方去刺探和考问，在这里您办不到。我还在昨天就明白您来干什么了。"

"奇怪的幻想！"医生淡淡一笑，"这么说，您把我当成密探了？"

"是的，是这样……我认为，密探也罢，医生也罢，都是一回事，反正是派来试探我的。"

"唉，您这个人，请原谅我直说……真是个怪人！"

医生坐到床前的凳子上，责备地摇着头。

"不过就算您是对的，"他说，"就算我背信弃义想抓住您的错话告到警察局去。您被捕了，后来受审了。可是难道您在法庭上在监狱里就一定比在这里更糟？如果判您终生流放甚至服苦刑，难道就一定比关在这间病室里更糟？我以为不会更糟……那又有什么可怕的？"

显然，这番话对伊凡·德米特里起了作用。他安心地坐下了。

那是下午四点多钟。平常这个时候，安德烈·叶菲梅奇总在寓所的各个房间里走来走去，达留什卡便问他是不是该喝啤酒了。这一天外面无风，天气晴和。

"我饭后出来散步，您瞧，顺路就上这儿来了，"医生说，"完全是春天了。"

"现在是几月？三月吗？"伊凡·德米特里问道。

"是的，三月底。"

"外面到处是烂泥吧？"

"不，不完全是这样。花园里已经有路可走了。"

"现在若能坐上四轮马车去郊游就好了，"伊凡·德米特里像刚醒来似的一边擦着红眼睛一边说，"然后回到家里温暖舒适的书房……再找个像样的大夫治治头疼……这种非人的生活我已经过了很久了。这里真糟糕！糟糕得叫人受不了！"

经历了昨天的激奋之后，此刻他神情疲倦，无精打采，懒得说话。

他的手指不住地颤抖,看他的脸色可知他头疼得厉害。

"在温暖舒适的书房和这个病室之间没有任何差异,"安德烈·叶菲梅奇说,"人的安宁和满足不在他身外,而在他内心。"

"这话什么意思?"

"普通人以身外之物,如马车和书房,来衡量命运的好坏,而有思想的人以自身来衡量。"

"您到希腊去宣传这套哲学吧,那里气候温暖,橙子芳香,可是您那套哲学跟这里的气候不相适应。我跟谁谈起过第欧根尼来了?跟您是吗?"

"是的,昨天您跟我谈起过他。"

"第欧根尼不需要书房和温暖的住所,那边天气炎热,不需要这些东西。他住他的木桶,吃橙子和橄榄就够了。如果他生活在俄罗斯,那么别说十二月,在五月份他就会要求搬进房间里住,恐怕他早冷得缩成一团了。"

"不,对寒冷,以及一般说来对所有的痛苦,人可以做到没有感觉。马可·奥勒留①说过:'痛苦是人对病痛的一种生动观念,如果你运用意志的力量改变这种观念,抛开它,不再诉苦,痛苦就会消失。'这是对的。智者或者一般的有思想、爱思考的人,之所以与众不同,就在于他蔑视痛苦,他总感到满足,对什么都不表惊奇。"

"这么说来我是白痴,因为我痛苦,不满,对人的卑鄙感到吃惊。"

"您用不着这样。如果您能经常地深入思考一番,您就会明白,那些使我们激动不安的身外之物是多么微不足道。竭力去探明生活的意义——这才是真正的幸福。"

"探明生活的意义……"伊凡·德米特里皱起眉头说,"什么'身外之物''内心世界'……对不起,这些我不懂。我只知道,"他站起来,

---

① 马可·奥勒留(121—180),罗马皇帝,斯多葛派哲学家。

生气地看着医生说,"我只知道上帝创造了我这个有血有肉有神经的人,是这样,先生!人的机体组织既然富于生命力,那么它对外界的一切刺激就应当有所反应。我就有这种反应。我疼痛,我就喊叫,流泪;看到卑鄙行为,我就愤怒;看到丑陋龌龊,我就厌恶。在我看来,这本身就叫生活。机体越是低下,它的敏感性就越差,它对外界刺激的反应能力就越弱;机体越高级,它就越敏感,对现实的反应就越强烈。怎么连这个也不懂呢?身为医生,居然不知道这么简单的道理!为了能蔑视痛苦、任何时候都心满意足、对什么都不表惊奇,瞧,就得修炼到这般地步,"伊凡·德米特里指着一身肥肉的胖农民说,"或者让痛苦把你磨炼得麻木不仁,对痛苦丧失了任何感觉,换句话说,也就是变成了活死人。对不起,我不是智者,也不是哲学家,"伊凡·德米特里气愤地继续道,"您的话我一点也不懂。我不善于争议。"

"刚好相反,您的争议很出色。"

"您刚才讲到的斯多葛派①哲学家,是一些出色的人,但他们的学说早在两千年前就停滞不前了,当时没有丝毫进展,后来也不会发展,因为它不切实际,脱离生活。它只是在少数终生都在研究、玩味各种学说的人中间获得成功,而大多数的人并不理解它。那种宣扬漠视财富、漠视生活的舒适,蔑视痛苦和死亡的学说,对绝大多数人来说,是根本无法理解的,因为大多数人生来就不知道什么是财富,什么是生活的舒适;而蔑视痛苦对他来说也就是蔑视生活本身,因为人的全部实质就是由寒冷、饥饿、屈辱、损失以及对死亡的哈姆莱特式的恐惧等等感觉构成的。全部生活就在于这些感觉中。人可以因生活而苦恼,憎恨它,但不能蔑视它。是这样。我再说一遍,斯多葛派的学说不可能有前途,从世纪初直到今天,您也知道,不断进展的是斗争,对痛苦的敏感,对刺

---

① 古代哲学流派,认为智者应顺应自然的冷漠,清心寡欲,晚期宣扬宿命论观点。代表人物有芝诺、马可·奥勒留。

激的反应能力……"

伊凡·德米特里的思路突然中断,他停下来,苦恼地擦着额头。

"我有一句重要的话要说,可是我的思路乱了,"他说,"我刚才说什么啦?哦,对了!我想说的是,有个斯多葛派的人为了替亲人赎身,自己卖身为奴。您瞧,可见连斯多葛派的人对刺激也是有反应的,因为要做出舍己为人这种壮举,需要有一颗义愤填膺、悲天悯人的心灵。在这个牢房里,我把学过的东西都忘光了,否则我还会记起什么的。拿基督来说,怎么样?基督对现实的回答是哭泣、微笑、忧愁、愤怒,甚至苦恼。他不是面带微笑去迎接痛苦,也没有蔑视死亡,而是在客西马尼花园里祷告,求天父叫这苦难离开他①。"

伊凡·德米特里笑起来,坐下了。

"不妨假定人的安宁和满足不在他身外,而在他的内心,"他又说,"不妨假定人应当蔑视痛苦,对什么都不表示惊奇。可是您根据什么理由宣扬这种观点呢?您是智者?哲学家?"

"不,我不是哲学家,可是每个人都应当宣扬它,因为这是合乎情理的。"

"不,我想知道的是,为什么您认为自己有资格来宣扬探明生活意义、蔑视痛苦等等这类观点?难道您以前受过苦?您知道什么叫痛苦?请问:您小时候挨过打吗?"

"不,我的父母痛恨体罚。"

"可是我经常挨父亲的毒打。我的父亲是个性情暴躁、害痔疮的文官,鼻子很大,脖颈灰黄。不过还是谈谈您吧。您这一辈子,谁也没有用指头碰过您一下,谁也没有吓唬过您,折磨过您,您健壮得像头牛。您在父亲的庇护下长大,他供您上学读书,后来又找了一个高薪而清闲的肥缺。二十多年来您住着不花钱的公房,供暖、照明、仆役,一应俱

---

① 参看《新约·马太福音》第二十六章第三十六节。

全，而且有权爱怎么工作就怎么工作，爱干几小时就干几小时，哪怕什么事不做也行。您生来就是个懒散、疲沓的人，所以您竭力把生活安排得不让任何事情来打扰您，免得您动一动位子。您把工作交给医士和其他混蛋去做，自己坐在温暖安静的书房里，积攒钱财，读书看报。您自得其乐，思考着各种各样高尚的胡言乱语，而且还，"伊凡·德米特里看一眼医生的红鼻子，"爱喝酒。总而言之，您没有见过生活，根本不了解生活，您只是在理论上认识现实。至于您蔑视痛苦、对什么都不表示惊奇，其原因很简单：人世的空虚，身外之物和内心世界，蔑视生活、痛苦、死亡，探明生活的意义，真正的幸福——凡此种种是最适合俄国懒汉的哲学。比如说，您看见一个农民在打他的妻子，何必抱不平呢？由他打去吧，反正两人迟早都要死的，再说他打人侮辱的不是被打的人，而是他自己。酗酒是愚蠢的，不成体统的，可是喝酒的要死，不喝酒的也要死。有个村妇来找您，她牙疼……嘿，那算什么？疼痛是人对病痛的一种观念，再说这世界上没有不生病的人，大家都要死的，所以你这婆娘，去你的吧，别妨碍我思考和喝酒。年轻人来讨教怎样生活，该做什么。换了别人回答前一定会认真考虑，可是您的答案是现成的：努力去探明生活的意义，或者努力去寻找真正的幸福。可是这种神话中的'真正的幸福'究竟是什么呢？当然，答案是没有的。我们这些人被关在铁牢里，浑身脓疮，受尽煎熬，可是这很好，合情合理，因为在这个病室和温暖舒适的书房之间其实毫无差异。好方便的哲学：无所事事，良心清白，自以为是个智者……不，先生，这不是哲学，不是思考，不是眼界开阔，而是惰性，是巫师显灵，是痴人说梦……是的！"伊凡·德米特里又勃然大怒，"您蔑视痛苦，可是，如果您的手指叫房门夹一下，恐怕您就要扯开嗓门大喊大叫了！"

"也许我不大喊大叫呢。"安德烈·叶菲梅奇温和地微笑着说。

"是吗！哪儿能呢！假定说，您突然中风，咚的一声栽倒了，或者有个混蛋和无耻小人，利用他的地位和官势当众侮辱您，您明知他这样做可以不受惩罚——嘿，到那时您就会明白叫别人去探明生活的意义、追求真正的幸福是怎么回事了。"

"独到的见解，"安德烈·叶菲梅奇满意地笑着、搓着手说，"您爱好概括，这使我感到又愉快，又吃惊。您刚才对我的性格特征作了一番评定，简直精彩之极。说真的，同您交谈给了我极大的乐趣。好吧，我已经听完了您的话，现在请听我说……"

这次谈话又持续了近一个小时，显然对安德烈·叶菲梅奇产生了深刻的印象。从此，他开始每天都到这间屋子里去。他早晨去，下午去，黄昏时也能看到他跟伊凡·德米特里在交谈。起先伊凡·德米特里见着他就躲开，怀疑他居心不良，公开表示不悦，后来跟他处熟了，他的生硬态度变成了宽容的嘲讽。

不久，医院传遍流言，说医师安德烈·叶菲梅奇经常去第六病室。医士也好，尼基塔也好，护士们也好，谁都弄不明白他去那里干吗、为什么一坐就是几个钟头、他谈什么呢、怎么也不开药方。他的行为太古怪了。连米哈伊尔·阿韦良内奇去他家时也常常见不到他，这在以前是从来没有发生过的。达留什卡更是纳闷，怎么医生不在规定的时间喝啤酒，有时甚至迟迟不来吃饭。

有一天，那已经是六月底了，医生霍博托夫有事来找安德烈·叶菲梅奇，发现他不在家就到院子里找他。这时有人告诉他，说老医生去看精神病人了。霍博托夫走进偏屋，站在外屋里，听见了这样的谈话。

"我们永远谈不到一起，您也休想让我相信您的那一套，"伊凡·德米特里气愤地说，"您根本不了解现实生活，您向来没有受过苦，您只是像条水蛭①那样专靠别人的痛苦而生活。我呢，从出生到现在，天天在受苦受难。因此我要坦率地说：我认为我在各方面都比您高明，比您在行。您不配来教训我。"

"我完全无意要您认同我的信仰，"安德烈·叶菲梅奇平静地说，他很遗憾对方不想理解他，"问题不在这里，我的朋友。问题不在于您受苦而我没有受过苦。痛苦和欢乐都是暂时的，我们别谈这些，由它们去。问题在于您和我都在思考，我们彼此认为我们是善于思考和推理的人，不管我们的观点多么不同，但这一点把我们联系起来了。您若能知道，我的朋友，我是多么厌恶无所不在的狂妄、平庸和愚昧，而每次跟您交谈我又是多么愉快！您是有头脑的人，我欣赏您。"

霍博托夫把门推开一点，往病室里看。伊凡·德米特里戴着尖顶帽，和医师安德烈·叶菲梅奇并排坐在床边。疯子做着怪相，直打哆嗦，不时神经质地裹紧病号服。医师低着头，一动不动地坐着，他的脸通红，一副无奈和忧伤的表情。霍博托夫耸耸肩膀，冷冷一笑，跟尼基塔对看一眼。尼基塔也耸耸肩膀。

第二天，霍博托夫跟医士一起来到偏屋。两人站在前室里偷听。

"看来我们的老爷子变得昏头昏脑了！"

"主啊，饶恕我们这些罪人吧！"庄重的谢尔盖·谢尔盖伊奇叹了一口气，小心绕过水洼，免得弄脏擦得锃亮的鞋子，"老实说，尊敬的叶夫根尼·费多雷奇，我早就料到会这样！"

十二

此后，安德烈·叶菲梅奇发觉周围有一种神秘气氛。医院里的勤杂工、护士和病人遇见他时总用疑问的目光看他几眼，然后私下里议论

---

① 即蚂蟥，环节动物，吸食人畜的血液。

什么。往日他喜欢在医院的花园里遇见总务长的女儿小姑娘玛莎,现在每当他微笑着走到她跟前想摸摸她的小脑袋时,不知为什么她总跑开了。邮政局长米哈伊尔·阿韦良内奇听他说话,不再总应"完全正确",却令人不解地惶惶不安地嘟哝:"是的,是的,是的……"同时若有所思地忧伤地看着他。不知为什么他开始劝自己的朋友戒掉伏特加和啤酒,但他是一个讲究礼貌的人,不便直说,总是旁敲侧击暗示他,时而讲到一个营长,一个出色的人,时而讲到团里的神父,一个可爱的年轻人,说他们经常喝酒,经常生病,可是戒酒之后,什么病都好了。他的同事霍博托夫来过两三次,他也建议戒酒,而且无缘无故推荐他服用溴化钾① 药水。

八月间,安德烈·叶菲梅奇收到市长来信,请他来商量一件重要的事。他在约定的时间来到市政府,在那里安德烈·叶菲梅奇还遇到了军事长官、政府委派的县立学校的学监、市参议员、霍博托夫,另外还有一位肥胖的浅发的先生,经介绍,这是一位医师。这位医师有一个很难上口的波兰人的姓,住在离城三十俄里的养马场,现在是顺路来到这里。

"这里有一份你们医院的报告,"大家互相打过招呼围桌坐下后,市参议员对安德烈·叶菲梅奇说,"叶夫根尼·费多雷奇说,医院主楼里的药房太小,应当把它搬到侧屋去。当然啦,搬是可以的,这不成问题。关键是侧屋需要整修一番。"

"是的,不整修恐怕不行,"安德烈·叶菲梅奇考虑一下说,"比如说,拿院子角上的侧屋充当药房,那么这笔费用我认为至少② 需要五百卢布。这是一笔非生产的开支。"

大家沉默片刻。

---

① 一种镇静剂。
② 原文为拉丁文。

"十年前我有幸呈报过，"安德烈·叶菲梅奇低声继续道，"若要保持这个医院的现状，那么它将是城市的一个不堪负担的奢侈品。医院是在四十年代建成的，可是要知道那时的条件跟今天的不一样。现在城市把过多的钱花费在不必要的建筑和多余的职位上。我认为，采用别的办法，这笔钱完全可以维持两所模范的医院。"

"那就让我们采用别的办法吧！"市参议员赶忙说。

"我已经有幸呈报：把医疗机构移交地方自治局管理。"

"是啊，您把钱交给地方自治局，它可就中饱私囊了。"浅发医生笑了起来。

"历来如此。"市参议员表示同意，也笑了。

安德烈·叶菲梅奇垂头丧气地用阴沉的目光看着浅发医生说：

"说话要公道。"

又是一阵沉默。茶端上来了。那个军事长官不知怎么很不好意思，他隔着桌子碰碰安德烈·叶菲梅奇的手，说：

"您完全把我们忘了，大夫。不过您是修士：既不玩牌，也不爱女人。跟我们在一起您一定觉得无聊吧？"

大家谈起在这个城市里上流人士的生活是多么沉闷。没有剧院，没有音乐，近来在俱乐部的舞会上，二十来位女士才有两名男舞伴。年轻人不跳舞，老是挤在小吃部旁边，不然就打牌。安德烈·叶菲梅奇谁也不看，慢慢地平静地开始讲道：城里人把他们的精力、心灵和智慧都耗费在打牌和播弄是非上，不会也不想把时间用在有趣的交谈和读书上，不愿意享受智慧带来的乐趣，这真是可惜，太可惜了；只有智慧才是有意思的、值得注意的，其余的一切都是低微的不值一提的。霍博托夫一直用心听着自己同事的话，突然问道：

"安德烈·叶菲梅奇，今天是几号？"

听到回答以后，他和浅发医生用一种自己也觉得不高明的主考官的口气开始向安德烈·叶菲梅奇发问：今天是星期几，一年有多少天，第六病室里是否住着一个了不起的先知？

在回答最后一个问题时，安德烈·叶菲梅奇红着脸说：

"是的，这是一个病人，不过他是个有趣的年轻人。"

此后再没有人向他提任何问题。

当他在前厅里穿大衣的时候，军事长官一手按住他的肩头，叹口气说：

"我们这些老头子都该退休啦！"

离开了市政府，安德烈·叶菲梅奇这才明白，这是个奉命来考查他的智能的委员会。他想起对他提的那些问题，不禁脸红起来，不知为什么现在他有生以来第一次为医学感到惋惜和悲哀。

"我的天哪，"他想，又记起两名医生刚才怎么考查他，"要知道他们不久前还在听精神病学的课程、参加考试，怎么现在变得这么无知呢？他们连'精神病学'的概念都没有！"

他有生以来第一次感到自己受了侮辱，感到气愤。

当天晚上，邮政局局长来看他。米哈伊尔·阿韦良内奇没打招呼，走到他跟前，抓住他的两只手，激动地说：

"亲爱的，我的朋友，请向我表明您相信我的一片好意，并把我当作您的朋友……亲爱的！"他不容安德烈·叶菲梅奇分说，激动地继续道，"我因为您有教养、灵魂高尚而爱您。请听我说，我亲爱的朋友。医学守则要求医生向您隐瞒真相，而我作为军人只说实话：您病了！原谅我，亲爱的朋友，但这是真的，您周围的人早已觉察到了。刚才叶夫根尼·费多雷奇大夫对我说，为了有利于您的健康，您必须休息，散散心。完全正确！太好了！过几天我去请假，我也想外出换换空气。请表明您是我的朋友，我们一道走！仍旧照往日那样一道走。"

"我觉得我完全健康，"安德烈·叶菲梅奇想了想说，"我不能去。

请允许我用别的方式来表明我们的友谊。"

出门远行，不知去哪儿，有何必要，没有书，没有达留什卡，没有啤酒，完全改变了二十年来养成的生活方式——这种主意他起先觉得毫无道理、十分荒唐。可是他想起了在市政府的谈话，想起了离开市政府回家路上那份沉重的心情，他又觉得暂时离开这个城市，离开这些把他当成疯子的蠢人，也未尝不可。

"那么您本人打算去哪儿呢？"

"去莫斯科，去彼得堡，去华沙……我在华沙度过了我一生中最幸福的五年。多么美丽的城市啊！我们一道去，亲爱的朋友！"

十三

过了一个星期，医院建议安德烈·叶菲梅奇休息，也就是要他提出辞职，对此他表现得相当冷淡。又过了一个星期，他和米哈伊尔·阿韦良内奇已经坐上邮车，动身去最近的火车站。天气凉爽、晴朗，蓝湛湛的天空，一望无际的原野。去那里有二百俄里路程，得走两天，沿途歇两夜。每到一个驿站，总有人端来茶水，杯子很脏，或者套马的时间长了，米哈伊尔·阿韦良内奇便气得涨红了脸，浑身哆嗦，大声呵斥："闭嘴！别说废话！"坐进远程马车之后，他就一刻不停地讲起昔日去高加索和波兰王国旅行的事。多少惊险的经历，多么热情的接待！他说话的声音很大，同时做出一副惊讶的神色，让人以为他是在吹牛。另外，他讲话时总是冲着安德烈·叶菲梅奇的脸呵气，在他耳畔哈哈大笑，弄得医师很不自在，也妨碍他思考和集中精力。

到了火车站，他们为了节省开支，买了三等车厢的票，坐进一节不准抽烟的车厢里。半数乘客是上流人士。米哈伊尔·阿韦良内奇很快就跟他们搞熟，从一张座椅挪到另一张座椅，大声说：真不该在这种糟糕的铁路上旅行，简直上当受骗！骑马走就完全不同啦，一天赶上一百俄里，过后仍然觉得精力充沛，舒服得很。至于讲到我们收成不好，那是因为平斯克沼泽地的水都叫人排干了。总而言之，到处都糟透了。他慷慨激昂，高声谈笑，不准别人插嘴。这种无休止的唠叨、哈哈大笑和富于表情的手势，使安德烈·叶菲梅奇感到厌倦。

"我们两人到底谁是疯子？"他懊丧地想，"是我这个竭力不打搅乘客的人，还是这个自以为比谁都聪明有趣因而不让人安静的利己主义者呢？"

在莫斯科，米哈伊尔·阿韦良内奇穿上没有肩章的军服和带红镶条的军裤，外出时再戴上军帽，穿上军大衣，所以走在大街上不断有士兵向他立正敬礼。安德烈·叶菲梅奇现在才感到，这个出身贵族的人原有的良好素养已经丧失殆尽，只留下一些恶习。他喜欢别人伺候他，甚至在完全不必要的时候也是这样。火柴放在他面前的桌子上，他也看见了，但他还是向仆役嚷嚷，要他拿火柴来。在女仆面前他穿着内衣裤走来走去也不觉得难为情。他对所有的仆人，哪怕是老人，一律以"你"称呼，发火的时候，就骂他们是蠢货和混账。照安德烈·叶菲梅奇看来，这些都是老爷派头，但令人讨厌。

首先，米哈伊尔·阿韦良内奇把他的朋友领到伊维尔教堂里。他热烈地祈祷，不住地磕头，流下眼泪。做完祈祷，他叹口气说：

"即使你不信教，可是祷告一下就会感到安心些。吻圣像呀，亲爱的。"

安德烈·叶菲梅奇有些尴尬地吻了吻圣像。米哈伊尔·阿韦良内奇则噘起嘴唇，晃着脑袋，嘴里念着祷词，又热泪盈眶。随后两人去了克里姆林宫，在那里观看了炮王和钟王，还用手去摸一摸，欣赏了莫斯科河南岸的景色，参观了救世主教堂和鲁缅采夫博物馆。

他们在捷斯托夫饭店用餐。米哈伊尔·阿韦良内奇看了半天菜单，

抚摸着络腮胡子,用那种到了餐馆就像到家里那样的美食家的口气说:

"我们倒要看看你们今天拿什么来招待我们,亲爱的!"

十四

医师走路、参观、吃饭、喝酒,但他只有一种感觉:讨厌米哈伊尔·阿韦良内奇。他真想独自休息一下,离开他,躲起来,可是这位朋友却认为有责任寸步不离地跟着他,尽量为他安排各种娱乐消遣。等到没什么可看的时候,他就用闲谈来给他解闷。安德烈·叶菲梅奇忍了两天。但第三天他向朋友声明他病了,他想在旅馆歇一天。朋友说,既然这样他也留下。那真该休息一下,否则腿都走不动了。安德烈·叶菲梅奇在长沙发上躺下,脸对着墙,咬着牙听朋友说话。他热烈地断言,法国迟早要摧毁德国,说莫斯科有无数骗子,说光凭长相看不出马的优劣,等等,等等。医师感到耳鸣心悸,但是出于礼貌,他不好意思要朋友走开或者闭嘴。幸好米哈伊尔·阿韦良内奇自己觉得枯坐在旅馆里很无聊,饭后独自出去闲逛了。

安德烈·叶菲梅奇一人留下,这才体验到一种休息的感觉。一动不动地躺在沙发上,意识到房间里只有你一人,这是多么愉快啊!真正的幸福不能缺少孤独。堕落天使之所以背叛上帝,大概是因为他渴望天使们没有领略过的孤独。安德烈·叶菲梅奇本想整理一下这几天来的所见所闻,可是米哈伊尔·阿韦良内奇却在他的脑子里挥之不去。

"要知道他请了假、陪我出来旅行本来是出于友谊,出于好心,"医生烦恼地想道,"可是,没有比这种友爱的保护更糟糕的了。看上去他善良、宽厚、快活,其实无聊得很——无聊得叫人受不了。同样,有些人向来只说聪明话和好话,可是你会觉得他们其实愚蠢得很。"

随后几天,安德烈·叶菲梅奇一直推说自己病了,一直没有离开旅馆的房间。他脸朝里躺在长沙发上，有时朋友用闲谈为他解闷，他便苦恼不堪，有时朋友外出，他才休息养神。他埋怨自己不该出门旅行，埋怨朋友变得越来越唠叨、放肆。他有心去思考一些严肃而高尚的课题，但却无论如何做不到。

"正如伊凡·德米特里所说，这是现实生活在痛斥我了，"他心想，气恼自己的委琐，"不过，这都是胡思乱想……等我回到家，一切都会恢复原样的……"

在彼得堡情况也一样：他成天不出旅馆，躺在沙发上，只有喝啤酒时才站起来。

米哈伊尔·阿韦良内奇老是催他去华沙。

"亲爱的，我去那儿干什么？"安德烈·叶菲梅奇恳求他，"您一个人去吧，您让我回家去！我求您了！"

"说什么也不行！"米哈伊尔·阿韦良内奇抗议道，"这是个无与伦比的城市。我在那里度过了一生中最幸福的五年岁月。"

安德烈·叶菲梅奇缺乏那种坚持己见的性格，他只好很勉强地跟着去了华沙。到了那里，他照样不出旅馆，躺在沙发上，生自己的气，生朋友的气，生那些怎么也听不懂俄语的仆役的气。米哈伊尔·阿韦良内奇却照样健壮、精神、快活，从早到晚在城里游览，寻访故友。好几次他彻夜未归。有一回，不知他在哪儿过了一夜，大清早才回到旅馆，而且神情激动，满脸通红，头发蓬乱。他来来回回走了很长时间，嘴里喃喃自语，后来站住了，说：

"名誉要紧啊！"

他又走了一会儿，抱住头，用悲惨的语调说：

"是的，名誉要紧！真该死，当初我就不该起意到这个巴比伦[①]来！亲爱的，"他对医生说，"您蔑视我吧：我赌输了！借给我五百卢布吧！"

[①] 古代巴比伦王国首都。借喻混乱的城市，典出《旧约·创世记》。

安德烈·叶菲梅奇数出五百卢布,默默地把钱交给他的朋友。那一位因为羞愧、愤怒依然满脸通红,没头没脑地赌了一个毫无必要的咒,戴上帽子,出去了。大约过了两个钟头他回来了,他倒在圈椅里,大声叹一口气,说:

"名誉总算保住了!我们走吧,我的朋友!在这个该死的城市里我连一分钟都不愿意多待。到处都是骗子!奥地利奸细!"

当两位朋友回到他们的城市,那已经是十一月,满街都是厚厚的积雪了。安德烈·叶菲梅奇的职位已由霍博托夫医生接替,不过他还住在原来的房子里,等着安德烈·叶菲梅奇回来后腾出医院的寓所。他称之为厨娘的那个丑女人已经住到一间厢房里。

城里又散布着医院的流言蜚语。传说那个丑女人跟事务长吵架闹翻,还说事务长好像向她下跪求饶了。

安德烈·叶菲梅奇回来的第一天就不得不找房子搬家。

"我的朋友,"邮政局局长畏畏缩缩地对他说,"原谅我提个不礼貌的问题:您手里有多少积蓄?"安德烈·叶菲梅奇默默地数完钱,说:

"八十六个卢布。"

"我问的不是这个,"米哈伊尔·阿韦良内奇不懂医生的话,不好意思地说,"我问的是您手里总共有多少存款?"

"我刚才对您说过了:八十六个卢布……此外再没有钱了。"

米哈伊尔·阿韦良内奇向来认为医生为人正直、高尚,但一直怀疑他手里少说也有两万积蓄。现在当他得知安德烈·叶菲梅奇已成了乞丐,生活无着,不知怎么他忽然伤心大哭,抱住了自己的朋友。

十五

安德烈·叶菲梅奇后来住到小市民别洛娃家的一栋有三扇窗的小房子里。房子只有三间屋，外加一个厨房。窗子临街的两个房间由医生占用，达留什卡、女房东和她的三个孩子都挤在第三个房间和厨房里住。有时女主人的情夫来过夜，这个醉醺醺的汉子整夜吵闹，吓得孩子们和达留什卡胆战心惊。他一来就坐到厨房里，开始要酒喝，大家都感到很别扭。医生出于怜悯就把哭哭啼啼的孩子们带进自己房里，让他们睡在地板上，他从中得到很大的乐趣。

他照旧八点钟起床，喝完茶便坐下来阅读旧书和旧杂志。他已经没钱买新书了。也许是书旧了，也许是环境变了，总之，读书不再引起他极大的兴趣，而且很快就使他疲倦了。为了不虚度光阴，他把旧书编出详细目录，再把小小的书目标签贴到书脊上，这件机械的琐碎的工作他倒觉得比读书更有趣。单调而烦琐的工作不知不觉中削弱了他的思考，现在他万事不想，这一来时间便过得飞快。他甚至到厨房里坐下，帮达留什卡削土豆，从荞麦粒中捡小石子他也觉得很有趣。每逢星期六和星期日，他必定去教堂。他在墙根站住，眯细眼睛，听唱诗班唱诗，想起父亲，想起母亲，想起大学生活，想起各种宗教。他的内心感到平静而忧伤，离开教堂的时候，总惋惜礼拜仪式结束得太快了。

他曾两次去医院看望伊凡·德米特里，想再跟他谈一谈。但是那两次伊凡·德米特里都异常激愤、恼火。他要求医生不再来打扰他，因为他早已厌恶空谈了。他说，他受尽了苦难，为此他向那些该诅咒的无耻小人只求一种奖赏——单独囚禁。难道连这一点他也要遭到拒绝吗？当安德烈·叶菲梅奇向他告别、祝他晚安时，两次他都粗鲁地回答说：

"见鬼去！"

现在安德烈·叶菲梅奇不知道他该不该去第三次。其实他心里是想去的。

往日吃完午饭，安德烈·叶菲梅奇喜欢在房间里走来走去，沉思默想，现在整个下午直到喝晚茶这段时间里，他一直面对着墙躺在沙发上，完全陷于无法摆脱的种种世俗的考虑中。他感到屈辱，因为他工作了二十多年，既没有领到养老金，也没有领到一次性补助。诚然，他工作得不算勤快，可是要知道，所有的工作人员，不论工作勤快与否，都是能领养老金的。当今社会的公道正在于官品、勋章、养老金，这些都不是按道德品质和工作才干奖赏的，而是按职务发放的，并不管工作得怎么样。为什么唯独他要成为例外呢？他现在是身无分文了。他都不好意思走过小铺，不好意思看一眼老板娘。他已经欠下三十二卢布的啤酒钱，也欠着小市民别洛娃的房租。达留什卡偷偷变卖旧衣服和旧书，向女房东撒谎，说医生很快会领到一大笔钱。

他也生自己的气，不该外出旅行花掉了他积蓄的一千卢布。有这一千卢布现在能派多少用场啊！他又抱怨有人总来打扰他。霍博托夫自认为有责任不时来探访这位"有病"的同事。可是他那肥头胖脸，他那种粗俗的故作宽容的口气，连他嘴里的"同事"，连他那双高筒靴子，无不让安德烈·叶菲梅奇看了讨厌。最令人反感的是，他居然认为给安德烈·叶菲梅奇"看病"是他的责任，而且自以为"治病有方"。他每一次来总带一瓶溴化钾和几颗大黄[①]丸。

米哈伊尔·阿韦良内奇也认为有责任常来拜访他的朋友，为他解闷。每次他走进安德烈·叶菲梅奇的房间，总是做出毫无拘束的样子，不自然地哈哈大笑，一再向他表明他今天气色很好，谢天谢地，事情正

[①] 一种药用植物。

在好转,由此也可以得出结论,他认为自己朋友的"病情"毫无希望了。他至今没有归还在华沙借的款子,所以总是羞愧难当,神情紧张,故意扬声大笑,说些逗趣的事。他的那些笑话和故事现在变得没完没了,这对安德烈·叶菲梅奇和他本人来说都成了苦差事。

他一来,安德烈·叶菲梅奇照样脸对着墙躺在沙发上,咬着牙听他说话。本来他的内心就压着层层积怨,他感到随着朋友的每一次来访,这积怨又加高一层,似乎快堵到他的喉咙口了。

为了摆脱这些浅薄的感情,他赶紧去想,不论他本人,还是霍博托夫,还是米哈伊尔·阿韦良内奇,迟早都要死的,不会在这自然界留下一丝痕迹。如果设想百万年之后有个精灵在宇宙中飞过地球,那么它所看到的也只是黏土和光秃的峭壁。一切,不论是文化还是道德准则,都不复存在,连牛蒡都长不出来。那么,对小铺老板的惭愧,渺小的霍博托夫、米哈伊尔·阿韦良内奇的令人苦恼的友谊,这些又算得了什么?这一切都微不足道,无聊得很。

然而这样的推理已经无济于事。他刚想象出百万年之后的地球,这时从光秃的峭壁后面却闪现出穿着高筒靴的霍博托夫或是故意哈哈大笑的米哈伊尔·阿韦良内奇,甚至能听到他那羞愧的低语:"华沙的借款,亲爱的,我过几天就还……一定。"

十六

有一天下午,米哈伊尔·阿韦良内奇来了,当时安德烈·叶菲梅奇正躺在沙发上。事有凑巧,这时霍博托夫拿着一瓶溴化钾也来了。安德烈·叶菲梅奇费劲地爬起来,坐好,两只手撑着沙发。

"今天,我亲爱的,"米哈伊尔·阿韦良内奇开口说,"您的脸色比昨天好多了。您变年轻了!真的,变年轻了!"

"是时候了,也该复原了,同事,"霍博托夫打着哈欠说,"这么拖拖拉拉恐怕您自己也厌烦了吧。"

"会复原的!"米哈伊尔·阿韦良内奇快活地说,"我们还要活到一百岁呢!肯定的!"

"一百年不好说,再活二十年不成问题,"霍博托夫安慰说,"不要紧,不要紧,同事,您可别泄气……别再胡思乱想了。"

"我们还要大显身手呢!"米哈伊尔·阿韦良内奇扬声大笑,还拍拍朋友的膝头,"我们要大显身手的。上帝保佑,明年夏天我们去高加索,骑着马儿走遍全境——跳!跳!跳!等我们从高加索回来,等着瞧,说不定还要操办婚礼呢,"米哈伊尔·阿韦良内奇调皮地挤挤眼睛,"我们让您成亲,亲爱的朋友,让您成亲……"

安德烈·叶菲梅奇忽地感到,积怨已堵到喉头,他的心脏剧烈地跳动起来。

"真庸俗!"他说,立即起身走到窗前,"难道你们不明白你们说得太庸俗了吗?"

他本想说得委婉些,礼貌些,然而不由自主地突然捏紧拳头,高高举过头顶。

"别管我!"他大喝一声,嗓音都变了,涨红了脸,浑身打颤,"滚出去!两个人都滚出去!滚!"

米哈伊尔·阿韦良内奇和霍博托夫都站起来,先是莫名其妙地望着他,后来害怕了。

"两个人都滚出去!"安德烈·叶菲梅奇继续喊道,"呆子!蠢材!我既不要你们的友谊,也不要你们的药水,蠢材!庸俗!可恶!"

霍博托夫和米哈伊尔·阿韦良内奇不知所措地交换一下眼色,退到门口,进了前室。安德烈·叶菲梅奇抓起那瓶溴化钾,使劲朝他们背后扔去。玻璃瓶砰的一声在门槛上砸碎了。

"见你们的鬼去!"他用抽泣的声音喊道,追到前室,"见鬼去!"

客人走后,安德烈·叶菲梅奇像发疟子一样不住打颤,躺到沙发上,不停地嘟哝着:

"呆子!蠢材!"

当他平静下来,他首先想到的是现在米哈伊尔·阿韦良内奇一定羞愧难当、心情沉重,这一切太可怕了。以前从来没发生过这种事。头脑和分寸跑哪儿去了?通情达理和明哲的冷静跑哪儿去了?

医生十分内疚,不住地埋怨自己,弄得自己彻夜未眠。第二天上午,十点来钟,他动身去邮政局向局长赔礼道歉。

"昨天的事我们就不要提了,"大为感动的米哈伊尔·阿韦良内奇紧紧握住他的手,叹口气说,"谁再提旧事,让他瞎了眼。留巴夫金!"他忽然大叫一声,弄得邮务人员和顾客都吓了一跳,"端把椅子来!你等一下,"他对一个农妇喊道,她正把一封挂号信从铁格子里递给他,"难道你没看见我正忙着吗?"他又转身对安德烈·叶菲梅奇温柔地说:"请坐呀,我恳求您,亲爱的朋友。"

他默默坐着,轻轻地抚摩着膝头,过了一会儿才说:

"我心里一点也不怨恨您。疾病是无情的,这我知道。昨天您犯病了,把我和大夫吓坏了。过后我们又谈起您,谈了很久。我亲爱的,您为什么不想认真治一治您的病呢?难道可以这样吗?请原谅我作为朋友直言不讳,"米哈伊尔·阿韦良内奇开始小声说,"您的处境极其不妙:住处狭小,肮脏,无人照料,没钱治病……我亲爱的朋友,我和大夫一起真诚地恳求您,听从我们的劝告:住到医院里去吧!那里有营养食品,有护理,有治疗。叶夫根尼·费多雷奇,我们私下里说说,尽管是个粗俗的人①,可是通晓医术,对他是完全可以信赖的。他向我保证,他要给您治病。"

---

① 原文为法文。

安德烈·叶菲梅奇被邮政局局长真诚的关怀和突然流到脸上的眼泪感动了。

"尊敬的朋友,别相信!"他也小声说,一手按到胸口上,"别信他们的!这是骗局!我的病只在于二十年来我在这个城市里只找到一个有头脑的人,而他是个疯子。我根本没有病,我只是落进了一个魔圈里,再也出不去了。我已经无所谓,我做好了一切准备。"

"到医院里去住吧,我的朋友。"

"我无所谓,哪怕去坐牢。"

"亲爱的,您保证处处都听叶夫根尼·费多雷奇的安排。"

"好吧,我保证。可是我要再说一遍,尊敬的朋友,我落入了魔圈。现在所有的一切,包括我的朋友们真诚的关怀,都导致一个结局——我的毁灭。我正在毁灭,而且有勇气承认这一点。"

"好朋友,您会复原的。"

"何必说这个呢?"安德烈·叶菲梅奇愤愤地说,"很少有人在人生的终点不感受到我此刻的心境。一旦有人对您说,您的肾脏有毛病,心房扩大,所以您必须治疗,或者对您说,您是疯子,是罪犯,总之,一旦别人突然注意您,那您就该知道您落入了魔圈,再也出不去了。您竭力想跑出来,却越发迷路了。听天由命吧,因为任何人的力量已经救不了您。我就是这样想的。"

当时,铁格子那边挤了很多顾客。安德烈·叶菲梅奇不想妨碍公务,便站起来告辞。米哈伊尔·阿韦良内奇再一次请他务必答应他的话,一直把他送到大门口。

这一天的傍晚,穿着短皮袄和高筒靴的霍博托夫出乎意外地也来看望安德烈·叶菲梅奇。他平静地说,那语气仿佛昨天什么事也没发生一样:

"我有事来找您,同事。我来邀请您:您可愿意跟我一道去参加一次会诊？"

安德烈·叶菲梅奇琢磨，霍博托夫可能想让他出去走一走，散散心，或者真要给他一个挣钱的机会，于是穿上衣服，跟他一道走了。他很高兴有机会改正昨天的过错，两人和解了，并且由衷地感谢霍博托夫，他居然只字不提昨天的事，可见原谅他了。很难料到这个没有教养的人待人这么和蔼。

"那么您的病人在哪儿？"安德烈·叶菲梅奇问道。

"在我的医院里。我早就想请您来了……一个很有意思的病例。"

他们走进医院院子，绕过主楼，朝疯人住的偏屋走去。不知为什么一路上谁都不说话。他们走进前室，尼基塔照例跳起来，挺直身子。

"这里有个病人由肺部引出并发症，"霍博托夫同安德烈·叶菲梅奇走进第六病室时小声说，"您在这儿先等一下，我马上就回来。我去取我的听诊器。"

说完，他走了。

十七

天色暗下来。伊凡·德米特里躺在自己床上，把脸埋在枕头里。瘫痪病人一动不动地坐着，小声抽泣，嘴唇不住地颤动。胖农民和从前的拣信员正睡着。病室里很静。

安德烈·叶菲梅奇坐在伊凡·德米特里的床沿上等着。可是一个半小时过去了，进来的不是霍博托夫，而是尼基塔，还抱着病号服，不知是谁的内衣裤和一双拖鞋。

"老爷，请您换衣服，"他轻声说，"这是您的床，请过来，"他指着一张显然是刚搬来的空床补充道，"不要紧，上帝保佑，您会复原的。"

安德烈·叶菲梅奇全明白了。他一句话没说，走到尼基塔指定的床前,坐下了。他看到尼基塔站在一旁等着,便自己脱光了衣服,他感到很难为情。他赶紧穿上病人的衣服,内裤太短,衬衫很长,那件长袍上有熏鱼的气味。

"您会复原的,上帝保佑。"尼基塔重复道。

他抱起安德烈·叶菲梅奇换下来的衣服,走出去,关上身后的门。

"无所谓……"安德烈·叶菲梅奇想道,羞臊地裹紧长袍,只觉得穿了这身衣服他像个囚徒了,"没什么……礼服也罢,制服也罢,这身病号服也罢,反正都一样……"

可是怀表呢?侧面口袋里的记事本呢?还有香烟呢?尼基塔把衣服送哪儿去了?今后,恐怕直到死,他再也穿不上自己的裤子、坎肩和靴子了。这一切实在奇怪,刚开始的时候简直不可思议。尽管直到现在安德烈·叶菲梅奇还是相信,小市民别洛娃家的房子和这第六病室之间毫无差异,相信这个世界上的一切都荒唐、空虚,然而他的手还是发抖,腿脚冰凉。一想到伊凡·德米特里很快会起床看到他穿着病号服,他就觉得十分可怕。他站起来,在病室里不停地走来走去,后来又坐下了。

就这样他坐了半个钟头,一个钟头,他感到厌倦和难以忍受的烦闷。难道在这里要坐上一天,一星期,甚至像这些人那样一坐就几年吗?好吧,他坐一阵,走一阵,又坐下了,现在可以走到窗前,看看外面,然后再从这个屋角走到那个屋角。可是以后做什么呢?就这样像个木头人似的老坐着想心事吗?不,这几乎是不可能的。

安德烈·叶菲梅奇刚躺下,立即又坐起来,用袖子擦去额上的冷汗。他觉得他的脸上也有一股熏鱼的气味。他又在病室里走来走去。

"这是某种误会……"他说,疑惑不解地摊开双手,"应当解释一下,这是误会……"

这时,伊凡·德米特里醒来了。他坐起来,用两个拳头托着腮帮。

他啐了一口，然后懒洋洋地看医生一眼，显然开始时不明白这是怎么回事，但不久他那张睡意惺忪的脸上便露出了恶意的嘲弄人的表情。

"啊哈，把您也关到这里来啦，亲爱的！"他用带着睡意的嘶哑的声音说，还眯起一只眼睛，"我很高兴。您以前喝别人的血，现在轮到别人喝您的血了。妙不可言！"

"这是某种误会……"安德烈·叶菲梅奇说。听了伊凡·德米特里的话吓坏了，他耸耸肩膀，重复道："这是误会……"伊凡·德米特里又啐一口，躺下了。

"该诅咒的生活！"他发起牢骚，"令人悲哀、令人屈辱的是，这种生活不是以苦难得到报偿而结束，也不像歌剧中那样以礼赞而结束，而是以死亡结束。总有一天勤杂工会来抓住尸体的手脚，把他拖到地下室里。呸！那也没什么……到了那个世界我们就要喜气洋洋了……我的幽灵也要从那里回来，吓唬这些恶人。我要叫他们吓白了头。"

莫谢伊卡回来了，看到医生，伸出一只手。

"给个小钱吧！"他说。

十八

安德烈·叶菲梅奇走到窗前，望着野外。天色已黑，在右侧的地平线上，升起一轮红色的冷月。在离医院围墙不远的地方，大约一百俄丈开外，是一幢高大的围着石墙的白房子。这是监狱。

"瞧，这就是现实！"安德烈·叶菲梅奇想道。他心里害怕。

这月亮，这监狱，这些围墙上的铁钉，连同远处烧骨场上腾起的火焰，都让人不寒而栗。身后传来叹息声。安德烈·叶菲梅奇回过头去，看见一个胸前戴着亮闪闪的星章、勋章的人，正露出笑脸，狡黠地挤着一只眼睛。那模样显得可怕。

安德烈·叶菲梅奇要自己相信：月亮和监狱其实没有什么特别的地方，心理健全的人照样佩戴勋章，世上万物最后都要腐烂，化作尘土。可是突然间他陷入绝望，伸出双手抓住铁栏杆，竭尽全力摇撼起来。坚固的铁窗纹丝不动。

后来，为了摆脱恐怖，他走到伊凡·德米特里床前，坐下了。

"我的精神崩溃了，亲爱的朋友，"他小声低语，战战兢兢地擦着冷汗，"精神崩溃了。"

"那您就谈谈人生哲理呀。"伊凡·德米特里挖苦说。

"我的天哪，天哪……对了，对了，您有一次谈到俄国没有哲学，可是连小人物也大谈哲理问题。不过您知道小人物大谈哲理对谁也没有害处，"安德烈·叶菲梅奇有一种仿佛想哭、想引起怜悯的语气说，"我的朋友，为什么您要这样幸灾乐祸地嘲笑人呢？如若小人物感到不满，为什么他不能发发议论呢？一个有头脑的、有教养的、有自尊心的、爱好自由的人，一个圣洁如神灵的人，竟然没有别的出路，除了去一个肮脏愚昧的小城当个医生，一辈子给病人拔火罐、贴水蛭、贴芥末膏！招摇撞骗，狭隘，庸俗！啊，我的天哪！"

"您说蠢话。既然讨厌当医生，您去当大臣呀。"

"不行，哪儿也不行。我们软弱，亲爱的……对世事我向来漠不关心，我积极而清醒地思考着，可是一旦生活粗暴地碰我一下，我就垂头丧气……意志消沉……我们软弱，无用……您也一样，我的朋友。您聪明、高尚，您从母亲的乳汁里吮吸着美好的激情，可是一旦您迈进生活，您就疲倦了，生病了……我们软弱、软弱啊！"

随着傍晚的来临，除了恐惧和屈辱之外，安德烈·叶菲梅奇无时无刻不感受到一种难以摆脱的痛苦。最后，他弄明白，他这是想喝啤酒，想抽烟了。

"我要出去，我的朋友，"他说，"我去说，让他们弄灯来……不能这样……我受不了了……"

安德烈·叶菲梅奇走到门口,打开门,可是尼基塔立即跳起来,挡住他的去路。

"您去哪儿?不行,不行!"他说,"该睡觉啦!"

"我出去一会儿,在院子里走一走。"安德烈·叶菲梅奇慌张地说。

"不行,不行,这不许可。您自己也知道。"

尼基塔砰的一声关上门,用背顶住门板。

"可是即使我出去了,这又碍谁的什么事呢?"安德烈·叶菲梅奇耸耸肩膀问道。"真不明白!尼基塔,我要出去!"他用颤抖的声音说,"我一定要出去!"

"别捣乱,这不好!"尼基塔教训说。

"鬼知道这是怎么回事!"伊凡·德米特里突然跳起来喊道,"他有什么权力不放人出去?他们怎么敢把我们关在这里?法律好像明文规定,不经审判谁都不能被剥夺自由!这是暴力!专横!"

"当然,这是专横!"安德烈·叶菲梅奇受到伊凡·德米特里呼喊声的鼓舞,也说,"我要出去。我必须出去。他没有权利!放我出去,你听见没有?"

"你听见没有,蠢猪?"伊凡·德米特里大声叫骂,用拳头捶门,"你开门,要不然我砸了它!屠夫!"

"开门!"安德烈·叶菲梅奇浑身打颤,大喊道,"我要你开门!"

"再喊呀!"尼基塔在门后回答,"喊呀!"

"至少你去把叶夫根尼·费多雷奇叫来。对他说,我请他来一趟……来一会儿!"

"明天老爷他自己会来的。"

"他们绝不会把我们放出去!"这时,伊凡·德米特里继续道,"他们要在这里把我们活活折磨死!哦,主啊!难道在那个世界里真的没有地狱,这些恶人可以不受惩罚?正义在哪里?快开门,恶鬼,我要闷死了!"他声嘶力竭地喊道,"好吧,我来撞个头破血流!你们这些杀人凶手!"

尼基塔迅速打开门,用双手和膝盖粗鲁地把安德烈·叶菲梅奇推开,然后抡起胳膊,一拳头打在他的脸上。安德烈·叶菲梅奇感到一股带咸味的巨浪把他连头吞没,向床那边冲去,他的嘴里当真有股咸味:多半他的牙齿出血了。他像要游出水面,挥舞着胳膊,抓住了不知谁的床,这时他感到尼基塔在他背上又打了两拳。

伊凡·德米特里一声尖叫。想必他也挨打了。

随后一切都静下来。淡淡的月光照进铁窗,地板上落着网子一样的阴影。真可怕。安德烈·叶菲梅奇躺下,屏住呼吸,惶恐不安地等着再一次挨打。就像有人拿一把尖刀,扎进他的肉体,在胸腔内和腹腔内转动几圈。他疼得直咬枕头,磨牙。忽然间,在他一片混沌的脑子里,清晰地闪出一个可怕的难堪的念头:此刻,在月光下像鬼影般的这几个人,几十年来一定天天都忍受着这样的疼痛。二十多年来他对此一无所知,而且也不想知道——怎么能这样呢?他没有受过苦,甚至不知道什么叫疼痛,因此他也许情有可原。可是,良心的谴责却像尼基塔那样固执无情,弄得从头到脚浑身冰冷。他一跃而起,想大喊一声,飞快跑去杀了尼基塔,杀了霍博托夫、总务长和医士,然后自杀,然而从他的胸腔里发不出一丝声音,两条腿也不听使唤。他上气不接下气,一把抓住胸前的长袍和衬衫,猛地撕开了。他倒在床上,失去了知觉。

十九

第二天早晨,他头疼耳鸣,感到周身瘫软。想起昨天自己的软弱,他不觉得有愧。昨天,他胆怯,甚至怕见月亮,真诚地说出了以前意料不到的思想感情,如小人物感到不满难免爱发议论的想法。可是现在他觉得一切都无所谓了。

他不吃不喝,躺着不动,一句话不说。

"我无所谓了,"别人问他话时他想,"我不想回答……我无所谓了。"午饭后,米哈伊尔·阿韦良内奇来了,带来了四分之一俄磅①茶叶和一俄磅水果软糖。达留什卡来过几次,呆板的脸上露出几分悲伤,在床头一站就是一个钟头。霍博托夫也来看望他,带来一瓶溴化钾,吩咐尼基塔烧点什么熏一熏病室。

傍晚,安德烈·叶菲梅奇因脑出血死去。起初,他感到一阵剧烈的寒颤和恶心,那股难受劲像是渗透他的全身,直至手指,从胃里涌到头部,灌进了眼睛和耳朵。眼前的东西发绿。安德烈·叶菲梅奇明白他死到临头了,他忽然想到伊凡·德米特里、米哈伊尔·阿韦良内奇以及千千万万的人是相信永生的。万一真能这样呢?然而他不想永生,他的这个念头也只是一闪而过。他昨天在书里读到的一群体态优雅、美丽异常的鹿正从他身前跑过,随后一个农妇向他伸出一只拿着挂号信的手……米哈伊尔·阿韦良内奇说了一句什么。随后一切都消失了,安德烈·叶菲梅奇永远失去了知觉。

勤杂工来了,抓住他的胳膊和腿,把他抬到小礼拜堂里。他躺在那里的桌子上,眼睛未合,夜里月光照着他。早晨谢尔盖·谢尔盖伊奇来了,他对着十字架上的耶稣像祷告一番,合上前任上司的眼睛。

第二天,安德烈·叶菲梅奇下葬了。送葬的人只有米哈伊尔·阿韦良内奇和达留什卡。

一八九二年十一月

---

① 1俄磅等于409.5克。

脖子上的安娜

一

在教堂里行完婚礼，甚至没有预备清淡的酒菜，新婚夫妇各喝了一杯酒，便更衣、坐车，去了火车站。取消了欢乐的婚庆舞会和晚宴，取消了音乐和舞蹈，他们要赶到二百俄里以外去朝圣。许多人称赞这种做法，说，莫杰斯特·阿列克谢伊奇已有官职在身，年纪也不轻，热闹的婚礼看来显得不大得体。再说一个五十二岁的文官，娶了一个刚满十八的姑娘，在这种场合下听音乐也没有趣味。也有人说，莫杰斯特·阿列克谢伊奇是个循规蹈矩的人，他之所以想出去修道院朝圣的主意，其实是为了让年轻的妻子明白：在婚姻问题上，他是把宗教和道德放在首位的。

一群同事和亲戚到车站为新婚夫妇送行。他们端着酒杯站着，等着火车开动时好欢呼"乌拉！"——彼得·列翁季伊奇，新娘的父亲，头戴高筒帽，身穿教员礼服，已经喝醉。他脸色煞白，举着杯子，不住地往窗口探过身去，央求说：

"安纽塔！安尼娅①！安尼娅，听我一句话！"

安尼娅从窗子里探出身来，他便贴着她的耳朵嘟哝起来。她只觉

---

① 均为安娜的小名。

得酒气熏人,耳朵里灌风,什么也听不清楚。他就在她脸上、胸前、手上不住地画十字。这时,他连呼吸都在颤抖,眼睛里涌出了泪水。她的两个弟弟,中学生别佳和安德留沙,在他身后拉扯他的礼服,难为情地小声说:

"爸爸,行了……爸爸,别这样……"

火车开动了,安尼娅看到,她的父亲跟着车厢跑了几步,身子摇摇晃晃,酒杯里的酒都洒了。他那张带着愧色的脸是多么可怜而又善良啊!

"乌拉!"他喊道。

现在新婚夫妇单独在一起了。莫杰斯特·阿列克谢伊奇进了包间,查看一番,把东西放在行李架上,然后笑容满面地在他年轻妻子的对面坐下。这是一名中等身材的文官,相当胖,大腹便便,保养得极好,脸上留着长长的络腮胡子,嘴上却不留唇髭。他那个刮得干干净净、轮廓分明的圆下巴,看上去倒像脚后跟。他脸上最大的特征是没有唇髭,这块新刮过的不毛之地,渐渐地与旁边两个胖乎乎、颤悠悠、像果冻一样的腮帮子连成一片。他举止庄重,动作徐缓,态度温和。

"现在我不由得想起一件事情,"他含笑说,"五年前,科索罗托夫得了一枚二级圣安娜勋章,到大人府上致谢的时候,大人是这样说的:'这么说,您现在有三个安娜了:一个在扣眼里,两个在脖子上。'这里得说明一下,当时科索罗托夫的妻子安娜,一个爱吵嘴的轻佻女人,刚刚回到他的身边。我希望,当我拿到二级安娜勋章的时候,大人找不到任何借口对我说这种话。"

他眯起小眼睛微微笑了。她也微微笑了;但她一想到这个男人随时会用他那肉乎乎、湿漉漉的嘴唇来吻她,而她已经无权拒绝他这样做,心里就不免发慌。他那大腹便便的身子只要一动,就把她吓一跳。她感到又可怕又厌恶。他站起身来,不慌不忙地从脖子上取下勋章,脱掉燕尾服和坎肩,换上长袍。

"这就舒服了。"他说着坐到安娜身边。

她回想起刚才的婚礼是多么令人难堪,她总觉得神父、宾客和教堂里其他所有的人,都用一种哀伤的目光望着她,似乎在问:像她这样一个漂亮可爱的姑娘,为什么非要嫁给这个上了年纪的、没有趣味的先生?为什么?虽说今天早晨她还满心欢喜,认为一切都安排得很好;可是在举行婚礼的时候,以及现在坐在车厢里,她已经感到自己做错了事,受了骗,显得很可笑。瞧她嫁给了一个有钱人,但她还是身无分文,连结婚礼服也是借了钱做的。今天,父亲和两个弟弟来送她的时候,她看他们的脸色就知道,他们身上连一个小钱也没有。今天他们能吃上晚饭吗?明天呢?不知怎么,她觉得,她走后——现在——父亲和弟弟只好坐在家里挨饿,就像安葬完母亲的那天晚上一样,心情沉重,感到难以忍受的悲伤。

"唉,我是多么不幸!"她想,"为什么我这样不幸呢?"

莫杰斯特·阿列克谢伊奇是个庄重的人,不习惯向女人献殷勤,他笨拙地碰碰她的腰,拍拍她的肩膀;她呢,正想着钱,想着母亲和她的去世。母亲死后,父亲彼得·列翁季伊奇,一名中学习字课和图画课教员,从此开始酗酒,家境便越来越贫困。两个男孩子没有靴子和套鞋,父亲叫人扭送去见民事法官,法警便来家查抄家具……真丢人!安尼娅要照看酗酒的父亲,给弟弟补袜子,跑市场……每当有人夸她年轻漂亮、风度优雅时,她总觉得全世界的人都在瞧着她那顶廉价的帽子和皮鞋上用黑面糊堵住的窟窿。到了夜里,她就伤心落泪,怎么也摆脱不掉不安的思绪:老担心父亲因他的酒瘾很快就会被校方辞退,他受不了这种打击,会跟母亲一样死掉。于是,一些相识的太太开始忙碌起来,要为安尼娅找一个好男人。不久,就找到了这个莫杰斯特·阿列克谢伊奇,他不年轻,也不漂亮,但很有钱。他在银行里有十万存款,还有一座祖上留下、目前已出租出去的庄园。这人循规蹈矩，颇得大人的好评。别人告诉安尼娅：要他帮忙不费吹灰之力，他只消请大人给中学校长，甚至给督学写封便函，叫校方不得辞退彼得·列翁季伊奇就行了……

她正想着这些往事，突然从窗子里传来音乐声和嘈杂的人声。原来火车在小站上停下了。在月台对面的人群里，有人使劲地拉着手风琴，一把廉价的小提琴发出刺耳的拉锯声。从一排高高的白桦和杨树后面，从沐浴在月光中的别墅区那边，传来悠扬的军乐声：显然别墅里正在举行舞会。在月台上，住别墅的消夏客和来这儿的城里人在散步，只要天气好，他们就上这儿来呼吸新鲜空气。这其中就有整个别墅区的业主、大富翁阿尔特诺夫，一个又高又胖的黑发男子，他脸型像亚美尼亚人，眼睛鼓出，穿一身古怪的衣服：上身的衬衫不扣纽扣，敞着怀，一双高筒靴上带着马刺，肩上披一件拖到地上的黑斗篷，像女人身后的拖地长后襟。两条猎狗耷拉着尖嘴脸跟在他后面。

安尼娅的眼睛里还噙着泪花，但她已经不想母亲，不想钱和自己的婚事了。她不断跟认识的中学生和军官们握手，快活地笑着，很快地重复着：

"您好！过得怎么样？"

她来到车厢外的小平台上，站到月光下，好让大家都能看到她穿着华丽的新衣，戴着漂亮的帽子。

"为什么我们在这里停下了？"她问。

"这儿是错车站，"有人回答，"在等一辆邮车。"

她发现阿尔特诺夫正瞧着她，便卖弄风情地眯起眼睛，大声说起法语来。忽然间，因为她的声音那么美妙动听，因为周围乐声荡漾、一轮明月倒影在水池里，因为阿尔特诺夫，这个出了名的风流男子和幸运儿，正痴迷地、好奇地盯着她，还因为大家都很快活，安尼娅不禁心花怒放。当火车开动、相识的军官们纷纷行军礼向她告别时,她随着树林后面送来的军乐声,已经哼起了波尔卡舞曲。她回到包间时,心里有一种感觉,似乎小站上的人使她确信:不管际遇如何,她日后肯定会幸福的。

这对新婚夫妇在修道院里住了两天就回到城里。他们住在一幢公家寓所里。莫杰斯特·阿列克谢伊奇上班后,安尼娅就弹弹钢琴,或是烦闷得哭一阵,或是躺在软榻上看看小说,翻翻时装杂志。用午饭的时候,莫杰斯特·阿列克谢伊奇总是吃得很多,边吃边谈政治,说些有关任命、调动和奖赏的消息,说人应当劳动,说家庭生活不是享福,而是尽责,说积下一百个戈比就是一卢布,说他把宗教和道德看得高于世间的一切。最后,他握着餐刀,像举着剑似的,说:

"每个人都应当尽到自己的职责!"

安尼娅在一旁听着,心里害怕,吃不下东西,常常饿着肚子离开餐桌。午饭后丈夫躺下休息,不久就鼾声大作,她就回到自己的家。父亲和弟弟们看了她一阵,那眼神有点异样,好像她回来之前他们刚刚责备过她,说她是为了金钱才嫁给一个她不爱的、既枯燥又讨厌的人。她那窸窣作响的衣裙、手镯……总之她的一身太太打扮,使他们感到拘束和屈辱。在她面前他们有点不好意思,不知道跟她说什么好。但他们还像以前一样爱她,吃饭的时候少了她还不习惯。她坐下来,跟他们一道喝菜汤和粥,吃那种有蜡烛味的羊油煎的土豆。彼得·列翁季伊奇用颤抖的手拿起酒瓶,给自己倒了一杯,然后带着贪婪、厌恶的神情一饮而尽,接着倒第二杯,第三杯……别佳和安德留沙,两个消瘦、苍白、大眼睛的男孩夺过酒瓶,慌张地说:

"别喝了,爸爸……够了,爸爸……"

安尼娅也不安起来,央求他不再喝酒,他却勃然大怒,用拳头捶桌子。

"我不许别人来管我！"他大声嚷道，"坏小子！坏丫头！看我把你们都赶出去！"

可是他的声音里流露出软弱和善良，所以谁都不怕他。午饭后他通常要打扮一番。他脸色苍白，下巴上有一道刮破的口子，伸着细长脖子，在镜子前一站就是半个钟头。一会儿梳头，一会儿捻捻黑胡子，一会儿往身上洒香水，再打个蝴蝶领结，然后戴上手套和高礼帽，这才走出家门去教家馆了。如果是节日，他就留在家里，有时画画水彩画，有时弹弹风琴。那台风琴吱吱叫，隆隆响，他偏要逼它奏出和谐悦耳的乐声来，还要自弹自唱，有时就冲着两个孩子生气：

"混账！坏包！把乐器都弄坏了！"

到了晚上，安尼娅的丈夫常常跟住在同一幢公寓里的同事们玩牌。玩牌的时候，文官太太们也聚到一起。这些太太长相不美，服饰不雅，举止粗鲁，倒像是厨娘。她们在房间里说东道西播弄是非，她们的话跟她们本人一样粗俗而无聊。有时莫杰斯特·阿列克谢伊奇也带安尼娅上剧院看戏。幕间休息的时候，他不让她离开一步，他要她挽着自己的胳臂一道在走廊里和休息室里踱来踱去。有时候，他对某个人躬身致礼，随即悄悄对安尼娅说："五品文官……大人接见过他……"或者，"这人很有钱财……自家有房子……"当他们经过小卖部时，安尼娅很想买点甜食，她喜欢吃巧克力和苹果馅小蛋糕，但她身上没有钱，向丈夫讨又不好意思。他拿起一个梨，用指头捏一捏，犹豫不决地问道：

"多少钱？"

"二十五戈比。"

"是吗？"他说着又把梨放回原处。可是什么也不买就走开也不好意思，于是他要了一瓶矿泉水，一个人把它全喝光，喝得他的眼睛里冒出泪水。这时候安尼娅真恨他。

有时候，他忽地涨红了脸，急急对她说：

"向那位老夫人鞠躬!"

"可是我不认识她。"

"没关系。她是税务局局长太太!鞠躬呀,我跟你说呐!"他一个劲儿地唠叨着,"你的脑袋掉不了的。"

安尼娅便鞠躬致礼,她的脑袋也果真没有掉下来,但内心感到十分痛苦。丈夫要她做什么她就做什么,她只能生自己的气:她不该像个大傻瓜似的受了他的骗。她本来只是为了钱才嫁给他,可是现在她的钱比结婚前还少。原先父亲还常常给她二十戈比,现在呢,她连一个戈比也没有。偷偷拿钱或者向他要点她都做不到,她怕丈夫,见着他就战战兢兢。她觉得她对这个人的恐惧感由来已久。小时候,她总认为中学校长是最威严最可怕的力量,这力量像头上的乌云、像冲过来的火车头想把她压死。另一种威严可怕的力量,就是家里经常提起、不知为什么大家都对他诚惶诚恐的大人。另外还有十几种小一些的可怕力量,其中包括中学里那些胡子刮得干干净净、神色严厉、铁面无情的教员。最后,就是现在的莫杰斯特·阿列克谢伊奇,这个循规蹈矩的人连面孔也长得像中学校长。在安尼娅的想象中,这一切合成一股力量,变成一头可怕的巨大的白熊,正一步一步朝像她父亲那样一些弱小而有过失的人逼近。她不敢说出违拗的话,每当她受到粗暴的爱抚,被对方的拥抱吓得胆战心惊、受到玷污时,她只能强作笑颜,佯装快乐的样子。

只有一次,为了偿还一笔极不愉快的债务,彼得·列翁季伊奇壮着胆子向他借五十卢布,可那是多么令人难堪啊!

"好吧,钱我借给您。"莫杰斯特·阿列克谢伊奇考虑一番后说,"不过我得警告您:如果您不戒酒的话,今后我不会再接济您。一个人身为国家公职人员,沾上这种毛病是可耻的。我不得不向您提醒一个众所周知的事实:这种嗜好葬送了许多有才干的人,其实只要他们有所克制,这些人本来是可以步步高升、身居要职的。"

接下去便是长篇大论："根据……"或"鉴于刚才所说……"，"由此得出结论……"，可怜的彼得·列翁季伊奇忍受着屈辱的折磨，反而更想喝酒了。

两个弟弟有时到安尼娅家来做客，他们总是穿着破裤子和破靴子，照样要听他的训导。

"每个人都应当尽到自己的职责！"莫杰斯特·阿列克谢伊奇对他们说。

钱他是不给的。但他送安尼娅戒指、手镯和胸针，说这些东西遇到艰难日子就大有用处。他经常拿钥匙打开她的五斗柜，检查这些东西是否完好无缺。

二

转眼间冬天到了。还在圣诞节以前，当地报纸就早早登出消息：一年一度的圣诞舞会将于十二月二十九日在贵族俱乐部举行。每天晚上打完牌之后，莫杰斯特·阿列克谢伊奇总要焦急不安地跟官太太安尼娅嘀咕一阵，不时忧心忡忡地看她一眼，随后长时间地在房间里踱来踱去，想着什么心事。最后，有一天夜里，他在安尼娅面前站住，说：

"你得做一身舞衣。听明白了吗？只是请你先跟玛丽亚·格里戈里耶夫娜和娜塔利娅·库兹米尼什娜商量一下。"

他给了她一百卢布。她收下钱，但是她在定做舞衣的时候，跟谁都没有商量，只是在父亲面前提了一句。她竭力设想母亲参加舞会会怎么穿着打扮。她去世的母亲向来穿得很时髦，也肯为安尼娅花工夫，把她打扮得像一个漂亮的洋娃娃，还教会她说法语，跳玛祖卡舞①——而且跳得极好（出嫁前她母亲当过五年的家庭教师）。安尼娅跟她母亲一

---

① 波兰的一种民间舞。

样,会把旧裙翻改成新装,用汽油洗手套,租用珠宝首饰[①],她也跟母亲一样,善于眯细眼睛,娇滴滴地说话,摆出种种迷人的姿态,必要时可以高兴得神采飞扬,也可以变得一脸忧伤,叫人琢磨不透。她从父亲那里继承了黑头发、黑眼睛、神经质和随时注重打扮的习惯。

赴舞会前半个小时,莫杰斯特·阿列克谢伊奇没穿礼服走进她的房间,想在她的穿衣镜前把勋章挂在脖子上。他一看,简直被她的美貌和那身新做的华丽夺目的薄纱舞衣迷住了。他得意地梳理着自己的络腮胡子,说:

"瞧你多漂亮……多漂亮!我的安纽塔!"忽然他换了一本正经的语气接下去说,"是我使你得到了幸福,今天你也同样能使我得到幸福。我求你跟大人的夫人结识!看在上帝的分上,通过她我就能弄到主任奏事官的职位了!"

他们坐车去参加舞会。贵族俱乐部的大门口站着侍卫。进了前厅,只见衣帽架上挂了不少皮大衣,侍者穿来穿去,袒胸露背的仕女们用扇子挡着穿堂风。空气里有煤气灯和军人的气味。安尼娅挽着丈夫的胳臂踏上楼梯,耳里听着音乐,眼睛瞧着大镜子里被辉煌灯火照亮的自己,她心中的欢乐苏醒了,像那次在月光下的小站上一样,再一次预感到幸福即将来临。她高傲自信地走着,第一次感到自己已经不是小姑娘,而是一位夫人,并且不由自主地模仿起已故母亲的步态和风度来。她平生第一次觉得自己是个富有的、自由的人。即使丈夫在场,她也不感到拘束,因为在她踏进俱乐部门槛的那一刻,她已经本能地意识到,身边的年老丈夫丝毫不会贬低自己,相反,倒给她增添一层诱人的神秘色彩,这正是男人们最动心的。大厅里乐声悠扬,舞会已经开始。从简朴的公寓里出来,置身于这片辉煌的灯火、缤纷的色彩、音乐和喧闹之中,深受感动的安尼娅向大厅里扫了一眼,心中暗想:"啊,真是太

---

① 原文为法文。

好了！"她立刻在人群中认出了她所有的熟人，所有以前在晚会上或游乐时遇见过的军官、教员、律师、文官、地主、大官、阿尔特诺夫和上流社会的太太小姐们。这些女士有的美丽动人，有的长相难看，但一个个都打扮入时，袒胸露背。她们在义卖市场的小木屋和售货亭里已经各就各位，为周济穷人举行义卖。一个佩戴带穗肩章的魁梧的军官（她是在上中学时在老基辅街上跟他相识的，现在已不记得他的名字）像从地底下钻出来似的，邀请她跳华尔兹舞。她从丈夫身边翩翩飞走，她觉得此刻她像坐在一条小帆船上在暴风雨中随波漂荡，而丈夫已远远地留在岸上了……她跳得热烈奔放、兴致勃勃，华尔兹、波尔卡、卡德里尔，一曲接一曲跳下去，从一个舞伴手里转到另一个舞伴手里，音乐和喧闹使她心醉神迷，她娇滴滴地说话，俄语里夹杂着法语，不住地笑，脑子里既没有丈夫，也没有任何人、任何事。她赢得了男人的欢心，这是显而易见的，而且也不可能不是这样。她兴奋得喘不过气来，焦急不安地捏着手里的扇子，她感到口渴。她的父亲彼得·列翁季伊奇穿一件皱巴巴的有汽油味的礼服，走到她跟前，递给她一小碟红色冰激凌。

"你今天真迷人！"他欣喜万分地瞧着她说，"我还从来没有像今天这么后悔过，你不该匆匆忙忙出嫁……为了什么？我知道，你这样做是为了我们，可是……"他用发抖的手掏出一小沓钞票，说："今天我领到教家馆的薪水，我可以还清欠你丈夫的钱了。"

她把小碟子塞到他手里，立即被人搂住腰，被远远地带走了。她越过舞伴的肩头，匆匆一瞥，看到父亲在镶木地板上轻快地滑行，搂着一位太太在大厅里满场飞旋。

"他不醉的时候多么可爱啊！"她说。

她还是跟那个魁梧军官跳玛祖卡舞。他傲慢地、沉重地踏着舞步，活像一头被宰后套上军装的牲口，不时耸动肩膀、挺挺胸膛，脚跟很勉强地踏着拍子——一副极不愿跳舞的样子。她却在他身边像花蝴蝶一样飞来飞去,用她的美貌和裸露的脖颈挑逗他。她的眼睛像火一般燃烧,她的动作充满了激情,而他却越来越无动于衷,像国王恩赐似的向她伸出手去。

"好哇,好哇!"人群里有人喝彩。

但是,渐渐地连魁梧的军官也抵挡不住了,他活跃起来,激动起来,已经陶醉于她的魅力,变得无比狂热,现在他的动作变得轻快,充满了活力,而她只是摆动肩头,狡黠地望着他:她俨若一位女王,他是奴隶。这时,她感觉到,整个大厅里的人都在看着他们,所有这些人都看呆了,心里嫉妒他们。魁梧的军官刚向她道过谢,人群中突然闪开一条道,男人们不知为什么奇怪地挺直身子,双手贴在裤缝上……原来,礼服上佩戴着两枚星章的大人正朝她走来。是的,大人正是冲她而来的,因为他的眼睛死死盯着她,脸上堆着媚笑,嘴巴努动着像在吃东西——他看见漂亮女人的时候向来是这样的。

"我很高兴,很高兴……"他这样开始,"我要下令关您丈夫的禁闭,因为他把这么一件宝贝一直瞒着我们。""我受太太之命前来找您,"他继续道,向她伸出手去,"您得帮帮我们……嗯,是的……应当发您一笔美人奖金才对……就像美国那样……嗯,是的……美国人……我太太正着急地等着您呢。"

他把她领到小木屋里,去见一位上了年纪的太太。这位太太的下半截脸大得不成比例,就好像她的嘴里含着一块大石头。

"快来帮帮我们,"她用鼻音慢腔慢调地说,"所有的漂亮女人都在义卖市场上工作,只有您一个人不知为什么只顾玩乐,您为什么不想帮帮我们呢?"

她走开了,安尼娅就坐了她的位子守着一把银茶壶和几只杯子。这里的生意立即兴隆起来。喝一杯茶安尼娅至少收一个卢布,那个魁梧的军官让她逼着喝了三杯。阿尔特诺夫也来了。这个富翁眼睛鼓出,有哮喘病,身上穿的已不是安尼娅夏天看到的那身古怪衣服,而是跟大家一样的燕尾服。他不眨眼地盯着安尼娅,喝了一杯香槟酒,付了一百卢布,接着又喝一杯,又给了一百——这中间一句话也没说,因为哮喘病犯了……安尼娅招徕顾客,收他们的钱,此刻她已经确信不疑,她的笑容和目光能给这些人带来极大的快乐。她这才明白,她生来只是为了享受这种有音乐、有舞蹈、有崇拜者的热闹、豪华、欢乐的生活的。想到长期以来她所害怕的那股威逼她的、想把她压死的力量,她不免觉得可笑。现在她谁都不怕了。她只惋惜母亲去世了,否则她此刻会看到她的成功,跟她一道高兴的。

彼得·列翁季伊奇脸色已经发白,但两条腿还算站得稳,他来到小木屋前,要了一杯白兰地。安尼娅脸红了,等着他会说出什么不得体的话(她已经为自己有这样一个贫穷而普通的父亲感到羞愧),但他喝完酒,从一沓钞票中扔出十卢布,一句话没说就傲慢地走了。不久她看到他跟舞伴一道跳轮舞①,这时他已经脚步踉跄,不停地嚷叫,弄得他的舞伴十分尴尬。安尼娅由此想起,三年前的一次舞会上,他也是这样东歪西倒、不停地嚷叫——结果让警察分局长弄回家睡觉,第二天校长就威胁要辞退他。这段回忆多么煞风景啊!

售货亭里的茶炊都已熄灭,精疲力竭的女慈善家们把各自的进款都交给了那位嘴里像含着石头的上了年纪的太太。这时阿尔特诺夫挽起安尼娅的胳臂把她领到餐厅,那里已经为全体参加义卖的人摆上酒宴。参加晚宴的不超过二十人,席间非常热闹。大人举杯祝酒:"在这个豪华的餐厅里,应当为本次义卖的宗旨——为廉价的慈善食堂的兴旺发达干杯!"一名陆军准将建议大家为"连大炮也甘拜下风的力量"干杯,于是男士们探过身子纷纷跟女士们碰杯。大家非常非常快活!

当安尼娅让人护送回家时,天色已经大亮,厨娘们都上市场了。她

---

① 原文为法文。

满心欢喜、带着醉意、满脑子新鲜印象,同时又疲惫不堪,她脱去衣服,倒在床上,立即睡着了……

下午一点多钟,女仆把她唤醒,禀报说,阿尔特诺夫先生登门拜访。她很快穿好衣服,来到客厅。阿尔特诺夫走后不久,大人亲自前来感谢她参加义卖工作。他色眯眯地瞧着她,努动着嘴巴,吻她的小手,并且请求她允许他以后再来拜访,然后坐车走了。她站在客厅中央,又惊讶又兴奋,不相信她的生活这么快就发生了如此惊人的变化。正在这时候她的丈夫莫杰斯特·阿列克谢伊奇进来了……他站在她面前,竟也是一副讨好巴结、毕恭毕敬的奴才相,这副模样她已经看惯了;他在那些有权有势的大人物面前总是这样的。她料定自己说什么话他也拿她没办法,于是又高兴、又气愤、又轻蔑地咬清每个字说:

"滚出去,蠢货!"

从此以后,安尼娅就没有一天闲着的时候,因为她有时参加野餐,有时参加郊游,有时参加演出。她每天凌晨才回到家里,经常睡在客厅的地板上,事后还生动地对别人说,她怎么在花丛底下睡觉。她需要很多钱,但她已经不怕莫杰斯特·阿列克谢伊奇了,她花他的钱就像花自己的钱一样。她不讨也不要,只是把账单给他送去,或者写张便条:"交来人二百卢布",或"速付一百卢布"。

复活节那天,莫杰斯特·阿列克谢伊奇得了一枚二级安娜勋章。当他前往道谢时,大人把报纸放到一边,在圈椅里坐得更舒服一些。

"这么说,您现在有三个安娜了,"他说,一面查看着自己的白手和粉指甲,"一个在扣眼里,两个在脖子上。"

莫杰斯特·阿列克谢伊奇小心地伸出两个手指,按住嘴巴,免得笑出声来。他说:

"现在就等小弗拉季米尔出世了。我斗胆请求大人做他的教父。"

他这是暗示四级弗拉季米尔勋章,而且已经暗地里想象着,他将到处去宣扬他的这句既机智又大胆、语义双关的俏皮话。他本想再说些类似的妙语，但大人又埋头看报去了，还朝他点一下头……

安尼娅依旧坐着三套马车兜风，同阿尔特诺夫出去打猎，演独幕戏，在外面晚餐，并且很少回家看望父亲和弟弟了。他们自个儿吃饭。彼得·列翁季伊奇的酒瘾越来越大，又没有钱，那架风琴早已卖出抵债。两个男孩子现在不放他独自上街，老是跟着他，生怕他跌倒。有时他们在老基辅街上遇见安尼娅坐在双套马车上兜风，车旁还有一匹拉梢的马，阿尔特诺夫坐在车夫座位上亲自赶车。这时，彼得·列翁季伊奇摘下高礼帽，总想对她喊一声，可是别佳和安德留沙一人拽他一条胳膊，央求他：

"别这样，爸爸……算了，爸爸……"

一八九五年十月二十二日

带阁楼的房子

画家的故事

一

这是六七年前的事了,当时我住在 T 省某县地主别洛库罗夫的庄园里。别洛库罗夫这个年轻人,黎明即起,穿一件紧腰长外衣,每天晚上要喝啤酒,老跟我抱怨,说他在任何地方都得不到任何人的同情。他住在花园里的厢房里,我则住在地主老宅的大厅里。这个大厅有许多圆柱,除了我睡的一张宽大的长沙发以及我摆纸牌作卦的一张桌子外,再没有别的家具。里面的几个旧式的阿莫索夫壁炉①里老是嗡嗡作响,哪怕晴和的天气也是这样。遇上大雷雨,整座房子便震颤起来,似乎轰的一声就要土崩瓦解。特别在夜里,当十扇大窗霍地被闪电照亮时,那才真有点吓人呢。

我这人生性懒散,这一回干脆什么事都不做。一连几个小时,我望着窗外的天空、飞鸟和林荫道,阅读朋友给我寄来的书报,要不就睡觉。有时,我走出家门,在某个地方徘徊游荡,直到很晚才回来。

有一天,在回家的路上,我无意中走进一处陌生的庄园。这时,太

---

① 由 H. A. 阿莫索夫(1787—1868)设计的一种气动式炉子。

阳已经落山，黄昏的阴影在扬花的黑麦地里延伸开去。两行又高又密的老云杉，像两面连绵不断的墙，营造出一条幽暗而美丽的林荫道。我轻松地越过一道栅栏，顺着这条林荫道走去，地上铺着一俄寸①厚的针叶，走起来有点打滑。四周寂静而幽暗，只有在高高的树梢上，不时闪动着一片明亮的金光，一些蜘蛛网上变幻出虹霓般的色彩，针叶的气味浓烈得让人透不过气来。后来，我拐弯，走上一条长长的椴树林荫道。这里同样荒凉而古老。隔年的树叶在脚下悲哀地沙沙作响，暮色中的树木中间隐藏着无数阴影。右侧的一座古老的果园里，一只黄莺懒洋洋地细声细气在歌唱，想必它也上了年纪啦。后来，椴树林荫道总算到头了，我经过一幢白色的带凉台和阁楼的房子，眼前忽地展现出一座庄园的院落和一个水面宽阔的池塘。池塘四周绿柳成荫，有一座洗澡棚子。池塘对岸有个村庄，还有一座又高又窄的钟楼，在夕阳的映照下，那上面的十字架金光闪闪。一时间，一种亲切而又熟悉的感觉让我心旷神怡，似乎眼前这番景象我早已在儿时见过。

  一道白色的砖砌大门由院落通向田野，这大门古老而结实，两侧有一对石狮子。大门口站着两个姑娘。其中一个年长些，身材苗条，脸色苍白，十分漂亮，长一头浓密的栗色头发，一张小嘴轮廓分明，神态严厉，对我似乎不屑一顾。另一个还很年轻，顶多十七八岁，同样苗条而苍白，嘴巴大些，一双大眼睛吃惊地望着我打一旁走过，说了一句英语，又忸怩起来。我仿佛觉得这两张可爱的脸儿也早已熟悉的。我兴致勃勃地回到住处，恍如做了一场好梦。

  此后不久，有一天中午，我和别洛库罗夫在屋外散步，忽听得草地上沙沙作响，一辆带弹簧座的四轮马车驶进院子，车上坐着那位年长的姑娘。她为遭受火灾的乡民募捐而来，随身带着认捐的单子。她不正眼看我们，极其严肃而详尽地对我们讲起西亚诺沃村烧了多少家房

---

① 1俄寸等于4.4厘米。

子，有多少男女和儿童无家可归，以及救灾委员会初步打算采取什么措施——她现在就是这个委员会的成员。她让我们认捐签字，收起单子后立即告辞。

"您完全把我们忘了，彼得·彼得罗维奇，"她对别洛库罗夫说，向他伸出手去，"您来吧，如果某某先生①（她说出我的姓）光临舍下，想看一看崇拜他天才的人是怎样生活的，那么妈妈和我将十分荣幸。"

我鞠躬致谢。

她走之后，彼得·彼得罗维奇就讲起她家的情况。据他说，这个姑娘是好人家出身，叫莉季娅·沃尔恰尼诺夫娜，她和母亲、妹妹居住的庄园，连同池塘对岸的村子，都叫舍尔科夫卡。她的父亲当年在莫斯科地位显赫，去世时已是三品文官。尽管广有资财，沃尔恰尼诺夫的家人一直住在乡间，不论夏天冬天从不外出。莉季娅在舍尔科夫卡的地方自治会开办的小学②任教，每月领二十五卢布薪水。她自己的花销就靠这笔收入，她为能自食其力而感到自豪。

"这是一个有趣的家庭，"别洛库罗夫说，"好吧，我们哪天去看看她们。她们会欢迎您的。"

一个节日的午后，我们想起了沃尔恰尼诺夫一家人，便动身到舍尔科夫卡去看望她们。母亲和两个女儿都在家。母亲叶卡捷琳娜·巴夫洛夫娜当初想必是个美人儿，不过现在身体虚胖，显得比实际年龄要大，还害着哮喘病。她神色忧郁，一副漫不经心的样子，为了引起我的兴趣，尽量谈些绘画方面的话题。她从女儿那里得知，我可能会去舍尔科夫卡，她仓促间想起了在莫斯科的画展上曾见过我的两幅风景画。现在她就问我，在这些画里我想表现什么。莉季娅，家里人都叫她丽达，大部分时间在跟别洛库罗夫交谈，很少跟我说话。她神态严肃，不

---

① 原文为法文。
② 旧俄乡村小学，学制三至四年，由地方自治会开办。

苟言笑，问他为什么不到地方自治机关任职，为什么他至今一次也没有参加过地方自治会的会议。①

"这样不好，彼得·彼得罗维奇，"她责备说，"不好。该惭愧啊。"

"说得对，丽达说得对，"母亲附和道，"这样不好。"

"我们全县都掌握在巴拉金的手里，"丽达转向我接着说，"他本人是县地方自治局执行委员会主席，他把县里的所有职位都分给了他的那些侄儿和女婿，自己一意孤行，为所欲为。应当斗争才是。青年人应当组成强有力的派别，可是您看到了，我们这儿的青年人是怎么样的。该惭愧啊，彼得·彼得罗维奇！"

大家谈论地方自治局的时候，妹妹任妮亚一直默不作声。她向来不参加严肃的谈话。家里人还不把她当作大人看待，由于她小，大家叫她蜜修斯，这是因为她小时候称呼她的家庭女教师为蜜斯的缘故。②她一直好奇地望着我，当我翻看照相本时，她不时为我说明："这是叔叔……这是教父"，还用纤细的手指点着相片。这时她像孩子般把肩头贴着我，我便在近处看到她那柔弱的尚未发育的胸脯，消瘦的肩膀，发辫和紧束着腰带的苗条的身子。

我们玩槌球，打网球③，在花园里散步，喝茶，然后在晚餐时消磨了很长时间。在住惯了又大又空的圆柱大厅之后，来到这幢不大却很舒适的房子里一时还有点不适应。这里的四壁没有粗劣的石版画，这里对仆人以"您"相称，这里因为有了丽达和蜜修斯，一切都显得年轻而纯洁，到处都呈现出上流社会的氛围。晚餐桌上，丽达又跟别洛库罗夫

---

① 旧俄省、县地方自治机关，1864—1914年间设置，负责地方教育、卫生、道路修建等事宜。经三种选民（县土地占有者、城市不动产所有者和村社代表）选举出的地方议员组成地方自治会，在贵族会议首脑的主持下每年召开会议。地方自治会每三年选举一次地方自治执行机关——地方自治局。
② "蜜斯"是英语Miss（小姐）的音译。"蜜修斯"为"蜜斯"的昵称。
③ 原文为英语。

谈起县地方自治局、布拉金和学校图书馆的话题。

这是一位富有朝气的、真诚的、有主见的姑娘,听她讲话很有意思,尽管她说得太多,声音响亮——这大概是她讲课养成的习惯。可是我的那位彼得·彼得罗维奇,从上大学起,就有个把话题引向争论的习惯,而且讲起话来枯燥无味、拖沓冗长,总想炫耀自己是个有头脑的进步人士。他做手势的时候,袖子带翻了一碗调味汁,弄得桌布上一摊油渍,可是除了我,好像谁也没有看见。

我们动身回去的时候,天色已黑,四下里一片寂静。

"良好的教养不在于你不弄翻调味汁、弄脏桌布,而在于别人弄翻了你只当没看见,"别洛库罗夫说完叹了一口气,"是啊,这是个极好的、有教养的家庭。我跟这些高尚的人很少联系了,真是很少联系了!成天忙忙碌碌!忙忙碌碌!"

他讲道,如果你想把农业经营得极好,就必须付出许多辛劳。而我却想:他这人多么迟钝、懒散!每当他谈起什么正经事,就故意拖长声调,哎呀哎的,干起事来,跟说话一样——慢慢腾腾,总是拖拖拉拉,错过了期限。我对他的办事认真已经不大信服,因为我曾托他去邮局发几封信,才知他一连几个星期把信揣在自己的口袋里。

"最难以忍受的是,"他跟我并排走着,嘟哝道,"最难以忍受的是,你辛辛苦苦地工作,却得不到任何人的同情—— 一丝一毫的同情都没有!"

二

从此,我经常去沃尔恰尼诺夫家。通常我坐在凉台最下一级的台阶上。我心情苦闷,对自己不满,惋惜我的生活匆匆流逝,而且没有趣味。我老想,我的心变得如此沉重,真该把它从胸腔里挖出来才好。这时候，凉台上有人说话，响起衣裙的窸窣声、翻书声。不久我就习惯了丽达的活动：白天她给病人看病，分发书本，经常不戴帽子、打着伞到村子里去，晚上则大声谈论着地方自治局和学校的事。这个苗条而漂亮、神态永远严肃、小嘴轮廓分明的姑娘，只要一谈起正经话题，总是冷冷地对我说：

"您对这种事是不会感兴趣的。"

她对我没有好感。她之所以不喜欢我，是因为我是风景画家，在我的那些画里不反映人民的困苦，而且她觉得，我对她坚信不疑的事业是漠不关心的。我不由得记起一件往事，一次我路过贝加尔湖畔，遇到一个骑在马上、穿一身蓝布裤褂的布里亚特族①姑娘。我问她，可否把她的烟袋卖给我。我们说话的时候，她一直轻蔑地看着我这张欧洲人的脸和我的帽子，不一会儿就懒得搭理我。她一声吆喝，便策马而去。丽达也是这样蔑视我，似乎把我当成了异族人。当然，她在外表上绝不表露出她对我的不满，但我能感觉出来。因此，每当我坐在凉台最下一级的台阶上，总是生着闷气，数落道：自己不是医生却给农民看病，无异于欺骗他们，再者一个人拥有两千俄亩②土地，做个慈善家那还不容易。

她的妹妹蜜修斯，没有任何要操心的事，跟我一样，完全过着闲散的生活。早上起床后，她立即拿过一本书，坐在凉台上深深的圈椅里读起来，两条腿刚够着地。有时，她带着书躲到椴树林荫道里，或者干脆跑出大门到田野里去。她整天看书，全神贯注地阅读着。有时，她的眼睛看累了，目光变得呆滞，脸色十分苍白，凭着这些迹象才能推测到，这种阅读使她的脑子多么疲劳。每逢我上她的家，她一看到我就有点脸红，放下书，两只大眼睛盯着我的脸，兴致勃勃地向我讲起家里发

---

① 俄国境内少数民族，系蒙古族的一支。
② 1俄亩等于1.09公顷。

生的事，比如说下房里的烟囱起火了，或是有个雇工在池塘里捉到一条大鱼。平时她总穿浅色的上衣和深色的裙子。我们一道散步，摘樱桃做果酱用，划船。每当她跳起来够樱桃或划桨时，从她那宽大的袖口里就露出她细弱的胳膊。有时我写生，她则站在旁边，看着我作画，连声赞扬。

七月末的一个星期日，早上九点多钟我就来到沃尔恰尼诺夫家。我先在花园里一边散步，越走离正房越远，一边寻找白蘑菇。那年夏天，这种蘑菇多极了，我在一旁插上标记，等着以后同任妮亚一道来采。凉风习习。我看到任妮亚和她的母亲身穿浅色的节日衣裙，从教堂里回来，任妮亚一手压着帽子，大概怕被风刮掉。后来我听到她们在凉台上喝茶。

我这人无牵无挂，而且总想为自己的闲散生活找点借口，夏天庄园里的节日早晨总是格外诱人。这时，郁郁葱葱的花园里空气湿润，露珠晶莹，在晨曦的照耀下，万物都熠熠生辉，显得喜气洋洋；这时，房子附近弥漫着木樨花和夹竹桃的香味，年轻人刚从教堂里归来，在花园里喝着茶；人人都穿得漂漂亮亮，个个都兴高采烈；你再知道，所有这些健康、饱足、漂亮的人，在这漫长的夏日可以什么事都不干——在这种时刻，你不由得想道：但愿一辈子都能过上这种生活。此刻我一边这么想着，一边在花园里漫步，准备照这样无所事事地、毫无目的地走上一整天，走上一个夏季。

任妮亚提着篮子来了。看她脸上的那副表情，仿佛她早知道或者预感到会在花园里找到我。我们一块儿采蘑菇，聊天。她想问我什么时，就朝前走几步，这样好看清我的脸。

"昨天我们村里出了奇迹，"她说，"瘸腿的佩拉吉娅病了整整一年，什么样的医生和药都不管事，可是昨天有个老太婆嘀咕了一阵，她病就好了。"

"这算不了什么，"我说，"不应当在病人和老太婆身上寻找奇迹。难道健康不是奇迹？难道生命本身不是奇迹？凡是不可理解的东西，都是奇迹。"

"可是，对那些不可理解的东西，您不觉得可怕吗？"

"不怕。对那些我不理解的现象，我总是精神抖擞地迎上去，不向它们屈服。我比它们高明。人应当意识到，他比狮子、老虎、猩猩要高明，比自然界的一切生灵和万物都要高明，甚至比那些不可理解、被奉为奇迹的东西还要高明，否则他就不能算人，而是那种见什么都怕的老鼠。"

任妮亚以为，我既然是画家，知道的东西一定很多，即使有些事情不知道，多半也能琢磨出来。她一心想让我把她领进那个永恒而美妙的天地里，领进那个崇高的世界，照她看来，在那个世界里我是自己人，她可以跟我谈上帝，谈永生，谈奇迹。而我不认为我和我的思想在我死后将不复存在，便回答说，"是的，人是不朽的"，"是的，我们将永生"。她听着，相信了，并不要求什么论证。

我们朝房子走去，她突然站住了。

"我们的丽达是个了不起的人，不是吗？我热烈地爱她，随时都可以为她牺牲我的生命。可是请您告诉我，"任妮亚伸出手指碰碰我的袖子，"您说说为什么老跟她争论？为什么您动不动就生气？"

"因为她是不对的。"

任妮亚摇摇头表示不同意，眼睛里闪着泪花。

"真是不可理解！"她说。

这时，丽达刚好从什么地方回来，手里拿一根马鞭站在台阶附近，在阳光的照耀下更显得苗条而漂亮。她正对雇工吩咐些什么。她匆匆忙忙，大声说话，接待了两三个病人，之后一脸认真、操心的神色走遍所有的房间，一会儿打开这个立柜，一会儿又打开另一个立柜，最后到阁楼上去了。大家找了她好久，叫她吃午饭。等她来时，我们已经喝完汤了，所有这些细节不知为什么我至今都记得清清楚楚。整个这一天虽然没有发生什么特别的事，回忆起来却栩栩如生，令人欢欣。午饭后，任妮亚埋进深深的圈椅里又看起书来，我又坐到台阶的最下一级。大家都不说话。天空乌云密布，下起稀疏的细雨。天气闷热，风早就停了，仿佛这一天永远不会结束。叶卡捷琳娜·巴夫洛夫娜也到凉台上来了，她一副睡眼惺忪的样子，手里拿着扇子。

"啊，妈妈，"任妮亚说，吻她的手，"白天睡觉对你的健康是有害的。"

她俩相亲相爱。一人去了花园，另一人必定站在凉台上，望着树林呼唤："喂，任妮亚！"或是"妈妈，你在哪儿呢？"她俩经常在一起祈祷，两人同样笃信上帝，即使不说话，彼此也能心领神会。她俩对人的态度也一样。叶卡捷琳娜·巴夫洛夫娜很快就跟我处熟了，她喜欢我，只要我两三天不去，她就会打发人来探问我是不是病了。跟蜜修斯一样，她也赞赏地观看我的画稿，絮絮叨叨地、毫无顾忌地告诉我发生的事，甚至把一些家庭的秘密也透露给我。

她崇拜自己的大女儿。丽达向来不对人表示亲热，只说正经的事。她过着自己独特的生活，在母亲和妹妹的眼里，是个神圣而又带几分神秘的人，诚如水兵们眼里的海军上将，总是坐在舰长室里，叫人难以接近。

"我们的丽达是个了不起的人，"母亲也常常这样说，"不是吗？"

这时下着细雨，我们谈到了丽达。

"她是个了不起的人，"母亲说，然后战战兢兢地四下里看看，压低嗓子，鬼鬼祟祟地补充说："这种人白天打着灯笼也难找。不过，您知道吗，我开始有点担心了。学校啦，药房啦，书本啦，这些都很好，可是何苦走极端呢？她都二十四岁啦，早该认真想想自己的事了。老这样为书本和药房的事忙忙碌碌，不知不觉中大好年华就要过去了……她该出嫁了。"

任妮亚看书看得脸色发白，头发散乱，她抬起头来，望着母亲，像是自言自语地说：

"妈妈，一切有赖于上帝的旨意。"

说完，又埋头看书去了。

别洛库罗夫来了，他穿着紧腰长外衣和绣花衬衫。我们玩槌球，打网球。后来天黑了，大家吃晚饭，又消磨了很长时间。丽达又讲起学校的事和那个把全县都抓在手里的拉巴金。这天晚上，我离开沃尔恰尼诺夫家时，带走了这漫长而又闲散的一天那美好的印象，同时又悲哀地意识到：这世上的一切，不管它多么长久，总有结束的时候。任妮亚把我们送到大门口，也许是因为她从早到晚伴我度过了一天，这时我感到，离开她似乎有些寂寞，这可爱的一家人对我来说已十分亲切。入夏以来我头一次产生了作画的愿望。

"请告诉我，您为什么生活得这么枯燥，毫无色彩？"我和别洛库罗夫一道回家时，问他，"我的生活枯燥，沉闷，单调，这是因为我是画家，我是怪人，从少年时代起我在精神上就备受折磨：嫉妒别人，对自己不满，对事业缺乏信心，我向来贫穷，到处漂泊；可是您呢，您是健康正常的人，是地主，是老爷——您为什么生活得这么乏味？为什么您从生活中获取的东西那么少？为什么，比如说吧，您至今没有爱上丽达或者任妮亚？"

"您忘了我爱着另一个女人。"别洛库罗夫回答。

他这是指他的女友，和他一起住在厢房里的柳博芙·伊凡诺夫娜。我每天都能见到这位女士在花园里散步。她长得极其丰满，甚至说肥胖，举止傲慢，活像一只养肥的母鹅，穿一套俄式衣裙，戴着项链，经常打一把小阳伞。仆人不时喊她回去吃饭或喝茶。三年前她租了一间厢房当别墅，从此就在别洛库罗夫家住下，看样子永远不会走了。她比他大十岁，把他管束得很严，以至他每次出门，都要征得她的许可。她经常扯着男人般的嗓子大哭大叫，遇到这种时候，我就打发人去对她说，如果她再哭下去，我就立即搬家，她这才止住了。

我们回到家里，别洛库罗夫坐到沙发上，皱起眉头想着心事，我则在大厅里来回踱步，像个堕入情网的人，感受着内心的激动和欢欣。我不由得想谈谈沃尔恰尼诺夫一家人。

"丽达只会爱上地方议员，而且像她一样，还得热心办医院和学校，"我说，"啊，为了这样的姑娘，不但可以参加地方自治会的工作，而且像童话里说的那样，穿破铁鞋也心甘情愿。还有那个蜜修斯，她是多么可爱呀！"

别洛库罗夫慢慢腾腾地大谈时代病——悲观主义。他说得振振有词，那种口气就好像我在跟他辩论似的。要是一个人坐在那里高谈阔论，又不知道他什么时候才走，这时你的心情远比穿过几百俄里荒凉、单调、干枯的草原还要烦闷。

"问题不在悲观主义还是乐观主义，"我恼怒地说，"问题在于一百个人当中倒有九十九个没有头脑！"

别洛库罗夫认为这话是说他的，一气之下就走了。

三

"公爵在玛洛焦莫沃村做客，他向你问候，"丽达不知从哪儿回来，脱着手套，对母亲说，"他讲到了许多有趣的事情……他答应在省地方自治局代表会议上再一次提出在玛洛焦莫沃村设立医务所的问题。不过他又说希望不大。"这时，她转身对我说："对不起，我又忘了，您对这种事是不会感兴趣的。"

我感到气愤。

"为什么不感兴趣?"我问,耸耸肩膀,"您不乐意知道我的看法,但我敢向您保证,这个问题我倒是很感兴趣。"

"是吗?"

"是的。依我看,玛洛焦莫沃村完全不需要医务所。"

我的气愤传到她身上。她看我一眼,眯起眼睛,问道:

"那么需要什么呢?风景画吗?"

"风景画也不需要。那里什么都不需要。"

她脱掉手套后拿起一份邮差刚送来的报纸。过一会儿,她显然克制住自己,小声说:

"上星期安娜难产死了,如果附近有医务所的话,她就会活下来。我以为,风景画家先生们对此应有明确的看法。"

"我对此有十分明确的看法,请您相信,"我回答说,但她用报纸挡住我的视线,似乎不愿听我的,"依我看,医务所、学校、图书馆、药房等等,在现有的条件下只有利于奴役。人民被一条巨大的锁链捆住了手脚,而您不去斫断这条锁链,反而给它增加许多新的环节——这就是我的看法。"

她抬头看我一眼,嘲讽地一笑。我继续说下去,竭力抓住我的主要思想:

"问题不在于安娜死于难产,而在于所有这些安娜、玛芙拉和佩拉吉娅从早到晚弯着腰干活,力不胜任的劳动害得她们老是生病,她们一辈子为挨饿和生病的孩子担心,一辈子害怕死亡和疾病,一辈子求医看病,未老先衰,面容憔悴,在污秽和臭气中死去。她们的孩子长大了,又重复这老一套。几百年就这样过去了,千千万万的人过着猪狗不如的生活——只为了一块面包,成天担惊受怕。他们的处境之所以可怕,还在于他们没有工夫考虑自己的灵魂,顾不上自己的形象和面貌。饥饿、寒冷、本能的恐惧、繁重的劳动，像雪崩一样堵住了他们精神生活的道路。而只有精神生活，才是人区别于动物的标志，才是他唯一的人生追求。您到他们中间去，用医院和学校帮助他们，但您这样做并不能使他们摆脱束缚，恰恰相反，您却进一步奴役他们，因为您给他们的生活增加了新的偏见，您扩大了他们的需求范围，且不说为了买斑蝥膏药和书本，他们就得给地方自治会付钱，这就是说，他们得更辛苦地干活才成。"

"我不想跟您争论，"丽达放下报纸说，"这一套我早听过了。我只想对您说一句：不要袖手旁观。的确，我们并不能拯救人类，而且在许多方面可能犯错误，但是我们在做力所能及的事情，所以我们是正确的。一个有文化的人最崇高最神圣的使命是为周围的人们服务，所以我们尽我们的能力这样做。您不喜欢这个，不过一个人做事本来就无法叫人人都满意的。"

"说得对，丽达说得对。"母亲附和道。

有丽达在场她总有点胆怯，一面说话，一面不安地察看她的脸色，生怕说出多余的或者不恰当的话。她也从来不反对她的意见，总是随声附和："说得对，丽达说得对。"

"教农民读书识字，散发充斥可怜的说教和民间俗语的书本，设立医务所……这一切既不能消除愚昧，也不能降低死亡率，这正如你们家里的灯光不能照亮窗外的大花园一样。"我说，"您并没有给他们任何东西，您干预他们的生活，其结果只能使这些人生出新的需求，为此付出更多的劳动。"

"哎呀，我的天哪，可是人总得干些事情！"丽达恼火地说，听她的语气可以知道，她认为我的议论毫无道理，她鄙视它们。

"必须让人们从沉重的体力劳动中解放出来，"我说，"必须减轻他们的重负，给他们喘息的时间，使他们不至于一辈子都守着炉台和洗衣盆，或者在田野里干活，使他们也有时间来考虑灵魂和上帝，能够更广泛地发挥出他们精神上的才能。每一个人在精神活动中的使命是探求真理和生活的意义。一旦您使他们那种笨重的牲口般的劳动成为不必要，一旦您让他们感到自己的自由，到那时您将看到，您的那些书本和药房其实是一种嘲弄。既然人意识到自己真正的使命，那么能够满足他们的只有宗教、科学和艺术，而不是这些无聊的东西。"

"从劳动中解放出来！"丽达冷笑道，"难道这是可能的？"

"可能的。您可以分担他们的部分劳动。如果我们——全体城乡居民，无一例外地同意分担他们旨在满足全人类物质需要的劳动，那么分到我们每个人头上的可能一天不超过两三小时。请您设想一下，如果我们——全体富人和穷人，一天只工作三小时，那么其余的时间我们都空闲了。请再设想一下，为了更少地依靠我们的体力，为了减轻劳动，我们发明各种代替劳动的机器，并且尽量把我们的需求减少到最低限度。我们锻炼自己，锻炼我们的孩子，让他们不怕饥饿和寒冷，到时候我们就不会像安娜、玛芙拉和佩拉吉娅们那样，成天为孩子们的健康担惊受怕了。您想一想，我们不看病，不开药房、烟厂和酒厂——最后我们会剩下多少富裕的时间啊！让我们大家共同把这闲暇的时间献给科学和艺术。就像农民有时全体出动去修路一样，我们大家也全体出动，去探求真理和生活的意义，那么——对此我深信不疑——真理会很快被揭示出来，人们就可以摆脱那种经常折磨人、压抑人的恐惧感，甚至摆脱死亡本身。"

"不过，您是自相矛盾的，"丽达说，"您口口声声'科学''科学'，可您又否定识字教育。"

"在人们只能读到酒店的招牌、偶尔看到几本读不懂的书本的情况下，识字教育又能怎么样？这样的识字教育早从留里克[①]时代起就延续

---

① 据编年史记载，留里克为9世纪的诺夫哥罗德大公，留里克王朝的奠基人。

下来，果戈理笔下的彼得鲁什卡早就会读书认字了，可是农村呢，留里克时代是什么样子，现在还是什么样子。我们需要的不是识字教育，而是广泛地发挥精神才能的自由；需要的不是小学，而是大学。"

"您连医学也反对。"

"是的。医学只有在把疾病当作自然现象加以研究，而不是为了治疗的情况下，才是必需的。如果要治疗的话，那也不是治病，而是根治病因。只要消除体力劳动这一主要的病因，那就不会有病。我不承认有什么治病的科学，"我激动地继续道，"一切真正的科学和艺术所追求的不是暂时的局部的目标，而是永恒的整体的目标——它们寻求真理和生活的意义，探索上帝和心灵。如果把它们同当前的需要和迫切问题拉扯在一起，那么它们只能使生活变得更加复杂、更加沉重。我们有许多医生、药剂师、律师，识字的人很多，可是没有一个生物学家、数学家、哲学家和诗人。全部聪明才智和精神力量，都耗费在满足暂时的、转眼即逝的需要上……我们的学者们、作家们和艺术家们在辛勤工作，多亏他们的努力，人们的生活条件一天比一天舒适，人们的物质需求不断增长，与此同时，离真理却依旧十分遥远，人依旧是最贪婪凶残、最卑鄙龌龊的动物。事物发展的趋向是，人类的大多数将退化，并永远丧失一切生活能力。在这样的条件下，艺术家的生活是没有意义的，他越是有才能，他的作用就越令人奇怪、不可理解，因为实际上他的工作不过是供凶残卑鄙的禽兽消遣，是维护现行制度的。所以我现在不想工作，将来也不工作……什么都不需要，让地球毁灭去吧！"

"蜜修斯，你出去。"丽达对妹妹说，显然认为我的言论对这样年轻的姑娘是有害的。

任妮亚不悦地看看姐姐和母亲，走了出去。

"有些人想为自己的冷漠辩解，总是发表这类妙论。"丽达说，"否定医院和学校，比给人治病和教书容易得多。"

"说得对,丽达说得对。"母亲附和道。

"您威胁说不再工作,"丽达接下去说,"显然您把自己的工作估计得很高。我们别争论了,反正我们永远谈不到一块儿去,因为您刚才那么鄙薄地谈到的图书馆和药房,即使它们很不完备,我也认为它们高出于世界上所有的风景画。"说到这里,她立即对着母亲,用完全不同的语气说:"公爵自从离开我们家后,人瘦了许多,模样大变了。家里人要把他送到维希①去。"

她对母亲谈起公爵的情况,显然是不想跟我说话。她满脸通红,为了掩饰自己的激动,她像个近视眼似的,把头低低地凑到桌子跟前,装作看报的样子。我的在场使人难堪。于是我告辞回家。

四

外面很静。池塘对岸的村子已经入睡,看不到一丝灯光,只有水面上朦朦胧胧地倒映着暗淡的星空。任妮亚一动不动地站在大门前的石狮旁,等着我,想送送我。

"村里人都睡了,"我对她说,竭力想在黑暗中看清她的脸,却看到一双忧伤的黑眼睛定定地望着我,"连酒店掌柜和盗马贼都安然入睡了,我们这些上流人却在互相怄气,争论不休。"

这是一个凄凉的八月之夜,之所以凄凉,因为已经透出秋意。蒙着紫气的月亮慢慢升起,朦胧的月光照着大路和大路两侧黑沉沉的冬麦地。不时有流星坠落下去。任妮亚和我并排走在路上,她竭力不看天空,免得看到流星,不知为什么她感到害怕。

"我觉得您是对的,"她说,在夜间的潮气中打着冷颤,"如果人们同心协力,献身于精神活动,那么他们很快就会明了一切。"

---

① 法国疗养城市。

"当然。我们是万物之灵。如果我们当真能认识到人类天才的全部力量,而且只为崇高的目的而生活,那么我们最终会变成神。然而这永远是不可能的:人类将退化,连天才也不会留下痕迹。"

大门已经看不见,任妮亚站住了,急匆匆跟我握手。

"晚安,"她打着哆嗦说,她只穿一件衬衫,冷得瑟缩着,"明天您再来。"

想到只剩下我一个人,生着闷气,对己对人都不满意,我不禁感到害怕。我也竭力不去看天上的流星。

"再跟我待一会儿,"我说,"求求您了。"

我爱任妮亚。我爱她也许是因为她总来迎我,送我,因为她总是温柔而欣喜地望着我。她那苍白的脸、娇嫩的脖颈、纤细的手,她的柔弱、闲散,她的书,是多么美妙而动人!那么,智慧呢?我怀疑她有杰出的才能,但我赞赏她的眼界开阔,也许这是因为她的许多想法跟严肃、漂亮却不喜欢我的丽达完全不同。任妮亚喜欢我这个画家,我的才能征服了她的心。我也一心只想为她作画,在我的幻想中,她是我娇小的皇后,她跟我共同拥有这些树林、田野、雾霭和朝霞,拥有这美丽迷人的大自然,尽管在这里我至今仍感到极其孤独,像个多余的人。

"再待一会儿,"我央求道,"求求您了。"

我脱下大衣,披到她冰凉的肩上。她怕穿着男人的大衣可笑、难看,便笑起来,把大衣甩掉了。这时,我把她搂在怀里,连连吻她的脸、肩膀和手。

"明天见!"她悄声说,然后小心翼翼地拥抱我,似乎怕打破这夜的宁静,"我们家彼此不保守秘密,我现在应当把一切都告诉妈妈和姐姐……这是多么可怕!妈妈倒没什么,妈妈也喜欢您,可是丽达……"

她朝大门跑去。

"再见!"她喊了一声。

之后，有两分钟时间我听到她在奔跑。我已不想回家，再说也没有必要急着回去。我犹豫地站了片刻，然后缓步走回去，想再看一眼她居住的那幢可爱、朴素、古老的房子，它那阁楼上的两扇窗子，像眼睛似的望着我，似乎什么都知道了。我走过凉台，在网球场旁边的长椅上坐下。我处在老榆树的阴影中，从那里瞧着房子。只见蜜修斯住的阁楼上，窗子亮了一下，随后漾出柔和的绿光——这是因为灯上罩着罩子。人影摇曳……我的内心充溢着柔情和恬静，我满意自己，满意我还能够有所眷恋，能够爱人。可是转念一想，此刻在离我几步远的这幢房子的某个房间里，住着那个并不爱我、可能还恨我的丽达，我又感到很不痛快。我坐在那里，一直等着任妮亚会不会走出来，我凝神细听，似乎觉得阁楼里有人在说话。

大约过了一个小时，绿色的灯光熄灭了，人影也看不见了。月亮已经高高地挂在房子上空，照耀着沉睡的花园和小路。屋前花坛里的大丽花和玫瑰清晰可见，好像都是一种颜色。天气变得很冷。我走出花园，在路上捡起我的大衣，不慌不忙地回去了。

第二天午后，我又来到沃尔恰尼诺夫家。通往花园的玻璃门敞开着。我坐在凉台上，等着任妮亚会突然从花坛后面走到球场上来，或者从一条林荫道里走出来，或者能听到她从房间里传来的声音。后来，我走进客厅和饭厅。那里一个人也没有。我从饭厅里出来，经过一条长长的走廊，来到前厅，然后又返回来。走廊里有好几扇门，从一间房里传来丽达的声音。

"上帝……送给……乌鸦……"她拖长声音大声念道，大概在给学生听写，"上帝送给乌鸦……一小块奶酪……谁在外面？"她听到我的脚步声，突然喊了一声。

"是我。"

"哦！对不起，我现在不能出来见您，我正在教达莎功课。"

"叶卡捷琳娜·巴夫洛夫娜可在花园里？"

"不在，她跟我妹妹今天一早动身去奔萨省我姨妈家了。冬天她们可能到国外去……"她沉吟一下这样补充说。"上帝……送给乌鸦……一小块奶酪……你写完了吗？"

我走进前厅，万念俱灰地站在那里，望着池塘，望着村子，耳边又传来丽达的声音：

"一小块奶酪……上帝给乌鸦送来一小块奶酪……"

我离开庄园，走的是头一次来的路，不过方向相反：先从院子进入花园，经过一幢房子，然后是一条椴树林荫道……这时一个男孩追上我，交给我一张字条。我展开念道：

> 我把一切都告诉姐姐了，她要求我跟您分手。我无法不服从她而让她伤心。愿上帝赐给您幸福，请原谅我。但愿您能知道我和妈妈怎样伤心落泪。

然后是那条幽暗的云杉林荫道，一道倒塌的栅栏……在田野上，当初黑麦正扬花，鹌鹑声声啼叫，此刻只有母牛和绊腿的马儿在游荡。那些山坡上，东一处西一处露出绿油油的冬麦地。我又回到平常那种冷静的心境，想起在沃尔恰尼诺夫家讲的那席话不禁感到羞愧，跟从前一样我又过起枯燥乏味的生活。回到住处，我收拾一下行李，当天晚上就动身回彼得堡去了。

此后我再也没有见到沃尔恰尼诺夫一家人。不久前的一天，我去克里米亚，在火车上遇见了别洛库罗夫。他依旧穿着紧腰长外衣和绣花衬衫。当我问到他的健康状况，他回答说："托您的福了。"我们交谈起来。他把原先的田庄卖了，用柳博芙·伊凡诺夫娜的名义又买了一处小一点的田庄。关于沃尔恰尼诺夫一家人,他谈得不多。据他说,丽达依旧住在舍尔科夫卡,在小学里教孩子们读书。渐渐地,她在自己周围聚集了一群同情她的人,他们结成一个强有力的派别,在最近一次地方自治会的选举中"打垮了"一直把持全县的拉巴金。关于任妮亚,别洛库罗夫只提到她不在老家住,不知她如今在什么地方。

那幢带阁楼的房子我早已开始淡忘,只偶尔在作画和读书的时候,忽然无缘无故地记起了阁楼窗口那片绿色的灯光,记起了我那天夜里走在田野上的脚步声,当时我沉醉于爱情的欢欣,不慌不忙地走回家去,冷得我不断地搓手。有时——这种时刻更少——当我孤独难耐、心情郁闷的时候,我也会模模糊糊地记起这段往事,而且不知什么缘故,我渐渐地觉得,有人也在想念我,等待我,有朝一日我们会再相逢的……

蜜修斯,你在哪儿?

一八九六年四月

农　民

一

　　莫斯科一家旅馆"斯拉夫商场"的一名跑堂尼古拉·奇基利杰耶夫得病了。他的下肢麻木，行走困难，结果有一天，他在过道里绊了一下，连同托盘上的火腿烧豌豆一起摔倒了。他只得辞去工作。他去求医，花光了自己和妻子的积蓄，已经难以维持生计，再说没有事做实在无聊，于是他拿定主意：不如回到乡下老家去。在家里不只养病方便些，生活费用也会省得多。难怪俗话说"在家千日好，出门一时难"呢。

　　他们是在傍晚时分回到故乡茹科沃村的。在他儿时的记忆中，自己的家总是那么明亮、舒适、方便，可是现在，当他跨进家门，他简直吓了一跳：木屋里又暗又挤又脏。跟他一道回来的妻子奥莉加和女儿萨莎望着炉子惊呆了：炉子大得几乎占去半间屋，让煤烟和苍蝇弄得黑乎乎的。有多少苍蝇啊！炉子歪了，四壁的原木倾斜了，看上去小木屋随时都会塌下来。在前面墙角放圣像的地方，旁边贴满了瓶子上的商标和剪下来的报纸——这些权当画片。穷啊，穷啊！大人都不在家，都去收割庄稼了。炉台上坐着一个七八岁的小姑娘，淡黄头发，没有梳洗，表情冷淡。她甚至没有瞧一眼进来的人。炉台下一只白猫在炉叉上蹭背。

　　"咪咪，咪咪，"萨莎唤它，"咪咪！"

"我们家的猫听不见,"小姑娘说,"它聋了。"

"怎么会呢?"

"就是聋了。挨打了。"

尼古拉和奥莉加看一眼就明白这里的生活怎么样,但谁也没有向对方说出来。他们默默地放下包裹,又默默地走到街上。他们的房子是村头第三家,看样子是最穷困、最破旧的。第二家也好不了多少,可是尽头的一家却有铁皮屋顶,窗子上挂着窗帘。这所孤零零的房子没有围墙,那是一家小饭馆。所有的农舍排成一行,整个小村安然寂静,各家院子里的柳树、接骨木和花椒树都探出墙来,景致煞是好看。

在农家的宅旁地之后,一道陡峭的土坡通向河边,坡上这儿那儿的黏土里露出一块块大石头。在这些石头和陶工挖出的土坑之间,有一些弯弯曲曲的小道,成堆的陶器碎片,有褐色的,有红色的,遗留在那里。山坡下面是一片广阔而平整的绿油油的草场。草场已经割过,此刻只有农家的牲畜在游荡。那条河离村有一俄里远,河水在绿树成荫的美丽的河岸间蜿蜒而去。河那边又是很大一片草场,草场上有牲畜,成排成排的白鹅。草场过去,跟河的这边一样,一道陡坡爬到山上。山顶上有个村子和一座五个圆顶的教堂,再远一点是地主的庄园。

"你们这地方真好!"奥莉加说,对着教堂画着十字,"多么开阔啊,主啊!"

正在这时候,教堂响起了钟声,召唤人们去做彻夜祈祷(这是礼拜天的前夜)。坡下的两个小姑娘正抬着一桶水,她们回过头去望着教堂,听那钟声。

"这会儿'斯拉夫商场'正好开饭……"尼古拉出神地说。

尼古拉和奥莉加坐在陡坡边上,看着太阳怎样落山,那金黄的、紫红的晚霞怎样映在河里,映在教堂的窗子上,映在四野的空气中。空气柔和、宁静、说不出的纯净,这在莫斯科是从来没有的。太阳落山,一群群牛羊哞哞地、咩咩地叫着回村来，鹅群也从对岸飞过河来。随后四下里静下来，柔和的亮光消失了，昏暗的暮色很快就降落下来。

这时候，尼古拉的父亲和母亲回家来了，两位老人身材一般高，同样消瘦、驼背、掉了牙。两个女人、儿媳妇玛丽亚和菲奥克拉，白天在对岸地主家帮工，这时也回家来了。玛丽亚是哥哥基里亚克的妻子，有六个孩子。菲奥克拉是弟弟杰尼斯的妻子，有两个孩子，杰尼斯现在在外面当兵。尼古拉走进木房，看到一大家子的人，所有这些大大小小的身子在高板床①上、在摇篮里、在所有的屋角里蠕动，看到老人和女人们怎样把黑面包泡在水里，狼吞虎咽地吃下去，这当儿他想道，他，一个有病的人，没有钱，还拖着一家人，回到老家来是错了，错了！

"基里亚克哥哥在哪儿？"大家打过招呼后他问道。

"他在一个商人家里当看守人，"父亲回答，"守林子。他是个不错的庄稼人，就是酒灌得太多。"

"不挣钱的人！"老太婆抱怨说，"我们家的汉子都命苦，从不拿东西回家，反倒从家里往外拿。基里亚克酗酒，老头子呢——用不着隐瞒——也认得上小酒馆的路。惹得圣母娘娘生气啦。"

因为来了客人才烧起了茶炊。茶水里有一股鱼腥味。灰色的糖块是咬过剩下的；面包上，碗碟上，有不少蟑螂爬来爬去。这种茶叫人喝不下去，谈话也叫人不痛快——谈来谈去，不是穷就是病。可是大家还没喝完一杯茶，忽然从院子里传来响亮的、拖长的、醉醺醺的喊叫声。

"玛——玛丽——亚！"

"好像基里亚克回来了，"老头子说，"真是提到谁，谁就到。"

大家不作声了。不一会儿，喊声又响起来，粗声粗气，拖得很长，像从地底下发出来的：

"玛——玛丽——亚！"

---

① 乡村木房中装在炉子和侧壁之间，有一人高，很宽。

大儿媳玛丽亚，脸色煞白，直往炉子边靠。这个宽肩膀、壮实、难看的女人一脸惊吓的神色，让人看了有点奇怪。她的女儿，那个坐在炉台上的小姑娘，一直表情冷淡，这时突然大声哭起来。

"你哭什么，讨厌鬼？"菲奥克拉呵斥她，她是个漂亮女人，身子也壮实，肩膀很宽，"别怕，他又不会把你打死！"

从老人口里尼古拉得知，玛丽亚害怕跟基里亚克一块儿住在林子里，因为每当他喝醉了酒，回来就找她闹事，毫不留情地毒打她。

"玛——玛丽——亚！"喊声到了房门口。

"看在基督分上，救救我，亲人们，"玛丽亚费力地说，她喘着粗气，就像被人扔进冰水里一样，"救救我，亲人们哪……"

屋里所有的孩子都哭起来，萨莎望着他们也哭了。先是一声醉醺醺的咳嗽，随后一个身材高大的黑胡子农民走进屋来。他戴一顶冬天的帽子，所以在昏暗的灯光下看不清他的脸——可是样子吓人。他就是基里亚克。他走到妻子跟前，抡起胳膊，一拳头打在她的脸上。她一声没出，被打昏过去，一下子瘫在地上，鼻子里立刻流出血来。

"真丢人，丢人，"老头子嘟哝着爬到了炉台上，"还当着客人的面！造孽呀！"

老太婆默默地坐着，弓腰驼背，在想心事。菲奥克拉摇着摇篮……显然基里亚克觉得自己能吓住人，十分得意，便一把抓住玛丽亚的手，把她拖到门口，为了显得更凶，就像野兽一样吼起来。可是这当儿忽然看到有客人在场，就停住了。

"啊，回来了……"他说着，放开了妻子，"亲兄弟带着家眷……"

他对着圣像祈祷一阵，身子摇摇晃晃，使劲睁大那双发红的醉眼，接着说：

"亲兄弟带着家眷回老家了……这么说，是从莫斯科来的。不用说，莫斯科是古时候定为国都的城市，是万城之母……对不起……"

他在茶炊旁的长凳上坐下,喝起茶来。大家默不作声,只有他就着小茶盅大声地喝着。他一连喝了十杯,随后倒在长凳上,立即打起呼噜来。

大家准备睡觉。尼古拉因为有病,跟父亲一起躺在炉台上。萨莎睡在地板上,奥莉加和两个妯娌去板棚里睡。

"唉,算了,亲人儿,"她挨着玛丽亚在干草上躺下后说,"眼泪也除不了痛苦!忍一忍就算了。圣书上说:'有人打你的右脸,连左脸也转过来由他打。'①唉,算了,亲人儿!"

后来,她慢声细语地讲起莫斯科,讲起自己的生活,讲她怎样在带家具的公寓里当女仆。

"莫斯科的房子都很大,石砌的,"她说,"教堂很多很多,有四十个教区的教堂哩,亲人儿。房子的主人都是老爷,又体面,又有礼貌。"

玛丽亚说,她别说莫斯科,就连县城也没有去过。她不认字,不会祷告,连"我们在天上的父"也不知道。她和菲奥克拉,她此刻坐在一旁听着,两人的智力都很低下,什么也不懂。两人都不喜欢自己的丈夫。玛丽亚怕基里亚克,每当他留下来,跟她在一起的时候,她就吓得浑身发抖。只要她一挨近他,他身上的那股浓重的酒气和烟味总熏得她头痛。菲奥克拉呢,每当有人问她,丈夫不在是不是烦闷,她总是气恼地回答:

"去他的!"

她们聊了一阵,后来就不出声了……

天气凉了。板棚附近有只公鸡扯着嗓门喔喔啼叫,吵得人没法睡觉。当淡蓝色的晨光穿过每一条板缝时,菲奥克拉就悄悄地起身,走了出去,随后可以听到她的光脚板的吧嗒声,她不知跑哪儿去了。

---

① 见《新约·马太福音》第五章第三十八节。

二

奥莉加去教堂时,把玛丽亚也带去了。她们顺着小路下坡,朝草场走去。两个人都心情愉快。奥莉加喜欢辽阔的田园,玛丽亚觉得这个妯娌和蔼可亲。太阳升起来了。一只睡意未消的鹰在草场上低低地盘旋,河水暗淡无光,有些地方晨雾缭绕。河对岸的山上一条光带延伸开去,照得教堂金光闪闪。在地主家的花园里,一群白嘴鸦呱呱地大声喧闹着。

"老爷子倒没什么,"玛丽亚讲起来,"老奶奶可厉害了,老跟人吵架。自家种的粮食只够吃到谢肉节①,只好在小铺里买面粉,所以她就发火,老说:你们吃得太多。"

"唉,算了,亲人儿,忍一忍就算了。圣书上写着:'凡劳苦担重担的人,可以到我这里来。'②"

奥莉加说话稳重,曼声曼调,走起路来像朝圣的女人那样,又快又急。她每天必读《福音书》,像教堂诵经士那样大声吟诵,尽管许多地方不懂,但神圣的语言总让她感动得流下眼泪,每当她读到"如果"或"直到"这类词时,她的心脏似乎都要停止跳动了。她信仰上帝,信仰圣母,信仰所有侍奉上帝的人。她相信不能欺负人;普通人也罢,德国人也罢,茨冈人也罢,犹太人也罢,世上的任何人都欺负不得。她相信,凡是不怜恤动物的人迟早都要遭难。她相信这些都是在圣书里写着的。所以每当她读《圣经》的时候,即使读不懂,她的脸也总是流露出怜悯、感动和欢欣的表情。

---

① 东正教节日,在大斋前一星期,俄旧历2月下旬,带有送冬迎春的意思。
② 见《新约·马太福音》第十一章第二十八节。

"你是哪个地方的人呢?"玛丽亚问道。

"我是弗拉基米尔人。只是我很早就去了莫斯科,那年我才八岁。"

她们来到河边。河对岸有个女人站在水边,正在脱衣服。

"那是我们家的菲奥克拉,"玛丽亚认出人来,"她过河去地主的庄园,找那里的男管家。她尽胡闹,爱吵架——真不得了!"

黑眉毛的菲奥克拉头发披散着,她还很年轻、健壮,像个姑娘家。她从岸上跳进河里,两条腿使劲拍打,在她的四围掀起了一片浪花。

"她尽胡闹——真不得了!"玛丽亚又说一遍。

河上架着一道原木搭成的摇摇晃晃的桥。桥底下,在清澈透明的河水里,成群的大头圆鳍雅罗鱼游来游去。绿色的树丛倒映在水里,树叶上的露珠闪闪发亮。四下里暖融融的,让人满心喜欢。多么美丽的早晨啊!若是没有贫穷,没有可怕的、无尽头的、哪儿也躲不掉的贫穷,大概这人世间的生活也像这早晨一样美丽吧!可是只消回头看一眼村子,就会清晰地记起昨天发生的一切,于是由周围的景色唤起的那份让人陶醉的幸福感,立即便消失了。

她们来到教堂。玛丽亚站在大门口,不敢再往前走。她又不敢坐下,尽管要到八点多钟才打钟做弥撒。她就一直这样站着。

念福音书的时候,人群忽然动起来,给地主一家人让路。进来了两个穿白色连衣裙、戴宽边帽的姑娘,身后跟着一个红红胖胖穿水手服的男孩。他们的到来使奥莉加大为感动,她一眼就看出,他们是上流社会有教养的、高贵的人。玛丽亚却皱起眉头、沉着脸、沮丧地看着他们,仿佛进来的不是人,而是恶魔,她若不让路,就要被他们踩死似的。

每当助祭的男低音宣读经文的时候,玛丽亚总好像听到"玛——玛丽——亚"的呵斥声,于是她不由得打起哆嗦来。

三

村里人听说来了客人，做完弥撒，不少人来到他们家。列昂内切夫家的人，玛特维伊切夫家的人和伊利伊乔家的人都来打听他们在莫斯科当差的亲戚的情况。茹科沃村里的所有年轻人，只要认得字，能读会写，都被送到莫斯科，而且只送到饭馆和旅店当学徒（正如河对岸的村子里年轻人只送到面包房当学徒一样）。这种风气由来已久，还在农奴制时代就这样了。那时有个茹科沃的农民卢卡·伊凡内奇，如今他已是传奇人物，在莫斯科的一个俱乐部里当小卖部的店主，只接受同村人来做事。这些同村人站稳了脚跟，又把自己的亲戚叫来，安排他们在饭馆和旅店当差。从那时起，四周围的乡民把茹科沃的村名都改了，管它叫"下人村"或者"奴才村"。尼古拉是十一岁那年被送到莫斯科的，由玛特维伊切夫家的伊凡·玛卡雷奇为他谋了一份差事。伊凡·玛卡雷奇当时在艾尔米塔日花园的剧场里当引座员。现在，尼古拉对着玛特维伊切夫家的人，说得头头是道：

"伊凡·玛卡雷奇是我的恩人，我得日日夜夜祈求上帝保佑他，因为多亏了他，我才成了体面人。"

"我的天哪，"一个高个子老太婆，伊凡·玛卡雷奇的妹妹含着眼泪说，"他老人家，我那亲人，现在一点音信都没有了。"

"去年冬天，他在奥蒙老爷家当差，这个季节听说他到城外的花园里做事……他老啦！从前吧，往往一个夏季，每天都能带回家十来个卢布，可是现在到处都生意清淡，这下苦了他老人家了。"

那些老太婆和女人看着他穿毡鞋的脚，看着他苍白的脸，伤心地说：

"你不是挣钱人了,尼古拉·奥西佩奇,不是挣钱人了!哪儿行呢!"

大家都喜欢萨莎。她已经满十岁,可是长得很瘦小,看上去顶多只有七岁。别的小姑娘一个个脸蛋晒得发黑,头发胡乱地剪短,穿着褪色的长衫。她呢,脸蛋白白的,眼睛又大又黑,头发上还系着红丝带,夹在她们中间显得有点滑稽,好像这是一头刚从野地里捉回来的小兽。

"她会念书呢!"奥莉加温柔地瞧着女儿,夸奖道。"你念一念,好孩子!"她说着,从包裹里拿出一本《福音书》,"你念一念,念给那些正教徒听听。"

《福音书》很旧,很重,羊皮封面,书边已经摸脏了。书本有股那样的气味,就好像修士进屋来了。萨莎扬起眉毛,开始响亮地、像唱诗般念起来:

"'有主的使者向约瑟梦中显现,说,起来,带着小孩子同他母亲……'"

"带着小孩子同他母亲……"奥莉加重复道,她激动得满脸通红。

"'逃往埃及,住在那里,等我吩咐你……'"①

听到"等"字,奥莉加再也忍不住,失声哭起来。玛丽亚望着她也呜咽、抽泣,随后便是伊凡·玛卡雷奇的妹妹跟着落泪。老头子不住地咳嗽,翻来翻去想找件小礼物送给孙女,可是什么也没有找到,只好挥挥手算了。经书念完之后,邻居们四散回家,一个个深受感动,对奥莉加和萨莎十分满意。

因为这天是节日,全家人整天都待在家里。老太婆——不论丈夫、儿媳,还是孙子、孙女都管她叫老奶奶——样样事情都要亲自动手:亲自生炉子,亲自烧茶炊,甚至在午间亲自去挤牛奶,然后就不住地抱怨,说她干得快累死了。她老是担心家里人吃多了,担心老头子和儿媳

---

① 见《新约·马太福音》第二章第十三节。

们闲着不干活。她时不时听到,小铺老板家的一群鹅好像从后面钻进她家的菜园子,于是她操起一根长杆子,赶紧跑出屋来,守着跟她一样干瘦、发蔫的白菜,不歇气地一连喊上半个钟头。有时她好像觉得乌鸦想来抓她的小鸡,她就一边骂,一边朝乌鸦冲去。她从早到晚生气,唠叨,动不动就提着嗓门叫骂,弄得街上的行人不由得停了下来。

她对她的老头子很不和气,不是叫他"懒骨头",就是叫他"讨厌鬼"。他是个不太正经的、靠不住的庄稼人,若不是她经常催赶着他,恐怕他真的什么活都不干,成天坐在炉台上说闲话了。他没完没了地对儿子讲起他的好些仇人,抱怨他每天都受邻居的欺负,听他说话真是无聊。

"是啊,"他双手叉腰,说起来,"是啊……在十字架节①后一个礼拜,我把干草卖了,一担三十戈比,我自愿卖的……是啊……挺好……可是,有一天早晨,我把干草推出去,我是自愿卖的,也没有招惹谁,可是运气不好,我一看,村长安季普·谢杰利尼科夫正巧打从酒馆里出来。'你往哪儿送?没出息的东西!'他说完还随手给了我一记耳光。"

基里亚克喝醉后头痛欲裂,在弟弟面前他很不好意思。

"伏特加真害人。唉,我的天哪!"他嘟哝着,不住地摇晃痛胀的头,"你们要看在基督分上,亲兄弟和亲弟妹,原谅我才好,我自己也不快活呀。"

因为这天是节日,他们从酒馆里买了一条鲱鱼,熬了一锅鱼头汤。中午,大家先喝茶,喝了很长时间,直喝到头上冒汗,看来茶水把肚子都撑大了。这之后才开始喝鱼汤,大家就着一个瓦罐喝。至于鱼身子,老奶奶却藏起来了。

傍晚,有个陶工在坡上烧窑。坡下的草场上,姑娘们围成圆圈唱歌跳舞。有人在拉手风琴。河对岸也有人在烧窑,也有姑娘们唱歌,远处

---

① 东正教节日,在俄旧历9月14日。

的歌声悠扬动听。酒馆内外不少农民吵吵嚷嚷，他们醉醺醺地各唱各的调，破口大骂，让奥莉加听了直打哆嗦，连呼：

"哎呀，天哪……"

她感到吃惊的是，那些骂人话可以连续不断，而且骂得最凶、嗓门最大的倒是那些快要入土的老头子。可是孩子们和姑娘家听了却毫不理会，显然他们在摇篮里就听惯了。

过了午夜，两岸的窑火都已熄灭，可是下面草场上和酒馆里还有人在玩乐。老头子和基里亚克都醉了。他们胳膊挽着胳膊，肩膀撞着肩膀，跌跌撞撞来到奥莉加和玛丽亚睡觉的板棚前。

"算了吧，"老头子劝他说，"算了吧……这婆娘挺老实……罪过呀……"

"玛——玛丽——亚！"基里亚克喊道。

"算了吧……罪过呀……这婆娘不错的。"两人在板棚前站了一会儿，走开了。

"我——我爱——野花儿！"老头子突然用刺耳的男高音唱起来，"我——我爱——到野地里——摘花儿！"

随后他啐了一口，骂了一句粗话，进屋去了。

四

老奶奶让萨莎待在菜园里，守着白菜，别让鹅进来祸害。现在已是炎热的八月天。酒馆老板家的鹅经常从后面钻进菜园，不过现在它们干的是正经事：在酒馆附近啄食燕麦，和睦地闲聊着，只有一只公鹅高高地昂起头，似乎想观察一下，老太婆是不是拿着杆子跑来了。别的鹅也可能从坡下上来，不过那群鹅此刻在河对岸觅食，在绿色的草场上拉出一道长长的白线。萨莎站了一会儿，觉得挺没意思，看看鹅也不来，就跑到陡坡的边上去了。

她在那里看到玛丽亚的大女儿莫季卡正一动不动地站在一块大石头上望着教堂。玛丽亚生了十三胎,可是只成活了六个孩子,而且全是女儿,没有男孩。最大的才八岁。莫季卡光着脚,穿一件长衬衫,站在太阳地里,火辣辣的太阳烤着她的头顶,但她毫不理会,仿佛成了化石。萨莎站到她身边,望着教堂说:

"上帝就住在教堂里。人到了晚上点灯、点蜡烛,上帝呢,点长明灯。长明灯有红的、绿的、蓝的,像小眼睛似的。到了夜里上帝就在教堂里走来走去,圣母娘娘和上帝的仆人尼古拉陪着他——咚,咚,咚……守夜人听了吓坏了,吓坏了!唉,算了,亲人儿,"她学着母亲的话,说道,"到了世界末日那一天,所有的教堂都飞到天上去。"

"钟——楼——也——飞?"莫季卡一字一顿地低声问道。

"钟楼也飞。到了世界末日那一天,好心的人都进天堂,凶恶的人呢,给扔进永远不灭的火里去烧,亲人儿。上帝会对我妈妈和玛丽亚说,'你们没有欺负人。所以往右边走,去天堂吧'。可是对基里亚克和老奶奶他就会说:'你们往左边走,到火里去。谁在持斋日吃荤,他也要到火里去。'"

她仰望天空,睁大眼睛,又说:

"你望着天空,别眨眼睛,就能看到天使。"

莫季卡也仰望天空,在沉默中过了一分钟。

"看见了吗?"萨莎问道。

"看不见。"莫季卡低声说。

"我可看见了。一群小天使在天上飞,扇着小翅膀—— 一闪一闪,像小蚊子似的。"

莫季卡想了一会儿,看着地面,问道:

"老奶奶也要遭火烧吗?"

"会的,亲人儿。"

从她们站着的大石头一直到山脚下,是一道平整的缓坡,长满了绿油油的嫩草,叫人见了真想伸出手去摸一摸,或者在上面躺一躺。萨莎躺下,翻身往下滚。莫季卡一脸严肃认真的样子,喘着气,也躺下,翻身往下滚,这么一来,她的衫子就卷到肩膀上去了。

"多好玩呀!"萨莎快活地说。

她俩往上走,想再玩一次,可是这当儿传来了熟悉的尖叫声。哎呀,真可怕!老奶奶没了牙,瘦骨伶仃,驼着背,短短的白发随风飘起,拿着一根长杆子正把一群鹅赶出菜园子,一边大声叫骂着:

"所有的白菜都给捣碎了,这些该死的畜生,把你们统统宰了才好,你们这些挨千刀的祸根子,怎么不死哟!"

她看到两个小姑娘,就扔下杆子,拾起一根枯树枝,伸出干瘦、粗硬、像弯钩似的手指抓住萨莎的脖子,开始抽打她。萨莎又痛又吓,立即大哭,这当儿那只公鹅伸长脖子,一摇一摆地走到老太婆跟前,嘎嘎地吼了一阵,当它转身归队时,所有的母鹅赞赏地欢迎它:嘎——嘎——嘎!随后老奶奶挥着树枝抽打莫季卡,这下莫季卡的衫子又给掀了起来。萨莎伤心透了,大哭着跑回屋里,想诉说委屈。莫季卡跟在她后面,也放声大哭,不过她的哭声低沉,而且不擦眼泪,她的脸上泪水涟涟,就像她刚把脸泡进水里似的。

"我的天哪!"奥莉加见她俩跑进屋来,惊呼道,"圣母娘娘啊!"

萨莎开始讲起怎么回事,这当儿老奶奶尖声叫骂着也进了屋,菲奥克拉也恼了,于是屋子里闹得乱成一团。

"不要紧,不要紧!"奥莉加脸色苍白,心慌意乱,一边抚摩着萨莎的头,一边安慰她,"她是你的奶奶,生奶奶的气是罪过的。不要紧的,好孩子。"

尼古拉早已被这经常不断的叫骂、饥饿、煤烟和臭气弄得筋疲力尽,他已经痛恨、鄙视这种贫穷的生活,而且在妻子、女儿面前常常为自己的爹娘感到羞愧——这时候,他从炉台上垂下腿来,用哭泣的声音气愤地对母亲说:

"您不能打她!您根本没有权利打她!"

"得了吧。你躺在炉台上等死吧,你这个病鬼!"菲奥克拉恶狠狠地冲着他大声嚷嚷,"真见鬼,谁叫你们回来吃闲饭啦?"

萨莎、莫季卡和家里所有的小姑娘都爬到炉台上,躲在尼古拉背后的角落里,在那儿一声不响地、战战兢兢地听着这些话,似乎可以听到她们那小小的心脏在怦怦地跳动。每当一个家庭里有人久病不愈、绝了生还的希望,而且还常常会出现极其沉重的时刻,这时他身边的所有亲人会胆怯地、暗暗地、在内心深处希望他死去。只有孩子们害怕亲人的死亡,一想到这个就会胆战心惊。此刻,小姑娘们都屏住呼吸,脸上一副悲哀的表情,望着尼古拉,想到他很快就要死掉,她们不由得想哭,想对他说几句亲切的、可怜他的话。

尼古拉直往奥莉加这边靠,仿佛在寻找她的保护,用颤抖的声音轻轻地对她说:

"奥莉亚①,亲爱的,我在这儿再也待不下去了。我筋疲力尽了。看在上帝分上,看在天主基督分上,你给你妹妹克拉夫季娅·阿勃拉莫夫娜写封信吧,让她把她所有的东西都卖了,当了,让她把钱寄来,我们好离开这里。啊,上帝,"他苦恼地继续道,"哪怕让我再看一眼莫斯科也好啊!哪怕我能梦见莫斯科也好啊,亲爱的!"

黄昏来临,木屋里越来越暗,大家愁闷得说不出话来。爱生气的老奶奶把黑麦面包的硬壳掰碎后泡在碗里,再放进嘴里慢慢地嚼着,吃了足足一个钟头。玛丽亚挤完牛奶,提着牛奶桶进来,把它放在凳子上。老奶奶再把桶里的牛奶倒进一只只瓦罐里,不慌不忙地干了很长时间。

---

① 奥莉加的昵称。

显然她很满意,因为眼下正是圣母升天节①斋戒期,谁也不兴喝牛奶,这些牛奶就都留下了。她只往一个小碟子里倒了少许,留给菲奥克拉的小娃娃喝。后来她和玛丽亚把一只只瓦罐送到地窖去。莫季卡忽然跳起来,从炉台上爬下来,走到凳子跟前,拿起碟子,往那只泡着面包硬皮的木碗里泼了一点牛奶。

老奶奶回到屋里,又端起自己的碗吃起来。萨莎和莫季卡坐在炉台上望着老奶奶,心里特别高兴:这下她开荤了,往后只能入地狱了。她们得到了安慰,就躺下睡觉。萨莎快要入睡,可还在想象着最后的审判:一只像陶窑那样的大炉子里烈火熊熊,有个头上长着牛那样的犄角、浑身乌黑的魔鬼,拿着一根长杆子把老奶奶往火里赶,就像她自己刚才赶鹅一样。

五

在圣母升天节晚上十点多钟,在坡下草场上玩乐的姑娘们和小伙子们,忽然发出刺耳的惊叫,纷纷朝村子方向奔跑。那些坐在陡坡上边的人一时间怎么也弄不明白出了什么事。

"着火啦!着火啦!"下面传来声嘶力竭的呼喊声,"村里着火啦!"

坐在陡坡上边的人回头一看,在他们前面呈现出一幅可怕的、不同寻常的景象。村头一座木房的干草顶上,蹿起一俄丈②的火柱,火舌翻滚,无数的火星撒向四面八方,像喷泉喷水似的。随即整个屋顶燃起熊熊大火,可以听到火烧时的噼啪声。

月色变暗淡了,整个村子已经笼罩在颤动的红光中,黑影在地上移动,空气中有一股熏烟味。从坡下跑上来的人,一个个气喘吁吁,战

---

① 圣母升天节,在俄旧历8月15日,斋期半个月,持斋日不吃荤(肉食及牛奶)。
② 1俄丈等于2.123米。

战兢兢，说不出话来。他们互相推挤，跌跌撞撞，由于不习惯刺眼的火光，他们什么也看不清楚，甚至彼此都认不出来了。真是可怕。特别可怕的是几只鸽子在火焰上空的浓烟里飞来飞去，而在酒馆里，那些还不知道村里起火的人还在唱歌，拉手风琴，像什么事也没有发生一样。

"谢苗大叔家起火啦！"有人粗声粗气地大喊道。

玛丽亚在自己屋前急得团团转。她哭哭啼啼，搓着手，吓得牙齿直打颤，虽说火还远着呢，在村子的另一头。尼古拉穿着毡靴走出屋来，孩子们穿着贴身衫子纷纷跑出来。在乡村巡警的小屋附近有人敲起了铁板。当当的声音响彻夜空。这急促的无休止的铁板声弄得人心里隐隐作痛，浑身发冷。一些老奶奶们都捧着圣像站着。所有的羊、牛犊和母牛都让人从院子里轰到街上，不少箱笼、熟羊皮和木桶都搬了出来。一匹毛色乌黑的种马，平常不放它进马群，因为它老踢伤别的马，这会儿也放了出来。它一声嘶鸣，马蹄得得，在村里一连跑了两个来回，忽然在一辆大车旁停住，用后腿使劲踢那辆车子。

河对岸的教堂里也敲起了钟。

在起火的木屋附近热气灼人，亮得连地上的每一棵小草都清晰可见。一些箱子好不容易给拖了出来。谢苗坐在其中的一只箱子上，这是一个须发棕红的农民，大鼻子，一顶便帽压得很低，直到耳朵，穿一件西服上衣。他的妻子脸朝下躺在地上，已经不省人事，嘴里不住地哼哼着。有个八十岁上下的老头，身材矮小，一把大胡子，像个地精①。他不是本地人，但显然与这场火灾有牵连，在一旁走来走去，没戴帽子，手里抱一个白包袱。他的秃顶上映照出火光来。村长安季普·谢杰利尼科夫，晒黑的脸膛，乌黑的头发，像个茨冈人，拿一把斧子走到木屋前，不知道为什么，把所有的窗子接连砍下来，随后便砍起台阶来。

"婆娘们，弄水来！"他喊道，"把机器抬来！麻利点，姑娘们！"

---

① 西欧神话中守护地下财宝的丑陋的侏儒。

刚才在酒馆里饮酒作乐的农民们把救火机抬来了。他们都已喝醉，不时磕磕绊绊，跌跌撞撞，眼睛里含着泪水，一副无可奈何的表情。

"姑娘们，弄水来！"村长吆喝着，他也醉了，"麻利些，姑娘们！"

女人和姑娘们跑到下面泉水边，把大桶、小桶灌满了水往山上送，倒进救火机里，又往下跑。奥莉加、玛丽亚、萨莎和莫季卡都去弄水。有些女人和男孩子压唧筒抽水，消防水龙带便吱吱地冒水，村长拿着它一会儿对着门，一会儿对着窗，有时还用手指堵住水流，这一来吱吱声就更刺耳了。

"好样的，安季普！"有些人称赞道，"加油啊！"

安季普冲进起火的门廊里，在里面大声喊叫：

"使劲压水！正教徒们，为了这场灾祸，合力干哪！"

不少农民站在一旁，什么事也不干，瞧着火发愣。谁也不知该做什么，也不会做，而周围全是粮垛、干草、板棚和柴堆。基里亚克和老头奥西普也站在里面，两人都带着醉意。像是为自己的袖手旁观开脱，老头对躺在地上的女人说：

"大嫂子，你何苦拿脑袋撞地呢？你这房子是上过保险的，你愁什么！"

谢苗时而对这个人，时而对那个人，讲起着火的原因：

"就是那个拿包袱的小老头子，茹科夫将军家的仆人……他从前在将军家当厨子——愿将军的灵魂升天堂——晚上来我家说：'留我在这儿住一夜……'好吧，不用说，我们两人就喝了那么一小杯……老婆子忙着生茶炊，想请老头子喝点茶，可是合该倒霉，她把茶炊放到门廊里，烟囱里的火星一直蹿到屋顶，点着了干草，这下就出事了。我们差点没给烧死。老头子的帽子烧掉了，作孽呀。"

铁板的当当声响个不停，河对岸的教堂里钟声齐鸣。奥莉加周身映在火光里，气喘吁吁地时而跑下，时而跑上，惊恐地看着那些火红色的绵羊和在烟雾里飞来飞去的粉红色的鸽子。她觉得这钟声像尖刺扎进她的心脏,又觉得这场火永远扑不灭,而萨莎找不见了……后来,轰隆一声,木屋的天花板塌下来,她心想这下全村准会烧光。这时,她浑身瘫软,再也提不起水桶,就坐在坡上,水桶扔在一旁。在她身旁和身后都有女人在呼天喊地地放声大哭,像哭丧一样。

这时候,从河对岸的地主庄园里驶来两辆马拉大车,车上坐着地主的管家和雇工,他们运来了一台救火机。有个身穿白色海军服、敞着怀的年轻大学生骑着马也赶来了。响起了斧子的砍击声,一把梯子架到已经着火的木屋框架上,立即有五个人往上爬,打头的就是那个大学生。他周身被火光照红,用刺耳的、嘶哑的声音喊叫着,那口气,就好像他是救火的行家似的。他们把木屋拆掉,把原木一根根卸下来,把畜栏、篱笆和近处的干草垛都拖开了。

"不准他们拆屋子,"人群里传来严厉的喊声,"不准!"

基里亚克一副果断的神态走向木屋,似乎要阻止来人拆房子。可是一名雇工把他赶回来,还狠狠地揍了他一拳。大家一阵哄笑,雇工又给了一拳,基里亚克倒下了,手脚并用爬回到人群里。

河对岸又来了两个戴帽子的漂亮姑娘,大概是大学生的姐妹。她们站在远处观望。拆下拖走的原木不再燃烧,但是冒着浓烟。现在大学生拿着水龙头,时而对着原木冲,时而对农民和提水的女人冲。

"乔治!"两个姑娘责备地、不安地向他喊道,"乔治!"

火熄灭了。大家四散回家,这时才发现天快亮了,人人脸色苍白,还带点淡褐色——每当清早天空中的残星消失的时候,总是这样的。回家路上,农民们嘻嘻哈哈,不断地拿茹科夫将军的厨子开玩笑,取笑他把帽子烧掉了。他们已经有兴致把火灾变成笑谈,甚至好像有点惋惜火很快就被扑灭了。

"您,少爷,救火挺内行,"奥莉加对大学生说,"真该把您调到我们莫斯科,那儿差不多天天有火灾。"

"您难道从莫斯科来的?"一位小姐问道。

"是这样。我丈夫在斯拉夫商场当差。这是我的女儿,"她指着冷得发抖、紧贴着她的萨莎说,"她也算是莫斯科人哩,小姐。"

两位小姐对大学生讲了几句法语,他就给了萨莎一个二十戈比的硬币。老头子奥西普见到了,他的脸上顿时闪现出希望的光芒。

"感谢上帝,老爷,多亏没风,"他对大学生说,"要不然只消一个钟头就会烧个精光。老爷,您心好,"他压低嗓音,不好意思地加了一句,"大清早好冷?真想暖暖身子……您行行好,赏几个小钱打点酒喝。"

他什么也没有得着,于是大声清了清嗓子,慢腾腾地回家了。奥莉加一直站在坡边,望着两辆车子怎样涉水过河,少爷和小姐怎样穿过草地,河对岸有一辆马车正等着他们。她一回到木屋,就惊喜地对丈夫说:

"多好的人哪!长得也漂亮!两位小姐简直就是天使!"

"叫她们不得好死!"睡得迷迷糊糊的菲奥克拉恶狠狠地说。

六

玛丽亚认定自己命苦,常说不如死了算了。菲奥克拉正相反,贫穷也好,龌龊也好,不停地叫骂也好,这生活样样合她的口味。给她什么,她就吃什么,从不挑挑拣拣;不管什么地方,不管有没有铺的盖的,她倒头就睡。她把脏水倒在台阶上,泼到门外头,再光着脚从水洼里走过去。她从第一天起就痛恨奥莉加和尼古拉,只因为他们不喜欢这种生活。

"我倒要瞧瞧你们在这里吃什么,莫斯科的贵族!"她常常幸灾乐祸地说,"我倒要瞧一瞧!"

有一天早晨，那已是九月初了，菲奥克拉挑了一担水从坡下回来，冻得脸蛋红红的，又健康又漂亮。这时候玛丽亚和奥莉加正坐在桌子旁喝茶。

"又是茶又是糖，"菲奥克拉挖苦地说，"好气派的太太们，"她放下水桶，又说，"倒时兴天天喝茶哩，小心点，别让茶把你们呛死了！"她痛恨地瞧着奥莉加，接下去说，"在莫斯科养得肥头胖脸的，瞧这一身肥膘！"她抡起扁担，一头打在奥莉加的肩膀上，两个妯娌吃惊得击掌叹道：

"哎呀，我的天哪！"

随后菲奥克拉又去河边洗衣服，一路上破口大骂，响得连屋子里都听得见。

白天过去了，随后是秋天漫长的夜晚。木屋里在绕丝。大家动手，除了奥菲克拉：她又跑到河对岸去了。这丝是从附近的工厂里弄来的，全家人靠它挣几个钱—— 一星期二十来戈比。

"当年在东家手下，日子要好过些，"老头子一面绕丝，一面说，"干活、吃饭、睡觉，都按部就班的。中午饭有菜汤和粥，晚饭还是菜汤和粥。黄瓜和白菜多的是，由你敞开吃。可是规矩也大些。人人都守本分。"

屋里只点一盏小灯，光线暗淡，灯芯冒烟。要是有人挡住了小灯，就有很大一片黑影落在窗上，这时可以看到明亮的月光。老头子奥西普不慌不忙地谈起农奴解放[①]前人们怎样生活。他说，在这一带地方，现如今日子过得太烦闷、太穷苦，想当年老爷们常常带着猎犬——灵[②]和职业猎手外出打猎，围猎的时候，农民都能喝到伏特加。之后，整车整车被打死的野禽就送到莫斯科的少东家那里。他还说到，作恶的农奴受

---

① 俄国于1861年废除农奴制。
② 一种跑得特别快的猎犬。

到惩罚,挨树条抽打,还要发配到特维尔的世袭领地上当农奴;好心的农奴受到奖赏。老奶奶也讲些往事。她什么都记得。她谈起自己的女主人,说她心地善良、严守教规,可是丈夫是个酒徒和浪荡子;说她有三个女儿,天知道都嫁了些什么人:一个嫁给酒鬼,另一个嫁给小市民,第三个私奔了(老奶奶当时很年轻,还帮过小姐的忙)。她们三个很快都愁苦死了,跟她们的母亲一样。想起这些,老奶奶甚至抽泣了几声。

突然有人敲门,大家都吓了一跳。

"奥西普大叔,留我住一夜吧!"

进来一个秃顶的小老头子,就是那个烧掉帽子的茹科夫将军的厨子。他坐下来,听着,随后也开始回忆往事,讲起各种各样的故事来。尼古拉坐在炉台上,垂着两条腿,听着,老是问他当年老爷们吃些什么菜。他们谈起了炸肉饼、肉排、各种汤和佐料。厨子的记性也很好,他还举出一些现在没有的菜,比如说有一道用牛眼睛做的菜,取名叫"早晨醒"。

"那时候你们烧'元帅肉排'吗?"尼古拉问。

"不烧。"

尼古拉摇摇头,责备说:

"哎呀,你们这些没本事的厨子!"

炉台上的小姑娘们有的坐着,有的躺着,不眨眼地往下瞧着,她们人很多,看上去真像云端里的一群小天使。她们喜欢听大人讲话,她们时而高兴,时而害怕,不住地叹气,发抖,脸色变白。她们觉得老奶奶的故事讲得最有趣,她们便屏住呼吸听着,不敢动一下。

后来大家默默地躺下睡觉。老年人被那些陈年往事弄得心神不定,兴奋起来,想起年轻的时候多么美好。青春,不管它什么样,在人的记忆中总是留下生动、愉快、动人的印象。至于死亡,它已经不远了,却是那么可怕而无情——最好不去想它!油灯熄灭了。黑暗也好,月光照亮的两扇小窗也好，寂静也好，摇篮的吱嘎声也好，不知什么缘故这一切使老人们想起他们的生活已经过去、青春再也回不来了……他们刚要蒙眬入睡，忽地有人碰碰他们的肩膀，一口气吹到脸上，他们立即就睡意全消了，觉得身子发麻，种种死的念头直往脑子里钻。翻一个身再睡——死的事倒忘了，可是满脑子都是贫穷、饲料、面粉涨价等早就让人发愁、烦心的事。过了一会儿，他们不由得又会想起：生活已经过去了，再也回不来了……

"唉，主啊！"厨子叹了一口气。

有人轻轻地敲了几下小窗子。多半是菲奥克拉回来了。奥莉加打着哈欠，小声念着祷词，起身去开房门，又到门道里拉开了门闩。可是没有人进来，只是从外面灌进一阵冷风，月光一下子照亮了门道。从门里望出去，可以看到寂静而荒凉的街道和天上浮游的月亮。

"是谁呢？"奥莉加大声问。

"我，"有人回答，"是我。"

大门旁贴着墙根站着菲奥克拉，全身一丝不挂。她冻得浑身发抖、牙齿打颤，在明亮的月色里显得很白、很美、很怪。她身上的暗处和皮肤上的月辉，不知怎么十分显眼，她那乌黑的眉毛和一对年轻、结实的乳房显得特别清楚。

"河对岸的那帮家伙胡闹，剥光了我的衣服才放我回来……"她说，"我只好光着身子回家，像出娘胎时那样。快给我拿点穿的来。"

"你倒是进屋呀！"奥莉加小声说，她也冷得哆嗦起来。

"千万别让老东西们看见。"

实际上，老奶奶已经操心地嘟哝起来，老头子问："谁在那边？"奥莉加把自己的上衣和裙子拿出去，帮菲奥克拉穿上，随后两人极力不出声地关上门，轻手轻脚地走进木屋。

"是你吧，讨厌鬼？"老奶奶猜出是谁，生气地嘟哝道，"嘿，叫你这夜猫子……不得好死！"

"不要紧，不要紧，"奥莉加悄悄地说，给菲奥克拉披上衣服，"不要紧的，亲人儿。"

屋里又静下来。这家人向来睡不踏实，那种纠缠不休、摆脱不掉的苦恼妨碍他们每个人安睡：老头子背痛，老奶奶满心焦虑和气恼，玛丽亚担惊受怕，孩子们疥疮发痒、肚子老饿。此刻，他们在睡梦中也是不安的：他们不断地翻身，说梦话，爬起来喝水。

菲奥克拉突然哇的一声哭起来，但立即又忍住，不时抽抽搭搭，声音越来越轻，最后不响了。河对岸有时传来报时的钟声，可是敲得很怪：先是五下，后来是三下。

"唉，主啊！"厨子连连叹息。

望着窗子，很难弄清楚，这是月色呢，或者已经天亮了。玛丽亚起身后走出屋子，可以听见她在院子里挤牛奶，不时说："站好！"后来老奶奶也出去了。屋子里还很暗，但所有的东西都已显露出来。

尼古拉一夜没睡着，从炉台上爬下来。他从一只绿色的小箱子里拿出自己的燕尾服，穿到身上，走到窗前，不住地用手掌抿平衣袖，又抻抻后襟。他笑了。后来他小心地脱下燕尾服，收进箱子里，又去躺下了。

玛丽亚回到屋里，开始生炉子。她显然还没有完全睡醒，现在一边走，一边慢慢地清醒过来。她大概梦见了什么，或者又想起了昨晚的故事，因此她在炉子跟前舒舒服服地伸了个懒腰，说：

"不，还是自由好啊！"

七

老爷坐车来了——村里人都这样称呼区警察局局长。他什么时候来，为什么来，一周以前大家就知道了。茹科沃村只有四十户人家，可是他们欠下官府和地方自治局的税款已累计两千有余。

区警察局局长先在小酒馆里歇脚，他"赏光"喝了两杯清茶，然后步行到村长家里，房子外面一群拖欠税款的农民已在恭候。村长安季普·谢杰利尼科夫尽管很年轻——他只有三十岁出头——却很严厉，总是帮上级说话，其实他自己也很穷，也不能按时交纳税款。显然他很乐意当村长，喜欢意识到自己拥有权力，这权力就是严厉，此外他不知道还有什么能表现出这份权力。村民大会上，大家都怕他，由他说了算。有时，在街上或者酒馆附近，他会突然冲着某个醉汉大声呵斥，反绑了他的手，把他关进拘留室。有一次，他甚至把老奶奶也关了一天一夜，原因是她代替奥西普来开村会，还在会上骂街。他没有在城市里住过，也从来没有念过书，但他不知从哪儿弄来了许多深奥的字眼儿，喜欢在言谈中用一用，为此他备受村民敬重，尽管别人听不懂是什么意思。

奥西普带着他的纳税簿走进村长家的小木屋。区警察局局长，一个瘦老头子，灰白的连鬓胡子蓄得很长，穿一身灰制服，正坐在上座①的桌子旁写些什么。屋子里干干净净，四面墙上贴满了从杂志上撕下来的花花绿绿的画片。在圣像旁边最显眼的地方，挂着从前的保加利亚大公巴滕贝克②的肖像。村长安季普·谢杰利尼科夫两手交叉抱在胸前，站在桌旁。

"大人，他欠一百十九卢布，"轮到奥西普时，他说，"复活节前他交了一个卢布，打从那天起再没交过一个小钱。"

区警察局局长抬眼望着奥西普，问道：

---

① 俄罗斯农舍内，上面放圣像的地方。
② 巴滕贝克（1857—1893），德国亲王，1879年任保加利亚大公，亲德奥势力，1886年在亲俄派军官的压力下，被迫退位。

"这是为什么,老乡?"

"请您开恩,大人,"奥西普激动地说,"容我说几句,头年柳托列茨村的老爷对我说:'奥西普,把你的干草卖了吧……卖给我。'怎么不行呢?我有一百普特干草要卖出去,都是几个婆娘在草场上割的。行,我们谈妥了价钱……本来挺好,两厢情愿……"

他抱怨起村长来,不时转身瞧瞧农民们,似乎要请他们来作证似的。他满脸通红,额头冒汗,眼神变得尖利而凶狠。

"我不明白你说这些干吗?"区警察分局局长说,"我问你……我只问你为什么不交纳欠款?你们大家都不交,难道要我来替你们承担责任吗?"

"我拿不出来嘛!"

"这些话毫无道理,大人,"村长说,"不错,奇基利杰耶夫一家属于不富足阶层,不过请您问问其余的人,全部过错在伏特加,一帮胡作非为的人。他们一窍不通。"

区警察局局长记下什么,然后心平气和地对奥西普说,那语气就像讨杯水喝似的:

"你去吧。"

区警察局局长很快就走了。他坐进一辆廉价的四轮马车,不住地咳嗽,望着他那又长又瘦的背影可以看出,此刻他已经忘了奥西普,忘了村长,忘了茹科沃村的欠款,他在想着自己的心事了。他还没有走出一俄里,安季普·谢杰利尼科夫已经夺走了奇基利杰耶夫家的茶炊,老奶奶在后面追,使足劲尖声喊叫:

"不准拿走!我不准你拿走,你这个魔鬼!"

村长迈开大步,走得很快;老奶奶驼着背,愤怒若狂、气喘吁吁、跌跌撞撞地在后面追他,她的头巾掉到肩上,一头白发泛出淡淡的绿色,在风中飘扬。她突然站住,像一个真正的暴动者,双拳不住地捶胸，拖长声调，叫骂得更响，号啕哭诉起来：

"正教徒们，信仰上帝的人啊！老天爷哪，他们欺负人！乡亲们哪，他们压迫人！哎呀，哎呀，好人们哪，替我申冤雪恨啊！"

"老奶奶，老奶奶，"村长厉声说，"不得无理取闹！"

没有了茶炊，奇基利杰耶夫的家里变得异常沉闷。茶炊被人夺走，这是有损尊严、有失体面的事，就像这家人的名誉忽然扫地一样。要是村长拿走桌子和凳子，拿走所有的瓶瓶罐罐倒也好些，那样的话，屋子里会显得空一些。老奶奶呼天喊地，玛丽亚伤心落泪，所有的小姑娘望着她们也都哇哇哭起来。老头子感到心中有愧，垂头丧气地坐在屋角里一声不吭。尼古拉无话可说。老奶奶一向疼他、可怜他，可是这会儿忘了体恤，忽然冲着他不停地叫骂、责难，对着他的脸不住地摇拳头。她大声斥责，说全是他的过错，还在信里吹牛，说什么在斯拉夫商场每月领五十卢布，可实际上给家里寄的钱却很少很少，这是为什么？他干吗回家来，还带着家眷？他要是死了，哪儿弄钱来葬他？……尼古拉、奥莉加和萨莎的模样儿看上去真可怜。

老头子咳了一声，拿起帽子，找村长去了。天色已黑。安季普·谢杰利尼科夫鼓着腮帮子在炉子旁焊什么东西。满屋子煤气味。他的孩子们都很瘦，没有梳洗，在地板上爬来爬去，不比奇基利杰耶夫家的强多少。他的妻子长相难看，脸上有雀斑，挺着大肚子在绕丝。这是一个不幸的赤贫的家庭。只有安季普一人看上去既年轻又漂亮。在长凳上放着一溜五把茶炊。老头子对着巴滕贝克念着祷词①，说：

"安季普，求你发发慈悲，把茶炊还给我！看在基督面上！"

"拿三个卢布来，你就取走。"

"我拿不出来嘛！"

安季普不时鼓起腮帮子，火就呼呼地响，噼啪地叫，火光映红了那

---

① 保加利亚大公巴滕贝克的像挂在圣像旁边，奥西普忙中出错了。

些茶炊。老头子揉着帽子,想了一阵,又说:

"还给我吧!"

皮肤晒黑的村长此刻全身乌黑,活像个巫师。他转身对着奥西普,说得又快又严厉:

"这得由地方长官说了算。本月二十六日,你可以到行政会议上口头或者书面申诉你不满的理由。"

奥西普一点也听不懂他的意思,只好到此为止,回家去了。

十多天后,区警察局局长又来了,坐了个把钟头,后来又坐车走了。那些天,风大而寒冷,河面早已结冰,雪倒没有下,可是道路难走,令大家苦恼。有一天,一个节日的傍晚,邻居们到奥西普家闲坐、聊天。他们在黑屋子里说着话,因为节日里不该干活,所以没有点灯。新闻倒有几件,不过都叫人不痛快。比如有两三户人家的公鸡被抓去抵债,送到乡公所,在那里死掉了,因为谁也不去喂它们。又比如,有几家的绵羊给拉走了,他们把羊捆起来,装在大车上运走,每到一个村子就换一辆大车,结果一头羊闷死了。现在有一个问题需要解答:谁的过错?该怪谁?

"该怪地方自治局!"奥西普说,"不怪它怪谁?"

"没说的,该怪地方自治局。"

他们把欠款、受欺压、粮食歉收等所有的事都怪罪于地方自治局,虽说他们中谁也不知地方自治局是怎么回事。这种情况由来已久。当初一些富裕的农民自己开了工厂、小铺和客店,当上了地方自治会议员,却始终心怀不满,后来便在自己的工厂和铺子里大骂地方自治局。

他们又谈到了老天爷不下雪:本该去运木柴了,可是眼下路面坑坑洼洼,车不能行,人不能走。过去吧,十五年、二十年以前,茹科沃村里人的谈话要有趣得多。那时候,每个老头子脸上都是这样一副神气,仿佛他心里藏着什么秘密,知道什么,盼着什么。他们谈论盖着金印的公文、土地的划分、新的土地和埋藏的财宝,他们的话里都暗示着什么;现在的茹科沃人谁都没有秘密,他们的全部生活像摆在掌心里一样,人人都看得见,他们能谈的不外乎贫穷和饲料,再就是老天爷怎么不下雪……

他们沉默片刻。后来又想起了公鸡和绵羊的事,又开始议论是谁的过错。

"地方自治局!"奥西普沮丧地说,"不怪它怪谁!"

八

教区的教堂在六俄里外的科索戈罗沃村。农民们只在需要时,如给婴儿施洗礼、举行婚礼、举行葬仪时才去那里。平时做祈祷到过河的教堂就行了。到了节日,遇上好天气,姑娘们打扮一番,成群结队去做弥撒。她们穿着红的、黄的、绿的连衣裙,穿过草场,叫人看了心里就高兴。不过,遇上坏天气,她们只好待在家里。持斋的日子里,他们去教区的教堂作忏悔、领圣餐。在复活节后的一周内,神父举着十字架走遍所有的农舍,向大斋日没有去教堂作忏悔的教徒每人收取十五戈比。

老头子不信上帝,因此他几乎从来不想他。他承认有神奇的事,但他认为这种事只跟女人有关。有人在他面前谈起宗教或者奇迹这类事,向他提个什么问题,他总是搔搔头皮,不乐意地回答:

"谁知道这个呀!"

老奶奶信上帝,不过有点糊涂。她的脑子里所有的事都混在一起,她刚想起罪孽、死亡、灵魂得救,忽地贫穷啦、种种操心的事啦,又都插进来,她立即忘了刚才在想什么。祷告词她记不住,通常在晚上睡觉前,她站在圣像面前小声念道:

"喀山圣母娘娘,斯摩棱斯克圣母娘娘,三臂圣母娘娘……"

玛丽亚和菲奥克拉经常在身上画十字,每年都持斋,可是什么也不懂。孩子们没有学过祷告,大人们也不对他们讲上帝,传授什么教规,只是禁止他们在斋期吃荤。其余的家庭几乎一样:相信的人少,懂教规的人更少。同时大家又都喜欢《圣经》,温存地、虔敬地喜欢它,可是他们没有书,没人念《圣经》、讲《圣经》。奥莉加有时念《福音书》,为此大家都敬重她,对她和萨莎都恭敬地称呼"您"。

奥莉加经常去邻村和县城参加教堂命名节活动和感恩祈祷,在县城里有两个修道院和二十七座教堂。她去朝圣的路上总是神不守舍,完全忘了家人,直到回村来,才突然惊喜地发现自己有丈夫,有女儿,于是喜气洋洋地笑着说:

"上帝赐福给我了!"

村子里发生的事使她厌恶、痛苦。农民们在伊利亚节①喝酒,在圣母升天节喝酒,在十字架节又喝酒。圣母庇护节②是教区的节日,茹科沃村的农民为此一连喝三天酒。他们不但喝光了五十卢布的公款,过后还挨家挨户收取酒钱。头一天,奇基利杰耶夫家就宰了一头公羊,早中晚一连吃了三顿羊肉。他们吃得很多,到了夜里孩子们爬起来再吃一点。这三天里基里亚克喝得酩酊大醉,他喝光了所有的家当,把帽子和靴子也换酒喝了。他死命殴打玛丽亚,打得她晕过去,家里人只好往她头上泼水。事后大家都感到羞愧、厌恶。

不过,即使在茹科沃这样的"奴才村",一年一度也有一次真正的宗教盛典。那是在八月份,在全县,从一个村子到一个村子,人们迎送着"赋予生命"的圣母像。到了茹科沃村盼望的这一天,正好无风,天色阴沉。一大清早,姑娘们就穿上鲜艳漂亮的衣裙去迎圣像,到了傍晚时人们才抬着圣像,举着十字架和神幡、唱着圣诗,进了村子,这时河

---

① 东正教节日,在俄旧历7月2日。
② 在俄旧历10月1日。

对面的教堂里钟声齐鸣。一群群本村人和外村人挤满了大街，吵吵嚷嚷，尘土飞扬中挤得水泄不通……老头子也好，老奶奶也好，基里亚克也好，大家都向圣像伸出手去，渴望地瞧着它，哭着说：

"保护神啊，圣母娘娘！保护神啊！"

大家好像突然明白了，天地之间并不虚空，有钱有势的人还没有夺走一切，尽管他们遭受着欺凌和奴役，遭受着难以忍受的贫穷，遭受着可怕的伏特加的祸害，还是有神灵在保佑着他们。

"保护神啊，圣母娘娘！"玛丽亚号啕大哭，"圣母娘娘啊！"

可是感恩祈祷做完，圣像又抬走了。一切都恢复原样，酒馆里又不时传出醉汉粗鲁的喊声。

只有富裕农民才怕死，他们越有钱，就越不信上帝，不信灵魂得救的话。他们只是出于对死亡的恐惧，才点起蜡烛，做做祷告，以防万一。穷苦的农民不怕死。人们当着老头子和老奶奶的面说他们活得太久，早该死了，他们听了也没什么。他们也当着尼古拉的面毫无顾忌地对菲奥克拉说，等尼古拉死了，她的丈夫丹尼斯就可以得到照顾——退役回家了。至于玛丽亚，她不但不怕死，甚至还巴不得早点死才好。她的几个孩子死了，她反倒高兴呢。

他们不怕死，可是对各种各样的病却估计得过于可怕。本来是一些小毛病，如肠胃失调啦，着了点凉啦，老奶奶立即躺到炉台上，捂得严严实实，开始大声地不停地呻吟："我要——死——啦！"老头子赶紧去请神父，老奶奶就领圣餐，接受临终前的涂圣油仪式。他们经常谈到感冒、蛔虫和硬结，说蛔虫在肚子里闹腾，结成团能堵到心口。他们最怕感冒，所以哪怕夏天也穿得很厚，在炉台上取暖。老奶奶喜欢看病，经常坐车跑医院，在那里说她五十八岁，不说七十岁。照她想，要是医生知道她的实际年龄，就不会给她治病，只会说她该死了，用不着治了。她通常一清早就动身去医院，再带上两三个小孙女，到了晚上才能回来，又饿又气，给自己带回了药水，给小孙女带回了药膏。有一次，她把尼古拉也带去了，后来他一连喝了两周的药水，老说他感觉好些了。

老奶奶认识方圆三十俄里内所有的医师、医士和巫医，可是却没有一个让她满意。在圣母庇护节那一天，神父举着十字架走遍所有的农舍，教堂执事对她说，城里监狱附近住着一个小老头子，做过军队上的医士，医道高明，劝她找他去看病。老奶奶听了他的劝告。等下了头一场雪，她就坐车进城，带回一个小老头子。这人留着大胡子，脸上布满了青筋，穿着长袍，是个皈依正教的犹太人。当时，家里正请了几个雇工做事：一个老裁缝戴一副吓人的眼镜，用碎布头拼成坎肩，两个年轻小伙子用羊毛擀毡靴。基里亚克因为酗酒丢了差事，现在只好住在家里。他坐在裁缝旁边修理马脖子上的套具。屋子里又挤又闷，有一股臭味。犹太人给尼古拉做完检查，说需要拔罐子放血。

他放上许多罐子。老裁缝、基里亚克和小姑娘们站在一旁看着，他们好像觉得，他们看到疾病从尼古拉身上流出来了。尼古拉自己也瞧着，那些附在胸口的罐子慢慢地充满了浓黑的血，感到当真有什么东西从他身子里跑出去了，于是他高兴得笑了。

"这样行，"裁缝说，"谢天谢地，能见效就好。"

犹太人拔完十二个罐子，随后又放上十二个。他喝足了茶，就坐车走了。尼古拉开始打颤，他的脸瘦下去，用女人们的话说，缩成拳头那么大小了，他的手指发青。他盖上一条被子，再压上一件羊皮袄，但还是觉得越来越冷。傍晚时他难受得叫起来，要他们把他放到地板上，要裁缝别抽烟，随后静静地躺在羊皮袄下面，天不亮就死了。

九

唉，多么严酷、多么漫长的冬季啊！

圣诞节过后,自家的粮食已经吃完,只得去买面粉。基里亚克现在住在家里,每天晚上都要大吵大闹,弄得大家心惊胆颤,一到早晨又因头痛和羞愧而痛苦不堪,看他那副模样真叫人可怜。在畜栏里,那头饥饿的母牛日日夜夜不停地哞哞哀叫,叫得老奶奶和玛丽亚的心都碎了。好像是故意为难,一直是冻得树木喀喀响的严寒天气,到处是厚厚的积雪和高高的雪堆。冬天拖得很长。到了报喜节①,还起了一场真正的冬天的暴风雪,在复活节还下了一场雪。

但是不管怎么样,冬天总算过去了。四月初,白天变得暖和起来,夜里依然寒冷。冬天不肯退让,但暖和的春日终于战而胜之,最后,冰雪消融,河水奔流,百鸟齐鸣。河边的整个草场和灌木丛淹没在泛滥的春水中,从茹科沃村直到河对岸成了一片泽国,水面上不时有一群群野鸭振翅飞起飞落。春天的落日如火如荼,映红了满天的彩霞,每天晚上都变出一幅不同往常的新的图景,那样美妙绝伦,日后当你在画面上看到同样的色彩、同样的云朵时,简直就难以置信。

仙鹤飞得很快很快,发出声声哀鸣,似乎在召唤同伴。奥莉加站在斜坡的边上,久久地望着这片泛滥的春水,望着太阳,望着那明亮的、仿佛变年轻了的教堂,她不禁流下了眼泪,激动得喘不过气来。她急切地想离开这里,随便去什么地方,哪怕天涯海角。家里已经决定,让她还回到莫斯科去当女仆,让基里亚克跟她同行,去那里找个看门人或者其他的差事。好啊,快点走吧!

等路变干一些,天气暖和了,她们就动身上路。奥莉加和萨莎每人背着行囊,穿着树皮鞋,天不亮就出发了。玛丽亚出来送她们一程。基里亚克因为身体不好,还得在家再待上一个星期。奥莉加最后一次面对着教堂画十字、默默祷告。她想起了自己的丈夫,但没有哭,只是她的脸皱起来,像老太婆那样难看了。这一冬,她变瘦了,变丑了,头发

---

① 东正教节日,在俄旧历3月25日,据说天使于此日告知圣母:耶稣将诞生。

有点灰白,脸上再没有昔日那种可爱的模样和愉快的微笑,在经受了丧夫之痛以后,只有一种悲哀的听天由命的神情。她的目光有点迟钝、呆板,好像她耳背似的。她舍不得离开这个村子和这些农民。她回想起抬走尼古拉的情景,在一座座农舍旁边都有人做安魂祈祷,大家同情她的悲痛,陪着她哭。在夏天和冬天,经常有一些时日,这些人过得好像比牲口还糟,同他们生活在一起是可怕的。他们粗鲁,不诚实,肮脏,酗酒;他们不和睦,老是吵架,因为他们彼此不是尊重,而是互相害怕、互相猜疑。是谁开小酒馆,把老乡灌醉?农民。是谁挥霍掉村社、学校和教堂的公款,把钱换酒喝了?农民。是谁偷邻居家的东西,纵火,为了一瓶伏特加在法庭上做伪证?是谁在地方自治会和其他会议上头一个出来反对农民?还是农民。确实,同他们生活在一起是可怕的,可是他们毕竟是人,他们跟常人一样也感到痛苦,也哭泣,而且在他们的生活里没有哪件事是不能找到使人谅解的缘由的。沉重的劳动使他们到了夜里就浑身酸痛,严寒的冬天、粮食歉收、住房拥挤,可是没有人帮助他们,哪儿也等不到帮助。那些比他们有钱有势的人是不可能帮助他们的,因为他们自己就粗鲁,不诚实,酗酒,骂起人来照样难听得很。那些小官和地主管家对待农民如同对待流浪汉一样,他们甚至对村长和教堂主持都用"你"相称,自以为有权这样做。至于那些贪财的、吝啬的、放荡的、懒惰的人,他们到农村里来只是为了欺压、掠夺、吓唬农民,哪里还谈得上帮助农民或者树立良好的榜样呢?奥莉加回想起,去年冬天,当基里亚克被拉去用树条体罚时,两位老人的模样是多么可怜而屈辱啊!现在她很可怜所有这些人,为他们难过,所以她一边走,一边频频回头再看看那些小木屋。

送出三俄里,玛丽亚开始告别,随后她跪下来,不住地磕头,大声哭诉起来:

"又剩下我孤零零一人了,我这苦命人啊,多么可怜、多么不幸啊……"

她就这样哭诉了很长时间，奥莉加和萨莎每一回头总能看到她跪在地上，双手抱住头，向着旁边的什么人不住地磕头。在她上空有几只白嘴鸦在盘旋。

太阳高高地升起，天气热起来。茹科沃村远远地落在后头了。走路让人舒畅，奥莉加和萨莎很快就忘了村子，忘了玛丽亚。她们高兴起来，四周的一切都引起她们的兴趣。有时出现一个土岗；有时出现一排电线杆，一根接一根不知伸向何方，最后消失在地平线上，那上面的电线发出神秘的嗡嗡声；有时看到远处绿树丛中有个小村子，从那边飘来一股潮气和大麻的香味，不知怎么让人觉得，那里住着幸福的人们；有时在野地里孤零零地躺着一具马的白骨。云雀不停地婉转啼唱，鹌鹑的叫声此起彼伏，互相呼应，一只秧鸡断断续续发出急促的叫声，仿佛真有人在拉扯旧的铁门环一样。

中午时分，奥莉加和萨莎来到一个大村子。在一条宽阔的街上，她们遇见一个小老头，茹科夫将军的厨子。他感到热，他那汗淋淋的红秃顶在阳光下发亮。他同奥莉加都没有立即认出对方，随后都回过头来对视了一会儿，认出来后一句话没说，又各走各的路了。她们停在一座显得更阔气、更新的木屋前，奥莉加对着敞开的窗子深深地一鞠躬，用委婉的唱歌般的声调响亮地说：

"正教徒啊，看在基督分上，给点施舍吧，求上帝保佑你们，保佑你们的双亲在天国安息。"

"正教徒啊，"萨莎也唱起来，"看在基督分上，给点施舍吧，求上帝保佑你们，保佑你们的双亲在天国……"

一八九七年四月

套中人

在米罗诺西茨村边,在村长普罗科菲的堆房里,误了归时的猎人们正安顿下来过夜。他们只有二人:兽医伊凡·伊凡内奇和中学教员布尔金。伊凡·伊凡内奇有个相当古怪的复姓:奇木沙——喜马拉雅斯基,这个姓跟他很不相称①,所以省城里的人通常只叫他的名字和父称。他住在城郊的养马场,现在出来打猎是想呼吸点新鲜空气。中学教员布尔金每年夏天都在 п 姓伯爵家里做客,所以在这一带早已不算外人了。

暂时没有睡觉。伊凡·伊凡内奇,一个又高又瘦的老头,留着长长的胡子,坐在门外月光下吸着烟斗。布尔金躺在里面的干草上,在黑暗中看不见他。

他们天南海北地闲聊着,顺便提起村长的老婆玛芙拉,说这女人身体结实,人也不蠢,就是一辈子没有走出自己的村子,从来没有见过城市,没有见过铁路,最近十年间更是成天守着炉灶,只有到夜里才出来走动走动。

"这有什么奇怪的!"布尔金说,"有些人生性孤僻,他们像寄居蟹或蜗牛那样,总想缩进自己的壳里,这种人世上还不少哩。也许这是一

---

① 因旧俄用复姓者多为名人、望族,而伊凡·伊凡内奇只是个普通的兽医。

种返祖现象，即返回太古时代，那时候人的祖先还不成其为群居的动物，而是独自居住在自己的洞穴里；也许这仅仅是人的性格的一种变异——谁知道呢。我不是搞自然科学的，这类问题不关我的事。我只是想说，像玛芙拉这类人，并不是罕见的现象。哦，不必去远处找，两个月前，我们城里死了一个人，他姓别里科夫，希腊语教员，我的同事。您一定听说过他。与众不同的是：他只要出门，哪怕天气很好，也总要穿上套鞋，带着雨伞，而且一定穿上暖和的棉大衣。他的伞装在套子里，怀表装在灰色的麂皮套子里，有时他掏出小折刀削铅笔，那把刀也装在一个小套子里。就是他的脸似乎也装在套子里，因为他总是把脸藏在竖起的衣领里。他戴墨镜，穿绒衣，耳朵里塞着棉花，每当他坐上出租马车，一定吩咐车夫支起车篷。总而言之，这个人永远有一种难以克制的愿望——把自己包在壳里，给自己做一个所谓的套子，使他可以与世隔绝，不受外界的影响。现实生活令他懊丧、害怕，弄得他终日惶惶不安。也许是为自己的胆怯、为自己对现实的厌恶辩护吧，他总是赞扬过去，赞扬不曾有过的东西。就连他所教的古代语言，实际上也相当于他的套鞋和雨伞，他可以躲在里面逃避现实。

"'啊，古希腊语是多么响亮动听，多么美妙！'他说话时露出甜美愉快的表情。仿佛为了证实自己的话，他眯细眼睛，竖起一个手指头，念道：'安特罗波斯！'①

"别里科夫把自己的思想也竭力藏进套子里。对他来说，只有那些刊登各种禁令的官方文告和报纸文章才是明白无误的。既然规定晚九点后中学生不得外出，或者报上有篇文章提出禁止性爱，那么他认为这很清楚，很明确，既然禁止了，那就够了。至于文告里批准、允许干什么事，他总觉得其中带有可疑的成分，带有某种言犹未尽、令人不安的因素。每当城里批准成立戏剧小组，或者阅览室，或者茶馆时，他总是

---

① 希腊文：人。

摇着头小声说：

"'这个嘛，当然也对，这都很好，但愿不要惹出什么事端！'

"任何违犯、偏离、背弃所谓规章的行为，虽说跟他毫不相干，也总让他忧心忡忡。比如说有个同事做祷告时迟到了，或者听说中学生调皮捣乱了，或者有人看到女学监很晚还和军官在一起，他就会非常激动，总是说：'但愿不要惹出什么事端。'在教务会议上，他那种顾虑重重、疑神疑鬼的作风和一套纯粹套子式的论调，把我们压得透不过气来。他说什么某某男子中学、女子中学的年轻人行为不轨，教室里乱哄哄的——'唉，千万别传到当局那里，哎呀，千万不要惹出什么事端！'又说，如果把二年级的彼得罗夫、四年级的叶戈罗夫开除出校，那么情况就会好转。后来怎么样呢？他不住地唉声叹气，老是发牢骚，苍白的小脸上架一副墨镜——您知道，那张小尖脸跟黄鼠狼的一样——他就这样逼迫我们，我们只好让步，把彼得罗夫和叶戈罗夫的操行分数压下去，关他们的禁闭，最后把他们开除了事。他有一个古怪的习惯——到同事家串门。他到一个教员家里，坐下后一言不发，像是在监视什么，就这样不声不响坐上个把钟头就走了。他把这叫作'和同事保持良好关系'。显然，他上同事家闷坐并不轻松，可他照样挨家挨户串门，只因为他认为这是尽到同事应尽的义务。我们这些教员都怕他。连校长也怕他三分。您想想看，我们这些教员都是些有头脑、极正派的人，受过屠格涅夫和谢德林的良好教育，可是我们的学校却让这个任何时候都穿着套鞋、带着雨伞的小人把持了整整十五年！何止一所中学呢？全城都捏在他的掌心里！我们的太太小姐们到星期六不敢安排家庭演出，害怕让他知道；神职人员在他面前不好意思吃荤和打牌。在别里科夫这类人的影响下，最近十到十五年间，我们全城的人都变得谨小慎微，事事都怕：怕大声说话，怕写信，怕交朋友，怕读书，怕周济穷人，怕教人识字……"

伊凡·伊凡内奇想说点什么，嗽了嗽喉咙，但他先抽起烟斗来，看了看月亮，然后才一字一顿地说：

"是的，我们都是有头脑的正派人，我们读屠格涅夫和谢德林的作品，以及巴克莱①等人的著作，可是我们又常常屈服于某种压力，一再忍让……问题就在这儿。"

"别里科夫跟我住在同一幢房里，"布尔金接着说，"同一层楼，门对门，我们经常见面，所以了解他的家庭生活。在家里，他也是那一套：睡衣，睡帽，护窗板，门闩，无数清规戒律，还有那句口头禅：'哎呀，千万不要惹出什么事端！'斋期吃素不利健康，可是又不能吃荤，因为怕人说'别里科夫不守斋戒'，于是他就吃牛油煎鲈鱼——这当然不是素食，可也不是斋期禁止的食品。他不用女仆，害怕别人背后说他的坏话。他雇了个厨子阿法纳西，老头子六十岁上下，成天醉醺醺的，还有点痴呆。他当过勤务兵，好歹能弄几个菜。这个阿法纳西经常站在房门口，交叉抱着胳膊，老是叹一口长气，嘟哝那么一句话：

"'如今他们这种人多得很呢！'

"别里科夫的卧室小得像口箱子，床上挂着帐子。睡觉的时候，他总用被子蒙着头。房间里又热又闷，风敲打着关着的门，炉子里像有人呜呜地哭，厨房里传来声声叹息——不祥的叹息……

"他躺在被子里恐怖至极。他生怕会出什么事情，生怕阿法纳西会宰了他，生怕窃贼溜进家来，这之后就通宵做着噩梦。到早晨我们一道去学校的时候，他无精打采，脸色苍白。看得出来，他要进去的这所学生很多的学校令他全身心感到恐慌和厌恶，而他这个生性孤僻的人觉得与我同行也很别扭。

"'我们班上总是闹哄哄的，'他说，似乎想解释一下为什么他心情沉重，'真不像话！'

---

① 巴克莱（1821—1862），英国历史学家。

"可是这个希腊语教员,这个套中人,您能想象吗,差一点还结婚了呢。"

伊凡·伊凡内奇很快回头瞧瞧堆房,说:

"您开玩笑!"

"没错,他差一点结婚了,尽管这是多么令人奇怪。我们学校新调来了一位史地课教员,叫米哈伊尔·萨维奇·柯瓦连科,小俄罗斯人[①]。他不是一个人来的,还带着姐姐瓦莲卡。他年轻,高个子,肤色黝黑,一双大手,看模样就知道他说话声音低沉,果真没错,他的声音像从木桶里发出来的:卜,卜,卜……他姐姐年纪已经不轻,三十岁上下,个子高挑,身材匀称,黑黑的眉毛,红红的脸蛋——一句话,不是姑娘,而是果冻,她那样活跃,吵吵嚷嚷,不停地哼着小俄罗斯的抒情歌曲,高声大笑,动不动就发出一连串响亮的笑声:哈,哈,哈!我们初次正经结识科瓦连科姐弟,我记得是在校长的命名日宴会上。在一群神态严肃、闷闷不乐、把参加校长命名日宴会也当作例行公事的教员中间,我们忽地看到,一位新的阿佛洛狄忒[②]从大海的泡沫中诞生了:她双手叉腰走来走去,又笑又唱,翩翩起舞……她动情地唱起一首《风飘飘》,随后又唱一支抒情歌曲,接着再唱一曲,我们大家都让她迷住了——所有的人,甚至包括别里科夫。他在她身旁坐下,甜蜜地微笑着,说:

"'小俄罗斯语柔和、动听,使人联想到古希腊语。'

"这番奉承使她感到得意,于是她用令人信服的语气动情地告诉他,说他们在加佳奇县有一处田庄,现在妈妈还住在那里。那里有那么好的梨,那么好的甜瓜,那么好的'卡巴克'[③]!小俄罗斯人把南瓜叫'卡巴克',把酒馆叫'申克'。他们做的西红柿加紫甜菜浓汤'可美味

---

① 乌克兰人的旧称。
② 阿佛洛狄忒,希腊神话中爱与美的女神,即罗马神话中的维纳斯。传说她在大海的泡沫中诞生。
③ 俄语中意为"酒馆",乌克兰语中意为"南瓜"。

啦，可美味啦，简直好吃得——要命！'

"我们听着，听着，忽然大家不约而同冒出一个念头：

"'把他们撮合成一对，那才好哩。'校长太太悄悄对我说。

"我们大家不知怎么都记起来，我们的别里科夫还没有结婚。我们这时都感到奇怪，对他的终身大事我们竟一直没有注意，完全给忽略了。他对女人一般持什么态度？他准备怎么解决这个重大问题？以前我们对此完全不感兴趣，也许我们甚至不能设想，这个任何时候都穿着套鞋、挂着帐子的人还能爱上什么人。

"'他早过了四十，她也三十多了……'校长太太说出自己的想法，'我觉得她是愿意嫁给他的。'

"在我们省，人们出于无聊，什么事干不出来呢？干了无数不必要的蠢事！这是因为，必要的事却没人去做。哦，就拿这件事来说吧，既然我们很难设想别里科夫会结婚，我们又为什么突然之间头脑发热要给他做媒呢？校长太太，督学太太，以及全体教员太太全都兴致勃勃，甚至连模样都变好看了，仿佛一下子找到了生活的目标。校长太太订了一个剧院包厢，我们一看——她的包厢里坐着瓦莲卡，拿着这么小的一把扇子，眉开眼笑，喜气洋洋。身旁坐着别里科夫，瘦小，佝偻，倒像是让人用钳子夹到这里来的。我有时在家里请朋友聚会，太太们便要我一定邀上别里科夫和瓦莲卡。总而言之，机器开动起来了。原来瓦莲卡本人也不反对出嫁。她跟弟弟生活在一起不太愉快，大家只知道，他们成天争吵不休，还互相对骂。我来跟您说一段插曲：柯瓦连科在街上走着，一个壮实的大高个子，穿着绣花衬衫，一绺头发从制帽里耷拉到额头上。他一手抱着一包书，一手拿一根多疖的粗手杖。她姐姐跟在后面，也拿着书。

"'你啊，米哈伊里克①，这本书就没有读过！'她大声嚷道，'我对

---

① 米哈伊尔的小名。

你说，我可以起誓，你根本没有读过这本书！'

"'可我要告诉你，我读过！'柯瓦连科也大声嚷道，还用手杖敲得人行道咚咚响。

"'哎呀，我的天哪，明契克①！你干吗发脾气？要知道我们的谈话带原则性。'

"'可我要告诉你：我读过这本书！'他嚷得更响了。

"在家里，即使有外人在场，他们也照样争吵不休。这种生活多半让她厌倦了，她一心想有个自己的窝，再说也该考虑到年龄了。现在已经不是挑挑拣拣的时候，嫁谁都可以，哪怕希腊语教员也凑合。可也是，我们这儿的大多数小姐只要能嫁出去就行，嫁给谁是无所谓的。不管怎么说，瓦莲卡开始对我们的别里科夫表露出明显的好感。

"那么，别里科夫呢？他也去柯瓦连科家，就像上我们家一样。他到他家，坐下来就一言不发。他默默坐着，瓦莲卡就为他唱《风飘飘》，或者用那双乌黑的眼睛若有所思地望着他，或者突然发出一串朗朗大笑：

"'哈哈哈！'

"在恋爱问题上，特别是在婚姻问题上，撮合起着很大的作用。于是全体同事和太太们都去劝说别里科夫，说他应当结婚了，说他的生活中没有别的欠缺，只差结婚了。我们大家向他表示祝贺，一本正经地重复着那些老生常谈，比如说婚姻是终身大事等，又说瓦莲卡相貌不错，招人喜欢，是五品文官的女儿，又有田庄，最主要的，她是头一个待他这么温存又真心诚意的女人。结果说得他晕头转向，他认定自己当真该结婚了。"

"这下该有人夺走他的套鞋和雨伞了。"伊凡·伊凡内奇说。

"您要知道，这是不可能的。虽然他把瓦莲卡的相片放在自己桌子

---

① 米哈伊尔的小名。

上，还老来找我谈论瓦莲卡，谈论家庭生活，也说婚姻是人生大事，虽然他也常去柯瓦连科家，但他的生活方式却丝毫没有改变。甚至相反，结婚的决定使他像得了一场大病：他消瘦了，脸色煞白，似乎更深地藏进自己的套子里去了。

"'瓦尔瓦拉①·萨维什娜我是中意的，'他说道，勉强地淡淡一笑，'我也知道，每个人都该结婚的，但是……这一切，您知道吗，来得有点突然……需要考虑考虑。'

"'这有什么好考虑的？'我对他说，'您结婚就是了。'

"'不，结婚是一件大事，首先应当掂量一下将要承担的义务和责任……免得日后惹出什么麻烦。这件事弄得我不得安宁，现在天天夜里都睡不着觉。老实说吧，我心里害怕：他们姐弟俩的思想方法有点古怪，他们的言谈，您知道吗，也有点古怪。她的性格太活泼。真要结了婚，恐怕日后会遇上什么麻烦。'

"就这样他一直没有求婚，老是拖着，这使校长太太和我们那里所有太太大为恼火。他反反复复掂量着面临的义务和责任，与此同时，几乎每天都跟瓦莲卡一道散步，也许他认为处在他的地位必须这样做。他还常来我家谈论家庭生活。若不是后来出了一件荒唐的事②，很可能他最终会去求婚的，那样的话，一门不必要的、愚蠢的婚姻就完成了——在我们这里，由于无聊，由于无事可做，这样的婚姻可以说成千上万。这里须要说明一下，瓦莲卡的弟弟柯瓦连科，从认识别里科夫的第一天起就痛恨他，不能容忍他。

"'我不明白，'他耸耸肩膀对我们说，'不明白你们怎么能容忍这个爱告密的家伙，这个卑鄙的小人。哎呀，先生们，你们怎么能在这儿生活！你们这里的空气污浊，能把人活活憋死。难道你们是教育家、师

---

① 瓦莲卡的正式名字。
② 原文为德语。

长?不,你们是一群官吏,你们这里不是科学的殿堂,而是城市警察局,有一股酸臭味,跟警察亭子里一样。不,诸位同事,我再跟你们待上一阵,不久就回到自己的田庄去。我宁愿在那里捉捉虾,教小俄罗斯的孩子们读书认字。我一定要走,你们跟你们的犹大就留在这里吧,叫他见鬼去①!'

"有时,他哈哈大笑,笑得流出眼泪来,笑声时而低沉,时而尖细。他双手一摊,问我:

"'他干什么来我家坐着?他要什么?坐在那里东张西望的!'

"他甚至给别里科夫起了个绰号叫'毒蜘蛛'。自然,我们当着他的面从来不提他的姐姐要嫁给'毒蜘蛛'的事。有一天,校长太太暗示他,说如果把他的姐姐嫁给像别里科夫这样一个稳重的、受人尊敬的人倒是不错的。他皱起眉头,埋怨道:

"'这不关我的事。她哪怕嫁一条毒蛇也由她去,我可不爱管别人的闲事。'

"现在您听我说下去。有个好恶作剧的人画了一幅漫画:别里科夫穿着套鞋,卷起裤腿,打着雨伞在走路,身边的瓦莲卡挽着他的胳臂,下面的题词是:'坠入情网的安特罗波斯'。那副神态,您知道吗,简直惟妙惟肖。这位画家想必画了不止一夜,因为全体男中女中的教员、中等师范学校的教员和全体文官居然人手一张。别里科夫也收到一份。漫画使他的心情极其沉重。

"我们一道走出家门——这一天刚好是五月一日,星期天,我们全体师生约好在校门口集合,然后一道步行去城外树林里郊游。我们一道走出家门,他的脸色铁青,比乌云还要阴沉。

"'天底下竟有这样坏、这样恶毒的人!'他说时嘴唇在发抖。

"我甚至可怜起他来了。我们走着,突然,您能想象吗,柯瓦连科

---

① 乌克兰语。

骑着自行车赶上来了,后面跟着瓦莲卡,也骑着自行车。她满脸通红,很累的样子,但兴高采烈,快活得很。

"'我们先走啦!'她大声嚷道,'天气多好啊,多好啊,简直好得要命!'

"他们走远了,不见了。别里科夫脸色由青变白,像是吓呆了。他站住,望着我……

"'请问,这是怎么回事?'他问,'还是我的眼睛看错了?中学教员和女人都能骑自行车,这成何体统?'

"'这有什么不成体统的?'我说,'愿意骑就由他们骑好了。'

"'那怎么行呢?'他喊起来,对我的平静感到吃惊,'您这是什么话?!'

"他像受到致命的一击,不愿再往前走,转身独自回家去了。

"第二天,他老是神经质地搓着手,不住地打颤,看脸色他像是病了。没上完课就走了,这在他还是平生第一次。他也没有吃午饭。傍晚,他穿上暖和的衣服,尽管这时已经是夏天了,步履蹒跚地朝柯瓦连科家走去。瓦莲卡不在家,他只碰到了她的弟弟。

"'请坐吧,'柯瓦连科皱起眉头,冷冷地说。他午睡后刚醒,睡眼惺忪,心情极坏。

"别里科夫默默坐了十来分钟才开口说:

"'我到府上来,是想解解胸中的烦闷。现在我的心情非常非常沉重。有人恶意诽谤,把我和另一位你我都亲近的女士画成一幅可笑的漫画。我认为有责任向您保证,这事与我毫不相干……我并没有给人任何口实,可以招致这种嘲笑,恰恰相反,我的言行举止表明我是一个极其正派的人。'

"柯瓦连科坐在那里生闷气,一言不发。别里科夫等了片刻,然后忧心忡忡地小声说:

"'我对您还有一言相告——我已任教多年，您只是刚开始工作，因此，作为一个年长的同事，我认为有责任向您提出忠告——您骑自行车，可是这种玩闹对身为青年的师表来说，是有伤大雅的！'

"'那为什么？'柯瓦连科粗声粗气地问。

"'这难道还须要解释吗，米哈伊尔·萨维奇，难道这还不明白吗？如果教员骑自行车，那么学生们该做什么呢？恐怕他们只好用头走路了！既然这事未经正式批准，那就不能做。昨天我吓了一大跳！我一看到您的姐姐，我的眼前就发黑。一个女人或姑娘骑自行车——这太可怕了！'

"'您本人到底有什么事？'

"'我只有一件事——对您提出忠告，米哈伊尔·萨维奇。您还年轻，前程远大，所以您的举止行为要非常非常小心谨慎，可是您太随便了，哎呀，太随便了！您经常穿着绣花衬衫出门，上街时老拿着什么书，现在还骑自行车。您和您姐姐骑自行车的事会传到校长那里，再传到督学那里……那会有什么好结果？'

"'我和我姐姐骑自行车的事，跟谁都没有关系！'柯瓦连科说时涨红了脸，'谁来干涉我个人的和家庭的私事，我就叫他——滚蛋！'

"别里科夫脸色煞白，站起身来。

"'既然您用这种口气跟我讲话，那我就无话可说了，'他说，'我请您注意，往后在我的面前千万别这样谈论上司。对当局您应当尊敬才是。'

"'怎么，难道我刚才说了当局的坏话了吗？'柯瓦连科责问，愤恨地瞧着他，'劳驾了，请别来打扰我。我是一个正直的人，跟您这样的先生根本就不想交谈。我不喜欢告密分子。'

"别里科夫神经紧张地忙乱起来，很快穿上衣服，一脸惊骇的神色。他这是平生第一回听见这么粗鲁的话。

"'您尽可以随便说去,'他说着从前室走到楼梯口,'只是我得警告您:我们刚才的谈话也许有人听见了,为了避免别人歪曲谈话的内容、惹出什么事端,我必须把这次谈话内容的要点向校长报告。我有责任这样做。'

"'告密吗?走吧,告密去吧!'

"柯瓦连科从后面一把揪住他的领子,只一推,别里科夫就滚下楼去,套鞋碰着楼梯啪啪地响。楼梯又高又陡,他滚到楼下却平安无事,他站起来,摸摸鼻子,看眼镜摔破了没有。正当他从楼梯上滚下来的时候,瓦莲卡和两位太太刚好走进来;她们站在下面看着——对别里科夫来说这比什么都可怕。看来,他宁可摔断脖子,摔断两条腿,也不愿成为别人的笑柄:这下全城的人都知道了,还会传到校长和督学那里——哎呀,千万别惹出麻烦来!——有人会画一幅新的漫画,这事闹到后来校方会勒令他退职……

"他爬起来后,瓦莲卡才认出他来。她瞧着他那可笑的脸、皱巴巴的大衣和套鞋,不明白是怎么回事,还以为他是自己不小心摔下来的。她忍不住放声大笑起来,笑声响彻全楼:

"'哈哈哈!'

"这一连串清脆响亮的'哈哈哈'断送了一切:断送了别里科夫的婚事和他的尘世生活。他已经听不见瓦莲卡说的话,也看不见眼前的一切。他回到家里,首先收走桌上瓦莲卡的相片,然后在床上躺下,从此再也没有起来。

"三天后,阿法纳西来找我,问要不要去请医生,因为他家老爷'出事'了。我去看望别里科夫。他躺在帐子里,蒙着被子,一声不响。问他什么,除了'是''不是'外,什么话也没有。他躺在床上,阿法纳西在一旁转来转去。他脸色阴沉,紧皱眉头,不住地唉声叹气。他浑身酒气,那气味跟小酒馆里的一样。

"一个月后,别里科夫去世了。我们大家,也就是男中、女中和师范专科学校的人,都去为他送葬。当时,他躺在棺木里,面容温和、愉快,甚至有几分喜色,仿佛很高兴他终于被装进套子,从此再也不必出来了。是的,他实现了他的理想!连老天爷也表示对他的敬意,下葬的那一天,天色阴沉,下着细雨,我们大家都穿着套鞋,打着雨伞。瓦莲卡也来参加了他的葬礼,当棺木下了墓穴时,她大声哭了一阵。我发现,小俄罗斯女人不是哭就是笑,介于二者之间的情绪是没有的。

"老实说,埋葬别里科夫这样的人,是一件令人高兴的事。从墓地回来的路上,我们都是一副端庄持重、愁眉不展的面容,谁也不愿意流露出这份喜悦的心情——它很像我们在很久很久以前还在童年时代体验过的一种感情:等大人们出了家门,我们就在花园里跑来跑去,玩上一两个钟头,享受一番充分自由的欢乐。啊,自由呀自由!哪怕有它的半点迹象,哪怕有它的一丝希望,它也会给我们的心灵插上翅膀。难道不是这样吗?

"我们从墓地回来,感到心情愉快。可是,不到一个星期,生活又回到了原来的样子,依旧那样严酷,令人厌倦,毫无理性。这是一种虽没有明令禁止、但也没有充分开戒的生活。情况不见好转。的确,我们埋葬了别里科夫,可是还有多少这类套中人留在世上,而且将来还会有多少套中人啊!"

"问题就在这儿。"伊凡·伊凡内奇说着,点起了烟斗。

"将来还会有多少套中人啊!"布尔金重复道。

中学教员走出板棚。这人身材不高,很胖,秃顶,留着几乎齐腰的大胡子。两条狗也跟了出来。

"好月色,好月色!"他说着,抬头望着天空。

已是午夜。向右边望去,可以看到整个村子,一条长街伸向远处,足有四五俄里。万物都进入寂静而深沉的梦乡。没有一丝动静,没有一丝声息，甚至叫人难以置信，大自然竟能这般沉寂。在这月色溶溶的深夜里，望着那宽阔的街道、街道两侧的农舍、草垛和睡去的杨柳，内心会感到分外平静。摆脱了一切辛劳、忧虑和不幸，隐藏在朦胧夜色的庇护下，村子在安然歇息，显得那么温柔、凄清、美丽。似乎天上的繁星都亲切地、深情地望着它，似乎在这片土地上邪恶已不复存在，一切都十分美好。向左边望去，村子尽头处便是田野。田野一望无际，一直延伸到远方的地平线。沐浴在月光中的这片广袤土地，同样没有动静，没有声音。

"问题就在这儿，"伊凡·伊凡内奇重复道，"我们住在空气污浊、拥挤不堪的城市里，写些没用的公文，玩'文特'牌戏——难道这不是套子？至于我们在游手好闲的懒汉、图谋私利的讼棍和愚蠢无聊的女人们中间消磨了我们的一生，说着并听着各种各样的废话——难道这不是套子？哦，如果您愿意的话，我现在就给您讲一个很有教益的故事。"

"不用了，该睡觉了，"布尔金说，"明天再讲吧。"

两人回到板棚里，在干草上躺下。他们盖上被子，正要蒙眬入睡，忽然听到轻轻的脚步声：吧嗒，吧嗒……有人在堆房附近走动：走了一会儿，站住了，不多久又吧嗒吧嗒走起来……狗汪汪地叫起来。

"这是玛芙拉在走动。"布尔金说。

脚步声听不见了。

"看别人作假，听别人说谎，"伊凡·伊凡内奇翻了一个身说，"如若你容忍这种虚伪，别人就管你叫傻瓜。你只好忍气吞声，任人侮辱，不敢公开声称你站在正直自由的人们一边，你只好说谎、陪笑，凡此种种只是为了混口饭吃，有个温暖的小窝，捞个分文不值的一官半职！不，再也不能这样生活下去了！"

"哦，您这是另一个话题了，伊凡·伊凡内奇，"教员说，"我们睡觉吧。"

十分钟后,布尔金已经睡着了。伊凡·伊凡内奇却还在不断地翻身叹气。后来,他索性爬起来,走到外面,在门口坐下,点起了烟斗。

一八九八年六月十五日

醋　栗

　　从清晨起，整个天空雨云密布。没有风，不算热，但空气沉闷。每逢大地上空乌云低垂、等着下雨却不见雨的阴晦天气，总是这样的。兽医伊凡·伊凡内奇和中学教员布尔金已经走得很累，觉得眼前的这片田野像是没有尽头。前方很远的地方，隐约可见米罗诺西茨村的风车。右边，起伏的山丘绵延开去，远远地消失在村子后头。他们都知道那是河岸，那边有草场、绿色的柳树和不少庄园。如果登上小山头，放眼望去，那么可以看到同样开阔的一片田野、电线杆，以及远方像条毛毛虫一样爬着的火车。遇上晴朗的天气，从那里甚至可以看到城市的远景。如今，在这无风的天气，整个大自然显得温馨而沉静。伊凡·伊凡内奇和布尔金内心里充溢着对这片土地的爱，两人都在想，这方水土是多么辽阔、多么美丽啊！

　　"上一次，我们同在村长普罗科菲的堆房里过夜，"布尔金说，"当时您想讲一个什么故事来着？"

　　"是的，我当时想讲讲我弟弟的事。"

　　伊凡·伊凡内奇深深地叹一口气，点上烟斗，刚要讲起来，可是不巧这时下起雨来。四五分钟后，雨下大了，铺天盖地，很难预料什么时候雨才能停。伊凡·伊凡内奇和布尔金犹豫不决地站住了。他们的狗已经淋湿，夹着尾巴站在那里，讨好地望着他们。

"我们得找个地方避避雨，"布尔金说，"去找阿列兴吧。他家就在附近。"

"那我们走吧。"

他们立即拐弯，一直在收割完的庄稼地里穿行，时而照直走，时而折向右边，最后走上一条大道。不久就出现杨树林、果园，然后是谷仓的红屋顶。有条河波光粼粼，眼前展现出一段深水湾、风车和一座白色浴棚的景色。这就是阿列兴居住的索菲诺村。

风磨正在转动，发出的隆隆声淹没了雨声，水坝在颤动。几匹淋湿的马低着头站在那边的大车旁，人们披着麻袋走来走去。这里潮湿，泥泞，憋闷。看上去这片深水湾阴冷而凶险。伊凡·伊凡内奇和布尔金已经感到浑身湿透、不干净、不舒服，他们的脚由于沾上烂泥而发沉。当他们越过堤坝、爬坡登上地主的谷仓时，一直默不作声，好像都在生对方的气。

在一座谷仓里，簸谷的风车轰隆作响。门是开着的，从里面扬出一团团烟尘。阿列兴刚好站在门口，这是一个四十岁上下的男子，又高又胖，头发很长，那模样与其说像地主，不如说像教授或者画家。他穿一件很久没洗过的白衬衫，腰间系着绳子，一条长衬裤权当外裤，靴子上也沾着烂泥和干草。粉尘把他的鼻子和眼睛都抹黑了。他认出了伊凡·伊凡内奇和布尔金，显然非常高兴。

"快请屋里坐，两位先生，"他含笑说，"我一会儿就来。"

这是一座两层楼的大房子。阿列兴住在楼下，两间屋子都带拱顶、窗子很小，这里原先是管家们的住处。屋里的陈设简单，混杂着黑麦面包、廉价的伏特加和马具的气味。楼上的正房里他很少去，只有来了客人他才上去。在房子里，伊凡·伊凡内奇和布尔金受到一名女仆的接待，这女人又年轻又漂亮，两人不由得同时收住了脚，互相看了一眼。

"你们想象不出我见到你们是多么高兴,两位先生,"阿列兴跟着他们进了门厅,说,"真没有料到!佩拉吉娅,"他转身对女仆说,"快去给客人们找两身衣服换换。顺便我也要换一下衣服。只是先得去洗个澡,我好像开春后就没洗过澡。两位先生,你们想不想去浴棚里?趁这工夫好让他们把这里收拾一下。"

漂亮的佩拉吉娅那么殷勤,模样儿那么温柔,给他们送来了浴巾和肥皂。阿列兴就领着客人们到浴棚里去了。

"是啊,我已经很久没有洗澡了,"他脱衣服时说,"我这浴棚,你们也看到了,很不错,还是我父亲盖的呢,可是不知怎么总也没有时间洗澡。"

他坐在台阶上,往他的长头发和脖子上抹了许多肥皂,他周围的水变成了褐色。

"是啊,我看也是……"伊凡·伊凡内奇意味深长地看着他的头,说道。

"我已经很久没有洗澡了……"阿列兴不好意思地重复道,他又擦洗身子,他周围的水变成墨水一样的深蓝色。

伊凡·伊凡内奇跑到外面,扑通一声跳进水里,使劲挥动胳臂,冒雨游起泳来。他把水搅起了波浪,白色的睡莲便随波漂荡。他游到深水湾中央,一个猛子扎下去,不一会儿又在另一个地方露出头来。他继续游过去,不断潜入水中,想摸到河底。"哎呀,我的老天爷……"他快活地重复着,"哎呀,我的老天爷……"他一直游到磨坊那儿,跟几个农民交谈一阵,又游回来,到了深水湾中央,便仰面躺在水上,让雨淋着他的脸。布尔金和阿列兴这时已经穿好衣服,准备回去,他却一直在游泳,扎着猛子。

"您也游够了!"布尔金对他喊道。

他们回到房子里。在楼上的大客厅里点上了灯,布尔金和伊凡·伊凡内奇都穿上了绸长袍和暖和的便鞋,坐在圈椅里。阿列兴本人洗完澡、梳了头,显得干干净净,换了新上衣,在客厅里踱来踱去,显然因为换上干衣服和轻便鞋而心满意足地享受着这份温暖和洁净。漂亮的佩拉吉娅悄没声地在地毯上走着,一脸温柔的笑容,端着托盘送来了茶和果酱。正在这个时候,伊凡·伊凡内奇开始讲起他的故事。看来听故事的不只是布尔金和阿列兴,那些老老少少的太太和将军们从墙上的金边画框里平静而严厉地望着他,似乎也在听着哩。

"我们兄弟两人,"他开口说,"我叫伊凡·伊凡内奇,他叫尼古拉·伊凡内奇,比我小两岁。我完成学业,当了兽医,尼古拉从十九岁起就坐了省税务局的办公室。我们的父亲奇木沙——喜马拉雅斯基是世袭兵①,但后来因功获得军官官衔,给我们留下了世袭贵族身份和一份小小的田产。他死后,那份小田产被迫拿去抵了债,但不管怎么样,我们的童年是在乡间自由自在地度过的。我们完全跟农家孩子一样,白天晚上都待在田野上、树林里,看守马匹,剥树的内皮,捕鱼,以及诸如此类的事情……你们也知道,谁哪怕一生中只钓到过一条鲈鱼,或者在秋天只见过一次鸫鸟南飞,看它们在晴朗凉爽的日子怎样成群飞过村子,那他已经不算是城里人,他至死都会向往这种自由的生活。我的弟弟身在省税务局,心里却老惦记着乡下。一年年过去了,他却还坐在老地方,写着老一套的公文,想着同一件事情:最好回乡间去。他的这种思念渐渐地成为一种明确的愿望、一种理想——要在什么地方的河边或湖畔买下一座小小的田庄。

"我弟弟是个善良温和的人,我喜欢他,可是对他的这种把自己一辈子关在自家庄园的愿望,我向来不表同情。人们常说:一个人只需要三俄尺②地就够了。可是要知道,需要三俄尺地的,是死尸,而不是

---

① 19世纪上半期的俄国,士兵的儿子出生后便记入服兵役的名册。
② 合2.2米,指墓穴长度。

活人。人们又说，如果我们的知识分子都向往土地，向往庄园，那是一件好事。可是要知道，这些庄园无异于三俄尺土地。离开城市，离开斗争，离开沸腾的生活，跑得远远的，躲进自家的庄园——这不是生活，这是自私、懒散，这也是一种修道生活，然而是一种毫无功绩的修道生活。人所需要的不是三俄尺土地，不是庄园，而是整个地球，整个大自然，在这个广阔天地里人才能展现出他自由精神的全部性能和特征。

"我弟弟尼古拉坐在他的办公室里，梦想着将来有一天喝上自家的、香得满院子都闻得见的菜汤，在绿油油的草地上吃饭，在阳光下睡觉，一连几个小时坐在大门外的长凳上望着田野和树林。搜集有关农艺方面的小册子和日历上的这类建议，是他的一大乐趣，成了他心爱的精神食粮。他喜欢看报，但只读其中的广告栏，如某地出售若干俄亩的耕地和草场，连同庄园、果园、磨坊和若干活水池塘。于是他就在脑子里描画出果园里的小径、花丛、水果、椋鸟笼、池塘里的鲫鱼，你们知道，尽是这类玩意儿。当然，这些想象中的画面是各不相同的，这要根据他所看到的广告内容而定。可是不知为什么所有的画面上必定有醋栗。他不能想象一座庄园，一处富有诗情画意的地方，居然会没有醋栗。

"'乡间生活自有它的乐趣，'他常常这样说，'你可以坐在阳台上喝茶，水塘里有自家的小鸭子在戏水，鸟语花香，而且……而且醋栗成熟了。'

"他绘制了自己田庄的草图，每一次图上都是同样的东西：一、主人的正房；二、仆人的下房；三、菜园；四、醋栗。他省吃俭用：经常半饥半饱，不多饮茶水，天知道他穿什么破烂，倒像叫花子，可是不断攒钱，存到银行里。他成了吝啬鬼！我看见他心里就难过，常常给他点钱，过节前也给他寄点，可是他连这个也存起来。一个人要是打定了主意，那就拿他没有办法了。

"几年过去,他被调到另一个省工作,当时已年过四十,但还在读报上的广告,还在攒钱。后来,我听说他结婚了。出于同样的目的,即买一座有醋栗的庄园,他娶了一个年老而难看的寡妇,他对她毫无感情,只因为她手里有几个臭钱。他俩一起生活,他照样很吝啬,经常让她吃个半饱,把她的钱存进银行却写在自己名下。她原先的丈夫是邮政支局局长,她过惯了吃馅饼、喝果子露酒的生活,现在在第二个丈夫家里连黑面包也不多见。这种生活把她弄得憔悴不堪,三年不到干脆把灵魂交给了上帝。当然,我的弟弟从来没有想到过,她的死是由他的过错造成的。金钱如同伏特加,能把人变成怪物。以前,我们城里有个商人病得快死了。临终前,他叫人端来一碟蜂蜜,他把自己所有的钱和彩票就着蜂蜜都吃进肚里,叫谁也得不着。还有一次,我在火车站检查畜群,当时有一个牲口贩子不慎掉到机车底下,一条腿被轧断了。我们把他抬到急诊室里,血流如注——真吓人。他却不住地求我们把他的断腿找回来,老是不放心,'因为那条腿的靴子里有二十五卢布,千万别弄丢了。'"

"哎,您这话已经离题了。"布尔金说。

"妻子死后,"伊凡·伊凡内奇想了半分钟接着说,"我弟弟开始物色田庄。当然啦,你哪怕物色五年,到头来还会出错,买下的和想要的完全不是一码事。弟弟尼古拉通过代售人,用分期付款的方式购得占地一百十二俄亩的田庄,有主人的正房,有仆人的下房,有花园,但没有果园,没有醋栗,没有活水池塘和小鸭子。倒有一条河,但河水呈咖啡色,因为田庄一侧是砖瓦厂,另一侧是烧骨场,可是我的尼古拉·伊凡内奇毫不气馁,他立即订购了二十丛醋栗,动手栽下,过起地主的生活来了。

"去年,我去看望他。我想,我得去看看他那里到底怎么样。他在来信里管自己的田庄叫'丘姆巴罗克洛夫荒园",又叫'喜马拉雅村'。

我是下午到达'喜马拉雅村'的。天气很热。到处都是沟渠、篱笆和围墙，到处栽着成排的云杉——弄得你不知道怎样才能走到他家、把马拴在哪儿。我朝一幢房子走去，迎面来了一条毛色红褐的狗，肥得像一头猪。它想叫几声，可是又懒得张嘴。厨房里走出来一个厨娘，光着脚，胖得也像一头猪。她告诉我，老爷吃过饭正在休息。我走进屋里找弟弟，他坐在床上，膝头盖着被子。他苍老了，发胖了，皮肉松弛。他的脸颊、鼻子和嘴唇都向前突出，眼看就要发出像猪那样的哼哧声，钻进被窝里去了。

"我们互相拥抱，流下了又高兴又伤心的眼泪：想当年我们都很年轻，现在却白发苍苍，不久于人世了。他穿上衣服，领我去参观他的田庄。

"'哦，你在这儿过得怎么样？'我问他。

"'还不错，感谢上帝，我过得挺好。'

"他已经不是从前那个胆小怕事的可怜的小职员了，而是真正的地主老爷。他已经习惯这里的生活，过得很有滋味。他吃得很多，在澡堂里洗澡，已经跟村社和两个工厂都打过官司，遇到农民不叫他'老爷'时他就大为恼火。他相当关心自己灵魂的得救，一副老爷气派，他做好事不是实心实意，而是装模作样。那么他做了哪些好事呢？他用苏打和蓖麻油给农民包治百病，每到他的命名日必定在村子里做感恩祈祷，之后摆出半桶白酒，他认为他应当这样做。哎呀，多可怕的半桶白酒！今天，这个胖地主还拖着农民向地方行政长官控告他们的牲口祸害了他的庄稼，可是到了明天，遇上他隆重的命名日，他就给他们摆出半桶白酒。他们喝了酒就高呼'乌拉'，喝醉的人还给他叩头。生活变富裕了，酒足饭饱，游手好闲，养成了俄罗斯人的自命不凡和厚颜无耻。尼古拉·伊凡内奇当初在税务局里甚至害怕持有个人的见解，现在呢，说的都是'至理名言'，而且用的是大臣的口气：'教育是必不可少的，但

对平民百姓来说还为时尚早。'又如'体罚一般来说是有害的，但在某种场合下又是有益的、不可替代的。'

"'我了解老百姓，善于对付他们，'他说，'老百姓也喜欢我。我只消动一动手指头，他们就会替我办好我想要办的所有事情。'

"这一切，请你们注意，他都是面带精明而善良的微笑说出来的。他不下二十遍反反复复地说：'我们这些贵族'，'我，作为一名贵族……'显然已经不记得我们的祖父是个庄稼汉，父亲当过兵。我们的姓奇木沙——喜马拉雅斯基本来有点古怪，现在依他看来却响亮、显贵，十分悦耳动听。

"但是问题不在于他，而在我自己这方面。我想对你们讲讲，我在他庄园里逗留的不多几个小时里我内心发生的变化。傍晚，我们喝茶的时候，厨娘端来满满一盘醋栗，放在桌子上。这不是买来的，而是自家种的，自从栽下这种灌木以后，这还是头一回收摘果子。尼古拉·伊凡内奇眉开眼笑，足有一分钟默默地、泪汪汪地看着醋栗，他激动得说不出话来。随后，他把一枚果子放进嘴里，得意地瞧着我，那副神态就像一个小孩子终于得到了自己心爱的玩具。

"'真好吃！'他说。

"他津津有味地吃着，不断地重复道：

"'嘿，真好吃！你也尝一尝！'

"果子又硬又酸，不过正如普希金所说，'对我们来说，使我们变得高尚的谎言较之无数真理更为珍贵。'①我看到了一个幸福的人，他梦寐以求的理想无疑已经实现，他已经达到生活中的目标，得到了他想要的一切，他对自己的命运和他本人都感到满意。每当我想起人的幸福，不知为什么思想里常常夹杂着伤感的成分，现在，面对着这个幸福的人，我的内心充满了近乎绝望的沉重感觉。夜里，我的心情更加沉重。他

---

① 引自普希金的诗《英雄》，引文不完全正确。

们在我弟弟卧室的隔壁房间里为我铺了床，我听到，他没有睡着，常常起身走到那盘醋栗跟前拿果子吃。我心里琢磨：实际上，心满意足的幸福的人是很多的！这是一种多么令人压抑的力量！你们看看这种生活吧：强者蛮不讲理，游手好闲；弱者愚昧无知，过着牛马不如的生活；到处是难以想象的贫穷、拥挤、堕落、酗酒、伪善、谎言……与此同时，每一个家庭和每一条街道却安安静静，人们心平气和。在城里五万居民中，没有一个人会大声疾呼，公开表示自己的愤慨。我们所看到的，是人们上市场采购食品，白天吃饭，夜里睡觉，他们说着自己的生活琐事，结婚，衰老，平静地把死去的亲人送到墓地。可是我们看不见那些受苦受难的人，听不见他们的声音，看不见在幕后发生的生活中的种种惨事。一切都安静而平和，提出抗议的只是不出声的统计数字：多少人发疯，多少桶白酒被喝光，多少儿童死于营养不良……这样的秩序显然是必需的；显然，幸福的人之所以感到幸福只是因为不幸的人们在默默地背负着自己的重担，一旦没有了这种沉默，一些人的幸福便不可想象。这是普遍的麻木不仁。真应当在每一个心满意足的幸福的人的门背后，站上一个人，拿着小锤子，经常敲门提醒他：世上还有不幸的人；不管他现在多么幸福，生活迟早会对他伸出利爪，灾难会降临——疾病，贫穷，种种损失。到那时谁也看不见他，听不见他，正如现在他看不见别人、听不见别人一样。可是，拿锤子的人是没有的，幸福的人照样过他的幸福生活，只有日常生活的小小烦恼才使他感到有点激动，就像微风吹拂杨树一样。一切都幸福圆满。

"那天夜里，我才明白，原来我也是心满意足，也是幸福的，"伊凡·伊凡内奇站起来，接着说，"我在饭桌上、在打猎时也一样教导别人怎样生活，怎样信仰，怎样管理平民百姓。我也常常说：学问是光明，教育必不可少，但对普通人来说目前只要能读会写就足够了。自由是好东西，我也这样说，没有自由就像没有空气一样是不行的，但目前还得等待。是的,我就是这样说的,不过我现在要问:为什么要等待?"伊凡·伊凡内奇生气地望着布尔金,问道:"我请问你们,为什么要等待?出于什么考虑?别人对我说,凡事不能一蹴而就,任何理想总是在生活中逐步地、在适当的时候实现的。不过,这是谁说的?有什么证据说明这是对的?你们会引证事物的自然规律和社会现象的合法性。但是我请问:我,一个有思想的活人,站在一道沟前,本来我也许可以跳过去,或者在上面架一座桥走过去,我却偏要等着它自己合拢,或者等着淤泥把它填满,这样做有什么规律和合法性可言?再说一遍:为什么要等待?等到活不下去的时候吗?可是人需要生活、渴望生活啊!

"我一清早就离开弟弟的庄园。从此以后,我就感到城市的生活难以忍受。那份平静和安宁令我压抑,我害怕看别人家的窗子,因为现在对我来说,没有比围桌而坐一道喝茶的幸福家庭更令人难受的场景了。我已经老了,已经不适宜当一名斗士,我甚至不会憎恨了。我只是心里悲哀、气愤、懊丧,每到夜里我的脑子里种种思想如潮水般涌来,弄得我十分激动,不能安睡……唉,要是我还年轻该多好啊!"

伊凡·伊凡内奇激动得在两个屋角间不停地走来走去,反复说:

"要是我还年轻该多好啊!"

他突然走到阿列兴身边,握住他的一只手,之后又握他的另一只手。

"巴维尔·康斯坦丁内奇!"他用恳求的语气说,"您永远不要感到满足,不要让自己麻木不仁!趁您年轻、强壮、朝气蓬勃,您要不知疲倦地做好事!幸福是没有的,也不可能有;如果生活中有意义有目标,那也绝不是我们的幸福,我们的幸福在于更明智、更伟大的事业。做好事吧!"

这番话伊凡·伊凡内奇是带着可怜的、央求的笑容说的,仿佛他是为自己央求他的。

后来这三人坐在客厅里不同角落的圈椅里,都默不作声了。伊凡·伊凡内奇的故事既没有让布尔金也没有让阿列兴感到满足。在昏黄的光照中,金边画框里的将军和太太像活人似的瞧着他们,在这种时候听一个爱吃醋栗的可怜的小职员的故事不免乏味。不知为什么他们很想听听文人雅士或女人的故事。他们坐着的这个客厅里的一切,从蒙着套子的枝形吊灯架、圈椅,到脚下的地毯,都说明,这些此刻在画框里看着他们的人从前也在这里走过,坐过,喝过茶。现在漂亮的佩拉吉娅在地毯上不出声地走着——这比任何故事更美妙动人。

阿列兴困得不行。他早上三点就起床操持家务,现在他的眼睛都睁不开了。但他担心客人们在他不在时会讲什么有趣的故事,所以不肯离开。伊凡·伊凡内奇刚才讲的是否机智是否正确,他不去琢磨。客人们不谈麦种,不谈干草,不谈焦油,他们谈的事跟他的生活没有直接关系,这就让他很高兴,他希望他们继续谈下去……

"不过该睡觉了,"布尔金站起身来说,"祝各位晚安。"

阿列兴道了晚安,回到楼下的住室去了,两位客人留在楼上。他们被领到一个大房间过夜,那里有两张老式的雕花木床,屋角挂着耶稣受难的象牙十字架。床上的被褥又宽大又干净,由漂亮的佩拉吉娅刚刚铺好,散发出一股好闻的清爽味。

伊凡·伊凡内奇默默地脱去衣服,躺下了。

"主啊,饶恕我们这些罪人吧!"他说完就蒙头睡了。

他放在桌上的烟斗散发出一股浓重的烟油子味。布尔金一直睡不着,怎么也弄不明白,哪儿来的这股难闻的气味。

雨通宵敲打着窗子。

一八九八年八月

姚内奇

一

每当有人来到省城C，抱怨这里的生活沉闷单调的时候，本地的居民像是为自己辩护似的说：恰恰相反，这个城市好得很，城里有图书馆、剧院、俱乐部，经常举行舞会，最后，还有许多聪明、有趣、令人愉快的家庭，完全可以跟他们交往。他们便举出图尔金一家，说这是本城最有教养、最有才华的家庭。

这一家人住在本城一条主要大街上自家的宅院里，紧挨着省长官邸。伊凡·彼得罗维奇·图尔金本人是个肥胖漂亮的黑发男子，留着络腮胡子，经常举办业余演出为慈善事业募集资金，自己在剧中扮演老将军的角色，不时发出滑稽可笑的咳嗽声。他知道许多趣闻、字谜和俗语，喜欢开玩笑，说俏皮话，脸上的那副表情总让人琢磨不透：他这是开玩笑呢，还是说正经的。他的妻子薇拉·约瑟福夫娜是个面容可爱的清瘦的太太，戴着夹鼻眼镜①。她写中篇小说和长篇小说，还喜欢为客人们朗诵她的作品。他们的女儿叶卡捷琳娜·伊凡诺夫娜是个年轻的姑娘，会弹钢琴。总而言之，这个家庭的每个成员都有各自的才能。图尔金一家殷勤好客，他们总是高高兴兴地、真心诚意地、落落大方地

---
① 原文为法文。

向客人们展示他们的才华。他们那幢高大的砖砌的房子十分宽敞,夏天凉快,半数窗子对着一个古老的郁郁葱葱的花园,到了春天那里的夜莺就婉转啼唱。每逢家里来了客人,厨房里就响起噔噔的切菜声,院子里都有一股煎洋葱的气味。这一切预示着不久将有一席丰盛而美味的晚餐。

德米特里·姚内奇·斯塔尔采夫,地方自治局新派任的医生,居住在离省城九俄里的佳利日。他刚上任不久,人们也对他说,他作为有知识的人,理应结识图尔金一家。有一次,在冬天,在大街上经人介绍他认识了伊凡·彼得罗维奇。两人谈天气、戏剧和霍乱,末了图尔金邀请他去做客。春天,耶稣升天节那一天,斯塔尔采夫看完病人之后,进城去散散心,顺便买点东西。他不急不忙地步行进城(当时他还没有置备马车),一路上轻轻地唱着:

> 我痛饮人生之杯,
> 还不知道伤心落泪……①

他在城里吃了午饭,在公园里散一会步,后来很自然地想起了伊凡·彼得罗维奇的邀请,便决定登门拜访图尔金一家,看看他们都是些什么样的人。

"您好啊,有请啦,"伊凡·彼得罗维奇在台阶上迎接他说,"非常非常高兴见到您这样一位令人愉快的客人。请进屋来,让我来把您介绍给我的好太太。我对他说,薇洛奇卡②,"他把医生介绍给妻子,继续道,"我对他说,根据罗马法典,他没有任何权利只待在自己的医院里,他应当把闲暇时间奉献给社交活动。我说的对不对,亲爱的?"

---

① 出自俄国诗人杰利维格的诗《悲歌》,由著名音乐家雅科夫列夫谱曲。
② 薇拉的昵称。

"请坐在这儿,"薇拉·约瑟福夫娜指着身边的座位说,"您不妨对我献献殷勤。我丈夫好嫉妒,他是奥赛罗①,不过我们可以想方设法叫他什么也看不出来。"

"哎呀,你这个小母鸡,宠坏了的女人,……"伊凡·彼得罗维奇柔声说道,还吻一下她的额头。"您来得正巧,"他又对客人说,"我的好太太刚写完一部《其大无边》的长篇小说,今天正要朗诵呢。"

"让②,"薇拉·约瑟福夫娜对丈夫说,"你去吩咐他们端茶来。③"

主人又把斯塔尔采夫介绍给叶卡捷琳娜·伊凡诺夫娜,一个十八岁的姑娘,很像母亲,同样清瘦,面容可爱。脸上的表情带几分稚气,腰肢柔软而苗条,已经发育的少女的胸脯十分健美,洋溢着十足的青春气息。后来大家喝茶,吃果酱、蜂蜜、糖果和饼干。饼干十分可口,放进嘴里就化。傍晚时分,渐渐地来了许多客人,伊凡·彼得罗维奇眉开眼笑地迎接每一位客人,说:

"您好啊,有请啦!"

然后大家神情严肃地坐在客厅里,薇拉·约瑟福夫娜开始朗诵自己的小说。她这样开始:"严寒凛冽……"所有的窗子都敞开着,可以听到厨房里的菜刀声,闻到一股煎洋葱的气味……大家坐在柔软的深深的圈椅里很舒服,在昏暗的客厅中灯光亲切地照着眼睛。现在,在这夏日的傍晚,当窗子里传来街头的人声和笑语,送来院子里丁香花的阵阵清香,听众们就很难体会凛冽的严寒,以及夕阳西下,一片寒光照耀着雪原和孤独的行路人的情景了。薇拉·约瑟福夫娜读的是一个年轻美丽的伯爵小姐如何在村子里开办学校、医院和图书馆,以及如何爱上一个流浪的画家的故事。她读的内容在生活中尽管从来不曾有过,听

---

① 英国剧作家莎士比亚名著《奥赛罗》中的主人公,因嫉妒杀死自己的妻子。
② 法文名字,相当于俄文的伊凡。
③ 原文为法文。

起来还是很愉快，很舒服，让人的脑子里生出许许多多美好的恬淡的想法，简直叫人不想站起来……

"真正不赖……"伊凡·彼得罗维奇轻声叹道。

有一位客人听得心驰神往，用几乎听不见的声音说：

"是的……的确……"

两小时过去了。邻近的市立公园里有乐队在演奏，合唱团在演唱。当薇拉·约瑟福夫娜合上自己的本子，足有四五分钟的时间大家都默不作声，听着合唱团唱的《松明》，这支歌表达出浓浓的生活情趣，却是小说中所没有的。

"您的作品会在杂志上发表吗？"斯塔尔采夫问薇拉·约瑟福夫娜。

"不，"她回答，"我的作品向来不发表。我写完了就把它藏进我的柜子里。何必发表呢？"她解释说，"要知道我们有家产。"

不知为什么大家都叹了一口气。

"现在该你，科季克①，来弹支曲子了。"伊凡·彼得罗维奇对女儿说。

钢琴盖子掀开了，原先摆好的乐谱翻开了。叶卡捷琳娜坐下，双手齐击琴键，随即又使足劲敲打起来，一下，两下，她的肩头和胸脯不住地颤动，她固执地敲打同一处地方，似乎她不把琴键敲进钢琴里是决不罢休的。客厅里琴声雷动，震得地板、天花板和家具全都轰隆作响……叶卡捷琳娜·伊凡诺夫娜弹的是一段极难的曲子，又长又单调，唯一的妙趣就是难弹。斯塔尔采夫一边听着，一边想象着，高山上乱石滚滚而下，滚滚而下，他盼望着这些石头早点停住。这时，叶卡捷琳娜紧张得满脸绯红，精神抖擞，充满活力，一绺头发掉在额上，那模样很招他喜欢。在佳利日，他在病人和农民中间度过了漫长的冬季，现在坐在客厅里，看着这个年轻、文雅、想必也纯洁的人儿，听着这支喧闹的、令人

---

① 叶卡捷琳娜的小名。

厌烦、但毕竟高雅的乐曲,这是多么令人愉快,多么新鲜啊……

"哦,科季克,你今天弹得比哪次都好,"伊凡·彼得罗维奇在女儿弹完一曲站起来时含着泪说,"'你可以死了,丹尼斯,你反正写不出更好的曲子了。'"①

大家围着她,向她表示祝贺,表示惊奇,众口一词地说,他们已经很久很久没有听到这样美妙的音乐了。她呢,默默听着,微微露出一丝笑意,浑身上下透着得意。

"好极了! 太美啦!"

"好极了!"斯塔尔采夫在众人热情的感染下,也说,"您在哪儿学的音乐?"他问叶卡捷琳娜·伊凡诺夫娜,"是在音乐学院吗?"

"不,我现在正打算进音乐学院,目前在跟扎夫洛夫斯卡娅太太学琴。"

"那么,您在本地的中学毕业了?"

"噢,没有!"薇拉·约瑟福夫娜代女儿回答,"我们为她请了家庭教师,进普通中学或者进贵族女中——我想您也会同意的——难免受到坏的影响。一个女孩子在发育成长阶段,只应接受母亲的影响。"

"可是我反正要进音乐学院!"叶卡捷琳娜·伊凡诺夫娜说。

"不去,科季克爱她的妈妈。科季克不会让爸爸妈妈伤心的。"

"不嘛,我要去! 我偏要去!"叶卡捷琳娜·伊凡诺夫娜撒娇地说,还跺了一下脚。

到吃晚饭的时候,轮到伊凡·彼得罗维奇来显露他的才华了。他眼睛笑眯眯地讲着各种奇闻轶事,说俏皮话,出一些荒谬可笑的习题,然后自己来解答。他说的话与众不同,这种语言是他长期练习说俏皮话形成的,而且显然成了他的习惯,比如说:"其大无边的""真正不赖

---

① 据说这是波将金公爵对俄国剧作家冯维辛的喜剧《纨绔子弟》的评价。丹尼斯为冯维辛的名字。

的""千万分地感谢您",等等。

但是这还不算完。当酒足饭饱、心满意足的客人们挤在前厅里,拿各自的大衣和手杖时,有个小僮忙着伺候他们。他叫帕夫卢沙,这家人叫他帕瓦,是个十四五岁的男孩子,留着短短的头发,脸蛋胖乎乎的。

"喂,帕瓦,表演一下!"伊凡·彼得罗维奇对他说。

帕瓦摆出可笑的姿势,举起一只手,用凄惨的声调说:

"死去吧,你这不幸的女人!"

于是大家哈哈大笑。

"真有意思。"斯塔尔采夫走到街上,心里想道。

他又顺路进了一家餐馆,喝了啤酒,然后步行回佳利日。他走着,一路上轻轻地唱着:

> 你的声音温柔亲切,
> 令我心神陶醉……①

走了九俄里路,然后躺下睡觉,他却不感到一丝倦意,相反,他觉得他还能高高兴兴地再走上二十俄里。

"真正不赖……"他正要入睡,想起这句话,又笑起来。

二

斯塔尔采夫老想去看望图尔金一家,但是医院的事情太多,他怎么也抽不出空来。有一年多的时间就这样在辛劳和孤独中度过了。可是有一天,从城里送来了一封蓝封皮的信。

薇拉·约瑟福夫娜早就有个偏头痛的毛病,近来,因为科季克每天

---

① 引自普希金的诗《夜》,由音乐家鲁宾斯坦谱曲。

吓唬她说要进音乐学院,她就经常犯病了。城里所有的医生都请遍了,最后就轮到了他这名地方医生。薇拉·约瑟福夫娜给他写了一封令人感动的信,请他无论如何来一趟为她减轻病痛。斯塔尔采夫立即前往,此后就常去图尔金家……经他的治疗,薇拉·约瑟福夫娜的病还真有点好转,于是她见了客人就说,斯塔尔采夫是一名了不起的神医。不过后来他之所以经常去图尔金家,已经不是为她治偏头痛了……

这天是节日。叶卡捷琳娜·伊凡诺夫娜总算弹完了那些冗长的、令人心烦的练习曲。随后大家一直坐在饭厅里喝茶,听伊凡·彼得罗维奇讲一件可笑的事。后来门铃响了,得有人去前厅迎接客人,斯塔尔采夫趁这忙乱的工夫,万分激动地对叶卡捷琳娜小声说:

"我求求您,看在上帝的分上,别折磨我,我们去花园吧!"

她耸耸肩膀,一副困惑不解的神色,似乎不明白他要她做什么,但还是站了起来,走出去了。

"您每天要练三四个钟头的琴,"他跟在她后面说,"然后老跟妈妈坐在一起,我都没有机会跟您说说话。哪怕给我一刻钟也好啊,我求您了。"

快到秋天了,古老的花园里一片寂静和凄凉,林荫道上铺满了枯黄的落叶。天色很快就黑了。

"我已经整整一个星期没有见到您,"斯塔尔采夫接着说,"但愿您知道这是多么痛苦就好了!坐下吧,请听我说。"

两人在花园里有一处心爱的地方:一棵枝繁叶茂的老枫树下的一张长椅。这时他们就坐到这张椅子上。

"您有什么事?"叶卡捷琳娜·伊凡诺夫娜一本正经地、冷冷地问。

"我已经整整一个星期没有见到您,我好久好久没有听到您说话了。我真想、我太想听到您的声音了。您说话呀。"

她那青春的朝气、眼睛和脸上那副天真神态让他喜不自禁。连她身上穿的连衣裙在他眼里也特别好看，那份朴素而天真的风姿令人心动。尽管她天真烂漫，同时他又觉得她很聪明，很有素养，跟她的年龄不相称。他可以跟她谈论文学，谈论艺术，以及随便什么样的话题，也可以向她发发牢骚，抱怨生活和人们，虽说在这种严肃谈话的中间，有时她会突然没来由地笑起来，或者干脆跑回屋里去了。她跟C城的所有姑娘一样，看了许多书（一般说来，C城的人很少读书，本地图书馆里的人都说，要是姑娘们和年轻的犹太人不来借书，图书馆早就可以关门了）。这一点尤其让斯塔尔采夫感到满意。每一回他总是激动地问她，近来她读了什么书。等她讲起来，他简直听得入迷了。

"在我们没有见面的这个星期里，您读了什么书？"此刻他问她道，"请您给我说一说。"

"我读了皮谢姆斯基①的作品。"

"哪一本？"

"《一千个农奴》，"科季克回答，"可是这个皮谢姆斯基的名字多么可笑，叫什么阿列克谢·费奥费拉克特奇！"

"您这是去哪儿？"斯塔尔采夫看到她突然站起来朝房子走去，吃惊地问，"我必须跟您好好谈一谈，我有心里话要说……您哪怕再跟我待五分钟！我恳求您！"

她站住了，像要说点什么，随后不好意思地把一张纸条塞进他手里，急忙跑回家，又坐到她的钢琴前。

"今晚十一点，"斯塔尔采夫念道，"请去墓地，在杰米奇的墓碑附近。"

"哦，这个主意可太不聪明了，"他平静下来，不禁想道，"这跟墓地有什么相干？她要干什么？"

显而易见：科季克这是恶作剧。既然不难在街上或在公园里安排

---

① 皮谢姆斯基（1821—1881），俄国作家。

约会，有谁会想出这种主意——正正经经地约人半夜三更到郊外的墓地相会呢？再说他作为地方自治局委任的医生，是个有头脑的体面人，好，现在却唉声叹气，接下约会的条子，到墓地去徘徊游荡，做出连中学生都会笑话的蠢事，这成何体统呢？这种罗曼蒂克会有什么结果？要是让同事们知道了，他们会怎么说？当斯塔尔采夫在俱乐部的桌子旁踱来踱去的时候就是这样想的。可是到了十点半，他却拿定主意去墓地了。

这时，他已经有了自己的一对马和车夫。车夫叫潘捷莱蒙，经常穿一件丝绒坎肩。月色溶溶。四周很静，天气暖和，不过已透着秋天的一丝凉意。城郊的屠宰场附近有狗在吠叫。斯塔尔采夫把马车留在城边上的一条胡同里，自己步行去墓地。"各人有各人的怪脾气，"他想，"科季克也古怪，谁知道呢？说不定她不是开玩笑，当真会来的。"他沉湎于这个毫无根据的渺茫的希望中，而希望总是令人陶醉的。

他在野地里走了半俄里路。远处的一长条黑魆魆的墓地呈现在眼前，看上去像是一片树林或是一座大花园。渐渐地露出了白色的围墙，大门……月光下可以看清大门上的题词："时候要到……"①斯塔尔采夫从小门里走进去，首先看到的是宽阔的林荫道两侧的许多白十字架和墓碑，以及它们和枫树投下的无数阴影。向远处望去，周围也都是黑白两种颜色，沉寂的树木把枝叶垂向白色的墓石。这里似乎比野地里更明亮些。无数像爪子似的枫叶清清楚楚地躺在林荫道的黄沙上和墓石上，墓碑上的题词也清晰可见。起初，眼前的一切让斯塔尔采夫大吃一惊，他这是有生以来第一次见到这番景象——往后恐怕再也不会见到了。这是一处跟别的地方完全不同的天地：这里的月色无比美妙柔和，仿佛这里是月光的摇篮；这里没有生命，绝对没有，可是每一棵黝黑的

---

① 见《新约·约翰福音》第五章第二十八节。全句为"时候要到，凡在坟墓里的都要听见他的声音就出来，行善的复活得生，作恶的复活定罪"。

杨树、每一座坟墓都让人感到里面隐藏着能揭开平静、美好、永恒的生活的奥秘。白色的墓石，枯萎的鲜花，连同树叶的秋天的气息，无不透出宽恕、凄凉和安宁。

周围一片肃穆，天上的星星静静地俯视这片土地，只有斯塔尔采夫的脚步声显得那么响亮刺耳、不合时宜。直到响起了教堂的钟声，他设想自己也成了埋在这里的死人，这时他感到似乎有人在凭吊他，他忽然想到，这里并不安宁，并不寂静，这里只有虚无的无声的悲哀和深深压抑的绝望。

杰米奇的墓碑做成小教堂的样子，上面立着一个天使。从前，有个意大利歌剧团路过这个城市，一名女歌唱家死了，被安葬在这里，还立了这块碑。现在城里已经没有人记得她了，可是墓门上方的长明灯，在月光照耀下像火一样燃烧着。

周围一个人也没有。本来，谁会半夜三更到这个地方来？但斯塔尔采夫还是等着，那月光仿佛温暖着他的心，他热情洋溢地等待着，想象着跟心爱的姑娘拥抱接吻。他在墓碑旁坐了半个钟头，后来又在旁边的林荫道上徘徊良久。他手里拿着帽子，一边等待一边想，在这些坟墓里不知埋葬了多少妇女和姑娘，她们活着的时候美丽迷人，她们也恋爱过，享受过夜间热烈而缠绵的欢爱。说真的，大自然母亲不怀好意，也真能捉弄人，想到这里又多么令人沮丧。虽然斯塔尔采夫这么想着，但他还是情不自禁地想大声呼喊，说他需要爱情，说他不惜任何代价期待着爱情的欢乐。在他面前，那些发白的东西已经不是一块块大理石，而是许多美丽的女儿身。他看到羞答答地躲藏在树影里的玉人，感受到一股暖流，这种心醉神迷的幻想变成了难以忍受的痛苦……

月亮躲进云层，仿佛天幕落下，四周忽然一片黑暗。斯塔尔采夫好不容易才找到大门——这时天色已黑，秋夜总是这样的——然后又摸黑走了一个半小时的夜路，才找到停着马车的那条胡同。

"我累了,脚都站不稳了。"他对潘捷莱蒙说。

他舒舒服服地坐进马车里,心想:"哎呀,真不该发胖的!"

三

第二天晚上,他坐上马车去图尔金家求婚。可是来得不凑巧,因为有个理发师在叶卡捷琳娜的房间里给她做头发。她正准备去俱乐部参加舞会。

他又不得不在饭厅里闲坐、喝茶。伊凡·彼得罗维奇看到客人若有所思、颇不耐烦的样子,便从坎肩口袋里掏出几张纸,念了一封可笑的信。那是他的德国总管写来的,报告说庄园里"所有的道德都歪了,羞耻掉了"。①

"嫁妆,他们大概不会少给的。"斯塔尔采夫想道,一边心不在焉地听着。

度过了一个不眠之夜,此刻他处在昏昏沉沉的状态,仿佛有人用催眠的甜酒把他灌醉了似的:他迷迷糊糊,但是很快活,心里暖洋洋的。与此同时他的脑子里有个冷静的严厉的声音在争辩:

"趁早收场吧!你们两个般配吗?她娇生惯养,好耍性子,每天要睡到下午两点钟;你呢,一个教堂执事的儿子、地方医生。"

"那又怎么样?"他想,"我不在乎。"

"再者,你若娶了她,"那声音接着说,"她的家人会逼你扔掉地方医生的工作,搬到城里来住。"

"那有什么?"他想,"住在城里也很好。他们会给嫁妆,我们可以好好布置一番……"

最后,叶卡捷琳娜总算出来了。她穿一身袒胸露背的舞衣,那么美

---

① 德国总管用错了词,他想说:"所有的门闩都坏了,一堵墙倒了。"

丽动人，纯洁可爱，让斯塔尔采夫看得入迷，欣喜若狂，连一句话也说不出来，只是瞧着她傻笑。

她开始跟大家告别，他呢，留下来已经没有意思，便起身说，他也该回去了：有病人等着呢。

"那也没有办法，"伊凡·彼得罗维奇说，"请便吧。不过，请您顺便把科季克送到俱乐部。"

外面下起细雨，天很黑，只是凭着潘捷莱蒙的喑哑的咳嗽声，才能推断马车停在什么地方。车篷已经支起来了。

"我走路踩地毯，你走路尽撒谎，"伊凡·彼得罗维奇说着顺口溜，扶女儿坐进马车，"他走路尽撒谎……走吧！再见，请啦！"

他们坐车走了。

"我昨晚去墓地了，"斯塔尔采夫开口说，"您这样做未免太刻薄、太狠心了……"

"您去墓地了？"

"是啊，我去那里了，一直等您，等到快两点钟了。我好痛苦……"

"既然您不懂得开玩笑，那您就痛苦去吧。"

叶卡捷琳娜·伊凡诺夫娜想到这么巧妙地捉弄了一个爱她的男人，对方又这么热烈地爱着她，感到十分得意，不禁哈哈大笑起来。忽然，她一声惊叫，因为这时两匹马猛地朝俱乐部大门拐过去，马车倾斜了。斯塔尔采夫趁势搂住她的腰，她吓得惊魂未定，倒在他的怀里。他情不自禁，便热烈地吻她的嘴唇、她的下颏，把她搂得更紧了。

"别闹了。"她干巴巴地说。

转眼间，她已经下了车。俱乐部大门口灯火辉煌，一名警察用厌恶的口气冲着潘捷莱蒙大声斥责："怎么停下来了，你这呆鸟！快把车赶走！"

斯塔尔采夫坐车回家，但很快又回来了。他穿上借来的礼服，系着白色的硬领结，那领结不知怎么总翘起来，老想从领口上滑开。午夜时分，他坐在俱乐部的客厅里，一往情深地对叶卡捷琳娜·伊凡诺夫娜说：

"啊，从来没有恋爱过的人怎么懂得什么叫爱情呢！在我看来，至今还没有人准确地描写过爱情，而且这种温柔、欢乐而又痛苦的感情未必是能够言传的。谁体验过这种感情，哪怕只有一次，他也就不想用语言来表达它了。何必来一番开场白，再细细倾诉衷肠呢？花言巧语有什么用呢？我的爱情无边无际……我请求您，我央求您，"斯塔尔采夫终于说出口，"做我的妻子吧！"

"德米特里·姚内奇，"叶卡捷琳娜·伊凡诺夫娜想了一下，露出极其严肃的神情说，"德米特里·姚内奇，承蒙见爱，我十分感激，我尊敬您，但是……"她霍地站起，接着说下去："但是，请原谅，我不能做您的妻子。让我们严肃地谈一谈。德米特里·姚内奇，您知道，我爱艺术，胜过生活里的一切。我爱音乐爱得发疯，我崇拜音乐，我要把我的一生奉献给它。我想当一名演唱家，我渴望名声、成就和自由，而您却要让我继续待在这个城市里，继续过这种空虚、无聊的生活，这种生活我已经无法忍受了。做您的妻子——哦，不，请原谅！人应当追求一个崇高而辉煌的目标，而家庭生活只会永远束缚我。德米特里·姚内奇（说到这里她微微一笑，因为这个名字让她想起了"阿列克谢·费奥菲拉克特奇"），德米特里·姚内奇，您是一位善良、高尚、有头脑的人，谁都比不上您……"她热泪盈眶了："对您我深表同情，但是……但是您得明白……"

她怕哭起来，赶紧转身跑出了客厅。

斯塔尔采夫的心不再剧烈地跳动。他走出俱乐部来到街上，头一件事就是扯下那个硬领结，长长地吁了一口气。他觉得有点丢脸，他的自尊心受到了伤害——他没有料到会遭到拒绝——也不相信，他的一切幻想、痴情和希望把他弄到这么一个尴尬的结局，简直就像业余演出的一出小戏。他为自己的感情、为自己的初恋感到伤心，伤心得恨不得大哭一场，或者操起伞来朝潘捷莱蒙的宽背使劲打去。

一连两三天他无心工作，不吃不睡，但等消息传来，他得知叶卡捷琳娜·伊凡诺夫娜已经去莫斯科进了音乐学院，他才平静下来，过起从前那种生活。

后来，他偶尔回想起当初如何在墓地里徘徊、如何跑遍全城去借礼服的情景，总是慢悠悠地伸个懒腰，说：

"多少麻烦事，真是的！"

四

四年过去了，斯塔尔采夫在城里的业务已经相当繁重。每天上午，他在佳利日匆匆看完病人，然后坐车去城里行医。现在他坐的已经不是双套马车，而是带许多小铃铛的三套马车了，每天总要到深夜才能回到家。他发福了，而且越来越胖，因为气短已经懒得走路。潘捷莱蒙也发福了，他越是往宽里长，就越是伤心地叹气，抱怨自己命苦：赶马车的活儿太累人了。

斯塔尔采夫去过各种各样的人家，遇见过许许多多的人，但跟谁也没有深交。当地居民的言谈，对生活的看法，连同他们的外表，都惹得他生气。渐渐地，经验告诉他：你尽可以跟当地人打打牌，或者吃吃喝喝，这时候他们都心平气和，宽厚善良，甚至相当聪明，但是只要话题一转到吃喝以外的事，比如说谈谈政治或者科学，那他们就目瞪口呆，或者发一通空洞、愚蠢、恶毒的议论，叫人听了只好摆摆手走开。有时，斯塔尔采夫甚至试着找一些具有自由思想的当地人交谈，比如说到人类。他说，谢天谢地，人类在不断进步，又说随着时间的推移，总有一天人类将废除护照和死刑。这时候，对方斜着眼睛怀疑地看着他，问道："这么说来，到时候人就可以在大街上任意杀人了？"有时，斯塔尔采夫参加应酬，在饭余酒后说到人应当劳动，生活中没有劳动是不行的，大家便认为这是指责他们，开始生气，喋喋不休地争辩起来。尽管这样，城里人还是什么事也不干，对什么也不感兴趣，简直想不出能跟他们谈些什么。斯塔尔采夫只好回避各种谈话，只管吃喝玩牌。每当他碰上某家有喜庆，主人请他入席时，他就坐下，望着面前的盘子，默默地吃喝。席间的谈话没有趣味，没有道理，很是无聊，他感到生气、激动，但一言不发。由于他总是板着脸不说话，眼睛望着盘子，城里人就给他起个外号，叫他"傲慢的波兰人"，虽说他根本就不是波兰人。

对于戏剧和音乐会这类娱乐活动，他向来不去参加，可是每天晚上都打"文特"，一玩就是三小时，玩得兴致勃勃。他还有一样消遣，他是在不知不觉中渐渐地迷上的：每到晚上，从一个个口袋里掏出行医得来的钱，这些黄黄绿绿的票子有的带香水味，有的带醋味，有的带熏香味，有的带鱼油味。这些票子胡乱塞在各个口袋里，有时约莫有七十个卢布。等到积攒到几百，他就送到信贷合作社存活期。

在叶卡捷琳娜·伊凡诺夫娜外出求学的四年间，斯塔尔采夫只去过图尔金家两趟，还是应薇拉·约瑟福夫娜之请去治她的偏头痛的。每年夏天，叶卡捷琳娜都回来度假，但他一次也没有见到她，不知怎么就是不凑巧。

就这样四年过去了。在一个宁静温暖的早晨，一封信送到医院里。信是薇拉·约瑟福夫娜写给德米特里·姚内奇的。信上说，她很想念他，请他务必大驾光临以便减轻她的病痛。信下面有一行附言："我也赞同妈妈的邀请。卡。"

斯塔尔采夫考虑一番，傍晚驱车到了图尔金家。

"哎呀，您好啊，有请啦！"伊凡·彼得罗维奇眉开眼笑地欢迎他，

"蓬茹杰！"①

薇拉·约瑟福夫娜已经老多了，头发也白了。她握住斯塔尔采夫的手，装模作样地叹口气，说：

"大夫，您显然不想对我献殷勤了，从来也不上我们家来，我对您来说是太老了。不过，现在回来了一位年轻的，也许她会走运些。"

那么科季克呢？她瘦了，白了，变得更漂亮、更苗条了。但她已经是叶卡捷琳娜·伊凡诺夫娜，不是当年的科季克了：在她身上已经没有昔日的蓬勃朝气和天真烂漫的神态。现在她的目光和举止间流露出一种新的表情——胆怯的悔愧的表情，仿佛在这里，在图尔金家里，她像在做客似的。

"多年不见了！"她说着，把手递给斯塔尔采夫，看得出来，她有点心慌意乱。她留神地、好奇地瞧着他的脸，继续道："您可发福了！您晒黑了，壮实了，不过总的来说变化不大。"

即使现在他还是喜欢她，很喜欢她，不过，她身上好像缺了一点什么，或者说多了一点什么——究竟是什么，他自己也说不清，但它却妨碍他产生以前一样的感情。他不喜欢她那苍白的脸色，那新的表情，淡淡的笑容和说话的声音。又过了一会儿，连她的衣服和坐着的圈椅他也不喜欢了，他也不喜欢过去那段往事，当时他差点想娶了她。他想起了四年前令他激动不安的爱情、幻想和希望，他感到不自在了。

大家喝茶，吃甜点心。然后薇拉·约瑟福夫娜朗读她的小说，读着生活中永远不会发生的故事。斯塔尔采夫听着，望着她一头漂亮的白发，盼望着她早点读完。

"不会写小说的人未必平庸，"他想，"会写小说却不会把它藏起来的人那才愚蠢。"

---

① "蓬茹"是法语"你好"的音译，"杰"是俄语动词字尾。这种不伦不类的语言意在逗乐。

"真正不赖的……"伊凡·彼得罗维奇说。

然后叶卡捷琳娜·伊凡诺夫娜弹钢琴,乐声轰响,弹了很久。一曲弹完,大家长时间地向她道谢,对她赞不绝口。

"幸好我当年没有娶她。"斯塔尔采夫心中暗想。

她望着他,显然在等着他邀她到花园里去,但他默不作声。

"让我们谈谈吧,"她走到他跟前,说,"您生活得怎么样?有些什么新闻?情况怎么样?这些天我一直在想您,"她激动地说下去,"我一直想给您写信,也想亲自去佳利日看望您,我本来决定动身了,可是后来又改变了主意——谁知道您现在对我的态度呢。今天我就这样激动不安地等着您的到来。看在上帝分上,我们去花园里吧。"

他们来到了花园,坐到老枫树下那张长椅上,就像四年前一样。周围很黑。

"您生活得到底怎么样?"叶卡捷琳娜·伊凡诺夫娜问。

"没什么,平平常常。"斯塔尔采夫回答。

他再也想不起该说什么。两人沉默了。

"此刻我很激动,"叶卡捷琳娜·伊凡诺夫娜说时用双手捂着脸,"不过,请您别在意。回到家我的心情好极了,看到大家我真高兴,我一时还不习惯。有多少事值得回忆啊!我觉得我们两人会不停地谈下去,谈到天亮呢。"

此刻他在近处看见她的脸和亮闪闪的眼睛。在这儿,在昏暗中,她显得比刚才在屋子里更年轻些,仿佛她的脸上又露出昔日那种稚气的神态。实际上,她确实怀着天真的好奇心望着他的脸,似乎想在近处仔细地看一看并且了解这个当年那么热烈、温柔地爱过她,却又那么不幸的人。她的眼睛分明在感谢他的这份爱情。他也记起了过去的一切,连同全部细节:他怎样在墓地徘徊,后来在凌晨又怎样筋疲力尽地回到自己的住处。他忽然伤感起来,往日的情怀多么令人惋惜!他内心的激情似火花般闪亮了。

"您还记得我送您去俱乐部参加晚会的情景吗?"他说,"当时下着雨,天很黑……"

内心的激情燃烧起来,他要诉说他的苦闷,抱怨生活的无奈……

"唉!"他叹口气说,"您刚才问我过得怎么样。我们这里的生活能怎么样呢?不行啊。我们衰老、发胖、堕落。日子一天天过去,生活悄悄流逝,毫无生气,没有印象,没有思想……白天赚钱,晚上去俱乐部,周围是一伙牌迷、酒鬼和嗓子喊哑了的人,真叫我无法忍受。这生活有什么好呢?"

"可是您有工作,有崇高的生活目标。以前您总爱谈您的医院。那时候我有点古怪,自以为是个了不起的钢琴家。其实现在所有的小姐都在弹钢琴,我也在弹,跟大家一样,并没有什么与众不同的地方。我这个'钢琴家',跟妈妈那个'作家'一个样。所以很自然的,我那时候不了解您,可是后来到了莫斯科,我却常常想念您。我只想念您一个人。做一名地方医生,帮助受苦的人们,为民众服务,那是多么幸福,多么幸福啊!"叶卡捷琳娜·伊凡诺夫娜深情地重复说,"我在莫斯科想念您的时候,我觉得您是那么完美,那么崇高……"

斯塔尔采夫想起了每天晚上从一个个口袋里掏出许多钞票的乐趣,他心中的激情便熄灭了。

他站起身来,想回到屋里。她挽住他的胳臂。

"您是我一生中所认识的最好的人,"她接着说,"我们会经常见面谈心的,不是吗?答应我。我不是什么钢琴家,在这方面我已经有自知之明,在您的面前我不会再弹琴、再谈音乐了。"

他们进了屋子。斯塔尔采夫在傍晚的灯光下看到她的脸,看到那双忧伤、感激、探询的眼睛正定定地望着他,他感到不安起来,又暗自想道:"幸好我那时没有娶她。"

他起身告辞。

"根据罗马法典,您没有任何权利不吃晚饭就走,"伊凡·彼得罗维奇送他出门时说,"您这态度简直是垂直线。喂,快表演一下。"他对前厅里的帕瓦说。

这时的帕瓦不再是孩子,这个留着唇髭的年轻人摆出可笑的姿势,举起一只手,用凄惨的声调说:

"'死去吧,你这不幸的女人!'"

这一切令斯塔尔采夫感到愤怒。他坐进马车,望着黑沉沉的房子和花园,望着这处他曾经十分珍爱的地方,他立即想起了一切——薇拉·约瑟福夫娜的小说,科季克轰响的琴声,伊凡·彼得罗维奇的俏皮话和帕瓦的装腔作势。他不禁想道,既然全城最有才华的这家人个个那么平庸,那么这个城市又会怎么样呢?

三天后,帕瓦送来一封叶卡捷琳娜的信。信是这样写的:

> 您没有来看我们,为什么?我担心您对我们的态度已经变了,我一想到这一点就害怕。只有您才能使我安下心来,快来吧,告诉我您一切都好。
>
> 我需要跟您谈一谈。
>
> 您的叶·图

他读完这封信,考虑了一会儿,对帕瓦说:

"亲爱的,你回去说我今天很忙,不能去。就说过两三天再去。"

三天过去了,一星期过去了,他始终没有去图尔金家。有一天他路过那里,想到应当进去坐坐,哪怕一小会儿也好,但转念一想……还是没有进去。

此后他再也没有去过图尔金家。

五

又过了几年。斯塔尔采夫更胖了,一身肥肉,气喘吁吁,走起路来总是仰着脑袋。每逢他大腹便便、红光满面地坐在铃声叮当的三套马车上,而那个同样大腹便便、红光满面的潘捷莱蒙,坐在车夫座上,挺起胖嘟嘟的后脑勺,朝前伸出木棍般僵直的胳臂,向着迎面而来的行人吆喝着:"靠右,右边走!"——这幅景象可真够威风的:似乎这坐车的不是人,而是异教的神灵。他在城里的业务十分繁重,忙得连喘口气的工夫都没有。他已经有了一处庄园,两幢城里的房子,目前正物色第三幢更有利可图的房产。每当他在信贷合作社听说某处有房出售时,他就毫不客气地闯进去,走遍每个房间,全然不管那些没穿好衣服的妇女和孩子正惊恐地瞧着他,用手杖捅着所有的房门,问:

"这是书房吗?这是卧室吗?这算什么?"他一面说,一面气喘吁吁地擦着额头上的汗珠。

他要操劳的事很多,但他仍然不放弃地方医师的职位。他贪得无厌,总想两头都兼顾着。在佳利日,在城里,大家都只叫他"姚内奇"①。"这个姚内奇要去哪儿?"或者"要不要请姚内奇来会诊?"

大概是他的喉部脂肪过多,他的声音变得又尖又细。他的性格也变了,变得难以相处,动辄发怒。他给病人看病的时候,总爱发脾气,不耐烦地用手杖敲地板,用他那难听的声音叫喊:

"请您只回答我的问题!别说废话!"

他孤身一人,过着寂寞无聊的生活,任什么也提不起他的兴趣。

他住在佳利日的这些年月,他对科季克的爱情算是他唯一的、恐怕

---

① 直呼父称,表示不客气。

也是最后的欢乐。每天晚上他在俱乐部里玩"文特",然后独自坐在一张大桌子旁边吃晚饭。一个年龄最大、最稳重的侍者伊凡伺候他用餐,给他送上第十七号拉斐特红葡萄酒。俱乐部里所有的人,上至主任,下至厨师和侍者,都知道他喜欢什么不喜欢什么,个个都尽心竭力地奉迎他,唯恐他突然大发脾气,拿手杖敲地板。

吃晚饭的时候,他有时转过身,对别人的谈话插上几句:

"你们这是说什么?啊,说谁呢?"

有时候,邻桌有人谈到图尔金家的事,他就问:

"你们说的是哪个图尔金家?是女儿会弹钢琴的那一家吗?"

关于他的情况,能说的也就是这些。

那么,图尔金一家人呢?伊凡·彼得罗维奇不显老,一点儿也没有变,照旧爱说俏皮话,讲各种奇闻轶事。薇拉·约瑟福夫娜照旧高高兴兴地、真心诚意地、落落大方地朗诵她的小说。科季克每天照旧弹钢琴,一弹就是三四个小时。她明显地老了,还常常生病,每年秋天总跟妈妈一道去克里米亚疗养。这时,伊凡·彼得罗维奇便到火车站给她们送行,火车开动时,他擦着眼泪大声叫道:

"再见吧,请啦!"

他还挥动着手绢。

一八九八年九月

新　娘

一

已是晚上十点多钟，一轮满月照耀着花园。舒明家里刚做完晚祷，那是祖母玛芙拉·米哈伊洛夫娜吩咐做的。之后，娜佳跑到花园里，这时她看到，大厅里已摆好桌子，放上冷盘；祖母穿着华丽的丝绸连衣裙正忙碌着；教堂大司祭安德烈神父跟娜佳的母亲尼娜·伊凡诺夫娜在说话。隔着窗子望过去，此刻母亲在傍晚的灯光下不知怎么显得十分年轻；安德烈神父的儿子安德烈·安德列伊奇站在一旁，注意地听着他们的谈话。

花园里寂静而凉爽，黑乎乎的树影静静地躺在地上。可以听到远处一片青蛙的鼓噪，很远很远，大概在城外了。洋溢着五月的气息，可爱的五月！你深深地呼吸着，不由得会想：不在这儿，而在别处的天空下，在远离城市的地方，在田野和树林里，此刻万物正生机勃勃，春意盎然；大自然如此神秘、美丽、富饶而神圣，却是软弱而有罪的人难以领会的。不知为什么真想哭一场才好。

她，娜佳，已经二十三岁。从十六岁起，她就一心盼望着出嫁，现在终于成了安德烈·安德列伊奇的未婚妻，此刻他正站在窗子后面。她喜欢他，婚期已经定在七月七日，可是内心却没有欢欣，夜夜睡不好觉,再也快活不起来……从地下室敞开的窗子里,可以听到里面在忙碌着,菜刀噔噔作响,安着滑轮的门砰砰有声。那里是厨房,从那儿飘来烤火鸡和醋渍樱桃的气味。不知为什么她觉得生活将永远这样过下去,没有变化,没有尽头!

这时,有人从房子里走出来,站在台阶上。这是亚历山大·季莫费伊奇,或者简称萨沙,他是十天前从莫斯科来这儿做客的。很久以前,祖母的一个远亲常来走动,请求周济,她叫玛丽亚·彼得罗夫娜,贵族出身的穷寡妇,人长得瘦小,多病。萨沙就是她的儿子。不知为什么大家都说他是一名出色的画家。后来,他母亲去世,祖母为了拯救自己的灵魂,便把他送到莫斯科的警察学校学习,两年后他转入绘画学校,在那里差不多学习了十五年,最后才勉勉强强在建筑专科毕业。但他始终没有从事建筑工作,目前在莫斯科一家石印工厂做事。几乎每年夏天,特别是病重的时候,他都来祖母这儿小住,以便休息和养病。

现在他穿一件扣上扣子的常礼服,一条旧帆布裤的裤筒边已经磨破。他的衬衫领子没有烫过,浑身上下一副精神不振的样子。他很瘦,大眼睛,十个手指又长又细,留着胡子,肤色发黑,不过相貌仍然漂亮。他跟舒明一家人已经处熟,把他们当自家人看待,他在这里就像在家里一样。他住的那个房间早就叫"萨沙的房间"了。

他站在台阶上,看到了娜佳,就走到她跟前。

"你们这儿真好。"他说。

"当然好啦。您最好在这里住到秋天。"

"会的,很可能这样。也许我要在你们这儿住到九月份。"

他无缘无故地笑起来,在她身边坐下来。

"我坐在这儿,望着妈妈,"她说,"从这边望过去,她显得多么年轻啊!我妈妈当然有她的弱点,"她沉默片刻,又补充说,"不过,她毕竟是个不同寻常的女人。"

"是的,她人好……"萨沙同意道,"您的母亲就其本性来说,当然是个极其善良和可爱的女人,可是……怎么对您说呢?今天清早我去了您家厨房一趟,看到四个女仆直接睡在地上,没有床,没有被褥,盖着破破烂烂的东西,有一股难闻的气味,还有不少臭虫和蟑螂……跟二十年前完全一个样,一点变化都没有。哦,讲到祖母,上帝保佑她,她老了,不管事了。可是要知道,您的母亲想必会讲法语,也参加业余演出,看来她应该明白呀。"

萨沙讲话的时候,喜欢把两个细长的手指伸到听话人面前。

"这里的一切都有点古怪,让人看不惯,"他继续道,"鬼知道怎么回事,这儿的人什么事都不做。您的母亲成天只知道走来走去,像一位公爵夫人,祖母什么事也不做,您也一样。连您的未婚夫安德烈·安德烈伊奇也是什么事都不做。"

这席话娜佳去年就听过,好像前年也听过,她知道除此之外萨沙再也讲不出别的什么。以前她觉得这些话很可笑,现在不知怎么她却感到不愉快。

"您说的都是老一套,早就让人听烦了,"她说着站起身来,"您该想出一些新鲜的话才好。"

他笑了,也站起来,两人朝房子走去。

她高高的个子,漂亮,苗条,此刻在他的身旁更显得健康,衣着华丽。她感觉到这一点,不禁可怜起他来,而且不知为什么很不自在。

"您讲了许多不必要的话,"她说,"您刚才提到我的安德烈,其实您并不了解他。"

"'我的安德烈'……去他的,去'你的安德烈'!我真为您的青春感到惋惜。"

他们进了大厅,这时大家已经坐下吃晚饭。祖母,或者按家里人的称呼,老奶奶,长得很胖,相貌难看,生着浓眉,还有一点点唇髭,大嗓门,光是听她说话的声音和口气就可以知道,她在这儿是一家之主。集市上的几排商店和这幢带圆柱和花园的老房子都归属于她,她每天早晨都要祈祷,求上帝保佑她别破产,祈祷时常常泪流满面。她的儿媳妇,也就是娜佳的母亲尼娜·伊凡诺夫娜,生着浅色头发,腰束得很紧,戴着夹鼻眼镜①,每个手指上都戴着钻石戒指。安德烈神父是个掉了牙的瘦老头,从脸上的那副表情看仿佛他正打算讲一件十分可笑的事。他的儿子安德烈·安德烈伊奇,也就是娜佳的未婚夫,壮实而英俊,头发拳曲,像一名演员或画家。他们三个人正谈着催眠术。

"你在我家住上一个礼拜就会恢复元气,"祖母转身对萨沙说,"只是你得多吃点。瞧你像什么样子!"她叹了一口气说:"你那模样真吓人!真的,你简直成了浪子了。"

"挥霍掉父亲赠予的全部资财,"安德烈神父眼里带着笑意说,"浪荡的儿子只好给人去放猪……"②

"我喜欢我爹爹,"安德烈·安德烈伊奇,拍拍父亲的肩膀说,"他是个可爱的老人,善良的老人。"

大家默不作声。突然萨沙笑起来,用餐巾捂住了嘴。

"这么说来,您也相信催眠术啰?"安德烈神父问尼娜·伊凡诺夫娜。

"我当然还不能肯定说我相信,"尼娜·伊凡诺夫娜回答,她的神色变得十分严肃,甚至有点严厉,"可是应当承认,自然界有着许多神秘而不可理解的现象。"

"我完全同意您的看法,不过本人还得补充一句:宗教信仰为我们大大缩小了神秘的领域。"

端上来一只又大又肥的火鸡。安德烈神父和尼娜·伊凡诺夫娜继

---

① 原文为法文。
② 浪子的比喻出自《圣经·新约》,见《路加福音》第十五章。

续他们的谈话。尼娜·伊凡诺夫娜手指上的钻石戒指闪闪发光,后来她的眼眶里泪花闪烁,她开始激动起来。

"尽管我不敢同您争论,"她说,"但您得承认,生活中有着许多解不开的谜!"

"绝对没有,我敢向您担保。"

晚饭后,安德烈·安德烈伊奇拉小提琴,尼娜·伊凡诺夫娜弹钢琴为他伴奏。十年前他在大学的语文系毕了业,但是从来没有工作过,没有固定的职业,只偶尔参加为慈善事业举办的音乐会。城里的人都叫他演员。

安德烈·安德烈伊奇拉着小提琴,大家默默地听着。桌上的茶炊烧开了,冒着气,只有萨沙独自在喝茶。后来时钟敲响十二点,提琴上的一根弦突然断了。大家都笑起来,忙着起身告辞。

送走未婚夫之后,娜佳回到楼上的卧室,她跟母亲住在楼上(楼下住着祖母)。楼下的大厅里开始熄灯,可是萨沙还坐着喝茶。他喝茶的时间总是很长,完全是莫斯科人的习惯,一回总得喝上七八杯。娜佳脱掉衣服,躺进被窝,很久都能听到女仆在楼下收拾东西,祖母在生气。最后,一切静下来,只偶尔从楼下萨沙的房间里传来他低沉的咳嗽声。

二

娜佳一觉醒来,大概已是两点,这时天色开始破晓。远处有更夫敲打着梆子。她不想睡了,躺得人软绵绵的,反而不舒服。像已往的五月之夜一样,娜佳坐在床上,开始想心事。可是她的那些想法跟昨夜一样,单调乏味,令人生厌,无非是安德烈·安德烈伊奇开始追求她并向她求婚,她同意了,后来渐渐地看重了这个善良而聪明的人。可是不知为什么到了现在,离婚期不到两个月了,她却感到恐慌和不安,仿佛有一件说不明白的令人苦恼的事在等着她。

"滴笃,滴笃,"更夫懒洋洋地敲着梆子,"滴笃,滴笃……"

从古老的大窗子里望出去,可以看到花园,远处是正在盛开的丁香花丛,花儿睡意蒙眬,冻得有点打蔫。一片白色的浓雾,缓缓地朝丁香花这边漫过来,想要把它遮盖住。远处的树林中不时有梦中醒来的白嘴鸦啼叫几声。

"我的上帝,为什么我的心情这么沉重!"

也许每一个未婚妻在结婚前都是这种感受。谁知道呢!或许是受了萨沙的影响?可是要知道,萨沙已经一连几年都说着同样的话,像背书似的,而且说话时显得又天真又古怪。那么为什么脑子里还是忘不掉萨沙呢?为什么?

更夫早已不打梆子了。窗前的花园里鸟儿叽叽喳喳地叫起来,花园中的雾气已经消失,周围的一切沐浴在春天的晨曦中,像是笑逐颜开了。不久,整个花园在阳光的爱抚下暖和过来,苏醒了,树叶上的露珠,像钻石般晶莹剔透,闪闪发光。这古老的、早已荒芜的花园在这个清晨显得生机勃勃、十分美丽。

祖母已经醒来。萨沙粗声粗气地在咳嗽。可以听到楼下有仆人端来了茶炊,在搬动椅子。

时间过得很慢。娜佳早已起床,一直在花园里散步,可是早晨还在延续。

后来尼娜·伊凡诺夫娜出来了,她眼泪汪汪,手里端一杯矿泉水。她对招魂术①和顺势疗法②很感兴趣,读了许多这方面的书,喜欢谈她心中生出的疑惑。这一切在娜佳看来都蕴含着深刻而神秘的内涵。现在娜佳吻了母亲一下,跟她并排走着。

---

① 相信死人的灵魂在阴间生活,人可以召回与之"交往"。
② 用极微量药物来治疗疾病的方法,18世纪末由德国医师哈内曼创立。

"你为什么哭了,妈妈?"她问道。

"昨天晚上我读了一夜的小说,里面讲到一个老人和他的女儿的故事。老人在某个地方做事,后来他的上司爱上了他的女儿。书我还没有读完,可是里面有一处地方叫你忍不住落泪,"尼娜·伊凡诺夫娜说完,喝了一口矿泉水,"今天早晨我一想那个段落,我又哭了一阵。"

"这些天来我心里老不愉快,"娜佳沉默片刻,说,"为什么我夜夜睡不好觉?"

"我不知道,亲爱的。每当我夜里失眠的时候,我就闭上眼睛——瞧,就这样闭得紧紧的——想象出安娜·卡列尼娜①的模样,想象她怎么走路,怎么说话,或者想象古代历史上的什么事件……"

娜佳感到,母亲并不了解她,也不可能了解。她这是有生以来第一次这么感觉到,她甚至觉得害怕,真想躲起来。可是她一个人回自己的房间里去了。

下午两点钟,大家坐下来吃午饭。那天是礼拜三,是斋日,所以给祖母送上的是素的红甜菜汤和鳊鱼粥②。

萨沙故意跟祖母逗乐,喝完他的荤菜汤又喝素的红甜菜汤。吃饭的时候,他不断开玩笑,不过他的玩笑都很笨拙,总带着道德的训诫,结果完全不可笑了。每当他说俏皮话的时候,他总先举起他那又长又细、像死人一样的手指,使人不由得想到,他病得很重,也许已不久于人世,这时候你就会由衷地可怜他。

饭后,祖母回她的卧室休息去了。尼娜·伊凡诺夫娜弹了一会儿钢琴,也回房去了。

"唉,亲爱的娜佳!"萨沙照例这样开始饭后的闲谈,"您要是听我的话就好了!就好了!"

---

① 托尔斯泰同名小说中的女主人公。
② 东正教徒斋日吃素(指植物性和鱼做的食品),不吃荤(指牛奶和肉类食品)。

她深深地埋在老式的圈椅里,闭上眼睛;他则缓缓地在房间里踱来踱去。

"要是您能出来求学就好了!"他说,"只有受过教育的、圣洁的人才有意思,只有他们才是有用的。要知道,这类人越多,人间的天国就来得越快。到那时,你们的城市渐渐地就要土崩瓦解—— 一切都要颠倒过来,一切都变了样子,简直像施了魔法似的。到那时这里将出现无数宏伟富丽的房屋、美丽的花园、奇异的喷泉、优秀的人……但主要的还不是这些。最主要的是,在我们的头脑中,就不会像现在这样充满了这么多恶意,因为每个人都有信仰,每个人都知道他们为什么活着,每个人都无须到人群中寻求支持。我亲爱的,好姑娘,您走吧!您该向大家表明,您已经厌倦这种死气沉沉的、灰色的、罪恶的生活——您哪怕向自己表明这一点也好啊!"

"不行,萨沙,我快要出嫁了。"

"哎,算了吧!何必结婚呢?"

两人走进花园,散了一会儿步。

"无论如何,我亲爱的,应该好好想一想,应该明白,你们这种游手好闲的生活是多么肮脏,多么不道德,"萨沙继续道,"您要明白,如果,举例说吧,您、您的母亲和您的祖母什么事都不做,那么这意味着,别人在为你们工作,你们在坑害别人,难道这是干净的,难道这不肮脏吗?"

娜佳本想说"是的,您这话是对的,"她还想说这些她都明白,可是这当儿泪水涌了出来,她突然不作声了,全身一阵瑟缩,她回自己房里去了。

傍晚时,安德烈·安德烈伊奇来了,他照例拉小提琴,拉了很长时间。一般说来,他不爱说话,喜欢拉小提琴,也许这是因为拉琴的时候可以不必讲话。十点多钟,他穿好大衣,准备回家。临别时他拥抱娜佳,热烈地吻她的脸、肩头和手。

"亲爱的,我的宝贝,我的美人儿!……"他喃喃低语,"啊,我是多么幸福!我快活得要发狂了!"

可她觉得,这些话她早已听过,很早很早就听过,或者在哪本书里……在一本破旧的、早已丢了的长篇小说中读到过。

在大厅里,萨沙正坐在桌旁喝茶,五个长长的手指托着一个小杯子;祖母在摆纸牌猜卦,尼娜·伊凡诺夫娜在看书。圣像前,长明灯里火苗不时噼啪作响,一切都显得安宁而圆满。娜佳道了晚安,便回到楼上的卧室。她躺下后立即睡着了。可是,跟昨天夜里一样,天刚蒙蒙亮,她又醒了,没有睡意,心情不安而沉重。她坐了起来,把头伏在膝盖上,想起了未婚夫,想起了婚事……不知怎么娜佳想起了她的母亲不爱她已故的丈夫,弄得现在一无所有,只能依赖自己的婆婆,也就是祖母过日子。娜佳左思右想,怎么也弄不明白,为什么她至今把母亲看得那么特别、不同寻常,为什么没有发觉她其实是个普通的、平常的、不幸的女人。

萨沙在楼下还没有入睡——可以听到他在不断咳嗽。娜佳想到,这是个古怪而又天真的人,在他的幻想里,在那些美丽的花园和奇异的喷泉里,不免有些荒唐可笑的成分。可是不知为什么在他的天真里,甚至在他的荒唐可笑里,却蕴含着许多美好的东西,使得她一想到要不要外出求学的时候,她的整个心灵、整个胸膛便感受到一阵凉意,随即涌动着欢快、狂喜的感情。

"不过,最好不去想它,不去想它……"她小声说,"不该去想这种事。"

"滴笃,滴笃……"更夫在远处敲着梆子,"滴笃,滴笃……"

三

到了六月中旬,萨沙突然感到烦闷无聊,打算回莫斯科去了。

"在这个城市我住不下去了,"他闷闷不乐地说,"没有自来水,没有下水道!我一吃饭就感到恶心:厨房里脏得一塌糊涂……"

"你再等一等,浪子,"祖母不知为什么小声劝道,"七号是婚期。"

"我不想参加了。"

"你说过要在我们这儿住到九月的!"

"可是现在我不想住了。我要工作!"

这年夏天潮湿而阴冷,树木湿漉漉的,花园里的一切看上去阴森凄凉,令人沮丧,人不由得想工作。楼上楼下的许多房间里,可以听到陌生女人的说话声,祖母房里的缝纫机响得正欢:这是在赶做嫁妆。光是皮大衣就给娜佳做了六件,其中最便宜的一件,据祖母讲,就值三百卢布!婚前的忙碌激怒了萨沙,他坐在自己的房间里生着闷气。不过大家还是劝他留下,他也答应七月一日以前暂时不走。

时间过得很快。圣彼得节[①]那天下午,安德烈·安德烈伊奇和娜佳一道前往莫斯科街,想再看看那幢早已租下、准备给这对新婚夫妇居住的房子。这是一幢两层楼房,不过目前只有楼上已装修完毕。在大厅里,镶木地板油漆一新,摆着维也纳式的椅子、钢琴和小提琴斜面谱架。有一股油漆气味。墙上的金边大画框里有一幅油画:一个裸体女人,身旁有一只断把儿的淡紫色花瓶。

"一幅杰作,"安德烈·安德烈伊奇尊敬地赞叹道,"这是画家希什玛切夫斯基的作品。"

---

① 东正教节日,在俄历6月29日。

旁边是客厅,有一张圆桌子,长沙发,几把圈椅都蒙着鲜蓝色的套子。沙发上方挂着安德烈神父戴着法冠、佩着勋章的大幅照片。后来两人进了带酒柜的餐室,又去了卧室。卧室里光线暗淡,并排放着两张床,好像是人们在布置新房的时候,一定以为这里将永远美满,而不会有别的情况。安德烈·安德烈伊奇领着娜佳走遍了各个房间,并且一直搂着她的腰。她却感到自己软弱、内疚,所有这些房间、床和圈椅都让她厌烦,那个裸体女人更让她恶心。此刻她已经清楚地意识到,她不再爱安德烈·安德烈伊奇,也许她从来就没有爱过他。可是这话该怎么说、对谁说、为什么说,她至今弄不明白,也不可能弄明白,尽管她日日夜夜都在想着这件事……他搂着她的腰,说起话来那么亲昵、殷勤,他喜气洋洋地在自己的寓所里走来走去,而在她眼里,这一切无非是庸俗、愚蠢的、纯粹的、叫人无法忍受的庸俗,连他那只搂住她的手她也觉得又硬又冷,像铁箍似的。她时刻准备逃跑,大哭一场,从窗子中跳下去。安德烈·安德烈伊奇又把她领进浴室,一进去就拧开墙上的水龙头,水立即哗哗流出来。

"怎么样?"他说时眉开眼笑了,"我吩咐人在阁楼上做一个大水箱,能存一百桶水,这样我们就能用上自来水了。"

最后他们穿过院子,来到街上,叫了一辆马车。飞扬的尘土遮天盖地,眼看着就要下雨了。

"你冷不冷?"安德烈·安德烈伊奇问道,尘土吹得他眯起了眼睛。

她不作声。

"昨天萨沙,你记得吧,责备我什么事也不做,"他沉默片刻,又说,"真的,他说得对!对极了!我的确什么事都不做,也不会做。我亲爱的,你知道这是为什么吗?为什么当我一想到有朝一日额头上压上帽徽要去做事,心里就反感呢?为什么当我看到律师、拉丁文教员或者市参议会委员,我就那么不自在呢?哦,俄罗斯母亲啊,你的身上还背负着多少游手好闲、无用的人!有多少像我这样的人压在你身上,苦难深重的母亲啊!"

他对他的无所事事作了概括,认为这是时代的特征。

"等结了婚,"他继续道,"我们一块儿到乡下去,亲爱的,我们在那里工作!我们买一块不大的地,有花园,有河,我们一块儿劳动,观察生活……啊,这将多么美好!"

他摘下帽子,头发让风吹得飘起来。她听着他的话,心里却想:"上帝,我要回家,上帝!"快要到家的时候,他们才赶上了安德烈神父。

"瞧,父亲也来了!"安德烈·安德烈伊奇挥动帽子,高兴地说,"我喜欢我爹爹,真的,"他说,一边付着车钱,"多么可爱的老人,善良的老人。"

娜佳回到家里,生着闷气,身子也不舒服,想到整个晚上客人不断,她就得笑脸相迎,应酬他们,就得听小提琴,听各种各样的废话,就得不谈别的,只谈婚礼。祖母坐在茶炊旁边,穿着华丽的丝绸连衣裙,装模作样,态度傲慢,在客人们面前她总是这样的。安德烈神父面带狡黠的微笑走了进来。

"看到贵体安康,本人不胜欣慰。"他对祖母说,别人很难弄清,他这是开玩笑,还是说正经的。

四

风不时敲打着窗子,敲打着屋顶。可以听到呼啸的风声,宅神[①]在壁炉里闷闷不乐地小声唱着它的哀歌。已是午夜十二点多钟。宅子里的人全都躺下了,可是谁也没有睡着。娜佳总觉得楼底下好像有人

---

① 斯拉夫人信仰中的宅中精灵,家园守护神。

在拉小提琴。忽然砰的一声轰响,大概是一块护窗板掉下来了。不一会儿,尼娜·伊凡诺夫娜走了进来,她只穿一件绣花衬衫,手里拿着蜡烛。

"这是什么东西响了,娜佳?"她问道。

母亲把头发梳成一条辫子,面带羞怯的微笑,在这个风雨之夜显得老了、丑了、矮了。娜佳不由得想起,不久前她还一直认为自己的母亲不同寻常,自己总是怀着自豪的心情聆听她说的话,可是现在怎么也记不起这些话了。凡是能记起来的也都平平淡淡,没有意思。

壁炉里呜呜作响,像有几个男低音在重唱,甚至可以听到"唉唉,我的天哪!"的叹息。娜佳坐在床上,忽然使劲揪自己的头发,放声大哭。

"妈妈,妈妈,"她说,"我亲爱的妈妈,你要是能知道我出了什么事就好了!我请求你,我恳求你,让我走吧!我求求你了!"

"去哪儿?"尼娜·伊凡诺夫娜问,她不明白是怎么回事,便坐到床上,"你要去哪儿?"

娜佳哭了很久,说不出一句话来。

"你让我离开这个城市吧!"她终于说,"不该举行婚礼,我也不会举行婚礼,这点你要明白!我并不爱这个人……甚至都不想提起他。"

"不,我亲爱的,不,"尼娜·伊凡诺夫娜吓坏了,急急地说,"你静一静,你这是心情不好,会过去的。这是常有的事。大概你跟安德烈拌嘴了吧,可是小两口吵架,打是亲、骂是爱呀。"

"行了,你走吧,妈妈,你走吧!"娜佳又大哭起来。

"是的,"尼娜·伊凡诺夫娜沉默片刻,说,"不久前你还是个孩子、小姑娘,现在已经要做新嫁娘了。自然界的一切物体总在不断更新。不知不觉中,你也会做上母亲和祖母,你跟我一样,也许会有个固执而任性的女儿。"

"我亲爱的好妈妈,要知道你聪明,你不幸,"娜佳说,"你很不幸,为什么你尽说些庸俗的话?看在上帝分上,告诉我为什么!"

尼娜·伊凡诺夫娜本想说些什么,但却吐不出一个字来,她一声抽泣,跑回自己房里去了。壁炉里的男低音又呜呜地唱起来,忽然变得十分可怕。娜佳从床上跳起来,赶紧跑到母亲房里。尼娜·伊凡诺夫娜躺在床上,泪痕斑斑,身上盖一条浅蓝色被子,手里拿着一本书。

"妈妈,你听我说!"娜佳说道,"我求求你好好想一想,你要明白!你只要明白,我们的生活是多么庸俗、多么低下!我的眼睛睁开了,我现在什么都看清楚了。你的安德烈·安德烈伊奇算什么人?他其实并不聪明,妈妈!我的上帝啊!你要明白,妈妈,他很愚蠢!"

尼娜·伊凡诺夫娜猛地坐了起来。

"你和你祖母都来折磨我!"她哽咽着说,"我要生活!要生活!"她重复着,还两次用拳头捶胸,"你们还给我自由!我还年轻,我要生活,可是你们把我变成了老太婆!……"

她伤心地哭起来,躺进被子,缩成一团,显得那么弱小、可怜、愚蠢。娜佳回到自己房里,穿上衣服,坐到窗下等着天亮。这一夜她一直坐在那里思考着,院子里不知什么人不时敲着护窗板,还打着呼哨。

早上祖母抱怨,这一夜的风吹落了所有的苹果,一棵老李树也折断了。天色灰蒙蒙,阴沉沉,毫无生气,真想放它一把火。大家都抱怨天冷,雨点敲打着窗子。喝完茶后娜佳去找萨沙,一句话没说,就在圈椅旁的屋角跪了下来,双手捂住了脸。

"怎么啦?"萨沙问道。

"我没法……"她说,"以前我怎么能在这儿生活的,我不明白,不理解!我蔑视我的未婚夫,蔑视我自己,蔑视所有这种游手好闲、毫无意义的生活……"

"哦,哦……"萨沙连连应着,还不明白她出了什么事,"这不要紧……这很好……"

"这种生活让我厌烦了,"娜佳继续道,"我在这儿一天也待不下去了。明天我就离开这里。请您把我带走吧,看在上帝分上!"

萨沙吃惊地望着她,足有一分钟的时间,他终于明白过来,高兴得像个孩子似的。他手舞足蹈,高兴得要跳舞了。

"太好了!"他搓着手说,"我的上帝,这有多好啊!"

她像着了魔似的,睁着一双充满爱意的大眼睛,定定地瞧着他,等着他立即对她说出意味深长、至关重要的话来。他还什么也没有说,但她已经觉得,在她面前正在展现一个她以前不知道的新的广阔天地,此刻她满怀希望地期待着它,为此做好了一切准备,哪怕去死。

"明天我就动身,"他考虑了一会儿说,"您到车站上去送我……我把您的行李放在我的皮箱里,您的车票由我来买。等到打了第三遍铃,您就上车,我们一道走。我把您送到莫斯科,到了那里您再一个人去彼得堡。身份证您有吗?"

"有。"

"我向您发誓,您日后不会感到遗憾、不会后悔的,"萨沙兴奋地说,"您走吧,学习去吧,到了那边再由命运安排您的去向吧。只要您彻底改变您的生活,一切都会起变化的。关键是彻底改变生活,其余的都不重要。说好了,我们明天一块儿走?"

"啊,是的!看在上帝分上!"

娜佳觉得,此刻她异常激动,心情从来没有这样沉重,从现在起直到动身前她一定会伤心难过,苦苦思索。可是她刚回到楼上的房间,躺到床上,立即就睡着了。她睡得很香,脸上带着泪痕和微笑,一直睡到傍晚才醒。

五

有人去叫出租马车。娜佳已经戴上帽子,穿好大衣。她走上楼去,想再看一眼母亲,再看一看自己的东西。她在房里还有余温的床边站了片刻,向四周环顾一番,然后轻轻地走到母亲房里。尼娜·伊凡诺夫娜还睡着,室内很静。娜佳吻了一下母亲,理理她的头发,站了两三分钟,然后不慌不忙地回到楼下。

外面下着大雨。马车已经支上车篷,湿淋淋的,停在大门口。

"娜佳,车上坐不下两个人,"祖母看到仆人把皮箱放到车上,说,"这种天气何必去送人呢!你最好留在家里。瞧这雨有多大!"

娜佳想说点什么,但却吐不出一个字来。这时萨沙扶她上车坐好,拿一条方格毛毯盖在她腿上,他自己也在旁边坐了下来。

"一路平安!求上帝保佑你!"祖母在台阶上喊道,"萨沙,你到了莫斯科要给我们写信!"

"好的,再见了,老奶奶!"

"求圣母娘娘保佑你!"

"唉,这天气!"萨沙说道。

娜佳这时才哭起来。现在她心里明白,她真的走定了,而刚才去看母亲、跟祖母告别的时候她还不怎么相信。再见了,故乡的城市!一时间她想起了一切,想起了安德烈、他的父亲、新房、裸体女人和花瓶。所有这一切已经不会再使她担惊受怕、心情沉重,所有这一切是那样幼稚、渺小,而且永远永远过去了。等他们坐进车厢、火车开动的时候,如此漫长而沉闷的往日生活,已经缩成一个小团,她面前展现出宏伟而广阔的未来,而在此之前她却是觉察不到的。雨水敲打着车窗,从窗子里望出去，只能看到绿色的田野、闪过的电线杆和电线上的鸟雀。一股欢乐之情突然让她透不过气来：她想起她这是走向自由、外出求学，这正如很久以前人们常说的"外出当自由的哥萨克"一样。她又笑，又哭，又祈祷。

"不错，"萨沙得意地笑着说，"真不错！"

六

秋天过去了，随后冬天也过去了。娜佳非常想家，每天都思念母亲和祖母，思念萨沙。家里的来信，语气平和，充满善意，似乎一切已得到宽恕，甚至被遗忘了。五月份考试完毕，她，身体健康，精神饱满，高高兴兴动身回家。途经莫斯科时，她下车去看萨沙。他还是去年夏天那副样子：胡子拉碴，披头散发，还是穿着那件常礼服和帆布裤，还是那双大而美丽的眼睛。但是他一脸病容，显得疲惫不堪，他显然老了，瘦了，而且咳嗽不断。不知怎么娜佳觉得他变得平庸而土气了。

"天哪！娜佳来了！"他说着，高兴得满脸笑容，"我的亲人，好姑娘！"

他们在石印厂坐了一阵，那里满屋子烟雾缭绕，油墨和颜料的气味浓重得令人窒息。后来，他们来到他的住房，这里同样烟气熏人，还痰迹斑斑。桌子上，一把放凉的茶炊旁边，有个破盘子里放一张黑纸。桌上和地板上到处是死苍蝇。由此可见，萨沙的个人生活安排得很不经心，马虎得很，他显然蔑视居所的舒适和方便。若有人跟他谈起他个人的幸福、他的私人生活，或者别人对他的爱慕，他便觉得不可理解，常常只是一笑了之。

"没什么，一切都很顺利，"娜佳急忙说，"妈妈在秋天到彼得堡来看过我，说祖母已经不生气了，就是常常走进我的房间，在墙上画十字。"

萨沙看上去很快活,但不时咳一阵,说话的声音发颤。娜佳留心观察他,不知道他是真病了,或者仅仅是她的感觉。

"萨沙,我亲爱的,"她说,"要知道您有病!"

"不,没什么。有点病,但不要紧……"

"哎呀,我的天哪,"娜佳激动起来,"为什么您不去治病,为什么您不爱护自己的身体?我亲爱的萨沙,"她说时眼睛里闪着泪花,不知为什么她的想象中浮现出安德烈·安德烈伊奇、裸体女人、花瓶以及过去的一切,尽管此刻她觉得所有这些像童年一样已十分遥远。她之所以流泪还因为在她心目中萨沙不再像去年那样新奇、有见地、有趣味了。"亲爱的萨沙,您病得很重。我不知道做什么才能让您不这么清瘦苍白。我是多么感激您!您甚至无法想象,您为我做了多少事情,我的好萨沙!实际上您现在就是我最亲切最贴近的人了。"

他们坐着谈了一阵。现在,当娜佳在彼得堡度过了一冬之后,她只觉得萨沙,他的话,他的笑容,以及整个人,无不散发出一股衰老陈腐的气息,似乎他早已活到了头,甚至已经进入了坟墓。

"我后天就去伏尔加河旅行,"萨沙说,"然后去喝马奶酒。①我很想喝马奶酒。有一个朋友和他的妻子跟我同行。他妻子是个极好的人,我一直在怂恿她、说服她外出求学。我也想让她彻底改变自己的生活。"

谈了一阵,他们便去火车站。萨沙请她喝茶,吃苹果。火车开动了,他微笑着挥动手帕,从他的脚步就可以看出他病得很重,恐怕不久于人世了。

中午时分,娜佳回到了故乡的城市。她出了站台,雇了马车回家。一路上,她觉得故乡的街道显得很宽,两边的房子却十分矮小。街上没

---

① 当时高加索一带时兴用马奶酒治疗肺结核。

有人,只碰到一个穿棕色大衣的德国籍钢琴调音师。所有的房屋都像蒙着尘土。祖母显然已经老了,依旧很胖,相貌难看。她抱住娜佳,脸挨着娜佳的肩头,哭了很久都不肯放开她。尼娜·伊凡诺夫娜也苍老多了,变得不好看了,消瘦了,但依旧束着腰,手指上的钻石戒指闪闪发光。

"宝贝儿,"她全身颤抖着说,"我的宝贝儿!"

然后大家坐下,默默地流泪。显然祖母和母亲都感到,往日的生活一去不返,无可挽回:无论是社会地位,昔日的荣誉,还是请客聚会的权利,统统不复存在。这正像一家人原本过着轻松的无忧无虑的生活,忽然夜里来了警察,搜查一通,原来这家主人盗用公款、伪造证据——从此,永远告别了轻松的无忧无虑的生活!

娜佳回到楼上,见到了原来的床,原来的窗子和朴素的白窗帘。窗外还是那个花园,阳光明丽,树木葱茏,鸟雀喧闹。她摸摸自己的桌子,坐下来,开始沉思默想。她吃了一顿丰盛的午饭,还喝了一杯浓浓的可口的奶茶,可是总觉得缺了点什么,房间里空荡荡的,天花板显得低矮。晚上她躺下睡觉,盖上被子,不知为什么觉得躺在这张温暖柔软的床上有点可笑。

尼娜·伊凡诺夫娜进来了,她坐下,像有过错似的怯生生地坐着,说话小心谨慎。

"哦,怎么样,娜佳?"她沉默片刻,问道,"你满意吗?很满意吗?"

"满意,妈妈。"

尼娜·伊凡诺夫娜站起来,在娜佳胸前和窗子上画十字。

"我呢,你也看到了,开始信教了,"她说,"你知道,我现在在学哲学,经常想啊,想啊……现在对我来说许多事情像白昼一样清楚。首先,我觉得,全部生活要像通过三棱镜一样度过。"

"告诉我,妈妈,祖母身体好吗?"

"好像还可以。那回你跟萨沙一道走了,你来了电报,祖母读后都晕倒了,一连躺了三天没有下床。后来她不住地祷告上帝,伤心落泪。可是现在没什么了。"

她站起来,在室内走一走。

"滴笃,滴笃……"更夫敲打着梆子,"滴笃,滴笃……"

"首先,要让全部生活像通过三棱镜一样度过。"她说,"换句话说,也就是要把生活在意识中分解成最简单的成分,正如光能分解成七种原色一样,然后对每一种成分进行单独的研究。"

尼娜·伊凡诺夫娜还说了些什么,她是什么时候走的,娜佳都一无所知,因为她很快就睡着了。

五月过去,六月来临。娜佳已经习惯了家里的生活。祖母成天为茶炊忙碌,不住地叹气。尼娜·伊凡诺夫娜每天晚上谈她的哲学。在这个家里,她依旧像个食客,花一个小钱都要向祖母讨。家里苍蝇很多。房间里的天花板好像变得越来越低矮。奶奶和尼娜·伊凡诺夫娜从来不出家门,害怕在街上遇见安德烈神父和安德烈·安德烈伊奇。娜佳在花园里散步,到街上走走,她看着那些房子,灰色的围墙,她只觉得这个城市里的一切都已衰老、陈旧,等着它的只能是它的末日,或者开始一种富于朝气的全新的生活。啊,但愿那光明的新生活早日到来,到那时就可以勇敢地面对自己的命运,意识到自己的正确,做一个乐观、自由的人!这样的生活迟早要来临!现在在祖母的家里,一切都由她安排,四个女仆没有住房,只能挤在肮脏的地下室里——可是总有一天,这幢老房子将片瓦不存,被人遗忘,谁也不会再记起它……只有邻院的几个男孩子给娜佳解闷,她在花园散步的时候,他们敲打着篱笆,哄笑着逗她:

"喂,新娘子!新娘子!"

萨沙从萨拉托夫寄来了信。他用欢快、飞舞的笔迹写道，他的伏尔加之旅十分顺利，可是在萨拉托夫有点小病，嗓子哑了，已经在医院里躺了两周。她清楚这是什么意思，她的内心充满了近似确信的预感。有关萨沙的预感和想法不再像从前那样使她激动不安，这一点也让她感到不悦。她一心想生活，想回到彼得堡，同萨沙的交往已经成了虽然亲切却十分遥远的过去了！她彻夜未眠，早晨坐在窗前，听着周围的动静。楼下当真有人说话：惊慌不安的祖母焦急地问什么。后来有人哭起来……娜佳赶紧下楼，看到祖母站在屋角，在做祷告，她的脸上满是泪水。桌上有一封电报。

娜佳在房间里走来走去，听着祖母哭泣，最后拿起那封电报，读了一遍。上面通知说，亚历山大·季莫费伊奇，简称萨沙，于昨日晨在萨拉托夫因肺结核病故。

祖母和尼娜·伊凡诺夫娜当即去教堂安排做安魂弥撒。娜佳在各个房间里走了很久，想了许多。她清楚地意识到，她的生活，正如萨沙期望的那样，已经彻底改变；她在这里感到孤单、生疏、多余；这里的一切她都觉得没有意思，她同过去已经决裂，它消失了，像是焚毁了，连灰烬也随风飘散了。她来到萨沙的房间，站了很久。

"永别了，亲爱的萨沙！"她默念道。于是在她的想象中，一种崭新、广阔、自由的生活展现在她的面前，这种生活，尽管还不甚明朗，充满了神秘，却吸引着她，呼唤她的参与。

她回到楼上房间开始收拾行装，第二天一早就告别了亲人，生气勃勃地、高高兴兴地走了——正如她打算的那样，永远离开了这座城市。

一九〇三年十二月

图书在版编目（CIP）数据

第六病室 /（俄罗斯）契诃夫著；冯加，鲁民译. -- 北京：华文出版社，2022.1
 ISBN 978-7-5075-5492-2

Ⅰ.①第… Ⅱ.①契… ②冯… ③鲁… Ⅲ.①短篇小说–小说集–俄罗斯–近代②中篇小说–小说集–俄罗斯–近代 Ⅳ.①I512.44

中国版本图书馆CIP数据核字（2021）第196892号

第六病室
DI-LIU BINGSHI

作　　者：	〔俄罗斯〕契诃夫
译　　者：	冯加　鲁民
策　　划：	杨　平
责任编辑：	郭俊萍
特邀编辑：	张国平　贺春燕
出版发行：	华文出版社
社　　址：	北京市西城区广外大街305号8区2号楼
邮政编码：	100055
网　　址：	http://www.hwcbs.com.cn
电子信箱：	silkroadlibrary@qq.com
电　　话：	总编室 010-58336239　发行部 010-58336267 责任编辑 010-58336254
经　　销：	新华书店
印　　刷：	北京画中画印刷有限公司
开　　本：	710×1000　1/16
印　　张：	34
字　　数：	400千字
版　　次：	2022年1月第1版
印　　次：	2022年1月第1次印刷
标准书号：	ISBN 978-7-5075-5492-2
定　　价：	68.00元

版权所有，侵权必究